JN270976

イギリス小説の誕生

依藤道夫

南雲堂

本書を今は亡き父母に捧げる

はじめに

　「小説」とは何なのだろう？　その実体や本質はどういうものなのだろう？　さらにその目的や効用はどのようなものなのだろうか？　筆者は今日文学の王座を占めている「小説」について、過去40年余りにわたり素朴な疑問を抱きつつ、いろいろ考えを巡らせてきた。ここで言う「小説」とは、西欧で生まれた近代写実小説、リアリズム小説のことである。すなわち「ノヴェル」（Novel）のことである（以下「小説」とは原則としてこの意味で用いる）。

　「小説」（ノヴェル）の定義は必ずしも簡単ではない。小説は、一般に、人間や人生を、人間と社会の絡み合いを語り、目に見える人間の行動、行為を描き、また他方では、人間の隠れた内面を心理的に扱うこともある。個人として、また家族或いは周辺の人たちとともに集団として描写することもある。小説には極めて日常的な世界を写実するものから、リアリズムとは言いながら、実は冒険的な或いは多分に空想的な要素をはらむロマンティックな世界を扱うものまであり、その幅が相当に広い。

　私たちは、小説を読んで楽しんだり、勇気をもらったり、また同情したり、悲しんだり、考え込んだりする。人間や人生、社会について一層深く教えられたりする。人間や人生の美しさや哀しさ、醜さ、愛情や憎悪や驚き、また物事の不可思議さや神秘ささえ学ぶこともある。読んで共感を覚えたり、反面教師として学び、反省したりもする。歴史的な過去や現在、未来、民族や人種、異国の文化や社会、戦争、科学、思想、自然など、小説の扱う世界はまことに広大、多様である。

　現在、小説は、他の諸分野を圧倒して、文学の王座についている。そして、実際、翻訳物も含めてさまざまな種類の作品が次々と大量に出版され

ている。他方、読者の側からすれば選択もままならず、評価も容易でない。

　小説は読んで面白ければよいというだけのものでも、また教訓的だからよかろうというだけのものでもなかろう。

　そこで、出版物の海、小説の海の中で溺れがちな私たち読者は、もう一度小説の原点に立ち返ってみてはどうであろうか。つまりその歴史的な出発点に立ち戻り、小説の実体、その本来の目的や役割を素直に見つめ直し、昔の作者たちの純粋な考え方や意気込みを知ることにより、なぜそれ以来、小説が世界中で多くの人々の心を捉え続け、発展し続けることができたのかについての秘密に迫ってみることにしてはどうであろうか。小説がどのように生まれたのか、どのような背景や由来を持っているのか、どのような進展を遂げてきたのか、その定義やそれぞれの発展過程における特色や時代性、多様性などを再考してみようということである。

　元来、小説は西欧、とりわけイギリスの近代市民社会、中産階級が生み出した市民的、社会的に広やかな基盤の上に築かれたものである。従って、今日の私たちも、小説を改めて見直してみることにより、それを人生や日常生活の中にもっと有意義に生かせる筈なのである。

　私たち日本人は、明治の文明開化により、西欧流の個人主義(Individualism)の概念に触れるようになったが、文学の分野、物語の世界においても、他分野、他世界同様に、外国人教師や翻訳などを通して「個人」とか「リアリズム」(写実主義)とかが認識され、唱導されるようになった。こうして新しい小説が、新しい読者が育っていった。滝沢馬琴の世界から坪内逍遙や二葉亭四迷、夏目漱石たちの世界への転換である。

　日本の小説が欧米流の写実小説の影響下に入り、そうした流儀が今日まで続いてきているのである。

　もともと西欧、特にイギリスで生まれ、発展した小説は、中世的世界観を脱却し、自立した「個人」「己(おのれ)」の強い思いや叫びを描くものである。イギリスで言えば、ジョン・バニヤン、ダニエル・デフォー、サミュエル・リチャードソン、そしてヘンリー・フィールディングなどである。

産業面、経済面の技術的変遷過程で言えば、まず肉体的な手作業の段階からインクロージャーやマニュファクチャーの時代を経て産業革命による工業化の時代へと移行してゆく。同様に、小説の世界においても、中世ロマンス以来熟成されてきたものが、散文（Prose）による表現法や描写法の確立と読者層を含む市民社会の形成とともにどっと噴き出してきた。そのあとは一気呵成に拡大と深化と多様化を見せた。小説誕生の18世紀はそういう時代である。

　どこの国でも多かれ少なかれそうであろうが、イギリスの場合、遠い過去、古代の『ベイオウルフ』、近世初期のシェイクスピアやトマス・ナッシュたち、そしてジョン・ミルトンやジョン・バニヤンたちの心奥からの願いや魂の叫びなどが、そうした精神が長い年月を辿り辿って、結果、小説の時代、ノヴェルの世界に投影されている。それはジャンルなどを超越した流れであり、ブリテンの島の民族精神のエキスのようなものでもある。

　古代世界、中世世界以来培われたリアルなもの、イマジネーションによるもの、そして両者の融合物が溶け合い、底流となって小説の世界にも流れ続けてきている。そしてそれが他国の文学にも影響を与え続けてきている。

　進展の過程で、さまざまなものが現れた。詩、演劇、散文それぞれの分野における種々の産物である。それらは、膨大な量の詩作品や劇作品に加えて、散文によるロマンスや年代記、パンフレット類、宗教書、新聞や日記、書簡類、随筆類などである。思想、哲学、歴史、政治、経済、社会など諸分野の書き物でもある。さらには、伝記、諷刺物、東洋物やピカレスク物、児童文学などである。これらが総体として小説、ノヴェルへの流れを生み出していった。その過程が、戦争や革命を通して途絶えることのなかった中世社会から近世社会、そして近代市民社会への激流に洗われ続けていたのである。

　私たちがとりわけ散文著作物を、散文物語を中心とした発展をなぞり、「物語」がロマンス的な世界からリアリスティックな、ノヴェル的な世界へと変遷し、進化してゆく過程を綿密に観察してみると、即ち、文学が、

散文物語が冷厳な外界に次第に目覚めてゆく推移を眺めてみると、普通の市民を描くという社会的な関連、階級問題との関連、近代市民社会の政治的進展の過程などとの絡みで散文物語がノヴェル的な性格を次第に強めていったことが分かるのである。

そういうわけで、本書は、近代写実小説、ノヴェルの原点を見直し、その本質を再吟味するために同小説の生成の過程や経緯を論じたものである。その際、イギリス（英語）散文作品（English prose writing）の歴史的発展過程を背景として論考を進めている。

近代小説は、既に触れたように、主として過去の散文作品の、とりわけ散文物語の展開の中から登場してきているし、それは散文（Prose）といういわば不可欠な道具が洗練、確立されて初めて成立し得るものでもある。

本書で扱う時代は、本格的な小説が生まれる18世紀が主眼となるが、それ以前からの流れを詳しく見ている。つまり、中世ロマンスの時代──エリザベス朝期──ピューリタン時代──王政復古期──名誉革命期、そして18世紀ということになる。この順序に従って、物語作品の萌芽となる中世ロマンス論から始めて、エリザベス朝期の散文作家たちの活躍、ピューリタンの時代から王政復古期、名誉革命期にかけての標準的英語散文の確立と発展、それによる新たな物語作家の登場、そして18世紀における本格的ノヴェルの誕生、さらにその進展への道程、と論じてゆく。その過程において物語作品を中心とする諸々の散文著作物が小説誕生への条件や環境を生み出し、かつ整えてゆき、またその過程は各々の時代的、社会的背景と密接に関係し合っていたことが分かる。人間的、社会的、政治的、経済的、宗教的さらには歴史的な要因や、また詩を含む文学の諸ジャンルや外国文学の影響などがさまざまに絡み合い、積み重なりながら、散文小説への道程が醸成され、その生成が行われてゆき、終に18世紀市民社会において19世紀以降の小説全盛の基盤が築かれたのである。誕生後の小説は、実に多様な展開を見せることになる。

既述のように、小説の誕生には、近代市民社会（ブルジョワジー社会）という母体の形成が前提としてあった。その小説は文学的な産物であると同時に極めて社会的、歴史的なそれでもあったのである。さらにそうした

背景を有する小説もむろん一方で、人々を楽しませ、かつ人々を教え、啓発するという、或いは真理や正義や美的なるものを追求するという文学本来の目的を目指すものでもあった。しかもその多様性や柔軟性、広やかさや現実性、日常性、そして大衆性などの諸特徴は、小説をして最も親近性のある、読まれやすく受け入れられやすい、浸透性の高いジャンルとなさしめたのである。

筆者がこういうイギリス小説のテーマに、拙いながらも長年月にわたり取り組んできたのは、冒頭に言及したように、今日文学の王座を占めるに至った小説が一体どのようにして生み出されてきたのか、その実体は何なのかについて一層詳しく知りたい、そしてそれによって文学、とりわけ小説というものの本質の一端に迫りたいという自身の強い欲求があったことによる。そしてイギリス小説の誕生には、それが世界に先駆けるところがあったからである。

近年、文学作品離れ、小説離れを憂うる声も少なくない中、小説を、とりわけその生成上重要な役割を果たしたイギリス小説を原点に遡って再考察することは、文学、特に小説に親しむために大変有益だと思うわけである。イギリス小説は、ヨーロッパ大陸の影響を受けながらも、その持ち前の忍耐強く自立的な国民性や合理主義的現実感覚をもって、独自のリアリズム小説を発展させたのである。その小説は、他国に先駆けて生まれた中産的な市民社会の進展と軌を一にしたものであったがゆえに、世界標準的なありようを志向し、かつ示唆することにもなったのである。

本書の執筆に当たり、原作の引用文については、日本文、原文（英文）の順に並べたのは、本文との流れにおいてそのほうが読者にとり読み進めやすいと考えたからである。また引用が日本文のみで原文（英文）を伴わない場合も多々あるが、それは、同一作家の原文（英文）を必ずしも何度も掲げる必要はないとの考えによる。引用文は、むろん、用いた原典に忠実なるを旨とした。本書は専門の研究者諸氏や学生諸氏のみならず、文学、小説に関心のある多くの一般の方々にも読んでいただきたい。なお、本文中の写真はすべて筆者撮影（1981年）のものである。

研究、執筆の過程において、筆者は実に多くの方々や関係機関にお世話

になっている。また、沢山の資料に恩恵を受けている。出典や訳者名などについては、極力本文中及び巻末の引用文献に明記するように努めているが、ここにあらかじめすべての関係方面に厚い感謝の意を表しておきたい（訳者名が一度も記載されていないものは、筆者の拙訳である）。とくに筆者がかつて客員研究員としてお世話になったハーヴァード大学（Harvard University）のワイドナー図書館とホートン図書館、同じくイェール大学（Yale University）のスターリング図書館とバイネッキ図書館に深い謝意を表するものである。また都留文科大学付属図書館、青山学院大学付属図書館に負うところも大である。

イェール大学名誉教授フレッド・C.ロビンソン（Fred C.Robinson）氏及びヘレン（Helen）夫人、元同大学名誉教授故クリアンス・ブルックス（Cleanth Brooks）氏御夫妻、元ハーヴァード大学教授（のちコーネル大学教授）の故ジョエル・ポーティ（Joel Porte）氏等の御厚誼、御教示に厚く感謝する。『フォークナー・ニューズレター』元編集長でフリーランス・ライターの故ウィリアム・ブーザー（William Boozer）氏とナッシュヴィル在住のキャロル（Carol）夫人の温かい友情にも心より感謝する。

株式会社南雲堂社長南雲一範氏の広やかな御配慮に厚く御礼申しあげる。とりわけ同社編集部の原信雄氏の懇切かつ的確な御助言に深甚の謝意を表したい。同氏の熱意のこもった御支援により本書は成った。また同社営業部の田本邦彦氏を始めとする関係していただいた社員の方々すべてに心からの謝意を表するものである。

原稿の一部をコンピューターに入れる作業に尽力して下さった西出円さんにも厚く感謝する。校正に助力してくれた娘の依藤朝子（翻訳・通訳）からの支援も有難かった。

読者諸氏の御叱正を乞う。

2006 年 10 月
依藤道夫

イギリス小説の誕生

目次

はじめに ………………………………………………………………… 3
第Ⅰ部　総論
　第 1 章　イギリスの散文文学 ………………………………… 16
　第 2 章　小説（ノヴェル）の誕生と展開 …………………… 32
第Ⅱ部　源流
　第 3 章　中世のロマンス ……………………………………… 44
　第 4 章　ルネッサンスの時代 ………………………………… 57
　第 5 章　トマス・モアと『ユートピア』…………………… 63
　第 6 章　大学才人と「エリザベス朝小説」………………… 68
　第 7 章　トマス・ナッシュと『悲運の旅人』……………… 88
　第 8 章　ウィリアム・シェイクスピア及び『欽定英訳聖書』… 103
　第 9 章　ジョン・ミルトン――"ルネッサンスの殿軍" ……… 116
　第10章　ジョン・ミルトンと『アレオパジティカ』……… 129
第Ⅲ部　黎明
　第11章　ジョン・バニヤンと『天路歴程』………………… 142
　第12章　英語散文の確立と初期「小説」…………………… 152
　第13章　ジャーナリズムと「小説」………………………… 172
　第14章　ダニエル・デフォーと『ロビンソン・クルーソーの生涯と冒険』……………………………………………… 189
　第15章　ジョナサン・スウィフトと『ガリヴァー旅行記』… 215
第Ⅳ部　誕生
　第16章　日常卑近の写実――ノヴェルの誕生 ……………… 232
　第17章　サミュエル・リチャードソンと『パミラ、或いは美徳の酬い』……………………………………… 237
　第18章　ヘンリー・フィールディングと『ジョウゼフ・アンドルーズの冒険』……………………………… 264
　第19章　ヘンリー・フィールディングと『捨て子、トム・ジョーンズの物語』…………………………… 278
　第20章　ローレンス・スターン、トビアス・スモーレット …… 309

第Ⅴ部　展開

- 第21章　サミュエル・ジョンソン博士と『アビシニアの王子ラセラスの物語』 …………………………………… *320*
- 第22章　オリヴァー・ゴールドスミスと『ウェイクフィールドの牧師』 ……………………………………………… *339*
- 第23章　ファニー・バーニー、ヘンリー・マッケンジー ………… *358*
- 第24章　ゴシック・ロマンス …………………………………… *365*
- 第25章　ホレス・ウォルポールと『オトラント城』 …………… *383*
- 第26章　ウィリアム・ベックフォードと『ヴァセック』 ………… *396*
- 終27章　文学の王座を占めたノヴェル …………………………… *413*
- 引用文献 ……………………………………………………………… *416*
- おわりに ……………………………………………………………… *421*
- 索引 …………………………………………………………………… *423*

イギリス小説の誕生

第Ⅰ部

総　論

第1章

イギリスの散文文学

1

　文学は人間や人生、人間生活と密接に結びついたものである。それは人間の本質やあらゆる人間の営みに深くかかわり合っている。それゆえ、その歴史は非常に長く、かつ古い。

　文学と文字は切り離せぬ間柄にあるが、文字のなかった時代、有史以前の時代にも、文学はあり得た。それは、人類が集団で社会生活を営み始めて以来存在するとも言える。それは、喜びや悲しみの歌とか、自然の驚異を畏怖し或いは称(たた)える言葉とか、お祈りの詞(ことば)、宗教上の説教、祭礼時の芝居の文句、戦いの有様の口伝などについて言える。それらはいずれも人間の自然な感情の発露であり、また、宗教上の必要であり、体験や見聞の子孫への言伝えでもあった。こうした文学の原初的な形態は、発明や移入などによる文字の出現によってより具体的で、より明確、より定着的な形をとるようになる。表現や伝達上の有力な媒介手段たる文字を持つことによって文学はより文学らしくなり、そうした文学的産物は、かつては考えられなかったほど多くの、そして遠くの人々の眼に触れることが可能となった。そして彼らの心を動かす。曖昧で、不定で、混沌として未整理で、断片的だったものが、はっきりとした、まとまりのある内容になってくる。言葉も磨かれ、選択され、表現の技術も開拓されるようになる。文学の初期的概念も生じ、その範囲も次第に広まってくるようになる。が、すべての中で最大の強味は、その内容をもとのままの姿で後世に残し伝えることが出来るようになったという点であろう。ある時代のものを記し伝えるのみならず、それ以前の時代からの古い歌、詞、祈禱の文言、口伝や口誦物

語の類をも集大成して残せるようになった。こうなればもう立派に文学の、文学史の領域に入ることになる。

　我が日本は、中国の文字、即ち漢字を朝鮮半島経由などで取り入れ、それを音により多分に宛字的に用いたりして、まず『古事記』や『万葉集』を編んだ。遠く8世紀のことであり、国家的事業でもあった。しかし、これは、中国はむろんのこと、世界史的に見ても、遅いほうであった。中国の漢字の他、エジプトの象形文字、チグリス・ユーフラテス文明圏の契形文字、古代ギリシャや古代ローマのアルファベットなど、ずっと古い歴史を持っているわけである。

　ただ、これから論じていこうとしているイギリス（Great Britain）の場合、日本とそう大差はないと言えよう。文字そのものの使用はともかく、文学史的に見る場合、上記の『古事記』『万葉集』の他、同じ8世紀の『日本書紀』、11世紀の有名な『源氏物語』など、日本のほうがイギリスよりも

図1　ドーヴァー海峡に面したアルビオン（ブリテン島の古名。白い崖の意）。フォークストン港にて。

ずっと早い時期により深い成熟振りを見せているのである。イギリスでは『源氏物語』に匹敵するものは、恐らく、14世紀のジェフリー・チョーサー（Geoffrey Chaucer, 1340?-1400）の大作『カンタベリー物語』（*The Canterbury Tales*, 1387-1400, 印刷1475）まで待たねばならない。それまでは、むしろ貧弱の感を免れないのである。

因みに、ケルト時代のイギリスの島（ブリテン島〔Britain〕）には伝説的なアーサー王（King Arthur）がいた（5世紀末か6世紀頃）。ケルト人（Celt）の主たる彼は中世ロマンス『アーサー王の死』（*Le Morte d'Arthur*, トマス・マロリー編纂）の主人公である。ケルト人時代のブリテン島はアイヌ時代の日本列島にも比せられよう。

チョーサーによるイタリア・ルネッサンスのイギリスへの移植の努力以来ウィリアム・シェイクスピア（William Shakespeare, 1564-1616）時代のそれの開花までに相当の年月を要した。特に15世紀はイギリス文学史上「無駄な」（？）空白の100年間だった。時代は異なるが、日本の遣隋（唐）使の頃には、中国文化の移入が間をおかないで、比較的ストレートに行われたという感じがする。

2

文学の対象とするところははなはだ広い。それは人間界の凡そあらゆるものを含んでいると言っても過言ではあるまい。世の中には、政治や経済、歴史、哲学、宗教、或いは数学、物理、医学、天文、生物、音楽、美学などいろいろな分野があるが、文学は、ある意味で、このような諸分野をすべて包含するとも言えるのである。その幅は極めて広く、外界の事象の記録的なもの或いは写実主義的なものからポー（Edgar Allan Poe, 1809-49）、オスカー・ワイルド（Oscar Wilde, 1854-1900）や芥川龍之介（1892-1927）に見るような芸術至上主義的なものにまで及んでいる。文学には、必ずしも窮屈なルールや公理、方法論や法則などの制約があるわけではない。それは一層自由な世界である。

文学は、人類の遠い過去において、人間の集団生活の中から、自然発生

的に、しかも必然的に発生したものであろうが、とりわけ宗教との関連は深かったものと思われる。別の言い方をすれば、宗教が文学への一種の制約ともなった。遠い昔の宗教は──ヨーロッパの中世（the Middle Ages, 法皇を頂点としたローマ・カトリック教会体制）や近世でさえもそう言えるが──、政治を呑み込む力を持っていた。つまり、人間生活を律する最たるものは宗教だったのである。

歌や芝居は、主として宗教的祭礼から生じた、と考えられる。その内在的必然性のゆえにである。狩猟や穀物の収穫、戦争、誕生や結婚、葬礼など人間社会の基本的営みはみな宗教と深く結びついていた筈である。そして、そのような折の集団内では、歌や芝居はつきものであり、むしろ不可欠でさえあった。

さて、ヨーロッパ文学の場合、まずヨーロッパ文明の源たる古代ギリシャにおいて、悲喜劇が発達し、また、盲目の大詩人ホーマー（Homer, 紀元前10世紀頃。ホメロスとも言う）の叙事詩が現れている。悲喜劇が最も隆盛を極めたのは、紀元前5世紀頃のことであり、喜劇ではアリストパネス（Aristophanes, 448?-385?B.C.）、悲劇ではアイスキュロス（Aeschylus, 525-456B.C.）、ソフォクレス（Sophocles, 495?-406?BC.）などが有名である。ホーマーの叙事詩『イリアッド』（*Iliad*）や『オデッセイ』（*Odyssey*）も広く知られている。プラトン（Plato, 427?-347?B.C.）やアリストテレス（Aristotle, 384-322B.C.）らの哲学の発達も目覚ましかった。こうした古代ギリシャの文学や哲学は、あとに続く古代ローマのラテン文学とともに、のちのヨーロッパ文学の基調となり、その影響は今日に至るまで連綿と続いているのである。

3

文学には、大きく分類して、劇（Drama）、詩歌（Poetry）、散文（Prose）の三つの分野がある。もっとも、分け方にはいろいろあり、まず始めに詩（韻文）と散文に二大別してかかることも出来る。そしてまた、劇にはシェイクスピアのような韻文劇、いわゆる詩劇（Poetic drama）もあれば、

今日一般の散文劇もあるわけである。しかし、ここでは、文学研究などで普通に行うように、劇、詩、散文と分けることにする。

　このうち劇と詩の歴史は大変古く、長く、散文のそれは比較的新しく、短い。これは、洋の東西を問わず、一般的なことである。理由は、それぞれの分野の有する本質、特質に由来する。人間がまずその自然な感情の発露を託するに適したものは、芝居や踊り、祈禱詞や詩歌、歌謡（ことば）の類であろう。それらの有する味わい、調子やリズム、様式、それらの醸し出すイメージや雰囲気などが、人間の諸々の情の表出に本来的に適合しているのである。そしてその結果として得られる自他に対する効果も大きい。劇や詩歌は本質的に人の情感を掻き立て、人を興奮させ、感動させる要素を持っているのである。ともかく、芝居や詩歌は、人間の生物学的本能の重要な部分である情感との関係が深い。他方、散文は、ずっと平板で淡々としていて、単調である。起伏やうねり、変化などに乏しく、知的で、記録的で、合理的でさえある。それは、人を感動させるにも、人に訴えかけるにも、動的な芝居やリズムを持った詩歌の力には及ばない。

　けれども、散文は、より冷静で知的、合理的でさえあるがゆえに、伝達や記録、叙述や写実に適している。メモや簡単な記述をするにも、逆に物事を詳細に書くにも、論理を展開してゆく上にも強味を発揮する。日常的で手軽であり、扱い易い。また、学問的、思考的、専門的でもある。要するに、利用範囲面では、現実的な幅の広さを持っているのである。こうして、散文は、最も一般的で普遍的、近代的な性質を帯びているのである。

　この散文は、むろん既に日常会話からして含むのであり、そのような意味では、人間が言葉を操るようになった遠い太古の時代以来のものと言える。時代的に、芝居や詩歌と別に差があるわけでもない。しかし、改まった形で、より重い意味合いで、ということになると話は違ってくる。「文学的に」となると、なおさらのことであろう。文字が発明された後の古代のメソポタミアやエジプト、インドや中国などでも、当然散文の書きものは詩歌同様にあった。たとえば、粘土に刻んだ楔形文字による王侯の書簡や政治文書、経済上の文書など、我々は博物館や展覧会でまのあたりにすることが出来る。中国の古代の記録類の多様さは今さら言うまでもない。

こうした点、古代のギリシャやローマでも同じことである。考えればきりがないのであるが、要は、その発生と展開の歴史の上で、芝居や詩歌は、既述のその本質からして、その占める位置や重要性において、より早く重い意味を持ち、散文のほうは遅くに、ということである。芝居や詩歌は文学史の中でより早く主流的立場にあったと言ってもよかろう。散文のほうは、その性質上、人間社会が進展し、合理化し、分化し、複雑化するところのより近代において、その立場を広げ、位置を高める可能性を秘めていたのである。使用されたとかされなかったとかいう問題ではない。

　文学的に見れば、事はずっと明白である。たとえば、古代ギリシャの悲喜劇やホーマーの叙事詩を思えばよい。小説などなかったのである。むろん、当時、散文も哲学、政治、弁論などいろいろな分野――当然、文学も含めて――で活用されたことは言うまでもないことである。早い遅いの問題は、これまでの記述から総合的に判断していただきたい。

4

　イギリス文学の上で、散文が「本格的」に用いられ始めたのは、16世紀になってからのことである。古代ギリシャの悲喜劇やホーマーの詩物語に比して、まことに遅い限りである。西暦1400年に死去したチョーサーの詩と比べても、大分後のことである。しかも本格的な小説（Novel）はまだ現れない。

　今日、散文文学の世界における王者は明らかに小説である。この本格的小説が初めて現れ、隆盛を見たのは、実に18世紀も中葉に入ってからのことである。即ち、1740年にサミュエル・リチャードソン（Samuel Richardson, 1689-1761）の書いた『パミラ、或いは美徳の酬い』（*Pamela, or Virtue Rewarded*）が出版された。この書物が本格的小説の最初の作品とされているのである。イギリス文学上のみならず、世界文学的にもそう言えるだろう。これは今から270年ばかり前のことに過ぎない。散文及び散文文学の意味を考えさせられるのである。さらに、散文文学上のもう一つの重要分野たる短篇小説について言うならば、近代的短篇小説が初めて創

出されたのは 19 世紀中葉、アメリカのポーの手によってである。これまた時代的に一層新しい話であろう。このような散文界なのである。しかも、それ以後の小説を中心とする散文文学の発展は目覚ましく、19 世紀イギリスのヴィクトリア朝期においては、チャールズ・ディケンズ（Charles Dickens, 1812-70）、ウィリアム・メイクピース・サッカレー（William Makepeace Thackeray, 1811-63）以下の輩出を見て、小説は終に詩や劇を圧倒するまでになった。ここにおいて散文文学が文学の世界の王座についたと言ってもよかろう。それまでの長いイギリス文学の歴史を支配し続けていたのは詩歌であった。詩歌こそ文学であり、詩歌は文学の代名詞でもあったのである。とりわけイギリス文学においてはこの意識が強く、それは今世紀まで潜在的に続いていると言ってもよい。

　そしてそのことは、次の偉大な系譜を見れば十分にうなずけることである。即ち、チョーサー以来のその強力な伝統に立つ詩人として、エリザベス朝期のシェイクスピア、清教徒革命の生んだ巨大な詩人ジョン・ミルトン（John Milton, 1608-74）、王政復古期文壇の代表者ジョン・ドライデン（John Dryden, 1631-1700）、18 世紀前期の詩壇の大御所アレクサンダー・ポープ（Alexander Pope, 1688-1744）、同後期文壇の支配者サミュエル・ジョンソン博士（Dr. Samuel Johnson, 1709-84）、そして、ロマン主義復興期のウィリアム・ワーズワース（William Wordsworth, 1770-1850）、コールリッジ（S. T. Coleridge, 1772-1834）、ジョージ・ゴードン・バイロン（George Gordon Byron, 1788-1824）、ジョン・キーツ（John Keats, 1795-1821）、パーシー・ビッシー・シェリー（Percy Bysshe Shelley, 1792-1822）らが輩出した。さらにはヴィクトリア朝の大詩人アルフレッド・テニソン（Alfred Tennyson, 1809-92）やロバート・ブラウニング（Robert Browning, 1812-89）、今世紀の偉大なトマス・スターンズ・エリオット（Thomas Stearns Eliot, 1888-1965）らがきらめいている。

　イギリスの劇壇は、周知のように、16 世紀エリザベス朝期に大いに賑わった。シェイクスピア以来多勢の優れた劇作家が華々しく活躍し、演劇界はロマン主義の風潮にのっとり、女王エリザベス 1 世ら時の権威者層の厚い庇護と激励も受けて、隆盛を極めた。このイギリス第一期ロマン主義

文学の時代は、実に演劇が文字通りの主役を占め、新興の散文文学はまだ片隅の存在に過ぎなかった。演劇は、その後、清教徒革命の時代、オリヴァー・クロムウェル（Oliver Cromwell, 1599-1658）の治下で、1642年に劇場が閉鎖されたことにより、衰微の一途を辿り、長い沈滞の歴史が続くことになる。まもなく共和政権は崩れ、王政復古となって、劇場は再開され、この時期、低俗な面を持つ、フランス流の「風習喜劇」が流行したが、沈滞傾向は止まなかった。その後の演劇界は、わずかに、18世紀後期、オリヴァー・ゴールドスミス（Oliver Goldsmith, 1730-74）――代表作に『お人好し』（*The Good-Natur'd Man*, 1768）などがある――やリチャード・シェリダン（Richard B. Sheridan, 1751-1816）――『悪口学校』（*The School for Scandal*, act. 1777）などの名作で知られる――らの存在により、短期の光芒を放ちはした。しかしながら、往時の盛況を取り戻すには、19世紀末のバーナード・ショー（George Bernard Shaw, 1856-1950）の登場を待たねばならなかったのである。だが、それ以後と言えども、最早かつてのエリザベス朝期のような具合にはゆかず、以前は片隅の存在に過ぎなかった散文文学が今や小説を中心にがっちりと王座を固めており、それは演劇にとってライヴァル以上の存在になっていたのである。これが即ち20世紀、そして21世紀の状況である。

　ともあれ、随分遅れてスタートした筈の散文も、その有用性や影響力などにより、今では詩歌や演劇の追随を許さぬ立場を固めているのである。これはイギリスのみならず、世界的な状況であり、歴史や社会の進展と軌を一にした動向である。言いかえれば、歴史的必然の成り行きの結果である。即ち、今日文学と言えば散文しかも小説、という通念ができ上がっているのである。これは、一面では、それだけ現代人が詩心を失ってしまい、「散文的」になった事態を反映するものでもあろうが、やはりそれ以上に、散文は読み易く、扱うにも便利で、小説はいかにも手近の存在であり、親しみやすい、楽しみやすい、ということだと思われる。既述の散文の特性が時代や社会の要請に応じて、大幅にものを言っているのである。

5

「物語」を意味する英語の言葉にはいろいろある。History, romance, tale, story などである。また、novel は「小説」である。

　History はギリシャ語、ラテン語に由来し、フランス語の histoire に当たる。この語は、本来、探求（inquiry）の意であり（『ウェブスター大辞典』〔Webster〕、『オックスフォード英語辞典』〔O.E.D.〕）、歴史や物語という意味もそこから出たものと考えられよう。歴史も、いわば、事実に即した過去、現在の物語である。英文学上の実例では、例えば、ダニエル・デフォー（Daniel Defoe, 1660-1731）の『ジャック大佐の物語』（The History of Colonel Jacque, 1722）、サミュエル・リチャードソンの『クラリッサ・ハーロウ、或いはある若い夫人の物語』（Clarissa Harlowe, or, The History of a Young Lady, 1747-48）、ヘンリー・フィールディング（Henry Fielding, 1707-54）の『捨子、トム・ジョーンズの物語』（The History of Tom Jones, a Foundling, 1749）などが見られる。

　Romance という語は、今日では恋愛物語（love romance）といった響きを持つが、本来、中世的ニュアンスを有する語である。即ち、中世文学において romance が発達した。romance とはもともとロマンス語を指し、やがてロマンス語で書かれたものを意味するようにもなり、さらには、その話のことを言うようになったと言われる。これは中世封建時代を彩るものであり、武勇、恋愛の物語であり、寓意詩もある。この romance には、西ローマ帝国皇帝たるフランスのチャールズ大帝（シャルマーニュ大帝、Charles the Great〔Charlemagne〕, 742-814）を中心としたもの、古代のトロイ戦争、アレクサンダー大王（Alexander the Great, 356-323B.C.）などを中心としたもの、そしてイギリスで、ケルト伝説の英雄アーサー王を扱ったものなどがある。romance はヨーロッパに共通して広まったものであり、イギリスでもいわゆる宮廷恋愛（courtly love）を叙事詩に描いたものが多く見られる。イギリスのアーサー王伝説を後に集大成したのがトマス・マロリー卿（Sir Thomas Malory, 1400?-71）である。それが『アーサー王の死』（Le Morte d'Arthur, 1469-70；印刷 1485）である。ともかく、romance はイギリスを含むヨーロッパ中世文学の中心をなしており、『ローランの

歌』（*Chanson de Roland*, 1100 年頃)、『狐ルナール物語』（*Le Roman de Renart*, 1175-1250 年頃)、『薔薇物語』（*Le Roman de la Rose*, 13 世紀）などが大陸フランス方面の代表的作品である。イギリスでは、マロリーの編纂の業に見るように、アーサー王伝説が主なテーマとされていた。

　Tale は古代英語に由来するが、昔から極めて一般的に用いられている（『ウェブスター大辞典』〔*Webster*〕、『オックスフォード英語辞典』〔*O.E.D.*〕）。この語は、novel などに比し、もっと手軽で、小篇ないしは短かめの物語という印象を与えているように思える。同時に、寓話的、教訓的、童話的などのイメージもある。Story に近い面も持っている。ともかく、随分古い時代からよく用いられている。イギリス文学では、既にチョーサーに多く見られる。彼の有名な代表作『カンタベリー物語』がそれであり、この中に沢山のエピソードが連ねられている。即ち「騎士の物語」（"The Knight's Tale")、「粉屋の物語」（"The Miller's Tale")、「料理人の物語」（"The Cook's Tale")、「法律家の物語」（"The Man of Law's Tale")、「バースの女房の物語」（"The Wife of Bath's Tale"）などである。後の例では、ジョナサン・スウィフト（Jonathan Swift, 1667-1745）の『桶物語』（*A Tale of a Tub*, 1704)、ディケンズの『二都物語』（*A Tale of Two Cities*, 1859)、アメリカ文学の、ナサニエル・ホーソン（Nathaniel Hawthorne, 1804-64）の『トワイストールド・テールズ』（*Twice-Told Tales*, 1837, '42）などが見られる。

　Story は、ラテン語系、大陸系の語で、それ自体やはり古い由来を有している。History と類縁関係にある（『ウェブスター大辞典』〔*Webster*〕、『オックスフォード英語辞典』〔*O.E.D.*〕）。ただ、story は、tale に比し、ずっと新しい時代になってから多用されているという印象を与えている。今日もむろん繁く使われている。これまた、novel に比べて、より短かめの物語を指すことが普通のようにも見える。もっとも、短篇は short story と呼ばれている。Story は次のような意味を持っている。つまり、「1. お話、物語（tale)、おとぎ話。2.（報告的な）話、てんまつ（report)、所説（statement)。3. 来歴、逸話（anecdote)。4. うわさ話、伝説。5.（小説・詩・劇などの）筋、構想、脚色（plot)。6. 短篇小説（short story)。…」（『新英和大辞典』〔研究社〕）である。ともあれ、tale と似かよう面を持つ

と同時に、tale よりもより新しいニュアンスを有しているように見える。また、tale のように必ずしも寓話的、教訓的、或いは童話的意味合いにとらわれない。それにしても、手軽にしかも頻繁に使用される語ではある。このほうの使用例はもう枚挙に暇あるまい。

　Novel は、本来、「新奇な」という意味の形容詞であり、その名詞形は novelty（新奇な、珍しい物〔事〕）である。後、小説を novel と言うようになるのであるが、小説の源、その元来のイメージを表していて、はなはだ興味深い。むろん、今日では、小説を新奇な対象としてとらえることは全くない。そのような眼で見るには、小説という存在物は余りに日常手近のものになり過ぎており、また、我々の周囲に余りに溢れ過ぎてもいる。現代はまさに小説の時代でもある。

　Novel は長篇小説と見るのが普通である。つまり、ある程度以上の長さを必要とする。それは、少なくとも、いわゆる中篇小説以上の長さを持つものでなくてはなるまい。それ以下のものは短篇小説、short story である。しかし、この頃は、比較的長いものも「短篇小説」と見なしてしまう場合がままある。中篇的な作品を novel というか short story と見なすかには議論の分かれるところもあり、この辺りは幾分曖昧である。我が国の代表的文学賞の一つである芥川賞は、その由来からして短かめのものを対象とするのであろうが、受賞作の多くは、一般の短篇概念からすれば、むしろ長い。つまり中篇的なものが多いようである。ポーなどの説く短篇理論にのっとれば、中篇的な作品は、真の短篇小説にそぐわないことにもなるであろう。

　大体、近年の novel は、昔と比べて短かめであり、構成や内容の統一及びその他の諸技法を極めて重視する傾向にある。何もかも詰め込んでゆくというやり方はとらない。他方、ヴィクトリア朝までの novel は、題名もそうだが、中味も随分長いものが多い。それが普通だった。Novel たり得るには、相当の長さを確保しなければならない、とまで考えられていた。ヴィクトリア朝などにおいては、novel は数巻の分量を要求されたようである。それゆえ、その条件を満たして無事出版にこぎつけるために、無理をして内容をふやしたり、引き伸したりする結果になり勝ちである。シャ

ーロット・ブロンテ（Charlotte Brontë, 1816-55）の名作『ジェイン・エア』（*Jane Eyre*, 1847）などにでさえも、こうした傾向が見てとれる。Novel の起こった 18 世紀の作品、リチャードソンやフィールディングのいくつかの作品も、うんざりするぐらいの長さを誇っている。が、ともかく novel にとり長さの問題は、本来、その資格上の重要条件の一つだったわけである。そしてこれもうなずけることではある。この条件がなければ、novel の存在理由が失せてしまいかねないのである。

　Novel の先駆的なものは、早くもエリザベス朝の頃から現れていたが、18 世紀初期のスウィフトやデフォーを経たのち、リチャードソンの作品が登場する。"novel" という名称とその概念は、この頃から次第に確立していった。

　なお、「物語」に通ずる他の語はまだある。life（「人生」「生涯」「伝記」）、adventure（「冒険」）、legend（「伝説」）などである。このような語もよく使われた。例としては、有名な『ロビンソン・クルーソーの生涯と冒険』（*The Life and Strange Surprising Adventures of Robinson Crusoe*, 1719）、ローレンス・スターン（Laurence Sterne, 1713-68）の代表作『紳士トリストラム・シャンディの生涯と意見』（*The Life and Opinions of Tristram Shandy, a Gentleman*, 1759-67）など、また、legend には、チョーサーの『貞女伝説』（*The Legend of Good Women*, 1385-86）、アメリカのワシントン・アーヴィング（Washington Irving, 1783-1859）の代表的短篇物語「スリーピー・ホローの伝説」（"The Legend of Sleepy Hollow"〔*The Sketch Book*, 1819-20〕）などがある。もちろん、これらの語はそれぞれが「物語」と通じつつも、「物語」とは異なる独自の意味を有している。この点、両者を全く同一視してしまうわけにもゆくまい。いずれにせよ、このような諸語も頻繁に使用されたわけである。

6

　大ざっぱに言えば、いわゆる「物語」は、中世までは、まだ韻文で作られ、散文物語がいろいろと書かれ出すのは、16 世紀頃から、そして、そ

れがいよいよ本格化するのは 18 世紀初頭頃からだということになろう。novel の発生は、明らかにそうした流れの延長線上に位置づけられるものであり、その線上にあって、時代の必然的要請に応じて出て来たものと考えてよい。「物語」を表す言葉に種々あり、それらが各々、そのニュアンスや用いられ方、その時代性などに特徴や差異を見せているのは、一つには、上記のような変遷過程に由来することなのであろう。ともかくこの流れが散文文学を促進する主要な力となり、同時にその中心ともなっていったのである。

　物語ないし小説を主軸とする散文文学は、その発展過程において、他のいろいろな分野をも取り入れ、かつ、それらに支えられもして、広がりや厚味を一層増した。過去においては、今日ほどに社会が分化し、専門化していなかったのであり、従って、イタリアのルネッサンス (Renaissance) の代表的偉人レオナルド・ダ・ヴィンチ (Leonardo da Vinci, 1452-1519) やイギリスの大政治家にして偉大な人文主義者トマス・モア (Sir Thomas More, 1478-1535) のような総合的大人格も現れ得たのであるが、このことは文学的関連においても大いに言えることである。そして、社会の各分野各層の代表的人物たちの書き物は、そのまま優れた文学的業績ともなり得たのである。内容、文体など多くの面においてである。文学の世界もこれを極く自然な形でもって包含し得たのである。イギリスでは、まず、上に言及したヘンリー 8 世 (Henry Ⅷ, 1491-1547, 在位 1509-47) 朝のモアの散文、エリザベス朝のフランシス・ベーコン (Sir Francis Bacon, 1561-1626) の有名な随筆を含む多くの著作物——もっともモアやベーコンは、当時の知識層の慣例としてラテン語で書くことも多かったのであるが——、また、ジェイムズ 1 世朝の『欽定英訳聖書』(*the Authorized Version of the Bible*, 1611) 編纂の大業、清教徒革命期の大詩人ミルトンのさまざまな政治的、社会的論文、ジョン・バニヤン (John Bunyan, 1628-88) の世俗的バイブルと言える『天路歴程』(*The Pilgrim's Progress*, Part Ⅰ, 1678; Part Ⅱ, 1684) などが挙げられる。さらに、名誉革命時代の大哲学者ジョン・ロック (John Locke, 1632-1704) の諸業績——『人間悟性論』(*An Essay concerning Human Understanding*, 1690, 1706) など——、彼をつぐ哲

人デイヴィッド・ヒューム（David Hume, 1711-76）の諸著——『人性論』（*A Treatise of Human Nature*, 1739-40）など——、それに、偉大な合理主義者デフォーの厖大な社会記録類が見られる。次いで、18世紀後葉の文壇の大御所サミュエル・ジョンソン博士（Dr. Samuel Johnson, 1709-84）の忍苦の末のすばらしい言語学的業績、博士主宰のクラブの一会員でもあり、優れたイギリス文学者でもあった経済学の祖アダム・スミス（Adam Smith, 1723-90）の大著『国富論』（*The Wealth of Nations*, 1776）、同じクラブの他の会員たち、歴史学者エドワード・ギボン（Edward Gibbon, 1737-94）の大著『ローマ帝国衰亡史』（*The Decline and Fall of the Roman Empire*, 1776, '81, '88）や政治家エドマンド・バーク（Edmund Burke, 1729-97）の諸論文——『フランス革命の省察』（*Reflections on the Revolution in France*, 1790）など——が続く。ヴィクトリア朝の代表的功利主義者ジョン・スチュアート・ミル（John Stuart Mill, 1806-73）——『自由論』（*On Liberty*, 1859）の著者——や哲学者トマス・カーライル（Thomas Carlyle, 1795-1881）、有能な大歴史学者トマス・マコーレー（Thomas B. Macaulay, 1800-59）らの諸業績も忘れられない。また、アメリカのさわやかで創意に富み、しかも断固として強力な『独立宣言』文（*the Declaration of Independence,* 1776年7月4日）、誇り高き宗教家にして代表的超絶主義者ラルフ・ウォルドー・エマソン（Ralph Waldo Emerson, 1803-82）の諸論文、その弟子ヘンリー・デイヴィッド・ソロー（Henry David Thoreau, 1817-62）の有名な思想的、哲学的随筆『森の生活』（*Walden, or Life in the Woods*, 1854）、第16代大統領で南北戦争の英雄、エイブラハム・リンカーン（Abraham Lincoln, 1809-65, 大統領在任1861-65）の名演説文（Gettysburg Address, 1863年11月19日。"Government of the people, by the people, for the people" で知られる）なども輝いている。枚挙に暇のないこうした厖大な諸業績は、そのまま英米文学、とりわけ英米散文界に単なる彩りを添えるばかりでなく、大いなる貢献をしているのである。こうした方面を無視しては英米文学を語ることは出来ない。即ち同方面も、文学の重要な一面を構成しているのである。なおこうした点については、その他の多くの国々についても、大なり小なり類似面が指摘出来る筈である。

7

　これまで文学に関し、主としてその発生や展開、その分類問題、中でも散文の特性や発展過程、そして「物語」の分析、他の諸分野の文学、その散文界に対する深いかかわり合いや貢献の問題などを中心テーマとしつつ特にイギリス文学を通して筆者なりに考察を進めて来たが、この辺りで今までの記述内容を踏まえた上で、とりまとめの段階に入ることにする。

　既に見た通り、文学というものは、まことに多様なものを包含し得る特性を備えており、実際に多くの人間的、人間生活上の対象を、また多くの社会的諸分野を取り込みつつ発展を続けて来た。当初、詩歌や演劇を中心にその創造的力や可能性を押し進め、後、これに小説やジャーナリズムを軸とした散文を加えることにより、その幅や広がりを飛躍的に拡大せしめたと言える。読者を含む文学関与者層はその厚味を幾倍にもふやした。これは主として18世紀以降に顕著な現象であるが、時あたかも、合理主義思想や自然科学の精神に促進された近代市民社会の本格的形成期に当たり、そうした社会的趨勢に上記の文学的動向はそのまま合致していたわけである。こうして、文学は、一部特権階級や知識層という、いわば雲の上から引きずり下ろされ、広汎な市民大衆のものとなるのである。変質はいよいよ進み、16世紀ルネッサンス期以来徐々に進行していた動きはここに完了する。即ち、かつてのromance的なものは、novel的なものへとその座を完全に譲り去る結果になるのである。これは単なる文学形態の上の変化ではなく、時代精神の大きなうねりに基づくものに他ならない。文学と社会全般との深いかかわりを示す一証であろう。このようにして、詩歌も物語も現実社会のレヴェルに定着させられていったのである。その後も、ロマン主義と古典主義との宿命的な葛藤は続くものの、将来へかけての道程は強固に敷かれた。同時に「物語」の世界も、romanceの迷霧をきれいに払いのけ、より明らかなる未来への展望を切り開いたのである。

　これはイギリスを中心に見た動きであるが、それは同時にヨーロッパ大陸の動向でもあった。18世紀ヨーロッパ大陸も時代の歯車を大きく回転させつつあった。ただイギリスは、とりわけ小説の分野では、大陸の諸国に一歩先んじた進展を見せた。リチャードソンやフィールディングは、イ

ギリス小説界の偉大な先覚者となった。が、彼らは、同時にヨーロッパ小説界の先達でもあったわけである。ドイツの文豪ゲーテ（Johann Wolfgang von Geothe, 1749-1832）やフランスの思想家、文人のジャン-ジャック・ルソー（Jean-Jacques Rousseau, 1712-78）がリチャードソンの影響を深く受けたことは、よく知られた事実である。

　ともかく文学世界のこのような進展の結果として、既に記したように、19世紀、20世紀の散文、とりわけ小説の世紀を迎えるのであるが、それは、中世以来の営々たる大小の努力や試みの集積の結果であることも忘れてはならない。その長い過程は、結局のところ、人間の意志と希望との積み重ねであり、人間の営みの累積即ち人間の歴史の重要な一断面なのである。それは、ある意味で、国家の正史以上のものである。それは、単なる事実の羅列ではなく、民族の叙事詩の偉大な編纂業なのである。そこにこそ、文学の真の意味があり、真の意義があるのである。人間の、民族の真実を不断の時と平行して刻み続ける業、それこそが文学に課せられた使命であり、宿命である。それは文学でなければなし得ない業でもある。何となれば、文学はその本質において他の何にも増して自由であり、広汎であり、鋭利でもあるからである。そして、この困難に満ちた偉業を遂行する上では、詩歌と演劇と散文の三者間に優劣などあり得ない。それらを合した総合力こそが初めて事を可能にするのである。

第 2 章

小説（ノヴェル）の誕生と展開

1

　文学のジャンルにおいて主要な詩、演劇、小説の3分野の内、小説が最も新しい。小説、厳密に言えば近代写実小説即ち「ノヴェル」は、18世紀半ばのイギリスに誕生したとされている。これには、重要な社会的背景、歴史的要因がある。

　18世紀のイギリスでは、産業や自然科学が大いに発展し、新興中産階級（ブルジョワジー）が勢力を伸ばしたことにより、社会構造が変化し、いわゆる近代市民社会が発展した。都市が発達し、合理主義や現実主義の精神が高まった。「新聞」などジャーナリズムも生まれた。

　やがてアダム・スミスが体系化することになる資本主義経済が芽生えもした。

　英語の「散文」の確立と普及、女性を含む読者層の大幅な拡大などもあって、散文小説、ノヴェルが中産階級を基盤に誕生した（詩歌は本来、王侯貴族など上流階級の文学だった）。

　1740年にサミュエル・リチャードソンの『パミラ、或いは美徳の酬い』が出版され、ブームを巻き起こす。大ヒットしたこの小説は、フランスのピエール・マリヴォー（Pierre Marivaux, 1688-1763）の作品との類似性が指摘されることもあるが、既に小説誕生のための社会的、文学的な土壌が耕されていたので、両者に共通性が見られるのであろう。

　小説、ノヴェルの発展には、散文という道具が不可欠である。そして、英語の標準的な散文は、王政復古期頃に確立したとされている。トマス・モア卿やジョン・ミルトンらの散文にも見られるように、元来流動的だっ

た英語散文の「形」が、『欽定英訳聖書』(*the Authorized Version*, 1611 年、イギリス国王ジェイムズ 1 世の命により翻訳、編集される) の普及などにより、標準化に向かう。王政復古期にかけて、ジョン・バニヤン (ピューリタンの説教家)、ジョン・ドライデン (詩人、劇作家、文学評論家として活躍したイギリス文壇の大御所)、ジョン・ロック (哲学者) らの文章を通じて英語らしい散文が確立されていった。18 世紀初頭に入り、ジャーナリズムの発達、ダニエル・デフォーやジョナサン・スウィフトなどの優れた散文家の活躍で、散文小説への道が大きく切り開かれていったのである。

「ノヴェル」は、「ロマンス (Romance)」とは対立する概念である。ノヴェルはリアリズムの文学であり、写実の小説である。それは、現実の社会や市井の人々を扱うものであり、実人生に即した日常卑近の写実を行うものである。具体的で詳細なディーテイルが散文で尽くされており、多くの中産階級の市民が読める。一般性、庶民性に富み、生き生きした人物描写や心理描写が見られる。ストーリーの面白さや娯楽性とともに教訓性や道徳性も目立つのである。

2

小説の歴史は、恐らく中世のロマンス辺りまで遡ることができるであろう。トマス・マロリー卿の編んだ『アーサー王の死』などである。16 世紀後半のエリザベス朝に至り、「パンフレット」類に加えて散文ロマンス物を得意とした学識ある「大学才人」たちが活躍する。彼らは、当時演劇界で頭角を現しつつあったウィリアム・シェイクスピアに敵愾心を燃やした。しかしながら、当時にあって彼らが世に名を馳せており、英語散文の発達に大いに貢献したことは確かである。ジョン・リリー (John Lyly, 1554?–1606) は、ユーフュイズム (Euphuism) と言われる華麗な文章 (四六駢儷体) で他の文人たちに大きな影響を与えた。トマス・ロッジ (Thomas Lodge, ?1558–1625) の『ロザリンド』(*Rosalynde, Euphues' Golden Legacie,* 1590) やロバート・グリーン (Robert Greene, 1558 頃–92) の『パ

ンドスト王』(*Pandosto, or Dorastus and Fawnia*, 1588) などは、代表的な散文ロマンスであるが、両作ともにシェイクスピアによって利用されている。グリーンは、『多大な後悔で購われたわずかな知恵』(*A Groatsworth of Wit Bought with a Million of Repentance*, 1592) の中で、シェイクスピアを激しく批判している。「他人の美しい羽でわが身を飾り立てた成り上がりのカラス」というわけである。トマス・ナッシュ (Thomas Nashe, 1567-1601) の書いた『悲運の旅人、またはジャック・ウィルトンの生涯』(*The Unfortunate Traveller, or the Life of Jacke Wilton*, 1594) は、イギリスにおけるピカレスク小説の元祖と言われ、リアリスティックな面を持っている。因みに、20世紀のジェイムズ・ジョイス (James Joyce, 1882-1941) は、ナッシュに少なからぬ関心を示している。

　王政復古期のピューリタンのジョン・バニヤンが書いた『天路歴程』は、世俗のバイブルとも言われるが、世に広く読まれた。宗教書ながら、近代人の息吹を感じさせる読み物である。鋳掛け屋出身のバニヤンは、妻が嫁入り時に持参した聖書で信仰に目覚め、熱心な説教家 (preacher) となった。ジョン・ドライデンは当時の文壇の大御所で、詩、劇、評論などに多彩な活躍振りを見せたが、小説作家というわけではなかった。

　17世紀の清教徒革命や名誉革命 (1688) などを通じて、次の18世紀における近代的市民社会発展のための準備がなされた。イギリス経験論の大哲学者ジョン・ロックは、ウィリアム3世 (William Ⅲ) とも関係が深く、名誉革命の理論的支柱としての役割も果たした (主著は『人間悟性論』)。

　ともかく、18世紀における中産階級を母体とした市民社会が、小説の誕生と発展を促したわけである。

　ジョウゼフ・アディソン (Joseph Addison, 1672-1719) とリチャード・スティール卿 (Sir Richard Steele, 1672-1729) の二人が共同で、『タトラー』(*The Tatler*)、『スペクテイター』(*The Spectator*) などの新聞を発行した。道徳的、教訓的、啓蒙的なエッセイなどを主体としたが、人々の知識や教養を高め、彼らを楽しませつつ、女性の読者も含めた読者層の拡大にも大いに貢献した。作家のデフォーも、『レヴュー』(*The Review*) を10年間独力で発行し続けた。

第 2 章　小説（ノヴェル）の誕生と展開

　小説誕生の夜明け前とも言えるこの時期 18 世紀初期に、ダニエル・デフォーやジョナサン・スウィフトの活躍が見られた。彼らは、"準小説"、"亜小説"とも言うべき作品を発表した。プロテスタントの庶民の子としてロンドンに生まれたデフォーは、新興中産階級の代表者のような存在であり、実業家としても活躍した。初期資本主義の体現者のような面も有している。エッセイやパンフレット類を含めて生涯に凡そ 500 もの作品を著した。彼は『ロビンソン・クルーソーの生涯と不思議な驚くべき冒険』や『有名なモル・フランダーズの幸、不幸の物語』(The Fortunes and Misfortunes of the Famous Moll Flanders, 1722) などを書いて、しばしば小説の元祖ともみなされている。ヴァージニア・ウルフ (Virginia Woolf, 1882-1941) は、デフォーをイギリス小説の源流としている。他方、アイルランド人で僧侶のスウィフトは、風刺の才を生かして、『ガリヴァー旅行記』(Gulliver's Travels〔Travels into Several Remote Nations of the World by Lemuel Gulliver〕, 1726) を書いた。奇抜なエッセイ『奴婢訓』(Directions to Servants in General, 1745) などもよく知られている。彼にはアイルランドの愛国者としての一面もあった。

　デフォーやスウィフトは、確かに散文物語作家として卓越していたが、彼らの物語の内容は市井の、庶民の日常生活からはかけ離れており、リアリズム小説にはまだ到達し切っていなかった。

　近代小説ノヴェルの第一号とされる『パミラ、或いは美徳の酬い』は、印刷業者のサミュエル・リチャードソンによって 1740 年に出版された。リチャードソンも、デフォーのように、庶民の出で、プロテスタントであった。若い頃からまじめで、"serious" というあだ名がついていた。印刷屋に奉公に出ることから始めたが、文筆の才に優れた若者で、恋文の代筆などまで頼まれていた。後年、ある出版人から模範書簡集を編んでくれるように頼まれたのがきっかけとなって、『パミラ』を書くに至った。作者が 50 歳になって出したこの書簡体小説は、あるお屋敷に奉公に出された 14 歳の少女パミラ・アンドルーズが主人の Mr. B に迫害されるが賢明に堅固に身を処して、貞操を守り通し、遂に改心した主人と目出度く結婚するという物語である。大勢の読者の涙を絞らせ、また貧しい庶民の娘が玉

の輿に乗って貴族の仲間入りをするという結末とも相俟って、大ヒットした。手紙に特有の心理描写に優れた作品である（書簡と小説の起源との関係には意味深いものがある）。また、中産対貴族という階級対立の一側面も有している。リチャードソンは、作品の終りのほうで、国王の髑髏も乞食の髑髏も並べて見れば、何の違いもない、と書いている。

『パミラ』は諸外国語にも訳され、既述の通り、ドイツのゲーテの『若きヴェルテルの悩み』（*Die Leiden des jungen Werthers*, 1774）やジャン-ジャック・ルソーの『新エロイーズ』（*La Nouvelle Héloïse*, 1761）などに深い影響を与えた。

リチャードソンは、『パミラ』の続編を書き、さらに大作の『クラリッサ・ハーロウ』（*Clarissa Harlowe, or the History of a Young Lady*, 1747-48）や『サー・チャールズ・グランディソン』（*The History of Sir Charles Grandison*, 1753-54）を発表した。『サー・チャールズ』では、初めて男性を主人公にしたが、成功はしなかった。リチャードソンは出版社に約束していた模範書簡集も、『書簡文範』（*Familiar Letters*, 1741）として出版している。彼の印刷業の方も大成功を遂げた。イギリス議会の議事録の印刷なども行っている。

サマセット・モーム（William Somerset Maugham, 1874-1965）により18世紀最大のイギリス作家と目されたヘンリー・フィールディングは、貴族階級に属する。彼は最初のうち10年ばかりは脚本を書いていた。男性的な性格で、ユーモアの感覚にも富んでいる。

フィールディングは、リチャードソンの『パミラ』の大ヒットに対して、その痛烈なパロディたる小編『シャミラ・アンドルーズ』（*An Apology for the Life of Mrs. Shamela Andrews*, 1741）を出した。『パミラ』の偽善性を突こうとしたものである。フィールディングはさらに、パミラの弟ジョウゼフを主人公とする『ジョウゼフ・アンドルーズ』（*The Adventures of Joseph Andrews*, 1742）を書いた。このピカレスク小説において、小説家としての自らの確たる道を見定めることができた。こうして彼の最高傑作『捨て子、トム・ジョーンズの物語』が執筆される。やはりピカレスク小説である。これはもう『パミラ』を離れて、フィールディング独自の世界となってい

る。そこには 18 世紀イギリスのユーモアやアイロニーに満ちみちた、おおらかで壮大な絵巻が展開されているのである。

　リチャードソンとフィールディングという二人の対照的な作家たちが競い合うことにより、誕生したばかりの小説はいきなり目覚ましい隆盛を極めることになった。

　こうした両者に加えて、僧侶のローレンス・スターン（Laurence Sterne, 1713-68）は、『紳士トリストラム・シャンディの生涯と意見』を著し、大ヒットした。スターンはたちまち社交界の寵児となった。この本は奇想天外なところを持つ奇抜な小説で、大勢の読者をとりこにした。小説創作の基本作法を破壊している印象を与える作品である。今日では、20 世紀の「意識の流れ」にも通じる心理的な面を有した大作とみなされている。スターンは、『フランスとイタリアの感傷旅行』（A Sentimental Journey through France and Italy, 1768）も書いた。18 世紀の感傷主義（センティメンタリズム）は、このスターンやリチャードソンの世界にもよく反映されている。他方、軍医のトビアス・スモーレット（Tobias George Smollett, 1721-71）は、スペインのセルヴァンテス（Miguel de Cervantes, 1547-1616）の影響を受けて、ピカレスク小説を著した。西インド諸島にも住んだことがある。後、ロンドンに帰り、外科医をやりながら『ロデリック・ランダムの冒険』（The Adventures of Roderick Random, 1748）を発表した。さらに『ペリグリン・ピックルの冒険』（The Adventures of Peregrine Pickle, 1751）や『ハンフリー・クリンカーの探検旅行』（The Expedition of Humphrey Clinker, 1771）などを書いた。スモーレットは、トマス・ナッシュ以来のイギリスにおけるピカレスク小説の伝統をさらに進展させたのである。

　以上の四大作家は「四車輪」（Four Wheels）と呼ばれることがある。小説は、その出発点において、早くも見事な多様性を見せたのである。

3

　隆盛を見た 18 世紀半ばの小説界も、「四車輪」の人々が亡くなった後、30 年間ばかりの空白期に入った。この時期を埋めたのが、リチャードソ

ンらを模倣する亜流の作家の作品を除けば、感傷小説やゴシック・ロマンス、ピカレスク小説などであった。

　感傷小説の分野では、先ず、『英語辞典』(『ジョンソン辞典』〔*A Dictionary of the English Language*, 2 volumes, 1755〕) で有名なサミュエル・ジョンソン博士が書いた『アビシニアの王子ラセラス』(*Rasselas, Prince of Abyssinia*, 1759) が挙げられる。オリエンタルな色合いに富み、道徳的、教訓的な物語である。19世紀のヴィクトリア朝期にかけて広く読まれた。シャーロット・ブロンテの『ジェイン・エア』の中でも、病弱なヘレン (Helen) がジョンソンのこの本を読んでいる。ジェインはそれを読もうとはしていないが――。

　因みに、ジョンソンは、辞書や小説のほかにも、詩、評論、劇、ジャーナリズムなどで幅広く活躍した。文壇の大物として、「文学クラブ」を率いた。その会員には、文才にたけたオリヴァー・ゴールドスミス、『サミュエル・ジョンソン伝』(*The Life of Samuel Johnson*, 1791) の著者ジェイムズ・ボズウェル (James Boswell, 1740-95)、政治家、政治思想家のエドマンド・バーク、ローマ史のエドワード・ギボン、劇作家のリチャード・シェリダン、『国富論』のアダム・スミス、革新的政治家のチャールズ・フォックス (Charles Fox, 1749-1806) など錚々たるメンバーがいた。

　ゴールドスミスの小説『ウェイクフィールドの牧師』(*The Vicar of Wakefield*, 1766) も、道徳的感情を重視した、教訓的、感傷的作品である。ファニー・バーニー (Frances〔Fanny〕Burney〔Madame d'Arblay〕, 1752-1840) は初期の女流作家の一人であり、リチャードソン風の感傷的な作品を書いた。『エヴェリーナ』(*Evelina, or, the History of a Young Lady's Entrance into the World*, 1788)、『セシーリア』(*Cecilia, or, Memoirs of an Heiress*, 1782) などである。

　ゴシック・ロマンスは恐怖派の小説とも言われる。その第一号は、ホレス・ウォルポール (Horace Walpole, 1717-97) の『オトラント城』(*The Castle of Otranto*, 1764) である。『マクベス』(*Macbeth*, シェイクスピアの作品。上演1606、出版1623) 的な中世イタリアの復讐の物語である。いかにもゴシック物らしく、作中で超自然現象 (彫像が血の涙を流したり、

肖像画からその人物が歩み出したりする）なども起こる。ホレスの父は、ホイッグ党の党首ロバート・ウォルポール（Robert Walpole, 1676-1745）首相だった。ホレス自らも国会議員を務めたが、むしろ粋人、風流人だった。彼の中世風の館ストローベリー・ヒルも世人に知られていた。『オトラント城』は、大変な評判を取った。

また、女流作家アン・ラッドクリフ（Ann Radcliffe, 1764-1823）の『ユードルフォの神秘』（The Mysteries of Udolpho, 1794）も、この分野の代表的な作品である。自然描写などにも優れている。彼女の修道士を描いた『イタリア人』（The Italian, or the Confessional of the Black Penitents, A Romance, 1797）も迫力に満ちた作品である。

マシュー・ルイス（Matthew Gregory Lewis, 1775-1818）は『僧侶』（The Monk, 1796）を書いて、「僧侶ルイス」（Monk Lewis）と呼ばれた。血しぶきの飛ぶ邪淫に彩られた、ファウスト的な凄惨な作品である。

下院議員にもなったウィリアム・ベックフォード（William Beckford of Fonthill, 1759-1844）の『ヴァセック』（Vathek, 1786）も、東洋趣味を掻き立てる、『千夜一夜物語』風の幻想的な作品である。彼の豪勢なフォントヒル（Fonthill）屋敷も有名だった。

メアリー・シェリー（Mary Shelley, 1797-1851）の『フランケンシュタイン』（Frankenstein, 1818）は19世紀に入ってからの作品であるが、ゴシック・ロマンス最後の傑作である。そして、SF小説のはしりのような存在でもある。彼女の父ウィリアム・ゴッドウィン（William Godwin, 1756-1836。因みに、彼女メアリーの母は女権運動家メアリー・ウルストンクラフト〔Mary Wollstonecraft, 1759-97〕である）は、『政治的正義の考察』（The Principles of Political Justice, 1793）を著した社会思想家である。ゴッドウィンはアナーキズム理論の元祖とも言われるが、他にゴシック・ロマンスの代表作の一つ『ケイレブ・ウィリアムズの冒険』（Things as They Are, or the Adventures of Caleb Williams, 1794）を書いた。主人公の青年が悪人の主人に追われる物語である。作者の思想を世人に分かりやすく説こうとした作品と言われる。

ヨーロッパのゴシック・ロマンスは、書簡体小説や感傷小説とともに、

新大陸アメリカの初期の文人たちにも大きな影響を与えた。チャールズ・ブロックデン・ブラウン（Charles Brockden Brown, 1771-1810）やエドガー・アラン・ポーなどがそうである。アメリカ小説の祖とも言われるブラウンの『ウィーランド』（*Wieland*, 1798）は、腹話術師に操られた主人公の若者が、狂気に取りつかれて家族を惨殺するという恐ろしい物語である。副題にある「変身」（transformation）という語は、新大陸的、空間的な特徴の顕著なアメリカ生活におけるアメリカ人の自己確認（identification）の困難さも表しているのではなかろうか。

　イギリスでは19世紀に入ると、ジェイン・オースティン（Jane Austen, 1775-1817）の諸作品が現れ、さらにウォルター・スコット卿（Sir Walter Scott, 1771-1832）、次いで多数のヴィクトリア朝期の作家たちが登場してくる。小説が詩歌に取って代わり、文学の王座につくようになってゆくのである。

4

　日本の文学も、明治以降、欧米小説の影響を強く受けた。その結果、大勢の作家が欧米的な手法で書くようになった。例えば、芥川龍之介は、イギリス文学を専攻したことから、ウィリアム・モリス（William Morris, 1734-96）を卒業論文の題材とした。彼の「藪の中」は、アメリカの作家アンブローズ・ビアス（Ambrose Bierce, 1842-1914?）の短編小説「月に照らされた道」（"The Moonlit Road"）やイギリスの詩人ロバート・ブラウニングの大作『指輪と本』（*The Ring and the Book*, 1868-69）などの影響を受けている。また、「河童」は、モリスの『ユートピア通信』（*News from Nowhere*, 1891）やスウィフトの『ガリヴァー旅行記』、サミュエル・バットラー（Samuel Butler, 1835-1902）の『エレフォン』（*Erewhon*, 1872）、ルイス・キャロル（Lewis Carroll〔Charles Lutwidge Dodgson〕, 1832-98）の『不思議の国のアリス』（*Alice's Adventures in Wonderland*, 1865）などの影響下にある。その他、夏目漱石はイギリス文学の、森鴎外はドイツ文学の、有島武郎はアメリカ文学の、…という具合に、実際、枚挙に暇がない。

現代においても、三島由紀夫は日本のヘミングウェイ(Ernest Hemingway, 1899-1961) と呼ばれたし、中上健次はフォークナー (William Faulkner, 1897-1962) のいわゆる「ヨクナパトーファ・サーガ」(Yoknapatawpha Saga) を故郷の紀州熊野に再構築しようとした。村上春樹がスコット・フィッツジェラルド (Francis Scott Fitzgerald, 1896-1940) に心酔していることは、周知の通りである。

　なお、イギリス小説がリアリズム主体の文学であるのに対して、同言語の国でありながらアメリカ小説は、極めてロマン主義的である。これは、両国における小説の成り立ちと関係することであり、やはりそれぞれの国の歴史や国民性、地理的背景や精神風土などによるところが大きい。デフォーやリチャードソン、チャールズ・ディケンズらの世界とラルフ・ウォルドー・エマソン (1803-82) やナサニエル・ホーソン、ハーマン・メルヴィル (Herman Melville, 1819-91) らの世界とを対比してみるのも興味深いことであろう。

第Ⅱ部

源　流

第 3 章

中世のロマンス

1

　イギリス文学史の初頭を飾る古代英語期のアングロ・サクソン語の文学には、幾篇もの叙情詩と有名な英雄叙事詩『ベイオウルフ』(*Beowulf*, 7 世紀～8 世紀) が生まれた。吟遊詩人 (scop) を歌った最古の英詩と言える物語詩『ウィドシス』(*Widsith*,「遠くへ旅せる人」"far-traveller"の意) は、7 世紀後葉頃の作品とされている。一方、『ベイオウルフ』は古代英語期きっての傑作であり、2 部、3182 行からなるかなりの長篇である。西暦 700 年頃に写本が出来たと考えられている。日本で大宝律令が成立した (701 年) 頃のことである。因みに、『古事記』が太安万侶によって上進されたのは 712 年、『日本書紀』が完成したのは 720 年である。

　『ベイオウルフ』は勇壮な冒険物語であり、荒涼たる北海を舞台として古代北欧人の荒々しいが質実剛健の気風に満ちた精神と彼らの勇敢な活動振りを、古代英語詩特有の頭韻を駆使して、簡素ながら力強くしかも率直に歌ったものである。

　第 1 部では、デネ（デンマーク）の王国の由来から始まって、フロスガール王によるヘオロット宮殿の建設、カインの族である怪物グレンデルの宮殿襲撃と 30 人の殺害などが語られる。さらに、ヒューゲラークの甥ベイオウルフが 14 人の武者とともにゲアタースの国から来援し、襲い来ったグレンデルの片腕をもぎとるが、怪物の母親がやって来て、フロスガール王の部下の一人を殺害したため、彼ベイオウルフが沼の底の怪物の住むところへ降りて行って母親を殺し、グレンデルの首を切って水上に戻ることが物語られる。そしてベイオウルフは、ヒューゲラーク王の宮殿へと帰

国してゆくのである。

　第2部では、王座について50年間統治した老王ベイオウルフが、宝物を盗まれて怒った火龍が国を荒らしたため、それと戦う話が語られる。老王は、ただ一人逃げないで従った勇敢な部下ウィグラーフとともに遂に火龍を倒すが、自らも致命傷を受けてしまう。死に瀕したベイオウルフ王は、火龍の宝物を見ようとする。最後に王は火葬され、ゲアタースの人々や従者たちは、主君の死を嘆き悲しみ、彼が王の中の王だったと称(たた)えるのである。

　『ベイオウルフ』は、悲劇的ながらも勇壮な英雄物語である。未来の予想や過去の回想、反復、マクロ構造など、特徴のある諸工夫も指摘できる作品である（*Beowulf An Edition* by Bruce Mitchell and Fred C. Robinson, Blackwell）。

　古代英語期には、このほかに、宗教詩、説教文、学僧たちによるラテン語の著作物などが見られるが、その中で、やはり当時学問の一中心だったノーサンブリア出身の学僧ビード（Bede, 673-735）の新約聖書（『ヨハネ伝福音書』）の英訳（735）が注目される。ビードは、ラテン語で多分野に及ぶ数多くの作品を著したが、とりわけ労作『イギリス国民教会史』（*Historia Ecclesiastica Gentis Anglorum*, 731）が有名である。だが、ここでは、英語散文文学の最初のものとしての上記の聖書英訳に注目しておきたい。

　もっとも、この方面では、ビード以上に、ウェセックス国王アルフレッド大王（Alfred the Great, 849-901）の業績が大きい。彼の英語散文、と言ってもやはり今日の英語とは形態の違う古代英語のことなのであるが、その彼のなした英語散文創始への貢献は特筆されねばならない。アルフレッド大王は、ウェセックス（西サクソン）王国の王位に即いた（871）後、デーン人の激しい攻撃に立ち向かい、よくこれを抑制して、ブリテン島に平和をもたらした。同時に、学問好きの彼は、教育の発展に努め、諸学や文芸を大いに奨励した。その結果、ウェセックス王国の首都ウィンチェスターは、文芸の一大中心地となった。大王自身は、ラテン語作品の翻訳に従ったほか、有名な『アングロ・サクソン年代記』（*The Anglo-Saxon*

Chronicle, 891?–1154?)編纂に尽力している。同年代記は紀元1世紀から1154年までをしるしたもので、数世紀にわたってウィンチェスター、カンタベリーなどの修道士（monk）が執筆に携わったとされている。単調な文章の多い中で、デーン人との戦い（893-7）を扱った部分や「ブルナンバーの戦い」（937）などの描写は、大変優れている。大王は、在世中、この編纂を監督する立場にあったが、彼自身も最初から9世紀末までの部分には筆を加えているとされている。ともかく、この注目すべき事業に対する大王の寄与には極めて大なるものがある。このようなわけで、大王は英語散文文学の祖としての栄誉を担っているのである。

図2　ロンドン・ウォール（London Walls）。ローマ帝国の古城壁。ロンドン。

なお、アングロ・サクソン人（Anglo-Saxons）のブリテン島への侵入は5～6世紀頃のことであるが、この島は、それ以前のケルト人の時代から大陸文化の影響を受けていた。即ち紀元前1世紀のジュリアス・シーザー（Julius Caesar, 100-44B.C.）の軍隊以来のローマ軍団の侵略と統治は、早くからこの島にローマ文化、ラテン文明を移植していた。だが、文化面で

それ以上に大きな働きをしたのがキリスト教の伝播である。キリスト教がブリテン島に伝来したのは 6 世紀末頃のこととされているが、北方のスコットランド地方（Scotland）には、アイルランド（Ireland）を経てもっと早い時期に流入していた。聖オーガスタン（Saint Augustine, ?–604 または 605）は、初期イギリス布教史の中で最も有名な人物である。ベネディクト派に属する彼は、宣教のため 597 年に来島（来英）し、やがて、最初のカンタベリー大司教に就任した。以後、カンタベリーは、この国の宗教活動の第一の拠点となった。ビードの聖書翻訳については先に触れた。

このようにして、ラテン文明とその核をなすキリスト教が、多分に粗野で荒くれた古代ブリテン島民を徐々ながらも教化し、啓蒙していった。それらが古代英語期の学問や文芸の進展に寄与したことは明らかである。ラテン語は、ずっと後まで、つまり 16 世紀頃まで宮廷や上層の階級、知識人たちの間で用いられるが、当時の国際語とも言うべきこの言語が、散文を含む古代英語の世界に与えた諸影響も無視出来まい。

2

西暦 1066 年、幅狭いドーヴァー海峡の南からノルマンディ公ウィリアムが、イギリス王位継承権を主張してブリテンの島に上陸して来た。この事件が史上に名高いノルマン征服（the Norman Conquest）である。ウィリアム征服王（William the Conqueror, 1027–87）と呼ばれる公は、ヘイスティングズの戦いでイギリス王（サクソン王）ハロルド 2 世（Harold II, 1022?–66）を敗死させ、ウィリアム 1 世（William I）としてイギリス王位に即いた。この結果、フランス文化がどっと流入し、宮廷を中心とした公用語もフランス語に定められた。こうしてフランス語やラテン語が優勢になったため、古来の英語は沈滞、雌伏を余儀なくされることになった。

こうした経緯をへて新しく生まれたのが「中世英語」である。これは、以前の古代英語に比べてはるかに進歩、充実したものであり、全く面目を一新していた。この中世英語は、語彙数を始め、形態、機能等すべての面で、非常に豊かになっていた。それを可能ならしめたのは、フランス語の

影響である。今日、英語の名詞で古代英語系が全体の約2割、フランス語系が約8割と言われ、また長音節語の大半はフランス語系とみなされているが、その端緒はウィリアムの征服業にあったということなのである。中世英語も今日の英語との間にはかなりの開き、つまり違いがあり、古代英語同様に一定の訓練を受けねば読解することは困難である。しかし、この中世英語が、すべての面で素朴かつ貧弱だった古代英語よりもはるかに豊かで洗練された言語となっていることは明らかである。中世英語は、ジェフリー・チョーサーの文学において最大限の開花を見せることになる。

　ウィリアム王以後、イギリスは純然たる中世封建国家の形体を整えてゆくことになる。天を突いて聳えるゴシック建築、勇敢な騎士道精神、絵巻物のように華やかで勇壮な騎士の馬上試合、さらには十字軍、百年戦争（1337-1453）などに象徴されるヨーロッパのあの中世社会、…ブリテン島もいよいよそうした本格的中世時代に入ってゆく。

　イギリス文学は、中世英語の時代になると、詩、散文の両面で、質、量共に前の古代英語期よりもずっと進展する。詩では、オーム（Orm, 1200年頃）やショーラムのウィリアム（William of Shoreham, 1320年頃）たちの宗教詩、作者不明の『梟とナイティンゲール』（*The Owl and the Nightingale*, 1220年頃）やウィリアム・ラングランド（William Langland, 1330?-1400?）の『農夫ピアズの夢』（*The Vision of Piers the Plowman*, 1362, '77, '95年頃）などの寓意詩が現れた。

　叙情詩も大陸の影響を受けて書かれたが、イギリス現存最古の歌たる『郭公の歌』（*Cuckoo-Song*, 1240または1300年頃）や『真珠』（*Pearl*, 1350-80年頃）などがその代表作である。

　また、聖職者ラヤモン（Layamon, 1200年頃）は3万行を越す有名な長詩『ブルート』（*Brut*, 1200, 1250年頃）を書いたが、これはブリテン人の祖とされる伝説的王ブルートやアーサー王、リア王（King Lear、古代ブリテン王の一人）などにまつわるイギリスの古伝説を集めた貴重な作品である。さらに、ジョン・ガワー（Sir John Gower, 1325?-1408）は英語の譚詩集『恋人の告白』（*Confessio Amantis*, 1393年頃）やラテン語詩『叫ぶ者の声』（*Vox Clamantis*, 1382）などを残した。後者は、1381年に起こった有名な

大一揆ワット・タイラー（Wat〔Walter〕Tyler, ?-1381）の乱を描いたものである。しかしながら、中世詩壇において他を圧して聳え立つチョーサーを除くと、同詩壇は依然として随分貧弱なものとならざるを得まい。「英詩の父」と称えられるチョーサーが中世詩壇で、いや、中世文学全体の中で占める位置は、後述するように余りにも重要である。

　他方、中世の散文界であるが、この分野では、モンマスの修道士ジェフリー（Geoffrey of Monmouth, 1100?-54）やトマス・マロリー卿の大業が目立っている。ジェフリーはウェールズ（Wales）の僧であり、ラテン語の『ブリテン列王史』（*Historia Regum Britanniae*, 1136 年頃）を残した。これは古代ブリテン諸王の歴史、伝説を集めた年代記である。本書第一の特徴はアーサー王伝説の創出であるが、ここで初めて、この偉大な国民的英雄像が描写、確立されたのである。しかし、ラテン語で書かれたため、この段階で広く人々に読まれたとは言えない。だが、本書は、やがてジェフリー・ゲイマー（Geoffrey Gaimar, 1150 年頃）やノルマン詩人ウェイス（Wace, 1100-74 年頃）らによりアングロ・ノルマン語に訳され、さらにラヤモンやグロスターのロバート（Robert of Gloucester, 1260-1300 年頃）らの手で英訳されて普及する。

　ランカスターの騎士トマス・マロリーは、このアーサー王伝説の集大成者として有名である。つまり、今に名高い『アーサー王の死』を編んだ。簡潔でリズム感に富んだ散文で書かれている。アーサー王伝説のイギリスにおける最も完成された散文物語集である。本書が、題材、素材の提供などを含めて後世のイギリス文学に与えた影響には絶大なものがある。

　この期の散文界には、他に作者不明の『尼僧の戒律』（*Ancren Riwle*, 1200?）なども見られるが、他方で、ジョン・ウィクリフ（John Wycliffe〔Wyclif〕, 1320?-84）の聖書翻訳の業績も見落としてはならない。

　ところで、中世文学を彩るものとして、バラッド、奇蹟劇、そしてロマンスの三つがあげられる。バラッドは物語中心の民間伝承、民謡の類であり、それだけに作者は大体不明である。奇蹟劇は、中世の演劇形式の一つとして有名である。宗教的なものであり、教会を中心に 11 ～ 12 世紀頃起こり、15 ～ 16 世紀に最も栄えた。厳密には、聖書の物語から取ったもの

を神秘劇、聖徒伝説からのものを奇蹟劇とも言うが、イギリスでは一括して「奇蹟劇」と呼んだ。

さて、問題は「ロマンス」であるが、これは中世独自の物語形式ながらも、小説の歴史の上でどのように位置づけられるかという点の興味も呼ぶものである。このロマンスは、全欧的な規模と広がりを持っており、ヨーロッパ中世文学の顔のような役割を果たしている。「ロマンス」とはもともと「ロマンス語」、要するにラテン系の言語やそれで書かれたもののことを指したが、次第に広くそうして書かれた物語のことを言うようになった。第1章で既に触れたように、このロマンスには、トロイ戦争やアレクサンダー大王などを扱うもの、チャールズ大帝などをテーマとするフランスもの、そしてアーサー王伝説を中心素材とするイギリスものなどがあるとされている。ロマンスは大陸からイギリスにもたらされたものであるが、イギリスではとりわけアーサー王物語やリア王物語に関するものが注目される。

アーサー王圏に属する作者不明の『ガウェイン卿と緑の騎士』(*Sir Gawain and the Green Knight*, 1370年頃) は、特に秀作とされている。2,500行の詩物語であり、『真珠』と同一作者のものとする説もある。頭韻と脚韻を合わせ用いたこの詩物語は、アーサー王の円卓の騎士の一人ガウェイン卿を中心とした話である。ガウェイン卿はアーサー王の妹の子であり、大変勇敢な騎士である。この作品は、4部から成り立つ。クリスマスの時、異様な緑の騎士がアーサー王の宮廷に馬に乗って入って来て、「首切り」の挑戦をするのである。ガウェイン卿がそれを受ける。彼は斧で相手の首を落とすが、その緑の騎士は一年後に再会する約束をし、自身の首を抱えて去ってゆく。ガウェイン卿は一年後敵の城を訪れるが、そこで城主の奥方による三度の誘惑に遭う。けれども、無事にそれを逃れる。そして緑の帯のエピソードもはらみながら、物語は終結へと向かって行く。緑の騎士と城主は同一人物だったのである。ガウェイン卿はアーサー王の宮廷へと戻ってゆく。

池上忠広氏はガウェイン卿について、「人びとの等しく好んだ題材、つまりアーサー王物語の一挿話を物語ったこの作品は、主人公としてガウェ

第3章　中世のロマンス　51

インを思う存分人間味豊かに活躍させている。彼は立派な中世的騎士として見事に描かれている。彼には最大級の賞讃の言葉が数多く投げかけられている。」(『ガウェインとアーサー王伝説』〔秀文インターナショナル〕)と述べている。ガウェイン卿という中世英語文学を彩る一英雄は、イギリス人に親しみやすい、独自の個性を持った人間像だったことがうかがえるのである。

　言うまでもなく、アーサー王というのは5世紀末頃のケルト人の伝説的王であり、王を取り巻く「円卓の騎士」や聖杯探求の伝説も有名である。アーサー王圏の中では、先の『ガウェイン卿と緑の騎士』のほかに、トリスタンとイゾルデの悲恋物語、ガウェイン卿とラグネル姫やランスロット卿と王妃ギネヴィアの恋物語、ガラハッド卿の冒険物語などが有名である。

　アーサー王のことは、最初西暦800年頃にブリトン人ネンニウス(Nennius)の編んだ『ブリトン史』(Historia Brittonum)に見られるが、これはラテン語の書物である。その後、同王の物語は既出のモンマスのジェフリーがネンニウスを基にして書いたラテン語の『ブリテン列王史』、さらにやはり既述のゲイマーやウェイスによるその英訳、ラヤモンの『ブルート』などに現れ、15世紀のマロリーによって集大成の運びとなるのである。マロリーの『アーサー王の死』は、イギリスの印刷の祖であるウィリアム・キャクストン(William Caxton, 1422?-91)によって1485年に出版された。その際、キャクストンは内容にも手を入れたと言われる。マロリーやキャクストンらのこうした努力によって、アーサー王物語は、中世ロマンスの代表であるのみならず、イギリス文学史全体における重要な地位を獲得するに至ったのである。

　リア王の物語も、中世の年代記類や歴史の書物に載せられている。ジェフリーの『ブリテン列王史』、ラヤモンの『ブルート』、グロスターのロバートの書物などである。それが16世紀ルネッサンス期のシェイクスピアに至って独創的かつ深遠な一大悲劇にまで仕上げられるのである。ともかく、このリア王の話も、その原型はアーサー王同様に随分古い時代にまで遡れるわけである。

　それが中世を通じて史的に或いは物語的に書き継がれ、シェイクスピア

による「完成」へと至るのである。

　一体、ロマンスは先に触れたアーサー王伝説や『ローランの歌』『薔薇物語』『狐ルナール物語』(Le Roman de Renart, 1175-1250 年頃) などをその代表的作品とする。この内、『薔薇物語』はチョーサーらによって The Romaunt of the Rose (1360 年頃) として部分英訳され、『狐ルナール物語』のほうは、ウィリアム・キャクストンによって The Historie of Reynart the Foxe (1481) として英訳出版されている。いわゆる「物語」には当然詩で書かれたものと散文で書かれたものの両方があり得るわけであり、ロマンスの場合もそうなるのだが、大体「宮廷恋愛」を扱うものが多く、また内容的に現実性や写実性が著しく欠けている。こうした中世独自のロマンス類と近代小説との関連を説明することは容易でない。一本の大河のように連綿と続く長大なイギリス文学史を俯瞰する時、両者の連絡を全く切断して考えるのは正しくないと言える。しかし両者を直接関連づけることにもやはり無理がある。中世的、夢想的、寓意的なロマンスが次第に現実性を帯びていった結果、近代的小説の世界に立ち至ったと説明するのが自然のようにも見えるのだが、事実はそれほど単純でもなく、中世ロマンスは独特の趣を持つ中世世界の内部においてそれ自体で見事に完成したものとする考え方も、それなりには説得力を有するのである。こうして、ロマンスと近代小説のつながりは、ある意味では肯定出来るし、別の意味では否定出来るということにもなるであろう。全く否定し去るのは正しくなかろうが、そのまま直結させるのも不自然ということである。

　この点に関連して、ウォルター・アレン (Walter Allen) は、ジョン・バニヤン以前の英語の作品で、現在の小説の形は持たないが、小説の形を有するものとしてチョーサーの数作、『カンタベリー物語』中の「総序の歌」(Prologue) と「バースの女房の話」『トロイラスとクリセイド』(Troilus and Criseyde)、並びにチョーサーの弟子のロバート・ヘンリーソン (Robert Henryson, 1430?-1506) の『クリセイドの遺言』(Testament of Cresseid 〔1532 年印刷。チョーサーの『トロイラスとクリセイド』の続編と言われる〕) のみを挙げる。そして、アレンは、チョーサーのリアリズム、ヘンリーソンの厳しさ、非情さに注目しつつ、彼らの作品をまるで「散文小説

のようだ」と評し、続いて次のように述べている。

　　それら（上記の諸作――筆者註）は彼ら（14世紀及び15世紀の読者
　――筆者註）の世界と彼らの時代の作品であったが、偶然にも彼らの
　世界と時代の両者を超えたものでもあった。おそらくそれらの作は、
　中世の散文ロマンスと今日の小説に近いものとの間の割れ目に橋渡し
　をしたかも知れない。しかし、ChaucerとHenrysonは終わりであって
　始まりではなかった。1400年にChaucerが死ぬとともに言語構造は
　変化し、その後、詩は150年の間多少衰退するが、再発見されると、
　エリザベス朝演劇に驚くべき花と開くのである。
　　　　　――ウォルター・アレン『イギリスの小説――批評と展望』（和知誠之助監修）

大変示唆的な文章である。

ジェフリー・チョーサーは、既に述べたように、「英詩の父」と呼ばれ、中世文学の完成者と考えられている。彼はイタリア・ルネッサンスの早い時期の（イギリスへの）移入者であり、イギリス文学史上の偉大な先覚者であった。彼の働きがあって始めて、後世16世紀イギリスのルネッサンスの華々しい開花があり得たのである。

ロンドンの富裕な葡萄酒商人ジョン・チョーサーの子として生まれたジェフリー・チョーサー（Geoffrey Chaucer, 1340?–1400）の生涯は、百年戦争（1337–1453）従軍、エドワード3世（Edward Ⅲ）の宮廷への出仕、外交官としてのフランス行きやイタリア行き、そうした間の目覚ましい著作活動などに彩られている。彼の文学活動を三つに分けると、まず青年期、つまり第1期のフランス文学の影響を受けた時代には、先に挙げた『薔薇物語』の一部分の英訳たる *The Romaunt of the Rose*、『公爵夫人の書』(*The Boke of the Duchesse*, 1369–70 執筆) などに取り組んだ。次のイタリア期においては、彼はルネッサンスのイタリア文学、即ちダンテ（Dante Alighieri, 1265–1321）、ペトラルカ（Petrarch, 1304–74）、さらにボッカチオ（Giovanni Boccaccio, 1313–75）らの作風に強く影響されている。この時期の作品には『百鳥の集い』(*The Parlement of Foulles*, 1382年頃)、『トロイラスとクリ

セイド』(*Troilus and Criseyde*, 1383 年頃)、『誉の宮』(*The House of Fame*, 1384 年頃)、それに『貞女伝説』などが見られる。そして最後の第 3 期において、最大傑作『カンタベリー物語』が生まれる。

　『カンタベリー物語』は未完成ながらも、1 万 7 千行に及ぶ長大な韻文傑作である。英雄対韻句で書かれている。チョーサーは、イタリアに開花したルネッサンスの息吹に身をもって触れ、学ぶところ多大であったが、その影響がこの作品に如実に反映している。「小話」(tale) をつないでゆく構成 (合計 24 話を語ったところで未完に終ったが) は、そのままボッカチオの『デカメロン』(*Decameron*, 1344-50) を思わせる。冒頭に付された 858 行の「総序の歌」(Prologue) は、最もよく読まれる部分であるが、作者はここで語り手たちを生き生きと描写し、紹介している。29 人 (後 31 人) の語り手たちはみなカンタベリー巡礼者であり、彼らが、参詣途中の宿屋の主人の案で各々順番に、行きに 2 話、帰りに 2 話物語るという形を取っているのである。チョーサー自身も 2 話を語る。

　本作には写実の精神がみなぎり、リアリズムに満ちている。そこには早くも時代を先取りした、近世の曙光に彩られた地平線への強い志向が見受けられる。即ち、中世への訣別である。

　浮き世を活写した本書内には、あらゆる階層の人々が登場する。ここでは最早主人公は王侯貴族たちではない。従来のロマンスの迷霧はきれいさっぱり取り払われているのである。そこには明るいユーモアと鋭い皮肉や風刺がふんだんに盛り込まれている。こうした写実主義的執筆姿勢には、18 世紀における「ノヴェル」誕生の文学精神に通じるものさえある。チョーサーは、主に詩人として活躍したのであるが、文人としての心のありようにおいて、中世〜エリザベス朝期の散文ロマンス作家たちよりもはるかに近代小説の作者たちに近かったように見える。既に引いたウォルター・アレンの言葉が思い合わせられる。チョーサーは、作中に生き生きとしてはいるが、汚い言葉も書き込んだ。そうした言葉は、14 世紀中葉のロンドン英語であった。それは活力に満ちた土着の言葉であった。

　ヴァージニア・ウルフ (Virginia Woolf, 1882-1941) は、ノーフォーク州の旧家の『パストン家書簡集』(*The Paston Letters*, 1422-1509) に見られ

る粗削りな口語的英語をチョーサーの英語の原型と想像した。この『パストン家書簡集』は、15世紀イギリスを知る上で大変貴重な資料となっており、1787年にその一部が出版され、1904年になって完全版が出されている。ともかく、ウルフはこう言っている。

　チョーサーが生きていたとき、彼はじつにこの言葉、事実に即し、反比喩的で、分析よりかいっそう物語に適し、宗教的な荘厳さやおおらかなヒューマーを表わすことはできるが、男や女が面と向かって挨拶を交すばあい、口にするのはちょっと固い、そういう言語を聞いていたのにちがいない。手短く言うと、このパストン家の手紙から、なぜチョーサーが『リア王』や『ロミオとジュリエット』を書かなくて『カンタベリー物語』を書いたかを知るのは容易である。
　　　　　　　　　　　　　——桝井迪夫『チョーサーの世界』

　『カンタベリー物語』に代表されるチョーサーの文学世界にみなぎる活力と新鮮さ、ある種の近代性は、このような言語と切り離して考えることは出来ないであろう。チョーサーは総合的でスケールの大きな一個の偉大な個性であった。彼と彼の文学が後世に与えた影響には、シェイクスピアやミルトンなどの場合と同様に、計り知れないものがある。その影響の内には、英語の形成に対するそれも含まれるのは当然のことである。
　チョーサーが移植しようとしたイタリアのルネッサンスは、イギリスにおいて直ぐには育たず、その全国的開花は百年余り後のことになる。しかし、先覚者としての彼の指し示した方向は、バラ色に輝くものだった。彼の登場と活躍は、イギリス中世の終焉の間近きこと、新時代の到来の迫っていることをともに告げるものだったのである。
　チョーサー没後の15世紀イギリスは、政治的、社会的には、前世紀から引き続く百年戦争（1453年、カスチヨンの戦いでフランスがギエンヌを回復し、終結する）や内乱たる薔薇戦争（1455年–85年）などにより掻き乱されたが、文学的にも沈滞した時期であった。即ち、チョーサー亜流の群小詩人たちが活躍するに止どまったのである。ジョン・リッドゲイト

(John Lydgate, 1370?-1450?) スコットランド王ジェイムズ1世（James Ⅰ of Scotland, 1394-1437）、ウィリアム・ダンバー（William Dunbar, 1460?-1530?）、デイヴィッド・リンゼー（David Ly〔i〕ndsay, 1490-1555）、ジョン・スケルトン（John Skelton, 1460?-1529）などである。

　一方、この時代の散文界には、トマス・マロリー卿の『アーサー王の死』は別格として、既述の『パストン家書簡集』の他、作者不明のラテン語の中世物語集『ローマ人の行状記』（*Gesta Romanorum*）の英訳（リア王の物語も含まれると言う）、ウォルター・ヒルトン（Walter Hylton, ?-1396）の宗教書『完全の尺度』（*The Scale of Perfection*, 1390-5年頃）、カトリック側に立ち、ウィクリフ派を攻撃したレジナルド・ピコック（Reginald Pecock, 1395?-1460?）の宗教論、ジョン・フォーテスキュー（Sir John Fortescue, 1394?-1476?）の政治、法律論などが見られる。

　ともかく、以上のようなイギリスの古代文学、中世文学の宝庫が存在したからこそ、16世紀のエリザベス朝文学の世界があのように華やかにダイナミックに花開くことが出来たのである。

第4章

ルネッサンスの時代

1

　南欧のルネッサンスは、イギリスにおいては、ようやく16世紀初頭になって、「人文主義」という形で開花した。ヘンリー8世の時代を中心に多くの人文主義者たちが活躍したが、その代表がトマス・モアである。人文主義者たちの学問は「新学問」と言われた。この運動は、オックスフォードのジョン・コレットらを唱導者としており、ヒューマニズムに基づき、神中心の中世的ヘブライ思想から自由な古代ギリシャ精神に回帰しようとするものであった。文字通り、人間中心主義の運動である。

　だが、中世的香りを残すイギリスに新精神を吹き込み、その近代化に大いに貢献した人文主義運動も、その寿命は長くはなかった。もともとこの運動は比較的少数の天才やインテリたちの手により押し進められたものであり、一般大衆のレヴェルまで広く及んだものではなかった。それに、オランダ人のエラスムス（Desiderius Erasmus, 1466–1536）のイギリスへの影響、彼のモアとの深い結びつきなどにも見られるように、同運動はヨーロッパ大陸との関連が深く、必ずしもイギリス固有のものではなかった。そこに厳しい「宗教改革」の嵐が激しく吹きつけたのである。

　大体、人文主義と宗教改革は共に新しい運動であり、「反中世」という立場においては同じであった。しかし、過激なまでの勢いを振った宗教改革の嵐は人文主義を、その体質において時代的な制約もあったのであろうが、教養人のみに基盤を置くという脆弱さを持ち、明るいが穏健で不徹底でもあった人文主義を圧倒してしまったのである。こうしてこの新運動は、ヘンリー8世の時代で終焉を告げてしまった。なお、イギリスの人文主義

者には、モアのほかに、次のような人々がいる。まず、ウィリアム・グローシン（William Grocyn, 1446?-1519）は、ギリシャ学者として有名であった。トマス・リナカー（Thomas Linacre, 1460?-1524）は、1509 年以降、ヘンリー 8 世の侍医をつとめ、1523 年王女メアリー・テューダー（Mary Tudor, 1516-58, 在位 1553-58）のラテン語教師にもなっている。『文法初歩』（*Rudimenta Grammatices*）は王女の師として書いたものである。メアリーは、後、イギリス女王の位に即いた（在位 1553-58）。さらにジョン・コレット（John Colet, 1467?-1519）は、オックスフォード大学の新約聖書学者として知られ、エラスムスの先輩にも当たった。以上のような人々がオックスフォードに新学問を開いたのである。

このほかにもギリシャ・ラテンの学問の教育者たちがいる。トマス・エリオット卿（Sir Thomas Elyot, 1490?-1546）は外交官でもあった。『君主の教理』（*The Doctrinal of Princes*, 1534）などを著している。T. S. エリオットの先祖とも言われている。ロジャー・アスカム（Roger Ascham, 1515-68）は『愛弓論』（*Toxophilus*, 1545）や『教師』（*Scholemaster*, 1570）などの作品を書いたが、何よりもエリザベス女王の師として有名である。他方、ジョン・チーク（Sir John Cheke, 1514-57）はエドワード 6 世（Edward VI, 在位 1547-53）の教師であった。ケンブリッジ大学の初代ギリシャ語欽定講座担任教授をつとめた彼は、迫害を受けて、プロテスタントとしての信仰を止めている。当時のプロテスタントの生き方の困難さを例示するものである。

因みに、ヘンリー 8 世時代の大法官トマス・ウルジー枢機卿（Cardinal Thomas Wolsey, 1475?-1530）はオックスフォードに新カレッジを設けたし、ジョン・フィッシャー僧正（Bishop John Fisher, 1469-1535）も、ケンブリッジに新学問を広めている。彼は、ヘンリー 8 世により死刑に処せられている。

ともかく、こういう風にして、上層、インテリ層に限られていたとは言え、当時の学問の盛んなさま、学問への熱意のほどが偲ばれる。一時的ではあったが、人文主義は、中世から近世への過渡期、激動の時代にあるイギリスに明るくすがすがしい新風を送り込んだ。その新風を体いっぱいに

受けて育ったエリザベス女王（Elizabeth I, 1533-1603, 在位 1558-1603）
——ヘンリー8世と第2の后アン・ボレーン（Anne Boleyn, 1507-36）の
間に生まれた娘——の治世下に、シェイクスピアを筆頭とする華やかなロ
マン主義文学の花が咲き誇るのである。そしてこの女王の時代、英語散文
の発展と相俟って、イギリス小説の新しい歴史も始まる。だが、この活力
にあふれた目覚ましいロマン主義文学運動も、その土壌は前の時代に既に
耕されていたのである。

2

　さて、中世のイギリスにも宗教改革の先駆者がいた。ジョン・ウィクリ
フである。彼は、既に14世紀において、教会の腐敗、法皇以下僧侶たち
の堕落を厳しく批判していた。彼は、迫害を受けながらも、聖書をもとに
して原始キリスト教の精神に還る必要性を説き、聖書の翻訳も試みていた
のである。他方、大陸では、ボヘミアのフス（John Huss, 1369?-1415）が
コンスタンツの宗教会議により、火刑に処されていた。1415年のことで
ある。
　16世紀に入ると、有名なドイツのマルティン・ルター（Martin Luther,
1483-1546）、フランスのジョン・カルヴィン（John〔Jean〕Calvin, 1509-64）
がそれぞれに活躍する。
　ルターは、1517年にウィッテンベルクで、95ヶ条からなる免罪符販売
指弾を行い、ローマ・カトリック教会から破門された。しかし、彼は宗教
改革に邁進し、聖書のドイツ語訳にも力を尽くした。
　また、カルヴィンは、スイスのジュネーヴを中心に活躍し、『キリスト
教原論』（*Institutio Christianae Religionis*, 1536）などを著した。彼は、アメ
リカ植民地初期のニューイングランドの清教徒たちやスコットランドのジ
ョン・ノックスにも深い影響を及ぼしている。
　一方、この時代のイギリスでは、トマス・カートライト（Thomas
Cartwright, 1535-1630）が国家宗教たるイギリス国教会体制に逆らって、
ケンブリッジ大学のレディ・マーガレット神学教授の座から追放された。

彼はジュネーヴから帰国の後、なおプロテスタント運動を続けたが、カンタベリー大主教になるライヴァル、ジョン・ウィットギフト（John Whitgift, 1530?–1604）により弾圧、投獄された。

　これに対し、北のスコットランドでは、長老派教会による宗教革新の嵐が吹き荒れる。そのリーダーのカルヴィン主義者ジョン・ノックス（John Knox, 1505?–72）は、メアリー女王（Mary Stuart, Queen of Scots, 1542–87）に対抗した急進主義者であった。北ヨーロッパを中心とするこのような激しい宗教改革は、従来の中世的世界を根底から揺さ振り、古いローマ・カトリック体制を動揺させた。それは、既成のヨーロッパ政治地図を大幅に書き換え、同時に中世的ヒエラルキーの体制内で麻痺させられていた人心を目覚めさせるのに大いに寄与した。

3

　進取の気性に富んで、暴君的なまでに我の強かった絶対君主ヘンリー8世の没後、エドワード6世、メアリー・テューダーの短期の治世を間に置いて女王の位に即いたエリザベス1世は、父ヘンリーの定めた方針に沿って、絶対王政を押し進めた。宗教的にも父王の遺産たる国教会を受け継ぐ。国教会というのは、その強烈な個性でもってイギリスの国益のためにローマ法皇と対立するに至ったヘンリー8世が樹立したイギリス独自の教会体制である。王は、1534年に有名な「首長令」を発して、ローマ・カトリック体制からの離脱を宣言した。そして自らが独立したイギリス宗教界の最高位についたのである。従って、以後、王の指導下、この国の宗教界の第一人者はカンタベリー大僧正ということになった。この国教会はカトリック教と新教を折衷したものであった。信仰内容、儀式、教職制度は従来とほぼ同じであった。ただし、修道院は没収された。結局この宗教は、新しい絶対王権とそれを支える新興ブルジョア階層の力によって国力の増大したイギリスの対外的自信、つまりはナショナリズムを反映した政治的産物だったのである。

　エリザベス女王は、この国教を受け継ぎ、イギリスの強固な独立、その

名誉ある主体性を守るために、フランシス・ドレーク卿（Sir Francis Drake, 1545-96）のような海賊的航海者たちさえ支援して、国富の蓄積を図った。新大陸アメリカの植民地開発にも眼を向ける。ウォルター・ローリー卿（Sir Walter Raleigh, 1552?-1618）らを派遣して、ヴァージニア植民地開拓の端緒を開かせたのも有名な事業である。こうして女王エリザベスは、終に 1588 年に、当時の世界最強国でカトリックの国、これまでイギリスに対してことごとに強圧的姿勢を取って来た宿敵スペインを打ち倒し、イギリスを世界の第一級の海洋国家に押し上げることに成功する。つまり、フィリップ 2 世（Philip II, 在位 1556-98）の誇る無敵艦隊「アルマダ」をイギリス海峡で撃滅したのである。これによって大西洋の海上権はイギリスに移行していく。この女王は、芸術にも深い理解を示し、その世界に庇護も加えた。こうして国力の進展、国家の発展に呼応して文運も隆盛を極める。イギリス文学史上に名高い第一期ロマン主義文学の開花である。それはシェイクスピアに代表される演劇の分野を中心とするものであった。最も隆盛を極めた演劇界では、クリストファー・マーロー（Christopher Marlowe, 1564-93）、ウィリアム・シェイクスピア、ベン・ジョンソン（Ben Jonson, 1572-1637）などを始めとして、大勢の優れた劇作家たちが輩出した。従って劇場もロンドンを中心に栄えたが、中でもシェイクスピア劇を初演した「地球座」、それに「白鳥座」、「ブラックフライアーズ座」などが名高かった。それらには沢山の観劇者たちが押しかけた。つまり、この時代において、文芸に関与する人口が飛躍的に増加した。演劇を通しての一般市民の文芸への参入である。それを抜きにしてはこの時期の文運の隆盛、とりわけ劇壇の目覚ましい繁栄は考えられない。文芸はもはや従来のように一握りの王侯貴族や僧侶階級のものではなくなり、大衆的広がりを持ち出していたわけである。そしてエリザベス朝散文界の発展も、こうした動向に沿うものだったと見ねばなるまい。

　きら星の如くに居並ぶ劇作家たちの中でも、シェイクスピアの存在は他を圧して巨大である。ウォリックシャーのストラットフォード・オン・エイヴォンに生まれた彼は、1586 年頃に上京して役者になり、劇作家になり、劇場株主ともなった。彼の青年時代のことははっきりせず、歴史の霧の彼

方にかすんでいる。そこで彼の実在説を疑う見方もあり、シェイクスピア＝マーロー説やシェイクスピア＝ベーコン説さえ生まれたことがある。もっとも、現在の大勢は彼の実在を認めている。彼は中世文学の巨匠チョーサーに次いで現れたイギリス文学史上の一巨人であり、演劇の歴史においてはイギリスのみならず世界における最高峰であろう。彼は、「無韻詩」(blank verse) を自在に駆使して、『ハムレット』(*Hamlet*, 1600-01)、『オセロ』(*Othello*, 1604-05)、『リア王』(*King Lear*, 1605-06)、『マクベス』(*Macbeth*, 1605-06) の四大悲劇を含む、合作を合わせて全37篇の劇を書いている。その他に7篇の詩も書いた。彼の作風は、活力と清新の気にあふれ、時代の上昇気運をよく反映している。今日から見れば依然として古典的な面を持ちながらも（これは時代的制約にもよる）、驚くほどリアルに当時の社会や人心を写し取っている。素材の多くは当時の歴史書や年代記の類、或いは当時のロマンス作家の作品などから得たが、彼の手を経ると、たとえば単なる中世の一伝説も、見事に血のかよった深遠な、高水準の文学作品として生まれ変わった。同時に彼は文字通りの言葉の魔術師、名句の親であり、流麗な独自のスタイルを編み出している。彼と『欽定英訳聖書』が近代英語の基を築いたと言われるが、大まかに言ってこれは妥当な見解であろう。彼シェイクスピアの後代に与えた影響には絶大なものがある。その点は、チョーサーなどにはるかに勝る。そして、その影響は、単なる演劇の枠を越えたもの、韻文と散文の区別などを越えたもの、いや文学の範疇を乗り越えたものでさえあるだろう。

第5章

トマス・モアと『ユートピア』

1

　トマス・モア (Thomas More, 1478–1535) の代表作『ユートピア』(*Utopia*, 1516) は、必ずしも小説史と直接的関連を持つわけではない。それがラテン語で書かれたことを思えば、なおさらその英語散文小説との関係に対する興味は減退してしまう。しかしながら、本書が刊行後数十年にして（モアの死後16年）英訳されたこと（ラルフ・ロビンソン〔Ralph Robinson〕訳が1551年に出た。もっと正確な訳としては、1684年にソールズベリー国教会司教ギルバート・バーネット〔Gilbert Burnet, 1643–1715〕の手になるものが出た）、そしてそれ以上に本書が風刺文学作品、理想国物語作品として後世に与えた影響の大なることを思えば、興味は尽きないわけである。ジョナサン・スウィフトの『ガリヴァー旅行記』（1726）やサミュエル・バトラーの『エレフォン』（1872）、ウィリアム・モリスの『ユートピア通信』（1891）などはみなこの系譜に属している。

　『ユートピア』は大陸のルーヴァン（Louvain, 今日のベルギー中部の町）で出版されたが、プラトン（Plato）の『共和国』（*Republic*）の影響を受けたものとされる。要するに架空の理想国を描いたものである。"ユートピア"は作者の造語であり、ギリシャ語の "ou + topos"、英語で言う "no + place" に当たる。つまり、どこにもない国という意味なのである。『ユートピア』は空想の島ユートピアについての物語であり、全体が2巻に分かれていて、第1巻はモアと彼の盟友「ロッテルダムのエラスムス」との議論を反映していると言われる。即ちモアと船乗りのラファエル・ヒスロディ（Raphael Hythloday,「ヒスロディ」はおしゃべりを得意とする人間の意）

の対話形式を取っており、主に「人が泥棒になるのはなぜか」、「哲学者は君主に宮仕えすべきかいなか」の二点について論じている。そのうち前者はモアが行政官としてロンドンの浮浪人たちの問題に携わった5年間の経験に基づいているとされている。また後者には、大陸での外交交渉を成功させて帰国したモアがウルジーから国王の参議会員になるよう勧められていたという背景がある。

　他方、第2巻は、ヒスロディの独白ないし論述の形を取っている。ユートピア国の共有制、教育、男女平等などから始めて、その他種々の点について述べている。

　古来モアの代表作として有名な本書『ユートピア』には、共産主義社会の原型を描いたような自由な理想主義社会"ユートピア"が見られる。そしてそれは、モア流の「小説」とも言える。

2

　モアは他にも著作物を多く残した。初めの頃は、英詩も書いた。その中には彼の豊かなユーモアを反映して、「冗談詩」などもある。また、同じく英語で書かれた論争書も多い。『異端と宗教問題についての対話』(*A Dialogue concerning Heresies and Matters of Religion*, 1529)、『霊魂たちの嘆願』(*The Supplication of Souls*, 1529) 以下である。死の前、つまり1年3ヶ月にわたるロンドン塔幽閉中は信心書を著した。『苦難に対する慰めの対話』(*A Dialog of Comfort against Tribulation*, 1534年執筆。1557年出版)、『キリスト受難論』(*Treatise upon the Passion of Christ*〔*De Tristitia Christie*〕, 1534年執筆) などである (木炭〔coal〕で書かれたとも言われる)。後者は未完だが、初め英語で、途中からラテン語で書かれている。彼には書簡類もやはり多い。その大半はラテン語でつづられている。しかし最晩年の一群のものは英語であり、モア研究上大変貴重な資料にもなっている。幽閉中に娘マーガレットにあてた愛情あふれる手紙は特に有名である。

　モアの英語作品として、彼の死後もずっと印刷され続けたものに『リチャード3世王史』(*History of King Richard Ⅲ*) がある。これは1513年–14

年頃に執筆され、1557年版のモアの英語著作全集に収録された。モアの英語散文を知る上で最も重要な書物である。この作品では、モアは、ラテン語版も書いている。英語版、ラテン語版ともに未完で、死後出版である（ラテン語版は1565年ルーヴァン版）。

　モアの散文の特徴は、長文がちな点、不統一な点、ラテン語の影響が強い点、冗長気味な点、叙述文に秀でる点、ユーモア豊かな点などとされる。また、モアには、寓話や日常的例証を好む傾向もあった（レイノルズ〔E. E. Reynolds〕）。ラテン語の影響が強いのは、彼が多くのラテン語作品を書いたことを思えば至極当然の結果であろう。ともかく、モアの散文は、優れた点を有しつつも、なお確固として定まったものではない。不統一である。そして、これはそのまま当時の英語散文の状況を反映している。モアの時代にはまだ英語散文そのものがしっかりと定着してはいなかったのである。それはまだまだ流動的な形成過程に、その途上にあったのである。英語散文の基準が確立されるのは、演劇（無韻詩）ながらシェイクスピア、そして『鉄定英訳聖書』を経た後、つまり17世紀になってからのことである。従ってモアの散文は、ラテン語色のある彼独自の形態を取らなければならなかったのである。しかし、そうした彼の努力や業績が、標準的英語散文の形成と発展の歴史の初期段階において少なからぬ貢献をしたことは事実であろう。たとえ具体的にどのようにして、またどの程度にそうであったかを十分明確にすることは容易ではないとしても。

　「英語散文の父」をアルフレッド大王と見るチェインバーズ教授は、『リチャード3世王史』を近代散文文学の初めとしている。ウィクリフ（John Wycliffe, 1320?-84）を「英語散文の父」とする考え方もある（藤原博〔澤田昭夫、田村秀夫、P. ミルワード著『トマス・モアとその時代』〈研究社出版〉〕; R. W. Chambers: *Thomas More*〔Jonathan Cape〕）。

　次の一文は、ロンドン塔内で書かれた『苦難に対する慰めの対話』からのものである。

　　このようにして我々に分かるのだが、かかる迫害の中にあって、真昼の悪魔こそが家来たちを使って我々を襲撃し、恐怖によって倒れさ

せるのである。というのは、我々が倒れるまでは、悪魔は我々を傷つけることは出来ないからである。そしてそれゆえに、聖ジェイムズは言うのである。"Resistite diabolo et fugiet a vobis"（悪魔に抵抗しなさい。そうすれば、悪魔はあなたから逃げてゆくであろう）、と。

　というのは、悪魔は、人間が自ら進んで地面に倒れるのを見るまでは、人間に襲い掛かって爪をかけることは決してしないからである。悪魔のやり方は、家来たちを我々にけしかけ、家来たちを使って我々を恐怖や苛立ちから倒れさせることなのである。そして悪魔自身が、そのうち、我々に迫り、我々の周りを猛り立ったライオンのように吼えて走り回り、貪り食えるように倒れる者を探し求めているのである。聖ピーターは言った。"Adversarius vester diabolus, tanquam leo rugiens circuit quaerens quem devoret"（あなたの敵たる悪魔は咆哮するライオンのように円を描いて走り回り、貪り食う相手を探しているのである）、と。

——『苦難に対する慰めの第三の書』

　　Thus may we see that in such persecutions it is the midday devil himself that maketh such incursion upon us, by the men that are his ministers, to make us fall for fear. For till we fall he can never hurt us. And therefore saith Saint James: *Resistite diabolo et fugiet a vobis*: Stand against the devil and he shall flee from you. For he never runneth upon a man to seize on him with his claws till he see him down on the ground willingly fallen himself. For his fashion is to set his servants against us, and by them to make us for fear or for impatience to fall. And himself in the meanwhile compasseth us, running and roaring like a ramping lion about us, looking who will fall that he then may devour him. *Adversarius vester diabolus*, saith Saint Peter, *tanquam leo rugiens circuit quaerens quem devoret*: Your adversary the devil like a roaring lion runneth about in circuit, seeking whom he may devour.

—— The Third Book of Comfort against Tribulation（Thomas More: *Utopia and A Dialogue of Comfort*）

迫害下にあって自らの信念を貫くモアの苦衷が生々しく伝わってくる文章である。

図3　ロンドン塔。ロンドン。

トマス・モアがオランダのエラスムスなどと並んで16世紀前期ヨーロッパの一巨人であったことは明白である。近世初期の政治的にも社会的にも、さらに宗教的にも激動の時期だった当時を、そうした時代の渦中を、モアは強い信念と不動の信仰心を貫いて生きた。己が良心を信じ通し、身命を賭して時代の荒波と戦って果てたモアの人格は、『ユートピア』を始めとする彼の多くの著作上の業績以上に歴史に輝いており、見事という他はない。だが、思い直してみれば、彼のような総合的大人格の出現を可能ならしめた当時の社会を我々現代人はうらやましく思わないわけにはゆかない。

第6章

大学才人と「エリザベス朝小説」

1

　エリザベス朝期の散文界は、演劇の華やかさの蔭にありながらも、大幅な進展を遂げた。中でも、散文物語はこの時代に至って初めて脚光を浴びるようになった。そして今では、「エリザベス朝小説」（the Elizabethan novels）とか、すぐ後の時代の同分野の作品群を指す「ジェイムズ1世朝小説」（the Jacobean novels）とかの呼称さえ用いられている。

　だが、むろんこれらの時代の「小説」（と一応呼んでおくとしても）は、現在に言う「小説（novels）」と同質のものではない。それは要するに、近代小説ではないのである。従って、当時の「小説」は、あくまでもまだ「前時代的」類のものであり、それを後世の近代小説の直接的源泉と見るには無理がある。そういう性質のものなのである。つまり、虚構の物語という点では、ともに同じでも、当時の小説は近代小説の持つある種の「厳格な」条件を全く満たしていなかったのである。近代小説の有する斬新な特質をまだまだ発見、獲得していなかったということである。そしてそれは、当時の「小説」自体のせいと言うよりは、むしろ時代的、社会的、歴史的制約によるものだったのである。

　が、それにもかかわらず「エリザベス朝小説」は、目覚ましい展開を見せた。今日に残る傑作もいろいろ生まれたのである。それらはいずれも、華やかな劇作品や詩作品と同様に、活力に満ちた当時の社会、世相を、そしてルネッサンスの精神を反映したものだった。さらに、そのうちのあるものは、中世ロマンスとは異質の、むしろ後の時代を予感させるような要素を秘めていた。

第6章 大学才人と「エリザベス朝小説」

　こうした「エリザベス朝小説」を中世ロマンスと近代小説の間の過度期の存在、両者をつなぐものとする見方も生じ得る。こういう見方はそれこそウォルター・アレンの言う自動車の歴史を述べようとして、前の3分の1の部分を牛車の発展に当てるという例えに類するであろう。が、それにもかかわらず、この「エリザベス朝小説」をジョン・バニヤンやダニエル・デフォー以後の近代小説と全く無縁のものとして退け去るのにも大変な抵抗感を覚えざるを得ない。歴史は繰り返しはしても、どこか途中でぷっつり切れてしまっているということはあり得ないからである。それに何よりも、同「エリザベス朝小説」の勢いがその当時随分振った。それは決して大規模なものではなかったにせよ、一つの活発な作家群、「世代」や「層」とさえ言えるものを形成したのである。そしてそれが当時のルネッサンス文学の一翼を担ったことも明らかである。

　さらには、そうした作家の代表的一人トマス・ナッシュと20世紀のジェイムズ・ジョイスとの影響関係といった事例もある。また、ナッシュと後のイギリスのピカレスク小説の発展とは切り離せない。そのピカレスク系小説は、イギリス小説の主流にも食い込んでいる。また、トマス・デローネイの写実的な市井の描写振りなどにも、後の近代小説の特色を思わせるところがあるのである。

　このようにして、「エリザベス朝小説」は、決して近代小説の直接的源泉とは言えないけれども、少なくともその起源に相当する、或いは近代小説が発生するために必要な歴史的基盤の重要な一部分にはなり得た、と考えてよいだろう。近年、「エリザベス朝小説」の復権がいろいろ取り沙汰されている模様だが、それが将来の小説にどのような影響を及ぼすか知れない、そういう可能性も否定し去ることは誰にも出来ないのである。

2

　本書では、他に定着した最適の呼称があるわけでもないので、引き続き「エリザベス朝小説」という語を用いてゆくが、この分野の主たる担い手は「大学才人」と呼ばれた作家たちであった。これは当時のオックスフォ

ード大学やケンブリッジ大学出身の一群の知性あふれる劇作家たちのことであった。彼らは、演劇の隆盛を背景として劇作をやった。

　しかしながら、この方面では、出自も明白でないウィリアム・シェイクスピアの輝きが、余りにもまぶし過ぎた。彼ら大学才人たちの多くは、このような事態をうとましく思いながらも、如何ともなし難く、ロバート・グリーンのように、ただ遠くから悪態をつくだけであった。そうした彼らの強みは、やはりインテリとしてのそれ、つまり学識であった。それを活用しつつ、彼らは、むしろ、散文物語作家としての名を歴史に刻み込んだのである。

　こうした作家群の中で早目に成功を収めて、仲間の他作家たちに少なからぬ影響を与えたのが宮廷作家ジョン・リリー（John Lyly, 1554?–1606）である。オックスフォード、ケンブリッジの両方に学び、弁護士になった人物である。彼の代表作『ユーフューズ、知の分析』（*Euphues, the Anatomy of Wit*, 1579）は教訓的ロマンスだが、内容それ自体によってよりも、むしろその華麗な、飾り立てた文体によって有名になった。持てる知識を駆使して故事を盛り込み、諺をしばしば挟み、頭韻や対句、比喩を多用した派手な文章である。それは「ユーフュイズム」（euphuism, 誇飾体、美辞麗句の意）という普通名詞を生み出しさえした。普通名詞さえ生ぜしめたというのは、実際、大変な影響振りである。

　次の引用文は『ユーフューズ、知の分析』の冒頭部分である。

　アテネに莫大な世襲財産を持つ一人の若い紳士が住んでいた。彼はとても美しく整った容姿の持主だったので、その風采、顔立ちで造物主につながっているのか或いはその財産の多さで幸運とつながっているのかどちらなんだろうかとみながいぶかしんだものである。しかし造化の神は対手にいらつき、それが彼女の作業において余りに軽蔑すべき相手であり、協同者であったので、彼の端麗な容姿に極立った心の広さをつけ加えた。それで造化の神は運命の女神を偽物と証明しただけでなく、自分自身だけが本物なんだと半ば考えていた。この若い

第6章　大学才人と「エリザベス朝小説」　71

　勇者は、富以上に知に恵まれ、しかも知以上に富も豊かで、陽気な着想において誰にもひけをとらぬと思い、正直さにおいても他の誰にも勝ると思っていた。そのため、彼は自分が何事にもふさわしい人間だと考えたので、自身を通常ほとんどそうしたことの実践に、即ちかかる鋭い知性や洗練された言い回し、なめらかな警句、陽気なからかい、無意味な冗談、際限のない浮かれ騒ぎなどにありがちなそうしたことの実践に身をゆだねたのである。それゆえ、最も甘美なバラに棘(とげ)があり、最もすばらしいビロードに裂け目があり、最も美しい花にも糠(ぬか)がついているように、最も鋭い知性にも気紛れな意志があり、最も清浄な頭にもよこしまなところがあるものである。そして実際のところ、ある人々が著し、大部分の人々が信じる、それゆえ、すべての完全な形状において、欠点が見る眼にあらゆる形でむしろ好感をもたらし、次いで精神に何らかの形で嫌悪感をもたらすのである。ヴィーナスは頬に黒子(ほくろ)を持っていて、それが彼女を一層愛らしくした。ヘレンは顎(あご)に疵痕(きずあと)があり、パリスはそれをコス・アモリス即ち愛の興奮剤と呼んだ。アリスティッパスには疣(いぼ)があり、ライカーガスには瘤(こぶ)があった。それゆえ、精神のありようにおいても同様に、美徳がある種の悪徳によって曇り、悪徳がある種の美徳によって影を帯びる。アレクサンダー大王は戦いでは勇敢だったが、飲酒にふけった。タリーは詭弁において有弁だったが、うぬぼれが強かった。ソロモンは賢者だったが、無慈悲だった。ダビデは徳があったが、殺人者だった。何人もユーフューズほどには才気がなかったが、彼ほどによこしまではなかった。
　　　　　　　　　　　——ジョン・リリー『ユーフューズ、知の分析』

　There dwelt in *Athens* a young gentleman of great patrimonie, & of so comely a personage, that it was doubted whether he were more bound to Nature for the liniaments of his person, or to fortune for the encrease of his possessions. But Nature impatient of comparisons, and as it were disdaining a companion, or copartner in hir working, added to this comlinesse of his body suche a sharpe capacitie of minde, that not onely shee proued Fortune counterfaite, but was halfe of that opinion that she hir selfe was onely currant. This younge gallant, of more wit then wealth, and yet of more wealth then wisdome, seeing himselfe inferiour to none in pleasant conceipts, thought himselfe superiour to al in honest conditions, insomuch y$_t$ he deemed himselfe so apt to all things, that he gaue himselfe almost to nothing, but practising of those things cõmonly which are incident to these sharp wits, fine phrases, smoth quipping, merry taunting, vsing iesting without meane, & abusing mirth without measure. As therefore the sweetest Rose hath his prickel, the finest veluet his brack, the fairest flowre his bran, so the sharpest witte hath his wanton will, and the holiest heade his wicked waye. And true it is that some men write and most men beleeue, that in all perfecte shapes, a blemmish bringeth rather a liking euery way to the eyes, then a loathing any waye to the minde. *Venus* had hir Mole in hir cheeke which made hir more amiable: *Helen* hir scarre on hir chinne which *Paris* called *Cos amoris*, the Whetstone of loue. *Aristippus* his wart, *Lycurgus* his wenne: So likewise in the disposition of y$_e$ minde, either vertue is ouershadowed with some vice, or vice ouercast with some vertue. *Alexander* valiaunt in warre, yet gyuen to wine. *Tullie* eloquent in his gloses, yet vayneglorious: *Salomon* wyse, yet to too wanton: *Dauid* holye but yet an homicide: none more wittie then *Euphues*, yet at the first none more wicked.

—— J. Lyly, *Euphues, The Anatomy of Wit*

　なお、ユーフューズというのはアテネの青年主人公の名前である。大した筋のないこの物語の素材は、当時トマス・ノース (Sir Thomas North, 1523-1601?) の訳したスペイン人の作品から採られている。
　『ユーフューズ』が評判を取ったために、リリーは早速続編を書いた。『ユーフューズと彼のイギリス』(*Euphues and his England*, 1580) である。次の文章はその中の一節である。

　　では、ファイダスよ、私はこの件で、私の名誉を決定することにな

第6章　大学才人と「エリザベス朝小説」　73

　るあなたの誠意に訴えます。あなたは私が私の古い友人に気紛れであれ、新しい友人に忠実であれ、と言うのですか。あなたは知らないのですね。アーモンドの木が古くなると沢山の実をつけるように、愛情も年月がたつと大いなる信義をそなえるものなのですよ。ブドウの木においてと同様に、愛情においても起こることなのです。というのは、若々しいブドウの木は沢山のブドウ酒をつくり出すのですが、古い木は極上のブドウ酒を産み出すのですよ。それゆえ、やさしい愛情は花盛りを見せてくれるのですが、試験ずみの信頼ある愛情は、最も甘美な果汁を産み出してくれるのです。

　しかしながら、あなたの企てに勇気を与えるためではないのですが、これだけは言いましょう。私は、今までのほかの誰人（私のシルサスを唯一の例外として）の場合とも同じくあなたとの交わりに大いなる喜びを抱いたのですよ。その結果、私がしばしば質問してあなたに話すようにしむけるか、或いは言い争いによってあなたを怒らせ、かんしゃくをおこさせたりするかしたのですが、私はあなたの中に私の願いに応え得る才知を認めたのです。…真の愛情が私の心にしっかりと根を張ってしまったので、それは掘れば掘るほど一層深く成長し、何度も切れば切るほど、出血もいよいよ少なくなるのです。そして、それは、積まれれば積まれるほど、益々よいものを携えるというわけなのです。

　　　　　　　　──ジョン・リリー『ユーフューズと彼のイギリス』

Then *Fidus* I appeale in this case to thy honestie, which shall determine of myne honour. Wouldest thou haue me inconstant to my olde friend, and faythfull to a newe? Knowest thou not that as the Almond tree beareth most fruite when he is olde, so loue hath greatest fayth when it groweth in age. It falleth out in loue, as it doth in Uines, for the young Uines bring the most wine but the olde the best: So tender loue maketh greatest showe of blossomes, but tryed loue bringeth forth sweetest iuyce.

And yet I will say thus much, not to adde courage to thy attemptes, that I haue taken as great delight in thy company, as euer I did in anyes, (my *Thirsus* onely excepted) which was the cause that oftentymes, I would eyther by questions moue thee to talke, or by quarrels incēse thee to choller, perceiuing in thee a wit aunswerable to my desire, … so fast a roote hath true loue taken in my hart, that the more it is digged at, the deeper it groweth, the oftener it is cut, the lesse it bleedeth, and the more it is loaden, the better it beareth.

—— *Euphues and His England*

「ユーフューズ的たわごと(ジャーゴン)」と言われるほどに華麗に凝ったリリーのユニークで目新しい文体は、彼の個性と時代の両方を反映したものだったのであろうが、それが当時の文人たち、彼の同僚や後輩たちに与えた影響は強烈だったらしい。この派手な文体の模倣者が多く出た。その中には、ロバート・グリーン、トマス・ロッジ、トマス・ナッシュら錚々たる作家たちがいたわけである。グリーンは『ユーフューズ』をまねて『マミーリア』(*Mamelia*, 1583) を書くことから彼の創作業を始めたし、ロッジも『ユーフューズ』を模して代表作『ロザリンド、ユーフューズの黄金の遺産』を著している。もって目覚ましい先覚者振りが分かろうというものである。そのリリーは、フィリップ2世を諷刺した『マイダス』(*Midas*, 1592) などの劇も書いている。彼は最初の散文劇作家でもあった。

　ともかく、リリーは、『アーケイディア』(*Arcadia*, 1590。ただし執筆されたのは1580年) の作者フィリップ・シドニー卿 (Sir Philip Sidney, 1554-86) とともにこの時代の散文ロマンスの草分けとなり、そのありようをつとに世に示したと言える。若くして戦死したが、才能豊かな貴族詩人だったシドニーは、『アーケイディア』を詩的美のあふれる牧歌的ロマンスの典型にした。一方、リリーは主にその特異なる文体によってこの分野の伝統に貢献した。

3

　ロバート・グリーン（Robert Greene, 1558?-92）は、大学才人たちの中で最も波乱に富んだ人生を送った個性の強い男である。ノーフォーク州のノーウィッチ生まれであり、ケンブリッジ大学に給費生として入った。後年、オックスフォードにも学んだ。ケンブリッジの学友にトマス・ナッシュがいた。

　学生時代に派手で放埓（ほうらつ）な気風を身につけたグリーンは、ケンブリッジ卒業後、欧州旅行に出た。後にナッシュがその代表作『悲運の旅人』の中で鮮烈に描いたようなイタリア社会の道徳的に乱れ切った華美な雰囲気は、彼グリーンを一層放縦な人物にするのに「寄与」したに違いない。彼はやがてロンドンに出て、文筆の世界に身を投じた。最初の作品が既述の『ユーフューズ』風の『マミーリヤ』である。他にもこの手の作品を数作書いている。

　グリーンは、結婚そして離婚の後、『パンドスト王』（1588）、『メナフォン』（Menaphon, 1589）などの代表的ロマンスを、また『アルフォンサス』（Alphonsus, 1599）、『スコットランド王ジェイムズ4世』（James Ⅳ, 1590年頃）などの劇作品を、さらには、『兎取り読本』シリーズ（Coney-Catching, 1591-92）——人をたぶらかして金を奪う方法などを説いている——や最晩年のよく知られた告白文『多大な後悔で購（あがな）われたわずかな知恵』（1592）などを相次いで書き上げた。とりわけ、『兎取り読本』シリーズの如き裏街道を暴露するようなパンフレットを沢山書いたのは、のんだくれの彼が悪漢や悪党の類と交わった経験によっている。そうした暗黒街の知識を書いて、悪い連中の汚いやり口を人々に教え、それによって彼らを守ろうとしたものだと言っている。

　彼は短い人生のうちに38作も書いた作家だったが、その中でも代表作と目される『パンドスト王』は、当時流行の牧歌的ロマンスの傑作である。グリーンのこの種のロマンスは、ジョン・リリーやフィリップ・シドニーの影響下に始まったものである。この『パンドスト王』が今日に有名なのは、作中に示された彼の作家的力量もさることながら、やはり巨匠シェイクスピアが『冬の夜話』（Winter's Tale, 1610-11）の素材を同作から得た

ことによると言える。ただし、筋はほぼ同じでも、シェイクスピアのほうは登場人物名をみな変えている。また、パンドストに当たるレオンティーズはパンドストと違って死なない、などといった部分的相違がある。『パンドスト王』のドラスタス、フォーニア、は、それぞれシェイクスピアのフロリゼル、ペル（パー）ディタ、に相当する。グリーンの名声を高めた「恋愛もの」ヒロインたちは初期シェイクスピアのそれらを思わせると言われるが、『ヴェローナの二人の紳士』(The Two Gentlemen of Verona, 1594?-5 作、1623 年出版）も、グリーンの影響を受けていると考えられている。

なお、『パンドスト王』はフランスでも劇化、上演されたという（1631年）。

シェイクスピアは、他にもトマス・ロッジの『ロザリンド』から、さらには当時の歴史家、年代紀作者たちの作品からもいろいろと材を得ているが、特に大学才人たちの中には次第に評価を高める彼シェイクスピアに嫉妬心から反感を持つものが多かったところから、たとえばグリーンの次のような悪口を買ってしまった。『多大な後悔で購われたわずかな知恵』の中の文章である。

　　というのは、成り上がり者のカラスがいて、我々の羽で身を美しく飾り立て、舞台俳優の皮で虎の心を包んでいる。そいつは、君達の最優秀の者と同じぐらい上手に無韻詩を繰り出せると考えている。よろず屋そのものだから、国中で己一人だけが舞台を震撼させる者だとうぬぼれている。
　　　　　　　　——ロバート・グリーン『多大な後悔で講われたわずかな知恵』

　　for there is an upstart crow beautified with our feathers, that with his *tiger's heart wrapped in a player's hide*, supposes he is as well able to bombast out a blank verse as the best of you; and being an absolute *Johannes Factotum*, is in his own conceit the only *Shake-scene* in a country.
　　　　　　—— R. Greene, *A Groatsworth of Wit Bought with a Million of Repentance*

天下の大文豪も「成り上がりのカラス」（an upstart crow）とののしられ、「シェイク・シーン」（Shake-scene）と皮肉られているが、この文章は彼シェイクスピアに関する初期の資料であり、当時即ち1592年の段階で、既に彼が世に知られる存在だったことを皮肉にも後世に対して裏付けることになった。

4

一代の「風雲児」ロバート・グリーンの身近な友人の一人であり、彼と劇を合作したこともあるトマス・ロッジ（Thomas Lodge, 1558?–1625）もオックスフォード大学出のインテリ作家である。

グリーンが田舎の町の馬具製造人の子と伝えられるのに対して、ロッジのほうは家柄はずっとよかった。彼の父トマスはロンドン市長になり、ナイト（騎士）位まで与えられた人物であった。子のほうのトマスは、初め、貴族の小姓になり、後、オックスフォードに入った。20歳の頃から文筆活動を始めた。だが、彼は、ローマ旧教への信仰に傾いた。こうして、投獄されたり、法律学校リンカンズ・インの学位を与えられなかったりするという不幸にも遭った。パンフレット書きやカトリック信仰のこともあって、両親亡き後、廃嫡され、一門内の経済的な争いにも巻き込まれることになった。

グリーンらと同様にジョン・リリーの文体の影響のもとに文筆家としてのスタートを切ったロッジは、最初、スティーヴン・ゴッソン（Stephen Gosson, 1554–1624）の『悪弊の学校』（*The School of Abuse*, 1579）への反論たる『詩、音楽、並びに演劇の弁護』（*A Defence of Poetry, Music, and Stage Plays*, 1579）を書いた。ゴッソンの作品は、清教徒としての立場から、詩や演劇を攻撃したものであり、これに対する反論としては、シドニーの『詩の弁護』（*An Apologie for Poetrie*, 1595）のほうがもっと名高い。

ともかく、この後ロッジは、上述のように周囲の環境悪化により、文筆で活路を開く必要に迫られた。彼は幾つかのリリー流のロマンスや詩、それに劇作品（グリーンとの共作も含まれる）を書いた後、代表作と目され

る『ロザリンド』を仕上げた。これも『ユーフューズ』の文章やシドニーの『アーケイディア』の影響を受けたものであるが、彼がカナリア群島に航海した結果生まれたものとされている。大体、ロッジは旅行家、冒険家として知られた。この作品もまた、それ自体傑作ではあったが、『パンドスト王』の場合と同様に、むしろシェイクスピアの喜劇『お気に召すまま』(*As You Like It*, 1599-1600) の素材となったことで史上に有名である。

この後、ロッジは、『アメリカの真珠』(*A Margarite of America*, 1596) を含むロマンス、ソネットの流行に乗った『フィリス』(*Phillis, Honoured with Pastorall Sonnets, Elegies, and Amorous Delights*, 1593) などの詩、パンフレット類などをいろいろ発表した。さらに当時活発だった翻訳の分野にも乗り出し、著名な『セネカ作品集』(*The Workes both Morall and Natural of Lucius Annaeus Seneca*, 1614) などの業績を残した。後年の彼は、フランスで医学の学位を取得し、ベルギー、そしてロンドンで医者として活躍し、疫病の流行などに対処した。この方面では『疫病論』(*Treatise of the Plague*, 1603) などを著した。

ロッジの代表的ロマンス『ロザリンド、ユーフューズの黄金の遺産』(*Rosalynde, Euphues' Golden Legacie*, 1590) は、シェイクスピアの『お気に召すまま』の下敷きとなった。『ユーフューズ』流文体の作品だが、本家の『ユーフューズ』よりずっと柔軟で垢抜けしているとみなされている。中世イギリスの韻文のロマンス『ガメリン物語』(*The Tale of Gamelyn*, 1350年頃) をもとにして書いたものである。ロビン・フッド (Robin Hood) の話とも関係があるというこの『ガメリン物語』は、弟ガメリンが父の死後兄に追放されるが、ロビン・フッドのように森の中の一味を率いて、兄に復讐する物語である。これを発展させた『ロザリンド』とそれに基づいた『お気に召すまま』の両者の筋は大体同じである。ただし、人物の名前が変えてあったり、筋の一部が、たとえばロッジにあっては、弟が実力で打ち勝つのに対して、シェイクスピアでは兄弟の折れ合いに終る、というように、変更されていたりする。そういう違いがある。むろん、最終的、総合的芸術化の度合においては、シェイクスピアのほうが上回っていた。

ロッジは、詩人としてもかなりの才能を持っており、幾つかの詩集も残

第6章 大学才人と「エリザベス朝小説」

したわけであるが、『ロザリンド』の中にも恋歌や牧歌が沢山盛り込まれている。そして物語の題材面のみならず、こうした詩の面でもシェイクスピアに影響を及ぼしたことは明白であろう。ロッジの抒情詩は自然に練れている。彼は決してただの凡庸な詩人ではない。次に掲げるのは『ロザリンド』中の「モンタナスの恋歌」の一部である。

フィービは坐り、
美しく坐れり、
　彼女をながめしとき、美しくフィービは坐れり。
眉は白く、
目は恥じらいをふくみ、
　眉と目、いかに人をよろこばす！

われ言葉をついやし、
ため息を送るも、
　ともに甲斐(かい)なし。
おお、わが恋よ、
なんじの望みは果されず、
　ながむるのみにては、心の安らかさ得られぬためなり。
泉のほとりに
フィービは坐れり。
　泉のほとりに坐れるフィービを、われはながむ。
彼女の感触は甘美、
声はすばらし。
…

　　　　　　　——トマス・ロッジ『ロザリンド』（北川悌二訳）

"Montanus's Sonnet"

Phoebe sate,

Sweet she sate,
　　Sweet sate Phoebe when I saw her;
White her brow,
Coy her eye:
　　Brow and eye how much you please me !
Words I spent,
Sighs I sent:
　　Sighs and words could never draw her.
O my love,
Thou art lost,
　　Since no sight could ever ease thee.

Phoebe sat
By a fount;
　　Sitting by a fount I spied her:
Sweet her touch,
Rare her voice:
　　…

　　　　　　　　―― T. Lodge, *Rosalynde, or Euphues' Golden Legacy*

さらに、次の引用は散文部分の一部である。

　ゲリスモンドは彼の顔をじっとながめ、このような美しい紳士がこうして激しく嘆いているのを知って、とてもあわれに思い、食卓から立ちあがって、彼の手をとり、歓迎の言葉を述べ、自分の座席に腰をおろし、自分にかわって十分に食べるばかりか、この宴の主人役をつとめてくれ、と伝えた。
　「ありがとうございます」ロセイダーはいった、「でも、この近くに飢えて死にそうになっているからだの弱った友人がいます。その男は老人、そのため、わたしよりもっと飢えのきびしさには堪えられぬ者

第6章　大学才人と「エリザベス朝小説」

です。彼とこの幸運をわかち合わぬうちにわたしがパンのひとかけらでも味ったら、それこそわたしにとって不名誉なこと。ですから、わたしは走って彼をつれにゆき、その後、感謝してあなたのご饗応にあずからせていただきます」

　ロセイダーはアダム・スペンサーのところにとんでゆき、この知らせを伝えたが、アダムはこの幸運をよろこびはしたものの、からだがひどく弱っていて歩いていくことができなかった。そこで、ロセイダーは彼を背負い、その場所につれていった。この情景をゲリスモンドと彼の部下がながめたとき、彼らはその友情をとても賛え、ロセイダーは、ゲリスモンドの座席を与えられたとき、そこに自分だけで坐ろうとはせずに、アダム・スペンサーをもそこに坐らせた。さて、簡単に申せば、空腹のこのふたりは食事にとりかかり、おいしい料理と豊かなぶどう酒に満腹した。食事が終るとすぐ、ゲリスモンドはどのような非運で彼らがこうした苦境におちいったかを知りたがり、話しても不都合でなければ、ロセイダーの旅の理由を知らせてくれ、とたのんだ。この好意的な主人の親切さにはどのようにしても報いたく思っていたロセイダーは、話の皮切りに何度かため息をつき、涙を数滴流してから話をはじめ、自分の運命の要点をかいつまんで語り伝えた。すなわち、自分がボルドーのジョン卿の末の息子で、名前はロセイダー、兄から何回となく虐待を受け、最後に、長官に打ちかかり、その部下を傷つけたので逃亡におよんだいきさつを伝えた。

　「そして、わたしがとても愛し尊敬しているこの老人は」彼はいった、「アダム・スペンサーと申し、父親の老僕、その愛情で、どのような苦境に立ってもいつもわたしを助けてくれた人物です」

　　　　　　　——トマス・ロッジ『ロザリンド』（北川悌二訳）

　　Gerismond, looking him earnestly in the face, and seeing so proper a gentleman in so bitter a passion, was moved with so great pity, that rising from the table, he took him by the hand and bad him welcome, willing him to sit down in his place, and in his room not only to eat his fill, but be lord of the feast.

"Gramercy, sir," quoth Rosader, "but I have a feeble friend that lies hereby famished almost for food,aged and therefore less able to abide the extremity of hunger than myself, and dishonor it were for me to taste one crumb, before I made him partner of my fortunes: therefore I will run and fetch him, and then I will gratefully accept of your proffer."

Away hies Rosader to Adam Spencer, and tells him the news, who was glad of so happy fortune, but so feeble he was that he could not go; whereupon Rosader got him up on his back, and brought him to the place. Which when Gerismond and his men saw, they greatly applauded their league of friendship; and Rosader, having Gerismond's place assigned him, would not sit there himself, but set down Adam Spencer. Well, to be short, those hungry squires fell to their victuals, and feasted themselves with good delicates, and great store of wine. As soon as they had taken their repast, Gerismond, desirous to hear what hard fortune drave them into those bitter extremes, requested Rosader to discourse, if it were not any way prejudicial unto him, the cause of his travel. Rosader, desirous any way to satisfy the courtesy of his favorable host, first beginning his exordium with a volley of sighs, and a few lukewarm tears, prosecuted his discourse, and told him from point to point all his fortunes: how he was the youngest son of Sir John of Bordeaux, his name Rosader, how his brother sundry times had wronged him, and lastly how, for beating the sheriff and hurting his men, he fled.

"And this old man," quoth he, "whom I so much love and honor, is surnamed Adam Spencer, an old servant of my father's, and one, that for his love, never failed me in all my misfortunes."

—— *Rosalynde, or Euphues' Golden Legacy*

　近代小説の一先駆とも評される『ロザリンド』は、「エリザベス朝小説」中の最重要作の一つであり、リリー、シドニー系のロマンスものの中で第一級の傑作となっている。「エリザベス朝小説」の研究資料としてトマ

ス・ナッシュの『悲運の旅人』と双璧をなすものと言っても過言ではあるまい。

そのトマス・ナッシュは国教会派の人物で、パンフレット作家としても名声を博したが、何と言っても、代表作『悲運の旅人』で広く知られている。彼はこの作品によりイギリスのピカレスク小説の元祖としての名を残した。彼については次章で詳論する。

5

既に挙げた作家たちはいずれもオックスフォードやケンブリッジ出身の「大学才人」であったが、トマス・デローネイ（Thomas Deloney, 1543-1600）はその経歴さえ明らかでない民謡(バラッド)作家、物語作者であった。彼は民衆生活をリアルに描き出したことで特に注目される。

彼は多分ノーウィッチに生まれたであろうとされている。絹織物工だった。1586年に結婚して、ロンドンに住んだという。後、旅まわりの「民謡(バラッド)屋(・モンガー)」をやり、民謡集も著した。その一方で、晩年、彼は3篇の写実小説を書いた。『ニューベリーのジャック』（Jacke of Newberie, 1597）、『立派な職業』（The Gentle Craft, 1597, 98）、『レディングのトマス』（Thomas of Reading, 1600）である。

フランスのルネ・ラルー（René Lalou）は、呉服屋や靴屋を題材としたデローネイは、団体作業を扱った作家の中では最も早くまた最も優れた一人だ、と評している（『英文学史』）。当時のやはり写実的な作家トマス・デッカーは、デローネイの影響を受けているようである。ウォルター・アレンはデローネイの作品を「粗野で、そのリアリズムは出来合いの粗雑なもので、文体は素朴で自然で率直」だと述べているが、とりわけ彼の想像力と表現力を高く買っている。

デローネイは、当時にあっては相当異色の作家ということになるが、彼の第一の特色は何と言ってもその大衆的な本質にあり、イギリス文学史上において早期に平民、庶民の日常生活を描いた点にある。こうした意味で、彼の小説は、未来を先取りした要素を持ち、18世紀小説に通じるような斬

新さを備えていたということにもなる。彼は当時のロマンス界のルネッサンス的新流行の波の外側に立ってはいたが、イギリスの市井人や彼らの生活振りを素朴で気取らず、リアルな文体で活写したのであった。

なお、『レディングのトマス』の内容には、シェイクスピアの悲劇『マクベス』(Macbeth, 1605–06) のそれを連想させるところがあり、後者は何らかの形で前者の影響を受けたということも考えられる。もっとも、マクベスの物語自体は、ラファエル・ホリンシェッド (Raphael Holinshed, 1520 年頃–80 年頃) の『年代記』(1577) にも載っているように、スコットランドの古い伝承である。

次の引用は、その『レディングのトマス』における、宿の主人と彼の妻君がトマス・コール (Thomas Cole) を殺害する場面である。あたかもマクベス夫妻がダンカン王を殺すような——。

　亭主とその女房は、この間ずっと彼の乱れた心に気をとめていたが、お互いにそれについて話し始めた。男のほうは、どうするのが一番いいか分からない、と言った。私も賛同して（と彼は言った）事を行うべきだよ。というのは、私は彼におせっかいをするのが最上の策だとは思わないのだからね。
　一体誰が（と彼女は言った）今あなたの気持をくじいているのですか。あなたはこれだけのことをしておきながら、まだしり込みするのですか。それから彼女は、コールが彼女の元に残した沢山の黄金を彼に見せながら言った。これを失っても心が痛まないのですか。あの年寄りのけちんぼうを絞め殺してしまいなさいな。あの男がこれ以上生きていても、どうなるというのですか。あの男は沢山持ち過ぎていますが、私たちは貧乏です。あなた、思い切ってやって下さい。そうすれば、これが私たちのものになるのですよ。
　彼女の邪悪な忠告は実行に移されることになり、二人が部屋のドアのところで耳を澄ますと、男がぐっすり寝ているのが聞こえた。すべて大丈夫（と彼らは言い）、台所へ下りていった。召使いたちはみな寝入っていた。二人が鉄製のくさびを引き抜くと、ベッドが落ち、男

は煮え立った大釜に落下した。男が死んだので、夫婦は二人してその死体を川に投げ込んだ。衣服は処分し、すべてを自然のあるがままの状態にしておいた。しかし彼がコールの馬を運ぶために馬屋に来た時、そこの扉が開いていて、馬は逃げ出していた。…

——トマス・デローネイ『レディングのトマス』

His host and hostesse, that all this while noted his troubled mind, began to commune betwixt themselues thereof. And the man said, he knew not what were best to be done. By my consent (quoth he) the matter should passe, for I thinke it is not best to meddle on him.

What man (quoth she) faint you now? have you done so many and doe you shrinke at this? Then shewing him a great deale of gold which *Cole* had left with her, She said, Would it not grieue a bodies heart to lose this? hang the old churle, what should he doe liuing any longer? he hath too much, and we haue too little: tut husband, let the thing be done, and then this is our owne.

Her wicked counsell was followed, and when they had listned at his chamber doore, they heard the man sound asleepe: All is safe (quoth they) and downe into the kitchin they goe, their seruants being all in bedde, and pulling out the yron pins, downe fell the bed, and the man dropt out into the boyling caldron. He being dead, they betwixt them cast his body into the riuer, his clothes they made away, and made all things as it should be: but when he came to the stable to conuey thence Coles horse, the stable doore being open, the horse had got loose, …

—— T. Deloney, *Thomas of Reading*

リアルで分かりやすい文章である。なお、この宿の主人夫婦は、コール以前にも大勢の人々を殺しており、彼らの悪事は露見してしまうことになる。

この異色のデローネイと同じように写実的な文人トマス・デッカー（Thomas Dekker, 1572年頃-1632年）は、劇作家として名をなした人物で

あるが、散文の社会記事も多く書いた。グリーンのようなパンフレット作家としても活躍したわけである。

　デッカーはロンドンで生まれ育ったらしいが、詳しいことは不明である。貧乏に苦しめられた生涯であり、投獄されたようである。彼はロンドン商人を描いた『靴屋の休日』(The Shoemaker's Holiday, 1599) や『正直な娼婦』(The Honest Whore, 1604, 30) などに代表される写実劇を多数書いた。合作の多い多作家であった。ベン・ジョンソンやジョン・ウェブスター (John Webster, 1580?-1625?)、トマス・ミドルトン (Thomas Middleton, 1570?-1627) といった錚々たる劇作家たちと組んでいる。が、その一方で、デッカーは散文面でも健筆を振い、特にパンフレット作家として名を売った。彼の社会記事には、彼自身貧しかったがゆえに、下級社会を同情を込めて活写したものが多い。たとえば『驚異の年』(The Wonderfull Year, 1603)、『ロンドンの七大罪』(The Seven Deadly Sinnes of London, 1606)、『ロンドンの夜まわり』(The Belman of London, 1608)、『詐欺師の入門書』(The Guls Horne-booke, 1609) などがよく知られている。このうち『ロンドンの夜まわり』はグリーンの『兎取り読本』と同趣向のもので、下層社会のいかさまを暴いている。

　このように、デッカーは、ジャーナリスティックな活動を示した。そこには後世のダニエル・デフォーを思わせるイメージが見て取れる。それゆえ、デッカーの文章はリアルで読みやすく、機知にも富んでいる。因みに、北川悌二氏は、パンフレット作家としての彼を「グリーンとナッシュの後継者、グリーンのやさしさと同情、たくましい創意を駆使したナッシュのふうを、ある程度総合して持っていた」と言っている。グリーン＋ナッシュ＝デッカーということである。ともあれ、デッカーをジャーナリズムの祖ともみなすことが出来そうである。

6

　デッカーやグリーンらのパンフレット、デローネイの小説などに見られる現実社会に対する、市井一般に対する強い興味は、明らかに近代小説の

本質に通じるものを持っている。結局、近代小説の発生までには、このような現実志向の努力の積み重ねが必要だったということになるのであろう。

　エリザベス朝の一群の散文ロマンス作家たちないしはパンフレット作家たち（両者は既に見たように同一の人物であるケースが多い）は、以上のように目覚ましい活躍振りを見せたわけであるが、この世界はアレンも言うように二つに分けることが出来る。一つは、シドニーの『アーケイディア』、グリーンの『メナフォン』、『パンドスト王』、ロッジの『ロザリンド』、それにエマヌエル・フォード（Emanuel Ford）の『オルナトスとアルテジア』（Ornatus and Artesia, 1607）などの牧歌ロマンスの類、そして他の一つは、グリーンやデッカーらのパンフレットやデローネイの3篇の小説、それにナッシュの『悲運の旅人』などの写実的散文物である。そしてもちろん後者のほうが、近代小説との距離がずっと近い。小説の歴史を考える場合、後者のほうが一層重要だということなのである。

　だが、前者、即ちシドニーやリリー系統の散文ロマンス作家たちをも含むすべてのこうした分野の人々が彼ら個々として、また総体として、当時依然として未熟であったイギリス散文物語の形態と英語散文の質やスタイルの両面において、それらの発展のために多大な寄与、貢献をなしたことは明白であろう。

第7章

トマス・ナッシュと『悲運の旅人』

1

　トマス・ナッシュ（Thomas Nashe, 1567-1601?）の『悲運の旅人、または ジャック・ウィルトンの生涯』（*The Unfortunate Traveller, or the Life of Jacke Wilton*, 1594）は、いわゆる「エリザベス朝小説」の中では、今日まで最もよく読まれて来ている作品である。それは「エリザベス朝小説」の中で最も優れた作品だということであろう。そしてなによりもイギリス小説史上のパイオニア的存在、源流的存在と見なせるものなのである。

　いわゆる大学才人の一人たるトマス・ナッシュは、サフォーク州のローズトフトに生まれ、長じて、1582年にケンブリッジ大学のセント・ジョン・カレッジに入った。学友ロバート・グリーンと同様に、大陸旅行（フランス、イタリア）をしたが、やはりグリーンのように、道徳的に乱れたイタリアの毒気を吸い込んだことであろう。ナッシュは、グリーンのために、彼の『メナフォン』の序文を書いたりもしている。

　ナッシュは、イギリス国教会の側に立ち、従って、反宗教改革、反清教主義の立場を取った。それは『悲運の旅人』の中の清教徒攻撃にもよく表れている。彼は、ハーヴェイ兄弟（Gabriel and Richard Harvey）との論争や名高いマーティン・マープリレイト論争（the Martin Mar-Prelate controversy）などにも加わり、得意のパンフレット類を書いた。ハーヴェイ兄弟というのは有名な学者であり、特にリチャードは、マーティン・マープリレイト論争で派手な活躍をした。同論争は、ピューリタン・サイドが「マーティン・マープリレイト」なる筆名で国教会を非難、痛罵する文書を発したことから、両サイドの激しい論戦に発展した事件である。国教会側には

ジョン・リリー、ロバート・グリーン、ナッシュらが参加した。グリーンはハーヴェイ兄弟の悪口を書き、ナッシュも彼らと論争した。ナッシュの『無一文ピアスの悪魔への嘆願』(*Pierce Pennilesse, his Supplication to the Divell,* 1592) はそのようにして生まれたものである。

　が、ナッシュの代表作は、何と言っても『悲運の旅人』というピカレスク小説（悪漢小説）である。この種の小説としてはこれはイギリスで最初の作品である。ピカレスク小説の本家で、セルヴァンテス（Miguel de Cervantes, 1547-1616）を生んだスペインの作者不明の作品『ラサリーリョ・デ・トルメス』(*Lazarillo de Tormes,* 1553) の影響を受けているとされる。ジョン・リリーの「ユーフュイズム」(Euphuism) 色で彩られた文章で書かれたこの作品『悲運の旅人』は、中世的ロマンスが現実主義的小説へと移行するその過渡期の存在の一つである。大体、エリザベス朝小説の世界は、そのようなところに位置していた。つまり、ナッシュのこの作品は、イギリス初期小説の最重要作品の一つということになるのである。

図4　ウェストミンスター寺院。ロンドン。

2

　この『悲運の旅人』は、実に生き生きとした作品である。その中には滑稽さあり、風刺あり、また、アイロニーがある。まともとでたらめが交錯し、おとぼけやおどけた突飛さなども目立つ。騙しや言い抜け、いかさま行為、盗みや殺人、復讐、物凄い処刑の有様などがふんだんに描き込まれ

ている。金、酒、女は重要な素材となっている。恐怖や残酷の中にエロティシズムも顔を出す。激しい清教徒攻撃、冒涜（涜神）、毒舌やののしり声にあふれている。表現は、冗長ながらも露骨でどぎついことが多いが、機知やユーモアにも満ちている。

　以上は、読後の印象をアット-ランダムに並べたものだが、とにかく本作は当時の世相というか社会の現実を生々しく写し出している。一見突飛な作品のようではあるが、やはり当時の時勢の息吹を直接的に感じ取らせてくれる。当時の生の世界に、当時の人々の感覚の内に読者を引き込んでくれるのである。

　作者の書き振りはまことに自由自在であり、彼の思いつくままに、の感が深い。それゆえ、ピカレスク形式ではあるが、構想の統一面に深い考慮などは払われていないように思える。いわば、作者得意のパンフレット的書き振り、そうしたスタイルも見てとれるのである。批判、意見の表明、皮肉、悪口などの書物という印象が強く、小説というよりはむしろ旅行体験談集、それも誇張や創作のそれ、といったものである。作者が言いたい放題言って、憂さ晴らしをしているような面が目立つが、しかし同時に、読者を喜ばそう、楽しまそうとしている意図や姿勢も顕著である。それゆえ今日まで少なからぬ読者──あくまでイギリスの読者と言うべきであるが──に受け続けて来ているのであろう。

　そういうわけで、物語進行のテンポは速い。話は次から次へとどんどん移ってゆく。前半は特にそうである。ここで速いというのは、場面が主人公の旅（移動）とともにどんどん移り変わってゆくということである。話の細部においては、たとえばリリー流の冗長な描写がそこここに散見されるのであるが。

3

　旅する主人公ジャック・ウィルトンは、一人称（「私」）で登場する。彼が「ピカロ」、即ち「悪漢」に相当するわけである。根は善良なこのユニークな青年の「悪漢」は、作者ナッシュの分身、彼の反映と言えよう。ナ

第7章　トマス・ナッシュと『悲運の旅人』

ッシュの大陸旅行が思い合わされる次第である。

こわっぱの「小姓」(Page) として現れるジャックは、物語の後半部に見られる描写によれば、18歳で、背が高く、童顔である。彼は持前の抜け目のなさと不運を相共に、フランスからドイツ、イタリアを股に掛ける。放浪旅行である。頁数の配分はイタリアに対して最も多い。時代はイギリスではヘンリー8世朝のことである。

主人公は、書中でも読者に対して過度に差し控えてみせつつ、実際はなかなかのやり手である。種々の苦難に遭い、窮地に立ちもするが、その都度予期せぬ幸運にも恵まれて、何とか切り抜けてゆくのである。従って、表題の「悲運の」(Unfortunate) には逆説的、或いは自嘲的な意味合いも込められている。読者に対するおもねりもあるかも知れない。こうした主人公の体験談は、当時16世紀を中心とするヨーロッパ大陸諸国のさまざまな知識を提供してくれる。極めて気紛れで、場当たり的にではあるが、ひどく生々しい形でもって。

国々、主にイタリア、フランス、スペインなどへの批判は、かなり辛辣であるが、批判しつつも、イタリアなどに対しては、当時の先進国として尊重しているところがある。

この作品は、大真面目な突飛さや可笑しさと残酷さや凄惨さとが混在した奇妙にも騒々しい世界を繰り広げているが、大衆性があって俗受けしやすい反面、主としてギリシャ、ラテンの古典と聖書の引用が大変豊富であり、そのことはナッシュの学識の広さ、深さをよく示している。詩もサリー伯のそれというものなどが混じっている。

ともかく本書は、当時（16世紀後期）の時代、社会、歴史的事件などをいろいろと反映しており、風俗的な資料としても役立つであろう。

その内容は軟派に属するが、文学作品としては、時代の特色や当時の文学色の影響もあるからであろう、やや硬直気味なところが見てとれる。また、シェイクスピアの深遠さに比せば、ナッシュのほうは浅く、単調というそしりは免れ得まい。しかし、シェイクスピアの普遍性に対して、ナッシュには直接的な現世感が強烈にうかがえる。要するに、本作は、当時の社会や地理、人心などに密着しているのである。

4

　この物語の前半と後半では色合いの違いもある。即ち前半部には気のきいた可笑しさが目立つのに対して、後半部は次第に内容がどぎつく、凄惨にさえなってゆくのである。このような推移を示す本作の筋はざっと次のようになる。

　まず、宮廷小姓諸氏への作者の前口上があり、その中で、ジャック・ウィルトンという名前のれっきとした小姓が、自分の数々の悲運について書き留めたものを小姓諸氏の反古(ほご)にでもしてもらおうと残す次第だ、と言っている。話は、フランスと戦うヘンリー8世がツルネー（ベルギー西部）攻撃中に構えている陣営の場面から始まる。お付きの小姓格のジャック・ウィルトンは、この宮廷兼軍営（the court or the camp, or the camp and the court）に従っている。その軍営内の有様、そこでのウィルトンの抜け目のなさ振りが描かれるのである。

　やがて帰国したジャックは、発汗病（the sweating sicknes〔sickness〕）が大流行したために、イギリスを脱け出す。このあたり、発汗病の描写が詳しくなされている。大陸へ渡ったジャックは、フランス王とスイス人の戦う戦場を経て、ドイツのミュンスターへ赴く。ここで再洗礼派教徒のジョン・ライデン（John Leiden）が皇帝及びサクソニー公（the Duke of Saxonie〔Saxony〕）と戦うのを見る。結局、ライデン側が敗北し、虐殺、滅亡させられる。この反乱は、歴史的には、1534年のことであり、翌年、ジョン・ライデンは新・旧両教徒軍の攻撃を受けて捕まり、殺されている。書中では、作者による戦闘日の詳細な描写が続いている。次の引用文はその一部、戦闘日のジョン・ライデンらの間の抜けた出立ちについてのものである。

　　その日が到来すると、靴屋のジョン・ライデンは物々しいいでたちで戦場へと乗りこんだ。切れ地づくりの襟(えり)巻きは弓入れのごとく、一本の十字架は糸巻きのごとく胸に、あやに織りなした仕立て屋のまる座布団(ざぶとん)は、大酒杯もちの紋章のごとく盾がわりに肩に着用していたが、その尖先(さき)はからげ紐(ひも)であった。また、徒弟がもちいる頑丈(がんじょう)な棍棒(こんぼう)を槍に、ビールづくりの煙突帽を胴鎧(よろい)にしてその背に、兜(かぶと)には底を上

にした高く大きな靴を頭にかぶっていたが、それはぎっしりとびょう釘(くぎ)が打ちだされていた。部下は身分のいやしい職人風情(ふぜい)で、靴直し、靴屋、鋳掛け屋どもだったが、あるいは鉄棒、あるいは手斧(ておの)、あるいは盥棒(たらいぼう)、あるいは肥料熊手(こやしくまで)、あるいは鍬(くわ)、あるいはつるはし、あるいは狩猟刀、あるいは大手斧をおのおの武器としていた。いちばんりっぱな武装者が武器にもっていたのは、美しく蜘蛛(くも)の糸にふちどりされた茶色の錆(さび)くれたなたがまだった。あるいは、ここかしこに、虫食いの鉄兜をかぶった者もあっただろうが、その鉄兜たるや過去二百年、その男と祖先とに室内便器をつとめてきたしろものだった。また、ある男は、一対の鉄の肉焼鍋を鎧の恰好(かっこう)にへし曲げ、背と腹の守りとしていた。ある者は、胴衣をつけた腹の前に、一足の乾からびた古長靴を押し着けて胸当てにしていた。これで重傷を負う心配はあるまいというわけである。またある者はズボンいっぱいに贋金(にせがね)を織りこんでいたが、それは捕虜になりでもしたら、敵がそれを金ととりちがえて、命は助けてくれるだろうとのおもわくからだった。彼らはいかにも敬虔(けん)な頓間(とんま)どもで、どいつもこれほど間抜けた武装をしながら、金持ちたちに劣らず神のみ心を知っていると思っていた。なに、霊感などというものは彼らが日常の使い魔であって、箱の中の蜘蛛のように、時々刻々、彼らの耳にぶんぶんと音たてて、なんであれ天国・地獄・煉獄からの便りを聞かせるものだった。彼らを怒らそうものなら、即座に地獄への移送令状を受けとることになろう。…事実（これをあやふく忘れてしまっていたが）彼らが奉行ジャック・ライデンは、強壮な若者のように一片の錆(さび)くれ刀らしきものを腰に帯びていた。いまにして思えば、それとて剣術刀(フォイル)にすぎなかった。彼は敵を撃退すべしと見せかけようとそれを着用していたわけだが、剣術刀(フォイル)は彼がそういう二重の解釈をなすべきご託宣であったのかもしれない。さらになにをかいわんやだ。戦闘隊形は成った。成ったというのは、整えられたという意味ではない。整えられたにはほど遠く、ただ舟乗りがあらしに耐えられるようにその衣服を張りめぐらすのと同じく、彼らはつぎはぎだらけの着物を身にまといつけ、それでどんな刀剣にも突き通され

まいとしたのだが、これは鎧代を払うよりか、ずっとてっとりばやいやりかただった。また、彼が戦場を整えたともいえたのだ。なぜなら、戦いに敗れたらどこに向かって遁走するか、彼がすでに決定していたからである。

——トマス・ナッシュ『悲運の旅人』（北川悌二訳）

That day come, flourishing entred *Iohn Leiden* the Botcher into the field, with a scarffe made of lysts like a bow-case, a crosse on hys breast like a thred bottome, a round twilted Taylors cushion, buckled like a Tankard-bearers deuice to his shoulders for a target, the pyke whereof was a pack-needle, a tough prentises club for his spear, a great Bruers cow on his backe for a corslet, and on his head for a helmet a huge high shooe with the bottome turnd vpwards, embossed as full of hob-nayles as euer it might sticke: his men were all base handi-crafts, as coblers, and curriers and tinkers, whereof some had barres of yron, some hatchets, some coole-staues, some dung-forkes, some spades, some mattockes, some wood-kniues, some addises for their weapons: he that was best prouided, had but a peece of a rustie browne bill brauely fringed with cop-webs to fight for him. Perchance here and there you might see a felow that had a canker-eaten scull on his head, which serued him and his ancestors for a chamber pot two hundred yeeres, and another that had bent a couple of yron dripping pans armour-wise, to fence his backe and his belly; another that had thrust a paire of drie olde bootes as a breastplate before his belly of his dublet, because he would not be dangerously hurt; an other that had twilted all his trusse full of counters, thinking if the Enemie should take him, he would mistake them for gold, and so saue his life for his money. Verie deuout Asses they were, for all they were so dunstically set forth, and such as thought they knew as much of Gods minde as richer men: why, inspiration was their ordinarie familiar, and buzd in their eares like a Bee in a boxe euerie hower what newes from heauen, hell, and the land of whipperginnie: displease them who durst, he should haue his mittimus to damnation ex *tempore* ; ... and in fidelitie (which I had welnigh forgot,) *Iacke Leiden*, their Magistrate, had the Image or likenes of a peece of a rustie sword, like a lustie lad, by his side: now I remember mee, it was but a foyle neither, and he wore it to shewe that hee should haue the foyle of his Enemies, which might haue been an oracle for his two-hand Interpretation. *Quid plura*? His Battell is pitcht: by pitcht, I doo not meane set in order, for that was farre from their order, onely as Sailers doo pitch their apparell to make it storm proofe, so had most of them pitcht their patcht clothes to make them impearceable: a neerer way than to be at the charges of armour by halfe. And in another sort he might be said to haue pitcht the Field, for he had pitcht or rather set vp his rest whether to flie if they were discomfited.

—— T. Nashe, *The Unfortunate Traveller*

　何とも仰々しく、しかも皮肉な描き振りである。作者はこのあと冗長な宗教的批判を展開する。その中には、外国の改革教会批判やウルジー枢機卿の例などへの言及もある。
　再洗礼派の大虐殺の有様や「犬のように死んだ」ライデンの絞首刑などを見たジャックは、この悲惨な戦争の結末とともに軍人稼業を捨てて、旅を続ける。
　以後、彼は、サリー伯ヘンリー・ハワード公 (Lord Henrie〔Henry〕Howard, Earle〔Earl〕of Surrey, 1517?-47) に従って旅行することになる。二人はドン・キホーテ (Don Quixote) とサンチョ・パンザよろしく、イタリアのヴェニスへと向かうことになる。途中、オランダのロッテルダムではエラスムスやトマス・モアに会う。ウィッテンベルクでは、マルティン・ルター (Martin Luther, 1483-1546) に味方したサクソニー公の歓迎の儀式に行き合い、酔いどれ弁士ヴァンダフルクのサクソニー公へ捧げる演説を聞く。その滅茶苦茶な演説の趣旨は次のようなものであった（その一部のみの引用）。

　　やんごとなき公よ（なぜなら胆汁なき君でおわすゆえ）、ウィッテ

ンベルクのこの組合は、弁舌の士である小生を用いてその感謝の意をあらわさせ、生まれは市民、天性自由のドイツ人、芸は弁士、教育は筆耕者なる小生により衷心から恭順貞潔の意を表し、万腔(まんこう)よりウィッテンベルクへのご来臨を歓迎いたします。歓迎と申しましたか？おお、誇張の雄弁術よ、なんじの絶え間なき饒舌(じょうぜつ)の口をぬぐって、サクソンびとのいとも高貴なる血にたいしたてまつり、いやまさる天竺(インド)張りの比喩を与えよ。雄弁術よ、なんじの讃辞入りの厳重にかんぬきかけたる櫃(ひつぎ)を開け、そこなる赫々(かくかく)たる讃辞のあやをもって、公に忠勤の誠を示せ。無力の言語が八品詞をもってするもなお詳説し得ざることをば、この無上の才能が、いわば口を緘(かん)することにより（涙ながらにかく申すのでありますが）なしおおせるでありましょう。かくすることにより、明白に示すとも宣言するとも見えるやもしれない。いや、見えるにあらず、事実そのものであるやもしれないものは、公が高潔なる怯懦(きょうだ)と卑劣にふさわしき些細(ささい)なる献げものであるかもしれませぬ。なにがゆえに小生はかくおろかしくもさわぎ立て、曖昧模糊(ちんぷんかんぷん)なる卑詞冷句をもてあそばなければなりませぬか？知恵は知恵、好意は好意たることに変わりありませぬ。小生が知恵の総力をあげて、いまここにこの諸前提にしたがい、台下に全市民の好意を呈上いたします。それ好意は黄金の容器でありまして、台下と台下のおん嫡子とがご健康を祝う乾杯をあげるに用いるべきものであります。多筆のへぼ学者どもは貴下にたいしたてまつり、詩の天蓋と飾り馬衣とをでっちあげます。なれども、われら好漢にして盃(さかずき)と酒器とのごとく陽気に生くる者は、彼らがごとく貴下にいんちきをおしつけることはいたさず、われらにでき得るごとくにふるまい、よしんば粗末なる空(から)の酒器を用いましょうとも、貴下を饗応接待しなければなりませぬ。ぶつかりしだいのご仁のために乾杯することを知りたる者こそ、十分に学問ある人物でありまする。

――『同上』

Right noble Duke (*ideo nobilis quasi no bilis*, for you have no bile or colar in you), know that our present incorporation of Wittenberg, by me the tongue man of their thankfulnes, a townesman by birth, a free Germane by nature, an oratour by arte, and a scriuener by education, in all obedience and chastity, most bountifully bid you welcome to Wittenberg: welcome, sayd I? O orificiall rethorike wipe thy euerlasting mouth, and affoord me a more Indian metaphor than that, for the brave princely bloud of a Saxon. Oratorie vncaske the bard hutch of thy complements, and with the triumphantest troupe in thy treasurie doe trewage unto him. What impotent speech with his eight partes may not specifie this vnestimable gift, holding his peace, shall as it were (with teares I speak it) do whereby as it may seeme or appeare to manifest or declare, and yet it is, and yet it is not, and yet it may be a diminitiue oblation meritorious to your high pusillanimitie and indignitie. Why should I goe gadding and fisgigging after firking flantado amfibologies? wit is wit, and good will is good will. With all the wit I haue, I here, according to the premises, offer vp vnto you the cities generall good will, which is a gilded Can, in manner and forme folowing, for you and the heirs of your bodie lawfully begotten to drinke healths in. The scholasticall spuitter bookes clout you vp cannopies and foot-clothes of verses. We that are good fellowes, and liue as merry as cup and can, will not verse vpon you as they doe, but must do as we can, and entertaine you if it bee but with a plaine emptie Canne. He hath learning inough that hath learnde to drinke to his first man.

―― Ibid.

　わざと混乱させ、言葉を重ね合わせてもて遊んだこの文章は、流行中の「ユーフュイズム」への諷刺だと言われる。
　ジャック・ウィルトンとサリー伯は、この地でルターとカロロスタディウスののしり合いも見た。大学者コルネリウス・アグリッパとも知り合う。
　道中、サリー伯とジャックは、マーク・トウェイン（Mark Twain, 1835-1910）の『王子と乞食』よろしく名を取り替えることにする。サリー伯がもっと自由に行動したかったからである。二人は皇帝チャールズ５世

(Charles the fift〔fifth〕) の宮廷にも伺候した。

　さてヴェニスに着いた両名は、女郎屋の主人ペトロ・デ・カンポ・フレゴと娼婦のタビサと知り合いになる。タビサはジャック殺害をサリー伯に持ち掛けるが、伯とジャックは計って、タビサから金貨をせしめる。もっともそれはにせ金だったため、二人は造幣局長の家に「投獄」の憂き目を見た。やがて監房へ移されている。ここで作者はジャックにフレゴへの悪口を吐かせつつ、女郎屋亭主論や清教徒論、宮廷術論などの皮肉をたっぷり書いている。

　そこへ、この物語の女主人公とも言うべきディアマンテ（Diamante, カスタルドー〔Castaldo〕の妻）が送還されて来て、二人と一緒になる。サリー伯は彼女を得意の詩でくどく。が、ジャックのほうが彼女をせしめることになる。そして、イギリス代表ペトロ・アレティーノの尽力で釈放されたジャックは、サリー伯になりすまして、ディアマンテと旅を続けてゆく。だが、サリー伯はフローレンスで彼らに追いついて来て、ジャックは女を伯に返し、再び伯の従者となったのである。

　フローレンス公爵の宮廷では、槍試合が行われ、サリー伯が優勝するが、この闘技場の描写も詳細にわたっている。その伯は、ヘンリー8世のお呼びで帰英し、ジャックとディアマンテの二人は、ローマへ向かう。

5

　さて、大円団のローマである。ここでジャックは、イタリアの庭園、浴場、ぶどう園、露台などの素晴らしさを知る。しかし、このローマで、悪疫が大流行し、夥しい数の死人が出た。この時、グラナダ出身の大悪党エスドラスとイタリア人無法者のバルトルが活動する。彼らはジャックが泊まっていたヘラクリデの家にも来襲した。そしてヘラクリデを、彼女の「死んだ」夫の体を枕にして犯す。ジャックは、ディアマンテを奪われ、部屋に閉じ込められてしまう。この家はエスドラスの襲った八十番目の家に当たった。ヘラクリデは、苦悩の余り自殺した。やがて目覚めた夫はジャックを犯人と思い込み、そのために彼ジャックは投獄され、絞首刑の判

決を下された。

　あわやのジャック・ウィルトンは、しかしながら、いつものように幸運にも救われる。彼を助けたイギリス追放の身の伯爵が、エスドラスとバルトルがディアマンテを巡って争い、バルトルは深手を負い、一方、エスドラスは逃亡したことを教えてくれる。伯爵は、「旅行」を批判し、ジャックにイギリスへ帰れと説教する。この説教も実に長々と続いており、その中には、イタリア人・イギリス人比較論を始め、記憶の業（わざ）についてやフランス、スペイン、イタリア各国批判論、デンマーク・オランダ論なども含まれている。伯爵は己が身を引き合いに出しつつジャックを説いたのだが、ジャックのほうは辟易してしまった。

　その後、ディアマンテを探してローマを歩き回ったジャックは、恐ろしいユダヤ人ザドクの地下蔵に落ち込み、そこでディアマンテに巡り合う。ザドクは、ジャックを法皇付きのユダヤ人医師ザカリアに売ろうとする。他方、法皇の妾であだっぽく、柄の大きいマンテュア公爵夫人ユリアナがジャックの童顔に惚れ込んだ。彼女は、ザカリアにより解剖用として暗い部屋に閉じ込められたジャックを買おうとするが断られ、策を用いてザカリアに法皇毒殺未遂の罪をかぶせる。ローマからのユダヤ人追放令が出された。そこで、怒ったザカリアは、ザドクの奴隷も同様の身となっていたディアマンテを使って、ユリアナに毒を盛ろうと計る。が、ディアマンテがユリアナに事の次第を打ち明けたため、悪計は破れた。

　ユリアナはジャックに求愛する。今度はそのユリアナの計略に煽られて、ザドクがローマ炎上の大陰謀を巡らし、失敗して恐るべき処刑に遭う。その描写は凄まじい限りである。

　伯爵夫人にうんざりしたジャックは、6月29日ペテロ聖人の祭日のどさくさに紛れて、ディアマンテともども夫人の金銀財宝一切をもって逃亡する。怒るユリアナは、侍女により毒入りコップを誤って飲まされてしまい、死んだ。

　ジャックらはボローニャに行き、ここでバルトルの弟カットウルフの物凄い処刑の場を見ることになった。カットウルフは、兄の仇エスドラスをピストルを買って20ヶ月間ぶっ続けに追い回し、終にこのボローニャで

射殺に成功したのである。その罪で責め車にのせられたカットウルフは、最後の傲慢な演説をした。人々にそれまでの経緯を話したのである。

　カットウルフとエスドラスのこの凄まじい悲劇に、さすが冒険好きの「ピカロ」ジャック・ウィルトンも、その世俗的根性を打ちひしがれてしまう。そしてまともな人生に帰ることにするのであった。

　ジャックはディアマンテと結婚し、慈善を施してボローニャを発ち、フランスのイギリス王陣地に到着する。イギリス王ヘンリー8世は、ここでフランス王フランソワ1世（François I, 1494-1547）と会見し、幾日もの宴を張っていたのである。

　以上、長々と『悲運の旅人』の筋を追って来たが、それは、現在一般には余り広くは読まれない「エリザベス朝小説」の内容が具体的にどのようなものなのかを明らかにするためである。

6

　『悲運の旅人』は、今日から見れば、騒々しく落着きのない、とても奇妙で、風変わりな書物である。しかし、当時の類書と比較してみるとそうではないことが分かる。当時の物語類には、この作品に見られるような雰囲気が、また書き振りが自然だったのである。近代小説とは異質だが、ともかくそこには現実感覚があふれている。ナッシュは、才能あるパンフレット作家らしく、俗世や人間の本質をよく突いている。彼の現世に対する観察力はなかなか鋭いのである。ただ、ここには中世的ロマンスのにおいとエリザベス朝的現実感覚の交錯または共存が見られるように思える。早い話、それはたとえば中世的槍試合の題材そのものと作者によるそのちゃかしなどに見て取れる。

　本作の書き振りは、多分に思いつき本位、行き当たりばったりといった印象を与えるが、話の筋はジャック・ウィルトンの旅行に沿っているので、彼を中心にしたピカレスク小説の手法が用いられているのである。途中、脱線や冗長な議論などもしばしば起こるが、物語上の過度の混乱はない。

　最も重要な登場人物は、ジャックの他は、サリー伯とディアマンテであ

ろう。この二人は、ジャックに次いで物語の大切な「要素」となっている。始めのうちは、サリー伯とジャックが基本のカップルをなし、後半部においては、ジャックとディアマンテが中心カップルをなしている（これもピカレスク的な基本構図ではある）。

　作中、ディアマンテを始めとする女性描写は、多分に類型的であり、むしろ単純（シンプル）である。性的描写なども露骨過ぎるところがある。しかしこの単純な露骨さは、エリザベス朝期独自の雰囲気や風潮に由来するものでもあろう（たとえば当時の文学におけるベン・ジョンソンの作風なども思い合わせられる）。そしてこうした露骨さの中には、この時代特有の陽気さも含まれているのである。

　本作には、現実に根差した躍動感はあるが、一面ではまだ、まろやかに練れて柔軟なユーモアや皮肉の世界に入り切れないある種のもどかしさも感じられる。稚拙さと言ったら言い過ぎであろうか。こうした点はシェイクスピアなどに比して、格段に落ちる。つまりは、一個の完成した芸術作品としてそれだけ狭く、直線的で硬直気味なのである。そしてこのような点も「エリザベス朝小説」一般の特徴である。さらに、ジョージ・セインツベリー（George Saintsbury）は次のように述べている。

　　彼（ナッシュ＝筆者註）は諷刺の才を大いに有していて、また、少しは劇的（ドラマティック）でもあった。しかし、私には彼が物語の語り方を十分に心得ていたとは思えない。彼の外見上の「リアリズム」が当時の人々の、又、後の世代の人々の関心を買ってはいたけれども。彼は、歴史的な人物たちの賢明な逸話を、それが真実であろうと虚偽であろうと、ひょいと差し出す。彼は彼の描くヒーローをこっちからあっちへと、せかせるように動かしてゆく。彼は、同僚の物語作家たちやパンフレット作家たちをこれほど多くの人々にとり読めなくしているあの驚くべきユーフューズ的「ちんぷんかんぷん」体をある程度切り捨ててはいる。だが、私には彼がしかるべく生を呈示し、ストーリーを運んでいるという風には見えない。

　　　　　　　　　　—— *Shorter Noveles: Elizabethan*, Introduction

だが、セインツベリーの意見もさることながら、ナッシュのこの作品は、他の「エリザベス朝小説」に比せば出色の出来栄えを誇っている。それは、その鋭い世相活写の精神からしても、同時代のどの「小説」よりも近代小説に近いと言えるであろう。それは、たとえば、はるか後代の（実に170年後の）イギリスのゴシック小説の代表作『オトラント城』などに比してはるかに生き生きとしているのである。それに何よりも読物として面白い。この点も歴史に生き抜く一つの必要条件ではある。

第8章

ウィリアム・シェイクスピア及び『欽定英訳聖書』

1

　エリザベス朝時代から次のジェイムズ1世（James I, 在位 1603-25）朝時代にかけての散文界は、「小説」以外の分野でも大いに賑わった。
　そうした中での第一人者は『随筆集』を著したフランシス・ベーコン卿である。ロンドン出身でケンブリッジに学んだベーコンは、幅広い才能を持ち、多方面に活躍した。ルネッサンス期の花形の一人であり、近代思想の開拓者であった。いわゆるイギリス経験哲学の元祖的存在でもあった。政界、法曹界で目覚ましい活動を続け、終には大法官の位も極めた。なかなかに現実主義的な考え方の持主であり、処世の知恵も有したが、晩年（1621年）収賄容疑を受けて失脚してしまう。こうしたベーコンは、公務多忙の中で、また最晩年の失意の内にあって、多数の著作物を世に出した。科学面では有名な啓蒙書『学問の進歩』（*The Proficience and Advancement of Learning*, 1605）、哲学面では当時のインテリらしく『新機関』（*Novum Organum*, 1620）を書いた。さらにプラトンやトマス・モアの系譜を引くユートピア物語の『新アトランティス』（*New Atlantis*, 1627）や歴史書『ヘンリー7世治世史』（*Historie of the Reigne of Henry VII*, 1622）なども著した。
　が、彼がイギリス文学史上に偉大な足跡を残したのは、『随筆集』（*Essays or Counsels, Civill and Morall*, 1597, 1612, 25）によってである。
　『随筆集』は、初め10篇だけからなるものが1597年に出された。これに書き加えや新篇追加が行われて現在見るような分量になったのである。即ち、1612年の第二版では38篇、25年の第三版では58篇にふえている。

25年は著者の死の前年に当たっている。失脚後は著作に専念していたと言われるが、その間にも『随筆集』は書き続けられたわけである。博識で現実主義者のベーコンのこの書物は、フランスのモンテーニュ（Michel de Montaigne, 1533-92）の多分に思索的な『随筆集』（Les Essais, 1580-88）とは色合いを異にしている。つまり前者は経験的、実際的性格が強く、従って実人生に対処するための知恵なども多く含んでいる。いわば「実用的な知恵の集大成」（ルネ・ラルー）である。ベーコンが座談の名人だったということもよく知られているが、彼の書にはそうした特色もよく表れている。次に引用するのは、その談話について論じた文章である。「三十二 談話について」（XXXⅡ Of Discourse）の中の一節である。

　談話に於いて一ばん立派な役割りはきっかけを与えることである。それから話の梶を執り、次の話題に移らしむることである。それはダンスでリードするのと同じことである。談話や會談の際に於いて、當面の問題に一般論を挿み、物語りに理論を雜へ、冗談と眞面目な話しを入れまぜて変化を求めることはよいことである。人を飽き飽きせしめ、または近頃よく云ふやうに、一つことをあまり長く乗り廻はすのは、退屈なことである。
　冗談に關しては、世には冗談から除外さるべきある種の事柄があることを知って置くべきである。それは、宗教、國事、高貴の人物、何人かの現在の重要事件、及び同情すべき事柄である。
　然るに世には、何かピリッとした、辛辣骨をゑぐることを投げつけないと、機智を眠らして了つたと考える人々がゐる。さういふ癖は制駁されなければならない。
　「少年ヨ、拍車ヲ控ヘヨ、ソシテ手綱ヲ、ヨリ強ク引ケ」
　といふ言葉がある。而して一般に人は辛味（から）と苦がさの區別（に）を知って置くべきである。まことに、諷刺的な傾向を有する人間は、他人をして自分の機智を恐れしむると同様に、自分も他人の記憶を恐れる必要が有る。

　　　　　　──フランシス・ベーコン『随筆集』（神吉三郎訳）

The Honourablest Part of Talke, is to giue the Occasion; And againe to Moderate and passe to somewhat else; For then a Man leads the Daunce. It is good, in *Discourse*, and Speech of Conuersation, to vary, and enter mingle Speech, of the present Occasion with Arguments; Tales with Reasons; Asking of Questions, with telling of Opinions; and Iest with Earnest: For it is a dull Thing to Tire, and, as we say now , to Iade, any Thing too farre. As for Iest, there be certaine Things, which ought to be priuiledged from it; Namely Religion, Matters of State, Great Persons, Any Mans present Business of Importance, And any Case that deserueth Pitty. Yet there be some, that thinke their Wits haue been asleepe; Except they dart out somewhat, that is Piquant, and to the Quicke: That is a Vaine, which would be brideled;

　　Parce Puer stimulis, & fortiùs utere Loris.

　　And generally, Men ought to finde the difference, between Saltnesse and Bitternesse. Certainly, he that hath a Satyricall vaine, as he maketh others afraid of his Wit, so he had need be afraid of others Memory.

―― Francis Bacon, *Essays*

　大変な教養人で博識だったベーコンの文章は、現在の人々にとって必ずしも易しいものではないけれども、簡明であることは確かであり、この点高く評価出来る。こうした彼の文章が標準的英語散文の形成上にかなりの役割を果したであろうことは十分考えられる。後世にかけて『随筆集』が広く読まれていったことを思えば、なおさらのことである。今日では、ベーコンといえば直ちに『随筆集』を思い浮かべるまでにさえなっているのである。大法官の地位のことなどは忘れられても――。後世、シェイクスピアと同一視されさえしたベーコン（シェイクスピア＝ベーコン説）、その総合的な人格は文字通りに偉大であり、人偉大であれば文また大きな影響力を有した、それも後の世にかけて、と考えるのは全く自然なことではある。

2

　ところで、イギリス批評の歴史もこの時代に始まるとみなしてよいが、この面では、フィリップ・シドニー卿の『詩の弁護』(*An Apologie for Poetrie*, 1595) が代表的な著作である。オックスフォード出身のこの若きインテリ詩人は、既に挙げたスティーヴン・ゴッソンの『悪弊の学校』への反論として（直接的反論という性格のものではなかったようであるが）上記の書を著した。詩歌無用論に反対して、歴史的記述も行いつつ詩の有用性を説いたものである。これは、ひいては、著者の詩歌、演劇に関する古典文学論にもなっている。

　…私に関して言えば、（如何なる不運によってか）そう老いた年でもないのに、怠惰な時間を経るうちに方向がずれて、詩人などという肩書きを持つに至ってしまい、選んだわけでもない仕事を弁護して、諸君に一言いわざるを得なくなった次第である。私がそれをよりよき理〔ことわり〕というよりむしろ善意をもって処するとしても、御寛恕下さい。というのは、師匠の足取りを追う学徒は、大目に見てもらえるだろうからである。だが、私は言わざるを得ないのであるが、私が惨めな詩の哀れな弁護をするだけの根拠を持っており、学問のほとんど最高の評価点から墜落して笑うべき子供の資産となってしまった詩のことなので、私はさらに手に入るいくつかの証拠をもたらす必要があるのである。が、それは、前者〔ここでは馬術を指す〕が何人によってもその当時値する信用を傷付けられず、一方、愚かな後者〔詩人〕は、詩神の間に内乱の起る危険性が大いにあるにもかかわらず、そうした信用を損なうことになれている哲学者たちの名前さえも用意していたからである。
　そしてまず、実際、学問を公言しながら詩を痛罵する人々すべてがまさしく抗議を受けることになるであろう。というのは、そうした人々は忘恩の一歩手前に来てまで、知られているうち最も高貴な国家及び言語において、無知に対する最初の光明の投影者であり、かつその乳が彼らがより高度な知識を後々与えられることを少しづつ可能と

第8章　ウィリアム・シェイクスピア及び『欽定英訳聖書』

してくれた最初の乳母だったものを損なおうとしているからである。
　　　　　　——フィリップ・シドニー『詩の弁護』〔　〕内筆者註

　... of myself, who (I know not by what mischance) in these my not old years and idlest times having slipped into the title of a poet, am provoked to say something unto you in the defence of that my unelected vocation, which if I handle with more good will than good reasons, bear with me, since the scholar is to be pardoned that followeth the steps of his master. And yet I must say that, as I have just cause to make a pitiful defence of poor Poetry, which from almost the highest estimation of learning is fallen to be the laughing-stock of children, so have I need to bring some more available proofs, since the former is by no man barred of his deserved credit, the silly latter hath had even the names of philosophers used to the defacing of it, with great danger of civil war among the Muses.
　And first, truly, to all them that, professing learning, inveigh against Poetry, may justly be objected that they go very near to ungratefulness, to seek to deface that which, in the noblest nations and languages that are known, hath been the first light-giver to ignorance, and first nurse, whose milk by little and little enabled them to feed afterwards of tougher knowledges.

　　　　　　—— Sir Philip Sidney, *An Apology for Poetry*

　豊かな教養人の文章だが、分かりやすいと言えよう。なお、著者は本作で、詩は人を教え、楽しませる力を持っていると述べている。
　シドニーの詩論たるこの著作は初期イギリス批評界の傑作であり、この分野のものとしては、ジョン・ドライデンの『劇詩論』(1668, 84) 以前における最も有名なものであろう。
　ルネッサンス期は翻訳界も聖書のそれを中心として活発だった。聖書は後で触れるとして、その他の面では、トマス・ノース (Sir Thomas North, 1535?-1601) の『プルターク英雄伝』訳 (*Lives of the Noble Grecians and*

Romans, 1579) やジョン・フロリオ (John Florio, 1553?-1625) のモンテーニュの『随筆集』の訳 (*Essays*, 1603) などがとくに知られる。『プルターク英雄伝』はシェイクスピアにも題材を提供した。ノースがジャック・アミオ (Jacques Amyot, 1513-93) の仏訳 (1559) から英訳したものである。さらにフィルモン・ホランド (Philemon Holland, 1552-1637) は、リヴィ (Livy, 59B.C.-17A.D.) の『ローマ史』(*The Annals of the Roman People*, 1600) やプリニィ (Pliny, 23-79) の『博物誌』(*Natural History*, 1601) などを出した。

　歴史では、ウォルター・ローリー卿が有名な『世界史』(*The History of the World*, 1614) を著したし、ラファエル・ホリンシェッドも『イングランド、スコットランド及びアイルランドの年代記』(*Chronicles of England, Scotland and Ireland*, 1577) を書いて、シェイクスピアの劇にいくつかの題材を提供している（『マクベス』他）。さらに歴史学者ウィリアム・キャムデン (William Camden, 1551-1623) はラテン語で『イギリス誌』(*Britannia*, 1586, 英訳版は1610年) を書き、1622年には、オックスフォード大学に史学講座を設けている。

　因みに、ジェイムズ王時代には、ロバート・バートン (Robert Burton, 1557[6]-1640) の『憂鬱の解剖』(*The Anatomy of Melancholy*, 1621) という奇妙な本が現れた。これはイギリス文学史上にも時折思い出したように出現するいわゆる「奇書」の類に属する書物であり、そうした系統の初期の傑作と言うことが出来る。牧師である著者のこのユニークな書物は、もともと医書だが、出版当時は大いに読まれたという。かなり大部なもので、いわば雑学の宝庫とも言うべきものである。著者の学問とともにユーモアも見られる本書の文章について、ルネ・ラルーは、「同義語や形容詞をやたらに重ねる所はラブレー (François Rabelais, 1494?-1553) に似ていて、引用も豊富であり、それを註釈する巧みさはモンテーニュを連想させる」（『英文学史』）と分析している。本書は憂鬱を中心テーマとして人間の諸感情、諸気質を論じている。次の一節は憂鬱の原因を分析している。

　　「原因について考えなければ、その治療法を語り、救済策を考えても空しい」ガレンはグラウコにこう指示している。そして、他の人々

第8章　ウィリアム・シェイクスピア及び『欽定英訳聖書』

の共通した経験も、プロスパー・カレニウスがキャシウス枢機卿に宛てた憂鬱についての小論の中で十分に認めているように、最初に原因が究明されていなければ、そうした治療法は不完全で、貧弱で、無駄でもあるということを確認している。だからフェルネリウスもこう言っているわけである。「原因に関する知識の何らかの必要性、そしてそれなしにはいかなる種類の病気も治せないし防げもしない」と。経験のみに頼るやぶ医者は病気をやわらげ、時には病気から救ったりもするかも知れないが、完全に根絶することはできない。sublata causa tollitur effectus と諺が言うように、もし原因が取り除かれれば、結果も同様に克服されるのである。(私は告白するが)こうした原因がどこに由来するかを見分け、さらにいろいろある中で、始まりはどうだったのかを述べることは非常に困難である。それを正しくなせる人は幸せである。私はそのような原因を最初から最後まで全体も個別も、細部に至るまで可能な限り解き当てるようにあえて試み、すべてはがして明らかにしてみようと思う。そうすれば、それらがより一層明確に描き出されるであろう。

　　　　　　——ロバート・バートン『憂鬱の解剖』第1部第2節　憂鬱の原因

"It is in vain to speak of cures, or think of remedies, until such time as we have considered of the causes," so Galen prescribes Glauco: and the common experience of others confirms that those cures must be imperfect, lame, and to no purpose, wherein the causes have not first been searched, as Prosper Calenius well observes in his tract *de atra bile* to Cardinal Cæsius. Insomuch that Fernelius puts "a kind of necessity in the knowledge of the causes, and without which it is impossible to cure or prevent any manner of disease." Empirics may ease, and sometimes help, but not throughly root out; *sublata causa tollitur effectus*, as the saying is, if the cause be removed, the effect is likewise vanquished. It is a most difficult thing (I confess) to be able to discern these causes whence they are, and in such variety to say what the beginning was. He is happy that can perform it aright. I will adventure to guess as near as I can, and rip them all up, from the first to the last, general and particular, to every species, that so they may the better be described.

—— Robert Burton, *The Anatomy of Melancholy*

　原文は学識を感じさせる風格のある文章だが、決して読みづらくはない。この作品は、悲嘆、恥辱、怒り、不満、野心、過度の学習、恐怖、…などから貧窮、喪失、懐疑、孤独、女性の憂鬱、自虐…などにわたる実に詳細で大部な一大労作である。

　最後に宗教面だが、宗教改革の嵐を反映して論争文や説教文が沢山書かれた。この宗教面の散文著者としては、神学者リチャード・フッカー (Richard Hooker, 1554?–1600) の『教会政治の法則について』(*Of the Laws of Ecclesiasticall Politie* 8 巻, 1594, 97, 1648, 62) が有名だが、これは、国教会の理論的支柱となった。この種の神学書では、英語で書かれたものとしては最初期の労作だと言われている。一方、聖書の翻訳も、ウィクリフのあとを受けて次第に進められて来ていた。早くはウィリアム・ティンダル (William Tyndale, 1494?–1536) が新約聖書 (*the New Testament*) を訳出、出版し (1525)、次いでマイルズ・カヴァデイル (Miles Coverdale, 1488–1568) が旧約 (*the Old Testament*) 及び新約を翻訳、刊行した (1535)。また、カンタベリー大主教トマス・クランマー (Thomas Cranmer, 1489–1556) は『イギリス国教会祈祷書』(*The Book of Common Prayer*) を監修している (1549, 52)。

　しかし、この方面では、ジェイムズ 1 世朝の『欽定英訳聖書』(1611) の翻訳業が最も重要である。これは略して"*A.V.*"と言い慣らされている。国家事業たるこの大業は、ウィクリフ以来のそれまでのイギリス聖書翻訳史上の偉大な集大成版である。実に、この英訳文が今日読まれる英訳聖書の基になったのである。英語散文の歴史においても、その影響には計り知れないものがある。なにしろ、聖書は永遠のベストセラーなのであるから。

　この大業は、ジェイムズ 1 世の命を受けた神学者で、後にウィンチェスター主教となるランスロット・アンドルーズ (Lancelot Andrewes) 僧正

第8章　ウィリアム・シェイクスピア及び『欽定英訳聖書』

（1555-1626）以下 54 名の学者により完成されたものである。それまでに出ている英訳聖書も参考にしながら仕上げられたものであるが、その文章は簡潔明瞭でしかも格調高く、威厳もある。ある種の流麗さも有し、統一も取れている。

　　たとい私が、人々の言葉や御使たちの言葉を語っても、もし愛がなければ、わたしは、やかましい鐘や騒がしい鐃鉢と同じである。たといまた、わたしに預言をする力があり、あらゆる奥義とあらゆる知識とに通じていても、また、山を移すほどの強い信仰があっても、もし愛がなければ、わたしは無に等しい。たといまた、わたしが自分の全財産を人に施しても、また、自分のからだを焼かれるために渡しても、もし愛がなければ、いっさいは無益である。
　　愛は寛容であり、愛は情深い。また、ねたむことをしない。愛は高ぶらない、誇らない、不作法をしない、自分の利益を求めない、いらだたない、恨みをいだかない。不義を喜ばないで真理を喜ぶ。そして、すべてを忍び、すべてを信じ、すべてを望み、すべてを耐える。
　　愛はいつまでも絶えることがない。しかし、預言はすたれ、異言はやみ、知識はすたれるであろう。なぜなら、わたしたちの知るところは一部分であり、預言するところも一部分に過ぎない。全きものが来る時には、部分的なものはすたれる。わたしたちが幼な子であった時には、幼な子らしく語り、幼な子らしく感じ、また、幼な子らしく考えていた。しかし、おとなとなった今は、幼な子らしいことを捨ててしまった。わたしたちは、今は、鏡に映して見るようにおぼろげに見ている。しかしその時には、顔と顔とを合わせて、見るであろう。わたしの知るところは、今は一部分に過ぎない。しかしその時には、わたしが完全に知られているように、完全に知るであろう。このように、いつまでも存続するものは、信仰と希望と愛と、この三つである。このうちで最も大いなるものは、愛である。

　　　──『新約聖書』コリント人への第一の手紙 13 章（日本聖書協会　1954 年改訳）

Though I speake with the tongues of men & of Angels, and haue not charity, I am become as sounding brasse or a tinkling cymbal.

2 And though I haue the gift of prophesie, and vnderstand all mysteries and all knowledge: and though I haue all faith, so that I could remooue mountaines, and haue no charitie, I am nothing.

3 And though I bestowe all my goods to feede the poore, and though I giue my body to bee burned, and haue not charitie, it profiteth me nothing.

4 Charitie suffereth long, and is kinde: charitie enuieth not: charitie vaunteth not it selfe, is not puffed vp,

5 Doeth not behave it selfe vnseemly, seeketh not her owne, is not easily provoked, thinketh no euill,

6 Rejoyceth not in iniquitie, but rejoyceth in the trueth:

7 Beareth all things, beleeueth all things, hopeth all things, endureth all things.

8 Charitie neuer faileth: but whether there be prophesies, they shall faile; whether there bee tongues, they shall cease; whether there bee knowledge, it shall vanish away.

9 For we know in part, and we prophesie in part.

10 But when that which is perfect is come, then that which is in part, shalbe done away.

11 When I was a childe, I spake as a childe, I vnderstood as a childe, I thought as a childe: but when I became a man, I put away childish things.

12 For now we see through a glasse, darkely: but then face to face: now I know in part, but then shall I know euen as also I am knowen.

13 And now abideth faith, hope, charitie, these three, but the greatest of these is charitie.

―― *The Authorized Version of the English Bible 1611, The New Testament,*
The First Epistle of Paul the Apostle to the Corinthians, Chap. XIII

こうした文章が、近代英語の形成、近代英語散文のそれに絶大な影響を

及ぼしたことは言うまでもないことである。また、大勢の英米の文筆家たちにもその修業途上で力になった筈である。ジョン・バニヤンなどはその最たる例である。アメリカ独立戦争で活躍したあの『常識』(Common Sense, 1776) の作者トマス・ペイン (Thomas Paine, 1737-1809) もこのA.V.の影響を強く受けた一人である。してみると、あの『独立宣言』の名文にもそうした影響の及んでいることが考えられさえするのである。ペインは同宣言文起草者とされるトマス・ジェファソン (Thomas Jefferson, 1743-1826) の秘書だったのであるから。

ともかく、『欽定英訳聖書』の英語散文発展史上に果たした役割は、非常に大きいわけである。

3

　ルネッサンス期の散文界は、散文ロマンスや散文「小説」、パンフレット類に加えて、以上に見たような各種の分野でも大いなる進展を見た。この結果、英語散文の一つの標準的な型のようなものが仕上がっていったと思われる。しかし、それはまだ多分に流動的な要素を秘めており、確立という段階には達していない。はっきり言って、それは依然形成途上にあったのである。その「確立」は次の17世紀を待たねばならない。当然近代小説の誕生はそのまた向うのことになる。こうした散文形成の過程で、個々として最も大きな力となったのはやはりシェイクスピアと『欽定英訳聖書』であろう。その長期でしかも広範囲にわたった影響力のゆえにである。また、近代小説に関して言えば、ルネッサンス期の他のいかなるロマンス作家や「小説家」たちにもまして、シェイクスピアの影響が大きいであろう。むろんそれは劇形式とか無韻詩形式とかいう事柄を乗り越えたものである。シェイクスピアの作品は、現代に至るまで無数の小説家たちにとって大なり小なり滋養を与え、肥やしとなって来ているのである。汲めども尽きぬ偉大な泉として——。その点、ウォルター・アレンも次のように述べている。

しかし、エリザベス朝演劇、特に Shakespeare のイギリスの小説に対する影響は、いくら過大評価してもし過ぎることはほとんどない。その影響は、当時の物語（フィクション）の影響よりも、はかり知れないほど大きい。エリザベス朝の偉大な劇を小説として読むと、たしかにそれらが小説としては不十分なものだとわかる。だがそれらは印刷されるとすぐ、小説として読まれたに違いない。17 世紀を通じて、それらは広く読まれ、初期の小説への明らかな影響は、Bunyan の *The Life and Death of Mr Badman*（『悪玉氏の一生』1680）および Richardson の *Pamela*（『パミラ』1740-41）の印刷の割付けに見られる。すなわち Bunyan はその対話をまるで印刷された劇の本文のように並べ、Richardson は小説の前に配役表（*dramatis personae*）をおいた。これはおそらく些細な例であって、真の影響は他の面にあり、明示するより感じる方が容易なほど広く行きわたっている。しかしそれはイギリスの伝統的な小説における、悲劇と喜劇との混合ということに表れている。… Shakespeare は常に英語による創造的作品の比較の究極の基準であったので、小説は Shakespeare が取った混合形式に近づかねばならず、彼に由来する人生観が、その後継者たちの心にしみ込んだ考え方になったのである。イギリスの小説家は多くの場合無意識に Shakespeare 的である。たとえば Scott, George Eliot（ジョージ・エリオット、1819-80）や Hardy の抜け目のないヒューモラスな農民は、常に主要な動きの補助的なものであるが、彼らの背後に Shakespeare のいなか者がある。同様にその女主人公、特に浪漫喜劇の女主人公が、Fielding や Meredith の女主人公の背後に見られる。Shakespeare がイギリスで上演され読まれる限り、小説へのその影響は続くであろう。それはまったく彼の作品が創造的作品の最終的基準であるためである。

　　　——ウォルター・アレン『イギリスの小説——批評と展望』（和知誠之助監修）

これは十二分にうなずける言い分である。小説の本質も、詩や劇のそれと同様に非常に複雑だということになるのであろう。

第8章　ウィリアム・シェイクスピア及び『欽定英訳聖書』

ウィリアム・シェイクスピアの生家（左）。ストラットフォード・オン・エイヴォン。

第9章

ジョン・ミルトン——"ルネッサンスの殿軍"

1

　大陸からもたらされた勤厳で内面的、そして理想的、観念的なピューリタンの思想（清教主義の思想）は、ヘンリー8世の樹立した国家宗教たるイギリス国教会体制によって長らく抑圧され続けていたが、17世紀半ばに至って終に興起の時を迎えた。即ち、力を得たピューリタン（清教徒）の勢力は、頑固な専制主義者チャールズ1世（Charles I, 在位 1625-49）を打倒して、イギリス史上唯一の共和政権を打ち立てるのに成功したのである。

　中流階級を中心とするピューリタンは、カルヴィン主義を奉じていた。予定説（predestination）に基づくカルヴィン思想は、日々の職業労働を肯定し、世俗的禁欲主義を説いていた。この思想は、聖書の「神の法」に従う教会体制が国家の支持を受けて社会を管理することを目指していた。つまりは神権政治、理想的な「神の王国」をこの地上に実現しようとしたものである。世俗的な労働を重視し、合わせて禁欲を説くこの思想は、資本主義の勃興に大きな貢献もした。このような一見窮屈に映るカルヴィン主義の運動は、実のところ、中世的体制の中から人間個人の尊厳を呼び起こし、歴史の近代化を促す役割も果たすことになった。そうした意味で、イギリスの清教徒革命は、歴史の重大な転換点に位置づけられるのである。1660年王政が復古するが、それはもはやかつての王政そのものではあり得なかったのである。清教徒革命を機に、専制的な王権は衰え、近代的個人主義が進展してゆくことになるわけである。王侯貴族、僧侶中心の中世社会は、新しい中産階級中心の社会に取って代わられるのである。イギリス

のピューリタンたちは、迫害のもと、よく知られているようにその一部が1620年、メイフラワー号に乗って新大陸へ「亡命」した。新大陸への流れはこの後も続き、1630年にはもっと規模の大きい集団が前者と同じニューイングランドに移住し、新社会建設の中核になった。こうしたピューリタンにとり、1640年代に入って終に機が熟す。妃にフランスのルイ13世の妹ヘンリエッタ・マライアを持つ国王チャールズ1世は、フランス絶対王政に傾斜し、政治上の失策を重ねて議会と衝突するに至った。この王の時代に絶対主義思想を掲げて活躍したのがカンタベリー大監督ウィリアム・ロード（William Laud, 1573-1645）である。彼はピューリタンを厳しく弾圧した。

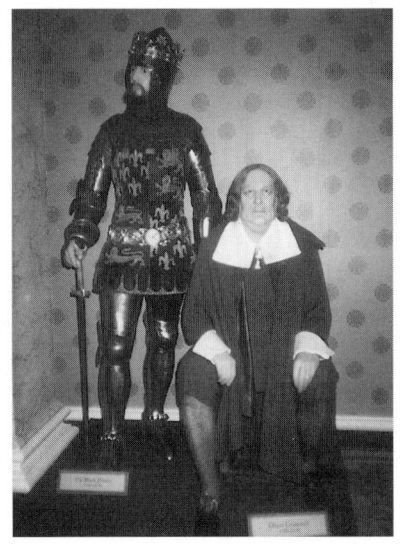

図5　チャールズ1世騎馬像。トラファルガー広場。ロンドン。　　図6　オリヴァー・クロムウェル像。マダム・タッソーろう人形館。後方は黒太子像。ロンドン。

政情緊迫の度を増したイギリスは、短期議会（1640年4月-5月）、長期議会（1640年11月-）、内乱勃発（1642年8月）、国王のロンドンからの逃亡（1642年11月）、マーストン・ムーアの戦い（1644年2月）、ネイズビーの戦い（1645年6月14日）と波乱の経過を辿ることになった。そし

て議会軍を率いて勝利を収めたのがピューリタンの闘将オリヴァー・クロムウェル（1599-1658）である。戦争においては彼の鉄騎兵（Ironsides）が目覚ましい活躍振りを見せた。残余議会は国王の死刑を宣し、1649年1月30日、王はロンドンのホワイトホールで処刑された。未曾有の出来事である。悪評高いこの王の最後の姿は立派だったと言われている。こうして共和政治が始まり（1649-60年）、クロムウェルは護民官となって国政の実権を握った。因みに、ナサニエル・ホーソンはその『伝記物語』（*Biographical Stories*, 1842）の中で、クロムウェルとチャールズ王の少年時代のエピソードを物語っている。

2

革命はこうして成ったが、その渦中にあって、クロムウェルを助けて活躍した人々の中に自由の闘士ジョン・ミルトン（John Milton, 1608-74）がいた。偉大なピューリタン詩人として文学史に名を残す人物である。彼は共和政府のラテン語文書担当の秘書官となった。外交文書などの分野で働いた。「キリスト教的ヒューマニストであり、ルネッサンスの人間信仰を、より低俗な時代まで持ち越した、いわばルネッサンスの大軍の殿軍」（ティリヤード〔E. M. W. Tillyard〕）だったミルトンは、ロンドンの公証人の子として生まれ、ケンブリッジ大学を卒業した教養の深い、孤高の詩人であった。彼は初めホートン（Horton）の地で古典研究に従ったが、若くして『快活な人』（*L'Allegro*, 1632）、その姉妹篇『沈思の人』（*Il Penseroso*, 1633）などの詩作品、『アルカディア』（*Arcades*, 執筆1633?）、『コーマス』（*Comus*, 1637）などの仮面劇（Mask）を書いている。ミルトンは、不幸にも溺死したケンブリッジの学友エドワード・キング（Edward King）を弔う挽歌『リシダス』（*Lycidas*, 1637）を書き終えて、大陸旅行に出るが、とりわけ彼とイタリアとの深い関係はこの時に出来たものである。ガリレオ・ガリレイ（Galileo Galilei, 1564-1642）にも会っている。彼が故国の革命勃発のニュースを知ったのも、この大陸旅行中のことであった。彼は、旅を打ち切り帰国した。こうして彼の「散文時代」が始まった。共和政権

の時代を通し、政治に献身するのである。この期間に彼は多くの政治的、社会啓蒙的パンフレットを書いた。もちろん、彼の言う「左手の芸」たる散文を武器にして——。従って、彼の本領たる詩作に戻るのは、政治的幻滅を経て、王政復古時代になってからのことになる。

　彼ミルトンが、何よりも自由のために筆を揮ったパンフレットの中で主なものには、『離婚論』(The Doctrine and Discipline of Divorce, 1643)、『教育論』(Of Education, 1644)、後で詳しく論ずる予定の『アレオパジティカ』(Areopagitica, 1644)、そして『キリスト教義論』(De Doctrina Christiana, 1825年にラテン語版とともに英語訳版も出版。1661年前後には一応完成——平井正穂著『ミルトン』）などがある。自由のために眼を酷使し過ぎたミルトンは、終に失明という悲運に見舞われた。それでもラテン語秘書官の地位を保ったが、王政復古となって、彼の理想は崩れた。しかし、暗く不運な晩年にあって、彼の創作意欲は最高の高まりを見せる。ルネッサンスの後継者と自認する彼は強烈な個性、衰えることを知らぬ意志力をもって、三大詩作品を仕上げたのである。むろん口述筆記の方法でやった。「誇り高い生活と不屈の抱負を余すところなく歌った」（ルネ・ラルー）その三大作は、『失楽園』(Paradise Lost, 1667)、『復楽園』(Paradise Regained, 1671)、『闘士サムソン』(Samson Agonistes, 1671)である。逆境と孤独の中で生み出された、作者の魂の記録とも言うべき名作ばかりである。いずれも聖書に材をとり、自身の悲運を託したこの三大作は、ミルトンの巨大な詩人としての足跡を史上にしっかりと刻みつけたのである。革命の時代には、当然詩壇も分裂する。そして、清教主義の詩人としてはミルトンやアンドルー・マーヴェル（Andrew Marvell, 1621-78）が最も有名である。他に王党派詩人たち、国教会派の詩人たちがそれぞれいた。なお、この時代、「形而上詩人」と称される詩人たちの活躍が見られたが、この人々は、哲学的詩風を有し、奇想機知や知的感覚、激しい情熱などをその主たる特徴としていた。近代的な詩風とされ、植民地時代のアメリカの詩人や20世紀詩壇にも強い影響を与えた。この分野の人々には王党派からピューリタン派までの顔ぶれが見られる。先駆者であり、かつ最も有名なのはジョン・ダン（John Donne, 1573-1631）である。彼は国教会の牧師で

あり、セント・ポール寺院の首席司祭になった人物である。

3

　この時代、演劇は、1642年に劇場が閉鎖されたこともあって、余り振わなかったが、ここで問題の散文界では、ミルトンのほかにも活躍した人々がいろいろいた。
　ジョン・バニヤンについては後述するが、彼もミルトン同様に熱烈なピューリタンであった。説教者、牧師となった彼の信仰関係の書きものの分量はまことに多い。ただ、『天路歴程』を始めとする主要作は、王政復古後の迫害下にあって生み出されている。
　トマス・ブラウン（Sir Thomas Browne, 1605-82）は医者だったが、大変博学な人物であり、当代一流のスタイリストでもあった。奇書の系統に属する『医師の宗教』（*Religio Medici*, 1643）や『壺葬論』（*Hydriotaphia: Urne-buriall*, 1658）などを残している。ブラウンはロンドンのチープサイドの裕福な呉服商の息子として生まれている。オックスフォードで学士号、修士号を取得したが、1630年に大陸へ渡り、医学を学んだ。ライデンで医学部を修了した。帰国後は開業医となった。彼は肉体よりもむしろ精神により深い関心を抱いていたように思える。『医師の宗教』は、1635年に、他の書物を一切参考にしないで書かれた。その文体は「ラテン語的で多音節語も多く、古風で絶妙なリズム感があり、人を魅きつけるところがある。そして散文と詩の境にあるような文章である…ブラウンを読む時、我々は彼がでしゃばりの気配のない親しみをもって語りかけてくるのを聞く…というより感じる…のである」（M. R. リドレー）。医者という特殊性もあるのであろうが、標準的英語散文が未だ形成途上にある当時の流動的な状況を反映する文章とも言える。ピーター・グリーンは、ブラウンが、今日、彼の逆説的アイロニーとともに、その胎生学の実験或いは反党派的神秘主義というよりむしろその独特の文体によって記憶されている、と述べている（Peter Green, *Sir Thomas Browne*）。
　次の文章はそうした一例である。

第9章　ジョン・ミルトン——"ルネッサンスの殿軍"

　それゆえ私は、奇跡が存することは信じるし、それが生者によって起こされ得ることを否定はしない。しかし、私は、それが死者によってなされるとは信じない。これにより私は、聖骨の効力を疑うし、聖人の遺骨を吟味し、その衣や付随物を問い質し、キリスト御自身のそれらさえもそうすることの効能を疑うものである。私はヘレナが見つけた十字架、キリストが掛けられた十字架が他の者らを蘇らせる力を有する筈だということの理由を想像することが出来ない。私は、救い主が十字架上でその手にした釘を帝の手綱につけたことでコンスタンティーヌ大帝が落馬したという、帝が敵から受けた危害を認めない。

——トマス・ブラウン卿『医師の宗教』

　Therefore that Miracles have been, I do believe; that they may yet be wrought by the living, I do not deny; but have no confidence in those which are fathered on the dead. And this hath ever made me suspect the efficacy of reliques, to examine the bones, question the habits and appurtenances of Saints, and even of CHRIST Himself. I cannot conceive why the Cross that Helena found, and whereon CHRIST Himself dyed, should have power to restore others unto life. I excuse not Constantine from a fall off his Horse, or a mischief from his enemies, upon the wearing those nails on his bridle, which our Saviour bore upon the Cross in his Hands.

—— Sir Thomas Browne, *Religio Medici*

　律動感のある英文である。
　アイザック・ウォルトン（Izaak Walton, 1593-1683）も風変りな、隠れたベスト・セラーとして有名な『釣魚大全』（*The Compleat Angler, or the Contemplative Man's Recreation*, 1653）を著した。これは釣魚術とともに魚の哲学の書、一種の神秘的な博物誌ともなっている。種々の魚や釣り風景の美しい銅版画が挿入されていることでも知られている。彼はイギリス中部のスタッフォード市に生まれた。貴族出でないので生母の名前などもよ

く分からないという。ロンドンで金物商をやったが、生まれつきの学問好きだった。それゆえ、文学方面のつきあいが広かった。釣りと文学を愛した彼の代表作は『釣魚大全』であり、この名著により歴史に名を残したのであるが、他にも、詩や伝記類を書いている。

　次の文章は、鯉についてのものである。

　鯉は川の女王である。堂々としていて有能な、なかなか油断のならない魚である。鯉は最初は飼育されてはいなかったし、イギリスに昔からいたわけでもないが、今日はイギリスの魚ともなっている。鯉は当時サセックスのプラムステッドに住んでいた一紳士マスカル氏という人物によってここにもたらされたという。サセックスはこの国の他のどこよりもこの魚が沢山いる州である。

　覚えて下さっていると思うが、私はあなたにゲスナーがスペインには川マスがいないと言っていると話したことがある。そして疑いもなく、百年かそれよりもう少し前、イギリスには鯉のいない時があった。リチャード・ベイカー卿により断言されているように思える。卿の年代記にはこのような詩が見つかるであろう。

　　ホップや七面鳥、鯉やビールは一年のうちに
　　すべて一度にイギリスへ入って来た。

　そして、疑いもなく、海水魚に関してはニシンが水から出ると一番早く死に、淡水魚について言えば川マスがそうである。ウナギを除けば、鯉にはそうした厳しさに対して最も耐久性があり、それ固有の要件から外れても最も長生きする魚である。それゆえ、鯉が外国からこの国へ運び込まれたということは、それだけ一層確実なことである。

　鯉とドジョウは一年のうち数ヶ月産卵するとみなされている。川マスや他の大部分の魚はそうしない。そしてこのことは、一つには、飼いならされた、または野生のウサギによって証明されている。アヒルによってもそうである。アヒルは12ヶ月間のうち9ヶ月は卵を産む。

だが、約一ヶ月以上は産まない他種のアヒルもいるのである。
——アイザック・ウォルトン『釣魚大全』第9章「鯉の巻」

THE Carp is the Queen of Rivers: a stately, a good, and a very subtle fish, that was not at first bred, nor hath been long in England, but is now naturalized. It is said, they were brought hither by one Mr. Mascal, a gentleman that then lived at Plumsted in Sussex, a county that abounds more with this fish than any in this nation.

You may remember that I told you, Gesner says there are no Pikes in Spain; and doubtless, there was a time, about a hundred or a few more years ago, when there were no Carps in England, as may seem to be affirmed by Sir Richard Baker, in whose Chronicle you may find these verses:——

"Hops and turkies, carps and beer,
Came into England all in a year"

And doubtless, as of sea-fish the Herring dies soonest out of the water, and of fresh-water fish the Trout, so, except the Eel, the Carp endures most hardness, and lives longest out of his own proper element: and therefore, the report of the Carp's being brought out of a foreign country into this nation is the more probable.

Carps and Loaches are observed to breed several months in one year, which Pikes and most other fish do not. And this is partly proved by tame and wild rabbits, as also by some ducks, which will lay eggs nine of the twelve months; and yet there be other ducks that lay not longer than about one month.

—— Izaak Walton, *The Complete Anger*

ジェレミー・テイラー（Jeremy Taylor, 1613-67）は、国教会の牧師であり、説教集『聖なる生』（*Holy Living*, 1650）や『聖なる死』（*Holy*

Dying, 1651）を書いたが、信仰の自由を説き、散文詩のような説教をした。「説教壇のシェイクスピア」とも呼ばれている。

　人の生涯は彼が一人で食べることができる、或いは一人で歩き出すことができる時、戦ったり、子供をこしらえたりできるようになった時に始まると我々は考えてはならない。というのは、もしそうならば、人はラクダや牛と同じことになってしまう。そうではなくて、人は彼なりに、ある確かな方法で理性を用いるようになった時、はじめて人足り得るのである。そしてそれがいつそうなるのかは、人のすべての世界をもってしてもはっきりとはしない。14歳でということもあれば、21歳でということもある。人によってはいつまでたってもそうならないということもある。しかしながら、すべての人がかなり遅くなってからとは言える。というのは、人生というのは、ゆっくりと、ほんの少しづつやって来るものだからである。だが、太陽が朝の諸門に近づく時のように、まず天上の小さな眼を開き、暗闇の精霊を追い払い、雄鶏に明かりを与え、雲雀に朝歌を歌わせ、やがて雲のまわりを黄金色に縁取って、東方の山々から顔を覗かせるのである。金の角笛を押し出しながらであるが、それはモーゼが神の顔を見てしまったのでヴェールをつけさせられた時彼のまゆ毛を飾った角笛のようだった。しかも人がその話をする間にも、太陽はさらに高く昇り、晴れやかな顔を見せて、十分な光を放ちそして丸一日中輝やき、しばしば雲の下でそうし、また時々は大小のにわか雨を降らせることもある。それから急に沈んでゆく。人の理（ことわり）や人生も同じことなのである。
　　――ジェレミー・テイラー『聖なる死』（「我々の人生を長からしめる崇高な技」）

　Neither must we think that the life of a man begins when he can feed himself, or walk alone, when he can fight or beget his like; for so he is contemporary with a camel or a cow: but he is first a man, when he comes to a certain steady use of reason, according to his proportion; and when that is, all the world of men cannot tell precisely. Some are called *at age* at fourteen,

第 9 章　ジョン・ミルトン——"ルネッサンスの殿軍"　　125

some at one-and-twenty, some never; but all men late enough, for the life of a man comes upon him slowly and insensibly. But as when the sun approaches towards the gates of the morning, he first opens a little eye of heaven, and sends away the spirits of darkness, and gives light to a cook, and calls up the lark to matins, and by and by gilds the fringes of a cloud, and peeps over the eastern hills, thrusting out his golden horns, like those which decked the brows of *Moses* when he was forced to wear a veil, because himself had seen the face of God; and still while a man tells the story, the sun gets up higher, till he shews a fair face and a full light, and then he shines one whole day, under a cloud often, and sometimes weeping great and little showers, and sets quickly: so is a man's reason and his life.

　　　—— Jeremy Taylor, *Holy Dying* ("Spiritual Arts of Lengthening Our Days")

簡明な美しい英文である。

4

　大哲学者トマス・ホッブズ (Thomas Hobbes, 1588-1679) もこの期の代表的散文家の一人に数えることが出来よう。彼はフランスに在住して、デカルト (René Descartes, 1596-1650) とも交わり、亡命中の未来のチャールズ 2 世 (Charles Ⅱ, 1630-85, 在位 1660-85) ——チャールズ 1 世の息子——に哲学を教えた人物である。経験論の立場に立ち、有名な『リヴァイアサン』(*Leviathan*, 1651) を著して、人間は本来利己的、感情的な存在であるとし、社会契約による絶対的主権者の必要性を説き、神権政体を否定した。"リヴァイアサン"というのは旧約聖書ヨブ記に出てくる巨大な怪獣のことで、上の主権者をそれになぞらえたものである。スペインの無敵艦隊「アルマダ」の来襲におびえた母が早産した子と伝えられるホッブズは、国王派とみなされた人物であった。帰英した後は、政治介入を避けて、著述に打ち込んでいる。彼の理論は、今日の民主社会の基礎を築き、後のジョン・ロックやデイヴィッド・ヒュームへの道を開いた。彼は、説得力

のある文体を用いている。

　《自然権とはなにか》著作者たちが一般に自然権 Jus Naturale とよぶ、**自然の権利** the Right of Nature とは、各人が、かれ自身の自然すなわちかれ自身の生命を維持するために、かれ自身の欲するままにかれ自身の力をもちいるという、各人の自由である。したがって、かれの判断と理性において、そのためにもっともてきとうな手段だとおもわれるあらゆることを、おこなう自由である。

　《自由とはなにか》**自由** LIBERTY とは、この語が本来いみするところによれば、外的障害 externall Impediments の存在しないことだと解される。この障害は、人間がかれの意図することをおこなう力の一部分を、しばしばとりさるが、しかし、かれがのこりの力を、かれの判断と理性の指示にしたがってもちいることを、阻止することはできない。

　《自然法とはなにか》**自然の法** A LAW OF NATURE（*Lex Naturalis*）とは、理性によって発見された戒律または一般法則である。それによって、人間は、かれの生命を破壊するようなこと、或いはそれを維持する手段を除去するようなことを、おこなうのを禁じられ、また、それを維持するのにもっともよいとかれがかんがえるものごとを、回避するのを禁じられる。《権利と法のちがい》この問題についてかたる人々は、つねに権利と法 Jus and Rex, Right and Law を混同しているが、これらは区別されるべきである。なぜならば、**権利**は、おこないまたはひかえることの自由に存し、これに反して**法**は、それらのうちの一方に決定し拘束する。したがって、法と権利は、義務と自由のごとくに、異なるのであり、同一のことがらにかんしては、それらは一致しないのである。

　　　——トマス・ホッブズ『リヴァイアサン（一）』"第十四章　第一および
　　　　第二の自然法について、また、契約について"（水田洋訳）

　THE RIGHT OF NATURE, which Writers commonly call *Jus Naturalis*, is the Liberty each man hath, to use his own power, as he will himselfe, for the preservation of his own Nature; that is to say, of his own Life; and consequently, of doing any thing, which in his own Judgement, and Reason, hee shall conceive to be the aptest means thereunto.

By Liberty, is understood, according to the proper signification of the word, the absence of externall Impediments: which Impediments, may oft take away part of a mans power to do what hee would; but cannot hinder him from using the power left him, according as his judgement, and reason shall dictate to him .

A LAW OF NATURE (*Lex Naturalis*,) is a Precept, or generall Rule, found out by Reason, by which a man is forbidden to do, that, which is destructive of his life, or taketh away the means of preserving the same; and to omit, that, by which he thinketh it may be best preserved. For though they that speak of this subject, use to confound *Jus*, and *Lex*, *Right* and *Law*; yet they ought to be distinguished; because RIGHT, consisteth in liberty to do, or to forbeare; Whereas LAW, and Right, differ as much, as Obligation, and Liberty; which in one and the same matter are inconsistent.

—— Thomas Hobbes: *Leviathan*

このように、ホッブズも力強くやはり簡明な文章力を誇っていると言える。

当時の散文界には、このほかにも、歴史のトマス・フラー（Thomas Fuller, 1608-61）、政治理論家で、政治小説『海洋国家』（*The Commonwealth of Oceana*, 1656）を書いたジェイムズ・ハリントン（James Harrington, 1611-77）などがいた。詩人のエイブラハム・カウリー（Abraham Cowley, 1618-67）などにも優れた『エッセイ』（*Essays*, 1668）がある。

こうして、散文の世界は、エリザベス朝～ジェイムズ朝の発展のあとを受けて、この共和制時代においても、大いに奮った。

しかしそのスタイルは、前時代の美辞麗句を脱し、大勢としては簡明さや素朴さ、力強さを尊ぶ方向に向かっていた。これには清教主義的な時代

精神の作用、その強い影響があった。書かれたものも、革命上、宗教上の必然的な要請によって、政治的文書や啓蒙的文書、論争上のパンフレットや説教文などが主流を占め、前時代の華やかなロマンスの類は影を潜めている。が、こうした時代色を反映した謹厳にして社会的、啓蒙的な書き物が中心になったということは、当時まだ形成途上にあり、多分に流動的だった英語散文の効用をそれだけ高め、洗練度をそれだけ増したと言えよう。

　ともかく、以下において、こうしたピューリタン精神の生んだ代表的散文作品を二つ取り上げ、順次に検討してみたい。その二つとはミルトンのパンフレット『アレオパジティカ』とバニヤンの寓意物語『天路歴程』である。両者のスタイルには対照的な面もあるが、ともにピューリタン文学の華と言ってよい見事な傑作である。

　なお、バニヤンの作品は次の王政復古期になって書かれたものであるが、ピューリタン信仰の真髄が盛り込まれた、大変非王政復古期的な作品である。それは同時に、近代小説の先駆的作品としても注目されるものである。

第10章

ジョン・ミルトンと『アレオパジティカ』

1

　ジョン・ミルトンは小説家ではなかったし、『アレオパジティカ』(*Areopagitica, a Speech of Mr. John Milton for the Liberty of Unlicenc'd Printing, to the Parliament of England,* 1644) もむろん小説ではない。それは散文作品だが、パンフレットの類に属するものである。しかし明白にこの作品は大詩人たるミルトンの散文方面における最高の傑作、またはその一つとなっている。と同時に本作は、革命政権の時代、17世紀中期におけるイギリス散文界の代表的産物でもある。

　そこでここでは本作を、エリザベス朝期を中心に華と開いた英語散文がドライデン時代、17世紀後期においてその標準的確立を見るに至るまでの途中の段階、つまり清教徒時代における散文例として取り上げることになる。エリザベス朝からドライデン時代への過渡期の具体的散文例、或いは確立前夜の同例として考察を加える積りである。しかもこれは大変興味深い作業でもある。敢えてこの『アレオパジティカ』に一章を割いたのは、上記のような理由によっている。

　もっとも、本作がいかに大文人の文章であるとはいえ、一方では当時の散文界のほんの一例に過ぎないということにも留意はしておく必要がある。要するに、それが当時のすべてを代表するわけではないということである。それに、ミルトン自身、彼のこの作品は古典風のスタイル（Attic style）で書いたと言っている。彼はこれを古代ギリシャはアテネの大雄弁家イソクラテス（Isocrates, 436B.C.–338B.C.）の演説や論文を意識しながら書いた。"アレオパジティカ"というのは、アテネ近くの丘「アレオパガス」に由

来しており、その丘にあった最高裁判所に訴える文書、という意味である。

　ミルトンは『アレオパジティカ』の性格を考え、その効果の大なることを期して、意識して印象的、修辞的な古典風の書き方をしているのである。従って、その調子や文体、言い回しは、テーマにより変化する。語法は技巧を凝らし、古典への言及を繰り返し、暗示的になり、衒学趣味にも陥りがちとなる。サフォーク（J. C. Suffolk）に言わせれば、リリーの『ユーフューズ』の類にも属しかねない面がある。

　こういうわけで、『アレオパジティカ』は、当時の散文界の代表的傑作でありながら、同時に「特殊」（の一例）でもあるのである。だが、そうしたことをわきまえた上で、なお注目したいのは、本作の散文の秘めた抑制の効いた力強さ、作者の人間味、「土着の言い回し」（native English idiom ——サフォーク）などである。本作の英語は古典的レトリックの衣をかぶりながらも、やはりその実体はイギリスの、そしてミルトン自身のそれだったのである。

　ともかく、このような注釈を加えた上で論述を先へと進めたい。

2

　『アレオパジティカ』は副題にある通り、無許可印刷を、つまり言論の自由を求めた作品である。その内容はおおよそ四つの部分に分けて説明することが出来る。便宜上、サフォークのまとめ方に従えば、それは(1)検閲令（licensing of books）の創始者たち、(2)ミルトンの読書観一般、(3)このたびの検閲令の無効果なること、そして(4)その検閲令制定の結果は学問を失望させ、真実を窒息させること、以上のようになる。

　『アレオパジティカ』は1644年11月24日に出された。作者の創作人生における「第二期」即ち「論文期」に当たる作品である。当時、長期議会（1640-60）が行った諸改革の一つに星庁の廃止ということがあった。星庁とはかつてチャールズ1世やカンタベリー大主教のロード僧正（William Laud, 1573-1645）が言論統制の目的で復活させた機関である。その廃止は、つまりは1637年に制定された33ヶ条にも及ぶ検閲令の撤廃

第 10 章　ジョン・ミルトンと『アレオパジティカ』

ということでもあった。ところが、長期議会は、41年1月に緩やかな規制を加えて、著者名及び出版社名、または少なくとも出版者名を記した上で出すようにせよという命令を発したあと、43年6月に至って、こともあろうに、再び新法令を出して、検閲制度を設けたのである。すべての書物の印刷、翻刻、輸入行為を当局の許可制としたのである。言論、思想の自由を奉ずるミルトンは、断然立ってこれに反対した。長老派教会を厳しく批判したのである。このような事情が『アレオパジティカ』を生み出したわけである。これには今一つ、別の理由もあったようである。それは、ミルトンの『離婚論』(*The Judgment of Martin Bucer, concerning Divorce,* 1644)の出版に関するものである。このパンフレットは1643年に検閲をくぐらずに出され、翌年の再版も同様であった。これが議会で問題視され、『アレオパジティカ』中で非難されている書籍出版業組合も議会に訴えたのである。ミルトンはこうした動きに対処しようとして『アレオパジティカ』を著したのでもあった。

　ともかく、ミルトンの代表的散文著作たるこのパンフレットは、ピューリタン革命の闘士だった彼が議会の検閲令制定を厳しく非難し、それに抗議したものである。それも理と良識とをもって言論（出版）の抑圧に反撃している。今日でも十二分に新鮮で説得力のある一大論文であると言える。過度の感情に走り過ぎることなく、その深い学識と何よりも人間的良心や自由を尊ぶ精神をもって、国会議員たちに、彼らを立てつつも、強く訴えかけているのである。そこには人間の自由や公益、イギリスの将来を思う熱情がみなぎっている。愛国の至情が満ち満ちているのである。これは、古今を通じての言論出版問題を扱う数多の論文の中でも代表的な位置を占めるものである。そこに顕著なのは、豊かな良識、力強い説得力、社会や国家、国民を思う心、宗教改革運動や学問、政治の未来を憂うる心、イギリス国民への敬愛などである。さらには監督制度の弊害を憎む心、真理を愛し、守らんとする熱意、神への信頼、画一主義を嫌い、寛容を求める気持などである。

　この作品は、歴史的、文化的な記念碑であるとともにミルトンの活躍した革命当時の雰囲気なども生々しく率直に伝えてくれている。また、文章

が躍動していることも、大きな特色であり、そのことが作品に生命を吹き込んでいるとさえ言える。

『アレオパジティカ』の目的は、印刷取締法の撤回を求めることにあるのだが、議員の名誉を汚さぬ形で、紳士的に下手に出て、理を尽くして学問のため、国民のためにいかに言論出版の自由が正しいことなのかを力説している。革命の嵐を身をもってくぐり抜けて来ている作者にとって、この問題はまさに切実なものだったのである。

ミルトンは「検閲令」を一種の殺人、虐殺とみなしている。彼はまず、検閲制度の歴史から説き起こす。古代ギリシャ、古代ローマの時代から最近に至るまでのその歴史、つまり禁書史を述べるのである。それによれば、古代ギリシャやローマはこの問題に大体寛容だったようである。初期キリスト教会議も同様に寛容だった。おかしくなったのは中世以降、即ちウィクリフやフスが宗教改革運動を開始した頃からである。やがてトレント宗教会議（1545-63）やスペインの宗教裁判所は、禁止書目や削除書目を創始した。法王庁の規制はさらに厳しくなってゆく。こうしてミルトンは、検閲制度は、古代の国家や教会から来たものではなく、古代や後世の自分たちの先祖が残したものでもないとする。またそれは海外のどのような新教の都市或いは教会の近代的慣習から来たものでもないとする。彼によれば、それは実に、最も反キリスト教的な宗教会議と無謀な宗教裁判所に由来するものなのである。結局、宗教改革運動に恐れをなしたローマ・カトリック教会が始めた仕業だということなのである。そしてイギリスの僧正やその下っ端たちがそのような好餌に飛びついたのだと見るわけである。

こうして禁書史を概説したミルトンは、次の二番目の段階で読書観一般について論じる。読書の利害という問題である。ミルトンは、ここで、聖ジェロームやアレクサンドリアのダイオナイシアスの例を引きつつ、悪書の役立つ点を述べる。彼は善悪は混じり合っており、悪徳を知ることは人間の美徳を作る上で極めて必要なことなのだと言う。

ミルトンはさらに転じて、結局、検閲の企ては無益であり、それは屋敷の門を閉めて、鳥を閉じ込めようとした話に似ているとする。印刷を取り締まり、それによって風俗を正そうとするなら、あらゆる娯楽や遊戯の類、

第10章　ジョン・ミルトンと『アレオパジティカ』

人の楽しみとなるすべてのものを取り締まらねば効果がないことになり、そんなことは実際には出来るわけがないというのである。だから、必要なのは、道徳教育、宗教的、世俗的教養に関する不文の、或いは少なくとも非拘束的な法律ということになるのだと言う。

　ミルトンは理性を選択の自由と見る。そして、自由に許しておけば美徳の試練と真理の発揮の両方の手段となる書物を削ったり、制限したりするのは何故なのかと問う。善悪のいずれかは明確でないが、同じようにいずれにも役立ち得るものを規制する法律はくだらないと知るべきだ、というわけである。ミルトンはさらに、検閲には監督官の時間と人数を必要とし、彼らの資格も問題となる、これは大変なことになってしまう、と述べている。それにこうした仕事は、時間や自分の勉強を重んずる趣味に敏感な人々には耐え難い重荷になってしまうのである。

　検閲はまじめな若者を馬鹿にするもの、結局は国民に対する侮辱にもなるであろう。実際にはイギリスは監督制度（prelacy）の下にあってうめいていたというのに、海外でのミルトンの見聞によれば、諸外国の人々はイギリスの自由をうらやんでいた。彼はそれを未来の幸福の証と考えたという。

　監督制度の弊害を述べるミルトンは、処罰は却って権威を高めるのに貢献すると言い、検閲の命令は、真理にとっての継母になる、真理の維持を不可能にしてしまうと主張する。真理は「流れる泉」（a streaming fountain）であり、それは絶えず流れていなければ泥沼と化してしまうというのである。こうして第四段階においては、検閲令の布告が真実を殺してしまうと説いているのである。

　ミルトンは、イギリス国民の優秀さを称え、イギリスにおける諸科学の進展振りを述べ、宗教改革の先駆者ウィクリフへの弾圧を惜しむ。イギリスの監督どもが彼を異端者呼ばわりしなかったなら、フスもルターもカルヴィンもその名さえ人に知られなかったであろうとまで言うのである。彼は寛大な思慮と相互間の寛容、愛の必要性を説き、「完全」は適度の変化と「融和的不同」（brotherly dissimilitudes）とから全体的な建築構成を引き立たせる美しいバランスが生まれるところに存する、と言う。さらに悪魔

は人々が小党小派に分裂している時こそ自分の出る時期だと考えるが、しかし悪魔は枝の出て来る大元の根を見ていないと述べる。人々の気力が充実していれば運命は開けると信ずるミルトンは、力強く次のように書く！

　私は脳裏に描けるようだ。高貴で強力な英国民が眠りからさめた究意な人間のように奮い立ち、天下無敵の頭髪を打ちふっているさまを。私はまた目に見えるように思える。イギリス国民が鷲のように羽換えして逞ましい青春をよみがえらせ、真昼の光線をまともに爛々たる隻眼を燃やしつつ、長く使い古した視力を天上の光輝の源泉そのもので清めて曇りを弗っているのに、臆病な燕雀や薄暗がりを好む氏梟は皆、鷲はどうするつもりかと驚いて、喧ましく羽ばたいて飛び廻り、その妬ましさのへらず口で宗派、異端の一年を予言するさまを。
　　　　――ジョン・ミルトン『言論の自由』（上野精一・石田憲次・吉田新吾訳）

　　Methinks I see in my mind a noble and puissant nation rousing herself like a strong man after sleep, and shaking her invincible locks: methinks I see her as an eagle mewing her mighty youth, and kindling her undazzled eyes at the full midday beam; purging and unscaling her long-abused sight at the fountain itself of heavenly radiance, while the whole noise of timorous and flocking birds, with those also that love the twilight, flutter about, amazed at what she means, and in their envious gabble would prognosticate a year of sects and schisms.
　　　　―― John Milton, *Areopagitica*

なお、上の一節をティリヤードは次のように解説している。

　この一節でも、ふたたび、行動と思索との合一が見られるのに注目されたい。まず、偉業を為すひと、髪の毛を切られざるサムソン［土師記十六章］にたいする言及であり、ついで、太陽を直視する力があると想像される点で、プラトンのイデア、あるいは、神そのものを見

る力を持つ精神を象徴する鷲への言及がそれである。
　　　── E. M. W. ティリヤード『ミルトン』（御輿員三訳）

　ともあれ、ミルトンは、議員たちに対して、他のあらゆる自由以上に、知り、発表し、良心に従って自由に議論する自由を与えるように要求している。そして故ブルック卿の教え、即ち異なる意見への寛容の必要性を勧める。さらに真理は虚偽に勝つものとし、検閲制度を卑怯の振舞い（cowardice）と見る。外面的形式主義の怖さを指摘し、すべてを強制するより多数に寛容なほうが一層健全でありかつキリスト教に適うと考える。小さなつまらない相違は構わないというのである。神は拘束的ではないし、異端に寛容なのも結局我々自身のためなのだとする。それゆえ、一つ前に出されたあのゆるやかな命令（既述の 41 年 1 月のもの）、あれがよいとし、最後に、このたびの禁令発布の背後には書籍販売業における特権所有者や独占者たちの誤魔化しがあった点を突いている。そして彼らがこの禁令を得ようとして働きかけた今一つの目的は、彼らが権力を手中に収め、王党側の書物がより一層容易に世に出回るようにしようということに他ならない、と見ている。
　『アレオパジティカ』の内容は、おおよそ以上のようなものである。既に触れたように、それは現代においても大いに説得力を持っている。それほどに理路整然として、しかも力強い訴えかけになっているのである。そこからはミルトンの考えを知れるのみならず、彼の体臭さえ嗅ぎ取れそうである。
　なお、本作の構成については、サフォークは、公式的な構成であり、「起承転結」を守っている。論理的で秩序だっている、と評している。
　本章の冒頭にも記したように、ここでの筆者の主たる関心は内容よりも文体のほうにあるのであるが、その文章は、修辞に凝った、「古典風スタイル」の、弁論調ということもあって、むしろ難解と言える。が、一方でその文章は、まさしく詩人の書いた散文でもある。この作品には詩的勢いのこもった散文が見られるのである。『失楽園』のそれと見紛うばかりの先の引用文がその典型的な例である。同引用文は、詩と散文が融合したよ

うなイメージを与えている。それは感情豊かに活力に満ちた、希望にあふれた自由そのもののような文章となっている。それはドライデン的な簡明で合理的な英語散文がまだ確立され切っていない頃のおおらかさを如実に示しているようにも思われる。

　サフォークは、『アレオパジティカ』の散文に見られるミルトンのいかにも詩人らしい特質として、詩的表現力、イミジャリーの多用、折々見られる抑揚（cadence）やハーモニー（harmony）などの諸点を挙げている。要するに、詩的想像力に富んだ散文になっているのである。

　　英國貴衆両院議員諸君、諸君が所属し、諸君が統治者であるのは如何なる国民であるかを考えてみよ。遅鈍でなく敏捷・巧慧・儁鋭なせい神を持ち、發明に當っては鋭利、議論に際しては精妙・勁健、人間の能力が翺翔し得る如何なる最高點にも達し得ざることのない国民である。それゆえ、最も深遠な諸科がくにおける學問の研究はわが国民の間では非常に悠遠で、且つ非常に卓越したものであったので、由緒の古い、判斷力の最も優れた著者たちは、ピタゴラス學派もペルシャの學問もこの島ぐにの古代哲學に淵源したと信じているのである。そして嘗てローマ皇帝に代ってこのくにを支配したところの賢明にして都雅なるローマ人デューリアス・アグリコラは、フランス人の苦心の研究よりもイギリス人の自然的才藻の方を優れりとした。また重厚にして倹素なトランシルヴェーニア大公が山多きロシアの邊境や、ハーシニアの曠野の彼方からはるばる、その青年でなく、分別盛りの人々を年々派遣してきて、わが國の言語とわが國の神學的學藝とを學ばすのは決して無意味のことではない。しかしながら、このすべてにも優ること、すなわち天の恩寵と愛顧とは特に我々に対して優渥である、と考えるべき理由が大いにあるのである。それでなければ、何故この國が他の如何なる國々よりも選ばれ、宗教改革を報ずる最初のラッパが、シオン山からのように、イギリスから全欧州に吹き鳴らされ響き渡ったのであろうか。頑迷不靈なわが國の監督たちがウィクリフの神聖にして景仰すべき精神に反対し、彼をば異端者・變革者として抑壓

しなかったならば、恐らくボヘミアのフスとチェロームも、否、ルーサーとキャルヴィンの名前さえも人に知られるときはなかったであろう。我々の隣國民の宗教を悉く改革する光榮が全く我々のものであったであろう。

——『言論の自由』

    Lords and Commons of England, consider what nation it is whereof ye are, and whereof ye are the governors: a nation not slow and dull, but of a quick, ingenious, and piercing spirit, acute to invent, subtle and sinewy to discourse, not beneath the reach of any point the highest that human capacity can soar to. Therefore the studies of learning in her deepest sciences have been so ancient, and so eminent among us, that writers of good antiquity and ablest judgment have been persuaded that even the school of Pythagoras and the Persian wisdom took beginning from the old philosophy of this island. And that wise and civil Roman, Julius Agricola, who governed once here for Caesar, preferred the natural wits of Britain, before the laboured studies of the French. Nor is it for nothing that the grave and frugal Transylvanian sends out yearly from as far as the mountainous borders of Russia, and beyond the Hercynian wilderness, not their youth, but their staid men, to learn our language, and our theologic arts. Yet that which is above all this, the favour and the love of heaven we have great argument to think in a peculiar manner propitious and propending towards us. Why else was this nation chosen before any other, that out of her as out of Sion should be proclaimed and sounded forth the first tidings and trumpet of Reformation to all Europe? And had it not been the obstinate perverseness of our prelates against the divine and admirable spirit of Wyclif, to suppress him as a schismatic and innovator, perhaps neither the Bohemian Huss and Jerome, no nor the name of Luther, or of Calvin had been ever known: the glory of reforming all our neighbours had been completely ours.

—— *Areopagitica*

ここの文章は、「私は脳裡に描けるようだ。高貴で強力な英国民が眠りからさめた…」(『言論の自由』)の先のあの引用文よりはやや「落着いて」いてそれだけ平叙的、説明的でもあろうが、しかしやはり力強く、感情がこもっていることに変わりはない。さらには、作者の豊かな古典の知識の一端をも見せてくれる。サフォークも、『アレオパジティカ』は、『失楽園』同様に、ギリシャ・ローマの古典や聖書に関する作者の詳しい知識を明らかにしていると述べているが、これはミルトンの学識の広さとともに、前に記した通りやはり彼が本作を「イソクラテス的」にまた「古典風スタイル」で書こうとした点にも由来するであろう。

　ともかく、こうしたありようが当時の散文すべての姿、傾向だとは言えないが、この作品がミルトンの散文傑作として当時の、そしてそれ以上に後世の文人たちに与えた影響には無視できないものがあると思われる。このようなプロセスを経て、ドライデン時代の散文の確立が、ひいてはダニエル・デフォーやジョナサン・スウィフトらの散文面での活躍が見られることになる。

　ティリヤードは、ミルトンの散文全般に関して、まず彼ミルトンの詞藻の異常な横溢振りを指摘し、「筆の赴くままに生き生きとした隠喩を用い、息の続くに任せては長いセンテンスを書いて、はばからない」(『ジョン・ミルトン』御輿員三訳)と述べている。次いで、散発的だが、可笑しみを解する心も見せており、それは時折ふとした言葉に、熱情がさめて関心が本題からそれる時に表れていると言っている。そして、そのような具体例は『アレオパジティカ』においては、たとえば、金持の商人を描いた面白可笑しい部分などに指摘できるとしている。

　なお、そのティリヤードは、先に引いた彼の引用文に続けて次のように述べている。

　　ミルトンの幻滅の物語は、一六六〇年の王政復古との間のイギリスの物語でもある。議会派は戦争には勝ったが、イギリス民衆の心は、かちえなかった。最初は、人びとの大多数を代表していた議会派の領袖たちも、彼ら自身の数も次第に減少するとともに、次第に、少数派

第10章　ジョン・ミルトンと『アレオパジティカ』

の代表になっていった。ミルトンは、みずからの高い理想主義のために、理由のいかんを問わず常に極端に走ることを好む人びとに惹かれ、その少数派の絶対忠実な一員であった。少なくとも、そこには、真の人間があり、日和見人種や無関心派はいないと、彼は信じた。そして、ソネットのあるものや、ラテン語による偉大な散文の著作『第二弁護』(*The Second Defence*) において、彼は、彼らの徳を讃え、高い見地よりする忠告を与えもした。しかし、一方、これらの英雄的な人びとが、国民すべての支持を得ているものではないことを、彼は知っており、『アリオパジティカ』から引用した一説に表明されている感情とは、正反対の感情をも経験した。彼は、いまや、無気力こそ、同胞の大部分がおちいっている悪徳であると考える。彼らが、あらゆる悪行にもかかわらずチャールズに同情し、あえて彼を死につけた人びとにたいする支持をやめたのは、無気力ゆえであると、彼は考えた。たとえ、いかに望ましい変化であろうと、無気力は変化には堪えることができないものであり、王を望む気持は、根ざすところの古く深いものだからである。とはいっても、人民がチャールズを気の毒だと思うのを見て、ミルトンは絶望したというのではない。それどころか、彼は、著作にその希望と気力とをこめて、王を殺した人たちを支持せんとした。彼が視力を失ったのも、この烈しい努力が決定的な原因であった。しかも、彼は、ソネットのひとつにおいて、シリアック・スキンナー (Cyriack Skinner)［ミルトンの教え子にして友人］に語っているように、みずからの犠牲をいささかも悔むところなく、

　天の御業をも御心をも、あげつらわず、
　勇気も希望も、いささかも衰えず、
　ただ、ひたむきに、帆走り、舵とるのみ

である。これこそ、『リシダス』の教訓――行為の、結果ではなくて、動機こそ大切だとする教訓の適用である。

　　　　　　　　　　　　　――ティリヤード『ミルトン』

純粋なピューリタンとして理想主義的でひたむきなミルトンだったので

あり、彼のそうした真摯な姿勢は、『アレオパジティカ』の内容にもその文章にもともにそのまま明瞭に現れているのである。『アレオパジティカ』は、法律を変えさせるという当面の目的は達成することが出来なかった。しかし、本作は、サフォークの言うように、検閲問題に関する古典となり、自由の歴史における「一種の実現されなかった大憲章」（a kind of unfulfilled Magna Carta）となったのである。

第Ⅲ部

黎　明

第 11 章

ジョン・バニヤンと『天路歴程』

1

　『天路歴程』や『悪太郎の一生(ミスタ・バッドマン)』の寓喩(アレゴリー)に迫力と堅固さとを与え、これらの作品をイギリス小説の伝統の一部たらしめている特質は、われわれがすでにリアリズムとして定義したもの、すなわち、当代のふつうの男女をとりまいている現実的な、実在する生の問題への関心である。そしてこのリアリズムは、(あの、「一方を眺めながら他の方向へ船を漕いでいる」船頭にすぎないバイエンズ氏の曾祖父のように)天真らんまんな細部ばかりでなく、バンヤンの散文の生地そのものに由来するのである。この散文は単に「聖書的」というふうにしばしば言われてきた。聖書の影響は明瞭にみとめられるが、欽定訳聖書そのものがけっして学者の翻訳になる死んだ作品などではないのである。しかし、バンヤンが聖書に負うところをあまりにも強調しすぎると、彼が自分の耳に負うところがいかに大きいか、その点を過小評価することになりやすい。

　上の引用はアーノルド・ケトル (Arnold Kettle) の『イギリス小説への手引』(*An Introduction to the English Novel*) からのものである (訳文は『イギリス小説序説』〔研究社〕による)。ここに見るように、ジョン・バニヤン (John Bunyan, 1628-88) は、近代小説の歴史に深い関係を持ち、文章面でも聖書の影響を非常に強く受けながら、同時に「自分の耳」も持った感受性の鋭敏な人物であった。とりわけその代表作である『天路歴程』(*The Pilgrim's Progress*, 1678-84) は、世俗的バイブル、隠れた永遠のベス

第 11 章　ジョン・バニヤンと『天路歴程』　143

ト・セラーとして広くキリスト教世界に影響を及ぼして来たとともに、文学史面においては、近代小説の「元祖」的作品としてその存在を重視されるに至っている。

『天路歴程』はむろん宗教的寓意物語であり、小説ではない。それは、熱烈なピューリタン信仰を持つ一人の説教者の手になる書物であり、彼の自伝的信仰生活の物語である。にもかかわらず、後世の小説の専門家たちは、この作品の中に近代小説の萌芽を読み取ったのである。それは生き生きとした現実の息吹、飾らぬ多くの真実などに深くかかわるものだったのである。

2

ジョン・バニヤンは、1628 年の 11 月、イギリス中部のベッドフォード近くのエルストウ村に真鍮細工師（brazier, 鋳掛屋）の子として生まれた。少年時代には、ベッドフォードのグラマー・スクール（文法学校）に通学したという。また悪口を吐いたりする活発な、悪童的な面もあったらしい。後、清教徒革命勃発とともに議会軍に加わった。

教養のない彼は、信仰に厚い妻が結婚時に持参した 2 冊の書物に感化され、次第に宗教に傾斜していった。その書物は、むろん宗教書だった。やがて、バニヤンは、ベッドフォードの町で家業の鋳掛屋をやっていたある日、ジョン・ギフォード（John Gifford）というピューリタン説教家のグループに属する数人の女の会話を耳にしたことから、そのグループの一員になった。そして、説教者への道を進むことになったのである。こうして、彼は 1657 年に説教者となり、後、71 年にはベッドフォードの教会の牧師になった。彼はなかなかの論客であり、若い時に早くもクェーカー教徒（Quakers）と激しい論争を行ったりしたが、彼の人生を最も顕著に特色づけるのは、その驚くべき、長期間にわたった牢獄生活である。

1660 年 5 月王政復古が成り、チャールズ 2 世がイギリス王位に即くとともに、時代は一変した。やがて、政府は、非国教徒の抑圧に乗り出し、純粋かつ熱烈なピューリタン説教者バニヤンにも逮捕の手が伸びた。60 年 11 月のことである。禁止された説教を行ったからであった。牢獄生活

は最初は1660年から72年まで続き、次いで75年にも放り込まれたが、この時は半年間で済んだ。が、都合12年間ということになる。もっとも、彼はこの間、家族や知人に会ったり、時には、外出を許可されたり、ピューリタンの集会に参加したりすることもあったらしい。

このようにして"殉教者"となったバニヤンは、入牢中決してなすところなく手を拱いていたわけではなかった。即ち、多くの信仰上の著作を行ったのである。はじめの投獄期間中の最高傑作が『あふるる恩寵』(Grace Abounding to the Chief of Sinners, 1666) である。これは、『天路歴程』と並んで、バニヤンの代表作になっている。この作品は、寓意的な『天路歴程』に対して、彼の切実な精神体験をつづったものである。信徒のために書いたが、自伝的な作品となっている。

1672年、信教自由令が出された。バニヤンは、これによって、出獄することが出来た。そして、説教の道に従っていた。ところが、この法令は、翌73年には、撤回されてしまう。75年からバニヤンは、再び半年間の入獄を余儀なくされたのである。実に、この2度目の牢獄生活中に、『天路歴程』は書かれたのである。75–76年に執筆されたわけである。

長年にわたる厳しい信仰上の修業と苦しい牢獄生活とにより、バニヤンは、一個の人間としても、また宗教者としても鍛えにきたえ抜かれていた。その彼の苦闘の精神史が、ここに一つの寓話の形をもって見事にまとめ上げられたのである。この『天路歴程』第1部は、1678年になって刊行された。続編たる第2部は、85年に出版されている。

その後、彼は、『バッドマン氏の生涯』(The Life and Death of Mr. Badman, 1680〔冒頭の引用文中の『悪太郎の一生』と同じ〕)、『聖戦』(The Holy War, 1682) なども著した。とりわけ前者は、『天路歴程』ともども、近代小説の先駆的作品とみなされている大切な著作である。

晩年のバニヤンは、優れた説教者、名の高い牧師として、ほぼ平穏に過ごしたと言われる。彼が亡くなったのは1688年8月31日、60歳であった。実に名誉革命成就の年である。同革命は12月に成った。バニヤンは、ピューリタンにとっての明るい日々を目前に控えて、波乱の生涯を閉じたことになる。

第11章　ジョン・バニヤンと『天路歴程』　145

3

　バニヤンの代表作『天路歴程』は、聖書(『欽定英訳聖書』)の影響を強く受けた自伝的作品である。ただし、それはあくまで信仰物語である。ある時「私」が荒野の穴窟(あなむろ)で見た夢物語だという設定で語られる。内容は作者の分身とも言うべき主人公のクリスチャン(Christian)が、堅固な信仰心と神への限りない信頼とをもって、現世から「天の都」(the Celestial City)へと旅を続けるというものである。その途中で、彼はさまざまな苦難を経、試練に出合うのである。現実感にあふれ、ヒューマニズムの豊かな寓意物語であり、文章も簡素で生きている。対話はことのほか新鮮である。

　フェイスフル　一体、あれはどうした人です。
　クリスチャン　名はトーカティーヴです。私どもの市(まち)に住んでゐます。お見知りがないといふのは奇体ですが、尤も、私どもの市(まち)は大きいのだと思ひます。
　フェイスフル　誰の息子ですか。どの辺に住んでゐるのですか。
　クリスチャン　セイ―ウェル〔巧言氏〕といふ者の息子です。妄談通に住んでゐました。あれと近づきになつたすべての人には妄談通のトーカティーヴといふ名で知られてゐます。弁舌は達者ですが、つまらないやつです。
　フェイスフル　なるほど、でも、大した美男のやうに思はれます。
　クリスチャン　あれをよく知らない者にはさう思はれるのです。外で見るのが一番いいので、近づいて行つて見ると、とても醜男(ぶをとこ)ですよ。あれが美男だと言はれましたので、ある画家の作品の中に観(ゑか)きたことを思ひ出します。その人の画は或間隔をおくと大そうよく見えるのですが、接近すると極めていやなものです。
　フェイスフル　しかし、どうもほんの戯言(じやうだん)を言つてゐられるやうに思はれますな、お微笑(わら)ひになりましたから。
　クリスチャン　どういたしまして、(微笑(わら)ひはしましたが)こんなことで戯言(じやうだん)を言ふとか、又、人を誣ひるなどといふことは以てのほかです。もう少しあの男の内幕を知らせてあげませう。あれはどんな仲

間、どんな話の対手にでもなります。今あなたと話をするやうに、居酒屋のベンチに腰をかけてゐる時にも話をするのです。頭(あたま)の中に酒が入れば入るほど、ああいふことが口に上るのです。宗教はその心にも家にも又日常の行(おこなひ)にも存在しないのです。在るかぎりのものは音に載つかつてゐます。ですから、あれの宗教といふのは、それでもつて音を立てるためのものです。

フェイスフル それは本当ですか。ぢやあ、すつかりあの男に欺されてゐました。

──ジョン・バニヤン『天路歴程』（竹友藻風訳）

FAITH. Pray what is he?

CHR. His name is Talkative; he dwelleth in our Town: I wonder that you should be a stranger to him, only I consider that our Town is large.

FAITH. Whose son is he? And whereabout doth he dwell?

CHR. He is the son of one Say-well; he dwelt in Prating Row; and is known of all that are acquainted with him by the name of Talkative in Prating Row; and notwithstanding his fine tongue, he is but a sorry fellow.

FAITH. Well, he seems to be a very pretty man.

CHR. That is, to them that have not thorough acquaintance with him, for he is best abroad, near home he is ugly enough: your saying that he is a pretty man, brings to my mind what I have observed in the work of the Painter, whose Pictures shew best at a distance, but very near more unpleasing.

FAITH. But I am ready to think you do but jest, because you smiled.

CHR. God forbid that I should jest (though I smiled) in this matter, or that I should accuse any falsely; I will give you a further discovery of him: This man is for any company, and for any talk; as he talketh now with you, so will he talk when he is on the Alebench; and the more drink he hath in his crown, the more of these things he hath in his mouth; Religion hath no place in his heart, or house, or conversation; all he hath lieth in his tongue, and his Religion is to make a noise therewith.

第 11 章　ジョン・バニヤンと『天路歴程』

FAITH. Say you so! Then am I in this man greatly deceived.

—— J. Bunyan, *The Pilgrim's Progress*

　大変分かりやすい簡明な文体であり、対話は自然で、生き生きとしている。これほどリアリティにあふれた世界や文章は、これ以前には見られなかった。
　ウォルター・アレンは、この作品の新しさや影響の深さについて次のように述べている。

　この時期に（17世紀後半—筆者註）迫真性（reality）がイギリスの物語に入ってきたが、それはまったく予期しない方面から、最も予期しない形で現れた。Bunyan〔ジョン・バニヤン〕は、1678年に *The Pilgrim's Progress*〔『天路歴程』〕を発表した時50才であった。実際、今日それが小説として読まれるのは、作者が感じ観察した真実が多量にその作に含まれているという理由のためであるが、もちろん彼は小説を書こうなどとは考えてもいなかった。それは宗教的寓話、宗教上の小冊子（トラクト）、あるいは説教集として書かれたのである。学者たちはBunyan に影響を及ぼしたと思われる書物を突きとめたし、それらの書を彼が読んだことも想像できる。しかしそれらの書物は少しも問題にはならない。Bunyan は卓越した天才で、イギリスの散文物語の最初の天才であり、その作は文学の中で最も独創的である。彼が書いたような作品の先ぶれはまったくなく、その後のどの物語にも何らの影響も及ぼしていないと言われている。しかしそのことについては、あまり確信はもてない。「影響」をまったく狭く解することもできる。*The Pilgrim's Progress* は、その出版後比較的短期間のうちに、聖書以外の他のどの作品をもしのぐほど、イギリス国民の、あらゆる階級の固有の所有物になった。それ故にその影響は、聖書の影響と同じく、厳密には計りがたい。ただ言えることは、もしそれが書かれていなければ、イギリス人は現在のイギリス人とは違ったものになっていただろう、ということである。最低に見つもっても、それは物語や、生き

生きとした人物描写や自然な対話に、一つの基準を示しており、多数の後の小説家は、その影響を自覚することがいかに少なくても、影響をうけているに違いないのである。
　　　　　　　──ウォルター・アレン『イギリスの小説──批評と展望』

　アレンは、続けて、人物は道徳的徳目を名前にしているだけだが、彼らはバニヤンが彼らに言わせる言葉の中で生きてくるし、話し始めるとたちまち生き生きとしてくる、と言っている。鋭い観察力でもって、生きた人物創造に成功しているわけである。要するに、この「寓意」物語は、「現実」に根差しているのである。それゆえ、同じ寓意物語でも、かつてのスペンサー（Edmund Spenser, 1552?-99）の『仙界女王』（*The Faerie Queene*, 1590, '96, 1609）などとは全く異なっている。具体性や迫真性の点においてまるでかけ離れているのである。『天路歴程』は、その実体において、中世ロマンスの世界から脱却している。本作には「エリザベス朝小説」の持つ騒々しい華々しさもない。内容、文体両面におけるその簡素な自然さは、むしろ次代、18 世紀のものとさえ言えるであろう。

　すると、私は、夢の中で、路から少し離れて、銀坑に向ひ合つた處に、デマスが（紳士然と）立つて、通りがかりの人々に、見に来いと、叫んでゐるのを見た〔註。デマスは使徒パウロの協力者であつたが、この世の利を求めてその仲間から離れた者である。テモテ後書四・一〇に『デマスはこの世を愛し、われを棄ててテサロニケに行き』とある〕。そのデマスはクリスチャンとその友に言つた。おうい、こちらへ廻つていらつしやい。お見せするものがありますよ。
　クリスチャン　われわれにわき道をさせて見せるやうな、ねうちのあるものは一体何ですか。
　デマス　ここに銀坑と、その中で宝を求めて掘つてゐる人人がゐるのですよ。おいでになれば、少しばかりの骨折で豊かに路用を作ることが出来ます。
　ホウプフル　すると、ホウプフルは言つた。見に行きませう。

クリスチァン　私は行かない、とクリスチァンは言つた。今までにこの場處のことや、またここで幾人の人が殺されたかといふことを聞いてゐます。それに、宝といふのはそれを求める者を捕へるための陥穽(おとしあな)です。それはその人たちの巡礼を妨げるのですから。そこで、クリスチァンはデマスに言つた。その場處は危険ではありませんか。多くの人の巡礼を妨げませんでしたか（ホセア書一四・八）。

デマス　さう大して危険ではありません。気をつけない者には別ですが。（でも、それを言ひながら、顔を赤くした）。

クリスチァン　すると、クリスチァンはホウプフルに言つた。一歩も乱さず、あくまでも私どもの道を守りませう。

ホウプフル　きつと、バイ―エンヅがここへ来て、われわれとおなじ招きを受けたら、あすこへ廻つて見に行きますよ。

クリスチァン　そりや疑のないところです。あの男の主義があちらへ導くのですから、さうして百中九十九まで、あすこで死ぬるのです。

デマス　すると、デマスは又呼びかけた。でも、ここへ来て見ないのですか、と言ひながら。

クリスチァン　すると、クリスチァンはきつぱりと答へた。デマス、汝(なんじ)はこの道の「主(あるじ)」の正しい慣習(しきたり)に対する敵であり、汝自身傍道(わきみち)へ逸れたことに対して既に陛下の裁判官の一人〔註。使徒パウロ〕に依つて罪を定められてゐる（テモテ後書四・一〇）。それに、何故(なぜ)汝(なんじ)はわれわれを同じやうな刑罰に引き込まうとするのか。それに、若しわれわれが傍道(わきみち)へ逸れるならば、われわれの主君がそれをお聞き及びになり、この後、臆面もなく立たうとするところで、われわれに恥かしめをあたへ給ふであらう、と言ひながら。

―――『天路歴程』

　Then I saw in my Dream, that a little off the road, over against the Silver-Mine, stood Demas (gentleman-like) to call to Passengers to come and see; who said to Christian and his fellow, Ho, turn aside hither, and I will shew you a thing.

CHR. What thing so deserving as to turn us out of the way?

DEMAS. Here is a Silver-Mine, and some digging in it for Treasure. If you will come, with a little pains you may richly provide for yourselves.

HOPE. Then said Hopeful, Let us go see.

CHR. Not I, said Christian; I have heard of this place before now, and how many have there been slain; and besides, that Treasure is a snare to those that seek it, for it hindereth them in their Pilgrimage. Then Christian called to Demas, saying, Is not the place dangerous? Hath it not hindered many in their Pilgrimage?

DEMAS. Not very dangerous, except to those that are careless: but withal he blushed as he spake.

CHR. Then said Christian to Hopeful, Let us not stir a step, but still keep on our way.

HOPE. I will warrant you when By-ends comes up, if he hath the same invitation as we, he will turn in thither to see.

CHR. No doubt thereof, for his Principles lead him that way, and a hundred to one but he dies there.

DEMAS. Then Demas called again, saying, But will you not come over and see?

CHR. Then Christian roundly answered, saying, Demas, thou art an Enemy to the right ways of the Lord of this way, and hast been already condemned for thine own turning aside, by one of his Majesty's Judges; and why seekest thou to bring us into the like condemnation? Besides, if we at all turn aside, our Lord the King will certainly hear thereof, and will there put us to shame, where we would stand with boldness before him.

―― *The Pilgrim's Progress*

このように、登場人物たちは、日常の話し方で話している。ハリソン (G. B. Harrison) は、クリスチャンがとりわけワールドリー・ワイズマン (Mr. Worldly Wiseman〔世智聡明氏〕) やトーカティヴ (Talkative〔饒舌氏〕)、

イグノランス（Ignorance〔無智氏〕）のような生き生きとした敵対者と出合う時に、文章は新鮮な日常語になる、と述べている。彼は、また、バニヤンは想像力において大変イギリス的であり、『ロビンソン・クルーソーの生涯と冒険』や『ガリヴァー旅行記』の読者に正確な真実を読んでいるのだと納得させるような種類の、文字通りにマター・オヴ・ファクトなフィクションを書いている、とも言っている。

4

　バニヤンは、「小説」を意識することなくして近代小説に不可欠な生きた人物創造や性格創造に成功し、同時に、その物語世界に彼なりの「日常的」真実をふんだんに盛り込むことに成功したのである。

　人物、性格創造上の進展は近代小説誕生に向けてそれだけ近づくものだし、リアリティの注入ということが同小説の勃興にとり最も重要な前提であることは言うまでもない。一般に17世紀後半期において英語散文が成熟完成の域に達し、簡潔ながらも明瞭に細部にまでわたる性格描写や物語上の深い意味づけなどを行うことが可能になったとされるが、そのような過程で『天路歴程』の果たした役割というのは大きかった。

　既に述べたように、「世俗的バイブル」とまで呼ばれた本書の社会一般への影響は絶大だったが、それには宗教的要素のみならず、そこに内在する冒険物語的要素もあずかって力があったに違いない。本書に対するこうしたいわば物語的興味は、結果として写実的な小説に対する人々の関心を大いに盛り上げることにもなった筈である。

　こうして近代小説への道は大きく切り開かれた。ここに、『天路歴程』とロジャー・シャーロック（Roger Sharrock）の言う「フィールディングやディケンズの作品中の人物たちのあるものにみられるように道徳的特性を示す登場人物名をもつ、最も寓意物語らしくなく、逆に最も小説らしい作品」（R. シャーロック『イギリス小説』〔The English Novel, Oxford〕）たる『バッドマン氏の生涯』は、後世における近代小説史研究上の不可欠の「資料」としての英誉を担うことになったのである。

第 12 章

英語散文の確立と初期「小説」

1

　オリヴァー・クロムウェルの共和政権は、特に外交的には目覚ましい成果をあげたものの、時とともに次第に厳格で独裁的な性格を強めていった。その結果、同政権は革命の立役者クロムウェルが亡くなるとともに、事実上崩壊してしまった。

　1660年5月、亡命先のフランスから帰ったチャールズ2世（CharlesⅡ, 在位 1660-85）が即位して、ここに王政復古が成る。フランス文化の影響を強く受けた王は、「陽気な君主」と呼ばれる奢侈で快楽好みの人物であった。そうした宮廷の影響で、一般の世相も前代の固苦しいまでの謹厳さ、厳格さを捨て、逆に快楽主義的な傾向を強めた。それを最も如実に反映したのが「風習喜劇」であった。これは当時の乱れた浮世の相を活写したものであった。

　こうした享楽主義的な新風潮は、やはり、前代に対する反動の結果生じたものと見ることが出来よう。ともかく、清教徒時代に支配的だった理想主義的、改革的精神は後退し、現実的、散文的な精神の高まりが目立つようになった。かつての革新的な情熱は失われ、世俗的、風刺的な態度や考え方が一般化したと言える。

　近代的な国王たるチャールズ2世は、国家の利益のために海外発展を進め、植民地の拡大を計った。この王の時代には、トーリー（Tory）、ホイッグ（Whig）の二大政党の対立が始まる（1670年代）。トーリーの代表者で熱烈な国教徒だったクラレンドン伯爵（Edward Hyde, 1st Earl of Clarendon, 1609-74）が威を振った。彼は反動的な政治家として有名である。王立学

会 (Royal Society) が設立されたのもこの時代、1662年のことであった。同学会の設立は、諸科学の進歩を大いに促進した。第二回英蘭戦争は、1664年から67年まで続き、オランダ軍艦がテームズ川まで攻め込んで来たことさえあった不毛の戦いだったが、これによってイギリスはニューヨークを獲得した。また統一令という1662年の法令は、国教統一を目的とする反動的なものであった。

　チャールズ2世には子がなかったので、1685年、王弟でカトリック教徒のヨーク公ジェイムズがジェイムズ2世 (JamesⅡ, 在位 1685-88) として即位すると、その直後にチャールズの庶子モンマス公ジェイムズ (James Scott, Duke of Monmouth, 1649-85) が乱を起こした。モンマス公の反乱事件と言われるものであり、王側が勝利を収めた。かねてよりトーリー党の支持するジェイムズ側とホイッグ党首領シャフツベリー伯 (Anthony Ashley Cooper, 1st Earl of Shaftesbury, 1621-83) に立てられた美貌で武勇の名高きモンマス公の陣営との間に王位を巡る抗争があり、ジョン・ドライデンはトーリー側に立って、有名な風刺詩『アブサロムとアキトフェル』(*Absalom and Achitophel*, 1681) を書いていた。旧約に出るアブサロムの父ダビデ王 (King David, 1000B.C.頃のイスラエル第二代の王) への謀叛の故事を引き、モンマス公及びシャフツベリー伯を痛烈に皮肉ったものであった。ともかくモンマス公は85年に敗れて、刑死してしまったのである。

　だが、カトリックのジェイムズ王は、専制政治を強化し、反動の姿勢を強めてゆく。その結果、1688年11月、史上に名高い名誉革命が成就し、オランダ総督だったオレンジ公ウィリアム (Prince of Orange, ジェイムズ2世の甥) がウィリアム3世 (WilliamⅢ, 在位 1689-1702) として女王メアリ (MaryⅡ, ジェイムズ2世の娘) とともにイギリス統治に当たることになった。新教徒のウィリアムは、新教を擁護し、議会を重んじた開明的な君主として知られる。

2

　王政復古期の文学も、世相を反映して、快楽主義的な傾向を帯びた。既

に触れたように、フランス風の低俗な風習喜劇が隆盛を極めたことがそれをよく物語っている。そして、文学思潮の面では、ドライデンに代表される古典主義が規範となり、これは次の18世紀に全盛期を迎える（18世紀の古典主義者としてはアレクサンダー・ポープやサミュエル・ジョンソン博士らが代表的）。この古典主義は、フランスのボワロー（Nicolas Boileau-Despréaux, 1636-1711）の『詩法』(*L'Art Poetique*, 1674) などの影響を強く受けたものであった。規則や法則、秩序を重んじる理知的な行き方である。

この時代の文学の中心は劇壇にあり、しかも風習喜劇が最も盛んだった。風習喜劇作者としては特にウィリアム・ウィッチャレー（William Wycherley, 1640?-1716）、トマス・オットウェー（Thomas Otway, 1652-85）、ウィリアム・コングリーヴ（William Congreve, 1670-1729）などが著名である。とりわけコングリーヴは、この種の劇の完成者として知られ、代表作には有名な『世間道』(*The Way of the World*, 1700) がある。

他方、詩の面では、風刺詩の長編傑作『ヒューディブラス』(*Hudibras*, 1663) を書いたサミュエル・バトラー（Samuel Butler, 1612-80）が代表的である。『ヒューディブラス』は清教徒を攻撃した評判作で、「ヒューディブラスティック」（Hudibrastic,「滑稽で風刺的な」の意）という言葉さえ生み出した。チャールズ2世も愛読して、バトラーに300ポンドの大金を与えた。

3

王政復古期文壇の大御所ジョン・ドライデン（John Dryden, 1631-1700）は、劇、詩の両面において大活躍したのみならず、散文分野にも健筆を振った。彼は1631年の8月にイギリス中部ノーサンプトンシャー（Northumptonshire）のオールドウィンクルに生まれ、名門のパブリック・スクールであるウェストミンスター・スクール（Westminster School）に、次いでケンブリッジのトリニティ・カレッジに学んだ。1657年にロンドンに定住した後、ピューリタン側に立ってクロムウェルの追悼詩を書いた

が、王政復古になると王党派に鞍替えして新国王を迎える詩を作った。後年、新教からカトリック教へも改宗している。ジョンソン博士がこうした彼の変節振り、無節操振りを非難したのは有名な話である。このあたり、ドライデンはミルトンやバニヤンとはまるっきり違っている。

　ドライデンは、最初、英雄劇や喜劇を書き、それから風刺詩に転じた。1670 年には桂冠詩人と王室資料編纂所員に任命されるという栄誉を担ったが、これらの地位は名誉革命で失っている。劇作では、英雄悲劇『グラナダの征服』(*The Conquest of Granada by the Spaniards*, 1672) や喜劇『当世風結婚』(*Marriage-à-la-Mode*, 1673)、それにシェイクスピアの『アントニーとクレオパトラ』(*Antony and Cleopatra*, 1606) の改作『すべて恋ゆえに』(*All for Love, or the World Well Lost*, 1678) などを著している。また風刺詩の代表作が既出の『アブサロムとアキトフェル』である。

　ドライデンの散文面の業績としては『劇詩論』(*Of Dramatic Poesie: an Essay*, 1668, 84) が最もよく知られている。これはイギリス批評史上の一大古典となった作品である。

　晩年のドライデンは、隠退して古代ローマのジューヴナル (Juvenal, 60 年頃-130 年頃) やヴァージル (Vi[e]rgil, 70-19B.C.) などを翻訳し、また古代ギリシャのホーマーやイタリアのボッカチオ (Giovanni Boccaccio, 1313-75) の『デカメロン』(*Decameron*, 1348-53)、それに『カンタベリー物語』などの訳『古今物語集』(*Fables Ancient and Modern*, 1700) を仕上げた。彼は名誉革命後はもはや"転向"もきかず、昔日の勢力を失っていた。

　ドライデンは、『劇詩論』などを著して、ジョンソン博士から「イギリス批評の父」と呼ばれたが、これらの散文作品を通じて、英語散文の確立にも大いに貢献した。『劇詩論』は実在人物をモデルにしたと思われる 4 名の登場人物の会話から成り立っている。英蘭両海軍の戦うさ中、この 4 人がテームズ川に小舟で乗り出し、当時の文壇で論争の的となっていた文学上の諸問題を論ずるという形を取っている。その諸問題とは、古典作家と近代作家の比較、英仏両演劇の優劣、エリザベス朝期・王政復古期両演劇の優劣、古典主義の法則、押韻詩 (rhymed verse) と無韻詩 (blank verse) の優劣などである。また 4 名は、ネアンダー (Neander) が若きドライデン

を表し、他の3名も当時の若い詩人たちをモデルにしたものと考えられている（クライティーズ〔Crites〕＝ロバート・ハワード卿〔Sir Robert Howard, 1626-98〕、リジディーアス〔Lisideius〕＝チャールズ・セッドレー卿〔Sir Charles Sedley, 1639?-1701〕、ユージニアス〔Eugenius〕＝チャールズ・サックヴィル〔Charles Sackville, Lord Buckhurst, 1638-1706〕）。

　この作品は、シセロ（Cicero, 106-43 B.C., キケロとも言う）を手本としたものであり、古代ギリシャの哲人プラトンの系譜上にも位置するものである。シセロ的対話を基本とする本作は、作者ドライデンには珍しく、単独の批評書として公刊された。1684年には改訂版も出されている。作者が重視していた作品であることは間違いない。彼の博識振りもよく知れる傑作である。

4

　『劇詩論』では、冒頭にバックハースト卿にあてた文章が掲げられ、次いで読者への短い前置が述べられた後、次のように本文が始められている。

　　それは、あの記念すべき日のことだった。この前の戦争の最初の夏、わが海軍はオランダ海軍と戦っていた。前古未曾有の強力にして装備優秀な二つの艦隊が、地球の大半の制覇をかけ、国際貿易と世界の富を争って、その支配権を戦い取ろうとしている日であった。…両艦隊の打ちだす砲声は、われわれロンドン市民の耳にも達し、不安に駆られた人々は、今こそ決戦の時と、戦況の帰趨をうかがわんものと、各自思いのままに砲声の方向に足を向けた。そのためにロンドンの街に人影は消え、ある者は聖ジェイムズ公園に、またある者はテムズ河を渡り、さらにまた河を下る者もあったが、いずれも黙りこくって砲声を求めていた。

　　その中にあって、ユージニアス、クライティーズ、リジディーアス、ニアンダーの四人は相会することとなった。そのなかの三人は知力と能力のゆえに全市に謳われた人物であるが、以下に叙する彼らの討論

の模様が、拙文の不行届きのため本人に迷惑のかかることを恐れ、あえて本名を伏せることにしたい。

——ジョン・ドライデン『劇詩論』（小津次郎訳注）

 It was that memorable day, in the first summer of the late war, when our navy engaged the Dutch: a day wherein the two most mighty and best appointed fleets which any age had ever seen disputed the command of the greater half of the globe, the commerce of nations, and the riches of the universe. … the noise of the cannon from both navies reached our ears about the City; so that all men being alarmed with it, and in a dreadful suspense of the event which we knew was then deciding, every one went following the sound as his fancy led him; and leaving the town almost empty, some took towards the park, some cross the river, others down it; all seeking the noise in the depth of silence.

 Among the rest, it was the fortune of Eugenius, Crites, Lisideius, and Neander to be in company together: three of them persons whom their wit and quality have made known to all the town; and whom I have chose to hide under these borrowed names that they may not suffer by so ill a relation as I am going to make of their discourse.

—— John Dryden, *Of Dramatic Poesy and Other Critical Essays*, vol.1

 この作品は、比較的短いものだが、大変論理的であり、古典的な名編とされている。文章はよく整っており、平明、簡素と言ってよい。既に触れたように、英語散文の標準的なありようが確立したのはこの17世紀後半のことと考えられているが、この面でドライデンの文章はバニヤンのそれとともに大きな貢献をしたと言える。彼らの平明、簡潔なスタイルが、当時及び後代に与えた影響には実に大なるものがある。別の一文である。

 ではまず、シェークスピアから始めよう。彼は近代のすべての作家の中で、いや古代の詩人を含めても、最も大きな、最も包容力の広い

精神の持主だった。自然のすべての形象がいつも眼前にあった。それを何の苦労もなしに、すらすらと描いた。彼の描いたものは何でも、われわれはそれを見るだけではなく、感じることさえできる。

——『劇詩論』

To begin, then, with Shakespeare: he was the man who of all modern, and perhaps ancient poets, had the largest and most comprehensive soul. All the images of nature were still present to him, and he drew them not laboriously, but luckily; when he describes any thing, you more than see it, you feel it too.

—— *Of Dramatic Poesy*, vol. 1

　これはシェイクスピアの真価を正しく論じた有名な一節である。なお、ドライデンは、『古今物語集』の序文でも、チョーサーを「英詩の父」として高く評価しているが、これも彼の鋭い批評眼を示すものである。
　多才な才能を誇ったドライデンは、このように散文面でも少なからぬ業績をあげたのであるが、この時代における英語散文の完成、定着を示すように、同分野における他の人々の活動も顕著であった。

5

　日記面では、サミュエル・ピープスとジョン・イーヴリンが著名である。特にピープス（Samuel Pepys, 1632-1703）は、文学的にも高い資質を有していた。ロンドンの仕立屋の息子ピープスは、ケンブリッジのマグダレン・カレッジに学び、後、王立学会員になり、海軍長官にまで出世した。彼の『日記』（*Diary*）は王政復古の年、即ち 1660 年の 1 月 1 日から 1669 年 5 月末日までつづられたものである。イーヴリンに比べると、期間は短いが芸術作品としての価値はより高い。速記用暗号で書かれた。長らく彼の母校ケンブリッジのモードリン学寮に保存されていたが、1825 年になって、ジョン・スミス（John Smith）が解読に成功し、出版して、世の脚光

を浴びるに至った。上流社会、大疫病、ロンドン大火、海軍などについての貴重な記述も含んでおり、社会的、歴史的記録としても重要な文献である。

　次の引用文は、1666年9月のあの恐るべきロンドン大火の生々しい記録の一部である。

　　9月2日（日曜日）私たちのメイドの数人が今日の祝宴の準備のために昨夜遅くまで起きていたが、ジェインが早朝3時頃に私たちを呼んで、シティ方面に見える大火事のことを話そうとした。それで私は起き上がり、夜着をはおって彼女の窓のところへ行ってみた。そしてそこが遠くともマーク通りの裏側だと思った。しかし、そのような火事に不慣れだったので、私はかなり先の方だと考えたのである。そこでまたベッドに行って寝た。7時頃再び起きて服を着、窓の外を見た。火が以前ほどでなくなり、ずっと離れているのが分かった。そこで押入れに物を整頓した。昨日洗濯したからである。まもなくジェインが来て私に話したところによると、彼女は私たちが見た火事によって今夜300軒以上の家が焼失し、火は今もロンドン橋のそばで、フィッシュ街をすべて焼きつつあるということである。そこで私は直ちに準備して、ロンドン塔へと歩いた。そこで高い場所の一つに上がり、J. ロビンソン卿の小さな息子も私と一緒に来た。そして私は橋のそちらの端の家々がすべて炎上中なのを見た。橋端のこちら側もあちら側も際限のない大火の中にあった。…そこで私は岸辺に降りて、舟に乗り、橋を抜けて行った。そこで悲しむべき火事を見た。

——サミュエル・ピープス『日記』

　　Sept. 2nd. (Lord's day) — Some of our maids sitting up late last night to get things ready against our feast to-day, Jane called us up about three in the morning, to tell us of a great fire they saw in the City. So I rose, and slipped on my night-gown, and went to her window; and thought it to be on the back-side of Marke-lane at the farthest; but, being unused to such fires as followed, I thought it far enough off; and so went to bed again, and to sleep. About seven rose I again to dress myself, and there looked out at the window, and saw the fire not so much as it was, and further off. So to my closet to set things to rights, after yesterday's cleaning. By and by Jane comes and tells me that she hears that above 300 houses have been burned down to-night by the fire we saw, and that it is now burning down all Fish Street, by London Bridge. So I made myself ready presently, and walked to the Tower; and there got up upon one of the high places, Sir J. Robinson's little son going up with me; and there I did see the houses at that end of the bridge all on fire, and an infinite great fire on this and the other side the end of the bridge; … So I down to the water-side, and there got a boat, and through bridge, and there saw a lamentable fire.

—— S. Pepys, *The Diary of Samuel Pepys*

目の当たりにした悲劇的な大火の迫力に満ちた描写の一部である。簡明な文章でつづられた情景描写の中に緊迫感があふれている。

ジョン・イーヴリン（John Evelyn, 1620–1706）の『日記』（*Memoirs*〔*Diary*〕）の記述は1641年から1706年までの長期にわたっている。これまた19世紀になって（1818–19）印刷されている。これにもロンドン大火の記述が含まれている。

　1666年9月2日。——この致命的な夜の10時頃、あの悲惨な大火はロンドンのフィシュ街近くで起こった。
　3日。——大火は続いている。夕食後、私は妻と息子をつれて馬車に乗り、サウスウォークのバンクサイドへ行った。そこで、私たちはあの恐ろしい光景を見た。水辺近辺では町中がものすごい炎に包まれていた。橋からすべてのテームズ街、チープサイドにかけて、そしてスリー・クレインズにかけてすべての家屋が今や灰燼に帰していた。

——ジョン・イーヴリン『日記』

1666, *2nd Sept.* ── This fatal night, about ten, began that deplorable fire near Fish Street, in London.

3rd. ── The fire continuing, after dinner I took coach with my wife and son, and went to the Bank-side in Southwark, where we beheld that dismal spectacle, the whole city in dreadful flames near the water-side; all the houses from the bridge, all Thames Street, and upwards towards Cheapside, down to the Three Cranes, were now consumed.

―― John Evelyn, *Diary*

　イーヴリンは続けて、泣き叫び、狂ったように走りまわる市民たちのことも筆にしているが、凄惨な大火をやはりリアルに記録している。原文も簡明である。

　イーヴリンは、王党側の政治家で、王立学会員でもあった。彼の『日記』はその生涯の大半を記録する長大なものであった。彼は博識で、造園、建築、古銭学などにも造詣が深かった。

　次に随筆ではウィリアム・テンプル卿（Sir William Temple, 1628-99）が挙げられるが、彼は、有力な政治家、外交官であった。ジョナサン・スウィフトが一時期彼の秘書をつとめていたことでも知られる。アイルランド論やネーデルランド論を始めとして多くの著作がある。また、スウィフトはテンプルの書簡を編んでいる。テンプルの散文は、後、18世紀において模範とされた。

　　私はよく承知していることだが、威厳を見せることによって賢振る大勢の人々は、まじめな人たちの使用や楽しみのためには余りにも軽過ぎる玩具か何かくだらぬものだとして詩と音楽を両方とも軽蔑しがちである。しかし、これらの魅力に全く無感動だと思う人は誰でも、私が思うに、それを打ち明けないのがよいだろう。それは自分の短気をとがめず、また理解力のではないにしても、自らの性格の善さを疑問視しないためである。それは悪い体質ではないにしても、少なくとも悪い徴候だと考えられるであろう。なぜなら、何人かの先達たちは

進んで、音楽への愛好を宿命的なしるしとみなし、神聖なものと尊んで、天国自体の至福のためにとっておくものとしているからである。
　　　　　　　　　——ウィリアム・テンプル『随筆集』「詩について」

 I know very well, that many, who pretend to be wise by the forms of being grave, are apt to despise both poetry and music as toys and trifles too light for the use or entertainment of serious men: but whoever find themselves wholly insensible to these charms would, I think, do well to keep their own counsel, for fear of reproaching their own temper, and bringing the goodness of their natures, if not of their understandings, into question: it may be thought at least an ill sign, if not an ill constitution, since some of the fathers went so far, as to esteem the love of music a sign of predestination, as a thing divine, and reserved for the felicities of heaven itself.

—— William Temple, *Essays*

簡明で秩序立った優れた文章である。知的で格調も高い。

6

「小説」類は依然として本格的には始動していないが、イギリス文学史上最初の作家と言われるアフラ・ベーンを始めとして、共和派の政治家ヘンリー・ネヴィル、風習喜劇の大家ウィリアム・コングリーヴ、人生の詳細は不明のロマンス作家エマヌエル・フォード（Emanuel Ford, 17世紀初頭）などの活躍が見られた。

 コングリーヴは優れた風習喜劇作品の他に『匿名の婦人』（*Incognita: or Love and Duty Reconcil'd*, 1692) という「小説」を著した。フローレンスの名士で裕福な紳士の息子オーレリアンと侯爵の娘ジュリアーナの物語である。E. フォードは『オルナトスとアルテジア』（*The Most Pleasant History of Ornatus and Artesia*, 1598?) や『パリスムス』（*Parismus, the Renouned Prince of Bohemia*, 1598)、その続編（*Parismenos*, 1599) などを書いた。

第 12 章 英語散文の確立と初期「小説」

さて、ヘンリー・ネヴィル（Henry Neville, 1620-94）は、バークシャーのビリンガムのヘンリー・ネヴィル卿の息子であった。オックスフォードに学んだが、学位を取らないまま大陸旅行に出た。革命勃発で議会軍に入った。後、クロムウェルに反対してロンドンから追放されたが、クロムウェルの死後、復帰している。さらに議会から追われかかったり、また「ヨークシャー蜂起」に連座したとして逮捕され、ロンドン塔に入れられたりしたが、王政復古後は晩年にかけて隠退のうちに著作活動などを続けている。

　こういう風に、ネヴィルの公（おおやけ）の活動は共和国時代のことであり、そうした時期の著作もいろいろあるが、文人としては、主として、王政復古期の「小説」たる『パイン島』（The Isle of Pines, 1668）やマキアヴェリ（Niccolo di Bernardo Machiavelli, 1469-1527）の作品の翻訳などで知られている。

　『パイン島』は風変わりな短篇作品である。16世紀末、エリザベス女王の時代、イギリスを出帆した船が喜望峰を回って、東方へ向かうが、難破し、「主人の帳簿係」だった「私」を含む生き残りの人々が大きな無人島に漂着する話である。「南海のパラダイス」を思わせる作品である。このようにして、私と主人の娘、2人のメイド、1人の黒人女の男1名、女4名の都合5人が、この島で、長年月に渡って生きてゆくことになる。

　　3日目になって、夜が明けるや否や、私たちを妨げる何ものも見えなかったので、私は住まうに便利な場所を探した。それは、天候から身を守り、それに私たちを発見するかも知れない野獣の災の危険を防ぐための小屋を建てたいがためであった。…一週間の内に私は船から持ち出せた物と私たち全員を収容するに足る大きな小屋を作った。…
　　　　　　　　　　　　　　　　　　　　——『パイン島』

　　The third day, as soon as it was morning, seeing nothing to disturb us, I lookt out a convenient place to dwell in, that we might build us a hut to shelter us from the weather, and from any other danger of annoyance from wild beasts, if any should find us out. ... I in the space of a week had made a large cabin big enough to hold all our goods and ourselves in it. ...

—— H. Neville, *The Isle of Pines*

　読みやすいすっきりした文章である。結局、「私」と4人の女性の間に子孫が増え続ける。16年経て47人の子が生れ、育ち、22年目に黒人女が死ぬ。子同士が結婚し合い、来島40年「私」が60歳の時、子孫は443人にふえた。妻の一人が68歳で死に、やがてもう一人も死ぬ。さらに12年後主人の娘が亡くなる。「私」は長男を王とし、長女をその妻として、ヨーロッパの流儀を教え、キリスト教を忘れないように命じた。さらに同じ言語を保ち、他所から入って来ても他のそれは認めないようにと定めた。

　「私」は来島59年、ほぼ80歳になり、子孫を数えたら1789人いた。こうして一族に私のジョージ・パイン名から「イングリッシュ・パインズ」(the English Pines) の総称を与え、「イングリッシュ」、「トレヴァーズ」(the Trevors)、「フィルズ」(the Phils) の家名を残した。

　単純なストーリーだが、数奇な運命を描いた作品ではある。「私」が最後に自分の物語を書き、長男に託した形になっている。デフォーもネヴィルのこの作品を読んだに違いない。

　A. ベーンについては、あとで詳細に検討する。

7

　散文界では他に歴史面でクラレンドン伯が『イギリス叛乱内乱史』(*The True Historical Narrative of the Rebellion and Civil Wars in England*, 1702) を著した。また、伝記面では、ハッチンソン夫人 (Lucy Hutchinson, 1620-80?) やニューキャッスル公夫人 (Margaret Cavendish, Duchess of Newcastle, 1624?-74) がそれぞれの夫を回想した作品を書いた。前者は、王政復古時、クロムウェル方議員だった夫を救おうと努力し、夫の死後、『ハッチンソン大佐の生涯の回想録』(*Memoirs of the Life of Colonel Hutchinson*, 1806) を書いた。後者は、夫の伝記 (1667) の他に、エッセイや詩も残している。

　自然科学は、この時代大いに進歩したが、万有引力の発見者アイザッ

ク・ニュートン（Izaac Newton, 1642-1727）の主著『自然科学数学原理』（*Philosophia Naturalis Principia Mathematica*, 1687）は、この分野の記念碑的作品であるとともに、この期の散文界の代表的産物の一つでもある。

　最後に大哲学者ジョン・ロック（1632-1704）の作品にも触れておかねばなるまい。彼は主として名誉革命の時代に活躍した。中産階級のピューリタンの家に生まれた彼は、オックスフォードで医学や自然科学を学び、1660年には母校のギリシャ語教授になっている。修辞学や論理学も教えた。

　やがて彼ロックは、アンソニー・アシュレー・クーパー、後のシャフツベリー伯（Anthony Ashley Cooper, 1st Baron Ashley and 1st Earl of Shaftesbury）の侍医になり、1672年大法官に任じられた伯爵の秘書官になった。彼は1783年にオランダに亡命し、後のイギリス国王オレンジ公ウィリアム（William, Prince of Orange）に厚遇されている。このようにして、彼にとり、名誉革命後の活躍の道が開けるのである。

　ロックの主要作品には『統治論二篇』（*Two Treatises on Government*, 1690。実際の発売は前年10月）、『人間悟性論』（1690。実際の発売は前年12月。1706）、『聖パウロの書簡』（*St. Paul's Epistles*, 1705-07）などがある。彼は人間の経験を重んじ、自力本願を唱えて、独立自主の近代的精神の重要性を説いた。『統治論』ではホッブズの理論をさらに改革、前進させて、有名な「抵抗権」を主張している。国民が権力者の交替をなし得るというものである。因みに、ロックは20世紀に流行する「意識の流れ」の手法の遠祖ともされる。

8

　以上、王政復古期から名誉革命後の時代にかけての散文界を見渡してみたが、同世界は、まだ小説の類こそ振わなかったものの、非常に活発だったことが分かる。古典主義的な風潮を背景にしたこのような散文の隆盛を通して、既述のような英語散文の確立が果たされたのである。そのスタイルが簡潔、明瞭を旨とするようになったことは、既に掲げたドライデン以下の諸文人の引用例からも明らかであろう。

小説史のみに限ってみても、バニヤンの作品が近代小説の誕生に果たした役割は極めて大きい。

このように、17世紀後期は、イギリス散文史、同小説史の上で、大いに重視すべき時期である。それは、両史上最初の豪華な時代、即ち次の18世紀のための礎石を据えた大切な時期なのである。

既に標準的英語散文は用意された。近代小説の芽も吹いた。道具は整い、方向も示されたのである。あとは開花、発展あるのみである。デフォーやスウィフトは視界の内に入った。彼らのさらに向うには、やがてサミュエル・リチャードソンやヘンリー・フィールディングらの姿がおぼろげながらも見えてくる筈である。

だが、新しい話を始める前に17世紀後期の生んだ代表的「小説」を一作、概観しておきたい。それがとりあえず次項の仕事である。

9

アフラ・ベーン（Aphra〔or Afra, Aphara, Ayfara〕Behn, 1640–89）は、イギリス文学史上最初の女流作家、文筆で生計を立てた最初の女性などと言われている。「小説」たる『オルーノーコー、或いは奴隷の王子』（*Oroonoko: or the History of the Royal Slave*, 1678）などで知られている。

劇作をやり、「小説」を書いたこの女流文人は、その生涯にはっきりしないところがある。誕生の地や実家の姓にも断定出来ないところがあるし、彼女の父が総督に任命された（？）とされるスリナム（南アメリカ北東部海岸に面したオランダ植民地）に彼女自身が実際に赴いたことがあるのかどうかもはっきりしない。ベーン自身はスリナムで育てられたと主張しているが、今日では、『オルーノーコー』中の植民地に関する記述は、書物や他人の話から得たものであろうと考えられている。ウォルター・アレンは、その背景的素材はジョージ・ウォーレン（George Warren）の『公正なスリナム解説書』（*Impartial Descriptions of Surinam*, 1667）に基づくものであろうと言っている（『イギリスの小説──批評と展望』）。

ベーンは理髪師と乳母の娘とも言われる。1664年、彼女はオランダ系

のロンドン商人ベーンと結婚したが、夫は2年後に死んだ。1666年、彼女は国王チャールズ2世によってオランダ戦争中のネーデルランドに諜報部員として送られた。彼女は同国王のお気に入りだったと言われる。帰国後、借金で投獄されるが、国王は彼女を助けようとしなかったらしい。ジェイン・スペンサー（Jane Spencer）は、ベーンはネーデルランドで、スリナムで知り合ったウィリアム・スコット（William Scott）からオランダ軍艦のテームズ川侵攻のことを警告されたが、上司たちは彼女の報告を無視し、金を払わなかった、と記している（ベーン『「放浪者」他』序文、〔Introduction in *The Rover and Other Plays*〕）。

　まもなく釈放された彼女は、いよいよ文筆の道に入り、まず劇作を始めた。最初の内は匿名で、男性の作者として書き、やがて本名 A. ベーンで出してゆく。最初の作品で悲喜劇の『強いられた結婚』（*The Forc'd Marriage*）は 1670 年に上演された。以降、彼女は喜劇作者として認められる。『放浪者』（1677 年春初演）がこの方面の代表作である。小説『オルーノーコ』はその翌年に出た。他の喜劇に『幸運な機会』（*The Lucky Chance*, 1686）、笑劇たる『月の皇帝』（*The Emperor of the Moon*, 1687）などがある。

　ベーンは死の前に、大変なスキャンダルの的になったと言われている。彼女は、文人として多くの劇作品を始め、小説やパンフレット類を書いている。

10

　"小説"『オルーノーコ』は、アフリカの王子オルーノーコと彼の恋人イモインダを中心とした悲劇的な物語である。本作について、アレンは次のように述べている。

> 彼女（＝ベーン。筆者註）の最も有名な散文の物語 *Oroonoko: or The Royal Slave*〔『オルーノーコ、または奴隷の王子』、1678〕は、高貴な野蛮人（the Noble Savage）という観念の最初の現れであり、ルソーより 70 年ばかり前である。それはあらゆる反帝国主義的文学ま

たは反植民地的文学の先駆と解することができよう。しかし現在の主な関心は、Mrs. Behn が、慣習的なロマンスの物語に、真実らしさを付け加えようとしたことにある。Mrs. Behn は英雄劇から散文の物語に移ったので、Oroonoko の物語は本質的には英雄劇を散文の物語にしたものであり、不運な恋人たちが、常に誠実で、死に際しても、ほとんどあり得ないほどの高貴さを維持する物語である。… Mrs. Behn はオルーノーコーとその美徳を、彼女の仲間であるキリスト教徒を懲らしめる鞭として用いている。現在 Oroonoko の価値が減少しているのは作者の芸術上の失敗のためよりも、むしろ我々の知識が大いに増したためである。…英雄劇の人物にロンドンの街で出会うことはけっしてないとしても、少なくとも、ロンドンの劇場に行く人々は彼らを大変見慣れていたからである。

　　　　　　　　　──ウォルター・アレン『イギリスの小説──批評と展望』

　ベーン夫人は、冒頭の部分で、ここに書くことの大部分は自ら目撃したことだと述べている。又、自ら目撃出来なかったことは、この物語のヒーロー自身から聞き、彼はその青年期に関するすべての「報告書」を彼女たちに与えてくれたのである、とも言っている。作りごとではない、充分な現実に基づく話だ、と主張しているのである。

　だが、実際には、既に記したように、彼女の主張には大いに疑問があるわけであり、その主張は、アレンも言うように、一つの「工夫」、つまりはテクニックという風に考えるのが自然のようである。それらしく見せる、読者に本当だと思わせるあのデフォー流のやり方である。

　ともあれ、主人公のオルーノーコーの冒険の最後の部分は、南アメリカの植民地スリナムを舞台としているのである。作者はまず、交易や原住民奴隷たちの純粋さ、砂糖農園で働く彼ら奴隷の売買などについて述べている。そして、コラマンティエン（Coramantien）というアフリカのあるニグロ王国の話から始めるのである。

　この国の王は、百数十歳の老人であり、彼の孫で後継者に当たるのが主人公の青年オルーノーコー王子である。オルーノーコーは大変資質の優れ

た青年だったが、17歳の時、ある戦いのさ中に、彼を育成した老将軍が彼をかばって敵の矢に当たり、戦死してしまう。王子オルーノーコーの苦悩は深かった。が、彼は将軍のあとを受けて、2年間にわたるこの戦いを遂行した。その後、宮廷に戻る。彼は仏語や英語、スペイン語を知り、また、ローマ人を称賛していた。イギリスの内乱やイギリス王の悲惨な刑死のことも知っていた。彼の容姿は大変立派であり、教養も深かったのである。ベーン夫人は、彼と会った時の印象を次のように述べている。

　彼（＝オルーノーコー。筆者註）は、かなり長身で、その姿は、想像し得る限り最高に厳正であった。最も有名な彫刻家さえも、全身これほどに見事に仕上がった人間の姿を作り出すことは出来なかったであろう。彼の顔はこの国の大部分の人々がそうである褐色でさび色がかった黒色ではなく、完璧な黒檀色または光沢のある黒玉の色であった。両眼はと言えば、類例のないほどに畏敬の念を起こさせる、非常に鋭いまなざしであった。その白い部分は雪のようで、彼の歯と同じであった。鼻は高く、ローマ人のそれで、アフリカ人特有の平たい鼻ではなかった。口は見たこともない程に立派な形で、他の黒人たちに普通の大きなめくれた唇からは程遠かった。顔の全体の均衡や相貌はかくも気高くかつ整っているので、彼の色を除けば自然界にこれ以上に美しく、感じがよく、見栄えのすばらしいものはなかった。…彼が話すのを聞いた者は誰でも誤まり、つまりあらゆる洗練されたウィットは白人に、とりわけキリスト教国の白人に限られたものだということの誤まりを悟るであろう。

　　　　　　　　　　　　　　　——アフラ・ベーン『オルーノーコー』

　He was pretty tall, but of a shape the most exact that can be fancy'd; The most famous statuary cou'd not form the figure of a man more admirably turn'd from head to foot. His face was not of that brown rusty black which most of that nation are, but of perfect ebony, or polished jett. His eyes were the most awful that cou'd be seen, and very piercing; the white of 'em being like snow, as were his teeth. His nose was rising and Roman, instead of *African* and flat. His mouth the finest shaped that could be seen; far from those great turn'd lips, which are so natural to the rest of the negroes. The whole proportion and air of his face was so nobly and exactly form'd, that bating his colour, there could be nothing in nature more beautiful, agreeable and handsome. ... whoever had heard him speak, wou'd have been convinced of their errors, that all fine wit is confined to the white men, especially to those of Christendom.

―― Aphra Behn, *Oroonoko*

　完全、高貴な理想人の描写である。いわゆる「高貴なる野蛮人」の典型と言える。文章も明晰になって来ている。

　さて、戦死した将軍には大変美しい娘が一人いた。名をイモインダと言う。この物語のヒロインである。作者は彼女を「我々の若き軍神マルスに対する美しい黒人のビーナス (the beautiful black *Venus* to our young *Mars*)」と呼んでいる。

　戦いから帰ったオルーノーコーは父将軍の死に対する詫びを言おうとその娘を訪ねる。その結果、オルーノーコーは彼女に魅せられ、イモインダも彼を受け入れる。ところが、老王がイモインダの美貌に心を引かれ、彼女を宮廷に召してしまう。涙に暮れる娘は老王に対して、自分は他の男性のものだと言う。老王は怒った。

　事態を知ったオルーノーコーも猛り狂う。悲しみに暮れるオルーノーコーは、イモインダに会おうと決意した。

　結局、老王はイモインダを密かに奴隷として他国に売ることにした。新たな戦いから戻ったオルーノーコーはイモインダは死んだと聞かされる。イギリス船に招待された彼は、欺かれて部下たちとともに南米のスリナムに奴隷として連れていかれ、そこでトレフリー (Trefry) という主人のものとされるが、主人は立派な人物であった。同じ農園で偶然の巡り合わせで、イモインダと合う。彼女はクレメネと名づけられていた。気高く立派な女奴隷として知られていた。イモインダと結婚したシーザー (＝オルー

ノーコー）は、自由を求めて妻や他の奴隷たちと逃亡するが、結局つかまり、残酷に鞭打たれる。彼は終には、身籠った最愛の妻を連れて逃げるが追跡され、彼女を涙ながらに殺す。最後には、むごい処刑をされる。その体は分割されて、主な農園に送られたのである。

　ベーンは、「私のペンの名声が彼の栄光ある名前を勇敢で、美しく貞節なイモインダの名とともに後代に残らしめるに十分なることを願う」と記して筆を置いている。コロニアリズムという異国趣味も感じられる初期の「小説」の一つである。同時にヨーロッパ人の人道主義的視点という一面も見られるのであろう。

第 13 章

ジャーナリズムと「小説」

1

　著名なイギリスの政治学者ラスキ（H. J. Laski, 1893-1950）は、次のように述べている。

　十八世紀は一六八八年の革命に明けるといえよう。革命の成就とともに、神受権のドグマは永久にイギリスの政治から影を潜めた。それに代りうるものとしては、ヒュームとバークによる新哲学体系の出現を待たねばならなかった。

　　　　　　　——『イギリス政治思想Ⅱ』（H. J. Laski, *Political Thought in England*）（堀豊彦、飯坂良明訳）

　ラスキの言うように、名誉革命は王権の抑制、貴族・僧侶階級の後退、そして中産階級の勃興と発展のための重要な契機となった。かつてピューリタン革命によってぶ厚い中世という岩盤が打ち砕かれたところのイギリス社会は、この名誉革命をもって、一段とその近代化を押し進めることができた。事実上この革命をもって始まる 18 世紀においては、社会のあらゆる面で新しい勢力が誕生していった。「イギリス精神の一大特質は思弁よりも実践の問題に向かうにある」と説くラスキは、この 18 世紀社会についてさらにこう述べている。

　革命時の諸理論は一世代を経ぬうちに、全くすたれてしまった。国教と農業とがその確乎たる地位を失い始めたイギリスにあっては、17

世紀立憲思想はもはや無意味となった。国教会は、一方に非国教徒の運動、他方に新合理主義からの挑戦を迎えたが、これに耐えてその節操をまもり、自己の安全を保障することが急務であった。…ヒューム及びアダム・スミスは、商業が農業の繁栄を妨げるものではないことを解明しようとした。ウォルポール治下の表面的な静けさにもかかわらず、新たな諸勢力が急速に擡頭しつつあった。…ジョンソンの堅固な道徳、リチャードソンとフィールディングの新文学、コリアーの憤激によって荒らされたあと、ガリックによって建て直された演劇、ローとウェズレイをその偉大な象徴とする信仰復興運動等は、この沈滞が死ではなくむしろ仮眠であることを物語る。…イギリスは終にモンテスキューやルソーの意義にめざめたのである。…民主主義イギリスの誕生は、十八世紀初期の自己満足的な楽観主義によって可能となった。

——「同上」

こうした18世紀は、政治、社会を始めとして、思想、論理、宗教、経済、戦争など多くの面で、顕著な改変を蒙りかつ目覚ましい進展を遂げた。それはある意味において、今日現代の直接的源泉に当たる時代だった。この世紀にあっては、中産階級を中心とする市民社会が発達し、自然科学が前世紀後半に引き続いて一層の進歩を見せた結果、世紀後葉には産業革命が始まった。植民地の飛躍的拡大と発展は、産業革命の遂行と相俟って、イギリスの国力を増大せしめる。この偉大な世紀において、大英帝国は世界の七つの海にユニオン・ジャック旗を高々と翻し、国土面積、人口の両面ともに己れにまさる宿敵フランスを圧倒する。

この世紀の主な出来事には次のようなものがある。まず、イスパニア王位継承戦争（1701–14）、イギリス軍のジブラルタル占領（1704）、合同法令（1707）の発布——スコットランドを合併し、大ブリテン王国が成立する——、ユトレヒト条約の締結（1713）——イギリス、フランス、オランダ、プロシャ、ポルトガルの講和。これによりイギリスはハドソン湾地方などを獲得する——、ハノーヴァー王朝の始まり（1714–現在）、ウォ

ポール内閣の勢威（1721-42）――責任内閣制度の初め――などが挙げられる。さらに、オーストリア王位継承戦争（1740-48）、ジョージ王戦争（1744-48）――イギリスとフランスの植民地戦争（1755-63）――、ジェイムズ党の反乱（1745-46）――スチュアート家の王位回復計画――、大英博物館の創立（1753）、パリ条約の締結（1763）――イギリスとフランスの講和――、ワット（James Watt, 1736-1819）の蒸気機関の発明（1765）などが続く。そして、アメリカ独立戦争（1775-83）、フランス革命（1789）、対仏大同盟（1793-97）などが見られた。

いずれも、いろいろな意味で、西欧世界を揺り動かした出来事ばかりである。

2

この18世紀、思想的には、合理主義的精神が支配的であった。記述のように、中産階級が勢力を増し、そうした影響もあって、むしろ質実な、常識的な考え方が一般的となった。宗教面においてさえ、合理思想が幅をきかせた結果、「理神論」（Deism）が風靡した。この理神論は、ベンジャミン・フランクリン（Benjamin Franklin, 1706-90）などアメリカ独立戦争の英雄たちの奉じた信条ともなった。

文学は都会文学中心となり、自然や田園を謳うことは少なくなる。ジャーナリズムが勃興し、文学クラブやコーヒー店（coffee house）が流行する。コーヒー店は文人たちの集まる場ともなった。

ドライデン時代に引き続いて、知性や法則、合理性を重んじる古典主義（Classicism, 人によって擬古典主義〔Pseudo-Classicism〕とも言う。本物ではないというところから出た呼称）の色合いが濃かった。新聞を含む散文文学が大発展を遂げ、小説（ノヴェル）が誕生したのも顕著な出来事であった。これは中産階級の発達や読者層の拡大とも大いに関係することであった。文壇の中心は依然として詩にあったが、散文文学、とりわけ小説の追い上げには著しいものがあった。

この18世紀古典主義文学時代の前半期は、同文学の完成期であって、

アレクサンダー・ポープが中心人物となった。また後半期はその退潮期に当たり、サミュエル・ジョンソン博士が大御所的存在であった。なお、哲学面ではベーコン、ロック以来の経験論が発展し、経済面ではアダム・スミス（Adam Smith, 1723-90）が出て、著名な『国富論』（*An Inquiry into the Nature and Causes of the Wealth of Nations*, 1776）を著したわけである。

ともかく古典主義を基調とするこのような合理的、常識的風潮が支配的だったので、後世の詩人・批評家マシュー・アーノルド（Matthew Arnold, 1822-88）は、この時代を評して「散文と理性の時代」（age of prose and reason）と呼んだ（『批評集』〔*Essays in Criticism*, 1865, '88〕）。広く知られた言葉ではある。

要するに、18世紀は、広がりのある、社会的分化の進んでいった世紀であり、社会の多方面において、現代20世紀にも通ずるようないろいろな新しさや近代性が生じかつ進展した時代だったのである。

3

18世紀の初頭、アン女王（Queen Anne, 1665-1714, 在位 1702-14）の時代を中心とする文学は、「黄金時代」、「オーガスタス時代」などと呼ばれる。これはあえて古代ローマ文学の最盛期たるオーガスタス（アウグスティヌス）帝（在位、27B.C.-14A.D.）の時代に比した呼称であり、当時の実情を反映していないことは明らかである。

義兄ウィリアム3世（姉婿に当たる）のあとを継いだアン女王は、ルイ14世（Louis XIV, 在位 1643-1715）を向うにまわした対仏戦争、スコットランド併合などを行った女王であるが、その統治期間は比較的短かった。

この時代から次のジョージ1世（George I〔ハノーヴァー公〕、在位 1714-27）時代にかけてのイギリス文壇では、詩のほかに、散文文学がかつてない隆盛を見せるようになった。ジャーナリズムの発達やダニエル・デフォー、ジョナサン・スウィフトらの活躍がその柱となった。ジャーナリズムの始まりは、この時代に求められるのが普通である。この方面では、リチャード・スティール卿（Sir Richard Steele, 1672-1729）、ジョウゼフ・

アディソン（Joseph Addison, 1672-1719）、それにデフォーらが知られる。

　当時、定期刊行物（periodicals）が、新しい市民社会の要請に応じて出現し、一般大衆を大いに啓発した。とりわけスティールとアディソンがこの分野で果たした役割は偉大だと言わねばなるまい。彼らは新聞の執筆と発刊を通じて社会啓蒙に力を尽くし、散文の洗練、完成とその普及、女性を含む読者層の拡大に大きな貢献をした。そして彼らの「新聞随筆」は、デフォーやスウィフトの物語作品ともども、近代小説の誕生と隆盛をもたらす上でも重要な働きをしたのである。

　スティールとアディソンは、対照的な性格だったが、力を合わせて『タトラー』紙（The Tatler）、『スペクテイター』紙（The Spectator）を出した。

　『タトラー』はスティールが創刊したもので、やがてアディソンやスウィフトらが参加した。1709年4月から1711年1月2日まで続き、1週3回刊行された。スティールは、「ビッカースタッフ氏、彼の諸提案をなす」（Mr. Bickerstaff issues his proposals）と題して、次のように述べている。

　　イギリスの善良な人々のために出版された他の諸新聞は確かにとても健全で有益な結果をもたらし、その特性において賞賛に値するものではあるけれども、それらは物語の主要な目的を突いてはいないように思える。つまりそうした物語は、私は控え目にながら思うのだが、国のことを見るために自分のことは無視するほど公共精神の豊かな思慮深い人々のために主として意図されるべきものなのである。さて、これらの紳士たちは、大部分、強い熱意と弱い知力の持主たちなので、国家のそのような価値ある、優秀な方々がそれによって、読んだ後、何を考えるべきかを教えられるかも知れない何かを提供することは、寛大かつ必要な仕事なのである。これが私の新聞の最終目的となるであろう。その中で、私は私に生じるあらゆる種類のことを、時々、報告し、考察するつもりである。そして私の忠告や意見を毎火曜日、毎木曜日、毎土曜日に新聞の便宜をはかって発表するであろう。また私は、彼女たちに敬意を表して本紙のタイトルを考え出したところの女性の読者たちにとって楽しみとなるような内容も含めようと決意して

いる。故に私は、あらゆる人々に、差別なく、熱意を込めて望みたいのだが、さしあたり無料で、将来は1ペニーで読んでもらいたい。むろん呼び売り人たちが危険を覚悟でそれ以上の額を取ることは厳禁するものである。

——リチャード・スティール『タトラー』（ルイス・ギッブズ編）

Though the other papers, which are published for the use of the good people of England, have certainly very wholesome effects, and are laudable in their particular kinds, they do not seem to come up to the main design of such narrations, which, I humbly presume, should be principally intended for the use of politic persons who are so public-spirited as to neglect their own affairs to look into transactions of state. Now these gentlemen for the most part being persons of strong zeal and weak intellects, it is both a charitable and necessary work to offer something whereby such worthy and well-affected members of the commonwealth may be instructed, after their reading, what to think; which shall be the end and purpose of this my paper, wherein I shall, from time to time, report and consider all matters of what kind soever that shall occur to me, and publish such my advices and reflections every Tuesday, Thursday, and Saturday in the week, for the convenience of the post. I resolve also to have something which may be of entertainment to the fair sex, in honour of whom may I have invented the title of this paper. I therefore earnestly desire all persons, without distinction, to take it in for the present gratis, and hereafter at the price of one penny, forbidding all hawkers to take more for it at their peril.

—— Richard Steele: *The Tatler*

この『タトラー』に次いで発刊された『スペクテイター』は、ホイッグ党系紙で、1711年3月1日から1712年12月6日まで出された。555号までである。そしてさらに、アディソンが1714年に復刊して、1714年12月に終刊を迎える。総計635号までということになる。日曜日を除く日刊紙

であった。

　やはりスティール、アディソン両名が健筆を振ったが、とりわけ架空の田舎紳士ロジャー・ドゥ・カヴァリー卿を登場させたシリーズ、いわゆる「カヴァリー物」(Coverley Papers) は、出色の出来栄えを誇っている。

4

　スティールはアイルランドのダブリン出身で、オックスフォードを中退した。アディソンに比べて独創性に富んでいた。また人間味にもあふれ、自ら創刊した『タトラー』に既出の「アイザック・ビッカースタッフ」(Isaac Bickerstaff) という筆名で執筆した。スティールはホイッグ系の人物で、下院議員にも選ばれた。1713年には『ガーディアン』紙 (The Guardian) も創刊した。

　他方、アディソンのほうはイングランドのウィルトシャーのミルストンに生まれている。父のランスロット・アディソン (Lancelot Addison) は教区牧師であった。ジョウゼフは1687年にオックスフォードのクィーンズ・カレッジに入り、ラテン詩に卓越していたところからマグダレン・カレッジの奨学資金を得たという。後、大学評議員 (Fellowship) にも選出されている。彼の文学経歴はMAを得た1693年に始まったとされる。生来温厚な性格のアディソンは、古典の教養豊かで、穏健、平明な筆致を持つ優れた随筆家であり、劇作でも悲劇『ケイトウ』(Cato, 1713) などで評判を取った。これにはポープがプロローグを書いた。アディソンは詩作もした。彼もホイッグ党の政治家として名をなした。オックスフォードのマグダレン・カレッジ構内の「アディソン通り」(Addison Walk) にも名を留めている。

　スティールやアディソンは、ウィリアム・コングリーヴやジョン・ヴァンブラー卿 (Sir John Vanbrugh, 1664-1726)、マールバラ公 (John Churchill, 1st Duke of Marlborough, 1650-1722) らとともにキット・キャット・クラブに拠っていたが、『スペクテイター』紙は、「スペクテイター・クラブ」という架空のクラブが発刊するという形を取った。当時流行のコーヒー店に注目

第13章 ジャーナリズムと「小説」

したものである。同紙では、対談形式が見られ、日常の社会生活を描いた。そして時代や社会の批評や矯正を目指した。社会啓蒙的な姿勢を示したのである。同時に、ユーモアやウィットにも富んでいた。

「スペクテイター・クラブ」の会員としては、ロジャー・ドゥ・カヴァリー卿の他にウィル・ウィンブル、アンドルー・フリーポート卿などがいた。いずれも架空の人物である。会員たちの人物描写も見事である。次の一節は、サー・ロジャーがウェストミンスター寺院を訪れた時、その内部をいささか興奮気味に見て回る姿を描写したものである。アディソンの筆になる文章である。

　サー・ロジャーは、次の場所で、手をエドワード3世の剣の上に置き、その柄先（つか）の上によりかかりながら、この黒太子の物語のすべてを私たちに語ってくれた。そしてこうしめくくった。サー・リチャード・ベイカーの意見によれば、エドワード3世はイギリスの玉座に坐ったことのある最も偉大な王子たちの一人である、と。私たちはそれから懺悔王エドワードの墓を見せられた。それについて、サー・ロジャーは、彼は瘰癧（るいれき）に触れた最初の人だ、と私たちに知らしめた。そのあと、ヘンリー4世の墓を見たが、サー・ロジャーは頭を振り、王の治世の災難についてはすばらしい読み物があると言った。
　私たちの案内者は、イギリス国王たちの中で頭部のない一体がある場所の記念碑を指差した。そして打ちのばされた銀で出来たその頭部は数年前に盗み去られたということを私たちに知らしめるのであった。「誰かホイッグ党員の仕業だ、私は請け合ってもよい」とサー・ロジャーは言う。「諸君は王たちをもっとしっかり守るべきだ。用心しないと、連中は胴体のほうまで持ち去ってしまうだろう」

　　　　　　　　　―― J. H. ロッパン編『アディソン：スペクテイター』

Sir Roger in the next place laid his hand upon Edward the Third's sword, and leaning upon the pommel of it, gave us the whole history of the Black Prince: concluding, that in Sir Richard Baker's opinion, Edward the Third was one of the greatest princes that ever sat upon the English throne.

　We were then shown Edward the Confessor's tomb; upon which Sir Roger acquainted us, that he was the first who touched for the evil: and afterward Henry the Fourth's; upon which he shook his head, and told us there was fine reading in the casualties of that reign.

　Our conductor then pointed to that monument where there is the figure of one of our English kings without a head; and upon giving us to know, that the head, which was of beaten silver, had been stolen away several years since; "Some whig, I'll warrant you," says Sir Roger; "you ought to lock up your kings better; they will carry off the body too, if you don't take care."

　　　　　　　　　　　―― *Addison: Selections from The Spectator*

　ここには、稚気さえ漂わせた上機嫌なサー・ロジャーの人物像が簡潔、明瞭な文体でユーモアも交えつつ、生き生きと描き出されている。このサー・ロジャーは、18世紀のイギリス地主階級の紳士の典型と言ってよい。
　ウォルター・アレンは『スペクテイター』中のサー・ロジャーを含む架空の人物たち（先に挙げたような人物たち）について述べている。

　（彼らは――筆者註）、小説の作中人物と同じように有名であり、優れた小説中の人物としての自律性を持っていて、彼らが描かれているエッセイの限界を越えて生きていると思われる。Addisonは50年後に生まれていれば、きっと偉大な小説家になり得たであろう。しかし彼が一七一一年にSpectator新聞を書き始めた時には、作家が人間の性格に関心を持てば必然的に小説を書く、というようにはまだ到っていなかった。サー・ロジャーその他の人物は、書かれることのない小説の戸口に立っているのである。
　　　　　　　――ウォルター・アレン『イギリスの小説――批評と展望』

5

　アディソン、それにスティールは、小説そのものは書かなかったけれども、近代小説の誕生前夜において極めて重要な役割を果たしたわけである。彼らはサミュエル・リチャードソンに先駆けて、日常的な人物像や生活態度、慣習などを気負うことなく淡々としかも非常にリアルに描写したのである。この点において、彼らの「随筆（エッセイ）」は、小説にそのままつながり得たのであった。二人のうちでも特にアディソンの随筆やそのスタイルが後世の文人たちに与えた影響は大きい。その中にはアメリカの短篇小説の元祖的存在たるワシントン・アーヴィングも入る。彼は「随筆的短篇小説」とでも呼べそうな作品を書いたが、それらにはアディソンの場合同様に温雅でユーモアに満ちたものが多い。

　なお、アディソンやスティールと近代小説との関係については、J. H. ロッバンもこう述べている。

　「我々は、もしアディソンが広汎な計画に基づいて小説を書いていたら、それは我々が所有しているいかなる作品よりも優れたものとなったことであろう、ということをいささかも疑わない」これはマコーレーらしい帰納という希薄な大気中への典型的な飛翔の一つである。スティールやアディソンが完全なプロットを組み立て、押し進めることが出来ただろうと考える理由はない。カヴァリー物は、それとは違って、同時に、それらからスティールとアディソンがイギリス小説の最も重要な開拓者たちに属する権利をしっかりと確立しているという証拠となっている。アディソンの名声は、蓋然性からの支えを必要としない。彼はイギリス文学に新種を完成せしめるのに役立ち、彼を凌駕出来なかった後継者たちにユーモアに満ちた風刺の持つ十分な可能性を示したのである。

　　　　　　　——J. H. ロッバン編『アディソン：スペクテイター』序文

　大変示唆に富む説明ではある。
　ともかく、アディソンとスティールは、中産階級の代弁者として、また

啓発者として『タトラー』、『スペクテイター』に「雅俗混交体」をもって「書きまぜもの（farrago）」（ともに斎藤勇）を書いたのであるが、既に言及した通り、批評の実績を残してその分野の手本となり、随筆面で後のチャールズ・ラム（Charles Lamb, 1775–1834）やウィリアム・ハズリット（William Hazlitt, 1778–1830）、トマス・ドゥ・クィンシー（Thomas De Quincey, 1785–1859）らに基盤を与えたのみならず、近代小説誕生のための大切な準備を、即ちその文体、内容、雰囲気、さらには読者層の開拓などの諸面において、相当になしたと言ってよいのである。

　ところで、当時の新聞では他にデフォーの『レヴュー』もよく知られているが、これは『タトラー』や『スペクテイター』よりも早く登場している。また、今日の『モーニング・ポスト』紙（The Morning Post）は1772年に創刊され、『タイムズ』紙（The Times）は1785年に『デイリー・ユニヴァーサル・レジスター』（The Daily Universal Register）として創刊されている。その改称は1788年のことである。

6

　ジャーナリズムの流行もさることながら、詩壇は依然文学界の中心的立場を占めていた。そしてその第一人者は、言うまでもなくアレクサンダー・ポープ（1688–1744）だった。まさしく古典主義の権化のような人物だった。彼はこの期の文壇の大御所として勢威を誇ったが、スウィフトとともに「スクリブレラス・クラブ」に属した。このクラブには他に、コングリーヴ、ジョン・アーバスノットらがいた。彼ポープは大変博識であり、努力家の天才詩人である。1699年、ウィルズ・コーヒー店で当時の文壇の大御所ドライデンの姿を垣間見たことから発奮したというエピソードも伝わっている。後、夢は叶い、彼自身同コーヒー店に出入りする身分になる。代表作としては、当時はやりの詩で書いた批評たる『批評論』（An Essay on Criticism, 1711）や『人間論』（An Essay on Man, 1733–34）、また風刺詩『髪の毛盗人』（The Rape of the Locke, 1712）や『愚人列伝』（The Dunciad, 1728。第4巻は1742）などがある。その他にも、ホーマーの翻訳やシェ

イクスピア全集の校訂出版などの大きな業績を残した。

　ドライデンのあとを継ぐこの代表的な古典主義者は、学問や知識を重んじ、節度や良識を大切にした。「英雄対韻句」（heroic couplet）を多用したことで知られている。それらはいわゆる諺となって一般に広く流布し、定着している。たとえば「正直者は神の最高傑作だ」（An honest man's the noblest work of God〔『人間論』〕）とか「生兵法は大怪我のもと」（A little learning is a dang'rous thing〔『批評論』〕）などがそうである。彼の本領は詩作にあったが、多方面に才能を駆使したわけであり、当時の文壇の頂点に立って、その影響力には並々ならぬものがあった。なお彼は、スウィフトの『ガリヴァー旅行記』出版にも友人として骨折ったと推察されている（中野好夫）。

　ポープは批評家的詩人としての側面を色濃く持っていたが、彼と同時期の批評家としては、アディソン、スティール、ジョン・デニス（John Dennis, 1657-1734）、スウィフト、ジョージ・ファーカー（George Farquhar, 1678-1707）、それにレオナード・ウェルステッド（Leonard Welsted, 1688-1747）などが挙げられる。

　この時代の詩人には、他にトマス・パーネル（Thomas Parnell, 1679-1718）、マシュー・プライアー（Matthew Prior, 1664-1721）、ジョン・ゲイ（John Gay, 1685-1732）、アラン・ラムゼイ（Allan Ramsay, 1686-1758）などがいた。また、ジェイムズ・トムソン（James Thomson, 1700-48）は、周知のように、ロマン主義詩の先駆として有名である。『四季』（*The Seasons*, 1726-30）や『怠惰の城』（*The Castle of Indolence*, 1748）が代表作である。

　演劇は、前世紀末において、ジェレミー・コリアー（Jeremy Collier, 1650-1726）による風習喜劇攻撃を受けて以来、沈滞に陥ってしまった。18世紀においてもこの分野は、一部の作品を除き不毛だったと言わざるを得ない。が、ポープ時代には、アディソンに加え、ジョン・ゲイが『乞食オペラ』（*The Beggar's Opera*, 1728）で大ヒットし（この軽喜劇は時の宰相ロバート・ウォルポール〔Robert Walpole, 1676-1745〕を風刺した作品）、シェイクスピア全集の校訂をしたニコラス・ロウ（Nicholas Rowe,

1674-1718）や後に見るように、ヘンリー・フィールディングと因縁の深い喜劇作者コリー・シバー（Colley Cibber, 1671-1757）も名をなして、ともに桂冠詩人にさえなった。

7

　問題とする散文界では、やはり前時代同様の古典主義的な風潮を背景として、アディソンやスティールのほかにも多彩な活動が見られた。

　まず、ダニエル・デフォーは、ジャーナリスティックな手法をもって、夥しい量にのぼる著作物を著したが、それらの作品にはいずれも現実主義的精神が横溢している。とりわけ『ロビンソン・クルーソーの生涯と冒険』や『モル・フランダーズの幸・不幸の物語』などは、近代小説の先駆作として重視されている。また、しばしばデフォーと並べて論じられるジョナサン・スウィフトの『ガリヴァー旅行記』も同じように近代小説の先駆作とみなされている。スウィフトは風刺の範囲内に留まったが、それでもデフォーに拮抗する重要作家には相違ない。両人は論争したこともあり、余り仲はよくなかったが、『ライヴァル』同士として当時の散文界の先頭に立っていたのである。因みに、スウィフトは、無学な成り上がり者としてデフォーを見下しており、「名前は忘れたがあの…」などと言っている。両者については、別に改めて論じることにする。

　風刺作家ジョン・アーバスノット（John Arbuthnot, 1667-1735）は、『ジョン・ブルの歴史』（*The History of John Bull*, 1712）を書き、イギリス人の代名詞たる「ジョン・ブル」の名を残したことで知られる。スコットランド人の医者であった。政治風刺のパンフレットをいろいろ書いた。スウィフトの『ガリヴァー』誕生の契機となった「スクリブレラス・クラブ」企画の『マルティヌス・スクリブレラス回想録』（*Memoirs of Martinus Scriblerus*, 1741）執筆の主役も演じている。スウィフトと親しかった。

　オランダ生まれのバーナード・マンデヴィル（Bernard Mandeville, 1670?-1733）も、『蜜蜂の寓話』（*The Fable of the Bees; or, Private Vices, Public Benefits*, 1714）というユニークな社会風刺書を著した。詩と論文から成る

作品であり、フリードリッヒ・ニーチェ（Friedrich W.Nietzsche, 1844-1900）の先蹤を成すと言われている。

モンタギュー夫人（Lady Mary Montagu, 1689-1762）も当時を代表する文人の一人である。トルコ大使夫人だった彼女は、イギリスに寄せた書簡集『トルコ書簡』（*Turkish Letters*, 1763）などを残した。

哲学方面ではヒュームとバークレーが極立っている。デイヴィッド・ヒューム（1711-76）の代表作は哲学面ではむろん『人性論』及び『道徳、政治論集』（*Essays, Moral and Political*, 第1篇、1741）であり、歴史の方では『イギリス史』（*The History of Great Britain*, 1754-62、まとめて8巻として出版されたのは1763年）である。ヒュームは、ホッブズ、ロックのあとを継ぐ思想家で、イギリス18世紀思想界の代表的存在である。エジンバラの名家に生まれた。エジンバラ大学で学び、後、商業にも従った。スコットランド教会から破門運動を起こされたこともある。

ヒュームはフランスのルソー（1712-78）ややはりスコットランド人のアダム・スミスと親密な交友関係を結んでいた。もっとも、ルソーからは誤解がもとで絶交されたりもした。ヒュームは、北部担当国務大臣コンウェイ将軍の下で次官をつとめたりしたこともあるが、彼を訪問したベンジャミン・フランクリンらが中心となったアメリカ独立宣言の発布の年1776年の8月に没している。彼は経験と観察に頼り、その哲学は「懐疑的実証主義」と言われている。また、歴史書執筆もその哲学と深いかかわりを持っていた。次の一節は、そうした歴史書『イギリス史』からのものである。チャールズ1世処刑の場面である。

　ホワイトホール前の通りが処刑に決められた場所であった。というのは、自分の宮殿の見えるまさにその場所を選ぶことにより、国王の尊厳に対する人民の正義の勝利を一層強く明示することが意図されたのであった。王が処刑台に上がった時、彼はそこが兵士たちによって囲まれているのを知った。それで彼は、人民の誰にも聞いてもらうことは期待出来なかった。それゆえ彼は、まわりのわずかな人たち、ことにトムリンソン大佐に語りかけた。王はこのところずっと大佐の世

話を受けていたし、王のやさしい態度が他の多くの者たち同様、彼に心の変化を促していたからである。王は近年の破滅的な戦争における自身の無実を弁明し、彼の議会が軍隊を徴募する後までは武器を取らなかったし、彼の好戦的な作戦において、先祖たちから伝えられたあの完全な権威を守ること以外のいかなる目的も持たなかったと述べた。

——デイヴィッド・ヒューム『イギリス史』

The street before Whitehall was the place destined for the execution: For it was intended, by choosing that very place, in sight of his own place, to mark more strongly the triumph of popular justice over royal majesty. When the King came upon the scaffold, he found it so surrounded with soldiers, that he could not expect to be heard by any of the people: He addressed, therefore, his discourse to the few persons who were about him; particularly Colonel

図8　ホワイトホール。チャールズ1世処刑場跡。レリーフがチャールズ1世像。ロンドン。

Tomlinson, to whose care he had lately been committed, and upon whom, as upon many others, his amiable deportment had operated an intire conversion. He justified his own innocence in the late fatal wars, and observed, that he had not taken arms, till after his parliament had inlisted forces; nor had he any other object in his warlike operations, than to preserve that authority intire, which by his ancestors was transmitted to him.

―― David Hume, *The History of Great Britain*

悲惨な場面が、学者らしい、抑制されかつ整った簡明なスタイルで描かれている。大変分かりやすい。

他方、ジョージ・バークレー (George Burkeley, 1685-1753) は、主観的観念論の立場を取ったが、ロックとヒュームの中間に位置して、イギリス古典経験論をヒュームの完成へと導く役割を果たしたと言われる。『人知原理論』(*A Treatise concerning the Principles of Human Knowledge*, 第 1 部、1710) が代表作である。彼は宗教家でもあり、バミューダ (Bermuda) 伝導を目指して、渡米したこともある (1728)。しかし失敗した。後年、クロインの主教になった。

論理学者のシャフツベリー伯 (Anthony Ashley Cooper, 3rd Earl of Shaftesbury, 1671-1713) はロックの直弟子に当たる。博愛主義者であった。『道徳に関する探求』(*An Inquiry concerning Virtue*, 1699)、『書簡集』(*Letters*, 1716, 21, 1813) などを残した。彼は、王政復古期のあのモンマス公の叛乱に関与したホイッグ党党首シャフツベリー伯の孫である。

ボリングブローク卿 (Henry St. John, 1st Viscount Bolingbroke, 1678-1751) の『愛国主義の精神』(*The Spirit of Patriotism*, 1749) もこの世紀前半期の代表的書物の一つであろう。政治家の彼は、近代的君主制を説き、エドマンド・バークやベンジャミン・ディズレリー (Benjamin Disraeli, 1804-81) らの保守的政治思想を創始したとされている。

最後に、神学者ジョン・トーランド (John Toland, 1670-1722) の名を挙げておく必要がある。彼は 18 世紀に風靡したあの理神論の代表的人物であり、『神秘ならざるキリスト教』(*Christianity not Mysterious*, 1696) を

書いた。神を合理的に解釈しようとしたのである。有名な書物である。彼は他にも『ミルトン伝』（*The Life of Milton*, 1698）など多くの作品を残した。ロックらとともに16世紀のイタリアに起こったソシヌス教を説いて、議会により著作を焼かれたこともあった。

　以上で見たように、18世紀初期を中心とするイギリス散文界は非常に活発だった。もはや英語散文の標準的スタイルもすっかり定着したと言ってよい。こうした中で、社会の一般情勢とも相俟って、近代小説が文壇に登場し、重要な位置を占めるようになるのはむしろ必然の成り行きであった。ただ、近代小説第一号とされるリチャードソンの『パミラ』（1740）出現の前の段階で極めて意義深い働きをしたデフォーとスウィフトの両名についてはもっと詳細に検討する必要がある。彼らの（とりわけデフォーの）数作品は近代小説誕生過程における本質的に重要な秘密を有していると思われるからである。両者を近代小説の祖と呼ぶ人たちもあるのである。

第14章

ダニエル・デフォーと
『ロビンソン・クルーソーの生涯と冒険』

1

　18世紀初期イギリスにおいては、前世紀後期以来の英語散文の目覚ましい発展やジョン・バニヤンの『天路歴程』、ジョウゼフ・アディソンやリチャード・スティールの「新聞随筆」などを通しての生きた人物創造の進展が、文壇を大きく揺り動かした。即ち、新しいタイプの散文物語の出現が促進せしめられたのである。それは、従来のロマンス物に飽きて、写実的な読み物を欲するようになった中産階級を中心とする広汎に及ぶ読者層の発達にも応じた成り行きであった。
　ダニエル・デフォー（Daniel Defoe, 1660?-1731）は、持ち前の鋭敏な感覚を働かせて、見事にそのような一般の欲求に答えた人物であった。彼は尽きることを知らぬエネルギーを持った行動家、抜け目のない実際家でもあった。

2

　デフォーは、ロンドンの非国教徒、小売商人の子として生まれた。肉屋或いは獣皮、ローソク製造人の息子などと言われている。ともかく、中産階級の出身であり、このことは、非国教徒であることと合わせ、彼の人生を決定的に規定したのである。
　そのデフォー、進取の気性に富んだ商人として波乱万丈の生涯に乗り出す。生来商売の才能に恵まれており、若くしてその方面で活躍した。海上

で蒙った深酷な打撃がもとで終に破産するなど、何度か危機に陥るが、その都度立ち直る。気力旺盛だったのだ。その破産の時も、彼は煉瓦、瓦製造業を起こして、ほどなく負債を全部返済したという。文筆の立つ彼は、1701年、敬愛して止まなかったウィリアム3世を弁護した風刺詩『生っ粋のイギリス人』(The True-Born Englishman) を書いて認められたが、翌1702年になって、『非国教徒に対する最良の処置法』(The Shortest Way with the Dissenters) という国教会を非難する大変皮肉に満ちた政治パンフレットを書いたために、投獄の憂き目を見た。匿名のこのパンフレットは、逆説的なもので、当時アン女王即位によってトーリー党が非国教徒断圧に乗り出したのを、一見トーリー派に立ったように見せかけ、その実、同派を非難したものであった。

巧妙に書いたものの、たちまち作者の身元は割れて、彼デフォーは御尋ね者となり、指名手配された。「中肉中背、四〇才ぐらい。顔の色やや浅黒く、頭髪は暗褐色、しかしかつらをかぶる。鉤鼻にとがった顎、灰色の目、口もとに大きな黒子ひとつ」(ジェイムズ・サザランド著『デフォー』) という次第である。潜行したが、1703年5月20日に逮捕されてしまった。三度さらし台に立たされ、罰金、入牢というさんざんな目に遇った。名だたるニューゲート (Newgate) 牢獄の囚人生活体験は、彼の人生観に大きな変革を与えると同時に、後の著作への貴重な素材も提供した。『モル・フランダーズの幸、不幸の物語』(The Fortunes and Misfortunes of Moll Flanders, 1722) などがそうした作品である。

不運なデフォーを牢から出したのは、彼の文筆の才に目をつけたトーリー党のロバート・ハーレー (Robert Harley, 1661-1724) という政界の実力者だった。ハーレーはやがて国務大臣となるが、デフォーに恩を売って、政府の手先として働かせようとしたわけである。デフォーはハーレーのためにいわば「スパイ」となり、イギリス国内を巡っている。この間デフォーは、1704年、『レヴュー』(A Weekly Review of the Affairs of France, and of All Europe) と言う新聞を創刊する。週刊誌で、始め週2回、次いで3回発行した。1712年-13年には The Review と改めて続刊した。およそ10年間にわたり彼独力で経営した。その記事の大部分は彼自身で書いたと言わ

れる。が、これは彼の性に合った仕事でもあったろう。彼はエリザベス朝のトマス・デッカーの跡継ぎのようなジャーナリスト的体質の持主だったのである。これは彼生来のものであった。

　デフォーは、1709 年には、『大ブリテン連合王国史』(The History of the Union of Great Britain) も出した。1714 年、主人のハーレーが二度目の失脚をし、アン女王も死亡すると、ホイッグ党の天下となり、デフォーは孤立した。しかしそれ以後も彼は、気力を振って生涯の代表作を次々と書き上げてゆくことになった。即ち『ロビンソン・クルーソーの生涯と冒険』(The Life and Strange Surprising Adventures of Robinson Crusoe, 1720)、『シングルトン船長の生涯』(The Life of Captain Singleton, 1720)、『モル・フランダーズの幸、不幸の物語』、『ジャック大佐の物語』(Colonel Jacque, 1722)、『疫病流行年の日記』(The Journal of the Plague Year, 1722)、『ロクサーナ夫人の物語』(The Fortunate Mistress: or a History of the Lady Roxana, 1724)などである。フィクションを多く書いている。このいわば「フィクション時代」が執筆に最も油の乗った期間とも言える。しかしながら、サザランドも言うように、この時代は彼の全執筆期間のうちのほんの一部分に過ぎない。彼は、生涯を通じて、実に 500 以上の作品を書いたとされる。驚くべきエネルギー、凄まじい気力の持続振りである。それを証明するように、晩年にも『大ブリテン全島の旅行記』(A Tour thro' the Whole Island of Great Britain, 1724-27)、『完全なイギリス商人』(The Complete English Tradesman, 1726-27) その他を書き、亡くなった時も『完全なイギリス紳士』(The Complete English Gentleman) という作品を執筆中だった。晩年はこのようにまたノン・フィクションに戻っている。

3

　上に述べたように、デフォーはまことに波乱に富んだ人生を送り、夥しい量の著作を行ったのであるが、結果的に、イギリス近代小説の誕生過程において、非常に重大な役割を果たすことになった。ウォルター・アレンは「小説家の原型」としての彼デフォーについて、次のように記している。

> Defoe の影響は計り知れないものであり、それについて述べるのは、イギリスの気候や風土がイギリスに及ぼした影響を論じ考察することと同じほど困難である。ただ言えることは、Bunyan についてと同じく、Defoe がいなければ、現状はまったく別のものになっていたであろうということである。
>
> ——ウォルター・アレン『イギリスの小説——批評と展望』

大変な重視振りである。

先駆的小説家としてのデフォーの最も重要な作品は『ロビンソン・クルーソー』と『モル・フランダーズ』である。

彼は既に『非国教徒に対する最良の処置法』などを通してその効果の絶大なることが実験、証明ずみの「見せかけの演技」（"make-believe"〔ジェイムズ・サザランド〕）の手法を、これら二大作において最大限に活用している。これは他人の仮面をかぶり、その人物になり切って、彼の眼を通して現実を眺める方法である。即ちこの方法を創作に転用したわけである。その結果、上記の二作を代表とする、ジャーナリスト的特質の顕著な、いかにも写実的なイメージの強い物語作品が生まれたわけである。いわば、見て来たような嘘をつく形になるわけだが、考えてみれば、小説というものは所詮そうした「原理」に基づいて書かれるものなのである。

ともかく、既にジャーナリスト、政治パンフレット作家としての修業や経験の十分なデフォーは、彼のそうした強味や持味をフルに発揮した創作に取り組んだ結果、はからずも「イギリス小説の原型」を書き残すことになったのである。

「事実」（あくまでもカッコ付きだ！）をふんだんに書き連ねてゆくうちに、読者の側はそれを真実として受け取らざるを得なくなるという寸法——その経緯は『疫病流行年の日記』における数字の多用、「統計記録」の多用などに端的に現れている。

> 週間死亡報による地域だけで、普通のばあいの埋葬数は、一週間でおよそ二四〇名あたりから三〇〇名までのところでした。

第14章　ダニエル・デフォーと『ロビンソン・クルーソーの生涯と冒険』　193

　そして、三〇〇名というのはかなり多い数とされていたのです。ところが、この疫病騒ぎがあってからというもの、死亡数がつぎつぎと増加していって、ざっと次のとおりでした。

	埋葬数	増加数
十二月二十日―同二十七日	二九一	
十二月二十七日―一月三日	三四九	五八
一月三日―同十日	三九四	四五
一月十日―同十七日	四一五	二一
一月十七日―同二十四日	四七四	五九

　この最後の死亡数などはじつに恐るべきもので、さる一六五六年の疫病流行いらい、一週間に埋葬されたものとしては例のないほど高い数字だったのです。

　　　　　　　　　　――デフォー『疫病流行記』（泉谷治訳）

　The usual number of burials within the bills of mortality for a week was from about 240 or thereabouts to 300. The last was esteemed a pretty high bill ; but after this we found the bills successively increasing as follows: ―

	Buried.	Increased.
December the 20th to the 27th	291	…
〃　　　27th 〃 3rd January	349	58
January the 3rd 〃 10th 〃	394	45
〃　　　10th 〃 17th 〃	415	21
〃　　　17th 〃 24th	474	59

　This last bill was really frightful, being a higher number than had been known to have been buried in one week since the preceding visitation of 1656.

　　　　　　　　　　―― Daniel Defoe, *A Journal of the Plague Year*

そして、このような数字の多用は、最高傑作『ロビンソン・クルーソー』においても、顕著な特徴となっているのである。

4

『ロビンソン・クルーソーの生涯と冒険』は、アレクサンダー・セルカーク（Alexander Selkirk, 1676-1721）の漂流体験をもとにして執筆された。

セルカークはスコットランド人の水夫だが、南太平洋のファン・フェルナンデス島（Juan Fernández）に一人で4年以上も生き抜いて救出され、無事帰英した人物である。デフォーは、このニュースに刺戟されて、古典的名作を書いたわけである。

この作品は、一人の男が無人島に独力で生存しなければならなくなった場合、如何なる行動を取るかについての実験記録のような印象を与えているが、実際には、それ以上のもの、即ち、イギリスの国民性の研究書、或いはイギリス中産階級の典型的な姿を浮き彫りにした書ともなっている。「経済人」ロビンソン・クルーソー（ダニエル・デフォー）としての観点、つまり経済学の面から取り上げられることもあるし、社会学的関心を示されることもある。また、後世、一般には、児童文学の古典となってしまった感が深いが、これはデフォーの意図したことではない。

　私は一六三二年ヨークで生れた。この土地のものではなかったが、家は裕福だった。私の父はドイツのブレーメンの人間で、渡英して最初にハルに住み、商業を営んで相当な財産を作り、後に商売を止めてヨークに来て住んだ。そこで彼は土地の家柄のロビンソンという家の娘と結婚し、私は母の実家の名に因んでロビンソン・クロイツネールと呼ばれることになったが、我々の名は英国式にクルーソーと訛られ、我々もそのうちにこの名を本名にして、私自身常にクルーソーの名で知られて来た。

　　　　　　　——デフォー『ロビンソン漂流記』（吉田健一訳）

第 14 章　ダニエル・デフォーと『ロビンソン・クルーソーの生涯と冒険』

I was born in the year 1632, in the city of York, of a good family, tho' not of that country, my father begin a foreigner of Bremen, who settled first at Hull. He got a good estate by merchandise, and leaving off his trade lived afterward at York, from whence he had married my mother,whose relation were named Robinson, a very good family in that country, and from whom I was called Robinson Kreutznaer; but by the usual corruption of words in England, we are now called, nay, we call ourselves and write our name, Crusoe, and so my companions always call'd me.

―― Daniel Defoe, *Robinson Crusoe*

　このような書き出しで始まる『ロビンソン・クルーソー』は、作者58歳時に出された作品であり、当然それなりに成熟した内容及び書き振りが見られる。全体を通じて飾り気のない文章で分かりやすく、しかも淡々と書きつづられている。
　主人公のロビンソンは家の三男であり、真面目にものを考えるたちの父親の意図に逆らって、また母や友人の忠告や懇願にも反して、外国に出かけるというかねてからの希望を果たそうとした。その結果、彼は不運にも大洋の真只中の一無人島で孤独の人生を驚くべき長年月にわたって（何と28年余も）送らざるを得なくなった。絶望的な状況に置かれた彼にとり、未来は大変悲観的に映じざるを得ない。

　将来は暗澹としていた。私がこの島に漂着したのは、船が嵐の為に予定の航路、と言うのは、船が平生通る場所から何百マイルも遠くに吹き流されたからで、それを思えば、天は私がこの寂しい場所で、このように寂しく死んで行くことを望んでいるのだと見ることが出来た。そのような考えに耽っている時、涙が私の頬を伝って流れ、私は、何故天がその創造物をこれ程までに完全に窮地に陥れ、これ程惨めにし、救助の望みを絶って、そういう生活をしていることに対して感謝を捧げるのが不合理に思われる程、暗い気持にさせるのかを訝った。

―― 「同上」

けれども、彼は思い直す。

　併し何かがいつも私にそういう考えを忽ち翻させて、そのようなことを考える私を責めた。殊に或る日、銃を持って海岸を歩きながら、私の身の上に就いてあれこれと思案していると、理性が言わば私とは反対の立場を取って、次のように私に忠告した。確かにお前は心細い境遇に置かれている。併し、それならば他のもの達はどうしたのだ。ボートに乗ったのは十一人で、後の十人は今どこにいるのだ。何故あの人達が助かって、お前が死ぬということにならなかったのだろう。何故お前だけが助かったのだ。ここにいるのと、あすこにいるのと、と私は海の方を指差しながら私自身に言って聞かせた、どちらがいいと思うのか。
　凡て悪いことは、それに伴っていいことと、更に悪いこととを勘定に入れて考えるべきなのだ。
　これに続いて、私が生きて行くのに必要なものを、何と多く手に入れることが出来たか。又船が初めに座州した場所から浮び上って、私が中からそれだけのものを運び出せるほど海岸の近くに乗り上げるという、十万度に一度しか起こらないと言っていい出来事がなかったならば、私がどうなったか、という考えが浮んで来た。若し私が初めに陸に辿り着いた時の儘の状態で、生活に必要なものも、又それを手に入れる道具もなくて生きて行かなければならなかったら、どうなっただろうか。殊に、と私は声を出して私に言い聞かせた。私に若し銃も弾薬もなく、ものを作ったりする道具もなく、着物も、寝具も、テントも、体を蔽うのに何もなかったならば、どうすることが出来たろうか。所が私は今、そういうものを凡て充分に持っていて、弾薬がなくなって銃が使えなくなった後にも、食糧を手に入れて行くことは出来なくはないのだった。そのように、私の寿命がある間は、何の不足もなく生活して行ける見込みがあった。というのは、私は何か事故が起きた場合、又弾薬がなくなった後だけではなく、体力も健康も衰えた後のことにまで備えて、どういう措置を取るべきかを考えていたのだ

第14章　ダニエル・デフォーと『ロビンソン・クルーソーの生涯と冒険』　197

った。

——「同上」

ロビンソンは、やがて理性をして失意に打ち勝たしめ、自らの境遇を熟考して、帳簿の貸借形式によって、生活上の楽と苦を並べてみるのである。

悪いこと（Evil）	よいこと（Good）
私は救出される望みもなく、この絶島に漂着した。	併し私は生きていて、船の他の乗組員は全部溺死した。
私は言わば、世界に住んでいる人間の中から選り抜かれて、ただ一人隔離され、惨めな思いをして暮らさなければならない。	併し私は同様に、船の乗組員全部の中から選り抜かれて死を免れ、私をそのように奇跡的に助けて下さった神は、私を現在の状態からもお救いになることがお出来になる。
私は、人類から引き放され、この島で全く孤独に生活しなければならない。	併し私は食糧がない、不毛な地で餓死することになったのではない。
私は体を蔽う着物さえもない。	併し私がいる所は熱帯で、着物などは殆んどいらない。
私は人間や野獣に対して自分を守る術がない。	併し私が漂着したのは、アフリカの海岸で見たような猛獣は住んでいないらしい島で、若しこれがあのアフリカの海岸だったならば私はどうなっただろうか。

第Ⅲ部　黎明

　　　私には、私と口を利いたり、私を慰めて呉れたりする仲間が一人もいない。

　　　併し神は船を海岸に非常に近く寄せて下さった。その為に私は多くの必要品を手に入れることが出来て、それで足りない時はそれを用いて不足を補い、一生暮らすのに困らない。

　　　　　　　　　――「同上」

EVIL	GOOD
I am cast upon a horrible desolate island, void of all hope of recovery.	But I am alive, and not drown'd as all my ship's company was.
I am singl'd out and separated, as it were, from all the world to be miserable.	But I am singl'd out too from all the ship's crew to be spar'd from death;and He that miraculously sav'd me from death,can deliver me from this condition.
I am divided from mankind, a solitaire, one banish'd from humane society,	But I am not starv'd and perishing on a barren place, affording no sustenance.
I have not clothes to cover me.	But I am in a hot climate, where if I had clothes I could hardly wear them.
I am without any defence or means to resist any violence of	But I am cast on an island, where I see no wild beasts to hurt

man or beast.	me, as I saw on the coast of Africa; and what if I had been shipwreck'd there?
I have no soul to speak to, or relieve me.	But God wonderfully sent the ship in near enough to the shore, that I have gotten out so many necessary things as will either supply my wants, or enable me to supply my self even as long as I live. |行
	── Ibid.

　こうして、彼は、どんな惨めな境遇においても、そこには積極的な、或いは消極的な面で、有難く思ってよいことがあるのだということを明白に出来るのである。彼は暮らし振りが落ち着くと、日記（*The Journal*）もつけ始める。インクがなくなるまで。

5

　生き抜くための生活設計において、ロビンソンはイギリス人に顕著な諸資質を如何なく発揮してみせる。それは勤勉さ、合理性、計画性、理性や忍耐、現実的な努力の積み重ね、着実さ、厚い信仰心などである。これらはイギリス人、とりわけその中産階級に著しい特質ばかりである。ロビンソンはイギリスの国民性の象徴とも言うべき存在として描かれているのであり、無人島生活に処する堅実にして合理的なその姿は、現実の社会や生活に処するイギリス国民のそれでもあると見ることができる。
　ロビンソンの堅実一方の生活構築振りは、初期的資本主義精神の具現化と言え、これはデフォーの実業人、商売人としての考え方や生き方を如実に反映するものでもある。企業家デフォーは即ち当時優勢になった新興ブ

ルジョワ層に属する人間だった。とにかく彼が経済学の分野において興味を持たれるのは、主としてこのような理由によっている。

『ロビンソン・クルーソー』において注目される他の一点は信仰問題、神の問題であろう。ロビンソンは、健全な中産階級の典型たる両親に背いて海に出た。そして船乗りとしてのすさんだ生活は彼を不信心者とした。

　　私は宗教について、全く何の知識も持っていなかった。私が父から受けた教育は、八年間、船乗りとして送った不道徳な生活とその間の、私と同様に質が悪い、不信心な人間ばかりとの付き合いで、跡を留めないまでになっていた。私はその間、一度も神のことを考えたことも、又私の生活に就いて反省したこともなかったと思う。善を行おうとする欲望も、悪の意識も、何もない一種の魂の麻痺状態に完全に冒されていて、私は船乗りの中で最も凶悪な、最も荒くれたものも同様に危険に際して神を恐れたことも、或いは危険を脱して神に感謝したこともなかったのだった。

　　　　　　　　　　　　　　　　　――『ロビンソン漂流記』

そこに彼は発病する。瘧(おこり)の発作である。悪寒、発熱、頭痛などに悩まされる。死への恐怖が募り、病苦のために気力の衰えを意識するに及んで、ロビンソンは過去を後悔した。その罰の恐ろしさを知るに至った。神への祈りの言葉が口をついて出始めた。それは最初は「単なる恐怖と苦悩」から出た言葉だったが、終には一種の叫びにも近いものとなる。

　　…「ああ、神よ、私は何という惨めな人間なのでしょう。私は病気で、看護してくれるものもいないので、きっと死にますし、そうしたら私はどうなるでしょう。」

　　　　　　　　　　　　　　　　　――「同上」

ロビンソンは涙にくれ、しばらくは何も言えなくなる。こうして彼の「最初の祈り」が生ずる。

第14章　ダニエル・デフォーと『ロビンソン・クルーソーの生涯と冒険』

　そうしているうちに、私の父の忠告や、又それに続いて、この話の初めに言った、彼の予言が記憶に戻って来た。それは、若し私が、そのような愚行を犯すならば、神はお喜びにならず、後で誰も私を助けて呉れるものがない時に、父の忠告に従わなかったことを後悔するだろう、と言うのだった。それで私は思わず口走った。「お父さんの予言が実現されたのだ。天罰が当って、誰も私を助けて呉れるものもなければ、話し掛けられるものもない。神の摂理によって、私は仕合せな、安楽な身分に生れたのにも拘らず、その神の声を私は聞こうとしなかった。私には自分が仕合せであることが解らず、又私の両親がそう言っても、耳を籍さなかった。私は彼等の言うことを聞かずに家を飛び出して、彼等を悲嘆に暮れさせ、その結果として今は私自身が悲嘆に暮れている。彼等の助けで、苦労しないで出世して、楽に生活出来たのに、私はそれを拒絶し、今は肉体が堪え兼ねるような困難に遭遇して、誰も助けて呉れるものも、慰めて呉れるものも、忠告して呉れるものもない。」そして私は、「神よ、私をお助け下さい。私は本当に困っています。」と叫んだ。
　これは長い年月の間に私が神に捧げた、最初の祈りだったと言える。
　　　　　　　　　　　　　　　　　　　——「同上」(傍点筆者)

　ようやくにして発作が去った後、ロビンソンは生まれて初めて、食前に神に祈った。彼はこのようにして次の結論に達した。

　若し神に知られずには、何も起こらないのだったら、私がこの島で、このように悲惨な境遇に置かれていることを神は知っておられるのであり、又凡ては神に定められているのである。ならば、こういうことが私に起こったのも、神に定められたことなのだった。
　　　　　　　　　　　　　　　　　　　——「同上」

　彼は過去の無軌道な生活振りを深く悔やむ。こうして、初めて聖書を手にするのである。そして「困っている時に私に呼びかけよ。そうすれば私

はお前を救い、お前は私を讃えるだろう」という文句に強く印象づけられるのである。

　病気が完全に回復した後、ロビンソンは聖書をまじめに読み出し、本当の意味で神に祈れるようになった。

　　ダビデの子、イエスよ、偉大なる君主、救世主よ、私を悔い改めさせ給へ。
　　　　　　　　　　　　　　　　　　　　　　　　──「同上」

　Jesus, thou son of David, Jesus, thou exalted Prince and Saviour, give me repentance.
　　　　　　　　　　　　　　　　　　　　　　　　── Ibid.

　このようにして、ロビンソンは神への厚い信頼のもとに、救出までの長年月を生き抜くことになる。この作品は、主人公ロビンソンの貴重な人間形成、精神形成の書ともなっているのである。なお、アレンは、

　　Milton〔ジョン・ミルトン、1608-74〕と同じく、クルーソーは神の恵みを受けるイギリス人であり、神は自ら助くるものを助く。神と人間との間の連帯感が常にクルーソーにあるのである。
　　　　　　　　──ウォルター・アレン『イギリスの小説──批評と展望』

と述べている。

6

　ロビンソンは、結局、1686年12月19日に、島に28年2ケ月と19日いた後に、そこを離れる。イギリスに着いたのは1687年6月11日、イギリスを出てから35年後のことであった。まさに今浦島のような形で帰国したのである。『ロビンソン・クルーソー』は、ある意味で、18世紀初期

第 14 章　ダニエル・デフォーと『ロビンソン・クルーソーの生涯と冒険』

の社会そのものが生み出したものとも言える。その社会の中核をなしつつあったのが新興中産階級だった。作者のデフォーはむろんその典型である。ロビンソンと中産階級の関連の重要性については、ヴァージニア・ウルフも次のように書いている。

　それでは、冒頭に立ち戻って、再び「私は一六三二年ヨーク市の良家に生まれた」と繰り返そう。この冒頭以上に明白で事実たるものは何もない。我々は規律正しい、勤勉な中産階級のあらゆる仕合わせをまじめに考えさせられるのである。我々は確信するが、イギリス中産階級に生まれること以上に大きな幸運は断じてない。高貴な人々は哀れむべきであり、貧者もまたしかりである。両者とも不安や心配事にさらされている。下層階級と上流階級の間の中間の身分が最上である。そしてその有するところの美徳——節制、中庸、平穏、それに健康——が最も望ましいものなのである。それゆえ、ある悪い運命に導かれて中産階級の青年が愚かな冒険心に取り付かれた時、それは遺憾なことであった。そのようにデフォーは淡々と書き続けてゆく。自分自身の肖像(ポートレート)を少しづつ描いてゆく。それは我々にとって忘れ難いものとなる。彼にとっても忘れ難いものなのであるが、彼の鋭敏さ、慎重さ、彼の秩序ややすらぎ、高潔さを愛する心などを我々に深く印象づけてゆくのである。そして遂には、いかなる手段によってであれ、我々は、自らが海上に、嵐の中にいるのを発見するに至る。じっと見渡せば、すべてがまさにロビンソン・クルーソーに見えた通りに見える。波、船乗り、空、船——すべてがそうした鋭敏な、中産階級の詩的でない眼を通して眺められるのである。彼をのがれることは出来ない。すべてが、その生来慎重な、気配りをする、伝統的な、そして極めて実際的な知性に映じるのと同じように、見えるのである。彼は感激する能力に欠けている。生来彼は自然の荘厳さが少々きらいなのである。彼は誇張の神さえも疑問視する。彼は余りに忙し過ぎ、私利を計り過ぎるので、自分のまわりで進行していることの十分の一しか気づいていない。それにかかわる時間さえあれば、すべてのことが合理的に説明

できるのだと、彼は確信しているのである。
  —— Virginia Woolf, "Robinson Crusoe", *Twentieth Century Interpretations of Robinson Crusoe*, Edited by Frank H. Ellis

　中産的状態こそが最上であり、またすべては抜け目のない、中産階級的、非想像的な目を通して冷静に眺められる、そして合理的説明を加えられるというのである。そのような眼を通して語られる本作は、いわば名誉革命以後に生まれた「18世紀的実業人」の物語である。そこに大したプロットはない。あるのは苦痛に満ちた、果てしない工夫と生産性に富んだ実践の連続である。しかし、この作品には、サザランドも指摘するように、それ自体の中に物語を創造してゆく力がある。従って、読者は中途で飽きることがない。アンドレ・ジイド（André Gide, 1869-1951）も「私は『ロビンソン・クルーソー』を読み進むにつれますます生き生きとした称賛の念を抱く」という意味のことを述べている。作品をそういう状況に置いた作者デフォーの力量はさすがである。そしてその力量の秘密は何と言っても彼の豊富な人生体験と執筆経験、彼の涸渇することのないエネルギーと不屈の魂に求められよう。
　そのデフォーは、ロビンソンを己れのアレゴリーだと主張しようとしたが、ロビンソンはデフォーではない。こういうサザランドも、両者の融合をはっきりと認めている。デフォーが一人で無人島に漂着したとすると、彼もまたその環境を出来る限り上手に利用することから始めただろう、というのである。

　確実に言えることは、彼はけっして屈しなかっただろう、ということだ。クルーソーの不運にもめげない奮闘ぶりを賛えて、スペイン人はクルーソーに、「私がこれまでに気づいたことは、『苦難の真只中にあって、なおイギリス人ほどに沈着を保ちうる国民に、私はこれまで会ったことがない』ということです」と述べている。デフォーは生まれながらのイギリス人、みずから撰んで商人となり、ほとんど周囲の事情から止むを得ず著作家となったが、その苦難の生涯にあって、

この沈着さを発揮することしばしばであった。そして、みずから苦難に飛び込むだけの度量と、それに見合う勇気を示したこともまたしばしばであった。彼には活動的実践家の勇気と、商人の忍耐強い不屈の精神があった。それは、ドイツ空軍の電撃的空襲のあとも、一夜明くれば店先のガラス破片を掃き集めたロンドン商人の精神であった。しかしこの商人は、天才でもあり、また夢想家でもあった。そして彼が夢に想ったものは、美しい女と勇敢で陽気な追剥ぎであり、海賊であり、幼い掏摸(すり)の少年たちであり、疫病(えき)に静まりかえる愛するロンドンの街々であり、難破船と無人の孤島、そして山の麓に行き暮れる旅人であった。

　　　　　　　　　　　——ジェイムズ・サザランド『デフォー』(織田稔訳)

7

『ロビンソン・クルーソー』はデフォーの資質の最良の部分を注入した作品であったが、スウィフトの『ガリヴァー旅行記』(1726)同様に、後世、児童読物となってしまったきらいがある。『ロビンソン・クルーソー』は本質的にそのような特質を有していたのであろうし、それはまたそれで結構なことでもあろう。ただ、ここで繰り返しておきたいことは、ロビンソン像の中にイギリス人の典型が見られるとともに近代人の(近代市民社会人の)強烈な息吹が感じられるということである。しかもこうした新鮮な息吹こそ、近代小説(ノヴェル)の登場人物たちのそれにそのまま通ずるものだったのである。

　全く同様なことはいま一つの傑作『モル・フランダーズ』の主人公についても言える。

　ある意味では、この作品のほうがより一層近代小説(ノヴェル)に近いかも知れないのである。少なくともその女主人公モル・フランダーズ(Moll Flanders)のほうが30年近くも絶海の孤島、無人島に孤立して生き続けたロビンソンよりも市井の人間に近づいているとは言える。

8

　作品『モル・フランダーズ』は、女主人公を登場させながらも、デフォーの自伝的要素が濃いと考えられている。デフォー60年の人生を注ぎ込んだ作品ということである。たとえばニューゲート（Newgate）への言及もそうだし、何よりもモルの波乱万丈の生涯はデフォーのそれにも通ずるのである。モルは、ニューゲートの牢内で生まれ落ち、長年にわたって情婦生活、何回もの人妻生活、盗人稼業、それに新大陸の流刑囚生活と、さまざまな体験を重ねている大変な猛女、「女傑」である。

　本作はそのモルの一代記を生き生きとつづったものであり、当時の代表的な「ピカレスク小説」となっている。しかも、『ロビンソン・クルーソー』同様に現実的な作風が見てとれる。ここでも作者はやはり主人公になり切って、一人称で語り続ける。物語は基本的にはピカレスク特有の主人公を中心とした小話が次々と連ねられてゆく手法を採っており、ある意味では単調のそしりも免れ難い面があろう。イアン・ワット（Ian Watt）は、エピソードから要約に転換するにつれて緊張が減ずる、と言っている。そして彼は、このようなデフォーの書き振りの一因を、デフォーが現実の人物の自伝的回想に納得のゆく形で似せようとしたところに求めている。

　モル・フランダーズというのは、極悪な仲間たちの間で通っていた名前であり、従って、彼女は、「今の名はいうまでもなく昔の名前も明かしてもよいと思うようになるまで、このモル・フランダーズという名前で通させていただきたいのです」と本文の冒頭に断っている。

　そのモルは、こそ泥でほんの3反ばかりの布を盗んだばかりに重刑を課された母親の子として牢内に生まれた。やがてジプシーの一団に入り、エセックスのコルチェスター市で一団から離れて役人に保護される。ここで、まじめで信心深い人で、孤児の面倒を見て暮らしを立てているやさしい婦人（保母の先生）の世話になって成長してゆく。一時、奉公に出される話もあったが、モルはこれを嫌う。結局周囲からも可愛がられて、背が高く美しい女の子に育った彼女は、老保母の死後、前に1週間ばかりいたことのあるこの市のある婦人の家に引き取られることになった。財産のある善良なこの奥様のもとで、モルは17歳を過ぎるまで暮らし、いろいろな教

第 14 章　ダニエル・デフォーと『ロビンソン・クルーソーの生涯と冒険』

育を受ける。この家の娘たちの他に二人の息子があったが、この兄弟はともに美しいモルが気に入ってしまう。ここから彼女の不運、破滅が始まることになるのである。

　次第に堕落の道を歩むモルは、男遍歴を繰り返し、愛人を騙したり、金持と偽ったりしながら、必死に自身の経済的向上をもくろむ。そこには金銭を至上のものとした「資本主義的行き方」が見て取れる。ただ、この点で、モルの不幸な出生背景、孤児としての悲しい生い立ちを考慮に入れるならば、彼女に同情の余地もあるだろう。結果として、彼女は、泥棒になり果てる。

　　こんどは昼間出かけ、どこへ行くとも何を捜すともなくさまよい歩きました。ところが悪魔は、以前にも以後にも二度と経験したことがないような恐しい罠(わな)を行手に仕かけていたのです。「オールダズゲート通り(ストリート)を行きますと、きれいな小さい子が舞踏学校から独りで家へ帰って行くのに会いました。私をそそのかすものはまさしく悪魔の名にそむかず、この無邪気な子供に私をけしかけたのです。私が話かけますと、その子はまわらぬ舌で口をききますので、私はその子の手を取ってバーソロミュウ小路(クロウス)に通ずる石だたみの路地のところまできて、その路地の中へ連れこみました。子供は、これはお家へ帰る道じゃないといいましたが、私は「そうですよ、おじょうちゃん、おうちのほうへ連れてってあげますよ。」といいました。子供は金のビーズのネックレースをつけていましたが、私はそれに目を付けていて、暗い路地でかがみ込み、子供のほどけた木ぐつのひもを直すようなふりをしてネックレースを取りはずしました。子供は少しも気付きませんでしたので、そのまま連れて行きました。この時、実は、悪魔が暗い路地で子供を泣かないように殺してしまえとそそのかしたのですが、それを考えただけで私はあまりの恐しさにくらくらっと倒れそうになりました。しかし私は子供に向きを変えさせ、元の道へ戻るよういいますと、(私が連れていったのは家へ帰る道ではなかったのです)子供はうなずきました。それで私はバーソロミュウ小路(クロウス)へ抜け、それから別

の路地を曲ってロング小路(レイン)へ出て、チャーターハウス構内(ヤード)へ抜け、それからスミスフィールドへはいり、チック小路(レイン)を下ってフィールド小路(レイン)へ、ついでホルボーン橋(ブリッジ)へと達し、そこでいつも行き交う人の群にまぎれこみ、もう見つかる心配はなくなりました。こうして私は二度目の出かせぎをやってのけたのです。

　この獲物のことを考えると最初の時のいろいろな思いはすべて押しやられ、以前の反省は雲散霧消してしまいました。…私はただ、いたいけな子供を独りで家に帰すようなことをした両親の怠慢に対し当然なとがめ立てをしたのであって、これにこりて両親はこの次からもっと注意するだろう、とそう考えただけでした。

　　　　　　　　──デフォー『モル・フランダーズ』（下）（伊沢龍雄訳）

I went out now by daylight, and wandered about I knew not whither and in search of I knew not what, when the devil put a snare in my way of a dreadful nature indeed, and such a one as I have never had before or since. Going through Aldersgate Street, there was a pretty little child had been at a dancing-school, and was agoing home all alone; and my prompter, like a true devil, set me upon this innocent creature. I talked to it, and it prattled to me again, and I took it by the hand and led it along till I came to a paved alley that goes into Bartholomew Close, and I led it in there. The child said that was not its way home. I said, "Yes, my dear,it is; I'll show you the way home." The child had a little necklace on of gold beads, and I had my eye upon that, and in the dark of the alley I stooped, pretending to mend the child's clog that was loose, and took of her necklace, and the child never felt it, and so led the child on again. Here, I say, the devil put me upon killing the child in the dark alley that it might not cry, but the very thought frighted me so that I was ready to drop down; but I turned the child about and bade it go back again, for that was not its way home. The child said, so she would, and I went through into Bartholomew Close, and then turned round to another passage that goes into Long Lane, so away into Charterhouse Yard and out into

第 14 章　ダニエル・デフォーと『ロビンソン・クルーソーの生涯と冒険』

St. John's Street; then, crossing into Smithfield, went down Chick Lane and into Field Lane to Holborn Bridge, when mixing with the crowd of people usually passing there, it was not possible to have been found out. And thus I made my second sally into the world.

The thoughts of this booty put out all the thoughts of the first, and the reflections I had made wore quickly off; ... I only thought I had given the parents a just reproof for their negligence in leaving the poor lamb to come home by itself, and it would teach them to take more care another time.

—— Daniel Defoe: *Moll Flanders*

さらに次の一節は、モルが居酒屋で銀のコップをせしめるところの描写である。もっとも、このたびは「もってきてしまった」形になっている。

或る夕方私は盲目的に悪魔の命令に従い、街路を遠くまで歩きまわりましたが、何も獲物にぶつからず、疲れ切って空手で家に帰りました。しかしそれに満足できず、次の夕方また外出しました。そのときのこと、居酒屋の前を通りかかりながら、通りに接して、小さな部屋の戸が開いていて、テーブルの上にその頃居酒屋でよく使われた取っ手付きの銀の大コップが一つ置いてあるのが目にとまりました。何人かの連れがそこで飲み、不注意なボーイが片付けるのを忘れたものらしい。
私は何気ない風にそのボックスの中にはいり、銀の大コップをベンチの端に置いてその前に腰を下ろし、それから足を踏み鳴らしました。すぐに一人のボーイがやってきました。私は寒かったので温かいエールを一パイント持って来るようにいいつけました。ボーイは走っていき、エールを取りに地下室に下りて行く音が聞こえました。前のボーイが行ったあと別のボーイがきて、「お呼びですか？」と大きな声でいいましたので、私は物憂そうな声で、「呼ばないよ、他のボーイがエール一パイントとりに行っているところだよ。」といいました。
私がそこに坐っていると、酒屋のおかみが「五番さんはみなお帰りかい？」といっているのが聞こえました。五番は私の坐っているボック

スでしたが、ボーイは「はい、帰りました。」と答えました。「大コップは誰が片付けたの？」とおかみがいいますと、「わたしが片付けました」と別のボーイがいって、「そこにありますよ。」と別の大コップを指さしました。それはどうやらそのボーイが別のボックスから間違って持ってきたもののようでした。でなければこのいたずら小僧は片付けなかったことを忘れていたのに違いありません。いずれにしても片付けなかったことは事実なのです。

　私はこのやりとりを聞いてすっかり満足しました。と申しますのは、例の大コップがなくなったことに誰も気付かず、しかも店では片付けたつもりでいることがはっきり分かったからです。そこで私は注文したエールを飲み、勘定をすまして、帰りしなに、「うつわに気を付けなさいよ」といいました。これはそのボーイが私のところへ持ってきた銀の一パイント・コップのことをいったのです。ボーイは「はい、おくさま、ありがとうぞんじました。」といいそのまま私は出てきてしまいました。

——「同上」

　貧困を嫌って、悪事を重ねるモルは、既にかなりの年齢になっていた。その彼女、最後には新大陸のヴァージニアに流刑となり、その地で夫とともに平和な農園仕事に打ち込んだ。彼女らの新しい農園は、8年後にはその年収が300ポンドに達した。

9

　「序」（The Preface）によると、この物語は、主人公の、モルが1683年に記した覚え書き（Memorandums）をデフォーが手を加えて出版したという形になっている。同じ「序」の中で、デフォーは、読者に対する教訓を目指したとも言っている。

　この本はそのいずれの部分からも何らか得るところがあり、且つ何

第 14 章　ダニエル・デフォーと『ロビンソン・クルーソーの生涯と冒険』

らかの正しい宗教的な結論をひき出すことのできる著書として、読者にお勧めする。読者の側も、そうすることによって、この著書を有効に利用する気持さえあれば、何らかの教訓を得るであろう。

　この名高い婦人が人々に盗みを働く場合の手並みもすべて、正直な人々に対し、そういうことに気をつけるようにという警告の役目を果し、罪のない人々がどんな手口でだまされ、略奪や盗難の憂き目に会うかを知らせ、その結果、そのような目に会わぬようにするにはどうしたらよいかを知らせている。舞踊学校に通わせるのに、母の見栄から、りっぱな身なりをさせられた、幼い子供に彼女が盗みを働いたことは、今後そういう人たちに対するよい見せしめになる。彼女が公園の中で年若い令嬢の脇から金時計をすり取ったことについても同じことがいえる。

　セント・ジョンズ通り(ストリート)の駅馬車のところで、うっかりやの小娘から包みを盗（と）ったこと、火事場泥棒、それからハーウィッチでのこと、すべて、どんなとっさの騒ぎのときでも、もっと冷静にして、おのれを失わないようにという、こうした場合の申し分のない注意を与えてくれる。

　最後に、流刑になった連れ合いと共に、ヴァージニアで、真面目な生活にいそしみ、勤勉に仕事にうちこむところは、不幸な流刑、或いは何らかの災難のためのいずれを問わず、海外で再起を計る羽目になった不運な人々にとって、教訓に富む話である。それは、そういう人々に対し、世界の果てであろうとも、勤勉努力すればそれ相応の報いがあること、どんなに堕落し、蔑むべき、将来の見込みがないような人の場合でも、弛（たゆ）まず努力することが、そういう境涯から抜け出すのに大いに役立ち、やがて惨めこの上ない人も立ちなおって再び世に出、新しい人生の道を切り開けること、そうしたことを教えている。

　以上のような事は、この本の中で手引されて達する真面目な結論の少しばかりの例であるが、これらのことで、この書物をお勧めし、更にはそれを出版することを正当化するのに十分至極である。

　　　　　　　——デフォー『モル・フランダーズ』（上）（伊沢龍雄訳）

ただし、アーノルド・ケトルは、『モル・フランダーズ』に道徳的談義はいろいろあるけれども、「倫理的発見」は一つもないと言い切っている（A.ケトル『イギリス小説序説』）。
　『モル・フランダーズ』においていわゆるデフォー流の創作法が最大限に用いられている。作者は読者に「本当らしさ」「真実らしさ」を印象づけるために注意深い努力を払っているのである。ここでもやはり数字が多用されている。産婆の持参する三つの勘定書などはその好例であろう。また、本書がモルの回想録に基づくとしたのはむろんそういう意図による。
　この迫真性の問題については、ケトルも、次のように述べている。

　デフォーの小説のもっとも優れた特質は、その安定感、入念に筆を進めながらも実に活力に富んだ迫真性である。虚構がこれほど真実に──「平均的」読者の人生観を通して眺めた表面の真実に──接近したためしはなかったし、また、この真実を読者に納得させるべく、かつて、これほど腐心した小説家もいなかった。デフォーのこうした配慮は、大部分、彼の読者であったピューリタンの偏見のせいである。彼らはしばしば、小説（フィクション）というものは幻想をこととするものであるから、虚偽にちがいないという仮定から出発した。Q. D. リーヴィス女史は、デフォーを見事に論じた部分で次のように言っている。「小説（フィクション）が道徳的な人びと（彼らにとって創作（インヴェンション）とは虚偽のこと、特に王政復古期の宮廷の不道徳な文学や演劇のことであった。）に受け入れられるような変装をほどこすことができたときに、小説書きは引き合う仕事となることができた」（『小説と読書大衆』一〇二ページ）と。デフォーの成功の少なからざる部分は、この想像なるものに対する清教徒の疑惑を晴らすことができた彼の才能にあった。
　　　　　　　　　　　──アーノルド・ケトル『イギリス小説序説』
　　　　　　　　　　　（小池滋・山本和平・伊藤欽二・井出弘之訳）

　こうした迫真性を有する『モル・フランダーズ』の文章は、『ロビンソン・クルーソー』などの場合同様に無装飾でありかつ大層分かりよい。イ

第 14 章　ダニエル・デフォーと『ロビンソン・クルーソーの生涯と冒険』

アン・ワットは、デフォーの文章は普通の意味では上手な文章ではないと言っているが、同時にそれは、モルが己の回想をはっきりさせようともがく時我々を彼女の意識の非常な間近くに置いておく上で著しい効果をあげている、と述べている（*The Twentieth Century Interpretations of Moll Flanders, A Collection of Critical Essays* Edited by Robert C. Elliott）。イアン・ワットは、さらに、上のような目的一つに専ら集中するために、普通の文体上の考慮——反復、挿入語句、思いつき的な、時によろめくような調子、等位節の長い、込み入った連続などにおける——が完全に無視されているとも言っている（「同上」）。ともかく、彼以前の作家の普通の書き方では、モルのような無教養な女の独特の話し振りには確実には通用しなかったのである。

　後世、ヴァージニア・ウルフやエドワード・フォスター（Edward Morgan Forster, 1879-1970）は、『モル・フランダーズ』をデフォーの代表的作品として高く評価した。彼らは明らかにそこにイギリス小説の源流を読み取ろうとしたのである。デフォーの物語方式、その技術には「原始的側面」（ワットの言）もあったであろう。しかしそれには何よりも時代的制約が働いた筈である。近代小説史上の偉大な先駆者としてのデフォー、そうした彼の真価を支える作品の一つとして『モル・フランダーズ』が『ロビンソン・クルーソー』以上の存在だとするのもあながち無謀なことではないようである。

10

　『ロビンソン・クルーソー』や『モル・フランダーズ』などに主に見られるデフォーの「小説作法」は、リアリズムを基調とした、写実ならぬ写実を狙うものであった。物語に「真実らしさ」を付与することに工夫が注がれていた。実業家としての現実主義的な精神、或いはピューリタニズムの精神を色濃く有したデフォーは、長年にわたるジャーナリスト、パンフレット作家としての体験をもとにして、我が身に即した既述のような「小説作法」を採った。そして新しい市民社会の啓発された一般読者層の新し

い要請に見事に応ずることが出来たのであった。こうして、ダニエル・デフォーが自らは泥にまみれながら骨折って敷いた赤絨緞の上をやがてサミュエル・リチャードソンやヘンリー・フィールディングが悠々と闊歩することになると言っても過言ではない。結果的にはそうなるのである。

第 15 章

ジョナサン・スウィフトと『ガリヴァー旅行記』

1

　ダニエル・デフォーが現実主義的で、世俗的なものへの順応性に富んでいたのに対して、ジョナサン・スウィフト (Jonathan Swift, 1667-1745) は、むしろ逆に、世に逆らった面が強い。それだけ潔癖な性格だったのである。彼スウィフトには、抗議と反抗の姿勢が目立っている。そしてその文学は諷刺に始まり、諷刺に終った。ある意味ではそれだけであり、その点、ウォルター・アレンも指摘するように、近代写実小説発展史への貢献の度合は、少なくともデフォーなどに比して少な目とみなさざるを得ないであろう。

　だが、それにしても、デフォーとスウィフトは、ライヴァル同士として並び称せられかつ論じられて来ており、スウィフトもデフォーに劣らず、当時の文士の傑物の一人であったことは明白過ぎることである。スウィフトの『ガリヴァー旅行記』 (*Travels into Several Remote Nations of the World by Captain Lemuel Gulliver*, 1726) は、イギリス諷刺文学史上にさんぜんと輝く古典として重んじられて来ているが、本作をデフォーの『ロビンソン・クルーソーの生涯と冒険』と並んで、近代小説の先駆作とみなすことも常識となっている。これら二作が作者たちの本来の意思とは無関係に児童文学作品となってしまった印象が強いのも、両作家の根強い因縁を思わせて興味深い。諷刺の天才スウィフトは個性の強烈な人物だったが、一方でそれを自ら厳しく抑制したことでも知られている。文人としての力量は諷刺の範囲では相当のものだった。一旦彼の筆になった対象は、よくも悪くもたちまち生気を帯びて躍動し出したと言える。彼の文章も簡素に洗練

された、新時代向きのものだった。彼も当時の文人の慣いに漏れず、デフォー同様に政治にかかわっている。もっとも彼には、政治家志望の気持ちが強かった。この希望がかなえられなかったことが、彼を大きな失望や人間不信に追いやった一因となったとも言われる。デフォーよりも気位は高かったようである。

2

　スウィフトは、デフォーと同じく、王政復古期に成長している。彼は、アイルランドのダブリン生まれである。父ジョナサンは、彼の誕生以前に亡くなっており、彼は乳母の郷里で育てられた。母の愛にいつくしまれることはなかったのである。やがておじに育てられる。長じてダブリンのトリニティ・カレッジに学んだが、余り勉学に熱心ではなかった。名誉革命後の1689年に渡英し、母方の遠縁ということから、有力な政治家ウィリアム・テンプル卿（Sir William Temple）の邸に秘書となって住み込んだ。前に触れたように、テンプルは当代の優れた文人でもあった。スウィフトは、ここで古典や歴史などの研究に打ち込むことになる。その後、一旦アイルランドで聖職についたが、ほどなくテンプル家に舞い戻っている。彼が愛した「ステラ」（Stella）ことエスター・ジョンソン（Esther Johnson, 1681-1728）は、当時テンプル家にその母ともども暮らしていた。諷刺の才にたけたスウィフトは、32歳で、『書物戦争』（*The Battle of the Books*, 1699）を書いたが、これは、学界諷刺の書で、当時はやりの古典と近代文学の優劣論争を扱ったものである。古典に組した主人テンプルを支援して書いたとされている。この頃から彼は、政治的、宗教的なパンフレットを書き出したわけである。『書物戦争』は、実際には1704年になって、『桶物語』（*A Tale of a Tub*, 1704）と合わせ一冊として出版された。『桶物語』は三宗派の争いを父の遺言を受けた三つ児の兄弟の話に託した、皮肉に満ちた寓意物語である。スウィフトは、やがて、トーリー党の側に立って、その機関誌上でホイッグ党攻撃をやる。彼を受け入れなかったホイッグ党に不満を持ったからだと言われる。1713年、彼はダブリンの聖パトリッ

ク大聖堂（St. Patrick's）の首席司祭（dean）に就任するが、不満足だったらしい。翌14年にアン女王が死ぬと、トーリー党が後退し、それとともにスウィフトも失意に陥った。以降、彼は、イギリス政府のアイルランドに対する圧政を激しく攻撃して、故国の英雄となった。この面の代表的作品が『ドレイピア書簡』（Drapier's Letters, 1724）である。これは、「ドレイピア」なる筆名で、イギリスのアイルランドへの通貨政策を糾弾したものである。第5書簡まであり、アイルランドでは新旧両教徒から支持された。そして2年後の1726年に、代表作の『ガリヴァー旅行記』が出た。これは言うまでもなくスウィフトの名を史上に不朽のものとする名作であった。4部から成っている。この年、彼は59歳という計算になる。本作はたちまち大ヒットした。晩年のスウィフトは、すっかり厭世主義に陥ってしまい、狂気の状態になって77歳で没した。死の直後に出た『奴婢訓』（Directions to Servants, 1745）は、未完に終ったものの、鋭い皮肉に満ちた逆説的なしろもので、召使いたるものいかに損をせずにうまく主人に仕えるべきかを、その諸方策を書き連ねている。

なおスウィフトには、『ステラへの書簡』（The Journal to Stella, 1766, 68）もあるが、これは彼が恋人ステラとその友人レベッカ・ディングリー（Rebecca Dingley）に書き送った手紙であり、スウィフト研究上の重要資料ともなっている。

3

さて、スウィフトの最高傑作『ガリヴァー旅行記』は、既述の通り4部構成である（Part I～ Part IV）。第1部はリリパット（小人国）渡航記、第2部はブロブディングナグ（大人国）渡航記、第3部はラピュータ、バルニバービ、ラグナグ、グラブダブドリップ、及び日本渡航記、そして第4部がフウイヌム国（馬の国）渡航記ということになる。この作品は、トマス・モアの『ユートピア』から20世紀のジョージ・オーウェル（George Orwell, 1903-50）の有名な『動物農場』（Animal Farm, 1946）に至るまでの理想国、架空の国物語の系譜に属する諷刺作品であり、しかもこの分野

においては傑出した出来栄えを誇っている。後に児童文学作品化したために、一層広く世界に知れわたることになった。もっとも、児童文学としては、多くの場合、内容の明るい第1・2部が読まれている。この作品は、スウィフトの他の多くの作品の場合同様に、匿名で出された。つまりこの旅行記の作者はレミュエル・ガリヴァー、刊行者は彼のいとこリチャード・シンプソンということになっている。むろん、ともに架空の人物である。

大体、スウィフトが自作に実名を用いたのはたった一度だけ、即ち『英語是正改良策』（*A Proposal for Correcting, Improving and Ascertaining the English Tongue*, 1712）においてのみである。つまり、スウィフトは、著作に際して、仮面をかぶったということである。架空の人物に語らせるのである。『桶物語』のベドラマイト、『アイザック・ビッカースタッフ殿による 1708 年のための予言』（*Predictions for the Year 1708, by Isaac Bickerstaff, Esq.*, 1708）のアイザック・ビッカースタッフ、『パリ新紀行』（*A New Journey to Paris*）のデュ・ボードリエ、ドレイピア、ガリヴァー、そして『奴婢訓』の従僕などである。マリー（J. M. Murry）は、スウィフトが自分の名を伏せた理由として、その動機は複雑だが、恐らく、主たるそれは神秘的な雰囲気を保ち、自らに戦略的展開の最高度の可能性を与えたのだと考えられる、と言っている。そしてその動機の背後には、彼独自の激しい誇り、絶対に敗退を潔しとしない誇りがあったともつけ加えている。ただ、スウィフトは、いつも冷めた皮肉な眼を持っており、自己の中心から離れた点に視点を置いて書いた（マリー『スウィフト』〔*Swift*〕）。『ガリヴァー旅行記』の場合、さらに政治的配慮が働いていた。というのは、その出版の経緯に謎の部分があるからである。中野好夫氏によれば、作品の含む社会諷刺や政治諷刺が政界上層部や宮廷関係者を怒らせることを恐れたために、「隠密」の方法を取って世に出したということになる。即ち『ガリヴァー旅行記』の原稿は、ある夜中、誰かが貸し馬車で持って来て、出版者ベンジャミン・モットの家の前に落としていったらしい。神秘めいた話だが、結局、中野氏によれば、スウィフトの友人たち、詩人アレクサンダー・ポープやスウィフトに信頼されていたチャールズ・フォード（Charles Ford）ら友人たちが、「共同謀略」を凝らして、スウィフトのために、密かな方

第15章　ジョナサン・スウィフトと『ガリヴァー旅行記』　219

法で刊行しようと骨折ったということらしい。むろん、スウィフトを含むすべての関係者が了解し合った上でのことである（中野好夫『スウィフト考』岩波書店）。それほどに『ガリヴァー旅行記』のイギリス政界諷刺、宮廷批判は激しかった。外見は架空の国の話として、オブラートに包んではいたものの—。なお、この作品は、作者が突然思い立って書き下ろしたものではなく、もともと、彼の所属した「スクリブレラス・クラブ」の共同企画である『マルティヌス・スクリブレラス回想録』（1741）のための彼の原稿に端を発している。旅行記好きだったスウィフトは、この時、主人公の旅行記部門を担当させられた。そこで、彼は「小人族の国」と「哲学者の国」という二つの部分を書き、さらに「巨人国」と「馬の国」らしいものを付け加える積りだったというが、結局、後になって手を加えて、単独出版の運びとなったのである。当時、いずれも掲載されずに終った。そういう因縁を持つ作品である。

図9　『ロビンソン・クルーソーの生涯と冒険』（左下）と『ガリヴァー旅行記』（右）。大英博物館。

　ともかく『ガリヴァー旅行記』は、1726年の10月に、その上巻が出された。そして大評判となった。翌年には仏訳も出ている。最初の完本は、1735年の4巻本だと言われる（ダブリンのジョージ・フォークナーが刊行）。

4

『ガリヴァー旅行記』は、人間や社会への不信や嫌悪、栄達の道を絶たれた自らの感情的怒りや怨懣などの混合した奇妙な産物である。マリーの言うように、スウィフトのかつての万事に対して恐れを知らぬ血気盛んな態度は、年月の経過とともに次第に人類一般に対する深い嫌悪感に根差す暗澹たる態度に変じてゆく（『スウィフト』）。『ガリヴァー旅行記』はこの過程をよく示している。既に指摘した通り、第1部の「小人国」、第2部の「大人国」では、ユーモアに満ちた余裕、たわむれの気分さえ有した明るさが見て取れる。それが、後のほう、とりわけ「馬の国」に至ると、深い絶望感、人間不信が目立つようになるのである。第4部に登場する奇怪な動物「ヤフー」（Yahoo）は、マリーによれば、「作者の才能がつくり上げた最も恐ろしい人間像」である。ヤフーには生理的な嫌悪感を覚えずにはいられないが、これこそスウィフトが晩年に抱くに至った人間像そのものなのである。『ガリヴァー旅行記』の物語構成はむしろ単純である。その点、『ロビンソン・クルーソーの生涯と冒険』と似たりよったりである。主人公のガリヴァー船長が「小人国」から「馬の国」までの四つの島を順次に体験する話に過ぎない。ただ、いずれも不可思議な島である。四つの世界は、イギリス社会を諷したそれ、或いは同社会を「反面教師」とした理想国である。こうすることによって、スウィフトは、イギリスの政界や宮廷の腐敗を突き、同時に彼の厭世主義をあらわにするに至った。ただ描く対象を思い切り縮めたり、逆にひどく拡大したり、空に浮かべたり、人間を野生の動物に貶めたりする手法、その着想の面白さがまず多勢の読者を引きつけたと言えるだろう。デフォーの『ロビンソン・クルーソーの生涯と冒険』の場合と同様に、最初の言わば「状況設定」に成功したことが、そのまま作品の成功につながったのである。端的に言って子供が飛びつくのはそこである。むろん、スウィフトの根にある純粋さが、子供のそれを呼び寄せる、とは言えるであろうが。

ともかく、前半は明らかに陽性の作風である。まだまだ希望がある。それに何より読んで面白い。無条件に楽しめる。次の文章は、船が難破して、ガリヴァーが「小人国」の浜辺に辿り着き、眠っている間に小人たちに地

第 15 章　ジョナサン・スウィフトと『ガリヴァー旅行記』

面に縛りつけられてしまった周知の場面の描写である。

　…極度の疲労だった。それに暑さやら本船を捨てる時に飲んだ一合余り（半パイント）のブランディの効き目やらですっかり睡くなった。で、草の上に横になったが、それがまた短い、柔い草でそのまま我輩は眠ったの眠らないの、生れてこの時ほどぐっすり眠ったことはなかった。かれこれ九時間ばかり眠ったろう、目を覚してみるとちょうど夜明けだったから。起きようと思ったが、身体が動かない。なるほど見ると、我輩仰向けに寝ていたのだが、手も足も左右に大地にしっかり縛りつけられ、長く房々としていた髪の毛も同様である。さらに同じように、腕の下から太股へかけて幾重にも細い紐が我輩の身体をからんでいるのに気がついた。ただ仰向けに空が見られるだけである。太陽はだんだん暑くなってくるし、眼は痛いほどギラギラする。周りで何かガヤガヤという騒ぎが聞こえるのだが、なにぶん今の寝たままでは空しか見えない。やがて我輩の左足を、なにか生き物がゴソゴソ動いているような気がする。しかもそいつはそろそろ胸の上を通って、とうとう顎のあたりまでやって来た。出来るだけ下目を使ってみてはじめて分かったことは、それが人間、しかも身の丈六インチとはない、それでも手には弓矢、背中に箙を負った人間だということだった。そのうち我輩はさらに少なくとも四十人余り（全く我輩の推算なのだが）の同類が、その後からゾロゾロついてきていることが分かった。いや、我輩、驚いたの驚かないの、いきなりワッと大声を立てたものだから、奴さんたち忽ちたまげて逃げてしまった。…
　　　──『ガリヴァー旅行記』リリパット（小人国）渡航記。第 1 章。（中野好夫訳）

　… I was extremely tired and with that, and the heat of the weather, and about half a pint of brandy that I drank as I left the ship, I found myself much inclined to sleep. I lay down on the grass, which was very short and soft, where I slept sounder than ever I remember to have done in my life, and, as I reckoned above nine hours; for when I awaked, it was just daylight. I attempted to rise, but was not able to stir; for as I happened to lie on my back, I found my arms and legs were strongly fastened on each side to the ground; and my hair, which was long and thick, tied down in the same manner. I likewise felt several slender ligatures across my body, from my armpits to my thighs. I could only look upwards, the sun began to grow hot, and the light offended my eyes. I heard a confused noise about me, but, in the posture I lay, could see nothing except the sky. In a little time I felt something alive moving on my left leg, which advancing gently forward over my breast, came almost up to my chin; when, bending my eyes downwards as much as I could, I perceived it to be a human creature not six inches high, with a bow and arrow in his hands, and a quiver at his back. In the mean time, I felt at least forty more of the same kind (as I conjectured) following the first. I was in the utmost astonishment, and roared so loud, that they all ran back in a fright; …

—— *Gulliver's Travels*, A Voyage to Lilliput, Ch.1

　有名な場面の一つではある。また、大変簡潔明瞭な文体でつづられていることもよく分かる。この国の住人たちは、平均身長6インチ（1インチは2.54センチメートル）以下、動物もそれに比例して小さく、最も大きい牛馬でも高さがせいぜい4〜5インチの間、羊は1インチ半内外、鵞鳥はほとんど雀ぐらい、小さいものはガリヴァーの視力では見えないという、大変な超ミニの世界である。そこで「人間山」（The Great Man-Mountain）のガリヴァーとの間にいろいろ食い違いが生じるのは止むを得ない。また、そこに面白さも生まれる。そしてそのあたりにこそ作者スウィフトの最大の狙いがあるのである。
　小人たちが「人間山」ガリヴァーの身体を検査して、皇帝に精確な目録を提出するが、その目録の掲載振りなど、なかなか傑作である。次の文章は、ガリヴァーの懐中時計を描写したものである。

　　…右小衣嚢よりは大いなる銀鎖垂下し、その末端には驚嘆すべき機

第 15 章　ジョナサン・スウィフトと『ガリヴァー旅行記』　223

械固着せり。彼に命じて該鎖の末端なるものを提示せよと迫りしところ、こは半ば銀製、半ば透明体金属よりなる一個の円球の如く、透明なる一面には円形に異様なる模様描かれてあり、われらこれに手を触れんとせしところ、指端は該透明物質によりて阻止せらるるものなることを発見せり。彼はこれを我らが耳許に近づけたるが、あたかも水車の如く絶えず音響を発するものなるを知る。推定によれば、なにものかわれらに未知なる動物か、然らざればあるいは彼らの礼拝する神ならんかと察せられる。ただし我らはむしろ後者の見解をとるものなり。なんとなれば彼自身の確言によれば（ただし彼の表現は極めて不完全なれば、われらの理解は誤りなきを保し難けれど）、彼はいっさいの行事ことごとくこのものに従うとのことなればなり。彼はこれを神託と呼び、かれらの日常いっさいの行動ことごとくこれによりてその時を指示せられる旨をわれらに告げたり。

　　　——『ガリヴァー旅行記』リリパット（小人国）渡航記。第 2 章（中野好夫訳）

　… Out of the right fob hung a great silver chain, with a wonderful kind of engine at the bottom. We directed him to draw out whatever was at the end of that chain; which appeared to be a globe, half silver, and half of some transparent metal: for on the transparent side we saw certain strange figures circularly drawn, and thought we could touch them, until we found our fingers stopped with that lucid substance. He put this engine to our ears, which made an incessant noise like that of a watermill. And we conjecture it is either some unknown animal, or the god that he worships: but we are more inclined to the latter opinion, because he assured us (if we understood him right, for he expressed himself very imperfectly), that he seldom did any thing without consulting it. He called it his oracle, and said it pointed out the time for every action of his life.

　　　—— *Gulliver's Travels,* A Voyage to Lilliput, Ch. 2

　小人たちが、観察したままを正確に記載しているがゆえに、一層滑稽味

が増す。ガリヴァーの所持物は衣類を含めてすべて、類似の描き方がされているのである。ガリヴァーが皇妃御所の火事を消すのに小便をもってするのも傑作である。これにより、宮廷のさしもの大火事も3分間もするとすっかり消えてしまうのである。しかし、これは皇妃をいたく怒らせてしまうことにもなった。

　また、戦争に際しては、ガリヴァーは、国王のために、眼鏡をかけて敵の矢を防ぎつつ、巨艦50隻を綱につけて奪って帰る武勲を立てたりする。万事がこうした調子である。宮廷に放尿するのは不敬極まる行為だが、確かにそれが大損害を食い止めた。敵の艦隊を奪ってくる場面は、戦争の愚かさ、馬鹿馬鹿しさを笑っていることになるだろう。人の世を少しばかり角度を変えて眺めたり、高所から見下ろしたりすればどういう風に映るか。人間どものあくせくする姿はかくの如し、と作者は皮肉りたいのである。とりわけ、宮廷や政界に対する諷刺がきいている。

　「大人国」についても、同じようなことが言える。ただし、こちらでは「小人国」の場合とはすべてが逆になっている。ここではガリヴァーが"小人"なのである。彼は王妃の籠愛を受けている。この国では、彼は賢い小さな愛玩動物のようなものである。万事が桁違いに大きいために、数々の危険な目にもあう。降って来た雹に打たれて傷だらけになったり、鳶に襲われて短剣で戦ったりする。牛糞を飛びそこねて、全身汚物だらけになることもある。梯子のような器具を作って、それを立て掛けて巨本を読んだりもする。とにかくガリヴァーにとっては万事が大変骨の折れる、難儀な国なのである。

　ここでも人間の卑小さが諷刺され、皮肉られている。

　第3部には飛ぶ島（または浮島）「ラピュータ」という国が出てくる。ここでは天文学が異常に発達している。この国では、数学と音楽のみが重視されており、ガリヴァーはこの二つでここの人たちに遠く及ばないために軽蔑された。彼らは瞑想や思索に耽りがちである。だからつき合うに大変不愉快な連中なのである。

　ガリヴァーはこのあと、バルニバービ以下の国々を訪れるのであるが、この第3部のテーマは、いわば科学批判である。スウィフトは、当時目覚

ましい進歩を遂げつつあったイギリスの科学が、一方で非人間化につながりかねないことを恐れたのであった。科学革命の進展により、知的な奇型人が生まれかねないことに警告を発したのである。ただ、この第3部は最も欠陥が多く、他部に比べて見劣りするのは否めない。硬直の気があるのである。

さて、最後の第4部の「馬の国」についてである。既述のように、一番子供向きでない部であり、ガリヴァーが厭世主義、人間嫌悪に陥った段階で書かれた暗い、ペシミスティックな内容が見て取れる。

ここには人間に対する生理的なまでの嫌悪感が示されており、それは作者スウィフトが狂気の状態に向かいつつあったことを表すものだとしばしば説明されている。この第4部における焦点は、実際には、賢い馬族ではなく、下劣で不潔極まりないヤフーという生き物(人間のこと)に合わされている。

馬族を意味するとされる"Houyhnhnm"という語は、実は馬のいななきを表している。

大人の読者にとっては晩年のスウィフトとの関係においても非常に興味深いこの部に関し、以下においてもう少し詳しく見てみたい。

5

船長ガリヴァーが4番目に行った国が「馬の国」である。今回は、1710年9月7日に「アドヴェンチャー号」という350トンの商船に乗り、プリマス港を出帆している。しかし、バルバドス諸島とリーワッド諸島に寄港して、熱病で死んだ船員の補充をしようとして海賊を乗船させてしまう結果になった。補充船員の大部分が海賊だったのである。こうして船中の叛乱の末、ガリヴァーは虜となり、船室に監禁されてしまう。そして1711年5月9日、わずかな備品を携えただけで置き去りにされるのが馬の国ということになる。

馬の国は、馬が支配する国である。何を支配するのかというと、主に「ヤフー」なる動物である。これは毛深い、非常に醜悪、醜怪な生き物で

あり、スウィフトはこれを嫌悪感をもって描き出している。同情はかけらも見られないという描き振りである。ヤフーは人間に似ている。姿も醜ければ、その習癖なども極めて卑しい。既に触れたように、この第4部における主要な狙いは、利口な馬より、実はこのヤフーのほうに定められている。スウィフトは、この部においても他の部と同様に、人間を諷刺しているのである。ヤフーは人間そのものなのである。外見は人間よりはるかに汚く、醜く、性癖もずっと低劣に見える。しかし明らかにヤフーは人間そのものである。ガリヴァーは都合3年の間この奇妙な国に居たのだが、その間に理性に満ちた馬たちや愚劣なヤフーどもについて多くを知った。ヤフーの起源に関しても馬から聞かされたが、それによると、随分以前のこと、ある折突然に山上に二匹のヤフーが現れたという。作者は「太陽熱のため腐った泥土の中から湧いたものか、それとも海の泥あぶくからでもできたものか、それは全くわからない」（『ガリヴァー旅行記』中野好夫訳、新潮社）と書いている。この2匹のヤフーが子をつくり出し、子孫が見る見るうちに増え続けて、全国土に「氾濫」するまでになった。フウイヌムたちは、大山狩を行って、ヤフーどもを包囲する。そして老いたやつは殺し、若いヤフーをフウイヌム1頭につき2匹づつ小屋に飼うことにした。こうして、馴らして、働かすようにしたわけである。

　ヤフーは、この国の原住民ではない。この国のフウイヌムその他あらゆる動物は、ヤフーに激しい憎悪を抱き続けて来ている。第9章に見られるように、この国の全国会議では、ヤフーを撲滅すべきか否かという問題がしばしば論議されるのである。

　このヤフー、これ程に嫌われるヤフーは、スウィフトの描写するところによれば、次のようになる。

　　…とうとう我輩は畑の中になにか動物が五六匹と、またこれも同じ種類の動物が一二匹、樹の上に登っているのを見た。その形というのがまたひどく奇妙な醜いもので、さすがに我輩もちょっとギョッとなって、しばらく茂みの蔭に臥せり、あらためて見直してみた。そのうちに彼らの二三がたまたま我輩の臥せている方へやって来たので、は

っきりと形状を見ることができたのだが、頭と胸は一面に濃い毛—縮れたもの、真直なものもあるが—が密生している。山羊のような髯をはやしているうえに、背中から脚及び足首の前部にかけては、長い毛並みが深々と生えているが、その他の部分は全部無毛で、黄褐色の皮膚が、裸で見えている。尻毛もなければ、臀部にも全く毛がない、あるのはただ肛門の周囲だけだったが、おそらくそれは彼らが地面に坐ったり（これが彼らのいちばん普通の姿勢だが）、臥せったり、あるいはしばしば後足で立ち上ったりする時に、彼らの臀部を守るように、自然がそこに生やしたのだろう。彼らは、高い樹にもまるで栗鼠のように身軽に攀じ登った。というのは前足にも後足にも、長い丈夫な爪が生えていて、しかもその先は鋭く尖って、鉤なりになっているからである。また、ときどき実に軽々と跳んだり、はねたりもする。雌は雄ほど大きくはなかった。顔には長い真直な毛が生えているが、その他の部分は肛門と恥部とを除いては、ただ一種の柔毛のようなものに蔽われているだけだ。乳房はちょうど前足の間からブラリと下っていて、歩く時などはしばしば地面まで届くことさえあった。雌雄ともにその毛色は褐色、赤、黒、黄とさまざまだった。我輩ずいぶん旅行もしたが、実際これほど不快な、またこれほど見るからに激しい反感を感じた動物というものはなかった。

——『ガリヴァー旅行記』フウイヌム国渡航記。第1章

　ガリヴァーは、こうしたヤフーに上陸早々襲いかかられ、短剣を振り回して防ごうとした。危ういところを救ったのは意外や1頭の馬だった。馬を見た沢山のヤフーどもは、たちまちガリヴァーを捨てて逃げ散ったのである。
　この馬は、ガリヴァーを一目見て、ひどく不思議がった。馬は非常に賢そうだった。言葉をしゃべっているようにさえ思えたものだ。ガリヴァーのほうも大いに驚く。馬はあとでやって来たもう1匹と話し合うような風に見えるが、ガリヴァーはこれを見て、この国の人間は世界一聡明なのに違いない、と思ってみる。

馬たちの話の中に「ヤフー」という言葉がしばしば繰り返されるので、ガリヴァーが「ヤフー」と発音すると、馬たちは驚く。馬のほうも、発音を正そうとしてくれるのである。
　こうしてガリヴァーは、馬の主人の家に案内されることになるのである。

6

　ガリヴァーは馬の国で生活することになる。その間、馬の主人の教育熱心なさまを始め、ガリヴァーのする人間社会の話、ヨーロッパ事情についての話、イギリスの話などが描かれる。ヨーロッパ諸国、イギリスについては、戦争、軍事、裁判、謀叛、罪、金銭、金持と貧乏人、酒、病と医者、気やみ、政治、憲政、女王や宰相、大臣、祖国愛、貴族などについてガリヴァーが語り、馬の主人はそのような人間社会を批判する。
　馬の国は理想的な社会であり、馬族は「先天的に道徳的な性向を賦与せられている。」馬族の大原則は理性にあり、従って彼らには、悪なるものの存在が分からないのである。馬の国については、友情と仁慈を始めとして、教育、夫婦、人口、下級階層、結婚、子弟教育、代表者会議などが記されている。いずれも理想的な書き振りである。この国には文字がない。鉄もない。詩は申し分がない。馬族には邪悪なものを表現する言葉が全くない。

　だからそうした必要のある場合は、ヤフーの醜悪、欠点などからちょっと借用するほかはない。つまり召使の愚行、子供の怠慢、足を傷つけた石、毎日続く悪天候、そういったものを表わすには、それぞれの言葉にヤフーという形容詞をくっつけて、例えば『フンム・ヤフー』『ウナホルム・ヤフー』『インルムドウィルマ・ヤフー』といった工合であり、また設計の拙い家などは『イノルムロールヌ・ヤフー』と呼んでいる。
　　　　　　　　——『ガリヴァー旅行記』フウイヌム国渡航記。第9章

　高潔な馬族に対して、この国のヤフー（つまり人間族）は、性質の大変

卑しい動物である。その対照は、まさに強烈である。第8章に描かれたヤフーの諸性質は、極めて下劣である。

ガリヴァーは、ヨーロッパのヤフーの国に帰る気がなくなり、馬の国永住を決意するが、終には会議決定の警告（強制ではない）を受け、力なく独木船で出発することになる。途中、ニューホランドで土人の矢に傷つくが、ポルトガル船に救われ、船長にとても親切にされる。

リスボンに着いたのは1715年11月5日。12月にイギリスの自宅に戻ったガリヴァーは、すっかり人間嫌いになってしまっており、妻のせっぷんを嫌がり、毎日馬と語って暮らすのであった。

この第4部の話は、作者の精神異常化を反映するとも言われるが、内容を読めば分かるように、話の筋道は立っており、道徳的基準もしっかりしている。要するに、世に言うほどに常軌を逸した内容ではない。狂気の産物とするには余りに合理的な側面が見られるのである。また、マリーも指摘するように、ガリヴァーを救うドン・ペドロ船長は、「『リア王』のコーデリアの如くに」、人類の救済の可能性を示唆してもいる。読者がこのような印象を受けることも事実なのである。結局『ガリヴァー旅行記』は、激しい人間嫌悪、暗い厭世主義で終ってはいるものの、構成、内容の両面で、歪みや弛みを見せることなく、立派に完結していると見てよいのである。

7

ジョナサン・スウィフトの奇抜な着想に基づくこの諷刺の名作は、18世紀の代表的古典の一つとなって残ったが、彼スウィフト自身、「ああ、もしアーバスノットのような人がこの世に12人もいたなら、私はこんな『旅行記』などは焼き捨てても惜しくなかったのだが」と言っていたという（中野好夫氏）。

このように、スウィフトは、人類に失望していたが、それは、結局のところ、彼が純粋過ぎ、真剣過ぎる精神の持主だったからであろう。彼はいい加減な妥協の許せない人物だったように思える。彼の鋭い諷刺の才は、そのような精神と背中合わせのものだった。

スウィフトは、主として『ガリヴァー旅行記』を通じて、後世のイギリス文壇、いやイギリス国民に多大な影響を与えた。その影響の深さは、トマス・モアの『ユートピア』（1516）以上のものだったと言えよう。偉大なペシミスト、すね者に見えるスウィフトは、実のところ、イギリス国民特有の理想主義や正義感に大きく貢献したのである。

ヘンリー・フィールディングはスウィフトをユーモアの巨匠と称えたが、ウィリアム・サッカレーは、それ以上のことを言っている。即ち、「彼（スウィフト）は私にとって極めて偉大な人間であると思われるので、彼のことを考えることは、崩れゆく帝国について考えるようなものだ」と──（J.M.マリー『スウィフト』）。さらにルネ・ラルーは、スウィフトのことを「この時代の古典主義文学の最大の代表者」と言っている（『英文学史』）。

スウィフトの文章は、いかにも古典主義者の典型らしく、またその人柄そのままに、簡潔そのもの、明晰そのものである。中野好夫氏は「雨が降れば、彼（スウィフト）はただ「雨が降る」とだけ書く。余計な装飾は極端なまでに切って落とすのである」（『世界の文学、ガリヴァー旅行記』解説〔中央公論社〕）と述べている。まさにそういうことである。

スウィフトは生来の散文家であり、その意味では天才的である。或いは、彼こそ、英語散文の大成者と呼ばれるべきなのかも知れない。

アーノルド・ケトルも指摘するように、スウィフトの寓意的な『桶物語』はデフォーの『疫病流行年の日記』などとともに、亜小説と言えるだろう。『ガリヴァー旅行記』もまた、市井人の日常生活の写実からはかけ離れているけれども、やはり亜小説、準小説には違いない。当時世に広く普及した本書が、内容や形式の面で、やがて登場する近代小説（ノヴェル）のための「露払い」の役を果たしたことは明らかであろう。その体質からして、風刺の限界は乗り越えられなかったものの、スウィフトが、上記のような作品をもって近代小説誕生に相応の貢献をした事実はやはり否定出来ないのである。

因みに、芥川龍之介もスウィフトの影響を受けた一人である。彼の傑作「河童」に『ガリヴァー旅行記』の濃い影を見ることは容易なことなのである。

第Ⅳ部

誕　生

第 16 章

日常卑近の写実──ノヴェルの誕生

1

　産業上、自然科学上の発展、新興中産階級を基盤とした近代的市民社会の発展及びこれによる必然的な社会構造の変化、都市の発達、合理主義の風靡、現実主義的精神の高まり、このような社会的動向を背景とし、もっと直接的には、散文の確立と普及、ジャーナリズムの発達、読者層、とりわけ女性読者層の大幅な拡大といった諸要因に促されて、文学上の新しい分野(ジャンル)、即ち本格的な「近代小説」(Novel)が誕生するに至った。18世紀なかば、イギリスでのことである。これはイギリス文学史上、いや、ヨーロッパ文学史上、画期的な出来事であった。この時代を境にして、以降、従来文学の主流を占めて来た詩歌ないし演劇は、新参の小説にその地位を脅かされるようになる。散文文学の花形となるこの小説(ノヴェル)は、イギリスでは、18世紀中葉の段階において既に詩歌と拮抗する勢いを示したのである。
　ともかく、「小説(ノヴェル)」は、18世紀という新しい時代が生み出したものである。別の言い方をするならば、当時の新しい社会の欲求に応えて生まれて来たものである。要するに、それが誕生するための土壌や環境ができ上がっていたということである。それは偶然のきっかけから生まれたが、同時に生まれるべくして生まれたものでもあった。一般的には、サミュエル・リチャードソンの『パミラ、或いは美徳の報い』(1740年刊行)がその第一号とされている。
　リチャードソンは間違いなく非凡な才能の持主、大作家の器(うつわ)であった。その彼はふとしたことからその『パミラ』を書いたのであるが、たとえ彼がいなかったとしても、早晩他の誰かがそれに似たようなもの、またはそ

第 16 章　日常卑近の写実——ノヴェルの誕生　233

れに近いものに手をつけたに違いあるまい。その場合、少なくとも後世の詮索好きな文学史家たちは、彼に代わる存在を探し求めるどころか、探し当てたに違いなかろう。『パミラ』出現当時、既にそのような状況は仕上がっていたのである。リチャードソンは、そうと意識せぬままに、たまたまそのような分野の第一号として登場したということになる。そして、ひとたび彼の出現を見るや、他の大小の小説家たちも次々と名乗りを上げて来ることになった。こうして小説は、誕生後時を経ずして、大変な隆盛を極めることが出来たのである。

　因みに、アレンは、『パミラ』とフランスのピエール・マリヴォー（Pierre Carlet de Chamblain de Marivaux, 1688-1763）の作品の類似性に関して論じたところで、「1740 年までにフランスでもイギリスでも、小説はいわば空中にあり、既に潜在的に存在していた。必要なのは誰かがそれを書くことであった。そしてリチャードソンとマリヴォーは、彼らを形成する種々の力が両者に共通していたために、多くの共通したものを持っているのである」（『イギリスの小説——批評と展望』）と述べている。劇作家、小説家のマリヴォーは、心理分析とりわけ女性心理の分析とその描写に優れていた。小説作品に『ファルサモン』（*Pharsamon ou les Nouvelles Folies romanesques*, 1737）や『マリヤンヌの生涯』（*La Vie de Marianne*, 1731-41 執筆）などがある。

　このような小説の出現を呼び起こし、その隆盛を支えたのは、実に、大勢の中堅市民たち、女性を含む拡大した読者層だったのである。彼らの存在を抜きにして近代小説の誕生は語れないわけである。そしてこの小説は、彼らの要求通りに、現実を扱った、現実の社会の市井の人間、そのありのままの人生をそのまま紙上に写し取ったものだったのである。

　市民階級とその文学的欲求について、中野好夫氏は次のように述べている。

　　…この商工業市民の力というものは、王や、貴族や大地主のように、門地門閥だとか、そういった世襲的特権でえられたものではありません。すべて実力一つでえられたものです。ただ自身の頭の働きと強い

意志とでつかんだものであります。だからこのころ、すなわち勃興期の市民階級というものは、粗野ではあったかもしれませんが、鬱勃（うつぼつ）たる新興市民の自信に燃えていた。十八世紀なかば、近代の小説の勃興ということは、実にこの鬱勃たる市民階級の勃興を背景としてのみ考えられることなのであります。というのは、こうした新しい市民層にとって、旧（ふる）い宮廷中心の貴族社会の中で珍重されたような文学——主として古典主義的詩文学ですが、それでは、なんとしてもぴったりしない空々しいものがあった。…つまり従来の文学というものは、面白いには面白くとも、彼ら自身のほんとうの感情や心の動きや、またものの考え方を如実に反映しているものとはいえない。その意味でもっと彼らの心持にピッタリと触れてくるような文学への欲求が新しく起こっていたのです。そこへ突如として「パメラ」が現れた。

　　　　　　　　　　　　　　　——中野好夫『文学の常識』

　「ノヴェル」（Novel）という言葉は、リチャードソンの頃には既にあった。古くから前小説的な物語は「ロマンス」（Romance）と言っていたのであり、「ノヴェル」はそれに対立する概念なのである。その「ノヴェル」は実人生、実生活に即した内容を有している。ダニエル・デフォーやジョナサン・スウィフトの段階では、この点がまだ不十分だったということになる。
　新しい時代の一般市民に受け入れられた散文、それを用いて書かれた写実物語、即ち小説は、実際、重大かつ広範囲に及ぶ驚くべき関心を呼んだ。大勢の人々が現実の社会や人生を詳細に写すこの小説に深い共感を覚えたのである。読みやすく扱いやすい散文で書かれている上に、内容も身近な親しみを感じれるものであり、ストーリーも面白い。楽しみながら教えられることも多い。要するに、町なかの普通に読み書きができる沢山の人々にとり極めて取っつきやすい代物（しろもの）だった。小説の強い物語性、社会性が人々を引きつけた。その自由な形式は、近代人の合理性とぴったり合致していた。小説は外的、形式的にも内的、内容的にも、発展のための十分な条件を有していたのである。人々の（劇場で）観る興味は、（小説を）読む興味へと移っていった。後者、つまり読むほうがずっと手軽であり、広範

第16章　日常卑近の写実――ノヴェルの誕生　235

囲に及ぶ普及性を備えていたのである。
　小説(ノヴェル)は、内容が自由で、詳細かつ具体的で、写実性に富んでいるとか、一般性、庶民性があるとか、その人物描写や心理描写が生き生きとしているとか、分かりやすいとか娯楽性が強いとかの諸特徴を持っている。新しく生まれたジャンルであるからして、従来の作品が満たしていなかった、ないしは満たし方が不十分だった条件も満足させている筈である。この新しい条件とは、何よりも実生活、日常生活の写実ということであろう。単に虚構の物語であるとか、散文物語であるとかといった他の諸条件を満たすものは、ずっと以前からあったわけである。『パミラ』において初めて、平凡な家庭的日常生活、普通人のありふれた人生が克明、詳細に描かれたわけである。少し前のデフォーの『ロビンソン・クルーソー』、『モル・フランダーズ』やスウィフトの『ガリヴァー旅行記』などは、むろん小説(ノヴェル)の一歩手前まで来ている。見方によっては現実生活の写実も大いにある。しかしロビンソンもモルもガリヴァー船長も、平凡な或いは誰でもが遭遇し得るような体験をする普通人とはとても言えそうにない。無人島生活も、女泥棒稼業も小人国や大人国の冒険も、たとえそれらが現実社会の何らかの引き写しであっても、やはり「僕や君」「我々」一般には縁遠いものなのである。つまりこれらの作品は、小説(ノヴェル)としては不十分ということになるのである。

2

　『パミラ』の出現は、たちまち国内外に大きな反響を呼び起こした。特にイギリスにおいては、ほとんど間を置かずにヘンリー・フィールディングが登場する。そして『パミラ』の注目すべき意義は、それが小説の第一号になったという点に加えて、このフィールディングを興起せしめたという点にもはっきりと認められよう。リチャードソンとフィールディングは、以降、好敵手、よきライヴァル同士として競い合って小説の興隆に尽くすのである。しかも二人は極めて対照的な人柄、作風を有していた。これがまたよかったのである。彼らは、各々の独自の素質をフルに生かし、発揮

して、後世まで続く小説史上の基本的な二つの流れを生み出したとさえ言える。つまり、リチャードソンは、センティメンタリズムの「開祖」として、後の19世紀、20世紀小説にも通じる新しい型の文人であったのに対し、フィールディングのほうは、エリザベス朝文学のような明るく健康な、古いイギリスの伝統に立っていた。また、アレンの言い方を借りれば、リチャードソンは、あらゆるものを自分のほうへ引き寄せて、自身の存在の中で新たな様相を帯びさせるミルトンに近く、フィールディングは、自らを放射し、あらゆるものに自在に変化するシェイクスピアに近い、ということになる（『イギリスの小説――批判と展望』）。

　内向的で繊細なリチャードソンとダイナミックで男性的なフィールディング、この対照的な二人にローレンス・スターンとトビアス・スモーレットを加えた4人のことを人はしばしば「四車輪」（Four Wheels）と呼んでいる。この「四車輪」により、18世紀のイギリス小説は確立、完成される。彼らの旺盛な創作活動は、小説という新分野をわずかの期間で文学史上に決定的に定着せしめたのである。そしてこの18世紀小説の隆盛は、次の19世紀の、さらに20世紀の偉大な小説時代につながってゆくのである。

　ともかく、彼らによる「小説(ノヴェル)」分野の開拓は、文学の領域、その可能性を大規模に拡大し、同時に文学の社会性も大いに促進せしめるものであった。とりわけ小説史に関して言うならば、その始まりの段階において早くも彼らが、小説の未来に取り得る基本的な姿、形態の多くを示し得たという点が極めて注目される。ある意味では、後世の作家たちは、彼らの手のひらから抜け出せなかったのである。

第 17 章

サミュエル・リチャードソンと
『パミラ、或いは美徳の酬い』

1

　　　手紙一
　御両親様——たいそう困ったことをお報せしなければなりません。でも、少しは慰めの種もあるのですけれど。と申しますのは、奥様が先日来のあの御病気でお亡くなりになり、わたしたち一同悲嘆にくれています。召使みんなに御親切な、ほんとにいいかたでしたから。ことに、わたしの心配は、わたしは奥様づきの小間使でしたから、これでまた、寄るべがなくなって、うちへ帰らなければならなくなるのではないか、ということでした。お二人とも手一杯の暮らしをなさっているのに…奥様のお心尽くしで、わたしは読み書き算術を仕込まれ、針仕事も相応にでき、そのほか、分に過ぎた芸ごとを身につけましたが、そういう芸ごとが十分お役に立つようなお邸はめったにないでしょう。でも切羽詰まったときにいつもわたしたちをお慈しみくださいました神様のおぼしめしで、奥様は御臨終のちょうど一時間前に、わたしたち召使をひとりひとり若旦那様のお手に託して下さいました。わたしの番になりますと（わたしはお枕もとでただシクシク泣いていました）、こうおっしゃっただけでした。「お前」——ちょっと言葉をお切りになって——「可愛そうなパミラをお忘れじゃないよ。」——それが奥様のいまわのお言葉でした。思い出しても涙が出てきます。この手紙にもしみがついているかもしれません。
　でも、神の御心はきっと行われます——で、〈慰めの種〉とは、わ

第Ⅳ部　誕生

たしはうちへ帰ってお二人の厄介者にならなくてもすみそうなのです。御主人がこうおっしゃいました。「お前たち女中もみんな面倒をみてやるよ。パミラには」、(そして、わたしの手をお取りになりました。みんなの前でお取りになったのです)、「母のために、お前にはよくしてやりたい。わたしの衣類の世話をしてもらおう。」有難いことではありませんか。奥様の召使みんなが喪服と一年分のお給金を頂きました。…

——『パミラ、淑徳の酬い』（海老池俊治訳）

LETTER I

Dear Father and Mother,

I have great trouble, and some comfort, to acquaint you with. The trouble is that my good lady died of the illness I mentioned to you, and left us all much grieved for the loss of her: she was a dear good lady, and kind to all us her servants. Much I feared, that as I was taken by her ladyship to wait upon her person, I should be quite destitute again, and forced to return to you and my poor mother, who have enough to do to maintain yourselves; and, as my lady's goodness had put me to write and cast accounts, and made me a little expert at my needle, and otherwise qualified above my degree, it was not every family that could have found a place that your poor Pamela was fit for: but God, whose graciousness to us we have so often experienced, put it into my good lady's heart, just an hour before she expired, to recommend to my young master all her servants, one by one; and when it came to my turn to be recommended (for I was sobbing and crying at her pillow), she could only say —— "My dear son!" and so broke off a little; and then recovering, "remember my poor Pamela." —— And these were some of her last words. O how my eyes run! Don't wonder to see the paper so blotted.

Well, but God's will must be done! And so comes the comfort, that I shall not be obliged to return back to be a clog upon my dear parents! For my master said, "I will take care of you all, my good maidens. And for you, Pamela,"

第 17 章　サミュエル・リチャードソンと『パミラ、或いは美徳の酬い』

(and took me by the hand; yes, he took my hand before them all), "for my dear mother's sake, I will be a friend to you, and you shall take care of my linen." God bless him! and pray with me, my dear father and mother, for a blessing upon him; for he has given mourning and a year's wages to all my lady's servants, …

—— *Pamela*, Letter I

　これは『パミラ、或いは美徳の酬い』(*Pamela: or, Virtue Rewarded*, 1740) の冒頭の部分である。このように書き始められる本作は、書簡体小説であり、後にはイギリス最初の近代小説たる栄誉を担うことになる。作者のサミュエル・リチャードソン (Samuel Richardson, 1689-1761) は、ロンドンの成功した印刷屋であり、この作品を出版した時には、既に 51 歳になっていた。

　この『パミラ』は、その写実的、日常的内容が多分にセンティメンタルでもあり、また、ストーリー上の「玉の輿」的要素も手伝って、世人に受けて大ヒットした。出版の翌年 41 年の 2 月には早くも再版が出、初版出版から 10 ケ月内に 5 版まで出た。数年の内には大陸諸国語にも翻訳されている。まさに大変な評判を取ったわけである。むろんその読者は、上流やインテリ層から一般庶民層にまで及んだ。当時の小説中心の女性読者層の誕生、拡大という事情に加え、女主人公だったがゆえに、その（女性愛読者の）数は特に多かった筈である。作者のリチャードソンは、たちまちにして、彼らの崇拝の的となった。その中には、後のライヴァル、フィールディングの妹サーラ (Sarah Fielding) さえも含まれていたのである。

　彼リチャードソンは、イングランド中部のダービシャーに生まれた。名誉革命の翌年 1689 年のことである。これはくしくも近代小説の源流とも称されるジョン・バニヤン没年の翌年に当たる。父サミュエルは、もとロンドンの指物師 (joiner) であり、母は後妻でエリザベス・ホール (Elizabeth Hall) といった。要するに中産階級の家である。息子サミュエル 17 歳の時、一家は再びロンドンに戻る。彼は文法学校などで教育を受けたらしいが、「まじめ野郎」("serious") のあだ名があったという。早熟な少年で、筆が

たち、近所の若い娘などの恋文の代筆をしてやったりしたというから驚きである。サミュエルはやがて印刷屋に奉公に入り、これが生涯の職業となるわけである。主人の死後、そこの娘と結婚した。彼女の死後は再婚している。1740年にふとしたきっかけで『パミラ』を出して作家としての名声を得るや、41年にその続編（第2部）を出し、次いで47年に最高傑作『クラリッサ・ハーロウ』（*Clarissa Harlowe, or, The History of a Young Lady*, 1747–8）の第1、第2巻を発表する。翌48年12月にこの『クラリッサ』の最後の第7巻が完成している。49年には再版が出た。生涯のライヴァル、ヘンリー・フィールディングの『トム・ジョーンズ』（*Tom Jones*）の出た年である。さらに、53年には『サー・チャールズ・グランディソン』（*Sir Charles Grandison*）を出し始めている。この作品も、翌54年3月に第7巻をもって仕上がった。長い作品も比較的短期間で着実に書き上げている。いかにもリチャードソンらしい。『クラリッサ』、『サー・チャールズ』ともに完成後数年のうちにやはり大陸諸国語に訳され、大きな影響を与えている。このようにして文壇の名士となったリチャードソンは、本業の印刷業のほうも順調に行っていた。既に『パミラ』出版以前から国会の議事録の印刷を請け負ったり、諸種の定期刊行物を印刷したりなどして活発にやっており、50歳頃までには、ロンドンの同業者仲間の間で傑出した人物となっていた。

仕事は栄え、快適な郊外のノース・エンドに邸も持っていた（ブリッセ

図10　ギルドホール（Guild Hall）。ロンドン。シティ特別区の本部。中世以来市民の自治クラブとして王権とも対抗した。リチャードソンにもなじみの場所だったであろう。

ンデン〔R. F. Brissenden〕)。その彼、54 年には終に書籍出版業組合長にまで出世したし、55 年には 26 巻という厖大な『下院議事録』の印刷を完成もした。その律儀な人柄や仕事振りに加え、文壇上で勝ち得た名声なども力となって、このように本業面でも一層の成功を収め得たと言ってよかろう。彼は 1761 年 7 月に死去した。72 歳であった。

2

　51 歳の"老年"に達したリチャードソンの名を文壇に押し出した小説『パミラ』は、既に触れたように、全く偶然のきっかけから生まれた。そのきっかけは、彼生来の手紙文に対する才能や印刷商売に直接かかわっていた。
　1739 年に、リチャードソンは、二人の書籍販売業者(出版者)から手紙文執筆の公式の教育や訓練を経ていない人々の用に供するため、一巻の模範書簡集を編んでくれるようにと依頼された。引き受けたリチャードソンは、その仕事を進めているうちに、模範書簡のいくつかを用いて一つの教訓的な物語を書き上げてみようという考えにとりつかれ、早速実行したのである。頼まれた書簡集のほうはとりあえず放ったまま。
　大体、彼は、模範書簡の手引を編むに際して、人々に単に手紙の書き方を教えるだけではなく、道徳的に有益なものたらしめようと考えていた。そして、美しい召使い娘に彼女らの貞操に対する誘惑の避け方を忠告するための一群の手紙を編んでいるうちに、かつて聞いたある話を思い出した。それは、一人の召使い娘が彼女の主人からの誘惑を避けおおせ、終に彼と目出度く結婚にゴールインしたというものである。ここからパミラというヒロインが生まれることになった (R. F. ブリッセンデン)。小説『パミラ』は確かにそのような内容になっている。
　因みに、頼まれた模範書簡集のほうは、『パミラ』出版の翌年 1741 年 1 月に出されている。きちんと約束を果たしたわけである。これが『書簡文範』(*Letters Written to and for Particular Friends, on the Most Important Occasions*, 通常、*Familiar Letters* と呼ばれるもの) である。合計 173 篇の手紙文から成っている。これの序文 (Preface) において、リチャードソンは、徳と慈

悲心の理を説き、社会的、相互的な諸義務を書いてこれを強力に勧めた上、単に手紙文のモデルとしてのみならず、思考と行動の原理として役立つような実用的なものにしようとしたと言っている。

　さらに、彼は、奴隷ではなく、奉公人（召使い）の義務を、暴君ではなく主人の義務を、そして不機嫌で気むずかしい存在ではなく、逆に温和で寛大、親切な、それに力づくでよりも説得によって支配するような、そういう親の義務を指摘し、指し示そうとした、とも述べている。ここでリチャードソンは人間の相互関係ということを大変重視しているが、デイヴィッド・デイシャス（David Daiches）の言うように、この『書簡文範』は、リチャードソンの小説にみられる倫理的な世界を少なくとも示している。

　さて、先に述べたようにして誕生した『パミラ』は、一般的、教科書的には、イギリス小説の第一号と説明されており、実際、単にイギリス文学上においても歴史的に関心を持たれる意義深い作品となっている。

　17世紀末依頼の新しい小説の動向に沿って、デフォーに次いで登場した（R. P. マッカッチョン〔Roger P. McCutcheon〕）リチャードソンは、彼の天才振りもさることながら、まさに時運に恵まれて処女作『パミラ』による大成功を収めることが出来た。その『パミラ』は、デフォーに欠けていた「心理学的な深みや鋭敏さ」（"psychological depth and subtlety"〔R. F. ブリッセンデン〕）を満たしたのである。

3

　言うまでもなく『パミラ』の最大の特色は、手紙文（書簡）で成り立っているという点である。昔からいろいろと批判されながらも、実際相当に意味深い、それなりに迫力を持った作品であることが、一読すれば納得できる。そこにはかつて見られなかったような行き届いた繊細さや知的鋭さのようなものもうかがえ、そうした点で確かに、後のジェイン・オースティン（Jane Austen, 1775-1817）などへの影響も見て取れる。独自の深さ、鋭さを有するこの作品は、読者をその世界に引き込む力を秘めている。特に前半部はそうである。筋はある上流階級の放蕩息子（地主のMr. B）が、

第17章　サミュエル・リチャードソンと『パミラ、或いは美徳の酬い』

母の病死後、彼女の小間使いだった娘パミラ・アンドルーズ（Pamela Andrews）をさまざまな手管を弄して誘惑するが、貞操堅固な娘は故郷の両親の忠告なども受けて、恐怖のうちにも賢明に身を処し、主人の魔手を拒み切り、終に主人を改心させ、その結果、二人は目出度く結婚するという単純なものである。見方に寄れば、一種の「シンデレラ物語」、「玉の輿云々」式の物語であり、ロマンス的要素も持っている。デイシャスは、本作を「中産階級の倫理にもとづいた心理的写実主義のお伽噺」と言っている（David Daiches: "Samuel Richardson", *Literary Essays*, Oliver & Boyd Ltd. 只し、筑摩書房『世界文学大系 76（リチャードソン、スターン）』の中の訳文より）。が、デイシャス自身、テーマは民話的だが扱いは違うと述べているように、この作品は、実のところ、意外に複雑で、しかも確かにある種の近代性を秘めた、新しいタイプの本格的物語なのである。

　この新しさは、リチャードソンの取った手法や選んだテーマ、描いた社会状況などによるものであろう。確かにこのような作品は、それ以前にはなかったと言える。類似の傾向を有したものはともかくとしても—。何よりもそこには徹底した心理主義的リアリズムが見られる。鋭い洞察力と人物（この場合は主にパミラ）の心理のひだまで細やかに描き出す女流作家まがいの見事な筆の運びよう。パミラを取り巻く状況にも緊迫感が満ちている（少なくともパミラが Mr. B と結婚する以前の段階までは——）。作者はまるで何かに取り付かれたかのようにさえ見える。そのようにひたすら描き続けるのである。そこには一つの作者なりの信念があるように思える。これは単に迫害される処女であるヒロインに対する同情のみではなく、しばしば指摘されることながら、彼が階級問題も含む当時の矛盾をはらんだ社会状況一般に深く思いを馳せていたことにもよるであろう。狭い範囲を扱う「お屋敷物語」でありながら、本作が意外に深みや奥行を（と言っても、次の大作『クラリッサ・ハーロウ』には及ばないが——）見せるのは、徹底した心理描写とともに、このような点にもよっている。

　なお、読者を引きつける緊迫感には、パミラがいつ Mr. B に屈服させられるかという（読者を）不安にさせ、はらはらさせるサスペンス的要素も寄与している。

『パミラ』の複雑さは、その新しさと深くかかわり合うものであるが、その複雑さは、結局リチャードソンその人の内的な煩悶から生じたものである。新興の中産階級人たるリチャードソンの精神的、倫理的、社会的な煩悶と言えよう。「分裂せる心」（a divided heart）ということが度々指摘されているが、ブリッセンデンは、ヒロインのパミラの複雑さをリチャードソンの内的分裂、彼の内的、精神的闘争（the inner conflicts）に結びつけている。作者自身、徳育を世に示すために書いた、というこの作品も、単なる道徳書、教訓書ではなく、上記のような彼の込み入った内的世界から生まれた切実なものだったのである。しかも、そのような彼の「内的闘争」は、人間相互の関係や個人と社会の関係といった問題と深く絡み合うものだったのである。つまり、主人と召使、男と女、夫と妻、親と子、家と家、家と地域社会などの関係は、リチャードソンにとって、緊張や矛盾さえはらんだ重要な問題だったのである。そしてそれは一人リチャードソンにとってのみの大問題なのではなく、当時の社会全般にとっても深刻な問題だったのである。リチャードソンは、結局、このような問題を彼の書簡体小説の重要な主題(テーマ)としたのであり、また、彼を単なる道徳主義者、徳育礼賛者ではなく、当時の複雑な社会状況との格闘者、ある種の社会改良主義者とみる理由はそこにある。

　『パミラ』が出版当時から大ヒットしたわけはいろいろに説明されている。即ち、既に記したように、その独自の感傷性や「玉の輿」的、つまりロマンス的要素、手法の斬新さや見事な心理描写振り、サスペンス性などである。さらにイアン・ワットは、本作が読者にフィクションと信心書（devotional literature）の両方の魅力を一時に堪能せしめ得たという点を成功の一因に上げている。『パミラ』はこのような有利な諸特徴、諸条件をもって小説史上の大変幸運で好都合な時期に出現したのである。そして、当時の読者層の重要な予備軍とも言うべき女性読者たち、ワットに言わせれば「ひまな女たち」、教育水準は低凡で、古典的、専門的な文学作品よりは宗教文学やより軽い読書に時を費やした主として都会の中産の女たちに熱狂的に迎え入れられたのである。けれども、先に述べたようなリチャードソンの人間や社会との真剣な取り組み姿勢が、他のいかなる理由にも

第17章　サミュエル・リチャードソンと『パミラ、或いは美徳の酬い』 245

まして女性を中心とした当時の大勢の読者を動かしたのではなかろうか。なぜならば、リチャードソンの扱っていた問題は、同時に、彼らのすべてにとっても無縁の問題ではなかったからである。ブリッセンデンの言い方を用いれば、リチャードソンは当時の問題を象徴化しているのである。そして読者もそうした点を鋭く感じ取っていたのである。

4

　リチャードソンは、書簡形式を用いて彼の小説を書いた。少年期の恋文代筆時以来、この形式はリチャードソンのなじんだ手法、いわば「お手のもの」だったので、その点からみれば、彼にとりそう苦になるものではなかったに違いない。いずれにせよ、彼がこの形にしたのは成功につながった。それどころか、それは歴史的な意義さえ持つに至ったのである。

　書簡形式は優れた利点を持っていた。それは「瞬時に即して」（to the moment）書ける強みを発揮したのである。要するに、描写が生きてくるのである。同形式はさらに、劇（ドラマ）的特質も備えている。手紙もドラマも、「継続する現在」（アレン）を扱う。手紙文はドラマの登場人物のセリフに当たるのである。手紙を読むのは、舞台上の役者（人物）を見、そのセリフを聞いているようなものなのである。我々は手紙の書き手の喜びや苦悩を舞台上の役者のそれらと同じように直接感ずることができるのである。作者は余計な解説をはさまない。一切が書中の人物まかせというわけである。読者は手紙の書き手たちと直（じか）に接するのである。これほどに生々しい形はないわけである。

　手紙は、現在の事態や心境を緊迫した形で繊細に鋭利に描写し、報告することが出来る。生の状況を克明に、また微妙な心理のあやまでも精密に伝えることが出来るわけである。リチャードソンは、『クラリッサ』の有名な序文（Author's Preface）の中で次のように述べている。

　　すべて手紙というものは、書く人の気持が自分の問題（その時は、これから先どうなるかわからない出来事）に心底かかわりあっている

と思われる間に書かれるのである。だから、手紙は緊迫した状態に充ちているばかりでなく、いわゆる「即座の」記述、感想（それは若い読者の胸にしみじみと訴えるにふさわしいものであるが）にも、また心に触れる会話にも充ちている。その多くは、対話で、つまり劇の方法で書かれているからである。…「まさに現在」の苦悩の真最中に書く人たちの文体は、つまり、不安の苦痛（その時は、運命の懐に隠されている出来事）に悩む人の文体は、苦難や危険を乗り越えてしまって、それを物語る人の乾き切った、叙述的な、生気に欠けた文体と比べて、はるかに生き生きとしていて感動的であるに違いない。

　　――『クラリッサ』序文（*Clarissa Harlowe*, Author's Preface）。訳文はウォルター・アレン『イギリスの小説――批評と展望』による。

　大体、リチャードソンは、フィールディングのような古典を含む豊富な文学知識も持たず、そうしたためもあってか、自らの文学理論を体系的に書き残すようなことをしなかった。ブリッセンデンは、リチャードソンが彼の小説理論に結論的な形を与え得なかったのは残念なことだと述べ、その残念がるわけを彼の理論が、複雑（sophisticated）で、知覚力があり、我々が現在小説の本質に関して真実であると信じているものにフィールディングの散文における喜劇的叙事詩の理論よりも一層近いからだ、としている（*Samuel Richardson*, Writers and their Work: No.101）。

　が、リチャードソンは、他にも、彼の書簡類の中とか、『サー・チャールズ・グランディソン』の序文（Preface）の中とかでも、断片的に彼の考え方を述べてはいる。キンキード＝ウィークス（M. Kinkead-Weekes）は「書き散らした」（did scatter）と言っている。実のところ、そうしたものは相当あるわけである。

　リチャードソン自身も『クラリッサ』の序文で「劇の方法で云々」と言っているが、彼は要するに、キンキード＝ウィークスの言う「劇的小説」（"the dramatic novel"〔M. Kinkead-Weekes: "An Introduction to *Pamela*" from *Twentieth Century Interpretations of Pamela*, Ed. by Rosemary Cowler〕）を発明したことになる。そのキンキード＝ウィークスは、「劇的小説」は最も探

求的なタイプの小説だ、と言っている（「同上」）。
　フィールディングの場合、彼が青年時代の10年間ぐらいを喜劇作者として過ごしたこともあって、その小説は彼なりに、劇的要素に満ちているわけであるが（本書第19章「ヘンリー・フィールディングと『捨て子、トム・ジョーンズの物語』」参照）、そのフィールディングと対照的な作風とみなされているリチャードソンも劇的手法を重視していたことは、当時の文学状況を示していてはなはだ興味深い。リチャードソンは、劇の伝達面における直接性や生々しさを重んじたわけである。まさしく劇は、「想像力に富んだ洞察力の一種」（a kind of imaginative vision）（キンキード＝ウィークス）なのである。

5
　ともあれ、『パミラ』は、直接性に満ちた内面描写や心理描写にたけていた。その手法は、心理的な詳細描写とでも言うべきものに適していたのである。パミラは、その時々の心中の苦悩や不安を或いは歓喜を即座に紙面に書き写すのである。こうしたやり方は、「独白」とか「意識の流れ」などの手法にも通ずるものである。たとえば、状況的に追い詰められたパミラがリンカンシャー邸内の池辺で投身自殺を装って逃げようともくろみ、果たせず、実際に身投げをしかけた場面など、極めて「独白」的特色を示している。

　　神様お許し下さい。そのとき、いまわしい考えがこの頭に起こったのです。いま思い出しても、身が慄えます。どんな仕打ちを受けるだろうかと懸念する余り、わたしは永遠に魂を失いそうになったのです。ああ、御両親様もこの哀れな子供をお許し下さい。が、そのときは、わたしは自暴自棄になっていて、這い歩き、やっとよろよろ身をおこすことができるようになると、びっこを引き引き先へ進んだ。それは、何をするためにかというと——池へ身投げして、この世の苦しみにけりをつけようとしたのだった。…

びっこを引いていたために、水際へ行きつくのに暇がかかったのが幸せだったのだ、といまになって思う。そのために考え直すゆとりが出来たのだが、カッとしていきり立ったままだったとしたら、悲しみに打ち拉(ひし)がれた余り、急いで（逃げる道がなく、あの恐ろしい見張り人たちにどんなひどい扱いを受けることかと思って）、わたしは身を投げただろう。が、身体が弱っていたためにゆっくりとしか歩けず、反省が起こって、恩寵の光が真暗だったわたしの心に一筋差してくる暇があった。で、池のそばへくると、堤の坂に坐って、わたしは惨めな身の上を思案しはじめた。こういうふうに自分に説き聞かせた──
「恐ろしいひととびをする前に、お前のしようとしていることを少し考え直せ。なんの手だても残っていないかどうか──たとえこの悪しき家を逃れることはできなくとも、そこで受ける恐れのある危難を逃れる望みがないかどうか。」そして、思案にくれた。望みを持てそうな種はないかと思いめぐらしたが、見込みはなかった。同情心を持ち合わせない性悪女、たったいま来たばかりのあのぞっとする助手コルブラン、いまではわたしを憎み、苦しむだけ苦しめてやると脅かしになる、腹立ちまぎれの御主人。そんなひとたちの迫害から抜け出す目の前の好機を、多分、逸してしまうだろう。すると、「どうしたらいいのだ、可哀そうなパミラ」とわたしはひとりごとをいった。「わたしの身の破滅を決心しているひとたちの無慈悲な乱行を避けるために、神様のお慈悲に身を委ねるしかお前はしかたがあるまい（神様はわたしが罪もなく苦しんでいることを御存知なのだ）。」それから、また（その考えはきっと悪魔がそそのかしたのだ。気持ちをなごめ、また、力強く働いたから）──

──『パミラ』

　ここには、塀を越そうとして失敗し、死を思う一方で神をも恐れるパミラの孤独な苦悶の情が生々しく表明されている。因みに、これは、孤島でロビンソン・クルーソーが一人重病に陥り、初めて神を畏れるあの感動的な場面を連想させもする。もっとも、パミラの信仰は、ロビンソンのよう

に中途からのものではないけれども。

　内面描写、心理描写に重きを置くと言えども、リチャードソンの手法を今日の、たとえばジョイスやヴァージニア・ウルフらのそれと同一視することはむろん不可である。早い話が、書簡体と20世紀の「意識の流れ」が違うところはデイシャスもはっきりと指摘するところである。彼によれば、19世紀以前の作家のテーマは「紳士性〔ジェンティリティ〕」と「徳〔ヴァーチュー〕」であり、現代作家のそれは「孤独」と「愛」だというわけである。従って、リチャードソンの場合には、個人の内面的な経験も書簡によって人々に公表されなければならなかったのだということなのである。

　だが、リチャードソンの技法は、今日から見れば旧式で硬直した技法かも知れないが、それにもかかわらず、ジョイスやV. ウルフらのそれに通ずるものを秘めていたことは間違いない。しかも、内面心理をリアルに描写するためには、少なくともリチャードソンの時代にあっては、彼の用いた書簡法以上のものはあり得なかったのである。ともかく、直接性を重んじる彼の内面描写法は、彼のすぐ後に続くファニー・バーニーやジェイン・オースティンらに多大の影響を与え、ひいては後世の作家たちへも少なからぬ寄与をしたのである。

　なお、このような手法による彼の感情表現の豊かさは前例を見ぬものであるが、R. P. マッカッチョンは、彼の感情生活〔エモーショナル・ライフ〕への興味は一部は感傷的な劇か、多分1730年代のフランス小説から得たものだろう、と述べている。

6

　そのリアルな描写法にもかかわらずリチャードソンが以前から物笑いの対象にされがちだった原因の一つは、その長たらしい書簡の連続という点にある。ジョンソン博士も「もし諸君がストーリーを求めてリチャードソンを読むとするなら、諸君のいらいらは高じて、首をくくって死んでしまいたいと願うだろう」と述べているぐらいである。

　手紙形式は、間違いなく描写上の近代的、革命的利点を持っていたが、

それにしても、リチャードソンの場合、その余りな長さは不自然との非難を免れそうもない（『パミラ』はともかくとしても、『クラリッサ』はエヴリマンズ・ライブラリー版で4巻分、『サー・チャールズ・グランディソン』は「オックスフォード・イギリス小説」版で3巻分ある）。長さも不自然な点に加えて、作中の主要人物たちが何か事あるごとにテーブルに向かって手紙をしたためる、それも危機のさなかにおいてさえ根気強くそうするというのは、いかにも解せないことではある。しかし、いわゆる蓋然性の欠如ということは、芸術作品の場合、必ずしも根本的な欠陥とはならないし、リチャードソンの場合にも大勢の批評家たちはほぼ一致してその点を弁護しているように見える。つまり、芸術作品においては、蓋然性のなさは、ストーリーの進展を絶対的に妨げるものではないし、芸術はみなある種の約束事、要するに「慣例」(convention) を必要とするのであり、リチャードソンの場合も、そのように許容出来るというわけである。『パミラ』の許容し難い、根本的な難点は、アーノルド・ケトルも指摘するように、むしろその道徳的姿勢のほうにあるのであり、出版直後にたちまちフィールディングがそのパロディたる『シャミラ・アンドルーズ』(*An Apology for the Life of Mrs. Shamela Andrews*, 1741) を書いて攻撃を加えたのはまさにその点にあったのである。が、『パミラ』のそうした道徳的、倫理的な難点、二重性の問題については、のちほど論じることにしたい。

　なお、リチャードソン自身は、これは大長編の『クラリッサ』についてではあるが、作品の長さを次のように弁解している。

　本作は長いけれども、主題から自然に生じたもの、主題にとってプラスになるもの、それに主題を続けるもの以外には一つの脱線もなく、一つの回顧もない。

7

　『パミラ』の構想は、それ自体明瞭である。それは、たった一つの視点から物語られている。しかも単一の問題、単一の状況（situation）を扱って

第17章 サミュエル・リチャードソンと『パミラ、或いは美徳の酬い』

いる。いわゆる「エピソード」の挿入はないのである。イアン・ワットは、リチャードソンはデフォーの残した未解決な問題の解決に成功したとして、次のように述べている。

　そのうち最も重要な問題はプロットの問題だったろう。そしてリチャードソンのその点の解決法は非常に簡単だった。彼はエピソード的プロットは避け、求愛という単一行為に彼の小説の基礎を置いたのである。

――イアン・ワット『小説の興起』

　ワットが続けて言うように、かくも旧式な武器でもって、文学上の大革命がなされたのである。パミラの眼で眺められ、語られるこの作品の構造は、細かな難点はあろうが、B氏のベッドフォードシャーの邸→彼の別邸であるリンカンシャーの邸→ベッドフォードシャーの邸と、背景的に区別し、順序づけることが出来る。また、B氏のパミラ迫害、パミラのリンカンシャー邸への監禁、B氏とパミラの結婚、パミラとデイヴァーズ夫人の対決などと、内容的にも一応分析、整理出来る。

　もう少し細かく述べると、最初のB氏邸の場面では、B氏の、パミラを大変可愛がってくれた母が病死した後、B氏がパミラに好色の眼を向けるようになり、肉欲から彼女に対し露骨に迫る。主人たる地位を利用し、有無を言わさず迫るのである。貞操堅固なパミラは両親の手紙による助言も受けつつ、これに抵抗し続ける。B氏邸の家政婦ジャーヴィス夫人（Mrs. Jervis）は、窮地に立って煩悶するパミラをかばう。やがてB氏は、思い通りになりそうもないパミラを実家の両親のもとへ返すと騙して、馬車に乗せ、送り出す。主人の意を受けている御者ロビン（Robin）は、パミラをある百姓屋に泊め、次いで大きな町の宿屋に泊める。ここのおかみは、パミラの送られるリンカンシャーの邸の性悪な家政婦ジューっクス夫人の義妹にあたる女だった。大きくて古いリンカンシャー邸に着いたパミラはそのジュークスにさんざんいじめられる。ジュークスは主人のB氏に忠実そのものだった。ここでは、ウィリアムズ牧師が、パミラの手紙を折

りを見てひそかに両親のもとへ送ってくれる。B氏の計略に苦しむパミラは（前に触れたように）脱出を試みて失敗し、邸内の池辺で投身自殺さえ考えるが、危うく思い止（とど）まった。しかし、恐怖に怯えながらもパミラはB氏を憎み切れない。そこにはアンビヴァレントな感情が潜んでいるのである。終に邸内の池辺でパミラが命より操が大事、と言うのに感動したB氏は、彼女をロビンの馬車で両親の村へと出発させる。B氏の完全な変身である。パミラは途中で例の宿屋に入るが、そこへB氏の手紙が届けられる。病気になったB氏がパミラに戻って来てくれるように云々との内容がしたためられていた。パミラはリンカンシャー邸へ引っ返し、病床のB氏は彼女をやさしく迎え取る。やがて二人はウィリアムズ牧師の手により、礼拝堂で内々の挙式を行った。貧困で借金を抱えていたが、「英国中で最も実直な父」であるパミラの老父ジョン・アンドリューズ夫婦もB氏によりケントに立派な農場を与えられることになる。ところが、ある時、B氏の留守中に彼の姉デイヴァーズ夫人が甥のジャッキー（デイヴァーズ侯の姉の子）を連れてやって来て、パミラをいじめる。弟が成り上がりの平民娘と結婚するのがいやなのである。辛くも邸を脱出したパミラは、馬車でB氏訪問先のサイモン卿の邸に向かい、事の次第を話す。B氏とパミラはリンカンシャーの邸に帰り、B氏と姉の言い争いに発展する。が、終には三人が和解に達する。こうして、B氏とパミラはもとのベッドフォードシャー邸に戻り、パミラは、自分に同情を寄せてくれたジャーヴィス夫人以下老家令ロングマン、執事ジョナサンその他の使用人たちと再会する。この際、少しくどく述べたけれども、以上のような内容の物語である。

　ともかくストーリーそのものはむしろ単純、または構成的にも結構整っていると言える。全体を通じて単一の視点、つまりヒロインたるパミラの視点から「物語られて」いる点が、パミラを取り巻く単一の状況とともに、構想的まとまりに大いに寄与している。文章面では、言うまでもなく、描写が心理的に細かく鋭い。リアリスティックである。特に会話は生きている。次の引用文は、Mr. Bとパミラの主従間のやりとりをパミラが母あての手紙の中に写し取ったものの一部である。

「そのまま、仕事をしているがいい、パミラ。わしのことを気にしなくてもいい。だが、わしがリンカンシャーから帰って来たというのに、御機嫌ようともいわないじゃないか」「ご自分のおうちへお帰りになったのでございます。御機嫌よろしくと申し上げるまでもございません」

わたしは出て行こうとしました。が、「逃げちゃいけない。ひとこということがあるんだ。」胸がドキドキしました。「あずまやでちょっとやさしくしてやったら、お前がひどい目に合うとでもいわんばかりに馬鹿騒ぎをしたとき、そのことは誰にも知らぬ顔をせよといいつけたはずだ。だのに、わしの評判もお前自身の評判も考えず、世間にいいふらしてしまった」「世間にでございますって。わたくし誰も話す人なんかございません。いわば」

わたしを遮(さえぎ)って、「いわば、だと。ごまかしちゃいけない。いわばとはどういうことだ。たとえば、ジャーヴィスさんに告げ口しなかったか。」すっかり度を失って、「退(さ)がらせて下さいまし。わたくし自分のいいぶんを申し立てるわけには参りませんもの」「ごまかしだ」といって、わたしの手を取り、「いいぶんだと。こんな簡単な問いに答えることが〈いいぶん〉になるとでもいうのか。ひとことですむことだ」「どうぞ御勘弁下さいまし。でないと、わたくしまたわれを忘れて、生意気なことを申し上げるかもしれません」

――『パミラ』

"Sit still, Pamela," said he (= Mr. B), "and mind your work, for all me. —— You don't tell me I am welcome home, after my journey to Lincolnshire." —— "It would be hard, Sir," said I, "if you was not always welcome to your honour's own house."

I would have gone; but he said, "Don't run away, I tell you. I have a word or two to say to you." Good Sirs, how my heart went pit-a-pat! "When I was a little kind to you," said he, "in the summer-house, and you carried yourself so *foolishly* upon it, as if I had intended to do you great harm, did I not tell you you should take no notice of what passed, to any creature? and yet you have made a common talk of the matter, not considering either my reputation or your own." ── "I made a common talk of it, Sir!" said I: "I have nobody to talk to, hardly."

He interrupted me and said, "*Hardly*! you little equivocator! what do you mean by *hardly*? Let me ask you, have not you told Mrs.Jervis for one?" ── "Pray, your honour," said I, all in agitation, "let me go down: for it is not for me to hold an *argument* with your honour." ── "Equivocator, again!" said he, and took my hand, "what do you talk of an *argument*? Is it holding an argument with me to answer a plain question? Answer me what I asked." ──

"O, good Sir," said I, "let me beg you will not urge me farther, for fear I forget myself again, and be saucy !"

── *Pamela*, Letter XV（　）内筆者註

　ここには主従間の緊迫感に満ちた言い争いが生き生きと記録されている。

　本作の人物描写は女性描写のほうに優れているようである。パミラやデイヴァーズ夫人は細かなところまで巧みに描き出されており、生気に満ちている。他方、Ｂ氏の描写はそれほどでない。いや、Ｂ氏の人物創造はむしろ失敗に終ったとする意見が目立つ。これは彼が硬直気味な人物になってしまったためである。リチャードソンは、大体、女性の心理描写にたけたタイプの作家であるが、次の大作『クラリッサ』の主人公たる放蕩児ラヴレイス（Lovelace）像の創造は見事に成功している。そのラヴレイスに比せば、Ｂ氏像は単純そのものとも言えよう。要するに彫りが浅い。だが、最後の大長編『サー・チャールズ』の主人公サー・チャールズは理想的男性像の象徴として描かれたものの、ある意味でＢ氏以上の失敗に帰した。これは作品全体の不出来とも関係していようが、やはり、リチャードソンの場合、フィールディングとは対照的に、女性心理の解剖とその描写に一層の持ち味を発揮したと言える。これは当然作家の体質の問題である。

第17章　サミュエル・リチャードソンと『パミラ、或いは美徳の酬い』

　B氏がそれでも何とか読むに耐えるのは、彼自身も寄与している、主として、作品の張り詰めた全体的状況のお蔭であろう。このようにB氏像がすっきりしない理由の一つは、作者が上流階級をよく知らなかったことである（フィールディングは、上流階級を知る数少ない作家と自負していた）。B氏において最も目立つ欠点は物語の前半部における迫害者としての彼のありよう、その悪役としての迫力あるイメージと後半部におけるだらしないほどの善人紳士振りとの落差の大きさ、もしくはそうした変化の余りな唐突さ、不自然さにある。これは確かに読者を戸惑わせる。デイシャスは、B氏の役割をうまくまとめている。彼は、B氏にはパミラに反作用を起こさせてそれを受けるものとしての興味しかない、と述べている。

　このようなB氏がともかくも生きているのは、物語の始めのほうの段階においてである。そこでは、B氏が主人（権力者）としての圧倒的な力で迫って、パミラを怯えさす。非常に繊細な神経を持つパミラは、恐怖に震えながらも知性と堅固な道徳心、厚い信仰心をもって、抵抗し続ける。それも、先の引用文にも見られるように、彼女は「主人」たるB氏にかなり手厳しく言い返したりもする。このような状況を描いた部分が、本作中最も迫力がある。この両者の戦いは、『クラリッサ』におけるヒロイン、クラリッサとラヴレイスのそれと基本的には同一である。パミラを迫害するB青年は悪魔的姿、ドン・ファンのイメージを強烈に見せている。好色なサディスト、放蕩者で、恐怖を与える存在である。このB氏像は、パミラとともに、それぞれ、リチャードソンのある部分を表すものであろう。B氏対パミラの戦いは、リチャードソンの内心の葛藤であり、彼の内面世界の反映でもある。

　抵抗するパミラは、「迫害される処女」の典型だが、そうした例に洩れず、大変な美女として描かれている。この「危険な美」（デイシャス）を背負う彼女は、内面的に極めて繊細ながら、ある種の煮え切らなさ、ふんぎりの悪さ、曖昧さを見せている。そこから二重傾向が生まれる。パミラとB氏は無意識のうちに最初からお互い同士引かれ合っていたのではないのかという問題である。パミラは操を汚されぬように用心しつつもB氏を己のほうに引きつけようとしていたというものである。この二重性は、作品

世界をそれだけ複雑なものにする反面、倫理的な危険性をももたらす。非難、攻撃の余地を与えてしまう。このような弱点が、出版当初から本書を『シャミラ・アンドルーズ』に始まる恰好のパロディー化の対象、嘲笑の対象としてしまったのである。「美徳の酬い」を裏返しに見る皮肉な見方である。

　なお、『シャミラ』は『パミラ』出版の翌年に出された匿名の小冊子であるが、今ではフィールディングの作というのが定説になっている。書簡体で書かれた風刺文である。シャミラ（Sham は「ごまかし」「いんちき」の意）はパミラをもじったもの（パロディ）である。『シャミラ』にはコニー・キバー編（By Mr. Conny Keyber）と記してあるから、フィールディングは、最初『パミラ』（匿名出版だった）を当時の演劇界の大立物コリー・シバー（Colley Cibber, 1671-1757）の作と考えていたようである。

　さて、パミラは、言い争いの中でも、容易にB氏に屈しない強靱さを持っている。B氏はパミラに相当量の毒舌や悪口をぶつけるが、パミラの舌もなかなか鋭い。とりわけ、B氏にとっては、パミラが密かに手紙を書きまくるのが脅威である。B氏の言ったり、したりしたことはすべてパミラに記録されてしまうのである。その結果は、すべてが公になるということになりかねないのである。だからB氏は、パミラの手紙を中途で抑えたりする。書簡方式は、美徳や真理の発揮、或いは教訓は、公にされねば意味がない、公になることを目的とするという点で、恰好の手段であるが、それにしてもパミラは、飽きもせずに膨大な量を書き続ける。彼女は手紙を書くために生まれて来たような印象さえ与える。彼女の手紙書き、日記書き、その本好きなことや優れた文才などに関する言及は、書中至る所に散見される。たとえば、次のようなものである。「書くことが好きなものですから、また長い手紙になりそうです」（パミラの両親あて手紙の中で。手紙五）、「この子はしょっちゅう何か書いている。他に仕事がありそうなものだのに」（B氏の言。手紙十）、「手紙書きの名手だからな」（B氏の言。手紙十六）、「お前は針よりも筆のほうが好きなんじゃないか」（B氏の言。手紙二十二）、「ここにいる限り、手紙を書き続けます」（パミラの両親あての手紙の中で。手紙二十四）、「この頭と手が使える限り、万事お報せい

たします」(パミラの両親あての手紙の中で。手紙二十五)、「パミラは手紙の達人ですから」(B氏の言葉。手紙三十一と三十二の間の作者の解説中)、「読むことと同じく書くことも好きなんだから」(パミラの言葉。「日記」中)、「わたしは書くことに馴れているから、手速く書けるのだが」(「日記」中)、「わたしはすぐ何か書きつけるくせがついて、ひとりになると、手にペンを持たずにじっとしていられない」(「日記」中)、…等々。

　このような書くことへの「異常な」興味、又は執着心は、そのままリチャードソンのそれらでもあろう。パミラは、手紙を書く動機を次のように述べている。

　　お二人（両親）がわたしの手紙を取っておいて、お仕事が終わると、繰り返し繰り返し読んで下さるし（とジョンがいうのですが、哀れな娘からくるものはなんでもやさしいお心からお気に召して下さいますようですから）、お手もとへ帰ったあとで、わたし自身それを読むのが楽しいでしょうから、というのは、どんな目に会ったか、どんなに神様のお恵みが大きかったか思い出しながら（そうすれば、あの世へ行ってから、自分の悪行によって、いわばわれとわが身を地獄へ落とすようなことにならないように、わたしのよい決心がいよいよ固くなるでしょう）、で、時間のあり次第、ことの起こり次第、書きつけて、折を見てはそれをお送りしましょう。
　　　　　　　　　　　　——『パミラ』手紙二十（　）内筆者註

　彼女の書く動機は、実際、このように信仰心とも深い関係を持っているのである。
　ともかく、パミラは、意図せぬままに、手紙という武器をフルに活用して、終に恐ろしい迫害者を彼女への尊敬者、崇拝者へと変身せしめることに成功するのである。B氏がパミラの手紙を途中で抑えて盗み読むうちに、その内容に心動かされるに至るからである。ヒロイン、パミラの描写は、書中で圧倒的比重を持つが、彼女とB青年に次いで目立つ人物は、ベッドフォードシャーのB邸の家政婦でパミラをわが子のように可愛がる優

しい女性ジャーヴィス夫人、Ｂ氏の姉で、弟のサリー・ゴッドフリー嬢との情事の不始末を処理するほどに弟を愛しているが、その弟が成り上がりの平民娘（パミラ）と結婚することを嫌い、パミラをいじめるデイヴァーズ夫人、さらには、Ｂ氏のリンカンシャー邸の家政婦で、かつて宿屋の女中頭をしていた性悪女ジュークス夫人、リンカンシャー邸で迫害に苦しむパミラを助けようとするウィリアムズ牧師などである。他にも大勢登場するが、いずれも影が薄い。

　人物関係で最も留意すべきは、パミラ対Ｂ氏とパミラ対デイヴァーズ夫人のそれであるが、この点は、単に倫理的、道徳的問題のみならず、階級的問題、社会的情勢ともかかわり合うことなので、続けてその点を考察してみることにする。

8

　リチャードソンの階級問題に対する考え方には屈折したところがある。即ち、彼のヒロインはすべて「民主主義者」（ブリッセンデン）でありながら、彼自身、階級意識にとらわれており、平民としての卑下には抜き難い、いやし難いものがある。トーリー党員だった彼の貴族観には明らかに矛盾が含まれていた。彼は貴族を軽蔑しながら、同時に羨望の眼でも眺めていたのである。貧しい平民の娘パミラは、玉の輿に乗ることに成功する。このように、リチャードソンの理想は、中産階級の人間が上層に結婚を通じて登ってゆく、ないしは迎え入れられる、というものである。上層の仲間入りを遂げることは当時の中産階級人たちの夢であり、言ってみれば、パミラは、彼らの代表者としてこの夢を見事に果たしたことにより、読者から「英雄視」されるということにもなったのである。作品『パミラ』の大ヒットの一因がそこにもあったことは明らかである。従って、リチャードソンの抱いた矛盾は当時の中産階級人全般のそれでもあったのであり、結局、時代的制約によるものだったのである。

　リチャードソンの文学は、一面で、「召使い文学」「女中文学」のような相を持つが、階級問題においては、やはり、貴族や地主階級の権力、召使

第17章 サミュエル・リチャードソンと『パミラ、或いは美徳の酬い』

いの地位などに関する当時の実情をよく認識してかからねばならないであろう。そこには忠誠とか絶対服従とか裏切りへの罰、その償いや許しとかいったいろいろな問題が絡んでくるわけである。力をつけて来た新興ブルジョワ層の代表たるリチャードソンは、自らの属する階級の道徳堅固な謹厳さや勤勉さを誇りつつ、貴族階級の倫理的な乱脈振りや怠惰を軽蔑し、そのわがまま振りを非難した。と同時に、彼は、貴族層への憧れをこれまた新興ブルジョワらしく最後まで捨て切れなかったのである。

そのようなリチャードソンではあったが、彼の社会的人間関係に対する関心は、既に触れたように、非常に強かった。彼は、個人対個人のみならず、個人対社会の関係や階級的相剋の重大さをよく認識していた。デイシャスは「リチャードソンの小説は18世紀のブルジョワの倫理を祀っている」と述べたが、彼リチャードソンは、そのような立場に立って、時代の状況を問題視し、階級間の闘争を取り上げ、社会的不公正を激しく突いたのである。そうすることによって、「行動規範の改良」（アレン）を企図しようとしたのである。

リチャードソンの社会的不公正に対する怒りは、あくまで控え目で貞操堅固なパミラと悪辣でわがままなB氏の対決、或いはそのようなパミラと平民階級を最初から受けつけようとしないデイヴァーズ夫人の対決の描写によく表れているが、とりわけ国王と貧乏人の髑髏を比較して論ずる部分は痛烈である。

　貧しいものはなんと高慢な金持に軽蔑されることなんだろう。しかも、われわれは元来立場がひとつだったのだ。古い血統自慢のあのお歴々もわたしのうちと同じくらい健全なそして本当に汚れのない血を引いていればよろこぶひとが多いことだろう。——この高慢な人々は人の一生がどんなに短い旅路かということを、そして、また、どれほど思い上がってもわれわれと同列に並ばなければならぬときがくることを、考えたことがないに違いない。国王の髑髏と貧乏人の髑髏を眺めて、区別がつかないといった哲学者は、真実を語ったのだ。そればかりでなく、そういう人々は最も富んだ王侯も最も貧しい乞食も最後

の審判の日にはひとりの偉大な恐るべき裁判官に裁かれることを知らないとでもいうのだろうか。その裁判官は暮らし向きに従って人間の区別をつけたまわないだろう。いや、それどころか、機会を活用しなかっただけ、高慢な人々の受ける判決は厳しくなるだろう。哀れなものたちよ、わたしはその高慢さを憐れむ——ああ、神よ、もしわが心がそのような人々の悪徳に染み、かかる人々がさげすみの目で眺める卑しい地位を冷酷に軽蔑する気風に毒されるようなことがあるならば、その高い身分に近よらしめたもうな。

——『パミラ』

　これは、デイヴァーズ夫人の弟Ｂ氏へあてた傲慢な忠告の手紙を見せられたパミラが抱く階級観である。つまりは、リチャードソンのそれである。国王のどくろと貧乏人のそれに何らの違いもありはしないという言葉は、まさにリチャードソンの、新興ブルジョワ層の意識を象徴的に表している。
　デイヴァーズ夫人は、成り上がりの娘っ子に過ぎないパミラが自分たちの名誉ある一族に仲間入りすることに生理的にも耐えられないのである。だから弟を責めるのである。Ｂ氏も地主であるに加えて治安判事のポストにあり、その力の及ぶ地域内では絶対的権力を有している。従って、たとえパミラがお屋敷の塀をうまく乗り越えられたとしても、依然として釈迦の手のひらの上の悟空に等しいのである。このように、召使いや小作人にとっては自主的な選択の余地など全くない。こうしたひど過ぎる状況をリチャードソンは激しく突いているのである。彼は、パミラ対Ｂ氏の、パミラ対デイヴァーズ夫人の言い争いを通して、このような不公正を鋭く批判しているのである。従って、作中のこれらの部分には迫力と緊迫感がみなぎっている。そしてパミラとＢ氏が愛や尊敬の甘い言葉を交わし合う段階に至ると妙にしらけてしまう。Ｂ氏、パミラとデイヴァーズ夫人の和解後もしかりである。後にはしかつめらしい道徳講話や読者へのもっともらしい訓戒の言葉が残るばかりである。
　さて、リチャードソン文学の大きな意義は、上記のような階級的、因習

的な問題を中産階級の女性観、性（セックス）観と合わせて取り扱ったところにある。当時は絶対的に父権の社会であった。それゆえ、女性は家庭的、社会的に、いや法的にさえも拘束されることが普通だった。イアン・ワットはさらに経済的要因をも重視している。つまり、若い娘の結婚は、経済的要因に左右されることが多かったのである。利益を目的として、まるで「バーゲンセール」のように男女双方の年齢などには無頓着に執り行われるのが当り前のことであった。それに女性は経済的に全く自立出来ない。従って、結婚を含めて、その自由は大幅に制約されざるを得なかったのである。こうした問題は21世紀の今日むろん皆無ではあり得ないが、18世紀社会においては、極めて深刻な問題であった。クラリッサ・ハーロウは、まさに、このような父権制社会の根深い因習に反抗したのである。

　パミラも当時の女性読者に大きな感動を呼び起こしたが、それは、生殺与奪の権を完全に握る手管にたけたドン・ファン地主の手中にあって、一人の人間としての自尊心を失うことなく、操を守って苦闘する一召使い娘に過ぎない彼女の姿が及ぼした強い影響の結果であった。

　こうしたパミラの美徳は、ブルジョワ層ピューリタニズムとそれに基づく倫理観、社会観、ひいては結婚観や性（セックス）観などに深くかかわるものである。ピューリタニズムの結婚観、性（セックス）観は厳格なものであった。それによれば、肉体的欲望、或いは恋愛感情は、抑制すべきものであり、「貞節」は最高の美徳とみなされていた。そして、性的放縦は貴族階級、上流社会特有の悪弊と考えられていたのである。ブルジョワ的ピューリタニズムは「純潔こそ唯一の物質的資産、安く見積もれぬ商品」（アーノルド・ケトル）とさえみなしがちであった。こういう見方がいわゆる『パミラ』の二重性云々のもとになっているわけである。ともかく、ワットは、パミラが新しいヒロインの原型、即ち大変若く、たおやか、きゃしゃで、未経験で、受身な理想的なヒロインの出現を告げ、このようなパミラ的なヒロイン像がヴィクトリア朝末期に至るまでの大部分の小説のそれになった、と言っている（『小説の興起』）。

　リチャードソンの性に対する見方は硬直気味で狭いし、また、いくら「貞節」を最高の美徳と見るのが当時の風潮だったとは言え、性と美徳を

そのまま直結させ過ぎたきらいがあるが、これはブルジョワ層清教主義の影響によるのはむろんのことながら、デイシャスも指摘するように、むしろリチャードソン本人の生い立ちや気質、つまりは個性に由来しよう。加えて、多分にセンティメンタルで、ややもすると、スモーレットの猥せつさやスターンの卑猥ささえをも顔色なからしめる程の好色的要素（アレン）や強いサディズム的要素も含んだ性の描き方は、結局リチャードソン独自のものだったと言えよう。リチャードソンは、本来女性的趣向を持った人間であり、ネズミ嫌いだった（ワット）。フィールディングの妹サーラを含む熱狂的な女性ファンをまわりに持った彼は、生来の女性的な繊細さをもって、女性の心理になり切って作品を描くことが出来た。そこにはリアリズムに裏打ちされた心理的に鋭い洞察力が見られたのだが、そのような洞察力を結婚問題や性問題を中心とする時代状況、社会慣習の解剖に最終的に適用したところに彼らしい迫力が生じ得たのである。だが、リチャードソンの社会観や倫理観は、「民主主義者」のヒロインたちを描いたとは言え、他方で、親と子の両方に平行して警告を発するなど（『サー・チャールズ・グランディソン』序文）、ピューリタニズムと彼生来の個性のいずれによっているかはともかくとして、むしろ保守的に堅固なものであった。よって、彼の新しさを述べるとすれば、道徳革命的な面と言うよりも、やはり、一人の召使い娘の日常を克明に追ったという小説技術的な面になるであろう。そうした極めて写実的な姿勢を取った彼は、風俗的な描写も多くした。早い話、邸宅（お屋敷）内の部屋、納戸、食卓、調度類、それに衣類などを細かく描いている。特に、衣類の描写は多く、ベッドフォードシャーのB氏邸を去る前にパミラが自分の衣類を分類して三つの包みに入れ分けるところなどは、階級問題などとも絡んで、意図して象徴化されているように思える。

　このような風俗的、日常写実的、つまりは現実的な特徴と他方面でこの物語の秘めるおとぎ話的、ロマンス的な特質との融合も顕著な特色となっている。大変悲劇的な『クラリッサ』もセンティメンタルではないとよく言われる。その点、『パミラ』には間違いなくセンティメンタルな色合いが濃厚である。これまた『パミラ』の欠点とされがちな点であるが、実際

には、当時の「センティメンタル」(sentimental) なる語は、今日のそれほど
に浅薄なものではなかった。ブリッセンデンは、当時の 感 傷 小 説 〔センチメンタル・ノヴェル〕 は登場
人物たちの道徳的な感情が用心深さと真剣さをもって表され、分析される、
そういう小説と解されていた、と言っている(『サミュエル・リチャードソ
ン』)。ただ、『パミラ』の場合、ヒロインの死ぬ『クラリッサ』に比して、
擬似的な 感 傷 性 〔フォールス・センティメンタリティ〕 に傷つけられているというのである(「同上」)。B 氏の
変身の余りな唐突さ、パミラのアンビヴァレンス、性〔セックス〕の狭い扱いよう、鼻
につく感傷性や教訓性、ユーモアの欠如など、『パミラ』の欠点とされる
ものは少なくない。深遠な『クラリッサ』に比せば、確かに底の割れたと
ころがある感じもする。が、それにもかかわらず、我々は『パミラ』の持
つ意義を否定し去ることはできない。それは、作者リチャードソンの真摯
さとも相俟って、発展の可能性を秘めた近代小説のあるべき姿を如実に
我々に示してくれた作品だったのである。作者は、文学史上にむしろ旧式
な技法を用いて、一つの全く新たな可能性を切り開いてくれた。しかもそ
れは近代市民社会にぴったりとマッチしたものであった。キンキード＝ウ
ィークスは、リチャードソンの価値をその劇的想像力に置きつつ、次のよ
うに述べている。

　我々が『パミラ』にその諸欠点にもかかわらず注目するのは、作者
が人間の高潔さについてのより深い意味や人間がいかにしてお互い同
士との、また神との真の関係を達成出来るかについてのより高尚な概
念へと至る道を見出すのに助けとなるような一種の小説〔ノベル〕を創出してい
るという点にある。これは彼の最初の試みの諸過失以上に重要なこと
なのである。
　　　　　── *Twentieth Century Interpretations of Pamela*, Ed. by Rosemary Cowler

　ともかく、リチャードソンのパイオニアとしての業績は、『パミラ』の
ぎこちなさを大幅に上回るものだったのである。

第 18 章

ヘンリー・フィールディングと『ジョウゼフ・アンドルーズの冒険』

1

　ジョン・バット（John Butt）も言う通り、フィールディング（Henry Fielding, 1707-54）は、リチャードソンの『パミラ』が現れなかったら小説家にはならなかったであろう（ジョン・バット『フィールディング』〔*Fielding*, 1954〕）。その『パミラ』の出現と大ヒットを前にして、ちょうど劇作の道を断たれ、一大転機にあったフィールディングの反骨心、反発心が燃え上がった。彼の見た『パミラ』の鼻につく道徳臭や「偽善性」に対してである。早速そのパロディ化に取りかかり、小冊子『シャミラ・アンドルーズ』を発売したのだが、これは周知の通り、『パミラ』の茶化しに徹したもの、要するに、それだけのものに過ぎなかった。ところが、二番目のパロディ作『ジョウゼフ・アンドルーズ』（*The Adventures of Joseph Andrews*, 1742）になると、全く事情が変わってくる。つまり、今度は、パロディ作というのは名ばかりで、実際には、フィールディング自身の世界が展開されるのである。小説家フィールディングの誕生ということである。当然、彼は『パミラ』に感謝すべき立場にあるわけであるが、やはり彼に潜んでいた大小説家としての才能や資質が何よりも物を言ったと見るべきである。『ジョウゼフ・アンドルーズ』執筆の根には、既にして第 1 巻第 1 章の標題に「伝統一般、とくにパミラ伝について——あわせてコリー・シバーその他につき一言」（朱牟田夏雄訳）とあるように、またこの章の内容に見るように、『パミラ』とコリー・シバーの自伝『コリー・シバーの生涯の弁明』（*An Apology for the Life of Mr. Colley Cibber*, 1740）の二作に

第18章　ヘンリー・フィールディングと『ジョウゼフ・アンドルーズの冒険』

対するフィールディングの根強い反発心が横たわっている。彼は、一頃よりコリー・シバーとは対立関係にあった。『シャミラ・アンドルーズ』も編者はコニー・キバー（Conny Keyber）と記されており、これは明らかにコリー・シバーをもじり、皮肉った名前である（前章で触れたように、フィールディングは、匿名出版の『パミラ』を、当初、シバー作と考えたようである）。

　フィールディングは、コリー・シバーに対しては相当に含むところがあったらしく、『ジョウゼフ・アンドルーズ』には冒頭部分以外にもまだ彼を揶揄する文章が見られる。たとえば、同じ第1巻の第7章では、次のように言っている。

　　巨匠リッチは人間を猿と化し手押車と変じ、その他すべてわが好むところのものとなすといえども、なお汝が人間変形の妙には劣れり。
　　偉人シバーは数を紊り性を破り、あらゆる文法の掟を意のままに蹂躙して英語を攪乱すといえども、なお汝が人間の分別心を攪乱するには及ばず。
　　　　　　　　　　　――『ジョウゼフ・アンドルーズ』第1巻（朱牟田夏雄訳）

　Not the great Rich, who turns men into monkeys, wheelbarrows, and whatever else best humours his fancy, hath so strangely metamorphosed the human shape; nor the great Cibber, who confounds all number, gender, and breaks through every rule of grammar at his will, hath so distorted the English language as thou doth metamorphose and distort the human senses.
　　　　　　　　　　　―― *Joseph Andrews and Shamela*

　ともあれ、痛烈なパロディとして書き始められた『ジョウゼフ・アンドルーズ』においては、主人公のジョウゼフ――彼は金持の奥方ブービー夫人の下僕である――は、『パミラ』の貞淑な女主人公パミラの弟という設定になっている。そのジョウゼフが奥方に言い寄られて苦労するのである。奥方ブービー夫人はパミラの夫ブービー氏――『パミラ』のＢ氏――の

おばということになっている。因みに、「ブービー」("booby") という語は「馬鹿者」の意味を持っている。が、こうしたパロディは、第1巻の前半部だけで終り、その後はずっとジョウゼフの、そして彼とエイブラハム・アダムズ牧師の物語となっている。彼らの道中記を中心とした世界が展開される。要するに、ピカレスク小説的世界である。『パミラ』はもう作者の視野の外である。彼は自己の世界に没頭するのである。ただし、物語の最後の部分で、作者は思い出したようにパミラとその夫を持ち出している。そして彼らに物語を終結させる上で一定の役割を果たさせている。が、これはあくまで全体の恰好を整えるためのものであろう。

『ジョウゼフ・アンドルーズ』には作者による「序」（Preface）がつけられており、その中で彼はこの作品を執筆するに当たっての彼自身の姿勢や考え方を述べている。フィールディングの小説観や文学観を知る上でも重要なものなので、研究者たちにより注目され、またしばしば引用されもして来ている。この中で、フィールディングは、自分のこの作品を「散文による喜劇的叙事詩」（a comic epic poem in prose）と位置づける。そして自分の作品を一方では小説(ロマンス)作家の作品と、他方では道化作者の作品と区別しつつ、自分のような作品はこれまでイギリスにおいて試みられたことがない、つまりは新しい種類のものだと主張している。ここにはリチャードソンと並ぶ本格的イギリス小説の開拓者らしい自負と確信が読み取れる。彼は次のように述べている。

　　喜劇的小説(コミック・ロマンス)とは、散文による喜劇的叙事詩である。その喜劇と異なる点は、真面目な叙事詩が悲劇と異なるのにひとしく、その筋(アクション)はもっと広がりをもち包括的であり、より広汎な範囲の事件を含み、より多種多様の人物(キャラクター)を登場せしめる。また、真面目な小説(ロマンス)と異なるのは、その物語(フェイブル)と筋(アクション)の点にある。すなわち彼にあって謹厳、厳粛なものが、これにあっては軽快、滑稽となる。また人物の点においても、謹厳な小説が貴人を持ち出すのにたいして、これは低い階級の、したがって賤しい風習の諸人物を登場させる点に相違がある。最後に情緒(センチメント)、用語(デイクション)においても、荘重味を棄てて可笑味(おかし)を持ち味とする。

用語にいたっては、時に道化味さえゆるされると思う。その実例がこの作にも、たとえば戦闘の記述、その他の個所に、顔を出すであろう。ただし古典にくわしい読者には指摘の要もあるまい。これらのもじりないし道化的模倣は、そういう読者を楽しますことを主要な目的としている。

————『ジョウゼフ・アンドルーズ』「序」（朱牟田夏雄訳）

彼はこのような方向を打ち出した上、喜劇と道化の違いを説き、喜劇にあっては我々は常に自然に忠実であらねばならぬと主張する。そして、真面目な詩人がこの世の偉大なもの、讃嘆すべきものにぶつかることは必ずしも容易でないのに反し、人生はいたるところに正確な観察者には、滑稽なものを提供していると述べている。彼はさらに「滑稽なるもの」について語り、

真の滑稽の唯一の源は、私には、気取りであると思える　（「同上」）
The only source of the true Ridiculous (as it appears to me) is affectation.
———— *Joseph Andrews and Shamela*

と言っている。次いで彼は、気取りは虚栄（vanity）と偽善（hypocrisy）の二つから出てくると述べ、この二つを区別して、虚栄から生ずる気取りは、偽善からのそれに比して、一層真実（truth）に近いとみなしている。偽善者の気取りは自然との激しい矛盾と闘争しなければならないのに対して、他方の気取りにはそれがないというわけである。結局、偽善からの気取りは偽瞞（deceit）と同類であるのに対し、虚栄からの気取りは、みせかけ（誇示、ostentation）に近いということなのである。

フィールディングは、こうした気取りを暴露するところに滑稽が生ずると考えている。そしてその気取りが偽善から出る時、虚栄からの時よりも、読者を打つ驚き（surprise）と愉快さ（pleasure）加減は一層強いというわけである。装ってみせるところと真反対なところを暴露されるさまは一層の驚きと滑稽感を与えるからである。フィールディングは、気取りを最も

理解した人間としてエリザベス朝のベン・ジョンソンを挙げ、ジョンソンは主として偽善から生ずる気取りを用いたとしている。とにかく、フィールディングは、気取りこそが滑稽の唯一の源と考えている。こうした立場を基本にして、彼は、『ジョウゼフ・アンドルーズ』を執筆してゆくのである。

　彼は、ジョン・バットも指摘するように、真実とうわべの違いを基準原理としつつ、「喜劇的散文叙事詩」という新しい種類の作品を工夫し、最高の叙事詩の慣例に従って書くが、叙事詩の荘重さに対して軽快さ、滑稽さを目指し、また叙事詩と違って、むしろ卑しい人々を好んで扱っているのである。このように滑稽さや気取りの暴露を目指す『ジョウゼフ・アンドルーズ』は、標題の中にも「『ドン・キホーテ』の著者セルヴァンテスの流儀を模して書かれた」("written in Imitation of the *Manner* of Cervantes, Author of *Don Quixote*")とあるように、『ドン・キホーテ』からの影響が非常に強い。これはむろん『トム・ジョーンズ』においても同様である。フィールディングのセルヴァンテスに対する私淑振りには大変なものがあったわけである。そして『ジョウゼフ』の事実上の主人公アダムズ牧師がドン・キホーテということになる。ジョウゼフ青年のほうは、『トム・ジョーンズ』のトム青年のように華々しい存在ではなく、逆に地味で目立たない。どちらかというと影が薄い。いわば名目上の主人公である。作中、アダムズ一人が大騒ぎをしている感が深い。アダムズは『トム』のパートリッジを連想させもするが、後者はむしろサンチョ・パンザ役である。パートリッジもかなり目立つ存在でありながら、アダムズのほうがもっと大胆で、おかしな勢いを有している。こうした活力に満ちたアダムズに、作者自身、特別に序の中で言及している。

> アダムズの人物については、作中最も目につく人物であり、同時に、現存するいかなる著作にも見いだしえないところであると余は考える。それは単純そのものの具象化のつもりであり、彼の心の善良さが性善なる読者に歓迎されるであろうごとく、彼と同業の諸賢の怒りを買うこともあるまいと余は思う。諸賢にしてその聖なる職に値せられ

るかぎり、諸賢に対して余以上に尊敬の念を抱く者はありえない。したがって彼アダムズが時に賤しい冒険に携わることがあるとしても、彼の身分を僧職たらしめたことにたいして余を非難されるむきはまずあるまい。他のいかなる職務を与えてみても、彼の高貴な性向を世に示すかくも多くの機会を賦与することはとうていできなかったであろうから。

　　　　　　　　　　　　──『ジョウゼフ・アンドルーズ』「序」

　このアダムズは、妻と6人の子を抱える村の貧乏牧師である。ラテン語を解する。単純な正義漢で腕っ節も強く、義の為には暴力を振うも辞さない人間である。ひどい健忘症の持主で、へまもやらかし、珍事を引き起こすが、憎めない人物である。独自の強烈な個性を有し、本作の成功はひとえにこの人物に負っていると言えるだろう。神以外の何物も恐れぬこの牧師は、ジョウゼフを大変可愛がっており、共に旅し、巻末のジョウゼフとファニー（フランセス・グッドウィル）の挙式も彼自らが執り行う。ジョウゼフも彼を師とあがめている。アダムズは、自分の説教原稿出版のため、それを携えて上京の途につく。ところが途中でジョウゼフに会い、彼に鞍袋の中に原稿が入っていないことを発見される。家に置き忘れて来たのである。こうして二人はともに故郷へ向かって旅をすることになる。ジョウゼフは、女主人ブービー夫人に言い寄られ、それを断ったためにロンドンの邸から追い出されて、田舎の恋人ファニーに会いに帰るところである。トム・ジョーンズ同様の美男子である。彼は姉パミラの賢さの助けで自らの「操」を守り通すのである。なお、アダムズ師は『トム・ジョーンズ』の最終巻の末尾のところにちょっとだけ登場する。これはほんの御愛敬だが、オールワージー氏がアダムズを悪辣なスワッカム牧師の代りに自邸に採用し、ヒロインのソフィア（Sophia）が彼アダムズを無闇に気に入って、我が子らの教育を任せると宣言するという形である。

2

　ジョウゼフ、アダムズ両人の道中記の形をなすこの作品は4巻から成っている。第1巻では、ジョウゼフが奥方の伴をしてロンドンに出るが、奥方に既述のようなわけで解雇されてしまい、もとのサマセットシャーの村へと旅立つ。彼は道中、おいはぎに遭うなどいろいろな目にあうが、アダムズと遭遇するに至るのである。第2巻では、アダムズが原稿を忘れて来たことが分かって、二人して村へと帰ることになる。道中、アダムズは悪い男に襲われた若い女を助けるが、これがジョウゼフの恋人で美人のファニーであることが判明する。ファニーはジョウゼフの不幸を知り、彼を慕ってロンドンに上るところだったのである。こうしてアダムズ、ジョウゼフ、ファニーと三人の主役がそろって旅を続けるのである。第3巻でも三人の旅が続けられるのであるが、この巻には、ウィルソン（Wilson）氏の長い身の上話が載っている。このウィルソンは、巻末でジョウゼフの実の親であることが明らかになる。アダムズら三人が一夜の宿を借りたある一軒家の主人たる彼は、もとは相当な家の出であり、ロンドンで若い頃放蕩三昧の生活を送った。快楽と波乱の前半生を送ったのだが、その結果落ちぶれて、刑務所にぶち込まれるなどの苦しい目に遭い、最後に幸福をつかんで20年前に今いる場所に隠遁したのだという。この長い挿話は『トム・ジョーンズ』の「山の男」の話を思い出させる。ウィルソン氏は、妻ハリエットとの間にできた三人の子のうちの長男を昔ジプシーにさらわれたことがある。実はそれがジョウゼフだったことが、物語の終りの部分で明らかにされるのである。

　最後の第4巻は、旅して来た主要人物たちが村に帰り着いたところから始まる。ブービー夫人もロンドンから村の屋敷「ブービー・ホール」に帰ってくる。そしてブービー夫人邸やアダムズの家でドタバタ騒ぎが繰り広げられたりした後、終にジョウゼフ、ファニーの実の両親が判明し、一同ブービー氏――『パミラ』のB氏――の村に行って、そこの教会での二人の結婚で物語は目出度く終るというわけである。ファニーは実はパミラの妹だったということになっている。ジプシー女がウィルソン氏からさらった貧弱な赤ん坊ジョウゼフをアンドルーズ夫人の家に彼女の赤ん坊ファ

第18章　ヘンリー・フィールディングと『ジョウゼフ・アンドルーズの冒険』

ニーを奪うかわりに残していった。アンドルーズ夫人はやむなくこの男子をわが子として育てる。一方、ジプシーのほうは、その後、ファニーをブービー夫人の亡くなった夫サー・トマスに売った、というわけである。証拠となるジョウゼフの胸のいちごのあざ——このあたりはいかにもロマンス風仕立て——のことを含め、このような経緯(いきさつ)が分かるのは親切な行商人のお蔭である。彼の死んだ妻が、昔のジプシー女だったのである。ともあれ、事態の収束には、ファニーの義兄ということになったブービー氏が貢献する。この点、『トム・ジョーンズ』のオールワージー氏の役割にも似かよっている。

　このような全体の構想は、一応の成功を収めている。伏線の張り方などを含めて、『トム・ジョーンズ』の場合ほどに大規模でも、また緊密でもないが、それでも相応のまとまりは見せている。『トム』の18巻に対してこちらは4巻であるが、内容的にもいわば「起承転結」にきちんとまとめ込まれている。『トム』の場合は6巻づつ大きく三つの世界に分けて考えることが出来る。『ジョウゼフ』のほうは4巻構成で短いのであるが、構成的な類似が見られるわけである。各巻の最初の一章も、両書ともに序章的前置きである。ピカレスク形式（道中物）であること、主人公或いは女主人公も含めての出生の秘密が最後まで隠されていること——これまたロマンス的手法なのであるが——などを含め、『ジョウゼフ』は明らかに『トム』の前身的作品である。前者は後者のできのいい「習作」である。フィールディングは前者の執筆経験をもとに、それを土台にすることによって後者を成功させることが出来たと言える。筆者は、あの長大、広大な『トム』の世界をあれほど緊密に組み立てることができた第一の秘密はここにあると考えるものである。

　既に触れたが、第3巻のウィルソン氏の挿話は、『トム』の「山の男」のそれに相応する。大体、『ジョウゼフ』は二つの長い挿話で中断される。それはレオノーラの物語と上記のウィルソン氏の身の上話である。どちらも作品の本筋とは直接関係しない。しかし、『トム』の「山の男」の場合同様にいろいろ議論のあるところながら、やはり二つの挿話とも作品の全体構想に有意義にかかわるものとするのが妥当のようである。ウィルソン

氏の回想は、山の男同様に、若い頃の放蕩の物語と悔悛し、隠遁するに至った経緯についてであり、第2巻のレオノーラの話は、馬車上の一婦人がアダムズら一行にする移り気な女の恋物語である。

　この二つの挿話の適切さについて、アーノルド・ケトルはそれを肯定して、両者ともに主題の変奏を奏でている、とみなしている。

　　フィールディングがピカレスク派からいかに遠ざかってしまったかは『ジョウゼフ・アンドルーズ』の挿話の用い方を見ればよくわかる。この物語は二度中断されるが、その間重要でもない人物が、この小説とはこれといってはっきりした関係のない話を長々としゃべる——これはピカレスクの作家たちがよく使う手法だ。しかし『レオノーラ』（第一の挿話）もウィルソン氏の身上話も結局のところ『ジョウゼフ・アンドルーズ』全体の構想に寄与しているのである。どちらも単に場当りの幕間狂言ではない。この二つの話は互いに対照をなし、均衡をとりあっているばかりではなく、ともにこの作品の主題——ロマンス、慈善、愛——の変奏を奏でてもいるのである。『レオノーラ』の話は単にレオノーラの行為から生じた悪い結果をだしにした露骨なお説教などではない。重要な目的は、この話を機会にしてフィールディングが、こうした物語の構想の不当なることについて注釈を加えることができるということだ。『レオノーラ』には『パミラ』に見られるような、道徳的かつ技術的な未熟さ（馬鹿馬鹿しい手紙を全部暗記していることを含めて）がある。フィールディングがこの話を書いてみせたのは読者の賛同を得んがためではない。（恋文へのレオノーラの返事の書き出しの「あなた様のお心の気高さ……」といった文句には無限の皮肉がこめられている。）『レオノーラ』はパミラの愛に対する姿勢の中に早くも兆していた背徳性をはっきり見せつける。ウィルソン氏の物語は、その姿をいっそうくわしく描いたもので、この小説のパターンとしてどうしても語る必要のあるブービー家の人びとの世界について、われわれに教えてくれるものがある。

　　　　　　　　　　　　——アーノルド・ケトル『イギリス小説序説』

第18章　ヘンリー・フィールディングと『ジョウゼフ・アンドルーズの冒険』 | 273

この問題については、ジョン・バットもやはり肯定的にとらえている。

　作品の中にはめこまれた形のふたつの短い物語も、こういう全体構図の中におくとぴったりする。「浮気女の不幸」〔二巻四、六章〕は偽りの話であり、「ウィルソン氏の物語」〔三巻三、四章〕はロンドン生活に見られる虚偽の物語である。ウィルソン氏は、法学院にいた頃の、知りもせぬ貴族と酒を飲んだとか、会ったこともない婦人をものにしたと称するしゃれ男たちとの経験や、虚栄心のかたまりで、時に気まぐれで智恵と機知があり、善良、上品、健康なふりをするかと思えば、今度は醜悪かつ愚かでばかげた行動をし、意地わるで下品、病気持ちのふりをしてみせたがる都会の浮気女との経験を話して聞かせるが、この話の主題は空(くう)なるもの、人の虚栄心である。

　ウィルソンの反省とはそういうものであって、無益な脱線どころか、フィールディングの構想と目的にまことに適切な話なのである。というのは、彼の小説のアクションは街道や宿屋の場面に限られるので、作者がロンドンの都会生活の批判をする場がないが、ウィルソン氏の物語によってロンドン社会の代表的な一面が暴露されているからである。

——ジョン・バット『フィールディング』（岡照雄訳）

ともかく、このような挿話は、単に巻の長さや全体の形を整えるためだけとみるよりも、もっと深い意味合いを持たされていると考えるのがよいであろう。

3

　この作品には、道中記であるだけに、上下を問わず多種多様な人物が次々と登場してくる。『トム』同様に、宿屋や旗亭がいくつも出てくるし、それらの亭主や女房族、女中達もさまざまに興味深く描き出されている。作者の公言する人間への関心の深さはまさに空腹時の食欲にも例えられ

る。彼はアダムズ一行の出会う諸人物を善人悪人を問わず、いや悪人であればそれだけ一層鋭い観察力や洞察力をもって眺め、迫力たっぷりに生き生きと描写する。ユーモアや皮肉を込めて、喜劇色豊かに描き出される人物たちは、まさに紙面に躍動する。そのような人物たちの中で最も目立つのは、旅する本人のアダムズ師を除けば、ブービー夫人の小間使いスリップスロップ女史、アダムズが旅の途中で訪れるトラリバー副牧師などであろう。スリップスロップ女史は『トム・ジョーンズ』のヒロイン、ソフィアの侍女オナー・ブラックモア女史の先駆をなすと思われるが、オナーよりもずっと抜け目なく描かれている。彼女もまた女主人同様にジョウゼフに惚れている。彼女の第一の特徴は、その独特のしゃべり方にある。それは気取った言葉を使うが、間違いだらけ、というものである。彼女と女主人ブービー夫人のやりとりはとりわけ面白い。

「どうもあの子（ジョウゼフ）は乱暴なようだが」と奥方。「おっしゃるとおりでございます。それに性質もよくありません。私の存じますだけでも賭博は打つ、酒は飲む、悪態喧嘩はひっきりなし、おまけにひどく女遊びがすきでございます」「そうかい、それは初耳だが」「それは奥様、あんな淫奔な奴はありません。長くお邸にお置きになっては、私は別でございますが、お邸に生娘は一人もいなくなってしまいます。また女どもも女ども、あの男のいったいどこがよくてああも夢中になりますのやら。私の目には案山子よりも醜男としかい（映）じません」「そんなことはない。なかなか綺麗だよ」「まあ奥様。あんなひいぼん（平凡）な奴がでございますか」「それはおまえのひが目だよ。ところで女中の誰がいちばん怪しいというのだい」「お小間のベティなどは、あれの胤を宿していると私は確悟しております」「まあ。そんな女はさっそく給料をやって追い出してしまいなさい。そんな不身持な女を邸に置いてはおけません。それからジョウゼフのほうも暇を出しなさい」…

——『ジョウゼフ・アンドルーズ』第1巻（　）内筆者注

第 18 章　ヘンリー・フィールディングと『ジョウゼフ・アンドルーズの冒険』

　このようなスリップスロップは、直ちに劇作家リチャード・シェリダンの処女作『恋敵』(*The Rivals*, 1775) 中の言葉の誤用で有名なマラプロップ夫人——ここから「マラプロピズム」(malapropism) なる語が生じた——を連想させる。シェリダンはフィールディングの劇的手法を受け継いでいることでも知られる。この点は後ほどまた触れるつもりである。次に、第 2 巻に登場するトラリバー副牧師であるが、この人物も傑作であり、まさに生きている。アダムズは、道中、宿の払いに窮して、そこの村の副牧師であるトラリバーのところに僧同士のよしみで金を借りにゆく。ところがこの副牧師は宗教よりも豚の飼育に熱心であり、初めは妻の言葉で、アダムズを豚買い人と思い込み、いきなり彼を豚小屋に引っ張ってゆく始末である。結局、トラリバーは金を借さず、両人は喧嘩別れに終る。トラリバーはアダムズのことを「こいつは乞食だ、強盗じゃない」と言い、さらにこう続ける。

　　実際、収税吏でもいてくれるといいんだ。そしたらおまえのような無礼な奴は無頼漢として処罰してもらうのに。十四シリングだなどと！　びた一文やれることじゃない。おまえが僧侶ならそこの女（と細君を指さして）も僧侶で通用するわい。かりにまた僧侶だとしたら、その着ているガウンなど剥奪されていい。こんなことをしながらうろつく以上は。

　　　　　　　　　　　　　　　　　　——『ジョウゼフ・アンドルーズ』第 2 巻

　トラリバーは「慈善の何たるかくらいは知っている。知っていればこそ無頼漢などにはやれん」と言い、アダムズは実行しないのでは意味がない、などと言い返す。最後には、アダムズは、あんたのような人間を僧職に見出すのは残念だ、と一言してぷいと飛び出してしまうのである。欲の皮の突っ張ったこうしたトラリバーは、アダムズとは全く逆の意味で、僧侶の戯画化である。アレンは、このトラリバーについて、次のように記している。

トラリバーは、牧師というよりも百姓であった当時のやぼで無学な牧師を代表しているかもしれないが、まず何よりも彼は、やはりトラリバーなのである。彼は唯一つの章にだけしか現れていないが、一つの型として永遠に固定したものになっている。だから彼についてそれ以上のことを知る必要はないが、知ろうと思えば知ることができるのだと思い込まされてしまう。

——ウォルター・アレン『イギリスの小説——批評と展望』

まさしく永遠の人物ではある。このほかにも、第1巻に登場する宿屋のおかみタウワウズ夫人、そこの女中で、主人と寝ておかみに見つかり、首になるほどの情熱女ベティ、『トム・ジョーンズ』のフェラマー卿に当たる第4巻の伊達者の悪役ダイダッパー——ファニーに言い寄る——なども印象深い人物である。また、第1巻の第12章で、ジョウゼフが、道中、二人組の強盗に襲われ、身ぐるみはがれて、怪我をし、裸のまま置き捨てられた時、通りかかった馬車上の人間たちの中で、たった一人若い馭者——後に鶏のねぐらを荒らした罪で所払いになった若者——だけが外套を借してくれたが、この若者なども読者に暖かい印象を残してくれる人物である。その時の彼のセリフが振っている。

おれはたとい一生肌着一枚で馭者をしようとも、人がこんなに困っているのを見殺しにはできねえ。

——『ジョウゼフ・アンドルーズ』第1巻

この例に見るように、フィールディングは貧しい下っ端の人間たちに本当の人間らしさを見出し、それを指摘するケースが多い。そう言えば、第2巻第15章で、アダムズ一行の宿代を払ってくれたのも親切な一行商人だった。後にジョウゼフとファニーの実の親が判明する際に大切な役割を果たすあの男である。

最初のほうでも述べたように、『ジョウゼフ・アンドルーズ』は『トム・ジョーンズ』の"習作"、小型『トム・ジョーンズ』である。『ジョウ

ゼフ』は構想、技法、人物創造、文体その他多くの面で、既に作家フィールディングのほとんどすべての特質を備えている。もちろん、『ジョウゼフ』にはそれ以前の作者の劇作時代の芸術的経験や蓄えがふんだんに流入している筈である。現に『ジョウゼフ』にもそして『トム』にも戯曲的特色はあれこれ指摘されて来ている。結局、そのような劇作経験から得たものを有効な素材としつつ、フィールディングは処女作小説『ジョウゼフ』をその豊かな才能を、華々しい才知のほとばしりをもって一気に描き上げたのである。それは戯曲創作を含むそれまでのフィールディングの全人生、人間的な全経験を注ぎ込んで成ったものでもあるだろう。加えて、本作には、才気換発のフィールディングの眼を通した18世紀中期イギリス社会の風俗的縮図も見てとれる。いわばあのフィールディングの偉大な友人ウィリアム・ホガース（William Hogarth, 1697-1764）の絵を散文化したようなものでもある。フィールディングは、劇作を通じてとらえ続けた当時の良くも悪くも活力に満ちた生き生きとした市井の姿、風俗、そこに躍動するさまざまな人間像を最も自らにふさわしい、最も確かな形で描き切る方法を終に『ジョウゼフ』に発見したのである。そして、その『ジョウゼフ』というネガを極限までに拡大し、修正して見事に焼きつけたのが大作『トム・ジョーンズ』に他ならない。

第 19 章

ヘンリー・フィールディングと
『捨て子、トム・ジョーンズの物語』

1

　ヘンリー・フィールディングの二番目の小説で最大作の『捨て子、トム・ジョーンズの物語』(The History of Tom Jones, a Foundling, 1749 年 2 月刊) は、彼の最初の小説『ジョウゼフ・アンドルーズ』(1742 年 2 月刊) と同じ出版元アンドルー・ミラー (Andrew Millar) から出された。ヒットして、出版と同一年内にロンドンで 4 版を重ねた。

　この大作は、しばしば指摘される通り、ライヴァル、サミュエル・リチャードソンの代表作『クラリッサ・ハーロウ』に刺戟されて書かれたものである。長さは『クラリッサ』にはとても及ばないが、当時の小説としても相当大部な作品ではある。因みに、フィールディングは、『クラリッサ』が出ると、それを大変称賛したという。

　『トム・ジョーンズ』は全 18 巻 208 章から成る大規模な作品である。周知の通り、「6 巻」+「6 巻」+「6 巻」という内訳になっている。これを上・中・下とすれば、上の部ではサマセットシャーの田舎（小バディントン村）が舞台となっており、中の部ではピカレスク小説特有の「道中記」が扱われている。主要人物たちが田舎から都会（ロンドン）に向かう旅であり、『ジョウゼフ』の場合の都会（ロンドン）から田舎に向かうのとは行程が逆になっている。最後の下の部ではロンドンが舞台となっている。むろんこの部分が物語のクライマックスを成している。

　最初からこういうことを書いたが、それは、言い古されたことながら、この大作の構成が全体の規模壮大にもかかわらず、非常に統制が取れてお

第 19 章　ヘンリー・フィールディングと『捨て子、トム・ジョーンズの物語』

り、かつ緊密に仕上げられているからである。この点、作者は大いに神経を使っている。作者が、初めにすべてを計算し尽くした上で、確信をもって書いていったという感が深い。プロットは精巧に組み立てられ、伏線なども幾本も慎重に張られ、しかもそれらが後になってすべて重大な意味を持ってくることになる。多くの小さな枝葉の部分が結局大きな全体に寄与するようにもなっている。いわば物語全体が一個の躍動する有機体となっているのである。

処女作『ジョウゼフ』における実験が土台になっているとは言え、このような構成上の見事な統一振りが作品の成功を生む第一歩になったことは、争えない事実であろう。

このような世界に、作者は何と 200 名にも及ぶさまざまな階級の人物を詰め込み、しかも生き生きとしゃべらせかつ行動させている。階級の上下を問わずいろいろな人物、さまざまなカップルが次々と現れて、前後左右に交錯する。登場人物が余りな多数にのぼるので、一見、読者が混乱しがちにも思えるが、彼らが先に述べたような整然とした構成の中にストーリーに沿って配置されるので、むしろ分かりやすい。『ジョウゼフ』の場合同様に、同一人物がかなりの間を置いて登場するケースがあるが、その時は物語を遡って確認すればよいのである。端役ながら、ある程度の重要性を持つ弁護士ダウリング（Mr. Dowling）などが、その一例である。

ともかく、全体の区分け（章立て）は徹底しており、それは作者も言う通り、読者にとっても多大の便宜を与えているのである。

さて、フィールディングは、第 1 巻の第 1 章で、作家を飲食店の経営者に例えている。彼は言う。

> 凡そ作家たるものはおのれを、少数の客を呼んで無償の御馳走を振舞う紳士と考へてはならぬ。作家はさしずめ、金さへ出す者なら誰でも歓迎する飲食店の経営者である。…
> 　　　——『トム・ジョウンズ』第 1 巻第 1 章（朱牟田夏雄訳）

フィールディングはこうしてサーヴィス精神に徹する。実際、彼は最後

まで読者を飽かせまいと奮闘する。彼は、これから「人間性」という料理を調理すると述べる。そして、普通の料理と同じで、精神の御馳走の精髄も、材料より料理人（作者）の腕前にあるとする。そうした姿勢のもとに、フィールディングは、物語の最初の皿（第2章）を供し始めるのである。即ち、西イングランドのサマセットシャーの紳士オールワージーの描写から話し始めるのである。

　上記の第1巻第1章の標題は「序の章、別名料理献立表」(The Introduction to the Work, or Bill of Fare to the Feast)となっており、そこでは物語と関係なく作者が自由にしゃべっているのであるが、これは18巻全部の巻頭第1章についてもすべて同様である。『ジョウゼフ』においても、これと同じだった。今日から見れば、随分のんびりした話であり、これが物語全体の雰囲気を壊しはしないかとさえ懸念される。しかし、昔の小説では必ずしも珍しいことではなく、作者は思い立てば自由に物語世界に出入りすることができたわけである。これを逆手にとって成功したのが、同じ18世紀の作家ローレンス・スターンの奇作『紳士トリストラム・シャンディの生涯と意見』である。

図11　イングランドの田舎の一風景。『ジョウゼフ・アンドルーズの冒険』や『トム・ジョーンズの物語』などの登場人物たちも、これに類した風景の中を旅したことであろう。

第19章　ヘンリー・フィールディングと『捨て子、トム・ジョーンズの物語』　281

　このようにして、フィールディングは、巻頭の序章以外にもあちこち顔を出す。例えば、第3巻の第7章は「本章には作者自身舞台に登場す」と、愛嬌たっぷりながら露骨である。ここでは彼自身が善人にも慎重の原則が必要であり、（善人にも）外観の体裁が必要であることについて教訓を垂れている。ともあれ、彼の巻頭序章に関する見解は作中処々で述べられている。それも特に第5巻の巻頭に詳しい。ここで彼は、次のように言う。

　　思ふにこの厖大な作品中、読者が読んで面白くないのは、著者が最大の苦労を費して綴った部分ほどさうなのではあるまいか。しかして各巻の物語の部分の前に添えた巻頭小論なども、さしあたりその部類に数へられるのではあるまいか。さりながら我等はこの種の著作の旗頭を以て任ずるもの、この種の著作にかかる小論が絶対必要なりとする我等の決意は固いのである。

　　　　　　　　　　　　　　　　　——『トム・ジョウンズ』第5巻第1章

　これに続いて、彼は批評家の独裁権力を批判し、彼らは書記に過ぎないと決めつける。そして、（彼は）巻頭小論の必要なわけを対照の妙という問題に帰せしめる。昼の美は夜の恐ろしさ、夏の美は冬の恐ろしさによってそれぞれ一層引き立つことが出来るというような対照である。昼と夏の美だけ見たのではそれらの完全な美は解し得ぬというわけである。またイギリス黙劇（the English Pantomime）は正劇部（the serious）と喜劇部（the comic）の2部から成るが、前者を退屈極まりないものにすることによって後者を引き立たせており、道化役の滑稽さがさらに光って見えるという次第である。結局、眠気をもよおさせる部分こそ、対照的に他の部分を引き立たせるために巧みに鹿爪らしさを入れた部分なのである。まさに本作の巻頭小論も、読者は上のような意味に（いや意味があるかないか知らぬが）解せ、と彼フィールディングは言っているわけである。もっとも、彼はそれに付け足して、例によってへりくだりつつ、「鹿爪らしい文章は巻頭論文以外にだって結構見付かるとお考へなら、どうせ巻頭小論はわざわざ骨を折って退屈に書くと我等は宣言しているのだし、次巻以後それは飛ば

して第2章から始めて頂いても一向差支ない」と述べているのであるが。

『ジョウゼフ・アンドルーズ』の「序」にも記しているが、フィールディングは、本作においても、やはりまた、創作に当たっての彼の独自の姿勢や主張を述べている。彼の自負は大変なものであり、再び「余は文学における新領域の開拓者である」と明確に断言さえしている（第2巻第1章）。同時に自分は読者のためにあるとも確言している。彼はこの大作を「散文の英雄詩物語詩」（heroic, historical prosaic poem〔第4巻第1章〕）とか、例によって「散文による喜劇的叙事詩」（prosai-comic-epic writing〔第5巻第1章〕）とかとみなしている。そのような考え方のもとに、まさに叙事詩の壮大さでもっておおらかにかつ劇的に展開されるこの物語の世界は、リチャードソンとはまた別の意味で道徳的な面を持つし、教訓的なところもあるが、それは決してじめじめした窮屈な色合いを帯びたものではない。あくまでも人間臭の強い、正しく、大まかで余裕のある世界である。

フィールディングの語り口は大変楽しい。陽性のそれである。既述のように読者にへりくだるこつもわきまえているから、何を述べようとしらけることもない。限りないユーモアがあり、読者の笑いを呼び起こす。同時に辛辣（しんらつ）な風刺（サタイア）や皮肉（アイロニー）もふんだんに織り込んでいる。ここで彼の語る物語世界は、要するに、『パミラ、或いは美徳の酬い』とは対照的であり、極めて男性的である。作品全体、作者が己が姿勢として宣言している通り、喜劇調が基本をなしており、劇的で広やか、「意味ある」脱線はあるものの、話も次から次へと進んでゆく。これにはピカレスク的特質も作用しているであろう。が、ピカレスク、ピカレスクと言われるけれども、実際には本書の「道中記」部分は全体の3分の1に過ぎないわけであり（第7巻の途中—第12巻）、決して"股旅（またたび）もの"そのものではない。とにかく面白く読める作品であることは間違いなく、例えば、マーク・トウェインの最大傑作『ハックルベリー・フィンの冒険』（*The Adventures of Huckleberry Finn*, 1884）などと同じように、文句なく愉快に読み進んでいける。むろん現代の読者にとってもそうであり、この点は本作にとって大変な強みとなっている。

一般に、文学作品にとり、面白い、楽しい、愉快だというのは、古典た

り得るための不可欠とは言わないまでも、有力な条件であろう。ロマンス的な世界観とは逆の立場に立って、新文学を切り開こうとしたフィールディングも、実のところ、そのような考え方を基本に持った文人だったわけである。ロマンス＝面白さというわけでは決してないが、現実描写を主眼としたフィールディングも、作品に色取りを添え、ストーリーに工夫を凝らすために、執筆過程でロマンス的な要素をかなり自由に取り入れている。早い話、捨て子が実は身近な、由緒ある家の生まれだったり（ジョウゼフもトムもしかり）、近親相姦の可能性をほのめかしたり（ジョウゼフ―ファニー〔Fanny〕、トム―ウォーターズ夫人〔Mrs.Waters〕などの関係。いずれの場合もその心配はなくなる）するのはそうしたロマンス的工夫の典型例である。「料理人」フィールディングの極立った味つけ法なのである。因みに、ティリヤードは、『トム』は叙事詩的ではなく、ロマンス的だとさえ言っている（*The Epic Strain in the English Novel*）。

　ともあれ、『トム』は、当時のイギリスの社会や世相、人間、その生活態度などを『ジョウゼフ』以上に、実に生き生きと描き出している。ちょうどチョーサーの大作『カンタベリー物語』におけるように、種々の階層の人間が次々に登場し——むろん『ジョウゼフ』をはるかに凌ぐ数である——、めまぐるしく動き回る。しかも彼らは極めて有機的に配列されている。既に触れた通り、これほど多数の人物を混乱なく活動させられるのは、作品の優れた全体的構想のお蔭であるが、そのような多勢の人物の一人一人がユニークな個性を持って生きているのは驚きである。

2

　本作はある意味ではモラル小説である。これは何よりも作品を読み終えてみれば納得のいくことである。そこには、主人公トムのある種の（それもかなりしばしばの）行為を始めとして、諸人物のみだらで非道徳的な振舞も見られるが、根本的には、疑いもなく道徳的な基調に立脚する世界が展開されている。本書は倫理的教訓書とさえ言える側面を有しているのである。この点は、固苦しいリチャードソンと対置させる余り、ついつい見

過ごされてしまいかねないフィールディング世界の一特質であろう。
　このような意味でも、主人公のトム・ジョーンズ青年は、作中最も矛盾に満ちた性格の持主である。彼は「捨て子」、物語の冒頭で、しばらく振りにロンドンから田舎の自邸に帰ったオールワージー氏が自分の寝台の上に置かれているのを発見して育てることになる「捨て子」だが、善悪両面を持ちながらも、からっとした性格の人間である。明らかに陽性の男で、陰性のライヴァル、ブライフィル君とは鋭い対照をなしている。トムは寛容な心を有している。義俠心にも富んでいる。これまた、よく読んでみると納得のいくことながら、彼は基本的には道徳的過ぎるぐらいである。惜しむらくは思慮が足りない。慎重さに欠ける。好色という弱点も持つ。従って易々と他人の仕掛けた罠に陥ってしまい、それでもなおそのことに一向に気づくことがない、というような仕儀にもなるのである。ジョウゼフ同様に、うらやましいような美男子で、そのための苦労にもつきまとわれる。
　オールワージー氏は彼の軽はずみな本質をよく見抜いていて、死の床——実際にはまもなく回復するのであるが——で、次のように訓戒を垂れる。

　　我が子よ、おまへが善良で寛大で名誉を尚ぶ気象を具へてゐることを私は疑わない。
　　これに思慮深さと信心が加はればおまへは幸福になれるのだ。前の三つで幸福になる資格はあるのだが、後の二つがあって始めて真の幸福が手に入るのだぞ。
　　　　　　　　——『トム・ジョウンズ』第5巻第7章（朱牟田夏雄訳）

　I am convinced, my child, that you have much goodness, generosity, and honour, in your temper; for the three former qualities, I admit, make you worthy of happiness, but they are the latter only which will put you in possession of it.
　　　　　　　　—— *Tom Jones*, Vol.1, Book V, Ch. VII.

第19章　ヘンリー・フィールディングと『捨て子、トム・ジョーンズの物語』

　こういうオールワージー氏自身は、三人の子を幼くして失い、またこの物語の始まる5年ばかり前に妻にも先立たれるという悲運を耐え忍んで来たサマセットシャーの紳士であり、厳正な人柄、思想の持主で、幾分、いや、相当に固苦しい人物である。むろん、"Allworthy"とは"All"＋"worthy"で、「すべて立派な」という意味が込められている。只し、彼はやさしい心を持ち、法や懲罰を振り回すようなことは絶対にやらない。

　治安判事の立場にありながらも、法を金科玉条と奉る人間ではない。道徳的で寛容心に富んでいる。作者は、こうした彼の姿を「上天の太陽に勝る下界の輝かしい唯一の存在」とし、「つまり如何にすれば神の手に成る人間達に最大の善をなして最も造物主の意に叶ふことが出来るかを瞑想する、仁慈に溢れる人間の姿なのである」と説明している（第1巻第4章）。因みに、オールワージー氏のモデルは、フィールディングが『アミーリア』（Amelia, 1751）の冒頭で献辞を捧げているラルフ・アレン（Ralph Allen）だとされる。

　オールワージー氏は、上記のように見事な善人紳士であり、トムはこの人物を最後まで敬愛してやまないのである。オールワージー氏が死の床から回復した時、トムは大喜びして泥酔までしてしまう始末である。これをとらえたスワッカム師や義弟のブライフィルが彼をひどく咎める。オールワージー氏の妹で、ブライフィルの母であるブライフィル夫人が死んだ報が入ったばかりだからである。このあたりにトムの長短両面が集約されている。が、実は、上記のようなオールワージー氏にも欠陥、あるいは弱点がある。彼は、同じ善人でもトムとは違って慎重で思慮に富む筈である。しかし甥のブライフィルや家庭教師どものトムに対する企みには最後まで騙され続けるのである。フィールディングはこの点を次のように指摘する（既に言及した第3巻第7章においてである）。

　　諸君の意図が、否、行動が、本質的に善であるといふだけでは十分でない。諸君はそれが善と見えるように配慮せねばならぬ。如何に内心が立派でも、同時に美しい外観を保持せねばならない。絶えず外観に気をつけるのでなければ、悪意嫉妬の徒が必ずこれにとんでもない

濡衣を着せて、その結果はオールワージ如き叡智善良の士もそれを見透して内部の美しさを見抜くことは出来ない。

――『トム・ジョウンズ』第3巻第7章

It is not enough that your designs, nay, that your actions, are intrinsically good; you must take care they shall appear so. If your inside be never so beautiful, you must preserve a fair outside also.

This must be constantly looked to, or malice and envy will take care to blacken it so, that the sagacity and goodness of an Allworthy will not be able to see through it, and to discern the beauties within.

―― *Tom Jones*, Vol.1, Book III, Ch. VII.

万人の鏡である紳士オールワージー氏を騙し続ける甥のブライフィルは、みかけは道徳的であり、二人の師、スワッカムとスクウェアに従う従順さを見せるが（彼らのお気に入りである）、実際は、大変な偽善者である。彼は、財産のあるソフィア・ウェスタン（Sophia Western）を目当てとし、そのために邪魔なトムをおとしめんと企む卑劣な悪党である。讒言をするエゴイストで、陰険な性格の持主であり、要するにトムとは対照的に描かれている。作者により鋭く対立せしめられたこの両人格は、互いに絡み合い、恰も綯われた一本の縄のようにこの物語を貫く。

神学者のロジャー・スワッカムと哲学者のトマス・スクウェアは、トムとブライフィルの師だが、どちらも紳士然とした見掛けとは裏腹に、欲深く、利己主義的である。口と心が一致しない。二人はしばしば対立して、論争をする。二人とも奔放で無軌道なトムを嫌い、上辺の従順さを見せるブライフィルのほうをことあるごとに褒める。スワッカムは強い個性を持ち、その歪んだ人格を最後まで改めない。

スクウェアのほうも、トムの野性的な情人モリー・シーグリムと関係している現場をトムに発見されて、弱味を握られたりする大変な人物である。

作者はこのような二人の家庭教師をたとえば次のように皮肉っている。

第 19 章　ヘンリー・フィールディングと『捨て子、トム・ジョーンズの物語』

　両氏は二人ながら慈悲といふ言葉を屢々口には用ゐながら、実はスクウェアはこれを正義の原則に悖るものと考へ、スワッカムは慈悲は天に委せて自らは正義を行ふ方だったのである。ただしこの崇高な正義もこれを誰に施すかといふ點になると両紳士の意見は若干違ふので、二人の思ふ通りにさせたら、スワッカムは彼の正義によって人類の半分を、スクウェアはまた残りの半分を、掃滅してしまったことであらう。

――「同上」第 3 巻第 10 章

　スクウェアも人格がよくないのであるが、後には死病が彼を変える。彼はバースで療養するも終に死ぬのであるが、死の前に真実を語る手紙をオールワージー氏あてに出し、過去におけるトムへのひどい仕打ちを悔いるのである。
　ともあれ、この両人も極めて印象深く、作者の人物創造の技量のほどを証するものである。
　上に名の出たモリー・シーグリムは、猟番ブラック・ジョージの娘であるが、野性的かつ官能的な美女であり、これまた印象深い人物である。ホーマー（ホメロス）調で厳かに描かれた、彼女が教会墓地で大たちまわりを演ずる場面など、なかなか傑作であり、本作品中の名場面の一つと言えるだろう。
　彼女の情人のトムは、生来の慈悲深さをもって、貧しいこの一家を密かに援助する。彼は友人であるジョージの罪を自らかぶったり（ブライフィルは逆にこの猟番をおとしめる）、オールワージー氏からもらった馬を、首になったジョージの家族のために売り払ったりするのである。
　さて、トムの恋人ソフィア・ウェスタンは大変な美貌の持主で、「美の化身」であり、気立てのやさしい、おおらかな女性である。その美しさは「荘重体」（The Sublime〔sublime style〕）をもって描き出される。

　　荒き風はすべて慎まれ。異教の風の神よ、願はくは騒がしき北風の手足も、膚を刺す東風の尖れる鼻をも、鐵の鎖もて縛め給へ。たゞ

汝やさしき西風(セフィラス)のみは、香高き汝の臥床(ふし床)を起ち出でて西の空に駕し、美はしの花の女神フロラを露の玉匂ふその部屋より呼出す魅力ある、かの甘き微風を導きて来れ。今日しも六月の一日その誕生の日、花の乙女は衣も軽き緑の野を静かに歩めば、花は皆彼女に敬意を捧げんと頭(かうべ)をあげ、遂には見渡す野一面五色に輝きて、色と香のいづれが彼女を恍惚の境に誘ふかと競ふさまなり。
　乙女は彌(いや)美しく姿を現はし給へ！　汝らヘンデルも及ばざる妙音の、翼ある自然の合唱隊は、いみじき声を整へて乙女の登場を祝へ。汝らの音楽は愛より出でて愛に帰る。さればその音楽もてなべての若者の胸にかのやさしき愛の心を掻き立てよ。見よ、自然の与え得る限りの魅力を身につけ、美、若さ、溌剌さ、無邪気、謙譲、やさしさに飾られ、薔薇(さうび)の唇よりは甘き息を洩らし星の眸よりは明るき視線を投げつつ、愛らしのソフィアは進み来るに非ずや！

　　　　　　　　　　　　　　　――「同上」第4巻第2章

　こうして、フィールディングは、ソフィアが、メディチ家のビーナスよりも誰よりも自らの死んだ妻シャーロットに最もよく似ていたことをほのめかし、次いでその容姿、容貌の美しさを説明してゆくのである。そして心の美しさ、やさしさも描く。
　このような彼女ソフィアは、父に逆らってまでして、（村から追放された）トムを追ってロンドンへと旅する芯の強さを持っている。愛や寛容の心に富み、「サマセットシャーの天使」と呼ばれているぐらいである。その彼女（一人娘）を溺愛する父親、即ち地主ウェスタンは、本書の中で最も生きている人物の一人であろう。フィールディングの創造した永遠の人格の一つである。彼はオールワージー氏の隣人で、オールワージー氏以上の資産家である。大変な猟気違いであり、逃げた娘を追ってロンドンへ向かう途中、狩の仲間入りをしてしまい、娘の追跡という大事な目的を放棄してしまうほどである。豪放磊落な彼は酒好きで、遠慮心のない単純な男であり、口は悪いが善人である。教養のある口やかましい、六尺の丈を持つ独身の妹と、娘ソフィアのことでしばしば大喧嘩をする。二人の意見は

第 19 章　ヘンリー・フィールディングと『捨て子、トム・ジョーンズの物語』

いつもほとんど合うことがない。

　この地主ウェスタン像は、18世紀中期イングランドの田舎地主像の典型である。

　このウェスタン家のソフィアづき女中オナー・ブラックモア女史も目立つ人物である。口が立ち、ユーモアの才もある。『ジョウゼフ・アンドルーズ』のスリップスロップ女史の後継者のようなイメージを有している。スリップスロップが間違いだらけのおかしなしゃべり方をするのに対して、オナーは、ひどい手紙を書いて、読者を笑いの渦に引き込む。次の文面は、彼女がロンドンで策略家のベラストン夫人に雇われた時、そのことをトムに報ずるもの、その一部である。

　　…アナタワメイヨトショジキヲアイスルシンシテスカラ、ワタシガワルクチ言タトシテモ、人ニフレマワテアナタヲコノ上ナクソンケイスルアワレナ女メシツカイヲクルシメタリワシナイテショ。フントニクチワワザワイノカト、サキノコトワワカリマセンネ。フントニキノオタレカワタシニ、キョコンナイイクチニアリックトハナシテモ、ワタシシンズナカタテショ。スンナコトユメニモオモワナカタシ、ヨソノクチヲホシガタリワタシシマセモノ。…
　　　　　　　　　　　　　　——「同上」第15巻第10章

　こうしたオナーは、田舎の邸から逃げ出した女主人ソフィアについて、「女サンチョ・パンザ」よろしくロンドンに出て来たのであるが、ウェスタンに首にされ、上のような仕儀となったわけである。

　彼女を「女サンチョ」とすれば、トムの「従者」パートリッジのほうは、文句なく「男サンチョ」である。彼は六尺近い偉丈夫であるが、生来「守りのゆるい男」である。もと、村の塾の教師をしており、トムの父親と疑われて、追放の憂き目を見ていた。こうして小ベンジャミンと名乗っていた彼は、成人したトムがやはり村を追放されて旅に出たところに、ハムブルック村で出会い、一緒にロンドンへ向かうことになるのである。もっともパートリッジには下心があった。即ち、彼はトムを無事に村へ連れかえ

って、オールワージー氏の許しを得ようとの期待感を持ったのである。実際、彼は、トムの父親などではなかったのである。

　このパートリッジは、『ジョウゼフ』のアダムズ牧師のように、ラテン語の知識を有し、ユーモア感覚もふんだんに持ち合わせているが、残念ながら度はずれの臆病者である。大柄の大食漢に似合わぬ小心者という対照の面白さを見せるのである。彼の登場する最も愉快な場面の一つは、ロンドンにおけるトムやミラー夫人らと一緒の「ハムレット観劇の場」であろう（第16巻第5章）。この時の彼の興奮の度合は凄まじい。デイヴィッド・ギャリックの迫真の演技で、亡霊に怯えたり、国王と芝居の場面を見ては、ああ、わしは人殺しをしていなくて幸いだ、と言ったり、お前（国王）のおかげでどんな無邪気な顔ももう二度と信用せん、と断言したりする。また、有名な「墓掘り人の場」では、墓掘り人（ヨリック）の鋤(すき)の使い方がなっていないとこきおろしたりする始末である。ともあれ、自らも道中やロンドンで、トムの相棒として面白おかしい役割を演じ続けるパートリッジのユーモアにあふれた独自の個性は、トムの物語を豊かにする上で大いに寄与、貢献している。彼は物語の末尾において、かつてトムの情婦だったモリー・シーグリムと結婚する運びとなる。

3

　しばしば指摘され、かつ論じられることながら、この作品の重要なテーマの一つに「田舎」対「都市（都会）」の対照がある。地主ウェスタンのような、口は悪いが根は善良で、素朴であけっぴろげな人物を「田舎」側の象徴的人間とすれば、悪知恵にたけ、陰謀を企むベラストン夫人や彼女にそそのかされるフェラマー卿などはまさしく「都市」の価値観そのものを擬人化したような存在である。両人ともに爛熟し、腐敗した都会文明の生み出した人物である。ベラストン夫人は、「何でも食い女」（a demirep〔第15巻第9章〕）である。ウェスタンの親類筋に当たる。故郷を逃げ出して来たソフィアを「かくまう」ロンドンの有閑貴夫人だが、トムに惚れ、ソフィアを激しく嫉妬する。トムへの恋に失敗すると、さまざまな策を弄

第19章　ヘンリー・フィールディングと『捨て子、トム・ジョーンズの物語』

して彼を陥れんとする。特にソフィアに目をつけたフェラマー卿をそそのかして、トムの破滅をはかるのである。もっともこのロンドンの放蕩貴族フェラマーは、そのことを後には後悔することになる。既述の通り、彼は、『ジョウゼフ』の伊達者ダイダッパーの面影を宿しているようである。いわばその発展版である。

　このようなベラストンやフェラマーは、「田舎」や「自然」の素朴さや明るさ、或いは人間的な温か味などとは無縁の人物である。彼らを特徴づけるのは冷たい打算やエゴ、歪んだ情欲などである。彼らは都会文明の汚れた、暗い側面、邪悪で否定的な側面を代表している。と同時に、彼らは、ロンドンの上流階級の腐敗した面をよく表してもいる。他の多くのイギリス作家とは違って貴族が描けると自負したフィールディングの鋭い観察眼のとらえた上流社会の歪んで利己的な一面をである。

　が、一方で、フィールディングは、都会の「明」の側面を指摘することも忘れない。田舎の「暗」の側面をブライフィルやスワッカムなどで象徴させることを忘れなかったのと同様に──。即ち、同じ都会に暮らす人間でも、ロンドンで下宿屋を営むミラー夫人やトム同様にそのミラー夫人のところに住む若い紳士ジャック・ナイティンゲールなどは善良で正直である。オールワージー氏に恩を受けているやさしいミラー夫人は、トムの人間を高く買い、トムに恩義を感じている故もあって、上京して来たオールワージー氏に対して彼を弁護する。また、獄中のトムを助けるために尽力するのである。ナイティンゲール青年は、トムの力添えで、ミラー夫人の娘ナンシーと結婚する。彼は、日常の問題に関しては名誉を重んじ、ロンドンの若紳士の間では一層珍しいことに、正直者である。ただ、根は善良なこの青年も、色の道においてはだらしがなく、しばしばトムに説教されたりもする。彼も牢内のトムを救うために奔走する。

　このようなミラー夫人やナイティンゲール青年は、都会の健康で肯定的な側面を代表している。いわばそれの陽の部分である。

　この作品には、以上のほかにも、夥しい数の人物が登場する。たとえば、放蕩と悪の過去を持ちながら、今は悔いて人里離れたところに「隠者」として暮らす「山の男」、トムを負傷させた、軍人の風上にも置けない悪人

ノーザトン少尉らである。またアプトンの宿でトムと床を同じくするウォーターズ夫人——実は、オールワージー氏の令妹ブリジェット嬢に頼まれ、同嬢の生んだ子トムの実母の役を引き受けて、村から追放されたジェニー・ジョーンズ——、そのウォーターズ夫人をアプトンで自分の妻と間違えて、彼女の寝室に飛び込み、大騒ぎを起こすアイルランド人フィッツパトリック氏——彼は一緒にバースへ向かった同夫人と"つれあい"になる。また、後には、ロンドンでトムと斬り合い、負傷して、トム投獄の因をつくる——、彼フィッツパトリック氏の追っている妻ハリエット・フィッツパトリック夫人——ウェスタンの姪でソフィアのいとこ。おじ、おばと不仲になってまでフィッツパトリック氏との結婚を強行するも、遊び人の夫から逃げ出し、旅の途中でソフィア主従と一緒になる——などがいる。そしてその他にも、オールワージー邸の女中頭デボラ・ウィルキンズ、ウェスタンの牧師サプル師——後、ウォーターズ夫人と結婚する——、フィッツパトリック氏の知人の若いアイルランド貴族マクラクラン、既に名を挙げた弁護士ダウリング、ミラー夫人の従妹のむこで、貧困のためにトム主従を襲って失敗するアンダスン、ナイティンゲール青年の老父で金だけに執着する老ナイティンゲール氏、彼と性格の対照的な弟、…らが現れる。さらには、道中処々の宿屋や旗亭の主人やその女房たち、女中たちも大切な役割を果たすことが多い（『ジョウゼフ』もこの『トム・ジョーンズ』も、ある意味で、「宿屋文学」「旗亭文学」である）。トムたちの行き合う軍人、兵士たち、トムやソフィア、フィッツパトリック夫人たちそれぞれの少年を含む（道中）案内人たち、乞食、ジプシーなどにも印象深いものがある。

　以上のような多数の人物たちが、物語(ストーリー)の進展とともに、トムとソフィアを中心にしてさまざまな結びつき、或いは出合いをなし、また離れてゆく。そこには、主従関係あり、師弟関係あり、友人、知人関係あり、夫婦関係、情人関係あり、親子関係、兄弟関係あり、また宿主・客関係あり、…といろいろである。そして複雑に入り組んだ人物関係を読者にとって比較的すっきりとさせているのは、ヒーローのトムやヒロインのソフィアを中心に据えての比較的すみやかなストーリーの展開振り、また何よりも構成の確

かさであろう。サマセットシャー──道中──ロンドンという「流れ」もしくは全体的な枠組みがしっかりと定まっており、その中でエピソードごとに、或いはエピソードの連続の中で、諸人物がヒーロー、またはヒロイン、もしくはその両者を中心に躍動しているのである。

4

　まこと、フィールディングの最大の関心は、彼自身も認めているように、人間そのものにあった。人間を描くことが、彼の最大の目的であった。彼は、第8巻の第1章で、「超自然」や幽霊を論じたところで、次のように述べている。

　　かく考え来れば人間こそ（極めて異常な場合を除き）我等の物語作家我等の詩人のペンが取上げるべき最高の題材である。そして人間の行動を叙するに当っては、その叙せられる人間族の能力を超えぬよう注意の上にも注意が拂われねばならない。
　　　　　　　　　　　　──『トム・ジョウンズ』第8巻第1章

　ここでは、作者は、怪異や超自然との関連の中でこのように言っているのであるが、要するに人間という「最高の題材」(the highest subject) に対する彼の基本姿勢はよく窺える。彼はそうしたあくなき興味をもって『トム』における200名にも及ぶ多数の人物を生き生きと描き出したのである。彼らは実によくしゃべり、或いは実によく食べ、実によく動き、また眠る。彼らの多くは善人、悪人を問わず活力に満ちている。要するに生きているのである。それが多くの場合喜劇調を帯びているから面白い。彼らのうちにはトムやパートリッジのようにユーモアのセンスを備えた者も少なくない。こうして読者は、彼らの躍動する世界に引き込まれてゆくことになる。そこであらゆるタイプの性格やさまざまな人生観、処世法を見せられる。そこには正義と不正儀、善と悪、勇気と臆病、愛、思いやり、さらには偏見、嫉妬、憎悪、復讐、闘争、欲望、騙しや策略などが伴ってい

る。また理想や真理、叡知、錯誤や後悔、隠遁、疑惑や恐怖、忠告、迷信、そして罰や恥、誘惑、貧窮、偶然、運と不運などが伴っている。

　読者は、こうした世界を通して、多くを学ばせられる。人生上の、浮世の多くをである。トムとともに沢山の教訓も得るのである。この点、フィールディングはまさしく人生の教師でもあろう。彼は第13巻の第1章で、彼のペンを導く力を「天分」「人情」「学問」、そして最後に「経験」の都合四つに求めている。

　彼は間違いなくこれら四つに恵まれた作家だったが、最後の「経験」こそ彼が最も自負したものではなかったろうか。名門出身とは言え、早くに母を失ない、若くして生き馬の目を抜くような世智辛いロンドンの演劇界に身を投じた彼は、そこで、劇作や劇場経営などを通じて、暗部を含めた実人生の多くを見、かつ体験したことであろう。大陸にも赴いたし、弁護士人生にも乗り出した。こうして彼フィールディングは、体験による豊富な素材を積み上げ、人間理解も深めたのである。この結果をすべて注ぎ込んで成ったのが『トム・ジョーンズ』なのである。この卓越した大作は、その時点までのフィールディングの「自叙伝」にもなぞらえられるものなのである。サマセットシャーの場面は、彼が生まれ育った同じサマセットシャーのシャーパム・パークを写したものだと言われるし、旅の道中やロンドンの場面もやはり彼なりの見聞や実体験をもとにして創作したものと言えるだろう。

　こうして厖大な紙面に写し取られた背景は、言うまでもなく18世紀中葉のそれである。産業革命が始まる直前の頃のイギリス社会である。それは理神論や合理主義の風靡した時代だったが、なお古いイギリスの姿を多分に保持した社会でもあった。フィールディングはそのような当時のイギリスの風俗や習慣、人々のものの考え方などを、牧歌的な田舎の地主館や教会、猟場、森、或いは人々の行き交う街道筋、町や村、馬車上、宿屋、旗亭の内、或いは大都ロンドンの下宿や貴夫人邸、劇場、仮装舞踏会場、牢獄などをバックにしてとらえ、描いたのである。そういうわけで、本作は、18世紀中期イギリスの現実の息吹に満ちたスケールの大きな風俗絵巻、さらには、『ジョウゼフ』の場合同様に、あのホガースの生々しい風

第19章　ヘンリー・フィールディングと『捨て子、トム・ジョーンズの物語』

俗絵の見事な散文化となっているのである。要するに、当時のイギリス社会のフィールディングなりにおおらかな陽性の縮図である。そこには古き良きイギリス、牧歌的で古典的なイギリスのイメージが凝集されているのである。

　作者が健康な笑いの精神をもって生き生きと描き上げたこの大作におけるストーリー上の最大の興味の的の一つは、やはり主人公トムの実の親は誰かという点にあろう。このロマンス仕立ての工夫が、読者をしてこの長篇を仕舞まで読み通させるのに相当寄与しているだろう。結局、トムは、既に触れたように、オールワージー氏の令妹ブリジェットの生んだ子、父親は牧師の息子で、かつてオールワージー氏が面倒を見た今は亡いサマー青年だったことが判明する。トムはオールワージー氏の実の甥だったのであり、その後継者となる資格は初めから十二分にあったわけである。彼はブライフィルの義理の兄だったことにもなる。こうした物語の最末尾における主人公の出生の秘密の判明は、『ジョウゼフ』の場合と同様である。同じ手法の繰り返しである。ここに、ヒーローとヒロインはすべての障害が取り除かれた結果、目出度く幸福な結婚にゴールインする。トムとソフィアの関係をはらはらしながら見守って来た読者は、ここで大いに安心し、かつ満足するというわけである。

　この作品は、その「ピカレスク小説」という"看板"によって、ともすると主人公の旅の道中の物語がまずもって注目されがちだが、道中をつづった部分は全体の3分の1に過ぎず、実際には、最初の3分の1に当たるサマセットシャーの部分なども大変読みごたえがある。量的にも質的にも──。

　スクウェアやスワッカム、或いはモリー・シーグリムなどが「活躍」するこの田舎の館や自然を背景とした世界は、作者の執筆上の注意力が最も集中的に保持され続けた、無駄のないものだった。自然児的なイメージの濃いトムややはりおおらかな明るさを持つ美女ソフィアの背景としても、緑豊かな美しいサマセットシャーの自然のほうが一層ふさわしいような感じがする。もっとも、ソフィアが初登場するのは、第3巻の最終章においてではあるけれども。

これに対して、最後の3分の1の部分（ロンドンの部分）は、しめくくりのあたりがやや慌しい。

5

ともあれ、このような壮大な作品を描いたフィールディングの文章は、ラテン語や古典の知識をふんだんに取り込んでいるとは言え、決して固苦しいものではない。それはむしろ語り口調で分かりやすいものである。次の文章などは本作中の平均的な文章とみなせるが、作者を古典作家、古典作家と言うには余りに平明で、親しみやすいものである。

> Jones retired from the company in which we have seen him engaged, into the fields where he intended to cool himself by a walk in the open air before he attended Mr. Allworthy. There, whilst he renewed those meditations on his dear Sophia, which the dangerous illness of his friend and benefactor had for some time interrupted, an accident happened, which with sorrow we relate, and with sorrow doubtless will it be read; however, that historic truth to which we profess so inviolable an attachment, obliges us to communicate it to posterity.
>
> —— *Tom Jones*.Vol.1, Book V.Ch.X.

　　ジョウンズは上記の一座を後に、屋外を歩いて酔を覚ましてからオールワージー氏の前に出ようと、野原に出ていった。其處で、恩人の重病に暫く中断されてゐたいとしいソフィアへの思を新たにしてゐると、端なくも一事件が起こった。語るも涙、讀むも亦必定涙の事件であるが、歴史的真実に飽く迄も忠ならむことを公言する我等は、これを後世に傳へずに置く事は出来ない。

　　　　　　　　　　　——『トム・ジョウンズ』第5巻第10章

本作の文体に注目する場合、「荘重体」なるものを無視するわけにはゆ

第 19 章　ヘンリー・フィールディングと『捨て子、トム・ジョーンズの物語』

かない。

　その荘重体は、第 4 巻の第 2 章（ソフィア・ウェスタンを描いたもので、既に一部は引用済み）、第 4 巻の第 8 章（教会墓地におけるモリー・シーグリムと他の女たちの戦いの描写）、第 9 巻の第 5 章（アプトンの宿の食卓で、ウォーターズ夫人がトムに熱い恋の矢玉を放つ場面の描写）などに用いられている。この場合、作者は、目下の対象を描く筆力に自信が持てないから、ミューズ神を呼び出してその助けを受ける、という形を取る。次の引用文は、第 4 巻第 8 章からの一部である。

> Ye Muses, then, whoever ye are, who love to sing battles, and principally thou who whilom didst recount the slaughter in those fields where Hudibras and Trulla fought, if thou wert not starved with thy friend Butler, assist me on this great occasion. All things are not in the power of all.
>
> As a vast herd of cows in a rich farmer's yard, if, while they are milked, they hear their calves at a distance, lamenting the robbery which is then committing, roar and bellow; so roared forth the Somersetshire mob an hallaloo, made up of almost as many squalls, screams, and other different sounds as there were persons, or indeed passions among them: some were inspired by rage, others alarmed by fear, and others had nothing in their heads but the love of fun; but chiefly Envy, the sister of Satan, and his constant companion, rushed among the crowd, and blew up the fury of the women; who no sooner came up to Molly than they pelted her with dirt and rubbish.
>
> —— *Tom Jones*, Vol.1, Book IV, Ch.VIII.

　さらば汝（いまし）ら、何神かは知らねど戦の歌を愛するミューズの神々よ、就中汝嘗てヒューディブラスとトララとの戦ひし野に殺戮を語りし神よ、汝（いまし）、汝が友バトラーと共に餓ゑてあらば、来つてこの大事に際會せる我を助けよ。何ぞすべての者すべての事を能くする事を得んや。

　富農の庭に乳搾らるる牝牛の群が、演ぜらるる掠奪を嘆く仔牛等の

聲を遙かに聞けば怒號し孔ゆる如く、その如くこのサマセットシャの群集は鬨の聲をあげて怒號しつ。叫喚、金切聲、その他諸々の叫び聲の數は、集まれる人の數、否、各人の胸に湧く激情の數に劣らず。ある者は怒に狂ひある者は恐怖に怯え、またある者は事を好む以外に何の想念をも有せざるもあり、されど群衆の中に最も荒れ狂ひて女らの激怒をあふり立てたるは、惡魔の妹にして影の形に添ふ如く惡魔と行を共にする夫(か)の「嫉妬」なり。嫉妬に驅られし女共はモリーに迫るよと見る間もあらせず、泥芥(どろあくた)の類を矢玉と浴せつ。

──『トム・ジョウンズ』第4巻第8章

　一般に詩はだめと言われるフィールディングだが、このような古典的、「詩的」な文章は大変巧みである。そこには、独自の流れと勢いがある。ユーモアとアイロニィに富んでいる。ことさらに真正面から構えてかかったおかしさもある。やはり「料理人」フィールディングの味つけの一法、工夫の一つである。そこには、場面を適切に選んで、平易な文章の中にいきなり構えて装飾的な文章を持ち込む結果生ずる楽しさ或いは滑稽さがある。
　が、このような意図的な荘重体はともかくとして、フィールディングの全般的な文章は肩の凝らないものである。彼の文章とそれをもって描いた作中人物のリアルさについて、ウォルター・アレンは次のように述べている。

　　Fielding の描く人物が活力に満ちている今一つの原因は、彼らが活動する自然な領域、つまり Fielding の精神と文体による。Fielding の文体は、その文体を充分ではないにしろ大いに学んだ Thackeray の文体に似て、気軽に読者に語りかけるものである。それは直接的で気取らず、種々の人々や書物をよく知っている人の所産である──実際彼は古典や Shakespeare からの適切な引用を駆使して、常に要点をよく理解させる。彼はずっと前に終ったことを物語っている。だから事件と人物は、物語の前後の流れの中にあるばかりでなく、人間性と行為

第 19 章　ヘンリー・フィールディングと『捨て子、トム・ジョーンズの物語』

に関する確乎たる見解を持った作者の明確な精神に左右される。たとえ Fielding がすべてを語らなくても、作中人物について知らねばならないことはすべて、彼が知り尽くしているのだと感じられる。作中人物は彼にとってあまりにもリアルなので、たとえ作者がほんのちらっとしか見せてくれなくても、深い多様な人生経験、それがいかに辛いものであったにしろ、彼の人柄の本質的な人間味をけっして暗くしていない経験の力を感じるのである。

　　　　　　　　　──ウォルター・アレン『イギリスの小説──批評と展望』

　要するに、フィールディングは、深い人生経験から陽性の濾過器を通して抽出したものをそのまま言葉に連ねている。
　既に言及したことながら、フィールディングの劇作経験も小説創作に大いに寄与し、ないしは影響を及ぼしている。それは文章にも、構成やストーリーにも反映している。
　ジョン・バットは、フィールディングの劇作家及びジャーナリストとしての経験が彼が小説を書き出すのに大いに役立っていると指摘し、次のように記している。

　　理論と実作の両面から、フィールディングはこれから書くべき作品の多くについて十分な用意ができていた。従って、はじめのきっかけは行きあたりばったりで偶然さえあったが、最初から彼の姿勢が自信にみちていたとしても驚くにはあたらない。

　　　　　　　　　──ジョン・バット『フィールディング』（岡照雄訳）

　バットは、フィールディングが、劇を書くことによって、「対話(ダイアローグ)の扱い方、田舎地主と都会のしゃれた男、社交界の婦人と若い娘を書きわける会話のリズムの工夫」（『フィールディング』）などを学んだとしている。また「劇や小説の最後の場面で主な登場人物が集まり、そこで難しい事態がうまく解決されるように事件をつないでゆく方法」や「限られた広さの舞台に作られた応接間のセットを念頭において場面を考えること、経験上から

芝居で効果的だと思うような場面を小説でも使うこと」（ともに「同上」）などを学んだと見ている。バットは、たとえば、フィールディングの劇では、人物間の対話や動きが突然他の人物が登場することによって中断され、その直前までの人物の関係が乱されてしまう場面が多いが、これが小説にも影響を与えているとし、例として、初期の劇作品『法学院のしゃれ男』（*The Temple Beau*, 1730）の第3幕のワイルディング青年がルーシー・ペダント夫人を抱きしめた瞬間に夫人の夫が、次いで青年の父が出現する場を挙げ、それが、『トム』におけるロンドンのベラストン夫人邸でフェラマー卿がソフィアをものにせんとしたあわやの瞬間に彼女の父ウェスタンが現れ、事が中断される場面に反映されていると説明している。バットは、さらに、『手紙の書き手』（*The Letter Writer*, 1731）第3幕でウィズダム夫人が愛人レイケルと一緒にいると、ソフトリー夫人が出現し、レイケルは慌ててテーブルの下に隠れるが、続いて入って来たウィズダム氏の酔った甥がテーブルを引っ繰り返してしまい、レイケルが見つかってしまうという場面が、『トム』における有名な場面、つまり、トムが情人モリー・シーグリムの部屋で哲学者のスクウェア氏を毛布のうしろに発見する場面（第5巻第5章）、ベラストン夫人がトムの部屋のベッドの蔭に隠れたオナー女史を発見する場面（第15巻第7章）などに影響しているとしている。因みに、さらに後の劇作家リチャード・シェリダンは、『悪口学校』におけるよく知られたあの「ついたての場面」を上のスクウェアやオナーが発見される場面をもとに描いている。

なお、バットは、フィールディングがその真面目なジャーナリスト経験を小説創作に生かした点として、道徳問題を指摘している。

　また、アディソンにならってフィールディングは論説に変化を持たせ、性格（キャラクター）スケッチ、素人説教、架空の読者からの投書、夢物語、批評論文、連載エッセイ、土曜日の宗教論などを時に応じて掲載する。これらのエッセイは、彼の書いた劇からは想像できないような真面目なフィールディングの一面をあらわしている。ここで彼は、やがて三つの小説の題材になる道徳問題についての意見を明らかにし、逸話や

性格スケッチによってそういう問題を例示しているのである。ジョンソンの言葉をかりると、小説家は「行動の指針」を提供しなければならない。ただ彼の語る物語によって教訓を与えるだけではなく、その教訓が読者に必ず理解されるようにしなければならぬ。ここから小説家、エッセイ作家がともにもつ風俗への力のこもった簡潔な批判が生まれるのである。

——『フィールディング』

考えてみれば自然で当然のことながら、フィールディングは、このようにして青年時代の諸経験を小説にフルに活用しているわけである。そして、とりわけ劇作経験がその手法に与えた影響は大きいと言えるだろう。この点、ロジャー・マッカッチョン（Roger P. McCutcheon）も、次のようにまとめている。

　劇作家としての経験から、フィールディングは、対話をあやつること、何人かの人物をある限定された地域にあつめるために手配し、また、当然そうなるべき人物たちのみを会わせるということを学んだ。そして多分、何よりも、ある状況からあらゆる可能な結果を引き出す能力、「状況を把握する」として知られる技法を学んだのであった。

—— R. P. マッカッチョン『十八世紀イギリス文学』

ともあれ、フィールディングは、己が過去の全人生、全経験をここに注ぎ込んだ。彼は人の世を舞台に見立て（第7巻第1章）、人間に対する旺盛な"食欲"——この語はしばしば出てくる——をもって、「事実をありのままに語ること」をその任務としつつ（第7巻第12章）、「生来人を疑わないトム」（第8巻第7章）を主人公とした壮大は風俗絵巻、マッカッチョンの言葉を引用すれば「18世紀生活の広大な絵図」（the wide picture of eighteenth-century life〔『十八世紀イギリス文学』〕）を展開したのである。

6

　この大作にもむろん、その欠点に関する論議がある。たとえば、各巻の「序章」を始めとする作者自身の物語への介入問題、最終巻（第18巻）の急ぎ足の問題、「山の男」のエピソードの要不要の問題などに対する議論が絶えずある。このような「技術（法）的」な問題のほかに、フィールディングの親類に当たり、若い頃の彼を援助もしたモンタギュー夫人 (Lady Mary Wortley Montagu, 1689-1762) などは、『トム・ジョーンズ』や『アミーリア』は過度な感情に重きを置き過ぎており、若者たちに彼らが選んで陥った不幸から引き上げてくれるような不可能事を期待させる、つまり、おとぎ話の宝物のように思いがけない遺産がころがり込んだり、寛大な後援者が現れたりするのを期待させるような欠点を持っていると批判している。これはこれらの作品の持つロマンス的な要素への批判でもあるだろう。

　最初に挙げた作者の個人的介入の問題については、前にも作者自身の見解などを記したが、イアン・ワットは、フィールディングの登場人物たちやその行為（動）の取り扱い方についてのおしゃべりはイギリス小説はやりのしきたりとなったし、フィールディングの意図は「真実」(truth) を求めることにあったと見、作者自身の介入があって初めて得られる印象について論じている。ワットはその中で、次のように書いている。

　　我々はフィールディングという人間自身の道徳的資質についての印象的な感じを彼の描く人物や彼らの行為から受けることはない。そうした感じはフィールディングが治安判事として個人的な最大の逆境のもとで人間的な改善のために行なった英雄的闘争から、或いは、「リスボン渡航記」からさえも受けるものなのだが――。で、我々が彼の小説のみからの印象を分析してみる時、威厳や寛容さについて持つ我々の他の印象はフィールディングが己れ自身の人称で語っている文節から主として来ているのだということが全く明らかとなるのである。そしてこのことは、間違いなく、それが人物や人物の行為のみを通してはこうした大きな道徳的意味を伝えることが出来ないのであっ

て、多少出しゃばり気味の筋立てや直接的な解説論評などによって初めて伝えられるのだという、少なくともそういう意味において不完全な技法(テクニック)のもたらす結果なのである。
　　　　　　　　　　——クロード・ローソン編『ヘンリー・フィールディング』

　が、フィールディングの物語世界に自ら乗り出すという姿勢が今日的でないのは致し方のない事実である。

　『トム』の最終巻が恐ろしく急いでいることは否定出来ない。これは各章の題名だけを見ても明らかである。たとえば第5章は「物語は先に進む」(In which the history is continued)、第6章は「物語はさらに進む」(In which the history is farther continued) となっている。また、第7章は「物語は続く」(Continuation of the history)。第8章は「更に続く」(Further continuation)。第9章は「なお続く」(A further continuation) となり、第10章は「物語はようやく結末に近づく」(Wherein the history begins to draw towards a conclusion)、第11章「物語さらに結末に近づく」(The history draws nearer to a conclusion)、第12章「なお一層終末に近づく」(Approaching still nearer to the end) などとなっている。これはいかにも投げやりで、雑とも映る。これほどの壮大な物語をせっかくここまで緊密に組み立てて来ていながら、という思いがする。だが、これには、多分、全18巻で収めるという構想上の制約が働いているだろう。何としてもここで終結させねばならないわけである。加えて、作者にじっくりと収める時間的、或いは精神的余裕がこの時なかったのかも知れない。何らかの理由で。

　いずれにせよ、もう少しきちんと形を整えて仕上げることができたような気がする。この点は、『ジョウゼフ』のほうが、まだ余裕を見せているようにも思える。

　以上のような類の諸議論は以前からあるものの、この名作は、その語り口、イギリス的ユーモア感、基本的なモラル性、規模壮大な、統一ある堅固な構想振り、風俗を含めた幅の広い社会描写などの諸点において、イギリス小説の偉大な典型となっている。その後世への影響振りは凄まじく、フィールディングとは全く対照的に見えるヘンリー・ジェイムズ（Henry

James, 1843-1916）さえ、トムの持つ豊かな「生」と知性を指摘し、その作者の「素敵な説法」、ユーモア、文体（そのためにすべての人物やものがなぜか拡大され、深い意味を帯びることになる）を称賛している（『カザマシマ公爵夫人』〔*The Princess Casamassima*, 1908〕序文）。エドワード・ギボン（Edward Gibbon, 1737-94）やウォルター・スコット卿（Sir Walter Scott, 1771-1832）、ディケンズらが賞賛し、サッカレーはその見事な構成振り、脇筋に見られる叡智のひらめき、鋭い観察力、多種で巧みな言いまわしやものの考え方、その多様性などに感嘆した（サマセット・モーム『世界の十大小説』〔上〕〔岩波書店〕）。

7

　『トム・ジョーンズ』によってフィールディングは己が文学人生の頂点に達した。まさにこの大作によって、彼は、イギリスどころか、世界文学史上に輝く金字塔を打ち立てたのである。
　彼が最後に書いた小説『アミーリア』は『トム』の続篇に当たる。
　即ち『アミーリア』は、結婚したトムとソフィアのその後の人生を描いたものと見られる。しかしながら、この作品には、従来のフィールディングらしさが見受けられない。主人公はブース大尉とアミーリアの夫婦であるが、軍人を首になったブースは賭博に凝り、女と遊ぶどうしようもない意気地なしである。根は善良ながらも、トムのような勇敢さや決断力は全く持ち合わせていない。これに対して妻のアミーリアは貞女の鑑であり、夫のあらゆる仕打ちにじっと耐え、彼に忠実に仕える。アミーリアは、危ない目にも遭い、さんざん苦労するが、最後は作者のロマンス的技法、つまり彼女はある財産の相続者だったことが判明するという都合のよ過ぎる結末によって幸福を掴むのである。この作品には、『ジョウゼフ』や『トム』の世界を特徴づけていたあの活力に満ちた広やかさやおおらかさ、限りないユーモアや柔軟性が見られなくなっている。要するに、全体、硬直気味なのである。アミーリアというヒロインにも面白味がない。
　結局、ここには作家フィールディングよりもモラリスト、もしくは治安

判事フィールディングのほうの顔が露骨にのぞいているのである。かつて彼があれほど非難し、皮肉った相手リチャードソン、あの『パミラ』の作者に彼フィールディングは今や同化してしまったかのようである。

　確かに、この作品は、作者の治安判事としての体験を生かした面が強く、諸々の社会悪を鋭く突いている。一面で、ブースはそうした社会の犠牲者でもあるのである。だが、このようなことは、文学作品としての成功度を必ずしも高めるものではない。いや、この場合はかえってマイナスに働いている。かつての意気軒昂とした好漢フィールディングのイメージは最早ない。

　何と、このリチャードソン的作品に対するリチャードソン当人の批判は大層手厳しい。彼はアン・ドネラン（Anne Donnellan）あての手紙（1752年2月22日付）の中で次のように書いている。

　　私はあなたをブース大尉に委ねましょうか。奥さん、ブース大尉は彼自身のつとめをなしおえたのです。フィールディング氏は自分自身を書き過ぎました。それとも、むしろ書き足りなかったと言うべきでしょうか。彼は日記(ジャーナル)の中で最後の作品を恥じているように思えます。そして同じ詩神(ミューズ)は、最早彼のために書いてくれないだろうと請け合っています。この作品は、要するに、売れゆきに関しては、それが40年も前に出版されたものであるかのように死んだも同然です。

　　私がアミーリアを読んでいないとお思いでしょう。全くもって、第1巻しか読んでおりません。ずうーっと読み通すつもりでしたが、その中の人物や状況がみじめなほどに低級で汚いものと知りましたので、そのうちのどれ一人、どれ一つにも関心を持てないと考えたのです。それゆえ、読み続けて、しかも主人公やヒロインがどうなるかは気にかけないという仕事は私などよりももっとひまのある人たちに任せるのがよいと思ったのです。

　　　　　　　──クロード・ローソン編『ヘンリー・フィールディング』

　リチャードソンは、さらに、ブラッドシェイ夫人あての手紙（1752年2

月23日付）の中でもこう嘆いている。

　私はアミーリアの第１巻以上は読めなかった。哀れなフィールディングよ！　私は彼の妹に、彼の引き続く低下振りに驚きかつそれを懸念していると告げざるを得なかった。…しかし、家柄がよく、かなりの学問を持ち、実際相当の作家である人が、そのあらゆる作品において、かくも度はずれな衰退振りを見せるとは、全く分からないことです。…
　　　　　　　──クロード・ローソン編『ヘンリー・フィールディング』

　社会的告発とヒロインの余りな理想化によってつまらなくなってしまったこの『アミーリア』の後、フィールディングは、健康悪化によってポルトガルへと転地のために旅立った。そして同地で死んだ。モンタギュー夫人は、1755年９月22日付、ビュート伯爵夫人あての書簡で次のようにその死を悼んでいる。

　私は、フィールディングの死を残念に思います。私が彼の書くものをもう読めなくなるからというだけでなく、彼が他の人以上のものを失なったと信じるからです。というのも、彼ほど人生を楽しんだ人間はいないからです。ただ、人生を楽しむ理由を彼ほど少ししか持たなかった人も少ないでしょう。彼が最も好んだことは悪徳と悲嘆困窮の最低の掃きだめの中を掻き回すことでした。…彼の健康は身体が（ひどく骨折ってそれを半ば破壊してしまった後でさえも）、彼が鹿肉のパイを前にしたり、一杯のシャンペンを手にしたりしている時など、彼にすべてを忘れさせてくれたのです。私は、彼が地上のいかなる王子(プリンス)よりもずっと仕合せな時を持ったと考えています。彼の生来の心意気は料理女と一緒にいても彼を熱狂させたし、屋根裏部屋で転々としている時でも彼を陽気にしました。彼とリチャード・スティール卿の性格には大変よく似たところがあります。彼は学問と、そして、私の意見では、天分の両面に強味を持っていました。二人とも彼らのす

第19章　ヘンリー・フィールディングと『捨て子、トム・ジョーンズの物語』

べての友人を無視してもお金を望むことに賛同しましたし、また、彼らの世襲の土地が彼らの想像力ほどに広大であったとしてもそれを望んだことでしょう。二人ともかくも幸福に叶うようにつくられていながら、不死の身でないのは惜しむべきことです。

——クロード・ローソン編『ヘンリー・フィールディング』

　まさしくフィールディングを悼むにふさわしい内容である。
　18世紀中葉の小説勃興期にあって、リチャードソンとともに鮮やかに輝いた巨星は消えた。しかし彼フィールディングの偉大な文学的遺産はそのまま残り、その後のイギリス小説が順調に発展を続ける上での貴重極まる道標となったのである。むろん、大陸方面にも多大な影響を及ぼした。そうした内外への影響の深さは、既に引用したクロード・ローソンの編んだ批評アンソロジー『ヘンリー・フィールディング』（ペンギン版）の目次にずらりと並ぶ多数のイギリス内外の文人を中心とする錚々たる顔触れを見るだけで十二分に納得出来るのである。当然彼らのすべてがフィールディング賛美者ばかりというわけにもゆかないけれども。
　サミュエル・リチャードソンとフィールディングは、その対照的な性格、対照的な文学傾向から、ライヴァル同士として早くから比較され、対比されつつ論じられて来た。リチャードソンが平民の印刷屋だったのに対して、フィールディングは貴族の名門出身で、古典的教養を持つ正義漢の文人、法律家、そして弁護士だった。前者は比較的晩年になってから文壇上の成功を収めたのに対して、後者は若くして劇壇やジャーナリズムに花花しく活躍し、野党系の立場に立って、政治風刺を行い、パロディ作者としての才を揮った。前者は勤厳な道徳主義者だったが、後者は悲劇に向かぬ性格であり、喜劇性と風刺やパロディの才に特徴づけられていた。また前者は書簡体を用いて、心理描写にたけた繊細で感傷的、教訓的な作品を書き、特に女性の心理を写すのに巧みだったのに対して、後者は、健康、明朗で、ユーモアに富んだ風刺的作品を得意とし、多数の生きた人物を創造することができ、殊に男性の心理描写に巧みだった。前者の作風がまことに細やかだがユーモアに欠け、教訓臭とともに冗長さも目立ったのに対して、後

者のそれは快活で、物語のテンポは、脱線はあるもののむしろすみやかだった。

ともかく、このような両人は、互いに相手を意識しつつ、イギリス小説上の二つの重要な流れを生み出したと言える。心理主義者でセンチメンタリストのリチャードソンをジェイン・オースティン、ジョージ・エリオット（George Eliot, 1819-80）、ジョージ・メレディス（George Meredith, 1828-1909）らに至る系譜の創始者とすれば、フィールディングはシェイクスピア的なイギリス本来の文学的伝統を継承し、かつその後に伝えた文人と見れよう。こうしてあくまでも対照的な両者は、互いに相手に影響を与えつつも、結局二人して、勃興期にしては、予想外に早いイギリス小説のほぼ「完全に近い」確かな基礎固めを行ったのである。この意味で彼らの名は不滅と言うべきである。

今日の西イングランドの田舎の景観、その緑したたる平野や波打つ丘陵、そこの広がりのある牧場や麦畑、独特のどこでも似たような形状の塔を持つ小教会やすぐにそれと認められる小酒場（パブ）のあるひなびた趣の村々や近くを流れるすがすがしい清流、そうしたイギリスの田園地帯の景観、さらには街道筋の由緒深げな古びた町々などの有様は、トムやソフィアらが生き生きと活動した18世紀当時の景観や姿をなお十二分に留めている。『トム・ジョーンズ』の最終舞台となる王都ロンドンにも、今なお何気ない街角や建物などに住時そのままの名残りを認めれるところが少なくない。散文の風俗絵巻たる『トム・ジョーンズ』中の多くの人物群をこうした諸景観、諸背景、さらにはそこで現実に営まれている諸生活と分離して考えることはむずかしい。彼らの、また彼らが躍動した世界の本質は、古国イギリスのこうしたイギリス的諸景観、諸背景、そして諸生活を、またそれらの持つ意味を再三確認してみることによってのみ最終的理解（納得）に達することができるのである。ヘンリー・フィールディングとはそのようなタイプの作家だったように思える。

第 20 章

ローレンス・スターン、トビアス・スモーレット

1

　小説誕生期のいわゆる「四車輪」の一人ローレンス・スターン（Laurence Sterne, 1713-68）はイギリス国教会の牧師だったが、『紳士トリストラム・シャンディの生涯と意見』（*The Life and Opinions of Tristram Shandy, Gentleman*, 1759-67）によりイギリス文学史上に特異かつ重要な地歩を固めた。彼は、1713年、クロンメルで軍人（歩兵少尉）と従軍商人の娘の間に生まれた。青年時代に父を失っている。ロイ・ポーター（Roy Porter）は、当時の教区牧師についてこう述べている。

　　ほとんどの教区牧師は聖人といえるほどの人物ではなかったかわりに、大恥をさらすこともなかった――もっとも、『トリストラム・シャンディ』の著者ローレンス・スターンとか、社会悪の解決策として一夫多妻を熱烈に唱導したマーティン・マダンといった、非常に奇矯な人物がひと握りほどいることはいたが。
　　　　　　　　　　――ロイ・ポーター著『イングランド18世紀の社会』
　　　　　　　　　　　　第4章（目羅公和訳）

　「非常に奇矯な人物」たるスターンは、父方の親類の支援で学校に行き、ケンブリッジ大学で学んだのち牧師になり、後年1741年に、ヨーク大聖堂の評議会員（prebendary）になった。そして、1760年には、コックスウォルドの終身牧師補（curacy）に任じられた。因みに、彼の曽祖父リチャード（Richard）は、1664年にヨーク大主教となった大物である。

やはり牧師だったジョナサン・スウィフト同様に文才に恵まれたスターンは、病弱ではあったが、10巻の説教集を含め多くの著作物を残した。
　彼は、政治的或いは宗教的パンフレット類や書簡などを書いた後、代表作『トリストラム・シャンディ』2巻を出した。1760年のことである。これが大ヒットする。スターンはたちまち社交界の花形に祭り上げられた。パリなどでももてはやされた。そして彼は続編を書き続ける（1767年最後の第9巻をもって未完で終る）。
　『トリストラム・シャンディ』は、脱線に次ぐ脱線に特色づけられた大変奇抜な作品である。実際、脱線が本線であり、作者の意図もそうしたところにあった。主人公である紳士トリストラム・シャンディの「生涯」（Life）を描くものではさらになく、むしろ作者の「意見」（Opinions）を開陳するのが真の目的である。
　主人公の懐胎（I was begot in the night）から始まる——この時作者は「ドアを閉めて下さい（Shut the door）」と読者に呼びかけている——この物語は、いかにも人を食った調子で「猥雑さ」さえ秘めながら進んでゆくが、読者は作者のユーモアや滑稽感に満ちた饒舌に次第に引きずり込まれてゆく。

　私はよく承知していますが、この世の中には書物などすこしも読まない善男善女も大勢いらっしゃると同時に、読書ずきのお方もたくさんおいでになる——そしてそういう中には、人の身の上に関することなら、はじめから終りまで細大もらさず、どんな秘密でも打ち明けてもらわないとどうにも落ちつかない、という人物があるものです。
　私が、ここまですべてをきわめて事こまかに記してまいったのも、そのような方々の気持に快く応じようため、また、どなたにもせよ人さまを失望させまいとする私の性分からのことにほかなりません。この私の『生涯と意見』は、世間で多少の話題にはなりましょうし、また私の推測にしてあやまりがないならば、ありとあらゆる階級、職業、宗派の人たちをひきつけ——かの『天路歴程』にも劣らず愛読されて——とどのつまりは、モンテーニュが自分の『随想録』の運命をそう

なりはすまいかと怖れたもの、言いかえれば客間の窓の飾りもの、というところに落ちつきましょうから——そこで私は、すべての方のご意見を、順々に少しずつうかがってまいる必要があると考え、したがってもうしばらくは今までの調子でつづけてゆくことのおゆるしを願わねばなりません。そのような理由から私は、この私の身の上話の皮切りをこのような方法ではじめたこと、また、私の身に起ったすべてを、ホラティウスの言葉を借りれば「卵のはじめから」たどってゆけることを、この上なくよろこぶものであります。

——『トリストラム・シャンディ』（上）第4章（朱牟田夏雄訳）

　I know there are readers in the world, as well as many other good people in it, who are no readers at all, who find themselves ill at ease, unless they are let into the whole secret from first to last, of everything which concerns you.

　It is in pure compliance with this humour of theirs, and from a backwardness in my nature to disappoint any one soul living, that I have been so very particular already. As my life and opinions are likely to make some noise in the world, and, if I conjecture right, will take in all ranks, professions, and denominations of men whatever, —— be no less read than the *Pilgrim's Progress* itself —— and in the end, prove the very thing which *Montaigne* dreaded his Essays should turn out, that is, a book for a parlour-window; —— I find it necessary to consult every one a little in his turn; and therefore must beg pardon for going on a little farther in the same way: For which cause, right glad I am, that I have begun the history of myself in the way I have done; and that I am able to go on, tracing everything in it, as *Horace says, ab Ovo.*

—— Laurence Sterne: *Tristram Shandy*

　ウィリアム・シェイクスピア、フランソワ・ラブレー（François Rabelais, 1494?-1553）、ロバート・バートン、トマス・ブラウン、それにジョン・

ロックらの影響も受けているとされるスターンの文章は、意図的な衒学趣味や滑稽な言い回し、泉源から湧き出る水流のような留まるところを知らない冗長さ、謙遜の風(ふう)の下での鋭い説得力、奇妙な感傷性（センティメンタリティ）などに特色づけられている。

　オーソドックスな物語作法の概念を完全に打ち破るこの作品には、読者を面食らわせる奇抜なテクニックが多用されている。たとえば、主人公を第 3 巻第 27 章になってからようやく誕生させるとか、登場人物（ヨリック）——その名前をシェイクスピアの『ハムレット』から取った人物で、ジョージ・セインツベリーは his (= Sterne's) fancy portrait of himself as "Yorick" と記している〔Introduction of *Tristram Shandy*〕）——の死去に際して哀悼のために全面黒塗りの頁を配する（第 1 巻第 12 章）、本作の雑多な内容の象徴としてのマーブル（大理石）頁を挿入する（第 3 巻第 36 章）などである。さらには死んだ筈のヨリックを再登場させたり、ある一章をまるごと抜かして、印刷ミスを装ういたずらをする（第 4 巻の第 24 章が抜け落ちている）、ウォドマン未亡人の描写を読者にその想像力に任せて、ゆだね、空白の一頁をあてがう（第 6 巻第 38 章）、以後は直線でなぞれるように語る、として、それまでの（第 5 巻までの）錯綜した物語内容をなぞっておくと称して複雑な曲線と直線の入り交じったミミズがくねったような数本の奇妙な線を描く（第 6 巻第 40 章）などである。面白おかしい、或いはふざけ気味の冗談や余談なども数限りない。

　結局、読者は、スターンの手練手管に翻弄されるうちに、アイロニィやユーモア、諷刺、笑いなどに彩られたスターン流の斜角的視点からの「人生哲学」を吹き込まれるのである。

　本作は、主人公の父シャンディ氏やトービーおじ、トリム伍長などの文学的に不滅の人物たちも創造している。トービーおじの道楽（hobby-horse）は、トリム伍長とする築城ごっこ、要塞ごっこである。スターンの人物たちは各人がそれぞれ勝手に己自身に没入しているが、決して憎めない存在である。彼らは生き生きとしていて、人間的である。トービーおじが、食事時にうるさく飛び回るハエを一旦は捕まえながら、「この世の中にはお前とおれを二人とも入れる広さは確かにある」（第 2 巻 12 章。This world surely is wide enough to hold both thee and me.——*Tristram Shandy*, Book II, Ch. 12) という場面は余りにも有名である。

　ジョンソン博士はスターンの猥雑さを非難したし、19世紀のヴィクトリア朝的、道徳的価値観は彼の世界と必ずしも相容れなかったが、彼スターンの稀有の才能が小説(ノヴェル)の多様性、柔軟性における無限の可能性を示したことは確かである。『トリストラム・シャンディ』における混沌の背後には作者のしたたかな計算や目論見が隠されているのであり、それなりの秩序が備わっていることは、この作品を冷静に分析すれば、理解できることなのである。アーノルド・ケトルは「スターンの小説が単に奇矯な珍品といったものではなく、いっそうリアリスティツクな、申し分のない文学の発展に寄与するものであること、反ロマンスであることを…」と述べている（『イギリス小説序説』）。

2

　スターンのもう一つの作品『フランスとイタリアの感傷旅行』（*A Sentimental Journey through France and Italy*, 1768）は、彼自身は「購いの作品」（Work of Redemption）と呼んだものだが、国内外に広く影響を及ぼした傑作であり、「センティメンタル」という語の意味するところは一つの時代思潮とさえ言えるものであった。サミュエル・リチャードソンやヘンリー・フィールディング、ヘンリー・マッケンジー、ファニー・バーニー、ジェイン・オースティンらにも見られる感情であり、人間的、道徳的な見解でもある。

　『フランスとイタリアの感傷旅行』は作者がイタリアに行かずじまいだったので、同国の記述なしで終った。1768年2月26日に2巻が出版されたが、作者が翌月3月18日に死去したので、未完に終ったのである。本作はフランスのカレーやアミアン、モントルー、パリなどを舞台とする紀行文だが、ダニエル・ジョージ（Daniel George）は、「大部分フィクションだが、現実に根差している」（"Fiction, no doubt, most of it, but concocted on a basis of fact"——Introduction of *A Sentimental Journey*, Everyman's Library）

と言っている。ジョージは、さらに、本作の特徴は、感傷というよりは、鍛錬された気まぐれや文体の自然さ、すばやい映画的な推移、それに陽気な優しさなどにあるとしている（「同上」）。

この作品もまた作者スターンの「意見」を反映している。

3

スターンは 20 世紀の「意識の流れ」の元祖だと説明されることがある。実際、彼はジョン・ロックのとりわけ『人間悟性論』を愛読しており、その中の「連想」（association）のテーマに強い関心を抱いていた。『トリストラム・シャンディ』の中にもジョン・ロックへの次のような言及が見られる。

> …その不幸と言うのはほかでもありません、本来お互いに何の脈絡もない観念同士の不運な連合の結果として、ついには私の母親は、上述の時計のまかれる音をきくと、不可避的にもう一つのことがヒョイと頭に浮かんで来ずにはいない、――その逆もまた同じ、ということになってしまったのです。――あの賢いロックは、明らかにこのようなことの本質を大概の人よりもよく理解していた人で、かかる不思議な観念の結合が、偏見を生み出すもとになる他のどのような源にもまさって、多くのねじれた行為を生み出していることを確言しております。
>
> ――『トリストラム・シャンディ』第 1 巻第 4 章

一つ伺いますがあなたは、今までいろいろの読書をして来られた中で、ロックの『人間悟性論』という書物をお読みになったことがありますか？――いえいえ、軽率なご返事はなさらんで下さい――というのは、読んでいないのにこの本を引用する人がたくさんある、――また、読んだのだがわかっていないという人も少なくない。――もしあなたもそのどちらかならば、私は教化のために筆をとる身ですから、そ

の本がどういう本か、ごく簡単に申上げましょう。──これは記録の書物です。──…

——「同上」

　ロックの観念連合が、スターンを通じて文学における心理学的な応用を経て後世に生かされるようになった、という考え方である。少なくとも間接的な意味合いでは、或いは結果論的な言い方をすれば、そのようにみなせるであろう。そしてそれは、スターンの奇才のなしたさらなる一面でもあったわけである。D. W. ジェファソン（D. W. Jefferson）は、この問題について次のように述べている。

　スターンはロックの観念連合説のために例証を与えるのを楽しんだ。見かけは一緒に話を交している何人かの人間が、実際には、めいめい自分だけの考えを追い、うわの空の接触しかしていない時にかもし出されるあの雰囲気を彼は巧みにとらえているが、ヴァージニア・ウルフ──彼女は彼から学びとったのかもしれない──以前の作家で彼ほどこれに成功している作家はおそらくいないと思われる。

——D. W. ジェファソン『スターン』（山本利治訳）

4

　トビアス・ジョージ・スモーレット（Tobias George Smollet, 1721–71）も「四車輪」の一角を占める偉大な作家であり、ピカレスク小説の大家として草創期の小説(ノヴェル)の発展に大いに貢献した。ピカレスク小説家らしく自伝的な作家である。チャールズ・ディケンズもスモーレットの影響を強く受けているのである。合あわせてスモーレットは、初期の海洋小説家としても重要な足跡を残した。

　スモーレットはスコットランド人であり、グラマー・スクールで学んだ後、グラスゴー大学で医学を学んだ。文学好きの彼は、早くから劇作を手がけたりもした。大学を中退し、悲劇の原稿を持って上京するが、うまく

いかず、やがて軍医の助手となって軍艦に乗り込み、西インド諸島に向かった。このようにしてスモーレットは、海軍生活の経験を小説の題材として生かしながら、創作を行うことになった。退役後は帰国し、医者を目指し、学位を取ったりもした。1744 年には外科医を開業もしている。

最初の小説『ロデリック・ランダムの冒険』（The Adventures of Roderick Random）は 1748 年に出た。さらに『ペリグリン・ピックルの冒険』、『ファゾム伯フェルディナンドの冒険』、『ハンフリー・クリンカーの探検旅行』などが生まれた。

スモーレットはフランスのル・サージ（Le Sage）のピカレスク小説『ジル・ブラス』（Gil Blas）を訳出し（1749）、スペインのセルヴァンテスの『ドン・キホーテ』（やはり彼が翻訳している〔1755〕）からも大きな影響を受けた。

5

スモーレットの自伝的色合いが最も濃く、また最も広く知られている『ロデリック・ランダムの冒険』は、ル・サージの『ジル・ブラス』に負うところが少なくない。

主人公のロデリック・ランダムは、スコットランドで生まれ育ち、友人ストラップ（Strap）と共にロンドンに出る。やがて軍艦に乗り組み、西インド諸島に渡るが、さまざまな体験を経たのち、ヨーロッパに戻り、フランスを経由してロンドンに帰着する。さらに、アフリカから南米へと奴隷売買に従事したりしながら、最後は想い人たるナーシッサと目出度く結婚して、スコットランドに帰ることになる。波乱に富んだ、しかしリアルな冒険小説である。

本作の文章は比較的すっきりとしていて、読み進めやすい。

　二人とも黙り込んだあと、宿屋へと向かったが、ストラップがひどいうめき声を上げながら、我々はいいところまで来ていたのに、と言った。これに私（＝ロデリック）は答えなかった。彼は続けた。「神

様が我々をここから送り出してくれるんだ。我々はロンドンに48時間といなかった。それなのに私は4万8千もの不運に出合ったと思う。——我々はあざけられ、非難され、打ちのめされ、小便をかけられ、終には金を取り上げられてしまった。思うに、そのうち、我々の皮膚までもはがされてしまうだろう。——実際、金の問題は、我々が愚かだったせいだ。ソロモンは言っている、「愚か者は臼でひき潰せ。そうしなければ賢くならないだろう」と。ああ！神よ、助けたまえ。1オンスの分別は1ポンドの金(きん)に値する」

—— 『ロデリック・ランダムの冒険』第15章。（　）内筆者註

In our way to our lodging, after a profound silence on both sides, Strap, with a hideous groan, observed, that we had brought our pigs to a fine market. To this observation I made no reply; and he went on, "God send us well out of this place; we have not been in London eight and forty hours, and I believe we have met with eight and forty thousand misfortunes.— We have been jeered, reproached, buffeted, pissed upon, and at last stripped of our money; and I suppose by and by we shall be stripped of our skins.— Indeed, as to the money part of it, that was owing to our own folly; Solomon says, Bray a fool in a mortar, and he will never be wise. Ah! God help us, an ounce of prudence is worth a pound of gold."

—— *The Adventures of Roderick Random*

『ロデリック・ランダムの冒険』は、エリザベス朝期のトマス・ナッシュの『悲運の旅人』も思い起こさせる。ロデリックとジャック・ウィルトンはともに国内外を広く「放浪」することによる冒険譚でもって読者の興味を掻き立てる。スモーレットもナッシュも自身の実体験に基づくリアリスティックな物語を展開することにより、セルヴァンテス流の技法をイギリスにしっかりと根付かせたのである。ナッシュを継承したスモーレットをやがてディケンズが受け継ぐことになる。スモーレットも彼なりに小説世界の発展と拡大に寄与したのである。

チェルシーに落着いたスモーレットをサミュエル・ジョンソンやその一派のゴールドスミス、ギャリックなどが訪れるが、スモーレットがジョンソンを「文壇の大御所」と呼んだことはよく知られている。

　自立心の強いスモーレットがジョンソンのグループに入ることはなかった。なお、スモーレットの最後の作品『ハンフリー・クリンカーの探検旅行』は、1771年6月半ばに出版された。これは作者の死のわずか3ヶ月前のことだった。書簡体形式の小説であり、イングランドとスコットランドを舞台にしている。

第V部

展　開

第21章

サミュエル・ジョンソン博士と『アビシニアの王子ラセラスの物語』

1

　小説の大興隆を担った「四車輪」つまりサミュエル・リチャードソン、ヘンリー・フィールディング、ローレンス・スターンそしてトビアス・スモーレットは、スモーレットの1771年の死去をもって、すべてこの世を去った。
　この後(のち)、イギリス小説の世界は、19世紀初頭のロマン主義時代に活躍するウォルター・スコットとジェイン・オースティン——ただし彼女はロマン主義時代にありながら、18世紀的な伝統に立っていた——の登場を見るまでは大物を欠く。要するに、「四車輪」の没後、嵐の前ならぬ後の静けさ、「空白」の時代がしばらく続くことになったのである。それはちょうどジェフリー・チョーサー没後の15世紀詩壇の停滞振りを思わせもする。が、15世紀の詩人たちが余りにも偉大だったチョーサーの圧倒的な影響を受けていて、その時代がチョーサー亜流の時代と称されるように、18世紀末数十年間の作家たちも、「四車輪」と無関係ではあり得なかった。とりわけリチャードソンとフィールディングの影響は大きかった。スターンの作品は、特に『トリストラム・シャンディの生涯と意見』は模倣のきかない類のものではあったが、彼独自のセンティメンタリティは、当時の風潮に大いに寄与した。また、スモーレットの場合はピカレスク系小説のモデルとされた。
　「四車輪」の重みを直接、間接に感じながら、この世紀後期の作家たちは、或いは大流行を極めたゴシック小説に、或いはモラル小説や家庭小説、

第21章 サミュエル・ジョンソン博士と『アビシニアの王子ラセラスの物語』

書簡体小説などにと筆を走らせた。さらに、女流作家の登場もこの時期の顕著な現象であった。だが、いずれの分野においても、『クラリッサ・ハーロウ』や『トム・ジョーンズ』、『トリストラム・シャンディ』や『ハンフリー・クリンカーの探検旅行』などに匹敵するような大作を生み出すには至らなかった。

いかに「空白期」とは言えども、数ある中にはむろん、きらきら輝く逸品もあった。が、それらも、ウォルター・アレンの言うように、職業作家以外の人たち、或いは、たとえそうではあっても、自身をまず小説家とは考えない人たちによって書かれることが多かったのである。

このような時代において、ゴシック作品以外の分野で世人に好評をもって受け入れられ、かつ大いに読まれた作品にジョンソン博士の『ラセラス』とオリヴァー・ゴールドスミスの『ウェイクフィールドの牧師』がある。これら二作品は、後のヴィクトリア朝時代にかけても、教養小説として広く読まれ続けた、或いは少なくとも、若い男女に読ませられ続けたしろものである。

2

18世紀の後期イギリス文壇はこの世紀前半に引き続いて古典主義文学、都会趣味の文学が主流だったが、その中心は特に作家たちの集まりだけではないサミュエル・ジョンソン博士（Dr. Samuel Johnson, 1709-84）とその取り巻きのグループであった。地方出の貧乏で無名の一青年から身を起こし、独力で大文人となったジョンソンの文壇における影響力には絶大なものがあり、その周囲には単に文人のみならず、他のいろいろな社会的分野で一流の名のある人物たちが大勢集まり、恰もジョンソン王国の観を呈した。彼を中心に有名な「文学クラブ」が設立され（1764年）、当時の各界の有力者たちはその会員になることを非常な名誉としていたのである。このことからも分かるように、ジョンソンは人物の大きな文学者だったのであり、実際、彼の後世にかけての名声は、その優れた文学的、学問的業績による以上にその独自の「人格」によるところが大きかった。「大熊」と

諢名された「文壇の大御所」（The Cham of Literature ──トビアス・スモーレットの言）たるジョンソンは、容貌魁偉、「文学クラブ」創立にかかわった画家ジョシュア・レイノルズ卿（Sir Joshua Reynolds, 1723-92）が描いたあの肖像画から偲ばれる独自の風貌を持ち、驚くべき博識、強烈な個性、それに毒舌に満ちたユーモアなどで鳴っていた。

彼は貧乏したことでも有名だが、それまでパトロンの庇護を受けるのが当然視されていた文士の職を初めて独立させた人とも言われている。

ジョンソンは、『ジョンソン辞典』（1755）を 8 年がかりでほぼ独力で完成させて「博士」（Doctor）の号を得たことがエピソード的には最もよく知られているが、同辞典編纂の大仕事の他にも、詩、小説、随筆、評論などいろいろな分野で業績をあげた。言ってみれば、「何でも屋」でもあったわけであるが、そのことは、同時に、彼の人間の幅の広さ、学識の広さ、深さをよく示してもいるのである。そして『ラセラス』はそのようなジョンソンの小説作品、それも唯一のそれだった。教訓小説、モラル小説である。寓話的で、むしろ、道徳哲学の書というイメージを与えてさえいる。「直ちに世に迎えられ、著者の生存中確実な人気を得たジョンソン唯一の作品」（S. C. ロバーツ『ジョンスン』〔研究社〕）となった。

サミュエル・ジョンソンは、リッチフィールドの町の小さな本屋の息子として生まれた。彼の有名な伝記作者ジェイムズ・ボズウェル（1740-95）は、彼の父マイケル・ジョンソン（Michael Johnson）は系図の定かならぬダービシャー州出身の人物で、リッチフィールドに定住して書籍及び文房具商を営んだ、母はサーラ・フォード（Sarah Ford）と言い、ウォリックシャー州の有力な郷士の旧家の裔だった、と述べている。共に相当な年輩で結婚した両人の間には男子二人が生まれた。上がサミュエルであり、下のナサニエルは 25 歳で死去した。父マイケルは身体が大きく頑健であり、逞しく活動的な精神の持ち主だった。これは後年のサミュエルを思わせる。

しかし、父には「忌わしい憂鬱症」の気もあり、これまた息子に受け継がれた性質の一つだったようである。幼時から病弱だったらしいジョンソンは、たちの悪い瘰癧（るいれき）（「王様の病気」〔King's evil〕とも言う）にかかり、母はそれを治そうと迷信に従って息子をロンドンに連れてゆき、アン王女

に触れてもらったという。肖像画に見るジョンソンの怪異な容貌は、この病気のせいだったとも考えられよう。

　ジョンソンは少年時代から利発な子供であった。他の子たちの上に立つ器量を有した。早くから大変な博識でもあった。オックスフォードのペンブルック・カレッジに入ったが学資の都合で中退し、故郷で小学校の代用教員をしたりしながら、貧と戦った。この間、父を失っている。

　1735年には、彼は、ポルトガル人神父ローボー（Father Jerome Lobo, 1595?-1678）の『アビシニア紀行』を仏訳から重訳した *A Voyage to Abyssinia* を処女作として出版した。これが後年の小説『ラセラス』のもとになるのである。同じ年、26歳のジョンソンは、子持ちの46歳の未亡人と結婚した。傍目には風変わりな結婚だが、彼は、この妻が1752年に死んだ時には、ひどく悲しんでいる。ともかくジョンソンは妻の持参金で塾を開いた。だが、生徒が3人しか集まらず、失敗に帰す。終に37年、生徒の一人で後の名優デイヴィッド・ギャリック（David Garrick, 1717-79）を連れて上京した。執筆中の悲劇『アイリーニ』（*Irene*）を携えて。

　こうしてジョンソンの貧乏と苦闘しながらの本格的な文筆人生が始まるのである。

3

　まず、ジョンソンの、ジューヴナル（Juvenal）の第三風刺詩を模した『ロンドン』（*London*, 1738）は、当時の詩壇の大御所ポープに認められる。ユニークな『リチャード・サヴェジ伝』（*The Life of Richard Savage*, 1744）はジョンソンの友人で、波乱に富んだ生涯を終えた破滅型の詩人リチャード・サヴェジを描いたものである。これは後の『英国詩人伝』（*The Lives of the English Poets*, 1779-81）にも収録されている。人の世の空しさを説いた詩『人間の欲望の空しさ』（*The Vanity of Human Wishes*, 1749）は、10年後に出る『ラセラス』と同じ人生哲学を述べたものである。

　悲劇『アイリーニ』は、俳優として早く名声を高めた弟子のギャリックの好意で、ドルアリー・レイン劇場で上演されている（1749年）。300ポン

ドを得たものの、上演それ自体は失敗に終った。

　世界最初と言われる本格的な辞書『ジョンソン辞典』は、チェスタフィールド卿（Lord Chesterfield, 1694-1773）とパトロン問題での有名ないさかいのエピソードを残しながら成ったものである。チェスタフィールド卿に冷たく後援を断られたジョンソンが、奮起して独力で仕上げたものである。

　閣下、パトロンといふものは、人が命がけで水の中でもがいてゐる間は、そ知らぬ顔で眺め、その人が陸地に達した時に、要らざる手助けを押しつけようとするものではないでせうか？

　　　　　　　　　　　　——『サミュエル・ヂョンスン傳』上（神吉三郎訳）

　Is not a Patron, my Lord, one who looks with unconcern on a man struggling for life in the water, and , when he has reached ground, encumbers him with help?

　　　　　　　　　　　—— James Boswell, *Life of Johnson*, February, 1755

　ジョンソンのチェスタフィールド卿あてのこの痛烈な絶縁状（1755年2月7日付）は世に名高い。ともかくこの辞典は彼ジョンソンの博識振りをよく示し、また後世の辞書編纂上の重要な一里塚となったが、今日から見ると、ジョンソン自身の個性や偏見に彩られた部分も持つ。「燕麦」（Oats）を「イギリスでは一般に馬に食わすが、スコットランドでは人が食う穀物」とやったなどは、その最たる例である。因みに、彼のスコットランドへの偏見振りはよく知られていた。

　『ジョンソン辞典』の前にこうした辞書の類がなかったわけではなく、たとえば、ナサニエル・ベイリー（Nathaniel Bailey, ?-1742）のもの（*An Universal Etymological English Dictionary*, 1721）などが知られていた。

　ジョンソンの貧苦は『辞典』完成後も止まず、翌年1756年には借金ゆえに逮捕され、友人のサミュエル・リチャードソンに救われたこともあった。生活が安定したのは、62年になって、『辞典』の業績により、ジョージ3世（George Ⅲ, 1738-1820。1760-1820在位）から300ポンドの年金

第21章　サミュエル・ジョンソン博士と『アビシニアの王子ラセラスの物語』

を与えられるようになってからである。

　このほか、ジョンソンは『ランブラー』(The Rambler, 1750-52) を刊行（週2回）してエッセイを書き続け、『アイドラー』(The Idler, 1758-60) という一群のエッセイも書くなど、定期刊行物にも筆も振った。なお『アイドラー』は、当時の週刊紙『ユニヴァーサル・クロニクル』(The Universal Chronicle, or Weekly Gazette) に彼が寄稿したエッセイ群を総称したものである。

　晩年も、彼は、『シェイクスピア全集』(1765)、イギリス批評史の金字塔たる大著『英国詩人伝』などの大仕事を果たした。84年12月に75歳で亡くなり、ウェストミンスター寺院に葬られた。

　このように、ジョンソンは、劇やジャーナリズム、批評までを含むほとんどすべての文学的分野で活躍した。その一つ一つにおける業績を独立させて考えると、それだけではいずれも「大文豪」の名に値するかどうか疑わしくなるかも知れない。しかし全体としての幅の広さ、量の豊かさ、質の重さから見れば、紛れもない文学の巨人だった。が、何よりも、その熱烈でユニークな個性、偉大な人格が、彼をして18世紀後期イギリス文壇にひときわ高く聳え立たせたのである。

　今日、彼はイギリス人の代表のように考えられているが、その彼が後世に巨大な影を投げかけるようになったのは、彼自身の偉大さに加えて、弟子の（皮肉なことに）スコットランド人のジェイムズ・ボズウェルの努力に負うとこ

図12　ジョンソン博士の家。ロンドン。

ろが大きい。即ちボズウェルの名著『サミュエル・ジョンソン伝』(1791)が上記のようなジョンソン像を後世に定着せしめたのである。この書物は、ジョンソンの豊かな人物像を克明に、しかも大変興味深く描き出しており、伝記文学の最高峰の一つとなっている。ボズウェルは、名門の出身であり、ジョンソンの雑誌『ランブラー』の愛読者だった。彼は22歳時の1763年5月16日、コヴェント・ガーデンのラッセル街で書店を開いていた俳優のトマス・デイヴィス（Thomas Davis）の家で、54歳のジョンソンと初対面を遂げた。以後、二人の友情は深まり、ボズウェルはジョンソンの傍にあって、彼の日常の行動やユニークな言葉などを克明に記録し続けたのである。

ボズウェルは『サミュエル・ジョンソン伝』の前置きの中で次のように述べている。

　私は彼の交誼を忝うする光栄と幸福を享くること二十年に餘るし、彼の傳記を書こといふ計畫を常に抱いてゐたし、彼もこの事を善く知って居り、屢々私の質問に深切に答えてその前半生の出来事を教へてくれたし、彼の性格の最大の特色たる異常に力強く潑剌たる會話を集める便宜を得て居り、極力それを記録するに努力したし、自分で勞を惜しまずあらゆる心あたりの方面から彼に關する材料を手に入れるにつとめると共に、彼の友人等から最も物惜しみのない教示を蒙りもしたから、私は自分ほど有利な條件でこの種の著作に着手した傳記作家は滅多に有るまいと窃かに誇る次第である。但し文學的才能は別問題で、その點で此の種の作品を書いた偉大な先人等と比肩しようなどと大それたことは考えてゐない。
　　　　　　――『サミュエル・ヂョンスン傳』上（神吉三郎訳）

さらに、ボズウェルは、説明的叙説は必要な限りするが、ジョンソンの人となりをより一層生き生きとはっきりと知らしめるために、彼自身の手記や手紙や会話を出来るだけ挿入すると言っている。会話はその人の性格を示しており、その人自身が書いたり、言ったり考えたりしたことを織り

交ぜれば、世人は彼の生活を眼前に見る思いをすることができ、また、彼とともに「それぞれの場面を、もう一遍生活する事が出来る」からである。これがボズウェルの執筆姿勢、方法であったわけである。そして結果は見事に成功したのである。こうしてジョンソンは後世においてより一層確実に生きることになった。

むろん、このボズウェルも「文学クラブ」の会員に加えられている。

4

ジョンソンが彼の苦労して得た地位を守るために「当時のコーヒー店で有無を言わせないはったりを利かせ」(ルネ・ラルー) たかどうかはともかく、18世紀のロンドンに流行した「コーヒー店」などを舞台にして、彼のグループは大いにその勢威を誇った。「文学クラブ」を最初に提唱したのは肖像画家のジョシュア・レイノルズ卿だったが、彼は王立美術院 (1768年創立) の初代院長になった人物である。

他の著名な会員としては、まず政治家のエドマンド・バーク (Edmund Burke, 1729-97) が挙げられる。アイルランド出身で、ホイッグ党 (Whig) の下院議員であり、自由と正義を重んじた人物である。彼の著したアメリカ植民地擁護論の『アメリカ課税論』(*On American Taxation*, 1774)、フランス革命批判論の『フランス革命の省察』(1790) は古典的名著となっている。彼は『崇高と優美に関する我々の概念の起源に対する哲学的探求』(*A Philosophical Enquiry into the Origin of our Ideas of the Sublime and Beautiful*, 1756) なども書いて、文人としての優秀性も示した。

エドワード・ギボンは名門出身で、オックスフォードに学んだ当代一流の歴史学者である。古代ローマを扱った、約20年に及ぶ労作『ローマ帝国衰亡史』(1776-88) が、彼の名を不朽ならしめている。ジョンソン・グループの中で他の誰よりも、師ジョンソンよりも文人らしい文人、文人としてのより豊かな創造的才能を有していたオリヴァー・ゴールドスミスは、詩、小説、劇の各分野で優れた作品を残した。

デイヴィッド・ギャリックは既に触れたように、役者として成功した。

ジョンソンと上京した時は、法律を志したという。18世紀最大のシェイクスピア俳優とみなされており、シェイクスピア劇の復活者としての意義も忘れられてはならない。リチャード・シェリダンも、バーク同様アイルランド出の有能な国会議員だったが、それよりも劇作家として著名である。不振の演劇界にあって、ゴールドスミスとともに大いに気を吐いた。処女作『恋敵』（*The Rivals*, 1775）、代表作『悪口学校』（*The School for Scandal*, 1777）などで著名である。

チャールズ・フォックス（Charles Fox, 1749-1806）は、保守的なバークに対して、革新的な政治家だった。自由主義の先駆者とも言われ、フランス革命に同情を示している。

『国富論』を著して古典的経済学の扉を開いたアダム・スミスも、「文学クラブ」に迎えられている。彼は文学にも造詣が深く、その分野の著作さえ残している。

「文学クラブ」会員は、設立時には上に挙げた人々の内レイノルズ、ジョンソン、バーク、ゴールドスミスを含む9人だったが、後には何倍にもふえている。ともかく、当時の社会の各分野、各界を代表する大物を多数集めた。その勢威、その影響力のほどが偲ばれるわけである。

が、このようにして大派閥の首領（ボス）となったジョンソンも、決して権力主義者などではなく、困窮した人をかばい、身よりのない老人、寡婦などに自家を提供するなどの厚い人情家であった。苦労人の哲学を持った人生の忍耐者、人間主義者、ヒューマニストだった。そしてその苦労人の人生哲学を最も分かりやすい形で、しかもある程度の規模をもって表明し、解説したのが小説『ラセラス』だったのである。

5

『ラセラス』（1759）はむしろ陰鬱な作品である。正確には『ラセラス、アビシニアの王子の物語』（*The History of Rasselas, Prince of Abyssinia*）と言う。かつての詩作品『人間の欲望の空しさ』の思想を拡大したような作品である。伝記を著した友人サヴェジとは対照的な面の強いジョンソンの

第 21 章　サミュエル・ジョンソン博士と『アビシニアの王子ラセラスの物語』

人間性や人生観をそのまま絵に描いたような作品である。

　S.C. ロバーツ（S. C. Roberts）も、「ジョンソンの作品の中、著者の気質と見解とを研究する上に、『ラセラス』ほど適切なものはない」（『ジョンスン』柴崎武夫訳）と述べている。

　それは当時の安易な楽観主義を戒（いまし）めたものであり、全篇を通じて陰りや不安感さえ見てとれる。むしろ悲観主義的な作品となっている。極めて教訓的、道徳主義的であり、その点、面白みのない、「硬い」内容となっている。ルネ・ラルーは、「東洋を舞台にした悲観的な短篇」（『英文学史』）と言っている。ただ、「短篇」と言うにはやや長い。「中篇」である。また、アレンは「Johnson はセンシビリティのすべてを心得ていた。そして 18 世紀初期の偉大な作家、Swift や Pope もそうであったように、彼にとってもセンシビリティは、それに溺れると狂気じみてくるので、特に溺れてはならないものであった」と述べ、『ラセラス』は「情景の明らかな異国趣味にもかかわらず、センシビリティを礼賛しても堕落することのない様々な価値を述べたものである」と説明している（『イギリスの小説——批判と展望』）。

　この場合、「センシビリティ」とは、「人間の苦悩や道徳問題の中で、感情の繊細さと正しさの中に喜びを見出すことのできたセンシビリティは、また自然の野性の中に、異国趣味の奔放さの中に、新たな喜びを見出し得ることを発見した」（『イギリスの小説——批判と展望』）、そうした内容の感覚だった。

　小説らしくないこの小説『ラセラス』は、その背景を、ウィリアム・ベックフォードのゴシック・ロマンスの傑作『ヴァセック』とともに、東洋（オリエント）に置いているが、そのエキゾティシズムにもかかわらず、本質的には東洋と無関係である。その筋（プロット）は人間の幸福の探求は結局空しい結末に終るという、いわば「青い鳥」物語のジョンソン版である。

　大体、『ラセラス』は、1759 年 1 月、ジョンソンが故郷の老母が重病に陥ったのを知り、送金の必要に迫られて書いたものである。かつて仏語から重訳したことのあるローボーの『アビシニア紀行』が、この際、役立った。発想をそこから得たジョンソンは、夜間、一週間かけて書き上げた。

が、母は死し（90歳）、本の代金はその葬式の費用に当てられている。そのジョンソンは、仕事のためにロンドンを離れられなかったとはいうものの、数年間にわたって母に会っていなかったので、ひどく後悔したという。しかし、「老母を見舞う喜びは持たなかったが、その生活の扶助には惜しみなく盡くしていた」とボズウェルが述べている。そのボズウェルに從えば、ジョンソンがジョシュア・レイノルズに語ったところによると、彼は『ラセラス』を夜だけで一週間で書き上げ、書けただけずつ印刷所に送り、その後一回も読み返したことがなかったそうである。またストレイハン（Mr. Strahan）、ジョンストン（Mr. Johnston）、ドッズリー（Mr. Dodsley）の三氏が100ポンドで買ったが、後、再版になった時には、別に25ポンドを彼に支払ったという。

ともかく、ボズウェルは、師のこの本に感服して、次のように感想を記している。

　　ある教養の高い婦人が私に云つた言葉の通り、『ラセラス』は、彼（ジョンソン）が『人間の望みの虚しさ』であの様に見事に韻文で力説したところの興味ある真理を、今度は散文で書いた、更に大規模で、思索的な論述であると考へられよう。
　　この作品が含蓄してゐる思想の包藏量は大なるものであつて、殆んどその中の一文章毎に長い冥想の主題が提供されてゐる程である。私は一年間この本を一回も讀み返さずに過ごすことがあると、何んとなく物足りなく感ずるのである。そして通讀するたび毎に、それを作りだした人の精神に對する感歎の念を高め、さういふ人と自分が親しく交際する名譽を得てゐるといふことが、殆んど信じられぬほどなのである。
　　　　　　——『サミュエル・ヂョンスン傳』上。（神吉三郎訳）（　）内筆者註

6

このような『ラセラス』は、2巻、全49章から成っている。各章頭に

第21章　サミュエル・ジョンソン博士と『アビシニアの王子ラセラスの物語』　331

それぞれの章の内容を示す簡潔な小題がつけられている。第1章「谷間の宮のたたずまい」（Description of a palace in a valley）の冒頭は、次のように始まる。

　　空想の囁きに易々と耳傾け、希望の幻影を熱烈に追わむ輩(ともがら)、青春の望みは年長(た)けて充たされむことを期し、今日の不足は明日補われむことを期する輩よ。アビシニアの王子、ラセラスが物語を聞きねかし。
　　ラセラスは強大な帝の第四子であった。この帝の領土内に「水の父」と呼ばれるナイル河は源を発し、この河の恵みが豊饒の流れを各地に注ぎ、ひいてはエジプトの収穫を世界の半(なかば)に振りまくのであった。
　　　　　　　　　──『幸福の探求──アビシニアの王子ラ
　　　　　　　　　　　セラスの物語─』（朱牟田夏雄訳）

　　Yᴇ who listen with credulity to the whispers of fancy, and pursue with eagerness the phantoms of hope; who expect that age will perform the promises of youth, and that the deficiencies of the present day will be supplied by the morrow; attend to the history of Rasselas prince of Abissinia.
　　Rasselas was the fourth son of the mighty emperour, in whose dominions the Father of waters begins his course; whose bounty pours down the streams of plenty, and scatters over half the world the harvests of Egypt.
　　　　　　　　　── *The History of Rasselas, Prince of Abissinia*

　このようにして始まるこの物語のヒーロー、アビシニア（エチオピア）の王子ラセラスは、代々の習慣に従って、王位継承の順番が来るまで、王家の他の王子、王女たちとともに、至福の谷の内の王宮（private palace）内に「閉じ込められて」いたのである。そこは四方を山に囲まれた広大な谷であり、谷に出入りする通路はただ一つの洞窟であり、その出口は密林に隠れ、谷への入り口は重量のある鉄扉によって閉じられていた。谷の中は緑豊かな世界で、中央に一つの湖があり、川はいずれもそれに流れ込んでいる。自然に恵まれた別天地であり、実りも多かった。年毎に皇帝が子

供たちを訪問して来るが、その時は、「8日の間は谷に住む者の悉くが、何事にもあれ、独り居を愉快ならしめ、人目を惹くもののなきをうずめ、無聊を紛らわすよすがになる慰めを提供することが要求された。」あらゆる望みが叶えられ、あらゆる芸人が呼ばれる。楽人も舞手も技を競って、この幸福の谷に残留することを許されんと願った。毎年毎年悦楽の計が立てられ、人々はここに留まりたいと望んだのである。それほどの快楽の園だった。

ところが、26歳のラセラス王子一人、この幸福の谷に不満であった。彼は、山々の外側の世界は悪しきところと説かれているにもかかわらず、その外部世界、広い外界を見たいと願ったのである。「不足なき身の不足」(The wants of him that wants nothing) を嘆き、一人で物思いに沈む王子は、浮世の苦労を見るために、谷からの脱出を計る。機械家（the master of mechanicks）とともに翼を作って空から脱け出る方法に失敗したラセラスは、老詩人のイムラックに出会い、彼に外の世界の体験談を聞く。イムラックはかつて20年間にわたって世界を遍歴し、どこであろうとも、何人であろうとも人生は堪え忍ぶべきことばかりが多く、楽しみは少ないものと学び知っている男だった。

王子はイムラックの諫言をものともせず、強い決意をもって、二人して山に登り、トンネルを掘り始める。そして二人の計画を見てしまった妹姫のネカヤアと彼女の侍女ペクアーを加え、4人で谷を脱出して、エジプトに向かったのであった。

カイロの街に着くと、イムラックは商人に化けた。王子たちは金銭というものを学び、言葉も習う。そしてさまざまな人を訪問した。

ラセラスは、享楽をこととしている青年たちと交わって訓戒を与え、哄笑の返礼を受けた。彼はまた聴衆に向かって情欲の抑制を力強く説く賢者（哲人）を見、感嘆して数日後、個人的に訪ねてみると、意外や賢者は、一人娘を失ったために失意落胆していて、見る影もない。王子は飾った言葉の空しさを知った。

探求を続けるラセラス一行は、さらにナイル最下流に住む一隠者（hermit）を訪問し、孤独の得失、人との交わりの利と害を聞かされる。隠者

第21章　サミュエル・ジョンソン博士と『アビシニアの王子ラセラスの物語』

は孤独に飽いており、結局、一行とともに大都カイロへ赴いたのだった。やがて、ラセラスと妹ネカヤアは、仕事を分担することにする。即ち、兄は宮廷を見歩き、妹は賤しい人々の生活を調べ歩くことにした。しかしながら、そうした彼ら別々の探求にもかかわらず、やはりよい成果は得られなかった。貧富にかかわらず、家庭内に不平、不和、争いはつきものだったのである。王者の地位も幸福の座ではなく、幸は宮廷にはなかった。また、禍は、善人、悪人の区別なく振りかかって来るのだった。

このような兄妹間の幸福論義が行われた後、一行はイムラックの示唆で歴史に眼を向けるため、ピラミッドを訪ねる。ピラミッドはイムラックによれば、「エジプトの偉大さの最も豪奢な記念塔でもあり、人間の手に成ったもののうちで最も巨大な作品の一つでもあるもの」だったからである。

一行はピラミッドに着くと、その外形を調べ、次いで内部に入る。もっとも、侍女のペクアーは死者の幽霊を怖がり、外に待つことにしたため、アラビア人の一隊にさらわれてしまう羽目に陥る。ともかくイムラックは、この偉大な建造物は、人間の享楽には限りがないことを如実に示す記念塔だと説明する。何人であれ、分をわきまえず、王者の生活や権威、富に幸福や永遠の満足を求めようとするものは、この大建造物を見て自らの愚かさを知るべきだというのが彼の引き出すピラミッドの教訓である。

ネカヤアは、ペクアーを失って悲しみに暮れるが、結局、ペクアーはエジプトの南ヌビアとの国境近くの砦に拠るアラビア酋長のもとに囚われていることが判明し、身代金と交換に無事にネカヤアの手に取り返された。交換の場所は上エジプトの砂漠の聖アントニーの僧院だった。

ペクアーの危難の物語が一同に語られた後、彼らはある博学な老天文家を訪ねる。天文家は40年もの間、天体の運動を観察し続け、終に自身が風を除いた太陽や気候、雲雨などの自然を司っているという錯覚に陥り、狂気状態にある人物だった。四季の支配者をもって任じるこの老天文家の場合、空想が理性に打ち勝ってしまっているのだった。孤独の余りの結果だった。以前に登場した隠者の場合同様に、孤独は必ずしも善ならず、益ならず、この天文家のような悲劇さえ招くものである。一同はそれぞれ、度はずれな空想を慎むべきことを学ぶ。

帰途、一同は、ナイル河の岸辺で一人の老賢人に出会うが、彼は人の世の栄枯盛衰の結果の空しさをしみじみと語り、希望や心配を超越して、ただ来世における幸(さち)を願うばかりだというのだった。

先の狂った天文家は、イムラックらの一同との交際により失った理性を次第に回復してゆく。

一行は、天文家とともに、古代の墓所たるキャタコウム（catacombs）を訪ね、穴の中に入って、死体(ミイラ)の並ぶ地下道路を観察し、霊魂論、物質論を戦わせる。こうしてラセラスらは、この死者の住まいから、賢者だろうが権力者だろうが、人間は現身(うつせみ)の短かさを忘れるべきではない、という教訓を得るのである。

最後の第49章の題名は「結末の章、但し一事の結末するなし」（The Conclusion in which nothing is concluded）である。ここでナイルの増水期にぶつかった一同は、家に閉じ籠って、これまでの諸経験を思い返し、各自が心に描く幸福の設計を語り合うが、誰もがそうした希望は実現不可能と認識しており、結局、洪水の引くのを待って、故郷のアビシニアに帰ることに決めるのである。物語は以上で終る。

7

作中には沈鬱ささえ漂う極めて現実的なジョンソン流人生論が展開されている。ジェフリー・ティロットソン（Geoffrey Tillotson）の指摘するように、形而上詩を嫌い、明晰さを求めたジョンソンの思想は明瞭で力強く、秩序立ったものだったが、そのような特色はこの『ラセラス』において極めて顕著である。

ストーリーは、第4章でラセラスが一人でいたずらに物思いにふける部分のいかにも作り上げたようなぎこちなさを除けば（ティロットソン）、あとはスムーズに進んでいる。文章も大変明解である。

王者の地位も幸福ではなく、「結婚にも苦は多いでしょうが、独り暮らしに楽しみはありません」（ネカヤア姫）、空想が理性を圧倒して専制君主になるのは危険極まりないことだ、…などと説くこの哲学的寓意小説は、

第21章 サミュエル・ジョンソン博士と『アビシニアの王子ラセラスの物語』

結局、人間は「身近な務めに専心すべきである」（アレン）と教えているのであるが、既述の通り、ジョンソン自身の人柄や豊富な経験に基づく人生観をよく表している。それと同時に、本作は当時の「18世紀の趣味に重要な関連を持っていた」（S. C.ロバーツ）。18世紀は常識を尊び、中庸を重んずる合理主義的、啓蒙主義的な風潮が支配的だったが、そのような古典主義の権化であり、堅実なイギリス人の典型だったジョンソンは、恋愛のエピソード一つ入れない、成熟どころか老成した、ある意味で極めてイギリス文学的な作品世界を展開したのである。

本作はイギリスばかりでなく、ヨーロッパ諸語にも翻訳されて、広く道徳物語として読まれたが、いわゆる「お上品な伝統」で鳴る、お固い19世紀ヴィクトリア朝期において、恰好の教養書（テクスト）として重宝がられた。そのことは、当時の文学作品を見てもよく分かる。たとえば、ギャスケル夫人（Mrs. Elizabeth Cleghorn Gaskell, 1810-65）の代表作『クランフォード』（*Cranford*, 1853）の第1章において、ジョンソン博士びいきのミス・ジェンキンズとチャールズ・ディケンズびいきのキャプテン・ブラウンの間に議論が戦わされているが、その中で、クランフォードの牧師の娘であるミス・ジェンキンズは『ピックウィック・ペイパーズ』（*The Pickwick Papers*, 1837）の一場面を一座に読み聞かせるブラウン氏に対抗して、『ラセラス』を書斎から持って来させ、王子ラセラスとイムラックの会話を「調子の高い、荘重な声で」読んでいる。そして、唇を歪めるブラウンに対抗して、彼女はこう言っている。

　　ジョンソンのスタイルは若い初心者たちの手本です。私の父は、それを、私が手紙を書き始めた時、私に薦めてくれました。私自身のスタイルはそのスタイルを手本に仕上げました。私はあなたのお気に入りの方（＝ディケンズ）にもそれをお薦めします。
　　　　　　　　　　　──『クランフォード』。（　）内筆者註

ブラウン氏はディケンズのスタイルをジョンソンの「もったいぶった」（pompous）文章と取り替えるなんて、ディケンズが気の毒だと言い返すが、

ミス・ジェンキンズは、「ともかく私はボズ氏（ディケンズの筆名）よりもジョンソン博士がすきなのよ」と言い納めている。

　ここは文章中心の議論ではあるが、こうした例からも分かるように、ロバーツの言を借りれば、「十九世紀の中頃になっても、古風な婦人達は当時流行のチャールズ・ディケンズが書いたセンセーショナルな作品よりも『ラセラス』のほうが信頼出来る読みものだと考えていた」わけである。

　シャーロット・ブロンテの傑作『ジェイン・エア』の場合も他の一例として挙げられる。同作品中第5章のロウウッド学院における一場面で、ヒロインのジェインは、一少女ヘレン（Helen）が本を読んでいるのを目に留める。それは『ラセラス』であった。ヘレンはその本が好きだという。ジェインはそれを手に取って、ちょっと目を通した後、内容は表題ほど魅力がないと考える。情熱的なジェイン（つまりはシャーロット）には、『ラセラス』は面白い読み物とはなり得ない。

　　『ラセラス』は、わたしのたあいない趣味には、退屈らしかった。妖精のことも、魔神のことも見えなかった。ぎっしり活字のつまったページには、目ざましい趣向がくりひろげられていそうもなかった。わたしは彼女に本を返した。

　　　　　　　　　　　　　　——『ジェイン・エア』（阿部知二訳）

　他方、返されたヘレンは静かにそれを受け取り、無言で再び熱心に読みふけるのである。その翌日、ヘレンは、教室で教師から、態度が悪い、爪を洗っていないなど、だらしない癖が直らないと言われて、鞭打たれるが、彼女は、夜、暖炉の傍で、やはり『ラセラス』を「夢中になって、ものもいわず、あたりのすべてを忘れて、燃えさしのほのかな光で、読みふけって」いるのであった。そして終に読了する。

　ヘレンは、落着いた、忍耐強い性格の持主で、寛容を重んじ、「終末を見つめながら、平静にしている」まことに子供らしからぬ14歳の娘である。生死を超越したところがある。程なく肺病で亡くなるが、まるでジョンソンのように悟りを開いた娘である。彼女は奔放で情熱的なロマンティ

第21章　サミュエル・ジョンソン博士と『アビシニアの王子ラセラスの物語』　337

ストの面を濃厚に有するジェイン、即ちブロンテとは対照的である。そのような彼女のジョンソン的なものを志向する読書傾向は、19世紀中葉の信心深い、何事にも健全さを重んじる保守的な一般国民、とりわけそうした婦人達の読書傾向を反映していると見られる。そして『ラセラス』こそは、そのような読書にうってつけの教訓的で無難な書物だったのである。

8

　『ラセラス』とフランスのヴォルテール（Voltaire, 1694-1778）の書いた『カンディード』（*Candide*, 1759）の類似性は、いつも指摘されることである。後者のほうの出版がわずかに早い。趣向や内容もよく似ている。両者ともに度はずれな、盲目的な楽観主義を戒めるものなのである。
　そこで、ジョンソン自身も気にしていたようで、ボズウェルは、彼が「もし両作が模倣の間もないほどくっついて、相次いで出版されていなかったなら、遅れて出たほうのストーリー構成（scheme）が早く出たほうから拝借されたと言われても否定のしようがなかったろう」と言うのを聞いている（『ジョンソン伝』）。
　ボズウェル自身は、この問題については次のように述べている。

　　この両作によって示された思想は同じである、つまり、我々の現在の状態では、幸福よりも害悪のほうが多いということなのであるが、両作家の意図は大変異なっている。ヴォルテールは、私が恐れるには、気紛れな瀆神のみによって、宗教に対する戯れの勝利を得ようとし、すべてを知ろし食される神の信頼を疑おうとしている。他方、ジョンソンは仮の事物の不満足な本質を示すことによって、人間の希望を永遠なるものへ向けようと意図したのである。
　　　　　　　　　　　　　　　　　——『ジョンソン伝』（筆者訳）

　ボズウェルのこうした見解はともかくとして、ヴォルテールの場合は彼流の風刺がよく効いており、面白い読み物になっているのに対し、『ラセ

ラス』のほうは大まじめな説得調が目立ち、哲学的な硬い書物となっている。従って、根本においては、両作は別物なのである。よって、R. P. マッカッチョンも言うように、借り物云々の問題はない、とみなすことができるだろう。

　読者の眼を引くために、東洋の物語という工夫を凝らしながら書かれた『ラセラス』は、既に言及したように、出版当時から19世紀にかけて広く読まれることになった。その結果、本書の読者を教え、益するという道徳主義的な目的は、十分に果たされたわけである。

9

　今日から見れば、イギリス小説史上に占める『ラセラス』の位置は明らかに低く、小さい。それはリチャードソンやフィールディングらの大作の前にかすんだ存在である。19世紀までのその大変な読まれ振りが、まるで信じられないほどである。だが、その『ラセラス』が今日いかに小さく見えようとも、また同書がたとえティロットソンの言うように、益しかつ楽しませるというホレス流儀の原則に適うとジョンソンの見た「エッセイ形式」（essay form）に通ずる物語（テイル〔tale〕）であって、小説（ノヴェル〔novel〕）ではないとしても、やはりその小説史上における存在を無視することはできまい。

　イギリス近代小説の常識や健全性を尊ぶ基本的な伝統を思う時、『ラセラス』はまさしくそのような伝統の真正な産物に他ならない。その意味で、『ラセラス』はいかに哲学論的作品であろうとも、極めて英国小説的であるし、読者も含めた意味での19世紀イギリス小説界によくも悪くも流行作品として広く及ぼした影響を顧みる時、なおさらその感を深くせざるを得ない。

　いかにも小説らしくないこの小説が実は深いところで、来るべき19世紀小説の、ひいては伝統的イギリス小説の基本的イメージを作り上げていたと言えそうなのである。

第 22 章

オリヴァー・ゴールドスミスと『ウェイクフィールドの牧師』

1

　著者のオリヴァー・ゴールドスミス（Oliver Goldsmith, 1728-74）が弱点多き人間だったにもかかわらず、ジョンソン博士の言葉によれば「大変偉大な人間」（a very great man）だったように、小説『ウェイクフィールドの牧師』（*The Vicar of Wakefield*, 1766）も随分欠点が目立つが、永遠の生命を持った、珠玉のような作品である。

　『ウェイクフィールドの牧師』は 18 世紀小説の中で最も人気のあった作品の一つであり、後世にかけて広く愛読され続けた。そしてそれは、ゴールドスミスの名を後世に残す重要な作品の一つともなったのである。イギリスにおける家庭小説の祖、風習小説の祖と称(たた)えられるこの作品は「あらゆる田園詩の甘美さとあらゆる喜劇の快活さを併せ持って」（マコーレー卿〔Lord Macaulay〕）おり、18 世紀イギリスの田舎の善良な一家族の生活を一幅の絵のように映し出している。

　シドニー・ロバーツ（Sidney Roberts）も指摘するように、ゴールドスミスのグラブ・ストリートにおける苦闘は、ジョンソンの若い頃のそれに酷似している。同時に、生涯のほとんどを貧乏で苦しみ続けたことでも、ジョンソンに似ている。そしてまた、両者ともに文学のあらゆる領域に手を染めているのである。ただ、生来の純粋に文学的な創作力という点に限ってみれば、ゴールドスミスのほうが、彼の偉大なボスよりも上だったことは確かであろう。ゴールドスミスの詩、小説、劇は、ジョンソンのそれらをはるかに凌駕している。ジョンソンもそれは十分に承知しており、既

述の通り、「手にペンを取らぬ時彼ほど愚かしい人間はなく、ぺんを取った時彼ほど賢明な人間はない」と言った。ゴールドスミスという人間をよく知る点においてジョンソンの右に出る人物はなかった。ジョンソンは人間的に欠点多きこの愛すべき小柄なぶ男を深く理解し、尊敬の念さえ抱いていたのである。彼は、ゴールドスミスを大変「偉大な人間」と見たし、ゴールドスミス死去後、ウェストミンスター寺院につくられた記念碑の墓碑銘（エピタフ）として、ラテン語で、「彼は多くの種類の文学を手がけたが、手がけたすべてを美しく飾った」と記している。

そのゴールドスミスが手がけた諸ジャンルの中で唯一の小説が『ウェイクフィールドの牧師』に他ならない。そしてこの書物は、ボズウェルによれば、ジョンソンの尽力で世に出たものである。

オリヴァー・ゴールドスミスは、アイルランドのパラス村に新教の牧師の息子として生まれた。彼二歳の時、父チャールズの出世で、キルケニー・ウェストのリソイという地に移った。この父は『ウェイクフィールドの牧師』のプリムロウズ博士のモデルである。また、母も牧師の娘だったというから、宗教的な雰囲気の濃い、教養ある家庭だったわけである。

ゴールドスミスは、少年時代、天然痘に罹り、そのため顔にもその跡を残して、「下品粗野」（ボズウェル）になってしまった。エルフィンのグリフィン氏の学校、アスロウンのキャンベル氏の学校、エッジワースタウンのパトリック・ヒュー氏の学校などで学んだ後、1744年、ダブリンのトリニティ・カレッジに給費生（sizar）として入学した。成績は悪かった。その他、気まずいエピソードなども伝わっているが、卒業して学位（B. A.）を得ている。その後、故郷などでぶらぶらしたり、アメリカへ渡ろうとしたり、法律の勉強をしに上京しようとしたが、おじのくれた資金を途中ダブリンで騙し取られ、仕方なく引返したり、というようなことがあった。さらに、エジンバラでしばらく医学を学んだりもした。やはり医学の修行のために、1754年、オランダのライデンに赴くが、学問に身を入れず、気ままな生活をして無一文となり、大陸旅行に出発する。この大陸放浪は『ウェイクフィールドの牧師』のプリムロウズ博士の長男ジョージのそれにも反映されている。たとえば、ゴールドスミスは、金のためオ

第22章　オリヴァー・ゴールドスミスと『ウェイクフィールドの牧師』

ランダ人に英語を教えたりもしたが、ジョージも人に勧められてそれを試み、失敗する。また、ゴールドスミス同様にジョージも討論で渡り歩いたりする。

一年後、帰国した27歳のゴールドスミスは、医者、助教師などを含むいろいろな職についた。57年頃にはサミュエル・リチャードソンの店に印刷の校正係として行ったこともあった。やがて、『マンスリー・レヴュー』誌（The Monthly Review）に雑文を寄せ始めるが、これが文筆活動の始まりである。『パブリック・レジャー』誌（Public Ledger）に書いた『中国人の手紙』（Chinese Letters）——後の『世界市民』（The Citizen of the World）——で有名になり、61年5月、ジョンソン博士の訪問を受けて、両人生涯の交流が始まったのである。ゴールドスミスは「文学クラブ」の最初の9人の会員の一人にも選ばれた。が、その彼は貧乏と戦いながらも、終に浪費癖を矯正することは出来なかった。ボズウェルによれば、彼は「思想せわしなく」、馬鹿げたほどに虚栄心が強く、何であれ傑出した者には嫉妬を示したが、一方で、「小ジョンソン」たらんと努めてもいた。

彼は、さまざまなジャンルに手を染めたが、小説『ウェイクフィールドの牧師』、時事物『世界市民』の他、詩では長詩『旅人』（The Traveller, 1765）、農村の荒廃を歌った『廃村行』（The Deserted Village, 1770）など、また、劇作品では、喜劇『お人好し』（The Good-Natur'd Man, 1768）、同じく『負けるが勝ち』（She Stoops to Conquer, 1773）などが優れている。

ゴールドスミスが74年4月、45歳の若さで亡くなったのは惜しまれるが、臨終の言葉は「…あなたの心は安らかですか」（Is your mind at ease?）という問い掛けに対する「いいえ、安らかではありません」（No, it is not.）だったという（マコーレー）。彼らしい返答である。

彼は、「文学クラブ」の中でも最も文人らしい文人として、文学の主要ジャンルたる小説、詩、劇、エッセイのすべてに見事な業績を残したのであるが、その中では、やはり詩と劇に最も傑出した作品を書いたと言える。とりわけ、劇作品の価値は高いであろう。というのは、18世紀のイギリス劇壇はまるで振るわなかったからである。その意味でも、彼とリチャード・シェリダンの働きは輝いているわけであるが、彼らの作品自体の水準

が高いことはむろんのことである。

　なお、ゴールドスミスは、ジョンソン同様貧に追われて、金のために書かなければならなかったところから、他にも伝記物、歴史物などを含む多くの著作物を残した。

　それはともかく、考えてみれば、ゴールドスミス自身の生涯が何よりも波乱に富んでおり、それ自体が一篇の見事な作品だった。それゆえ、そのような彼の人生に関心を寄せる人々も多く、たとえば、プライアー（Prior）、ワシントン・アーヴィング、マコーレー卿といった錚々たる人物たちが彼の伝記を書いているのである。

2

　一面で、自分の家族と自分自身を描いたようなところもある小説『ウェイクフィールドの牧師』は、1766 年の 3 月 27 日に出版されたが、実はそれよりほとんど 4 年前には書き上げられていた。

　ボズウェルの『ジョンソン伝』中の本書出版にまつわるエピソードは注目される。ある時、ゴールドスミスはボズウェルに、ある小説を 400 ポンドで売ったと言ったが、その小説こそ『ウェイクフィールドの牧師』だった。ところが、ジョンソン博士は、自分がその小説を世話して、60 ポンドで売り込んでやったという話をした。ジョンソンは言った。

　　それでも売れた当時としては十分な値段だったのだ。その訳は、その頃はゴールドスミスは未だ有名になっていなかったからだ。有名になったのはその後、『旅人』という詩によってだ。書店ではこの取引で儲けることは甚だ覚束なく思ったので、原稿のまま長い間寝かせて置き、『旅人』が世に出た後に、はじめて発行したのである。その時は成程、たまたま前よりは値打ちが上がっていたのだ。

　　　　　　　　　　　　── 『サミュエル・ヂョンスン傳』上（神吉三郎訳）

　そして、ジョンソンの言う『ウェイクフィールドの牧師』売り込みの経

緯は次のようになる。ここが有名な部分なのである。

　わしは或る朝、気の毒なゴールドスミスから、自分は今非常な窮境に在るが、此方からお伺ひすることが出来ぬ事情があるから、至急わしの方から出向いて貰ひたいといふ手紙を受取った。わしは取りあへず一ギニーを送り、直きに後から行くと約束した。さうして置いて、わしは着物を着かへるや否や出向いた。往ってみると、彼の宿の主婦が宿料のことから彼を監禁したのであった。彼は猛烈に憤慨していた。わしは、彼が既にわしから送られた一ギニーをこはし、一瓶のマデイラ葡萄酒とグラスを前に据ゑてゐるのを見つけた。わしは瓶に栓をさし、彼に冷静にするやうに望み、どうしたらこの場を切り抜けられるかといふ手段を相談した。さうすると彼は、印刷にするばかりになってゐる小説があると云って、それを取り出した。わしはそれをのぞいて見てその価値を認めた。そこで宿の主婦に、直き戻って來るからと云い残して、書店を訪れ六十ポンドでそれを賣った。その金をゴールドスミスのところに持って來ると、彼は宿料を支払ったが、さうしながらも、主婦が自分をこんな酷い目に遭はせたことを声高に罵らずには置かなかった。

　　　　　　　　　　　　　　　　　　　——「同上」

　ボズウェルによれば、当時、「ジョンソン一派の最も輝かしい飾りの一人であるゴールドスミス」のジョンソンに対する敬愛は絶頂に達していた。そして、彼自身の文学的名声も、彼の偉大なボスと張り合おうと欲するまで高まってはいなかった。
　ともあれ、ボズウェルの書いたジョンソンが小説を売り込んでやった云々の右のエピソードに関しては、リカルド・クィンターナ（Ricardo Quintana）も指摘するように、何らの日付けもなく、原稿を買った本屋の名もなく、ゴールドスミスがその折どこに住んでいたかも言及されていない。それに、この小説の一件に関する説明は他にも幾つかある。そういうわけで、はっきりしたことは分からないのであるが、クィンターナは、全てを勘案する

と、次のようになるだろうと言っている。つまり、ゴールドスミスは彼の小説を1760年〜62年の間に書き始めた可能性がある。小説中に、60年と61年の多くを通して現れていた『中国人の手紙』から成長したと思われる部分があるからである。ジョンソンの絡んだ先の話は1762年7月中旬以降に、ワイン・オフィス・コートで多分起こったことである。原稿を買ったのは恐らくニューベリー（Newbery）で、彼はその時、同書の3分の1の権利を買い、ゴールドスミスは他の3分の1をソールズベリーの印刷屋ベンジャミン・コリンズ（Benjamin Collins）に、残る3分の1を別の印刷屋ウィリアム・ストレイハン（William Strayhan）に売った。こういう次第である（リカルド・クィンターナ『オリヴァー・ゴールドスミス』（*Oliver Goldsmith, A Georgian Study*）。

1766年の出版はずっと遅いわけであるが、この点、クィンターナは、『旅人』が出て著名になった後初めて発行した云々のジョンソンの説明（先に引用済み）は非常に説得力があるとは言えない、と考えている（「同上」）。

出版後、この小説『ウェイクフィールドの牧師』は、作者の在世中に、第5版まで刊行されたが、こうした初期の版の部数はむしろ少な目だったらしい。大いに人気を得たのは、死後のこと、それも、19世紀には、平均して一年に二版を重ねたと言われる。むろん広く諸外国語にも翻訳された。同書は、その教訓性や道徳性、「上品な快さ」（W. アレン）や健全性のゆえに、若者たちのための無難で有益な書物として広く読まれることになったのである。

3

『ウェイクフィールドの牧師』は、質素ながらも平穏な田園生活を楽しんでいた信心深く、仲むつまじい牧師（vicar）プリムロウズ博士の一家が悪地主ソーンヒルの悪巧みのために数々の苦難に遭い、絶望のどん底に追い落とされるが、神への厚い信仰を頼りに耐え抜き、終に大きな幸福を摑むという物語である。逆境と必死に戦い続ける牧師一家の姿を描いているわけだが、徹底したリアリズムに欠けるために、悲劇と喜劇の奇妙に混合

第22章　オリヴァー・ゴールドスミスと『ウェイクフィールドの牧師』

した、信じ難い田園ロマンスになってしまったきらいがある。

　ゴールドスミスは、主人公のプリムロウズ牧師をお人好しの世間知らずの典型として諷刺の対象にと意図したが、彼自身の体質のゆえに、結果的にはそれが果たせずにしまった。ゴールドスミスらしい独特のユーモアや哀感に満ちてはいるが、重厚ならざる、一篇の喜劇的な田園ロマンスになってしまったのである。構想や技法にも拙いところが目立っている。筋（プロット）が弱い。また、明らかに起こりそうもない偶然が次々と生じて、物語を先へとつないだりする。勧善懲悪主義も徹底しているから、現代の読者には馴染み難い面がある。センティメンタルに過ぎる欠点も持つ。

　弱点はこうしていろいろ挙げられる。にもかかわらず、本作が永続的な生命を持っているのも、不思議なことながら、事実である。R. P. マッカッチョンは、その理由を、田園的な設定以上に味のあるスタイルに求めている。マコーレーは、とりわけ前半部の田園詩の甘美さと喜劇的快活さ（既に言及済み）を称賛しているし、クィンターナは、ゴールドスミスの重んじた単純さや自然主義、家庭生活の描写という彼の独創性などに注目している。

　作品は全32章から成っている。各章頭にはそれぞれ、そこの内容を要約したタイトルが付けられている。書物の冒頭には「作者の言葉」があるが、そこでゴールドスミスは、「この作には百の欠点があろう。又、それを美しいと言いつくろうために百の言い訳が有り得ようが、そんなことをするには及ばぬ。書物というものは、欠点がいくら有っても面白いことがあり、悪い箇所は一つもなくても一向面白くないこともあるのだ」（神吉三郎訳）と述べ、次いで主人公の牧師の人物を簡潔に称えている。

　プリムロウズ牧師の家族は、牧師の妻デボラ、6人の子供たちの計8人で構成されている。子供は長男ジョージ、長女オリヴィア、次女ソフィア、次男モーゼズ、三男ディック、四男で末っ子のビルである。末の二人はまだ小さい。

　親子ともに善良で質素な、教養ある人々である。牧師は他の何物よりも子供たちを、「節制の子である彼等」を誇りに思っている。子らは「ぜいたくを知らずに育てられたので、姿も好く、健康でもあった。男の子は頑

丈で活発であり、女の子は美しく、艶麗であった。」（神吉訳）。似たものぞろいで、「気前がよく、人を信じ易く、単純で、毒のない性格」を持つこのウェイクフィールドの家族は、物語の冒頭において早くも最初の不自然な偶発事件に遭遇する。即ち一家の破産である。牧師が金を託したロンドンの商人が一シリングも残さず逃亡してしまったのである。厳格な一夫一妻論者のプリムロウズ牧師が、自分のその信条について、反対論者で4人目の妻を探していた思慮深い友人のウィルモット氏との一文にもならぬ論戦に夢中になっている最中に上記の悲報がもたらされたのは大層皮肉である。牧師が「…わしに議論を止めろと云う位なら、財産を捨てろという方がまだましだ」（神吉）と（悲報をもたらした）親類の者に叫んだ直後に、「実は」と破産の件を伝えられるのである。このために、長男とウィルモット氏の娘アラベラとの縁談はこわれてしまう。

　一家は新しい土地へ移動せざるを得なかった。大学を出ていた長男ジョージ（ゴールドスミスを反映する）だけは一人で上京して、自分の道を切り開くことになる。

　一家が移った新しい土地の地主はソーンヒルと言った。享楽好みで女好きという評判のよくない人物だった。

　一家には、旅の途中で知り合った30歳ばかりの青年バーチェル氏が出入りすることになる。この男は、口は悪いが正義漢であり、苦境に陥る一家を助ける救世主のような役割を果たすことになる。サー・チャールズ・グランディソンやオールワージー氏のような人格者である。彼は、善人ながら風変わりな行いも目立つ。一時は誤解されて、牧師に追い出されるが、巻末近くで、サー・ウィリアム・ソーンヒルであることが判明する。甥の悪地主を裁いて、一家を幸せにするのである。自らもソフィアと結婚する。アレンは彼のことを「無骨で善良な18世紀の妖精」と言っている（『イギリスの小説——批判と展望』）。彼も重要人物の一人である。

　一家は新しい土地に落ち着くが、地主のソーンヒルが近づいてくるようになる。美しい娘たちがその目的である。長女オリヴィアは見かけだけの彼に引かれた。母デボラも結構なことと喜ぶが、牧師は不安である。地主は町のすれっからしの女二人を高貴の触れ込みで連れて来る。彼女たちは、

第22章 オリヴァー・ゴールドスミスと『ウェイクフィールドの牧師』

ブラーニー夫人（Lady Blarney）とカロリーナ・ウィルヘルミナ・アミーリア・スケッグズ嬢（Carolina Wilhelmina Amelia Skeggs）と言った。"Blarney"というのは「お世辞」とか「おべっか」の意であるから、「おべっか夫人」とでもなろう。また、カロリーナ嬢のほうは、その長い名前が滑稽感があり、同時に御大層な、大げさな、気取った印象も与えている（Carolina Wilhelmina Amelia は国王ジョージ2世の奥方と娘の名前も反映している）。さらに "skeg" は普通には、造船の「かかと」（船の竜骨の後端突出部のこと）の意であるが、この場合は、方言に「道化た男」の意味もあるようである（榎本太氏）。すると、いかめしく構えた大げさな Carolina Wilhelmina Amelia と Skeggs の結び合わせには、まことに珍妙でおかしいイメージがあるわけである（なお、ゴールドスミスは既に『世界市民』の中でも、Carolina Wilhelmina Amelia Tibbs なる名前を出していた）。ともかく、上辺は貴婦人との触込みながら、すれっからしの夫人だから、構えた名前は、その人間の中身と鋭い対照もなすのである。こうした手法にも作者の諷刺の一端が現れている。

さて、ソーンヒルは、この両婦人を使って、上流かぶれ気味の牧師の娘たちをかどわかそうとするが、うまくいかない。彼女らの上京話は打ち切りになる。バーチェルがこの話を横からぶちこわしたのである。彼は、両夫人を警戒して、一家を密かに助けたのである。しかし彼は、その行為を一家に理解されず、手ひどく追い出されてしまう。

その間、モーゼズが馬を市に売りに行くが、変装した詐欺師エフライム・ジェンキンソンに騙し取られてしまうという一件がある。因みに、後、牧師もやはりこの男に馬を奪われてしまう。一方、正直者の農夫ウィリアムズはオリヴィアを慕っているが、オリヴィアのソーンヒルに対する眼はすっかり曇ってしまっていて、真相が見抜けない。牧師も煮え切らない地主を不安に思う。

そのうち終に、オリヴィアは騙されて連れ出されてしまう。牧師はその後を追って、旅に出た。「失われた子を正道に戻そうと」して。

牧師は、旅中、病気になったり、旅役者の一座と出会ったり、一紳士（実はアーノルド夫妻の家扶が気取ってみたもの）と政治論、君主論を戦

わせたりする。アーノルド夫妻の家でウィルモット嬢に再会した牧師は、同じ家で、役者になっていた長子のジョージとも巡り合える。そして、アーノルド夫人の求めで、ジョージは身の上話を始めるのである。彼は、上京後、グラブ・ストリートで文筆を志し、失敗すると、ネッド・ソーンヒルのお抱えとなり、くわせもののクリスプ氏の事務所に行き、危うく植民地に売り飛ばされそうになったりする。また、オランダに渡り、今日のベルギーのルーヴァンからパリに行く。次いで、一青年の家庭教師となってヨーロッパへ旅行した後、その途中で青年と別れ、討論術で食いつないで、やっと帰国し、旅役者になったのである。

　この波乱に富んだ放浪は、若い頃のゴールドスミスのそれをよく反映しているわけである。そこへやって来た地主ソーンヒルは、ウィルモット嬢を相争う羽目になったジョージに軍隊の旗手の地位を世話して、彼を上京させる。牧師は帰る途中の居酒屋で、打ちしおれたオリヴィアと再会する。そして、娘の口から悪者はソーンヒルであり、バーチェルは勢力のある正義漢だと聞かされる。娘は家を離れた後の経緯を父に話すのである。

　牧師は家に帰った途端に火事ですべてを失うが——この辺りもまことに唐突な感じで、不自然そのものであるが——、家族は全員無事で、再び落着いた暮らしに戻る。一方、オリヴィアの気持ちは晴れることがない。

　ソーンヒルとウィルモット嬢の結婚の噂を聞いた牧師は、許せないと怒る。そのため、ソーンヒルは一年分の地代を要求して、支払えない牧師を牢に送った。一家も監獄のある「街というよりむしろ村」に移住する。牢内で牧師は詐欺師のジェンキンソンにいろいろ助けられる。牧師は、苦境にもめげず、心すさんだ囚人たちに聖書を読み聞かせ、牢内の改善にも乗り出す。ここで、刑罰論が展開される。一家を助けようとしたジェンキンソンは、弱ったオリヴィアが死んだと騙して、牧師にソーンヒルに折れさせようとしたが、ソーンヒルはこれを拒絶する。そこにソフィアが連れ去られたという報が入る。悲嘆のどん底に落とされた一家は、ジョージの明るい手紙に元気づけられるが、その時、当のジョージ本人が血だらけになって、その監獄に引っ張られて来る。母の手紙による訴えで、ジョージは、ソーンヒルに復讐を計ったのである。二つの手紙は行違いになっていたの

第22章　オリヴァー・ゴールドスミスと『ウェイクフィールドの牧師』　349

である。ジョージは決闘を申し入れたが、ソーンヒルは出て来ず、手下どもを遣わしてきた結果、ジョージはその一人を傷つけたが、あとの者たちに取り押さえられてしまったのである。

　一家の不運はここに窮まる。牧師は囚人たちに神の摂理を説く。そして神は不幸な者の友だと諭し、天国の至福、栄光の死を語るのである。

　そこに、かのバーチェル、実は地主のおじ、従男爵のサー・ウィリアムがソフィアを連れて登場する。地主の手の者にさらわれた彼女は、サー・ウィリアムに助けられたのである。ジェンキンソンの手助けもあって、地主の悪事はすべてばれ、ジョージは釈放されて、やはり地主に騙されていたウィルモット嬢と結婚する。ジェンキンソンは死んだ筈のオリヴィアを連れて来て、牧師を喜ばせる。ジェンキンソンの密かな計らいで、地主とオリヴィアの結婚は、本物の結婚だったことも判明する。さらにソフィアはサー・ウィリアムと結ばれることになる。このようにして物語はハッピー・エンドで終結する。現代の日本では馴染みの薄い作品なので説明が少々長くなってしまったが、物語の大筋は以上の通りである。

4

　主人公のプリムロウズ博士は、いかにも牧師らしく、正面切った善人である。また、堅苦しいぐらいに質素であり、節制を重んじて、お勤行（つとめ）のほか、労働も大切にしている。

　　私の司るこの小共和国では、次のような規則が行われていた。先づ、日の出までに家族一同共通の廣間に集まる。火は前以って召使ひが起して置く。禮儀正しくお互いに挨拶した後、（私はよい行儀の器械的形式をある程度まで励行する方がよいと思つてゐるので。――さもないと自由のあまり兎角親しき交りを破壊することになるから。）一同頭（かうべ）を垂れて、われわれに又今日の一日を賜った神様に感謝をささげる。このお勤行（つとめ）がすむと、私と息子は畑に出て毎日の労働にいそしむし、家内と娘等は朝食の準備にかかる。朝食はいつも一定の時刻には

出来上がる。私は半時間をそれに宛て、昼食には一時間を宛てることにしてゐる。さういう折には、家内と娘たちは他愛のないさざめきに、息子と私は哲学的な議論に、時を過ごすのであった。

　われわれは、太陽と共に起き出るのだから、太陽が没した後まで労働を続けることは決してせず、家で待っている家族の許に帰ることにしてゐた。そこでは、ほほゑむ眼とさっぱりした炉と快い火が二人を迎へる用意をととのへてゐた。お客も無いわけではなかった。話し好きの隣人である農夫フランバラが時々やって来るし、盲目の笛吹きも良くやって来て、うちのグズベリ酒を試飲するのであった。…夜の終りは朝の始まりに似てゐた。小さい子供たちは、その日の聖書の日課を讀まされ、大声ではつきりと良く讀めた方の子が、次の日曜に半片(ペニー)貰つて、それを喜捨箱に入れることになってゐた。

——『ウェイクフィールドの牧師』第４章

　The little republic to which I gave laws, was regulated in the following manner: By sunrise we all assembled in our common apartment, the fire being previously kindled by the servant. After we had saluted each other with proper ceremony —— for I always thought fit to keep up some mechanical forms of good breeding, without which freedom ever destroys friendship —— we all bent in gratitude to that Being who gave us another day. This duty being performed, my son and I went to pursue our usual industry abroad, while my wife and daughters employed themselves in providing breakfast, which was always ready at a certain time. I allowed half an hour for this meal, and an hour for dinner; which time was taken up in innocent mirth between my wife and daughters, and in philosophical arguments between my son and me.

　As we rose with the sun, so we never pursued our labours after it was gone down, but returned home to the expecting family, where smiling looks, a neat hearth and pleasant fire, were prepared for our reception. Nor were we without guests: sometimes farmer Flamborough, our talkative neighbour, and often the blind piper, would pay us a visit, and taste our gooseberry wine, ...The night was concluded in the manner we began the morning, my youngest boys being appointed to read the lessons of the day; and he that read loudest, distinctest, and best, was to have a halfpenny on Sunday to put into the poor's box.

—— Oliver Goldsmith, *The Vicar of Wakefield,* Ch. iv

　牧師は、妻、娘たちの虚栄心を戒め、彼女らの上流かぶれを嫌う。彼女らが身を飾り立てることに小言をいい、娘たちの白粉水をわざと引っ繰り返したりもするのである。
　牧師は持するところ高く、次のように言う男である。

　　いかに落ち目になろうとも、心の矜持だけは失わないつもりだ。…
　　　　　　　　　　　　　　　　　　　　——「同上」第 24 章

　Yet, humbled as I am, shall my heart still vindicate its dignity; ...
　　　　　　　　　　　　　　—— *The Vicar of Wakefield*, Ch. xxiv

　彼は、その牧師としての奉仕の精神も徹底しており、自らの不運も顧みず、牢内の囚人たちを前にして、神は不幸な者ほど救われる、と説き、家族に対しては、次のように言い聞かせるのである。

　　…牢獄に埋もれている心は玉座に座っている心に劣らず尊いのだ。
　　　　　　　　　　　　　　　　　　　　——「同上」第 27 章

　… the heart that is buried in a dungeon is as precious as that seated upon a throne.
　　　　　　　　　　　　　　　　　　　—— Ibid., Ch. xxvii

　…この世には人間の魂ほど尊い宝石はあるまいもの。

――「同上」第 27 章

... is there upon earth a gem so precious as the human soul?

―― Ibid., Ch. xxvii

また、牧師は、

法律をして人民の暴君ではなく、保護者たらしむることが望ましい。

――「同上」第 27 章

―― it were to be wished that we tried ..., and made law the protector, but not the tyrant of the people.

―― Ibid., Ch. xxvii

と考えており、牢内の改善を目論見さえするのである。その際、独自の刑罰論を展開し、「人の罪を見出したり作ったりし、哀れな人間を一個の犯罪のために捕えて幾千個の罪を犯すに適した強か者にして帰したり（命あって帰れるものなら）する、我が国現今の牢獄」（『ウェイクフィールドの牧師』第 27 章）を批判している。この辺りには、ヒューマニスト、ゴールドスミス自身の社会改良論が反映されていると言えるだろう。

　作者の父をモデルにしたとされるこのようなプリムロウズ牧師――この人物の中にはむろん作者自身も投影されている筈である――は、同時に、救い難いお人好しでもあり、市に馬を売りに行って、息子の前例があるにもかかわらず、馬を詐欺師に簡単に騙し取られてしまう馬鹿さ加減を見せている。しかもそのあと、割合けろりとしているのである。牢獄に入るのも、一つには、自分の説を曲げない頑固さのためである。それゆえ、家族の前で家長らしく大真面目に節制や慎みを説きながら、かえって家を駄目にしてしまう駄目な男、その滑稽とも悲哀ともつかないようなところが目立つのである。まさにドン・キホーテである。楽天主義の塊でもある。この男は、こういう危険な姿勢を終始威厳を持って貫き通す。その様は子供

第22章　オリヴァー・ゴールドスミスと『ウェイクフィールドの牧師』

じみてさえいるが、その家族への愛や人間的な誠実さは本物中の本物である。

　だから読者は、彼を軽蔑の眼(まなこ)で見ながらも、どこかでその奇妙な魅力に強く引かれていることに気づく。彼のこうした危なっかしさを陰ながら見守り、開いた穴を埋め合わせ、欠けたところを補って、一家が引っ繰り返らないようにする役がバーチェル青年、実はサー・ウィリアム・ソーンヒルのそれである。この人物は、救世主のような立場を占めているのだが、やはり実在感に欠ける。絵に描いたような正義漢であり、サー・ウィリアムと同一人物というのも何となく説得力に欠ける設定である。第一、地主のおじである彼の正体が誰にもいつまでも分からないというのも、妙な話なのである。もっとも、このような無理は、他にもいくらも指摘できるのであり、やはりこの物語はそうした細かなつじつま合わせの問題よりも全体的な感情や雰囲気の面において味があるということになるのであろう。

　バーチェルは、最初登場した時は、30歳になっていなかった──悪地主のおじにしてである──が、哀れむべき風体の奇人で、年に一回ぐらいこの近辺に来て、近所の人々にもてなされるというのであった。が、実は、彼は高い身分を隠して、牧師の情け深い行いを眺め続けて来ていたというわけである。ロマンス的な要素を多分に有した騎士的な人物ではある。

　牧師の美貌で賢い娘たち、オリヴィアとソフィアは、対照的な気質を持っているように説明されているが、つまり長女は快活で、次女は控え目に描かれているが、他の人物たち以上に生気を吹き込まれているわけではない。長男ジョージには作者の影が宿されているが、彼の“放浪記”（第20章）は、この作品の中で、刺激に富んだ一つの「劇中劇」になっている。しかしこの脇筋の小話は、それなりに冒険的ながらも、本筋同様にセンティメンタルである。

　悪地主ソーンヒルは唯一の徹底した悪玉である。牧師一家の災難は、物語冒頭の破産の話を除けば、あとはほとんどすべてこの男から生じている。彼にひどい目にあったオリヴィアは「あの怪物のような男」と呼んでいる。作者は、この世の悪をすべてこの男に凝集してしまいたがっているかのようである。それだけにまた信じ難いところがある。にもかかわらず、

他の一群の御伽噺的な好人物たちに比べれば、いかにも好色男（ドン・ファン）らしいリアリティもある。ラヴレイスの深みには到底達し得ないけれども。

詐欺師のエフライム・ジェンキンソンは、端役の中では重要な人物であり、善悪両面を持ち世間ずれした、いかにも「人間らしい」人物である。それなりの生気に満ちている。牧師一家の災いを幸福へと転ずる上で、即ち物語を締めくくりにもってゆく上で、サー・ウィリアム同様に大切な役割を果たしている。彼は変装の名人でもあり、上品な老人に化け、いつでも同じ天地創造に関する哲学論をもっともらしくぶって人を騙すところも、悪辣ながら滑稽である。ちなみに、「変装」は一般に物語のロマンス的趣向の一つである。なお、アラベラ・ウィルモット嬢など他の人物たちは、もう付属品のようなものである。

5

以上のような諸人物で織り成されるこの物語は、18世紀イギリスの産業革命前夜の田園の生活を描いた田園詩のような部分、つまり前半部が優れているとみなされて来ている。そこでは、牧歌的な田園の自然を背景に、牧師一家の温かい家庭生活 (family life) が淡々とつづられているのである。これに対して後半部は、人生の激浪に対する一家の苦闘のさまが主として描かれているのであるが、マコーレーに言わせれば、「カタストロフィに近づくにつれて馬鹿さ加減が次第に募り、滑稽な快活さが減少してゆく」のである（『オリヴァー・ゴールドスミス』）。確かにその通りである。それに後半では、政治論（第19章）やら刑罰論（第27章）やらと、議論めいたことも多く、いささか硬直気味である。なお、ジョージの身の上話も後半部に入っている。

結局、田舎の自然を舞台として、善良な牧師一家の家庭生活を味わい深く描写した前半部のほうが自然にいっているのは明白であり、同時に、この古典主義時代にあって、「自然」(nature) を志向した点や家庭小説の先駆的な存在といった点などがこの作品をイギリス文学史上に価値づけてい

第22章　オリヴァー・ゴールドスミスと『ウェイクフィールドの牧師』

ることは大変示唆的なわけである。

　この『ウェイクフィールドの牧師』は、構想面で旧約聖書の『ヨブ記』にたとえられることがある（ウィリアム・ブラック〔William Black〕などによる）が、それはヘブライの族長ヨブが神を信じてあらゆる苦難に耐え抜くさまがプリムロウズ牧師一家の苦闘の姿と似ているからである（見事耐え切った後には、双方ともに以前にも増した幸福が与えられる）。これは当然、主に物語の後半部について言えることである。

　第8章に載っているバーチェルが牧師一家に紹介する「バラッド」（A Ballad）は、4行一連のきちんと韻を踏んだ（abab）比較的長いものだが、エドウィン（Edwin）とアンジェリナ（Angelina）の再会の物語である。『ラセラス』のテーマを含んだような物語である。かつて、美しい乙女アンジェリナが知恵と真価しか持ち合わせぬ情け深い若者エドウィンを移り気からもてあそび、彼を立ち去らせてしまい、後悔して、彼が死んだという土地に行ってその墓に身を横たえようとする。この話をアンジェリナが、さすらい来（きた）った谷間に住む一隠者にすると、その隠者こそエドウィンその人であることが判明し、両者は再会の涙に暮れるという筋である。ソフィアはこれが吟ぜられる間、「感嘆と愛情のこもごも到る様子」で聞き入っている。このバラッドは、それを含む小説と対応するところがある。エドウィンは隠者に身をやつしているが、最後にエドウィン自身であることが分かり、アンジェリナと二人、ともに愛し合って生きてゆくことになる。バーチェルのほうも、最後に、実の身分を明かすのである。これまたロマンス的な手法と言えるし、それなりの効果もあげているが、一方で、このような手法を含むロマンス性が、どぎつい感傷性とともに、この『ウェイクフィールドの牧師』の現実性（リアリティ）を弱めていることも否定は出来ない。

　ゴールドスミスのこの作品は、18世紀半ばのリチャードソンやフィールディングらが主流の小説界においては、クィンターナによれば、一種の慰み物（a sport）に見える。しかし、彼クィンターナの言う通り、当時も、いつもながらのロマンスは存在したのであり、ゴールドスミスのみならず、当時の大小説家たちさえもこうした類のものを無視することはなかった。ゴールドスミスは、かなり幅広い考え方をもって彼の小説を書いた。要す

るに、政治、哲学論さえ含むさまざまなものを取り込んだ小説を書いたのである。そしてそれが、一種独特の曖昧さを生みもしたのである。彼が当初意図した諷刺を徹底できなかったのも、そのような問題とかかわっている筈である。

『ウェイクフィールドの牧師』は、多くの人々に少なからぬ影響を与えた。サミュエル・ジョンソンは、出版人に売り込んでやったにもかかわらず、現実性に欠ける単なる奇抜な作品として、これを高く評価しなかった。アメリカのマーク・トウェインに至っては、これを厳しく批判している。が、ドイツのゲーテは、本作を非常に称賛している。ゲーテは、次のように述べた。

> ゴールドスミスの『ウェイクフィールドの牧師』が精神発達の危機に際して、私に與へた影響は書き表はすことが出来ない。あの高尚で慈悲深い諷刺、あらゆる弱点過失に對するあの公平で寛大な態度、あらゆる苦難の中にあって失はなかったあの温良、どんな境遇運命の変遷にあつても失はなかつたあの心の平静、其他その名は何にせよ、之に類する多くの美徳は私にとつて此上もない教育となった、そして結局此等は人生のあらゆる過失から私を救い出してくれた思想であり感情である。(長澤英一郎訳)
>
> ──『ウェイクフィールドの牧師』(*The Vicar of Wakefield*
> 〔研究社英米文学叢書〕)

まさに最大級の賞賛である。また、ウォルター・スコットは、『ウェイクフィールドの牧師』の自由な筆運びや主要人物たちの大変真実のこもった描写振りを誉め、さらにこう言っている。

> 私共は『ウェイクフィールドの牧師』を少年の時に読み、又老年になっても読む、私共は幾度も幾度もそれに帰ってくる。そして醜い人生を不快の念を抱かしめぬ様に写してくれた作者の霊を祝福する。
>
> ──(「同上」)

スコットは、この作品に、最も美しい言葉に包まれた最も善良かつ誠実な愛情を見出しているのである。そのほか、バイロンやワシントン・アーヴィングもこの小説を称賛し、マコーレー卿やセインツベリーも肯定的にとらえているわけである（クィンターナ）。
　ボズウェルによれば、ゴールドスミスの心は豊穣ではあるが、浅い土に似ていた。従って、その上に落ちたものは樫の大樹とはならなかったが、優美な潅木や芳しい花壇には華やかに速やかになった。『ウェイクフィールドの牧師』もまさにそうした作品である。そこには深い思想や深刻な悲劇性などは見られない。むしろぎこちなさや混沌さえ見て取れる。が、それにもかかわらず、この作品は、一読したあとに、忘れ難い、むやみに懐かしい印象を強く残してくれるのである。そしてそれは、結局、ゴールドスミスの真摯で温かい人間性に由来するものなのである。

第23章

ファニー・バーニー、ヘンリー・マッケンジー

1

　工場労働者は、可能なところでは、若い女性労働者に開かれた選択の幅を、おそらく拡げたであろう。しかし、こうした選択の幅は、農業の分野では縮小したことが数字に表われている。畑では、女は、伝統的に、大体男と同じような仕事をこなしていた。しかし、次第に、女の仕事は周辺的なものとなり、特に中央および南部イングランドの大穀倉地帯では、草取りといった給料の安い仕事になっていった。これは、一部には草刈り鎌のような重い道具が普及したためもあるが、主な理由は男性労働者が余剰となりはじめたためであった。農業では人口が仕事の口を上回ったため、男が仕事を奪い女たちを家に留めたのである。農場主たちも、男たちのために救貧税を払うよりは、彼らを雇うほうを好んだ。同様の圧力が商工業にも及び、女性が年季奉公をすることが稀になっていった。労働市場から締め出された女たちは、一番安全な職業選択として、早期結婚に眼を向けた。十八世紀は、あらゆる階級において、男は仕事女は家庭というパターンを強化した世紀であった。

　当時の批評家たちが指摘したように、女は「選り好みの許されない選択」に直面した。男が産婆とか髪結など伝統的に女の職業とされていた分野に参入したため女に開かれていた機会の多くが縮小し、魔女は狩り立てられた。既婚と未婚とを問わず、家事奉公人と女工とを問わず、母と「オールドミス」とを問わず――いずれの場合も、彼女たちに期待される「宗教…分別、良識…温好な気性」への献身とミセ

第 23 章　ファニー・バーニー、ヘンリー・マッケンジー　｜　359

ス・チャポンが呼んだものとともに——高潔な女は動きのとれない、落ちるしかない、祭壇に祀り上げられたのであった。このように期待されれば行き着く先は依存と欲求不満と浪費の縮図版の人生しかない——ファニー・バーニーあるいはジェイン・オースティンほどの優秀な文才があればそれを偉大な芸術に転化しえるのであろうが。もちろん、一つの選択肢は落ちることであった。男の世界の中で、女はいつも自分を売ることで生活の資を稼ぐことが出来た。…

——ロイ・ポーター『イングランド 18 世紀の社会』

　ジェイン・オースティンの前身のようなフランシス（ファニー）・バーニー（Frances〔Fanny〕Burney〔Madame d'Arblay〕, 1752-1840）はオースティン同様に、メアリー・ゴッドウィン（ウルストンクラフト、Mary Godwin〔Wollstonecraft〕, 1759-97）——初期の女権運動家。革新的思想家、作家ウィリアム・ゴッドウィンの妻——とは異なる。だが、上の引用文が示すような 18 世紀社会にあっては、彼女がやはり女性の立場や地位を強く認識していたのは当然のことである。バーニーの人生も、かつてのアフラ・ベーンのそれのように強靭である。そしてバーニーの人生観は彼女の小説の主人公エヴェリーナ（Evelina）に投影されている。

　F. バーニーは 1752 年 6 月 13 日、イギリスのキングズ・リン（Kings Lynn）に生まれた。音楽家の父チャールズ（Charles）は、子供たちをジョンソン博士らの知識人に引き合わせたという。読書好きのバーニーは、早くから小説や日記（diary）を書き始めていた。小説『エヴェリーナ、或いはある若い婦人の社交界への参入の物語』（*Evelina, or, the History of a Young Lady's Entrance into the World*）は 1778 年に匿名で出版された。当時流行の書簡体小説であり、第一人称で書かれていた。彼女が以前に書いたが破棄したという作品や日記を基にした小説だと言われている。ベストセラーとなった。有名文人となったバーニーは、次いで『セシーリア、或いはある女相続人の回想録』（*Cecilia, or, Memoirs of an Heiress*, 1782）を公けにした。第三人称で書かれた。女性の結婚やお金をテーマにした作品である。

その次の『カミラ、或いは青春の肖像』(*Camila, or, A Picture of Youth*, 1796) はイギリス女王に献呈されている。バーニーは、1786 年、シャーロット女王 (Queen Charlotte) に請われて宮廷の女官となったり (the Second Keeper of the Robes として)、同所を病気で辞したのちフランス人の亡命者アレクサンドル・ダーブレイ (Alexandre d'Arblay) と結婚して息子をもうけたりした。『カミラ』を著したのはそのあとである。1801 年に、軍人の夫がフランスへ帰り、バーニーも遅れて渡仏した。フランスに 10 年滞在した。彼女は 1812 年に母国イギリスに戻り、『放浪者、或いは女性の艱難』(*The Wanderer, or, Female Difficulties*, 1814) を出すが、この作品は余り成功しなかった。

図13 セーヌ川。パリ。バーニー夫人もこの流れを目にしたことであろう。

1832 年、バーニーは父の文書類を編んだ『バーニー博士の回想録』(*The Memoirs of Dr. Burney*) を出版した。彼女は、1840 年 1 月 6 日に死去した。彼女自身の膨大な日記や書簡は、『ダーブレイ夫人の日記と書簡』(*The Early Diary of Frances Burney*, 1768–1778, 1889) として残された。

第 23 章　ファニー・バーニー、ヘンリー・マッケンジー　361

2

　バーニーの代表作『エヴェリーナ』は、18世紀後期のイギリス社会、その家父長制下における女性の地位や立場に深くかかわるものである。アフラ・ベーンの異国趣味的なロマンスとは異なって、基本的には家庭小説の領域を開いた作品であり、そこでは上層中流階級の若いヒロインが社交界に入り、結婚問題を含め、さまざまな体験をする。ウォルター・アレンは、イギリス小説への女性の登場という点に言及しながら、次のように述べている。

図14　ノートルダム寺院とパリの町並。

　デイヴィッド・セシルは、Fanny Burney の小説はイギリスの小説への女性の登場を表すものだと述べている。それはまた社会の階級についての現代的な見解を導入したことをも表している。優れた18世紀の小説家たちの作品では、階級はなお多かれ少なかれ封建的なものであって、誰でも自分の置かれた地位をわきまえている。たしかに現実にはそれほど封建的ではなかった。しかし、Fielding のような小説家の扱う領域は余りに大き過ぎて、地位や身分の些細な差別の問題を取り入れることはできなかった。しかしながら些細な差別こそ、お茶の集まりなどで婦人たちを最も悩ます話題なのである。そして Fanny Burney の小説は、彼女が生活している世界と同様に、彼女には馬鹿げているように思えるのだが、自分たちの地位を知らない人々で満ちている。そこで彼らは当然のことながら Burney の犠牲者になる。彼

女はそういう人々をカメラのような正確な眼で観察し、マイクロフォンのような耳で彼らの会話を拾い上げる。彼女の描いた俗悪な成り上がり者、新興の裕福な町の商人の家族たちは、話しているうちに自分たちの人柄をさらけ出してしまう。俗悪さとか、身分の低い者たちによる社会的見栄に Burney は心を痛めるが、彼らの愚かさは彼女を楽しませもする。…

——ウォルター・アレン『イギリスの小説——批評と展望』

バーニーは、サミュエル・リチャードソンの影響も受けながら、鋭敏な観察力を働かせて階級的、因習的な社交界の人間模様を描出し、ジェイン・オースティンの先駆ともなったが、オースティンと違うところは、バーニーが結局、男女関係などの因習的なあり方に従順だったという点である。バーニーの文章は、むしろ明晰である。

　私はデュヴァル夫人からちょうど手紙をいただいたところです。彼女はどう振舞っていいだろうかとすっかり当惑してしまっています。彼女はしでかした間違いを修復したいと願っているように見えます。だが、人々に自分のことを悪くないと信じてほしいと思っているのです。彼女は自分だけに責任がある筈のそうした災難についての悪評を進んで他人に投げかけたいと思っています。彼女の手紙は烈しく、時には罵り気味です。しかもあなたのことを！——あなた、あなたに彼女は負目があるのです。彼女の間違い以上に大きな負目があるのです。が、彼女は彼女のひどく傷ついた娘、故ベルモント夫人のすべての苦悩をひどいことにあなたの助言のせいにしているのです。彼女の手紙の趣旨をあなたにお知らせしましょう。手紙そのものはあなたが眼にするに値しません。

——『エヴェリーナ』手紙 1

I have just had a letter from Madame Duval; she is totally at a loss in what manner to behave; she seems desirous to repair the wrongs she has done, yet wishes the world to believe her blameless. She would fain cast upon another the odium of those misfortunes for which she alone is answerable. Her letter is violent, sometimes abusive, and that of *you!*—— *you*, to whom she is under obligations which are greater even than her faults, but to whose advice she wickedly imputes all the sufferings of her much-injured daughter, the late Lady Belmont. The chief purport of her writing I will acquaint you with; the letter itself is not worthy your notice.

—— *Evelina, or, the History of a Young Lady's Entrance into the World*, Letter 1

　ファニー・バーニーは、若いヒロインとロンドンの社交界を女性らしい鋭敏な感覚と視点から描き、イギリス文学における女流作家の注目すべき草分けの一人となった。彼女が、以後、ジェイン・オースティン、マライア・エッジワース（Maria Edgeworth, 1767-1849)、エリザベス・クレッグホーン・ギャスケル夫人（Mrs. Elizabeth Cleghorn Gaskell, 1810-65)、ジョージ・エリオット（George Eliot〔Mary Ann Evans〕, 1819-80)、ブロンテ姉妹（The Brontë Sisters）らへと続いていくイギリス女流文学の輝かしい系譜の礎を築いた意義と功績は、極めて重要である。

3

　ヘンリー・マッケンジー（Henry Mackenzie, 1745-1831）の『多感の人』(*The Man of Feeling*, 1771) は、出版されるや直ちに大変な評判を取った。第一版は、2～3ヶ月で売り切れ、新たな版が繰り返された。ロバート・バーンズ（Robert Burns, 1759-96）やウォルター・スコット、アダム・スミスらも愛読したと言われる。マッケンジーの二つの作品は当時流行のセンティメンタリズムにのっとったものであり、それは、ヘンリー・ブルック（Henry Brooke, 1703-83）の『高級な愚者』(*The Fool of Quality*, 1764-70) と同様である。また、マッケンジーの称賛するゴールドスミスの『ウェイクフィールドの牧師』とも共通するところがある。『多感の人』の主人公ハーレー（Harley）は、純粋で、内気である。ブライアン・ヴィッカー

ズ（Brian Vickers）は、「マッケンジーは感情（feeling）の記録者（historian）たらんとした」と言っている（*The Man of Feeling*〔Oxford University Press〕の序文）。

マッケンジーは、エジンバラで医者の息子として生まれ、エジンバラ大学で学んで法律家となった。文学面では、他に『世間師』（*The Man of the World*, 1773）の他、詩作品『幸福の追求』（*The Pursuits of Happiness*, 1771）、悲劇『テュニスの王子』（*The Prince of Tunis*, 1773年初演）などを公けにしている。

マッケンジーも、「四車輪」没後の小説の空白期にあって、『多感の人』などを通じてこの分野に彼なりに寄与したのである。文章もわりと読みやすい。

第 24 章

ゴシック・ロマンス

1

　18世紀のイギリス文壇において、散文界は極めて重要な地位を確立し終えたが、その過程で中心となって来た小説（ノヴェル）は、同世紀の終り頃には余り振わなかった。即ち、その種類こそいろいろあり、数も多く書かれたが、芸術的に傑出した大作は生み出されなかったのである。このような一種の空白期において、小説界の基調となったのは感受性の称揚だった。それは、当然、長らく続いた古典的な合理主義や理知主義から逆の感情重視の方向に転じつつあった世の一般的動向に沿うものでもあった。イギリス文学でも、古典主義文学が衰え、センティメンタリズムの波が高まり、また、ロマン主義志向の精神が着実に上向きつつあったのである。このような18世紀後葉の小説には、『ラセラス』のような徹底した教訓小説や『ウェイクフィールドの牧師』のような感傷的な家庭小説（風習小説）に加えて、若い女性の世の中への登場を写実的に描写するタイプのファニー・バーニー流を含む感傷小説、ホレス・ウォルポールに始まるいかにもロマン主義的なゴシック小説（Gothic romance, 恐怖小説〔Novel of Terror〕）、『ラセラス』『ヴァセック』流のオリエンタル・ロマンス（東洋物）、ウィリアム・ゴッドウィンやロバート・ベイジ（Robert Bage, 1728-1801）の書いたような「社会主義」的、革命的な内容の理論小説などが見られる。が、これらのいずれの分野も「感情」を重視しており、やはり同一時代の産物なのである。さらに、ファニー・バーニーは優れた家庭小説作家と言えるし、ゴッドウィンまた同時に優秀なゴシック作家でもあるなど、それぞれの分野の境目は曖昧たらざるを得ない。

なお、この時代特に注目すべき点として、女流作家の登場が指摘出来る。女流の小説家（文人）がこの時代ほど数多く輩出したことは、イギリス文学史上かつてないことである。それだけに眼を引かれるのであるが、彼女らは視野の範囲は狭目だが、女性特有の感覚的な鋭敏さや感情的繊細さ、或いはロマンティックな夢想性などを有力な武器として、リチャードソン流の心理主義的な家庭小説や感傷小説（バーニー女史など）と新しく流行したゴシック小説（アン・ラッドクリフ、クララ・リーヴ〔Clara Reeve, 1729-1807〕など）を中心に活躍した。とりわけ、ゴシック小説においては女流が目立つが、これは女性独自の本能や体質、才能にも深く関連しているのであろう。後のメアリー・シェリーやブロンテ姉妹を考えてもうなずけることである。

女流作家の輩出は、当時の女性読者層の厚味を思えば理解できることでもあろうが、ともかく、多分に混沌としたこの小説不毛の時代に彼女らの活躍が相当の彩りを添えていることは否定出来ない。彼女らの仕事が、イギリス小説発展史上にそれなりの貢献をしたことも、明白な事実である。女流作家が世紀末の空白期を埋めたとも言えるのである。

2

18世紀後葉の以上のような小説界の状況の中で最も注目すべきは、『ラセラス』や『ウェイクフィールドの牧師』を除けば、イギリス最初の婦人小説家の一人とされるファニー・バーニーの成功とゴシック作家たちの羽振りのよさである。前者バーニーの代表的な感傷小説は、作品としての芸術度の高さにおいて、当時人気のあった『ラセラス』や『ウェイクフィールドの牧師』を上まわり、さらには、偉大なジェイン・オースティン文学の先駆けをもなした。また、後者ゴシック作家たちの活躍は、目新しくかつ衝撃的であり、怪奇趣味、異国趣味などの斬新な諸要素をもって、あくまでも小説の形においてながら、ロマン主義復興到来の間近いことを予告した。こうして、彼らバーニーやゴシック作家たちは、イギリス近代小説発展史上における意義あるパイオニアたちの仲間入りを遂げたのである。

シャーロット・スミス（Charlotte Smith, 1749-1806）も世紀末から世紀初頭にかけて活躍した女性作家の一人だが、夫の破産で、執筆をしたと言われる。『古い荘園領主邸』（*The Old Manor House*, 1793）で知られる。これはゴシック調に味つけされているが、社会批判を込めた真剣な小説である。既に触れたが、感傷小説の代表的存在であるヘンリー・マッケンジーは、感傷派の大先輩たるローレンス・スターンやフランスのルソーの影響を強く受けながら、『多感の人』を書いた。当時の文学傾向に沿う感受性重視の作品である。このスコットランド人作家は、小説の他に劇も書き、また雑誌編集にもたずさわっている。ヘンリー・ブルックはアイルランド人だが、彼の5巻の小説『高級な愚者』（*The Fool of Quality*）も感傷派に属する。ウィリアム・ゴッドウィンなどに影響を及ぼしたとされるが、法律や宗教などに関する議論の目立つ、余り小説的でない小説である。

　一方、この時代にも、リチャード・グレイヴズ（Richard Graves, 1715-1804）のような風刺作家の活動が見られた。オックスフォード出のこの人物は、ピカレスク物『宗教的ドン・キホーテ、またはジェフリー・ワイルドグース氏の夏の逍遥』（*The Spiritual Quixote, or the Summer's Ramble of Mr. Geoffry Wildgoose*, 1773）を書いて、メソディズム、それも主としてジョージ・ホワイトフィールド（George Whitefield）を風刺した。ジェフリー・ワイルドグースというのは、メソディズムに染まった主人公の名前である。

3

　さて、当時大変流行したゴシック小説界では、何といっても、このジャンルの創始者たるホレス・ウォルポールの名前が真っ先に浮かぶ。彼ウォルポールの傑作『オトラント城』は1764年12月に出されたが、今日の読者の目には他愛ないとも映るこの一篇のさして長くもないゴシック小説が、実は文学史上に重要な意味を持ったのである。即ち、この恐怖小説の出版と大ヒットが契機となって、ゴシック文学の一大ブームが巻き起こることになった。つまり18世紀後期から19世紀初期にかけて、数多くの男女の恐怖派作家が誕生し、世間も大いにこれを受け入れた。ヨーロッパ大

陸も含めたこうしたゴシック小説の大流行は、既に触れたように、ロマン主義復興の先駆けをなした特異な一現象だったし、また大西洋を越えて新大陸アメリカ合衆国の文学にも少なからぬ刺戟を与えることになった。アメリカ小説史の初頭を飾る「アメリカ小説の父」たるチャールズ・ブロックデン・ブラウンを始め、エドガー・アラン・ポーやナサニエル・ホーソンらの文学におけるゴシック色の濃さは、イギリスないしはヨーロッパ大陸のゴシック・ブームと決して無縁ではないわけである。イギリスのゴシック・ブームは、感傷主義と並んで、新大陸の初期の文学、とりわけその誕生期の小説界に強い影響を及ぼしたのである。

　それはともかくとして、イギリスの18世紀古典主義文学の時代を通して、シェイクスピア、ミルトン以来のロマン主義の底流が切れることなく続いていた。ロマン主義の傾向は、ジョンソン博士のような古典主義者の作品にさえ時として顔を出すこともあったのである。世紀の前期において、ジェイムズ・トムソン (James Thomson, 1700–48) が、『四季』(The Seasons, 1726–30) で、早くも自然を歌ったが、後期ともなると、ロマン主義志向はいよいよ強まり、才能にあふれた詩人たちが輩出するに至った。エドワード・ヤング (Edward Young, 1683–1765)、ウィリアム・コリンズ (William Collins, 1721–59)、トマス・グレイ (Thomas Gray, 1716–71)、ウィリアム・クーパー (William Cowper, 1731–1800)、ロバート・バーンズ (Robert Burns, 1759–96)、ジョージ・クラッブ (George Crabbe, 1752–1832)、ウィリアム・ブレイク (William Blake, 1757–1827) などそれこそ枚挙に暇がないぐらいである。みなロマン主義復興の先駆的詩人たちだったし、その芸術的価値も高かった。このようなロマン主義の流れは、当然、小説界にも影響を与えずにはおかなかった。その結果としては、詩の世界ほどには芸術的に洗練されず、むしろ低俗なものが多かったが、ゴシック小説が風靡することになった。それはロマン主義の一変型でもあったのである。ロマン主義は、古典主義の法則や秩序、知性などを重んずる固苦しい行き方に対する反動として起こったものである。その特徴は夢を追い、改革を求める点にあった。ロマン主義者たちは、都会趣味を離れて、田舎の自然に目を転じた。また、過去、とりわけ中世の歴史に注目したり、原始主義を重視したりし

た。異国趣味に駆られることもあったし、怪奇趣味に取り付かれることもあった。

このうち、中世的なものに対する憧れは、たとえばゴシック建築への賛美などに見られたが、R. P. マッカッチョンによれば、この「ゴシック」（Gothic）という語は 18 世紀を通じて変化した。即ち、この語は、1700 年頃には「粗野な」（rude）、「野蛮な」（barbarous）、「未開の」（「uncultivated」）、「野卑な」（boorish）、「不規則な」（irregular）などを意味し、誉め言葉としては用いられなかったが、その後、一世紀足らずのうちに、好ましい「野性味」（wildness）、法則によってまだ規制され過ぎない思想や熱望を反映する一芸術形態、芸術家の側の好ましい活力や独立性を表す一芸術形態を意味するようになったのである。そして、小説においては、このような「ゴシック」という語は、「戦慄」（horror）や「恐怖」（terror）を通しての読者の感情への訴えかけと結びついたのである（『十八世紀イギリス文学』）。ゴシック建築については、ホレス・ウォルポールが自分の邸のストローベリー・ヒルをゴシック風に改造して、その中で『オトラント城』を執筆したことが知られる。

一方、原始主義は、アメリカ・インディアンの影響やルソー流の「高貴なる野蛮人」思想などと結びついたものである。この時代、複雑高度に発達した文明社会に住むヨーロッパ人により、汚れのない原始人の社会は人類の理想的な社会とみなされる顕著な一傾向があった。

ロマン主義復興の一先駆たるゴシック小説は、恐怖や神秘をその主たる特徴とするが、マリオ・プラッツ（Mario Praz）も指摘するように、恐怖や神秘の魅力への訴えは、18 世紀後期以前にも行われたことである。プラッツは、ギリシャ風ロマンス（Hellenistic romances）やエリザベス朝演劇をそうした例に挙げている。

また、エディス・バークヘッド（Edith Birkhead）は、『恐怖小説史』（*The Tale of Terror; A Study of the Gothic Romance*, 1921）の中で、恐怖物語の歴史を太古の時代に遡るものとしている。彼女は、神話時代の大洪水の物語やダビデ（David）、オデッセイ（Odyssey）、ベイオウルフら伝説的英雄たちの巨人や怪物との闘争物語などに注目し、このような神話や英雄伝

説の話を含む民間説話やバラッドに恐怖の影を認めている。バークヘッドは、トマス・マロリーらの中世の騎士道ロマンスやエリザベス朝のスペンサーの詩物語、クリストファー・マーロー、シェイクスピア、ベン・ジョンソン以下の同朝演劇、バニヤンの『天路歴程』、トマス・ブラウンやロバート・バートンらの証言している魔女や霊魂の存在への信仰などを通して、さらに、『スペクテイター』の中の幽霊物語、デフォーの『幽霊の歴史と実在に関する試論』(1727)、ジョン・ウェズレイ（John Wesley, 1703-91）の日記の魔女や幽霊への言及、ジョンソン博士の幽霊記録、T. グレイ、W. コリンズ、R. バーンズらの魔法や神秘などへの関心、トビアス・スモーレットの小説『ファゾム伯フェルディナンドの冒険』などを通して、ゴシック物語の歴史を辿ろうと試みている。加えて、バークヘッドは、口承伝説や『千夜一夜物語』、オーノア夫人の御伽<ruby>噺<rt>おとぎばなし</rt></ruby>集、ペローの『マザーグースの童話』、或いは「さまよえるユダヤ人」、「悪魔船」、"ファウスト博士" などの中世伝説、妖怪、化物、殺戮者たちを載せた廉価本が18世紀前半期において人々を刺戟した、と、述べ、

> 1764年の『オトラント城綺譚』の出版は、ウォルポールが読者に信じこませようとした程の大胆な冒険ではなかった。時代的には驚異的なものを享けいれる下地がすでに整っていたのである。
> ——エディス・バークヘッド『恐怖小説史』（富山太佳夫他共訳）

と記している。

　以上のように、ゴシック小説の歴史を遡って考えることも出来るのであるが、恐ろしいものの中に美を見出すという考え方が審美的、論理的に定着せしめられたのは18世紀のことである。恐怖を美の源泉と見るこのような明確な概念は、エドマンド・バークの著した有名な『崇高と優美に関する我々の概念の起源に対する哲学的探求』（*A Philosophical Enquiry into the Origin of our Ideas of the Sublime and Beautiful*, 1757）に一つの重要な出発点を見出すであろう。そこでバークは大胆にも「苦痛の概念をそそるにどのような形であれ適したものは何でも、すなわち、どのような風にであ

れ恐ろしいものは何でも…崇高なるものの源泉である」と述べているのである。ともかく、18世紀後期のロマン主義的な文学に顕著な驚異や恐怖に基づくゴシック美は、バークの美学の発展としてとらえることが出来るのである。

なお、プラッツは、フランス革命の頃に、フランスではサド侯爵（Marquis de Sade, 1740-1814）の悪魔的小説が現れ、英国ではゴシック小説の全盛が見られ、文学史上におけるそれらの結果は顕著なものだったとし、最も上品で女性的な18世紀に人々が暗い森や悲しげな洞穴、共同墓地、雨などに珍しい魅力を感じ始めたわけは、その女性的特質のゆえであると見、この世紀ほど女性が支配的存在だったことはなかった云々と述べている（"Introductory Essay", *Three Gothic Novels*）。

4

ゴシック小説は、結果的に見た場合、確かに、19世紀初頭のロマン主義文学に大きな影響を与え——それはバイロンやシェリー、コールリッジらの文学を考えただけでもよく分かる——、近代小説史上のパイオニア的位置も占めている。このジャンルがピカレスク小説のそれとともに19世紀の英米小説に落とした影はまことに濃い。イギリスのブロンテ姉妹やディケンズらの文学におけるゴシック色は周知のことであるし、ヘンリー・ジェイムズのような作家にさえそのような色合いを持つ作品が指摘出来る。アメリカの前記のポーやホーソン、メルヴィルらの文学は言うまでもないことだし、今世紀の南部文学、特にウィリアム・フォークナーの作品世界などはゴシック云々の問題を抜きにしては語ることが不可能である。これらはほんの数例に過ぎないが、ゴシック色は後の偉大な数多くの小説に深く浸透していっているのである。

にもかかわらず、18世紀後期に風靡したイギリスのゴシック小説は、大体において、大衆的な興味を引きつけることをその主たる狙いとしており、鮮血をふんだんにほとばしらせたり、エログロに堕したりする傾向さえ持っていた。その芸術的価値は多くの場合低俗だったわけである。

当時のゴシック小説が好んで扱った素材は、古城、秘密の地下道、暗いわけありな洞窟、土牢（dungeon）、迫害される美しい処女（ヒロイン）、幽閉されていた先妻、僧院や尼僧院、修道士や尼僧、拷問、宗教裁判所、亡霊、追跡、隠された罪、悪魔との契約や地獄の世界などである。また流血や凌辱などの場面もしばしば描かれた。もちろん、素材の選択や描き方は各作家によりいろいろだったし、その芸術的価値にも差があったが、彼らを含む雰囲気、彼らが拠って立つ文学風土は一つだったわけである。ゴシック作家たちは、夢を求め、恐怖やサスペンス、異国の香りやエロティシズムなどに酔うことを願った読者大衆の期待に答えるべく、思いつく限りの技巧を凝らしつつ、上述のような諸々の素材を自分なりにフルに活用して、多くの作品を仕上げた。そしてその中のいくつかは、当時の大ベストセラーにまでなったのである。

　ゴシック小説は世に大いに受け入れられたが、反面、その性質上、非難され、攻撃されることも多かった。この点で、ジェイン・オースティンの『ノーサンガー寺院』（*Northanger Abbey*, 1818）は特に意味深い。オースティンは、恐怖派の小説を必ずしも全面的に否定したわけではないものの、かなり批判的な立場に立っていた。そこで、『ノーサンガー寺院』にゴシック小説かぶれのヒロイン、つまりロマンスのヒロインなどにはとてもなれそうもない平凡なキャサリン・モーランドを登場させて、同小説を皮肉ったのである。即ち、この作品で、オースティンはゴシック小説のとりこになる余り現実から遊離してしまったヒロインを描き、一つの教訓を示そうと試みているのである。

　ラッドクリフ夫人の『ユードルフォの神秘』に夢中になっているキャサリンは、招待されたティルニー（Tilney）家の館ノーサンガー寺院で、旧式の黒ダンスにあった洗濯屋の伝票を秘密の文書と勘違いしたり、何の変哲もない部屋を館の当主ティルニー将軍の亡き妻が実は生きていて、幽閉されているかも知れない部屋と考えて恥をかいたりするのである。オースティンのこの小説は、『ユードルフォの神秘』などの喜劇化、一種のパロディなのである。

　そのほかにも、イートン・S. バレットらを含めて、ゴシック小説を非

難する者は多かった。だが、このような非難も、今日の我々の眼には、バイロン、シェリーらの大ロマン主義詩人たちやウォルター・スコットのような大歴史作家がゴシック小説に多くを負っているという事実によって、かなり中和されているように見えるのである。

5

　ゴシック小説の元祖は既に言及した通り、ホレス・ウォルポールである。彼の代表作『オトラント城』（1764年12月刊）がその最初の作品だというのが定説となっている。この作品は大ヒットした。ルイス（W. S. Lewis）によれば、最初匿名出版された本書は、たちまち成功を収めた。初版500部は、64年12月24日に現れ、第二版のやはり500部は翌65年4月11日に出た。第二版で匿名使用をやめ、"H. W."の署名を入れたことから、作者はウォルポールと知れ渡っている。さらに第三版は66年に出る。そして、それ以来、隔年で一版以上の割で刊行され続けて来ていることになる。ウォルポールが死去する（1797年）までに、ダブリン、アムステルダム、パリ、ベルリン、パルマ（イタリア北部の都市）でも出版され、彼の名声は海外でも高まった。また、絵入り版も刊行され、上等皮紙（vellum）に印刷されたものさえ作られた。要するに、『オトラント城』は歴史的な大ベストセラーの一つなのである。

　この作品は、やがてウォルター・スコットの称賛を得ることによって、小説史上のパイオニア的位置を確保した。スコットは1811年に、本作をその物語の野性的興味によってのみならず、娯楽的虚構物語を騎士道の古いロマンスの基盤の上に打ち立てようとした最初の近代的試みとして注目すべき作品だ、と評価している（W. S. ルイス）。そして今日、本作は、ゴシック小説の祖として文学史に名を保っているのである。ともかく、超自然現象にも満ちた独自の作品である。

　『オトラント城』出版とそのすみやかな成功は、ゴシック小説ブームに火をつけた。ウォルポールの後継者たちが男女を問わず輩出する。最初の直接の模倣者は女流のクララ・リーヴである。彼女の『老英国男爵』（*The*

Old English Baron, 1777）は『オトラント城』と同じプランに基づいて書かれた作品である。『オトラント城』と同じく、古い稿の写本ということになっている。形式的には中世を背景としており、騎士の馬上試合なども描かれる。『オトラント城』同様勧善懲悪主義の作品で、最後には善が悪に勝つが、『オトラント城』とは違って、超自然現象を用いることは抑制している。ウォルポールは、この模倣作を非難した。

　ゴシック・ロマンスの中でも取り分け異色なのは、ウィリアム・ベックフォードの東洋物語（Oriental romance）『ヴァセック』（1786）である。国会（下院）議員もつとめた奇人貴族ベックフォードは、豪華なフォントヒル（Fonthill）邸で孤独な東洋趣味の暮らしをしたことでも有名である。自分の作品を地でいったようなところがある。

　次いで現れたのがゴシック小説の大成者と目されるアン・ラッドクリフ夫人である。卑俗、低俗、エログロと見下されがちなゴシック・ロマンスを近代小説史上の単なるあだ花に終らせず、それ以上のものにしたのは彼女の大きな功績である。当然、この種の文学の中では、彼女の作品の価値が最も高い。一番有名なのは『ユードルフォの神秘』（1974）であり、これは出版当時大変な好評を博した。ジェイン・オースティンがこれを『ノーサンガー寺院』においてパロディ化したことは既に述べた。『ユードルフォの神秘』は感受性の強いヒロイン、エミリー、悪人モントーニなどを中心とした最初のスリラーものであり、地中海や古城などを背景としている。作者はこの作品で多くの収入を得た。シャストネイ（Chastenay）によってフランス語にも訳された。ラッドクリフ夫人得意の流麗な筆による自然描写は、ここでも大いに効果をあげている。

　彼女のもう一つの代表作『イタリア人』（1797）はその人気と作品の長さにおいては『ユードルフォ』に劣るが、作品としての出来映えにおいては上回り、彼女の最高傑作と呼ぶことが出来よう。その構成の見事さなどに加えて、悪役の修道士スケドーニの創造が特筆される。

　　スケドーニは会話に余りに没頭し過ぎていたので、すぐにはヴィヴァルディに気づかなかった。ヴィヴァルディは、一瞬立ったまま、相

手の顔をうかがい、その深いしわに興味の対象を追った。彼の視線は、話す間、下に投げられ、顔は厳しくかつずるそうな表情に固定されていた。女侯爵は注意深く聞いていたが、頭は彼のほうに傾けて、彼の声の最も低いつぶやきも逃がすまいとしているかのようであった。彼女の顔は自身の心の不安やイライラを表していた。これは明らかに相談であり、告白ではなかった。

　ヴィヴァルディは進み出、僧侶は目を上げた。彼の目がヴィヴァルディのそれと遇った時、顔色は変わらなかった。彼は立ち上がったが、去ることはなく、気難しさのない誇りを示して頭を傾け、侮辱に似た固い決意をもって、ヴィヴァルディの軽い、多少構えた会釈に答えた。

　女伯爵は、息子に気づくや、幾分困惑し、眉がいらいらで多少しかむまでは、厳しく難しい顔をしていた。が、それは不本意な感情だった。というのは、彼女はそうした感情の表出をほほえみでもって追い払おうと務めたのである。ヴィヴァルディは、しかめっ面同様にそのほほえみが嫌いだった。

　　　　　　　　　——アン・ラッドクリフ『イタリア人』

　　Schedoni was so deeply engaged in conversation, that he did not immediately perceive Vivaldi, who stood for a moment examining his countenance, and tracing subjects for curiosity in its deep lines. His eyes, while he spoke, were cast downward, and features were fixed in an expression at once severe and crafty. The Marchesa was listening with deep attention, her head inclined towards him, as if to catch the lowest murmur of his voice, and her face picturing the anxiety and vexation of her mind. This was evidently a conference, not a confession.

　　Vivaldi advancing, the monk raised his eyes; his countenance suffered no change, as they met those of Vivaldi. He rose, but did not take leave, and returned the slight and somewhat haughty salutation of Vivaldi, with an inclination of the head, that indicated a pride without pettishness, and a firmness bordering on contempt.

> The Marchesa, on perceiving her son, was somewhat embarrassed, and her brow, before slightly contracted by vexation, now frowned with severity. Yet it was an involuntary emotion, for she endeavoured to chace the expression of it with a smile. Vivaldi liked the smile still less than the frown.
>
> ── Ann Radciffe: *The Italian or the Confessional of the Black Penitents, A Rmance*

　ゴシック小説に大量の血しぶきを浴びせ、過度に恐怖をたたき込み、極度にエロティックな香を薫き込めたのはマシュー・グレゴリー・ルイスの『アンブロージオ、または僧侶』である。ルイスはこの作品によって、「僧侶ルイス」と呼ばれた。本作は社会的事件まで起こした悪名高い作品である。『ファウスト』（*Faust*, 1808, 35）的な小説であり、さらにサディズムやエロティシズムにも満ちている。「破戒僧」や「異端審問所」を扱った恐怖ロマンスに先鞭をつけた。この作品は、未熟なところも持つが、独自の活力も秘めている。バークヘッドはラッドクリフ夫人からルイスへの移行を、次のように説明している。

> 　人間の本能的な好奇心を利用して何がしかの効果をあげていた「サスペンス小説」から、ほぼ全面的に、より強くより原始的な恐怖の本能に働きかける「恐怖小説」に移行するわけである。
> ──エディス・バークヘッド『恐怖小説史』

　ルイスは、『ユードルフォの神秘』を読んで、その刺戟のもとに『僧侶』を書いた。そしてラッドクリフ夫人は、『僧侶』に批判的な立場から『イタリア人』を手がけたと言われている。
　『僧侶』は、主人公のスペイン僧アンブロージオが淫婦マティルダの誘惑を受けて堕落し、殺人罪で死刑宣告を受けて、最後には悪魔に身を売るという物語である。
　作者ルイスは、ドイツ文学の影響を強く受けていることで知られる。バイロンらにゲーテを翻訳して聞かせたりもした。『僧侶』と『ファウスト』の関連も深いわけである。

『僧侶』はどぎつい文章、大袈裟な言回しで書かれており、バークヘッドは「子供っぽい作品というのではないが、よく出来ている半面、未熟さが抜けきらない」と評している。やはりドイツ文学の影響の濃い作品であり、扱う主題は結局『ファウスト』のそれである。そこにさらにルイスらしい青春の激情を注ぎ込んでいるわけである。

マドリッドの都で聖者の名も高い主人公の僧アンブロージオは、最後には、アントニアを凌辱しようとして、その母エルヴィラに見つかり、彼女を殺してしまう（彼女らは実はアンブロージオの妹と母）。そして、マティルダの計により眠り薬を飲まされて聖クラレの墓穴に葬られたアントニアを思うさまもてあそんだ挙句、宗教裁判所の役人が近づいてくるので、慌てて彼女を刺し殺してしまう。アンブロージオとマティルダは、現行犯として宗教裁判所に囚われた。凄まじい拷問を伴った恐るべき宗教裁判が行われ、アンブロージオの拷問を目の当たりにしたマティルダは、直ちに罪を告白する。彼女は、火あぶりの刑を宣告され、悪魔に魂を売って自由になった後、アンブロージオにもそうするように勧め、彼のほうも火刑を宣せられて、さんざん迷い苦しんだ結果、やはり悪魔を呼び出し、契約を結んだ。肩に二枚の羽根をつけ、髪は生きた蛇という醜悪で巨大な悪魔は、ためらうアンブロージオに署名を強いると、彼を摑んで天空に舞い上がり、終には彼を落として死に至らしめるのである。情欲や誘惑、凌辱や殺人、迫害、魔法や異端審問などに彩られた恐怖の宴が次々と繰り広げられる色鮮やかな、妖しく強烈なエネルギーに満ちみちた南都の絵巻物ではある。

M. プラッツによれば、モーリス・エーヌ（Maurice Heine）は、ルイスは劇作修練をしたパリ時代に、サドの『ジュスティーヌ』（*Justine*, 1791）を入手したものと推定し、ルイスへのサドの影響を考えているが、サドは彼の『ロマンス論』（*Idée sur les romans*）の中で、ルイスの『僧侶』をラッドクリフ夫人の輝かしい想像力の不思議な飛翔よりもあらゆる点で勝れていると見ている。

また、バイロンは、ルイスを次のように皮肉に称えた。

　　　嗚呼！　奇蹟の人ルイス！　パルナッソスの山すらも

墓地にする汝、怪僧か、また吟遊詩人か。
見よ！額を飾るは月桂樹にあらず、いちいの冠、
妖魔こそ汝のミューズ神、また自らはアポロの墓堀り男。
　　　　…
　　　　…
　　　　…
嗚呼！我らが国会議員殿。その地獄の頭脳より
薄い衣の亡霊どもが、薄気味悪くも滑りいで、
その命令あるや、「鬼女ども」群がりて、
火の玉、水の玉、雲の玉、
灰色の小男や盗賊どもまで召し連れて、
汝とウォルター・スコットに爵位を与えんとする。
　　　　…
　　　　…
　　　　…
悪魔といえども汝とは、同処に棲まうを恐れよう。
汝の頭骸のその中に、底無し地獄を見つけよう。
　　　　──『イングランドの吟遊詩人とスコットランドの書評子』（1809）
　　　　　（バークヘッド『恐怖小説史』）

　ルイスの影響は凄まじく、バークヘッドは、「後に続く行列」と呼んで、R. S. の『新破戒僧』、ジョージ・ムーア（George Moore）の『マドリッドの修道士』（1802）、T. J. ホースリー・カーティーズの『ユードルフォの血の修道士』、J. J. の『マンフローニ、片腕の修道士』、セオドア・メルヴィル（Theodore Melville）の『情の修道士』（1807）などを挙げている。また、尼僧のほうも、"ローザ・マティルダ"（Rosa Matilda）の『聖オマールの尼僧』、ソフィア・フランシス（Sophia Francis）の『ミゼリコーディアの尼僧』（1807）、サーラ・ウィルキンソン（Sarah Wilkinson, 1779-1831）の『背教の尼』などを並べて、まるで尼僧院が出来そうだと言っている（『恐怖小説史』）。
　『僧侶』を批判したとも考えられているラッドクリフ夫人の『イタリア

第24章　ゴシック・ロマンス　379

人』は『僧侶』出版の翌年 1797 年に刊行された。

6

　『政治的正義の考察』(1793) で有名な、革新的で世に警戒され気味だった思想家ウィリアム・ゴッドウィン (1756-1836) も、ゴシック系のロマンス『あるがままの事態、ケイレブ・ウィリアムズの冒険』(1794) を書いたが、その出版年は『僧侶』よりも早く、また『ユードルフォの神秘』と同年であった。『ケイレブ・ウィリアムズ』は、グレハム・グリーン (Graham Greene〔1904-91〕) 流の追跡ものミステリー小説である。ゴッドウィンは、主著『政治的正義の考察』が一般の人々には難し過ぎたため、その主張内容をちょうどはやりの恐怖小説に目をつけ、同じタイプの小説に盛り込むことによって、人々に理解させようとした。つまり固い政治哲学思想を小説化してやわらげ、世に受け入れられやすくしたものである。W. アレンによれば「一種の小説的な注釈書」というわけである（『イギリスの小説——批評と展望』）。そしてその試みは見事に成功した。『ケイレブ・ウィリアムズ』はゴシック小説の一大傑作として、文学史に名を留めることになったのである。もっとも、ゴッドウィンがこの種の小説に手を染めたのには、金銭的な目的もあったろう。
　ともかく、この小説は評判となり、ルイスやアメリカのチャールズ・ブロックデン・ブラウンなどに大きな影響を与えている。
　ゴッドウィンの名著『政治的正義の考察』には無政府主義的な思想が説かれている。同書は、あらゆる社会制度の撤廃を主張する体制批判の書物である。それは、政治批判のバイブル的地位を占めており、貧困、道徳衰退などの社会悪を政治制度のせいとし、理想的平等社会の建設を説いている。後世のマルキシズム (Marxism) を思わせもする。要するに、ゴッドウィンの革新主義を存分に開陳した書物であり、彼の娘婿たるシェリーやワーズワースらのロマン主義者に深い影響を及ぼしているのである。そしてこのようなゴッドウィン思想が、『ケイレブ・ウィリアムズ』にも注入されているわけである。

『ケイレブ・ウィリアムズ』は、注意深く構成された作品であり、作者が並々ならぬ意欲をもってこれに取り組んだことが分かる。彼は物語を末尾のほうから逆に構想していった。後のいわゆる探偵小説の手法である。こうした点にも、追跡ミステリーの祖型と言われる本作の独自性がある。ゴッドウィンは言っている。

　私は非常に強烈な興味で幾分目立つような架空の冒険物語をつくってみようという考えを抱いた。この考えを実行して、私は最初に物語の第三巻目を考え出し、次いで第二巻を、最後に第一巻を作り上げた。次第に逃走と追跡の冒険をするという考えに全神経を傾けた。つまり、逃走者は、最悪の惨禍に圧倒されそうだという不安に絶えずつきまとわれ、追跡者はその工夫と策謀によってその犠牲者を最も恐ろしい驚愕の状態に置くようにした。…次に私が考え出さねばならなかったことは、追跡者が彼の犠牲者に一瞬たりともくつろぎと安心感を与えないようにしようと強く決心し、相手を絶えず驚愕させ悩まそうとした衝動を充分に説明するような劇的で強烈な印象を与える状況であった。これを最も効果的にできるのは、秘かな殺人によってであり、無実の犠牲者は、押え難い好奇心からその殺人の調査へと駆り立てられて行くようにすることだと悟った。

　　　　　── *The Adventures of Caleb Williams*（訳文はウォルター・アレン
　　　　　『イギリスの小説──批評と展望』より）

　読者の眼を引きつけて離さないことを狙ったこのような逃走と追跡の構想は、主人公の青年ケイレブ・ウィリアムズと彼を秘書に抱えた地主フォークランド（Falkland）の関係を軸としている。即ちここでは、普通の犯罪小説とは真反対に、殺人犯人つまり迫害者フォークランドが追跡者であり、ウィリアムズが追われる立場に立っている。そして、この追跡と逃走の過程で、フォークランドとウィリアムズの心理状態が見事に描き出されているのである。ウィリアムズの語るこの物語は、きまじめで、ユーモアのないものではあるが、登場人物の心理分析に優れ、「犯罪小説」として

の独自性も持っている。

　話は、好奇心に満ちたウィリアムズ青年が、高潔と世に高い騎士的な地主の主人フォークランドの殺人の罪を知ってしまい、フォークランドから脅しつけられて、逃走するが、どこへ逃げても彼の手のものに追い回されるというものである。そして最後には、ウィリアムズが主人を告発するけれども、ウィリアムズはそうした自分に嫌気がさす。

　一面で、この小説は、無政府主義的なゴッドウィンが考える権力的な支配者、政府と被支配者、人民との関係を象徴的に表そうとしたものでもあるとされる。

　なお、ウォルター・アレンは、「『ケイレブ・ウィリアムズ』において、ゴッドウィンは詩のように人を漠とながら強力に動かす小説を、詩的と呼ばれるにふさわしい小説を書いた」と述べている (Introduction in *The Adventures of Caleb Williams*)。

　ともあれ、『ケイレブ・ウィリアムズ』は、小難しいことはさておいても、スリラー的で人をわくわくさせる楽しめる作品である。ゴッドウィンは、他にも、やはり恐怖派的な『聖レオン』(*St. Leon*, 1799) や『フリートウッド』(*Fleetwood*, 1804) などの小説を発表している。

　ゴシック作家には、このほか、ジョージ・ウォーカー (George Walker)、既に名を記したが、サーラ・ウィルキンソン、ゴッドウィン的なアミーリア・オウピー (Amelia Opie, née Alderson, 1769–1853) などが挙げられるが、19世紀初期、ロマン主義華やかなりし頃に有名なのは、シェリー夫人とマチューリンであろう。

　メアリー・シェリーの『フランケンシュタイン』は、彼女が夫の詩人シェリー、貴公子バイロンとスイスのジュネーヴに滞在、夏の一夜を過ごした際に語った物語から偶然に生まれた怪奇的科学小説であり、この種の作品の先駆となった。それは形を変えてたびたび映画化もされ、現在ではブラム・ストーカー (Bram Abraham Stoker, 1847–1912) のドラキュラ (Dracula) 物と並び、世界的に知られた怪奇物となっている。

　バークヘッドにより「最も偉大な最後のゴシック作家」と呼ばれるチャールズ・ロバート・マチューリン (Charles Robert Maturin, 1782–1824) は

大作『放浪者メロモス』（Melmoth the Wanderer, 1820）その他を書き残したことで知られる。アイルランドのダブリン出身のマチューリンは、ダブリンのトリニティ・カレッジを出た後、カルヴィニズムの牧師となったが、小説や劇にも手を染めた。サッカレーやフランスのボードレール（Charles Baudelaire, 1821-67）、バルザック（Honoré de Balzac, 1799-1850）さえもが称賛したという『放浪者メロモス』は、『僧侶』同様にファウスト的な作品である。長寿の約束と引替えに魂を売った放浪者メロモスの物語である。さまよえるユダヤ人の構想に基づく作品である。放浪者メロモスは、作品中の各物語において、己が負っている契約を他に背負わせようとするのである。ゲーテはむろんのことながら、ゴシック作家の先輩ラッドクリフ夫人や「僧侶ルイス」の影響も強い異色の作品世界である。

7

　ゴシック小説は、「ロマン主義復興」の一先駆をなすものであり、それ以上に、英米小説史上におけるパイオニア的位置を占めるものでもある。ラッドクリフ夫人の作品などを除き、多くのものは芸術的に低い価値しか持たないが、小説史全体から見れば、上記のような大切な位置を占めているわけである。ピカレスク系小説で、セルヴァンテス、フィールディング、トウェインなどの重要古典が生まれているのと同様に、ゴシック系小説においても、ポーやホーソン、ブロンテ姉妹、さらには後のヘンリー・ジェイムズやウィリアム・フォークナーなどの重要作品が生み出されているのである。

　このようなゴシック・ロマンスは、小説の発展を促す力や要素を秘めている。小説読者の興味を引きやすいという低俗な利点に留まらずにである。

　ゴシック小説は、今日では文学上の一つの系譜が描けるほどに重要なジャンルとなっている。さらに「ゴシック」は、時代とともに文学上の他の重要な諸要素とも融合して、一層大きな役割を果たすようになっているのである。

第 25 章

ホレス・ウォルポールと『オトラント城』

1

　18 世紀半ばから 19 世紀初頭にかけてイギリスで大流行したゴシック小説は、ロマン主義復興の一先駆であり、またその一分枝でもあった。当時、このジャンルに属する作品が玉石取り交ぜて多数公にされたが、その中には、イギリス文学史上に注目すべき位置、特異なる位置を占める意義深い作品も含まれていた。本章では、ゴシック小説の嚆矢たるホレス・ウォルポールの『オトラント城』(*The Castle of Otranto*, 1764) について作者も含めて論じてみる。

2

　出版当時大ヒットを遂げ、今日までその名声を保つ『オトラント城』は、ホレス・ウォルポール (Horace Walpole, 1717-97) の代表作であり、この一作のみにても彼の名は後世に残された筈である。
　この作品は、現在ではまずゴシック・ロマンスの祖としての文学史上の意義を論じられるのが普通であるが、出版当時は、むろんストーリー自体に人々の興味が向けられていた。W. S. ルイスによれば、当時の批評界は、本作の成功を「高度に完成された」登場人物 (*Monthly Review*)、物語の「精神と妥当性」(*Critical Review*) に求めていた。また、トマス・グレイは、この作品が「彼らのうちのある者に少しばかり悲鳴を上げさせ、大概の者に夜ベッドに行くのを怖がらせた」とケンブリッジからウォルポールに知らせている (Introduction, *The Castle of Otranto*)。

公刊後、『オトラント城』の与えた影響は大きかったが、それはここではもう繰り返さない。ともかく、ウォルポール自身は、新旧（今と昔）の二種類のロマンスを混合した作品にしようと考えていた。そしてそれは彼の趣味や中世に関する知識、シェイクスピアからの借用物などに満ちた独自の目新しさを有する作品となっていたのである。

　ホレス・ウォルポールは歴史に名高い宰相ロバート・ウォルポール卿の三番目の生き残った息子としてロンドンに生まれた。名門のイートン、次いでケンブリッジのキングズ・カレッジに学んだ。イギリス最高のエリート・コースである。既出のトマス・グレイは彼のイートン、ケンブリッジ時代の学友だった。1739年〜41年にかけて、二人はフランス、イタリアへ大陸旅行を試みている。

　ウォルポールはこの頃既に書簡を書き出しているが、これは後に彼の大きな業績となる。外遊中、コーンウォールから国会議員に選出され、父にならって政界に登場することになった。ただし、息子のホレスは、政治家としては父に及ぶべくもなく、むしろ芸術家肌の人間だった。1742年には、父が首相を辞め、オーフォード伯（Earl of Orford）となっている。47年、ホレスは、絵画に関する彼の最初の本を出すが、同じ年、トウィッケンハム（Twickenham）に有名なストロベリー・ヒル館を借り、49年これを買って、ゴシック風の城に改造したのである。『オトラント城』の生まれた場所である。ホレスは痛風に悩みながらも、『回想録』を書き始めたり、ストロベリー・ヒルに私的な印刷所を設けて、自分の書き物を印刷したりした。64年に『オトラント城』がヒットした後、68年に議員を辞める。91年、第4代オーフォード伯になり、97年に80歳の高齢で没した。

3

　ウォルポールは膨大な量の書き物を残したが、その中には、『オトラント城』の他、『イギリス絵画逸話集』5巻（*Anecdotes of Painting in England, 5 volumes*, 1762–80)、悲劇『不可思議なる母親』(*The Mysterious Mother*, 1768)、史論の『リチャード3世弁護』(*Historic Doubts on the Life and*

Reign of King Richard the Third, 1768)、大部な書簡集などが含まれている。

　ウォルポールは、傍目にはおかしいぐらい、『オトラント城』が気に入っていた。彼はそれが自分の全作品中で最も満足のいくものだと述べている。そして彼によれば、この作品は自動的に書けたということである。

　この本には成立上の由来がある。むろんウォルポールの言うところであるが（ウィリアム・コール師〔Rev. William Cole〕あての書簡中）、それによると、彼は6月の初めのある朝夢から覚めたが、その夢は、彼がある古い城にいて、大階段の上の手摺に「甲冑で覆った巨大な手」（a gigantic hand in armour）を見たというのである。この点、彼は「自分のようなゴシック・ストーリーの詰まった頭脳にとっては至極当然の夢だが」と断っている。その日の夕方、彼は自分が何を言おうとしているのか、何を物語ろうとしているのか自分にちっとも分からないままに、書き始めた。話は自然に書け、彼は、執筆に熱中した。そして2ヶ月足らずで完成した。彼はその仕事に熱中した余り、ある晩など、お茶を飲んだ6時頃から午前1時半まで書き続け、手や指が疲れ切り、ペンが持てなくなって、マティルダとイザベラ（ともに主要登場人物）に、節の途中で勝手にしゃべらせておいたというようなことさえあった。因みに、ウィリアム・コールは、やはりイートン出身者であり、ウォルポールの主な文通相手の一人だった。

　ウォルポールがこれほどまでにこの作品に没頭した背景には、政治をしばし忘れたいという願望があったようである。元来、彼は現実的な父とは違って、空想好みのところもあったが、この当時、つまり1764年春、彼の従兄弟で親密な友人だったコンウェイ将軍（General Henry Seymour Conway）が国王によって不当にも侍従と連隊の職を解かれた問題で、幻滅感を味わっていた。ウォルポールは2週間で1万5千語のパンフレットを書いて友人を弁護したが、そのパンフレットを書き終えたのが、先の夢と同じ日付だろうと言われる（W. S. ルイス）。彼は現実に幻滅すると、しばしば空想の世界に逃避しがちだったのである。

　起源にこのようなエピソードを持つ『オトラント城』は、統一の取れた構造に基づいて書かれている。それは、中世趣味の色濃い、また、不可思議な超自然現象がいとも簡単に生ずる新奇な作品だった。ウォルポールは、

嘲笑されはしないかと考えて、最初匿名で出版した。それは「1529年に古体字（ブラック・レター）でもってナポリで印刷された」作品、オトラントの聖ニコラス寺院の会員オヌフリオ・ムラルトのもとのイタリア語版から「紳士ウィリアム・マーシャル」により翻訳されたものということで刊行されたのである（W. S. ルイス）。

オトラントはイタリアに実在する町であるが、井出弘之氏によると、作者は、執筆当時、それを知らなかったと言っている。この物語には、歴史的背景が考えられている。井出氏によれば、13世紀イタリアの歴史にマンフレッドという人物が登場するが、この男は神聖ローマ帝国皇帝フリードリッヒ2世の庶子とも見られている。彼は、1258年にシシリーの王座を奪い、幼いコンラッド2世は死んだとの噂を流している。マンフレッドは「オトラント城主」と称していた。彼はフリードリッヒ2世の財産を不当に入手するが、亡くなったとされた同2世は実は生きていて、1259年、南イタリアでマンフレッドを倒そうと挙兵した（モンタギュー・サマーズ）。

小説『オトラント城』の悪役もマンフレッドであり、この作品にはコンラッドやフレデリックの名も出てくる。そのストーリーにも先の歴史事実によく似たところがある。因みに、イタリア史を背景とした物語は、シェイクスピアやロバート・ブラウニングの作品など、イギリス文学史上に決して少なくない。

このように、『オトラント城』とイタリア史との関係はあるが、作品の舞台背景には現実のストローベリー・ヒル城とケンブリッジ大学の塔門、礼拝堂、大ホールなどが持ち込まれている。ウォルポール自身も後にそうと認めている。作品中の城は、ストローベリー・ヒルとケンブリッジ大学内のトリニティ・カレッジの混合だった。細部にわたるリアルさを出すのに大いに役立ったのである。

4

『オトラント城』で最も目を引かれるのは、超自然現象の続発である。これが読者を驚かせ、楽しませ、ある場合には幻滅させもするわけである

が、物語の進行過程で、信じられないような巨大な兜、巨大な足、巨大な手、巨大な太刀などが出現する。また、黒石の像の兜が消失していたり、その鼻から血が滴り落ちたりする。肖像画の人物が額の中から歩み出したり、旧城主の亡霊が現れたりもするのである。こうしたことは、以後、ゴシック小説の特徴となるが、現代の読者にとり、興ざめの種となるのは致し方ない。むしろ、そのような馬鹿馬鹿しさを乗り越えたところに作品の面白さを見るようにしなければならないのであろう。

　ウォルポールは、ウィリアム・ベックフォードなどと同様に、イタリアの風変わりな銅版画家ピラネージ（Piranesi）の影響を受けていた。ゴシック文学とピラネージは切り離せないのであるが、ウォルポールの描く大階段上の大兜はピラネージの同じような絵に由来する筈である。このピラネージをウォルポールは彼の『イギリス絵画逸話集』第4巻（1771）の中で称賛している。彼は、イギリスの芸術家たちに「ピラネージの崇高な夢」を学ぶように薦めている。そしてこう続けている。

　　サルヴァトール・ローザのように野蛮に、ミケランジェロのように荒々しく、そしてルーベンスのように豊かに、ピラネージは幾何学を驚かし、西インド諸島に理解せしめるような場面を想像した。彼は橋の上に宮殿を、宮殿の上に寺院を積み上げ、建築物の山々で天国に登る。だが、彼の大胆さには何という風情があることか。彼の向こう見ずなそそっかしさと精細さの両方に何という努力と思想があることか。
　　　　──マリオ・プラッツ『三つのゴシック小説』「序文」 Mario Praz, "Introductory Essay", *Three Gothic Novels*

　一方、ウォルポールは、シェイクスピアからも強い影響を受けているが、『オトラント城』にもその跡が歴然としている。いかにもマクベス的なオトラント城主マンフレッドを始めとして、シェイクスピア的な人物がいろいろ出てくるし、彼らの言い回しにもシェイクスピアを連想させるものが多い。ただ、ウォルポールは、大真面目にシェイクスピアを己が手本と考えていたが、芸術上の充実度の点で両者の間に大きなずれがあるのは致し方ない。

5

　『オトラント城』の筋はうまく出来ていて、無駄がない。むしろ単純でさえある。その運び方も速やかである。話はどんどん進行してゆく。当然場面もどんどん移行していく。まるで舞台劇を観るような印象を与えられるが、こうした点にも、先のシェイクスピアの影響が寄与しているのであろうか。台詞の言い回しや文体には時代がかった趣が感じられる。

　善人、悪人の区別ははっきりしており、まさしく勧善懲悪主義を採っている。これは後の多くのゴシック小説においても同様である。ただ、マンフレッド王が悪人ながらもいかにも人間らしい感情をわずかながら留めており——たとえば、確保した王位を何としても己が子孫に伝えたいと願い、男子を失っては悲しみ、また新しい男子をもうけようとあせる、など——、悩む男、マクベス的なイメージを保っている。作品中最も生の人間に近い

『オトラント城』関係系図

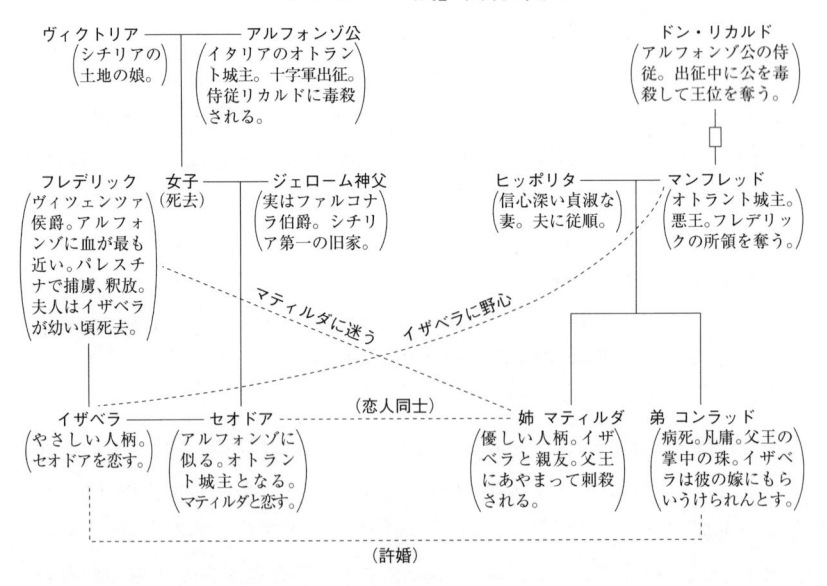

ヴィクトリア
シチリアの土地の娘。

アルフォンゾ公
イタリアのオトラント城主。十字軍出征。侍従リカルドに毒殺される。

ドン・リカルド
アルフォンゾ公の侍従。出征中に公を毒殺して王位を奪う。

フレデリック
ヴィツェンツァ侯爵。アルフォンゾに血が最も近い。パレスチナで捕虜、釈放。夫人はイザベラが幼い頃死去。

女子（死去）

ジェローム神父
実はファルコナラ伯爵。シチリア第一の旧家。

ヒッポリタ
信心深い貞淑な妻。夫に従順。

マンフレッド
オトラント城主。悪王。フレデリックの所領を奪う。

（マティルダに迷う　イザベラに野心）

イザベラ
やさしい人柄。セオドアを恋す。

セオドア
アルフォンゾに似る。オトラント城主となる。マティルダと恋す。

（恋人同士）

姉 マティルダ
優しい人柄。イザベラと親友。父王にあやまって刺殺される。

弟 コンラッド
病死。凡庸。父王の掌中の珠。イザベラは彼の嫁にもらいうけられんとす。

（許婚）

その他　ジャケズとディエゴ（マンフレッドの家来）。
　　　　ビアンカ（ヒッポリタ、マティルダに仕える）。
　　　　僧たち。

（原作品より作製）

とも言えるのである。この点、後のラッドクリフ夫人の『イタリア人』の悪役修道士スケドーニなどを思わせる。次に、作品の荒筋を述べておきたい。

　物語の第1章は、オトラント城の跡継ぎ息子コンラッド（Conrad）の悲劇的な死で始まる。彼は突然頭上から落下して来た不思議な大兜の下敷になって死ぬ。その大兜は城内の聖ニコラス寺院（the church of St. Nicholas）の先々代の名城主だったアルフォンゾ公（Alfonso）の黒石の像の兜にそっくりである。近くの村からふらりとやって来た一人の青年（百姓、実はセオドア〔Theodore〕）がその点を指摘し、人々が行ってみると、実際、像から兜が消えている。青年はオトラント城主マンフレッドの怒りを買って、囚人とされる。大事な息子を失ったマンフレッドは、男児ほしさに息子の許婚だったイザベラ（Isabella）に言い寄る。彼は貞淑な妻ヒッポリタ（Hipporita）を離婚する積りである。ところが彼がイザベラに迫ったその時、画廊のマンフレッドの祖父の画像が絵から抜け出て、下に降り立ち、マンフレッドを驚愕させる。地下道へ逃げたイザベラは地下の穴蔵で百姓の青年に救われる。彼女は地下道伝いに城に隣接する聖ニコラス寺院に辿り着き、そこのジェローム神父（Father Jerome）にかくまわれる。青年はマンフレッドに捕まるが、その態度は堂々としたものである。

　第2章では、マンフレッドの娘マティルダ（Matilda）とセオドア青年の出会いに次いで、ジェローム神父の登城が語られる。神父は城主に面会し、イザベラがマンフレッドを親としたくないと言っていると伝えて、城主の怒りを買う。マンフレッドは、セオドアの処刑を命じ、神父はその助命を嘆願する。が、神父は青年の肌に印されている血染めの矢の印を発見して、己が一子たることを知る。そこにラッパが鳴り響き、また中庭の大兜の黒色の大鳥毛（the sable plumes on the enchanted helmet）が三度大きくうなずくのである。

　第3章では、ラッパの響きとともに大太刀の武者からの使者が来る。使者はマンフレッドに対し、使者の主人ヴィツェンツァ侯フレデリック（Frederic marquis of Vicenza）が不在の折マンフレッドが不当に入手したイザベラ姫を返し、先代のアルフォンゾ公に血のつながりが最も近いヴィツ

ェンツァ侯からマンフレッドが奪ったオトラント城主の地位を返還せよ、との主人の言を伝える。実際、マンフレッドの父、祖父は、ヴィツェンツァ侯より力が強かったので、城をのっとっていたのである。マンフレッドは、ヴィツェンツァ侯フレデリックの娘イザベラをその後見人に賂して、コンラッドの嫁にもらいうけ、両家の権利を一つに結びつけようと画策していたのである。

そのうちイザベラは寺院から消える。城に顔を兜で隠した武者の行列が来るが、武者の大太刀がひとりでに抜けて転がり、例の大兜のあるところまで転がるという不思議が起こる。ジェローム神父は、イザベラの逃げたことを城主に知らせる。一方、マティルダに救い出されたセオドアは、森の中の洞窟を探し出し、イザベラに会う。洞窟の入り口で、セオドアは、甲冑の武者、あのヴィツェンツァ侯の使者と戦うが、それは同使者がセオドアをマンフレッドの家来と考えたためである。セオドアは彼に重傷を負わすが、何と彼は、イザベラの父ヴィツェンツァ侯フレデリックその人だった。人々は侯を城へ運ぶ。

第4章の冒頭で、この悲しい行列をヒッポリタとマティルダが出迎える。フレデリックは人々に大太刀の由来を語るが、太刀の文句は、「アルフォンゾの血筋のみが娘を救い、久しく休まらぬ王の霊を静めることが出来る」（Alfonso's blood alone can save the maid, and quiet a long-restless prince's shade）というものである。マンフレッドは、他の人間には見えぬアルフォンゾの亡霊を見て荒れる。実は、セオドアがアルフォンゾに似ているので、間違えたのである。セオドアは一同に自分の来歴を語る。

ヒッポリタは万事丸く治めるために、進んで離婚を申し出ようとし、ヒッポリタ、マティルダ、イザベラの嘆きは尽きない。ジェローム神父は、ヒッポリタの考えに難色を示す。

マンフレッドはフレデリックに対して、自分とイザベラの結婚、フレデリックとマティルダの結婚を提案する。マンフレッドとジェローム神父が言い争っているうちに、不思議やアルフォンゾの像の鼻から血が滴り落ちる。マンフレッドは蒼白となる。

最後の第5章では、やはり極めてシェイクスピア的な人物たる饒舌な召

使いのビアンカが画廊の部屋の大入道に驚愕したり、礼拝堂でフレデリックが隠者（土中の大太刀を教えてくれた隠者）姿の骸骨に「マティルダを忘れよ」と言われたりするさまなどがまず描かれる。

　マンフレッドは家臣から、墓所にセオドアと女性一人がいると聞かされ、女はイザベラだと思い込んでかっとなり、駆けつけざま女を刺す。ところが、女は自分の娘のマティルダである。城に運ばれたマティルダは、母に父を許すように言って、死ぬ。彼女の恋人セオドアは嘆き悲しむのである。

　月光のもと、落雷が起こり、城は崩れる。巨大なアルフォンゾの亡霊が現れて、彼の正当な後継者はセオドアなりと告げる。

　おりから月は中天高く昇っていたので、かれ（マンフレッド）は行き会った連中の沈んだ顔のなかに、自分の怖れていた出来事のあったことを読みとった。「なに、娘は絶命？」とかれは狂乱の体（てい）で叫んだ。と、その刹那、轟然たる落雷の音が、オトラントの城を礎（いしずえ）まで揺るがした。大地は濤（おおなみ）のように揺れ、そして人間の着る甲冑の何層倍もある鏗（こうかつ）たる響が、うしろの方で聞こえた。フレデリックとジェロムは、いよいよ城の最後の日が近いな、と思った。ジェロムはセオドアをむりやりにひっぱって、いっしょに中庭へ駆けつけた。すると、セオドアの姿がそこへ現われたとたんに、マンフレッドのうしろの城壁が、ものすごい力でグワラグワラと崩れ落ちると見るや、雲突くような山のごとき巨きなアルフォンゾ公の姿が、崩れ落ちた廃墟のまんなかにびょうどうと立ち現われた。「見よ、アルフォンゾが正嫡は、セオドアなるぞ！」とまぼろしはいった。この言葉を宣示すると、アルフォンゾの亡霊は天も裂くるばかりの雷鳴とともに、おごそかに昇天するとみえたが、その天には、雲の絶間に聖ニコラスの御姿（みえい）が赫亦（かくえき）と現われまして、アルフォンゾの御影を迎えると、まもなく二つの姿は光まばゆい一面の光明につつまれて、人間（にんかん）の目からは見えなくなった。

　　　　　　　　　　──ホレス・ウォルポール『オトラント城奇譚』
　　　　　　　　　　　　　　（平井呈一訳）（　）内筆者註

As the moon was now at its height, he read in the countenances of this unhappy company the event he dreaded. What! is she dead? cried he in wild confusion — A clap of thunder at that instant shook the castle to its foundations; the earth rocked, and the clank of more than mortal armour was heard behind. Frederic and Jerome thought the last day was at hand. The latter, forcing Theodore along with them, rushed into the court. The moment Theodore appeared, the walls of the castle behind Manfred were thrown down with a mighty force, and the form of Alfonso, dilated to an immense magnitude, appeared in the centre of the ruins. Behold in Theodore, the true heir of Alfonso! said the vision: and having pronounced those words, accompanied by a clap of thunder, it ascended solemnly towards heaven, where the clouds parting asunder, the form of saint Nicholas was seen; and receiving Alfonso's shade, they were soon wrapt form mortal eyes in a blaze of glory.

—— Horace Walpole, *The Castle of Otranto*

　意気消沈したマンフレッドは、祖父リカルドがアルフォンゾを毒殺したことを告白する。ジェローム神父もアルフォンゾとシチリアのヴィクトリア（Victoria）の結婚、彼ら二人の娘と神父との結婚の次第を語るのである。ヴィクトリアは既に亡くなっている。
　マンフレッドはヒッポリタの同意を得て、領主の権利放棄に署名し、夫婦めいめい修道院に入り、フレデリックは新領主にイザベラを与える。こうして物語は目出度く終結を迎えるのである。

6

　マクベス的なパターンに基づいた物語である。ウォルポールらしい中世趣味の盛り込まれた寓意的ロマンスの香りさえ漂う作品である。ストーリーは単純だが、それを越えるある種の象徴性も見られる。マンフレッドは、既述のように、それなりの複雑さを持った人物として描かれているが、他の主要人物たちは余りに善人の型にはまり過ぎていて、硬直気味だと言え

よう。主人公のセオドアは、活気に満ちていて、機知に富み、言葉の使い方も面白い。勇敢で善意の塊のような人物である。粗野な一面も持つ徹底した正義漢である。だが、余りに善人タイプの型にはまり過ぎた嫌いもある。まさにロマンス的なヒーローである。

ジェローム神父は、人間的な豊かさや重量感を漂わせているが、彼もセオドア同様に類型的な面を持っている。

ヒッポリタ、マティルダ、イザベラは同系列の女性のように見える。各人物の個性的な描き分けがないか、あっても少ない。彼女たちには、善意や慎ましやかさ、貞淑さが不自然に強過ぎて、かえって人間らしくないところがある。ただし、やさしい理想の女性像ではある。類型的だが、温かくはあるのである。とりわけ、ヒッポリタはあくまでも女神のようである。因みに、イザベラとマティルダがセオドアを思って嫉妬し合うところなど、いかにも人間らしい部分もあるにはある。

人物については、脇役たち、つまり召使いや家臣たちのほうがより一層生き生きとしていて、滑稽である。憎めない、愉快な描き方がしてあるのである。特にビアンカは作中出色の出来栄えを誇っている。

一般にゴシック小説を彩るさまざまな工夫や素材、道具立てとしては、巨大な兜や亡霊などの超自然現象に加えて、城や地下道、地下室、森の中の暗い洞窟、墓所、すぐ消えるランプ、寺院、或いは暗殺や領主権の簒奪、決闘、落雷や城壁の崩落、さらには、隠者や姿を変えていた正嫡などが挙られる。そしてそれらの多くは、既にこの『オトラント城』の中に現れている。バークヘッドは、ウォルポールは後継者に有益な「小道具」の見事な一覧表を遺したと言い、ウォルポールの超自然的背景の用い方に効果上の不十分さを指摘しつつも、次のように述べている。

　　ウォルポールの作品は、彼が導入した素材を、彼以上の才能をもってさらに巧みに活用した後継者たちに多分のヒントと暗示を与えたのであって、その意味でウォルポールの栄誉は、彼自身が達成したことよりもむしろ、彼が後継者たちに与えた刺激にあると言える。『オトラント城奇譚』は純文学の作品として書かれたものではないが、文学

史的に見ると、決して亡びることのないロマンスという形式の祖形として永久にその名が残るであろう。

——エディス・バークヘッド『恐怖小説史』

先駆者としてのウォルポールをいくら評価してもし過ぎるということはあるまい。アレンもその点を強調している。

 The Castle of Otranto はただざっと描いた小説であって、それから派生した後の作品がなかったら、ディレッタントの酔狂として捨て去ることも出来るのであって、今日読んでみて馬鹿げた習作だと見なすのは容易である。後世の者にとって馬鹿げているように見えるのがディレッタントの宿命である。それにもかかわらず彼の果した役割は、それがいかに明らかに無責任な気まぐれだとわかっても、きわめて高い価値があり、その時代の背景や雰囲気の中では、*The Castle of Otranto* の重要性は明らかである。それがストローベリー・ヒルと同じように見かけ倒しの代用品であると言うことは、要点からはずれている。Walpole が「あの偉大なる自然の巨匠 Shakespeare こそ私が真似た模範である」と書く時、彼を笑うことはできない。Hamlet と Walpole の物語との隔りがいかに大きくても、自分は Shakespeare の後を継承しているのだと信じることが出来るという事実は、作家が人生を眺め、その映像を記述する因襲的な方法に自分が抑圧され制限されていると感じた時に、Shakespeare がそれからの解放者としていかに大きな力を常にもっていたかを示している。Walpole が Shakespeare から得たと思っているものは、「王子や英雄たちの」崇高さと「彼らの下僕たち」の天真爛漫さとの間の哀感を生み出す対比であった。Walpole は同一作品中にあの悲劇と喜劇を織り混ぜたものを求めていたのであり、それはエリザベス朝の戯曲の特色でもあり、イギリスの小説の特長でもある。そしてある意味では。Walpole が *The Castle of Otranto* でなし得たと思っていたことは彼が実際になしたことと同じくらい重要なのである。

——ウォルター・アレン『イギリスの小説——批評と展望』

第 25 章　ホレス・ウォルポールと『オトラント城』　395

図15　シェイクスピアの像。ロンドンの大英博物館。H. ウォルポールはシェイクスピアから大きな影響を受けている。

　ウォルポールは書簡の大家でもあり、現にエヴリマンズ・ライブラリーにさえ彼の『書簡集』(*Selected Letters*) 一巻が含まれているぐらいである。膨大な書簡からは政治や趣味を含む彼自身の人生を始めとして、文学批評、家族、友人、歴史、フランス革命その他多くのことが知れる。それは彼の全人格、全人生、当時の文学や社会の詳細な記録となっているのである。彼は、美術、文学、家具鑑定、科学、考古学などの多方面に高度な関心を寄せた。また、最初期の奴隷制反対論者でもあった。要するに、当時の第一級の文化人、知識人でもあったのである。
　そうしたウォルポールは、偉大な父が初期のイギリス議会政治に良くも悪くも多大の貢献をしたように、イギリス文学史上、ロマン主義の黎明期にあって、たとえ酔狂なディレッタントではあったとしても、その鋭敏な審美眼をもって世の、芸術の動向を深く見極め、新時代の芸術、文学の創造に大きく寄与したのであった。その点、彼はむしろ過小評価されているきらいさえある。

第26章

ウィリアム・ベックフォードと『ヴァセック』

1

　フォントヒルのウィリアム・ベックフォード（William Beckford of Fonthill, 1760-1844）の『ヴァセック』（Vathek, 1786）は不可思議な内容を持つ奇本である。このユニークなオリエンタル・ロマンスは、幻想と瀆神に彩られた凄まじい代物であり、常識を越えた異様な世界を読者に見せつけてくれる。それはまさしく一個の別宇宙である。合理的なヨーロッパ人にとってのみならず、東洋人たる日本人の眼にもそう映る。

　『ヴァセック』の世界には、度外れの饗宴あり、美女あり、ハーレムあり、黒人奴隷女あり、魔の深淵ありする。また、生贄あり、魔法の儀式あり、死体の山あり、大嵐あり、猛獣の襲来あり、山頂の妖しい光あり、仮死ありする。さらには、鬼女たちの墓あり、謀反あり、恐ろしい懲罰あり、地獄の地下宮殿あり、燃え盛る心臓ありする。まさに思いつく限りの幻想的で異様かつ異教的な素材がふんだんに注入されている。そして、魔神と取引するというパターンを有するこのファウスト的な作品は、享楽的で極度に風変わりな人生を送った作者ウィリアム・ベックフォードその人と切り離して考えることは絶対に不可能である。即ち、ベックフォードは、現実のイギリスにおいて、自ら『ヴァセック』的な世界を生きようと試みたのである。作品の主人公たるカリフのヴァセックは、ベックフォードその人の反映だったのである。

　『ヴァセック』は『千夜一夜物語』の影響の強い作品であり、ファウスト的パターンは別として、ゴシック小説（ロマンス）の中でも異色の傑作で

ある。

　イギリスでは、18世紀初期以来、いわゆる東洋物語が一つの流行を見せていたが、『ヴァセック』はその系統に立つゴシック小説である。イギリスで「東洋」は、『ラセラス』のように次第に教訓小説の外装に用いられるようになったが、『ヴァセック』は、全く逆方向の作品となった。つまり、それは（あくまで表面的にはであるが）魔法、魔神、地獄礼賛の書という色合いを持ったのである。

　バークヘッドによれば、18世紀初め、アン女王時代に、『千夜一夜物語』(1704-17)、『トルコ物語』(1708)、『ペルシャ物語』(1714)などの東洋文学が英訳出版されて、東洋ブームを巻き起こした。その東洋趣味がやがて道徳哲学と結びつけられて、アディソンの「ミルザの幻」("The Vision of Mirzah", 1711)やジョンソンの『ラセラス』などが生まれる。ゴールドスミスの諷刺的な『世界市民』(1762)もそうである。

　生来享楽的な性格のベックフォードは、そうした道徳書を好む筈もなかった。『ヴァセック』の色合いが他と全く異なるのは、当然の結果である。

　下院議員にもなり、豪華なフォントヒル邸で孤独な東洋趣味の暮らしをしたベックフォードは、スキャンダルの多い、最後まで風変わりだった人物である。が、それも、一つには、莫大な財産のもたらす余裕から来ていた。バイロンは彼を「イギリスの最も富裕な貴公子」(England's wealthiest son)と呼んだ。ロジャー・ロンスデイル (Roger Lonsdale) は、「『ヴァセック』の作者の長い、突飛な経歴はサミュエル・ジョンソンに（彼自身の非常に異なった"東洋"物語の中で）彼のイムラックが〈人生を絶え間なく餌食とする想像力の渇望〉と呼んだものの顕著で持続的な例として確実に感銘を与えただろう」と述べている (Introduction of *Vathek*, Oxford University Press)。

　こうしたベックフォードは、二度までロンドン市長となったホイッグ党の有力な急進的政治家を父として、1760年9月、多分ロンドンで生まれた。が、父は70年には死ぬ。

　その父ウィリアムは、ジャマイカの農園経営や奴隷売買によって莫大な富を築いており、これが後年、息子の浪費癖に満ちた生涯を支えることに

なったのである。

　息子ウィリアムは、政治家を目指す教育を一流の家庭教師連をつけられて受けさせられる。あの天才的モーツァルト（Wolfgang Amadeus Mozart, 1756-91）少年も、一時、彼の音楽教師に呼ばれたという。ベックフォードは、英語とフランス語で育てられた。他にギリシャ語、ラテン語、イタリア語、アラビア語なども学ぶことになる。やがて彼は、『千夜一夜物語』も原語で読み、暗記してさえいたらしい。

　ともあれ、ベックフォードは芸術的才能には恵まれていたが、政治家向きではなかった。彼はしばしば大陸に渡っている。彼は最初、1777 年秋、家庭教師のジョン・レティス（John Lettice）のもと、ジュネーヴに送られている。翌年ベックフォード夫人に連れ戻されているが、80 年にもレティスとともに大陸旅行に出て、オランダ、ドイツ、イタリア、フランスを訪ねた。また、82 年にも『ヴァセック』執筆の後、レティスとドイツ、イタリアに向かったが、この時は、従兄ピーター（Peter Beckford）の妻ルイザ（Louisa）との関係にまつわるスキャンダルがその理由の一つでもあった。彼は、その後も、生涯を通じて何度も大陸へ足を運んでいる。

2

　ベックフォードは、1782 年の初めに『ヴァセック』をフランス語で書き出したが、三日と二晩で仕上げたと言っている。しかし、これには相当の誇張があると考えねばなるまい。ともかく、22 歳から書いたのだから、大した才能である。並外れて早熟だったのである。

　若い時代の彼は、スキャンダルで鳴らした。83 年、アボイヌ伯爵（the Earl of Aboyne）の娘レディ・マーガレット・ゴードン（Lady Margaret Gordon）と結婚するが、これにも彼の周囲が彼の同性愛病を世間から隠そうとする狙いがあったらしい。この妻は二人目の女児を生んだ後、産褥熱で死んだ。86 年 5 月のことである。夫のほうは、それ以前 84 年にも、16 歳のウィリアム・コートネイ（William Courtnay）――既出のルイザの弟（子か？）――との関係を新聞にたたかれているが、これには、「ベックフ

ォード・オヴ・フォントヒル」(Beckford of Fonthill) なる男爵位を彼に与えるのを妨害する政治的謀略が絡んでいたようである。彼は同男爵位をもらい損ねているのである。彼はこの頃は国会議員（M. P.）でもあった（同年4月になっている）。ベックフォードは、このほかにも、イギリス内外で、幾人もの男女と関係を持ったと言われる。相当情熱的なドン・ファンではあった。とりわけ彼の同性愛癖は目を引く。

彼はフランス革命前後のパリで豪奢な生活を送ったが、その際、珍しい書物や美術品などの蒐集にも励んだらしい。

1793年2月1日、フランスはイギリスに戦いを宣するが、この年5月、ウィルトシャー州の領地フォントヒルに帰り、建築家のジェイムズ・ワイアット（Sir James Wyatt）から新建築のプランを受け取った。フォントヒル邸は55年に火事で焼けたままになっていた。彼は以後も度々海外には出ながらも、有名な「フォントヒル・アベイ」の建築に意を注いだ。ゴシック様式の寺院建築を目指したのである。出来上がった建物には、285フィートの高塔も備わっていた。この木造の塔は、1797年に崩れ落ちる。塔は石で再建された。だが、1825年また崩壊してしまった。

ともかく、ベックフォードは、このゴシック趣味のフォントヒル邸にこもって、外界との接触を断ち、蒐集品に囲まれて、読書などをして日々を過ごすことが多かった。

1798年に母が死去した。また、1800年12月には、彼は、サー・ウィリアム（Sir William）、レディ・ハミルトン（Lady Hamilton）、ロード・ネルソン（Lord Horatio Nelson, 1758–1805）らをフォントヒルでもてなしてもいる。因みに、ベックフォードは、レディ・ハミルトンの養父としても知られている。このように、ディレッタントの彼は当時のイギリス社交界での名士でもあったわけである。

だが、気ままで豪勢な乱れた生活振りは、やがてベックフォードをしてフォントヒルのすべてを他人に売り渡さざるを得なくさせた。彼は、フォントヒル・アベイをジョン・ファーカー（John Farquhar）に売った金で、バース（Bath）に小規模ながら再び寺院建築を立てた。今度は125フィートのイタリア式の塔を作った。彼は、44年5月2日、このバースでイン

フルエンザのため死んだ。彼なりに長寿を全うしている。晩年も彼の奇人振りは続いており、マリオ・プラッツは、次のように書いている。

　老人ながら、彼はバースの通りをフォントヒルの建築を始めた時(とき)流行していた服装で馬車に乗り、前部に馬丁二人を、また後部に一人を乗せて、時には灰色の子馬にまたがらせたピエロのこびとまで伴として従えており、人々は、そうした彼を伝説的に遠い昔、封建貴族の時代の遺物だとして指差すのだった。彼は奇人であり、パラゴニアの王子のようだった。その人物は、かつてバゲリアの別荘に奇妙な石の怪物たちを群れさせており、またパレルモの本通りを歩み進むのだが、ゲーテが見たように、厳かに、宮廷衣装をまとい、白粉をたっぷりつけ、身づくろいして、帽子を腕の下に抱え、留め金に宝石をちりばめた優雅な靴を履き、先導者に銀の盆を持たせてサラセン人に奴隷にされたキリスト教徒のための身代金を集めさせるのだった。

　　　　　　　　　　　——マリオ・プラッツ『三つのゴシック小説』序文

3

　ベックフォードは『ヴァセック』をフランス語で書いた。ステファン・マラルメ（Stéphan Mallarmé, 1842-98）はこれに驚嘆し、「こちらが原文、向こうは翻訳云々」と言っている。

　英吉利がおのれのものと信じてゐる、そして仏蘭西が知らない作品といふ、数多い遺物のなかでただ一つ、特別な事例。こちらが原文、向かうは翻訳。一方、傑出した半ば忘れられた創始者にちかい位置を、事後に、この地に要求しつつも、その出生といくつかの見事な草稿によって（ひどく紛らはしいことに）作者はわが国の文学にまつたく属してはいない！宿題はこの点で、知的難問として、二の足を踏む。こんぐらかり。

　　　　　　　　——『ヴァテック』（矢野目源一訳、生田耕作補訳・校註）序

第26章　ウィリアム・ベックフォードと『ヴァセック』

『ヴァセック』執筆の動機は、1781年のクリスマスに、フォントヒルで、ルイザ・ベックフォード、ウィリアム・ベックフォード姉弟ら友人一同が催したハウス・パーティにあると言われる。即ち、ベックフォードは後になって、『ヴァセック』はそのクリスマスの出来事の想像力に富む、感動的な刺激に対する直接の反応として書かれた、と何度も述べているのである。彼は彼自身の言うこの「官能的な祭り」(voluptuous festival) で霊感を吹き込まれて、町へ帰るやすぐさま執筆に取り掛かった。その点、彼はこうも言っている。

　私（＝ベックフォード）はこのロマンティックな田園閉居（romantic villegiatura）が終ってロンドンに帰るや否や直ちに『ヴァセック』を書いた。
　　　——ガイ・チャップマン『ベックフォード』（Introduction of *Vathek* 〔Edited with an Introduction by Roger Lonsdale〕より）（　）内筆者註

このようにして成った『ヴァセック』だが、それが最初フランス語で書かれた第一の理由について、マラルメは次のように述べている。

　最後に付された註のうちに認められる、古人が東邦にかんする知識をほとんどすべてそこから仰ひだエルブロの、シャルダンの、或はサレのいくつかの著作をさぐる必要性とならんで（まつたく引き合ひに出されてはゐないがいま一冊の書物、『アブダラ、副題、印度王よりボリコ島その他の探検に派遣されたハニフの息子の物語』一七二三年刊をも含めて）、早くよりロンドンにおいて習得し、パリの社交界でそしてジュネーヴでの三年間に実践した、われわれの国語の確かな使い方、そこらあたりに作者がそれを選んだ動機、或は天分がひそんでゐさうである。すべての若者の上に君臨する苦悩から、書くものを通じて、まぬがれるために、母国語以外の言葉に頼る普遍的事実。やがて人生となる一切のものと、それだけが異なる、独自な性格の仕事に向かひあふために、腰をおろすにあたって必要な一種厳粛な気分、そ

れ以上のものをそこに認めやうとしても無理であろう。

——『ヴァテック』序

　マラルメの言う第二の理由は、ベックフォードが法的年齢に達したことによって莫大な財産を受け継ぐわけだが、その「相続権を支障なからしめるために、原稿から人目をそらさせる」必要があったという点にある。これも納得のいく話である。ベックフォードはフランス語で書いた『ヴァセック』を英語にも翻訳しておこうとして、以前ヴァージニアのウィリアム・アンド・メアリー大学の教授だったサミュエル・ヘンリー師（the Revd. Samuel Henley）——東洋文学に関心を持っていた——に協力を求めた。

　ところが、不正直なヘンリーは、完成した英語版を1786年6月7日自分で勝手にロンドンで出版してしまった。ベックフォードが大陸に滞在中のことである。

　アラビア語の原典からの訳とされたこの翻訳版には、ベックフォードの名は見当たらなかった。彼はむろんフランス語版を最初に出す予定だったので、怒った。彼は既にヘンリーに英語版を先に出すことを禁ずる手紙を書いてさえいた。結局、フランス語版は、ジャン・ダヴィッド・ルヴァド（Jean David Levade）により英語版から訳されたローザンヌ版がまず出され、次いで1787年6月末、大幅に改定された版がパリで出版されている。

　各誌の批評は『ヴァセック』を称賛したが、初めの内は非常によく売れたとは言えなかった模様である。同書は、少なくとも5種類の主要な文芸誌で終に、概して熱狂的に再吟味された。

　批評に関しては、たとえば87年5月の『マンスリー・レヴュー』誌（*The Monthly Review*）は、「『ヴァセック』は、アラビア物語の独特の性格を保持している。アラビア物語は自然とか蓋然性を踏み越えるばかりか、可能性の限界をも乗り越え、決して考えられないことを考えるものである」と評した。同誌はさらに、「この作品は精神（spirit）と空想とユーモアをもって書かれており、この種の読み物を好む読者を十分に満足させるであろう」と記している（Introduction of *Vathek*）。

4

『ヴァセック』の筋は、妖しく異様で、悪魔的華麗さに彩られている。主人公のヴァセックは、アッバシード朝の第9代のカリフ（caliph, ハリハ。モハメッド〔Mohammed, マホメット Mahomet〕の後嗣で回教の教主）に当たる。彼はモタッセムの子で、有名なハルン・アル・ラシッド（Haroun al Raschid）の孫であった。若くして王位についたヴァセックは、人民から名君と仰がれていた。ただ、一度何かで怒ると、その片方の眼は恐るべき光を放ち、その眼に睨まれると、睨み殺されてしまうことさえあった。だから、王はめったに怒りを表さなかったのである。

名君ながら、ヴァセックは、美女、美食が大好きだった。贅沢なカリフはサマラアの都に父の立てたアルコレミの宮殿のほかに新たに五つの大宮殿を作って、五感のそれぞれを満足させようとしていた。第一の宮殿は味覚を満足させるもの、第二のは歌楽のもの、第三は、眼を楽しませる宝物殿、第四は「香料」の宮殿、そして第五は美女を集めたハーレムであった。カリフは、非常な博識であり、学者と議論を戦わせたが、それはカリフの一方的なものだった。学者たちは王の矛盾を深く突くことを許されなかったのである。また、カリフの神学は異端的であり、彼は信心深い人々を迫害した。偉大な預言者マホメットは、第七天にあって、カリフの乱行に立腹し、天使たちに向かって、「やつはこのまま放っておこう」と言い、さらにこう述べた。

> かれの痴行と神を恐れぬ所行が、どこまで募るものか篤と見て居ることにしやう。あまりのことなれば、その時こそは天の罰がある。このごろかれはニムロッドの真似をして塔を築かうとしてゐる。それをわざと助けてやるやうにするがよい。かの偉大なる戦士の場合は将来の洪水を恐れてのことであったが、かれの塔は天の秘密をみきはめやうといふ暴慢をきはめた好奇心の烏許の沙汰である。かれがいかにあがいて見たところで、おのれの運命が知れやう筈はないわ！
>
> ──『ヴァテック』

カリフは、高塔を築き、一万一千階を登って、下界を目指す。彼の慢心は頂点に達した。
　彼は毎晩塔の頂に登り、又占星術にも長けていた。星の予告通リ、やがてサマラアに恐ろしい異形の旅人が来て、カリフの前に珍宝を並べた。その中の両刃の剣に不思議な文字が刻まれており、カリフは後でそれを読みたいと思う。
　カリフは宝蔵の金貨を男の前に積み上げるが、男の無礼な態度に激怒し、彼を塔内の牢に閉じ込める。怒りの余り、カリフは、普段は300種類もの料理を運ばせるのに、32皿だけしか手をつけないという状態だった。翌朝、牢を見ると、件の怪しい男は鉄格子を壊して逃走していた。カリフは荒れ狂った。
　カリフの母カラティスはギリシャ人だった。息子は母を尊崇していた。彼女は天文学を究めており、星の予告を挙げて、彼の心を静める。学者たちを始めとして誰も両刃の剣の文字が読めず、彼らは自慢のひげを焼かれるという罰を受けた。そのうち、長髯の老人が現れて、見事に文字を読み解く。それはこう読めた。

　　われらは贅美を極めた土地にて作られたるものなり。かの地上最大の「君主」に相応はしきもののみをあつめたる寶物のなかでわれらは最も劣れるものなり。
　　　　　　　　　　　　　　　　　　——『ヴァテック』

カリフはこれに大満足だった。ところが、翌日、再び文字を読ませてみると、何と文字が一変していた。

　　知らざるままにあるべきを知らんとして、力に越えたる事を企てんとする不逞の輩に禍あれ。
　　　　　　　　　　　　　　　　　　——『ヴァテック』

これにカリフは逆上し、老人は髯の半分だけ助かって、姿を消した。剣

の文字はその後も毎日変化する。カリフは渇きの病に陥ってしまう。カラティスは宰相のモラカナバッドとともにカリフの病の治療法に思案を巡らせた。そのうち、サマラアから2～3里のところにある美しい山に例の異形の男が現れる。このジアウール（魔神）はインド人だと告げ、魔法の薬でカリフの病を治す。喜んだカリフは、味覚の宮殿を開かせるが、インド人は果てしなく食い、飲み、歌い、喋りまくって周りを驚かせた。カリフは不安を感じて、宦官長のバババルクに男を用心するよう命じた。

カリフは終にインド人の異様な高笑いに怒り、彼を壇上から蹴り落とすと、男はまりになって転がり回り、カトール平原を横切って、四つの泉のあるあの美しい山の麓の谷に転がり込んでしまう。谷からジアウールの叫びが聞こえてきた。

　どうじゃ、わしに身を捧げるか、地霊を崇め、マホメットを捨てるか？さうすれば、地下の炎の宮殿をお前に開いてやらう。そこには、広壮な堂宇に、星がお前に約束した宝物がぎつしりつみあげられてをるのだ。わしが剣を持ち出したのもそこじゃ。ダウードの子、シュレイマンが、世界を支配する諸々の護符に囲まれて眠つてゐるのもそこじゃ。
　　　　　　　　　　　　　　　　　　　　　　——『ヴァテック』

　カリフは、ジアウールの言うことをすべて約束すると、大地が二つに割れて、そこに黒々とした門が現れた。カリフはジアウールを満足させるために、50人の少年を選んで、偽って競技をさせ、賞を与えると称して、生贄として谷底に突き落とした。人々は怒り、カラティスは息子を塔へと避難させる。悪賢いカラティスは、欲望に駆られ、ジアウールとの約束をさらに果たさせようとする。彼女は、怒る民を弁舌と金貨で静めると、ヴァセックと塔へ登っていった。
　やがてカラティスは、女黒人奴隷たちとともに、妖しい生贄の儀式を執り行う。塔が火災と勘違いした民衆は救助に駆けつけたが、カラティスの計で、140人の男が殺され、ジアウールの生贄にされてしまった。
　このようにして獲得された羊皮紙の巻物の文章の指令に従い、ヴァセッ

クは、ジアウールの待つイスタカールへ向かって旅に出る。巻物はそこへ行けば「ジャン・ベン・ジャンの王冠をいただき、ありとあらゆる快楽の中に浸り、シュレイマンの呪符、アダム以前の諸王の宝物が汝の手に委ねられよう」と約束していた。ただし、道中、誰かの屋敷に寄れば、禍が生ずると警告もしていた。

カリフの豪勢な行列は雷（いかずち）、山の険路、烈風、嵐夜、狼虎や禿鷹の襲来、山火事などの苦難、災難を経つつ、進んでゆく。

そうしたところへ、小人（こびと）が現れ、主人の長老ファクレディンの使いとして一行を救いに来たと言った。カリフは、カラティスの書いた赤い文字の書状を見た。そこには、老神学博士と小人の使者に注意せよ、さもないと、目指す地下の宮に入れないどころか、身も滅ぼすだろうという意味のことが記してある。しかし今はそんなことにかまってはいられない。やがて、長老ファクレディンも来り、カリフ一行は緑の谷、長者のすばらしい館へと向かった。一行はここに滞在することになった。そのうち、長者はカリフを沢山の小川の流れる広い野原へ案内した。そこには、旅の途中、長者のところに客となっている僧や行者、尼たちがそれぞれ奇妙な苦行を行っていた。また、哀れな不具者たちやせむし、こぶ首なども見られた。カリフは、バババルクの諌めもものかは、こうした連中を大変興味を持って打ち眺めた。長者が催す野外の宴で、カリフは初めて長者の娘ヌロニハルを見た。美しい彼女はおとなしいが、いたずら好きでもあった。王はバババルクの忠言にもかかわらず、ヌロニハルの虜になってしまう。

ヌロニハルには、長者の兄アリ・ハッサンの一人息子グルチェンルッツという恋人がいた。グルチェンルッツはヌロニハルの従弟に当たっている。親同士は二人を結婚させるつもりでいた。二人の仲はことのほかむつまじかったが、ヌロニハルは、カリフの華やかさを見て、心が動く。最も高い山の頂に一つの光を見たヌロニハルは、グルチェンルッツや侍女たちの止めるのも聞かずに、光の正体を確かめようと進んでいった。彼女は、山頂の楽の音の響く洞窟で、グルチェンルッツ少年と戯れる自分をからかう不思議な対話を聞いた。

王のヌロニハルへの気持ちを知った父の長者は一計を案じて、娘とグル

チェンルッツに仮死状態になる薬を飲ませて、偽の葬式を出し、秘密の場所に生き返った二人を隠してしまう。カリフは、悲嘆の余り、床についてしまった。しかしカリフは、ヌロニハルの墓所に参詣し、山中でそのヌロニハルに出合ってしまった。長者の計略は崩れた。

　カリフは娘と一緒にチューリップの花咲く谷に住む。他方、カリフの正妻ディララは、不満を抱いて、カラティスに書簡を送った。カラティスは、ヴァセックの振舞を憤り、巨大ならくだのアルブファキに乗って、二人の女黒人奴隷、鬼のような顔のネルケスと残酷なカフールのみを連れて出発する。彼女ら一行は、途中で毒草を摘み、墓地（cemetery）で地中の鬼（goul）たちをもてなした後、先を急いで息子のいる谷に着いた。母子は和解し、ヴァセックはヌロニハルを連れて再びジアウールのところへと旅立つことになった。カラティスは、グルチェンルッツ少年をジアウールに生贄として捧げようとした。だが、老天使が少年を救った。サマラアの都に反乱が勃発し、カラティスは一旦帰京する。

　ヴァセック一行は、ロクナバッド（Rocnabad）の谷で、贈物を捧げ来った人々を散々な目に遭わせた後、終にイスタカールの山々の頂が望めるところまで辿り着いた。王とヌロニハルは歓喜する。

　ここで、善天使は、マホメットに、カリフを地獄の炎の宮殿から救うよう願うが、マホメットは次のように答える。

　　あれはあのままでよろしい。しかしわしは爾（おんみ）らが今一度、
　かれの企画（くわだて）を思ひとどまるやうに力をつくされるのには異存がない。
　　　　　　　　　　　　　　　　　　　　──『ヴァテック』

　善天使は羊飼に身を変えて、小山で楽器を奏して、カリフ一行を引き寄せ、カリフを諫めるが、カリフは恐ろしい片方の眼で睨みながら言い返した。天使は消えた。その夜、多くの従者は去った。不敵なカリフとヌロニハルは、わずかに残った者たちとともにイスタカールの廃墟に向かった。

　出現した大理石の階段をヴァセックとヌロニハルは華やかな決意をもって降りてゆく。そして黒檀の門のところであのジアウールに迎えられた。

二人は、地獄の大広間に入った。

　教王（カリフ）とヌロニハルは呆然として顔を見合わせた。丸天井はそびえ立って、その広さその高さには始めはどうしても広野としか思はれなかった。やうやくすべてのものの巨きさに眼が慣れてくるにつれて、二人は円柱の列やこう廊の連りが眼路も及ばないあたりまで立ち列んでゐるのを見た。そしてその涯には海上に最後の光を投ずる太陽のやうに輝く一点があつた。床の上には金粉とサフランがまき散らされてあった。立ちのぼる床しい薫には二人は気もそぞろになる位である。二人は奥へ奥へと進んで行つた。数かぎりのない香炉には龍ぜん香と沈香がたいてある。円柱の間には食卓が設けられて多趣多様の料理と、ありとあらゆる美酒が水晶の瓶のなかに照り栄えて供へてある。妖鬼の男女が踏みならす足の下から沸起つて来る音楽にあはせて一団となって猥らな舞ををどりくるつている。涯もなく広いこの室の中央には無数の人間が往きつ戻りつしてゐる。男も女も右の手を胸の上にあてたまま、歩きまはるばかりで、何物にも心を惹かれない様子である。そして深く黙りこんでゐるすべての人々は死屍のやうに色蒼ざめ、眼を深くくぼませて、暗い夜、墓原でみる燐火のやうに光らせてゐる。深い物思ひに沈んでゐるものがあるかとおもへばまた憤怒に泡を吹いて毒矢に傷いた虎のやうにやたらに駆けまはるものがある。みんなは互に避けあつて、群集のうちの一人でありながら各自はまるで孤のやうにさまよふのであつた。

　かうした不吉な連中を眺めたヴァテックとヌロニハルは身もすくむ想いがした。二人は魔神に對つて、どうしてこんな風で居るのかとしきりに聞きたがって、この歩きまはる亡霊が何故、そろひもそろつて右の手を胸から離さないのかを問ひたづねた。

　「何もそんなに一々驚くにはあたらないではないか。」と魔神は荒々しく答へた。「今に悉皆わかる時が来る。それよりも一刻も早くエブリス大王の御前にいそいで参ることにしなさい。」

　　　　　　　　　　　　　　　　　　　　——『ヴァテック』

第26章　ウィリアム・ベックフォードと『ヴァセック』　409

　二人が大きな堂（tebernacle）の中で会った多くの家臣を従えた魔王のエブリス（Eblis）は、意外にも、若く見えた。

　一際高く火の珠の上に座をかまえた魔王エブリスの姿が二人の眼の前にあった。かれの風貌は恰も二十歳の青年の如く、その高貴な端正な面差しは汚らはしい毒気のために凋んでゐるやうに見えた。絶望と増上慢の色は明らかに爛々と見開いた巨眼のうちに描かれてあった。それでも波うつ髪の毛にはまだ光の天使であった名残をとどめてゐた。雷電のために黒ずんではゐるが、その華車な手には、怪獣ウーランバッドや悪鬼や奈落の乱神どもをもせふ伏させる青銅の王杖をかまへてゐる。

　　　　　　　　　　　　　　　　　　──『ヴァテック』

　ヴァセックとヌロニハルは思わず床に平伏する。そしてエブリスの言葉を受けるのであった。その後、二人はジアウールの案内で円屋根の高くそびえる広大な殿堂に入る。この殿堂には50の青銅の扉があった。葬式のような陰鬱さがこの場所を覆っていた。過去の名高い王たちが腐ることのない西洋杉で作られた二つの寝床の上に各々が胸に手を置いて、横たわっている。みな衰え果ててはいるが、まだわずかの生命を保っていた。
　その智恵（ウィズダム）により名高い王ソリマンシュレイマン・ベン・ダーウドは、最も高い位置に横たわり、ほとんど円天井に届かんばかりであった。
　現世のことを語ったソリマンシュレイマンは、心臓が炎に焼かれて苦しいと言い、天に向かって両手を伸ばした。カリフはその胸が水晶のように透き通っている様を見る。ヌロニハルは卒倒した。カリフ、ヴァセックはここから出してくれと叫び、マホメットに憐れみを求めるが、ジアウールは冷たくそれを突き放した。ここ絶望と神罰の家ではエブリスを崇拝する者すべてが心臓に火をつけられるのである。ジアウールは消え、最後の判決を待つ二人は、消沈して彷徨う。ヴァセックは自分をこんなところによこした母親を呪う。彼は悪鬼（afrit）を呼んで、サマラアから母を連れて

くるよう命じた。

　やがて、大音響とともに、悪鬼がカラティスを背負って到着した。ヴァセックは、母をののしる。カラティスはエブリスと会った後、自分が取って代わるために王（ソリマン）の一人を王座から引き下ろそうとした。その時、死の淵から声がする。

　　「事は極まった」（All is accomplished!）

　カラティスの心臓には火がつき、彼女は苦悶の叫びを発した。その手は胸に当てられ、もう離れることがない。彼女はすべてを打ち捨てて、永遠に走り回ることになった。引き続きヴァセックやヌロニハルらの心臓にも火がついた。彼らの希望はすべて失われ、代わりに永遠の苦しみが取りついたのであった。

　　これは放恣な欲情と暴虐な振舞ひとのまことに然るべき天譴であった。これが盲目な好奇心の懲罰であった。つまりこの人たちは創造者が人間の知識に許してある分限を超えて趨らうとしたからである。最も純潔な精霊に護られてゐる「智恵」を欲しがって、無暗と募らせる野心は愚かな知見の誇を得るばかりで、しかも人間の本体は貧しく無智なものに過ぎないといふことを知らしめた応報なのである。かういふわけで教王ヴァテックは虚しい栄華と禁断の力とにあこがれたばかりに、千百の罪に汚れて、みづからさまざまの悔恨と際涯のない苦悩の餌に身を委ねるやうになってしまったのである。
　　それにひきかへて、身分こそは低けれ、辱められたグルチェンルッツのはうはかへつて、幾百年の静かな平和と、小児の幸福にひたつて過すことができたといふことである。

　　　　　　　　　　　　　　　　　　──『ヴァテック』

　ストーリーはこうして終っている。まことにこの世のものならぬ不可思議な、恐ろしい物語である。これが、いかに粋人であるとは言え、一ヨー

ロッパ（イギリス）人の手により書かれたとはとても信じられない。ベックフォードがどれほど東洋物、アラビア物に造詣が深かったにしても、恰も熱病に取り付かれ、魔神に魅入られたかのような彼の空想力の凄まじさには脱帽せざるを得ない。

しかも、これだけ奔放な内容の作品を書きながら、構想的には統一が取れているのである。この点に加えて、バークヘッドは、『ヴァセック』には曖昧なヒントやぼかした表現がなく、イメージが明快だと述べ、「ベックフォードの東洋物語を際立たせ、迫力を与えているのは、その背後に潜む知性の力とあり余るヴァイタリティである」と言っている（『恐怖小説史』）。まさにその通りであろう。

5

『ヴァセック』は外国語で書かれたという点を始めとして、何から何まで風変わりである。その世界は、極めて自由で不気味に妖しく、大変グロテスクである。幻想界の最極点に達している感さえある。しかし、アレンは、ベックフォードの空想は現実に根差したものだ、としている。アレンは、カリフのヴァセックが知識、権力を追求し、その追求の中でファウストのように悪魔に自由を売るというこの話はベックフォード自身の内部にある支配的な衝動を寓話の形で述べたものだと説明するのである。結局、『ヴァセック』の異様さ、グロテスクな激しさは、ベックフォード自身のそれらであったと言える。作家、作品ともに変化の激しい、幻想的な諸要素を持っているのである。

『ヴァセック』は銅版画家ピラネージや『千夜一夜物語』、ヴォルテールの東洋物語などに影響されている。"炎の心臓"はギュレット編の『蒙古物語』に源を持つ（バークヘッド）。だが、すべてはベックフォード自身を通して新たに作り変えられ、合成され直している。「怪鳥ロックの翼にまたがった」ベックフォードは、創造の世界を変幻自在に飛び回り、終に18世紀ヨーロッパの"アラビアンナイト"を完成したのであった。そしてそれは彼のみしかなし得ない仕事でもあった。

バイロンは、『ヴァセック』を彼のバイブルと呼んだ。しかし、この奔放極まる作品は直ちに後継者を生み出すといった類のものではなかった。その影響はずっと後、オスカー・ワイルドやオーブリー・ビアズリー（Aubrey Beardsley, 1872-98）、ロナルド・ファーバンク（Ronald Firbank, 1886-1926）などに見られることになる。

　『ヴァセック』には不可能なことや奇想天外なことが余りにも多過ぎる。けれどもそれは、M. プラッツも指摘する通り、この作品の御伽噺的性格を考えれば、受け入れられることである。

　筆者が最も注目したいのは、この作品が底に秘めている若々しい活力、新鮮な迫力である。『マンク』（『僧侶』）同様に、これは疑いもなく青年の作品である。その決して明るくはないが、生き生きとした想像力を含むエネルギーのほとばしりよう、情熱の狂気の如き発散振りはまさに青年に独自のものである。異端も夢の飛翔もまた青年の特権物である。しかも、そうした独自性、特権を彼ベックフォードは終生保とうとした。いつまでも「揺り籠の中に居」（彼の書簡中の言葉）ようとしたのである。

　貴公子ベックフォードが熱を込め、巧稚の別を乗り越えて、その華麗に妖しい全人格、全知識を一気に一つところに注ぎ込んだ——そこに誕生したのが彼の分身とも言うべき『ヴァセック』だったのである。こうして、彼もまた、来るべきロマン主義復興の予言者の一人と成り得たのである。

第27章

文学の王座を占めたノヴェル

　イギリスの散文作品の歴史を背景として小説の発生や発展の過程を考察してきたが、物語を中心とする多種多様の書き物が長期にわたって作用し、影響を与えながら、フィクションを生み、育てていった。また、リアリズムにのっとったノヴェル（近代写実小説）が、18世紀半ばの誕生後短期間で相当の多様性や柔軟性、それに可能性を見せたことは、まさに驚きに値する。

　こうして現代文学の王座を占めることになる「小説」なるものの本質的な姿、ありようが定まり、いわばその概念上、形態上の"世界標準"のようなものがイギリス小説の確立の過程で作り上げられていった。

　リアリズムを基調とした小説が、日常性や社会性をベースにして人間や人生、生活や世間などを内面と外面とを問わず、細部にわたって生き生きと描き出す力を有することが多くの作品により実証されたのである。

図16　チャールズ・ディケンズの家。ロンドン。

図17　チャールズ・ディケンズの胸像。ロンドンのディケンズの家。

　イギリス小説は、19世紀に入ると、ウォルター・スコットらのロマン主義の作品を経て多彩で重厚なヴィクトリア朝小説の時代を迎えることになる。チャールズ・ディケンズやウィリアム・サッカレー、ジョージ・エリオット、ブロンテ姉妹、ジョージ・メレディス、トマス・ハーディらが輩出する小説の全盛時代である。こうした趨勢はそのまま、或いはそれ以上に20世紀に受け継がれてゆく。20世紀小説はジェイムズ・ジョイスやヴァージニア・ウルフらの「意識の流れ」に象徴されるような心理主義的、内面的な性格を強めてゆく。また、新大陸アメリカの小説も、イギリス文学を母体としながら、活力と多様性に満ちた独自の発展を遂げる。さらに、英米小説は、英語のグローバル化に伴って、日本を含む世界の国々の文学に多大な影響を与えるようにもなってゆく。

　本書では、既に述べた通り、小説の誕生と確立に向けての散文界の歴史、或いはその進展を跡づけることに重点を置いた。その際、できる限り作品、特に主要作品を論ずるようにも努めた積りである。

地底のマグマが湧き上がり、盛り上がるようにして上昇し、終に地上に噴出するように、散文作品群のマグマが終に小説として噴き上がり、その後もさらに山容を整えていった、そうしたプロセスを多数の原作品とともに考察して来たわけである。このようにして仕上がった小説、とりわけノヴェルはその後のさらなる発展とも相俟って、我々の知的欲求を満たし、我々を啓発し、教育し、かつ楽しませ、ひいては人間社会を豊かにしてくれる筈である。

引用文献

アレン、ウォルター 『イギリスの小説―批評と展望』(和知誠之助監修、和知・大榎茂行・直野裕子・藤本隆康共訳) 文理 東京 1976
ウォルポール、ホレス 『オトラント城奇譚』(平井呈一訳) 牧神社出版 東京 1975
ケトル、アーノルド 『イギリス小説序説』(小池滋・山本和平・伊藤欣二・井出弘之訳) 研究社 東京 1974
ゴールドスミス、オリヴァー 『ウェイクフィールドの牧師』(神吉三郎訳) 岩波書店 東京 1957
斉藤勇監修 『英米文学大辞典』 第3版 研究社 東京 1985
サザランド、ジェイムズ 『デフォー』(小田稔訳) 研究社 東京 1971
ジェイムズ1世 『新約聖書』 日本聖書協会 東京 1979
ジェファソン、D. W. 『スターン』(山本利治訳) 研究社 東京 1971
ジョンソン、サミュエル 『幸福の探求―アビシニアの王子ラセラスの物語』(朱牟田夏雄訳) 吾妻書房 東京 1962
スウィフト、ジョナサン 『ガリヴァー旅行記』(中野好夫訳) 新潮社 東京 1968
スターン、ローレンス 『トリストラム・シャンディ』(上・中・下)(朱牟田夏雄訳) 岩波書店 東京 1969
ティリヤード、E. M. W. 『ミルトン』(御輿員三訳) 研究社 東京 1956
デフォー、ダニエル 『疫病流行記』(泉谷治訳) 現代思潮社 東京 1974
デフォー、ダニエル 『モル・フランダーズ』(下)(伊沢龍雄訳) 岩波書店 東京 1968
デフォー、ダニエル 『ロビンソン漂流記』(吉田健一訳) 新潮社 東京 1968
ドライデン、ジョン 『劇詩論』(小津次郎訳注) 研究社 東京 1973
中野好夫 『文学の常識』 角川書店 東京 1990
ナッシュ、トマス 『悲運の旅人』(北川悌二訳) 北星堂 東京 1969
バークヘッド、エディス 『恐怖小説史』(富山太佳夫他共訳) 牧神社 東京 1975
バット、ジョン 『フィールディング』(岡照雄訳) 研究社 東京 1971
バニヤン、ジョン 『天路歴程』(第一部)(竹友藻風訳) 岩波書店 東京 1969
平井正穂 『ミルトン』 研究社 東京 1971
フィールディング、ヘンリー 『ジョウゼフ・アンドルーズ』(朱牟田夏雄訳『世界の文

学4。スウィフト、フィールディング』 中央公論社 東京 1972)
フィールディング、ヘンリー 『トム・ジョウンズ』(一)(朱牟田夏雄訳) 岩波書店 東京 1969
ブロンテ、シャーロット 『ジェイン・エア』(安部知二訳) 河出書房 東京 1966
ベックフォード、ウィリアム 『ヴァテック』(矢野目源一訳、生田耕作補訳・校註) 牧神社出版 東京 1974
ベーコン、フランシス 『随筆集』(神吉三郎訳) 岩波書店 東京 1966
ボズウェル、ジェイムズ 『サミュエル・ジョンスン傳』(上)(神吉三郎訳) 岩波書店 東京 1941
ポーター、ロイ 『イングランド18世紀の社会』(目羅公和訳) 法政大学出版局 東京 1996
ホッブズ、トマス 『リヴァイアサン』(水田洋訳) 岩波書店 東京 1992
桝井迪夫 『チョーサーの世界』 岩波書店 東京 1976
ミルトン、ジョン 『言論の自由―アレオパヂティカ―』(上野精一・石田憲次・吉田新吾訳) 岩波書店 東京 1976
ラッドクリフ、アン 『イタリアの惨劇I』(野畑多恵子訳) 国書刊行会 東京 1978
ラルー、ルネ 『英文学史』(吉田健一訳) 白水社 東京 1965
リチャードソン、サミュエル 『パミラ、淑徳の酬い』(海老池俊治訳 『世界文学大系 76(リチャードソン、スターン)』 筑摩書房 東京 1968)
ロッジ、トマス 『ロザリンド』(北川悌二訳) 北星堂 東京 1973
ロバーツ、S.C.『ジョンスン』(柴崎武夫訳) 研究社出版 東京 1967

Allen, Walter, *The English novel: a short critical history*, Phoenix House, London, 1955
Bacon, Francis, *Essays*, Oxford University Press, London, 1958
Beckford, William, *Vathek*, Edited with an Introduction by Roger Lonsdale, Oxford University Press, London, 1970
Behn, Aphra, *Oroonoko* (*Shorter Novels*: *Seventeenth Century*, Everyman's Library 841, J. M. Dent & Sons Ltd, London, 1967)
Behn, Aphra, *The Rover and Other Plays*, Oxford University Press, Oxford, 1995
Boswell, James, *Life of Johnson*, Oxford University Press, London, 1969
Brissenden, R.F., *Samuel Richardson*, Longmans, Green & Co. Ltd, London, 1965
Browne, Sir Thomas, *Religio Medici*, Introduction by M.R.Ridley, M.A., Everyman's Library 92, J. M. Dent & Sons Ltd, London, 1969
Bunyan, John, The Pilgrim's Progress, Everyman's Library 204, J. M. Dent & Sons Ltd, London, 1973
Burney, Frances (Fanny) (Madame d'Arblay), *Evelina or, the History of a Young Lady's Entrance into the World*, Introduction by Elizabeth Kowaleski Wallace, The Modern Library,

Random House, Inc., New York, 2001

Burton, Robert, *The Anatomy of Melancholy*, Edited with an Introduction by Holbrook Jackson, J. M. Dent & Sons Ltd, London, 1977

Cowler, Rosemary, Ed., *Twentieth Century Interpretations of Pamela, A Collection of Critical Essays*, A Spectrum Book, Prentice- Hall, Inc., Englewood Cliffs, N.J., 1969

Defoe, Daniel, *A Journal of the Plague Year*, Penguin Books Ltd, Harmondsworth, Middlesex, England, 1976

Defoe, Daniel, *The Life and Strange Surprising Adventures of Robinson Crusoe*, Everyman's Library 59, J. M. Dent & Sons Ltd, London, 1975

Defoe, Daniel, *Moll Flanders*, Holt, Rinehart and Winston, Inc., U. S. A., 1967

Deloney, Thomas, *Thomas of Reading* (*Shorter Novels: Elizabethan*, Everyman's Library 824, J. M. Dent & Sons Ltd, London, 1972)

Dryden, John, *Of Dramatic Poesy and Other Critical Essays*, Vol.1, Everyman's Library, J. M. Dent & Sons Ltd, London, 1962

Elliott, Robert C., Ed., *Twentieth Century Interpretations of Moll Flanders, A Collection of Critical Essays*, Prentice-Hall, Inc., Englewood Cliffs, N.J., 1970

Evelyn, John, *Diary* (*An Anthology of English Prose*, Arranged by S. L. Edwards, Everyman's Library 675, J. M. Dent & Sons Ltd, London, 1969)

Fairclough, Peter, Ed., *Three Gothic Novels*, with an Introduction Essay by Mario Praz, Penguin English Library, Penguin Books Ltd, Harmondsworth, Middlesex, England, 1976

Fielding, Henry, *The History of Tom Jones, a Foundling*, Vol.1, Everyman's Library 355, J. M. Dent & Sons Ltd, London, 1966

Fielding, Henry, *Joseph Andrews and Shamela*, Edited with an Introduction by A.R.Humphreys, Everyman's Library 467, J. M. Dent & Sons Ltd, London, 1975

Gaskell, Elizabeth Cleghorn, *Cranford*, with Introduction and Notes by Mitsu Okada, Kenkyusha-shuppan, Tokyo, 1922

Godwin, William, *The Adventures of Caleb Williams*, with Introduction by Walter Allen, Cassell Company Ltd, London, 1966

Goldsmith, Oliver, *The Vicar of Wakefield*, with Introduction and Notes by Eiichiro Nagasawa, Kenkyusha, Tokyo, 1970

Green, Peter, *Sir Thomas Browne*, Published for the British Council and the National Book League by Longmans, Green & Co., Ltd, Longman House, Burnt Mill, Harlow, Essex, 1969

Greene, Robert, *A Groatsworth of Wit Bought with a Million of Repentance* (*An Anthology of English Prose*, Arranged by S.L.Edwards, Everyman's Library 675, J. M. Dent & Sons Ltd, London, 1969)

Hobbes, Thomas, *Leviathan*, Edited with Introduction by C.B.Macpherson, Penguin Classics, Penguin Books Ltd, London, 1985

引用文献 | 419

Hume, David, *The History of Great Britain*, Edited by Duncan Forbes, Penguin Books Ltd, Harmondsworth, Middlesex, England, 1970

James I, *The Authorized Version of the English Bible 1611*, Edited by William Aldis Wright, M.A., Cambridge University Press, Cambridge, 1909

Johnson, Samuel, *The History of Rasselas*, Prince of Abyssinia, Oxford University Press, Oxford, 1977

Kinkead-Weekes, M., "An Introduction to *Pamela*" (from *Twentieth Century Interpretations of Pamela, A Collection of Critical Essays*, Edited by Rosemary Cowler, A Spectrum Book, Prentice-Hall, Inc., Englewood Cliffs, N.J., 1969)

Lobban, J.H., Ed., *Addison: Selections from The Spectator*, Cambridge University Press, London, 1952

Lodge, Thomas, *Rosalynde, or Euphues' Golden Legacy*, Edited with Introduction and Notes by Edwards Chauncey Baldwin, Ph. D., Ginn and Company, Proprietors, Boston, 1910

Lyly, John, *The Complete Works of John Lyly*, Oxford University Press, Oxford, 1967

Mackenzie, Henry, *The Man of Feeling*, Oxford University Press, London, 1970

McCutcheon, Roger P., *Eighteenth-Century English Literature*, Oxford University Press, Maruzen Company Limited, Tokyo, 1958

Milton, John, *Areopagitica*, University Tutorial Press Ltd, London, 1968

Mitchell, Bruce & Robinson, Fred C., *Beowulf An Edition*, Blackwell Publishers Ltd, Oxford, UK, 2000

More, Thomas, *Utopia and A Dialogue of Comfort*, Introduction by John Warrington, Everyman's Library 461, J. M. Dent & Sons Ltd, London, 1962

Nashe, Thomas, *The Unfortunate Traveller* (*The Works of Thomas Nashe*, Edited from the original Texts by Ronald B. McKerrow, Reprinted from the original edition with corrections and supplementary notes, Edited by F. P. Wilson, Basil Blackwell, Oxford, 1966)

Neville, H., *The Isle of Pines* (*Shorter Novels: Seventeenth Century*, Everyman's Library 841, J. M. Dent & Sons Ltd, London, 1967)

Pepys, Samuel, *The Diary of Samuel Pepys*, Selected with Introduction & Notes by Daiji Hori, Kenkyusha, Tokyo, 1966

Porter, Roy, *English Society in the Eighteenth Century*, Penguin, 1982

Quintana, Ricardo, *Oliver Goldsmith, A Georgian Study*, Weidenfeld and Nicolson, London, 1969

Radcliffe, Ann, *The Italian or the Confessional of the Black Penitents, A Romance*, Oxford University Press, London, 1970

Rawson, Claude, Ed., *Henry Fielding*, Penguin Critical Anthologies, Penguin Education, Penguin Books Ltd, Harmondsworth, Middlesex, England, 1973

Richardson, Samuel, *Pamela*, Volume One, Everyman's Library 683, J. M. Dent & Sons Ltd,

London, 1972

Saintsbury, G., Ed., *Shorter Novels: Elizabethan*, Everyman's Library 824, J. M. Dent & Sons Ltd, London, 1972

Sidney, Sir Philip, *An Apology for Poetry*, Edited by Geoffrey Shepherd, Manchester University Press, Manchester, 1977

Smollett, Tobias, *The Adventures of Roderick Random*, Introduction by H.W.Hodges, Everyman's Library 790, J. M. Dent & Sons Ltd, London, 1973

Steele, Richard, *The Tatler*, Selected and Edited by Lewis Gibbs, Everyman's Library 993, J. M. Dent & Sons Ltd, London, 1968

Sterne, Laurence, *Tristram Shandy*, Introduction by George Saintsbury, Everyman's Library 617, J.M. Dent & Sons Ltd, London, 1959

Swift, Jonathan, *Gulliver's Travels*, Penguin English Library, Penguin Books Ltd, Harmondsworth, Middlesex, England, 1971

Taylor, Jeremy, *Holy Dying* ("Spiritual Arts of Lengthening Our Days") (*An Anthology of English Prose*, Everyman's Library 675, J. M. Dent & Sons Ltd, London, 1969)

Temple, William, *Essays* (*An Anthology of English Prose*, Everyman's Library 675, J. M. Dent & Sons Ltd, London, 1969)

Walpole, Horace, *The Castle of Otranto*, Oxford University Press, Oxford, 1969

Walton, Izaak, *The Complete Angler, or the Contemplative Man's Recreation of Izaak Walton and Charles Cotton*, Edited by John Major, John C. Nimmo, London, 1896

Watt, Ian, *The Rise of the Novel*,Pelican Books, Penguin Books Ltd, Harmondsworth, Middlesex, England, 1977

おわりに

　近年、世の中が複雑になり、多忙になった結果、私たちの多くは日常の雑事に埋没し、時間に追い立てられるようにして日々を過ごしている。IT化も進み、インターネットを含む情報の洪水の中を漂いがちである。手軽な雑誌や映像の類はさておいても、活字離れの傾向はあらわである。世間に出版物があふれかえっているにもかかわらず、それなりの本を手に取り、じっくり読んで文章を味わい、内容を深く考えるという機会は、減少しがちである。

　大学でも、組織改革のために、たとえば文学部で言えば、英文学科や国文学科など従来型の諸学科が、文化学科的な、Cultural study的なコースへと名実ともにどんどん切り替えられているのが現状である。国内外のグローバル化が進み、変化の急な、多忙で複雑な情勢に対応するため、また若い世代の趣向に沿うためでもあるのであろう。確かに、それはそれで一理あるが、たまには日々の暮らしのスピードを少しばかり緩めて、「小説」を手にしてみるのも一興である。

　本書は、「はじめに」でも述べたように、「小説」（Novel）とは何だろうか？　それは元来どのようにして生み出されたものであろうか？——その実体、本質を知りたいという欲求の下に、その誕生と発展の経緯を中心に長年研究を続けてきた結果成ったものである。詳細は本文中に論じた通りである。かつて西欧中産階級の中から生まれた小説という産物の本質や目的は、今日も基本的には変わっていないと思う。若い人々を含めて一層多くの読者に有意義な小説と取り組み、小説を通してそれぞれの生き方や考え方を再吟味し、人生における喜怒哀楽、希望や夢や理想や苦悩などについて改めて考えを巡らせていただけたらと思う。そして各自なりに新たなベース、新たな視点に立って、小説の一層新鮮ですてきな読み方を心がけてみて下されば、まことに幸いである。

　最後に、山本順一郎、和子夫妻の御好誼に謝意を表するものである。また妻衛子を始めとする家族のいつもながらの温かい支援に改めて感謝したい。

　　　　　　2007年3月

　　　　　　　　　　　　　　　　　相模原にて著者しるす

索　引

1. 作者（作品名付き）

アーヴィング、ワシントン（Washington Irving）
　27, 181, 342, 357
　「スリーピー・ホローの伝説」（"The Legend of Sleepy Hollow", The Sketch Book）27
アーノルド、マシュー（Matthew Arnold）175
　『批評集』（Essays in Criticism）175
アーバスノット、ジョン（John Arbuthnot）182, 184
　『ジョン・ブルの歴史』（The History of John Bull）184
R. S., Esq. 378
アイスキュロス（Aeschylus）19
芥川龍之介　18, 40, 230
　「河童」40, 230
　「藪の中」40
アスカム、ロジャー（Roger Ascham）58
　『愛弓論』（Toxophilus）58
　『教師』（Scholemaster）58
アディソン、ジョウゼフ（Joseph Addison）
　34, 175-6, 177, 178, 179, 181, 183, 184, 189, 300, 397
　『ケイトウ』（Cato）178
　『スペクテイター』（The Spectator）34, 176, 177, 182
　「ミルザの幻」（"The Vision of Mirzah"）397
　『タトラー』（The Tatler）34, 176, 177, 182
アディソン、ランスロット（Lancelot Addison）178
阿部知二　336
アミオ、ジャック（Jacques Amyot）108
有島武郎　40
アリストテレス（Aristotle）19
アリストパネス（Aristophanes）19
アルフレッド大王（Alfred the Great）45, 46, 65
アレン、ウォルター（Walter Allen）52, 54, 69, 83, 87, 113, 114, 147, 148, 166, 167, 168, 180, 191, 215, 233, 245, 246, 259, 275, 276, 298, 321, 329, 335, 344, 346, 361, 362, 381, 394, 411
　『イギリスの小説──批評と展望』（The English Novel: a short critical history）114, 148, 166, 168, 180, 192, 202, 233, 236, 246, 276, 299, 329, 346, 362, 379, 380, 394
アレン、ラルフ（Ralph Allen）285
イーヴリン、ジョン（John Evelyn）158, 160, 161, 162
　『日記』（Memoirs〔Diary〕）160, 161
飯坂良明　172
生田耕作　400
池上忠広　50
　『ガウェインとアーサー王伝説』51
伊沢龍雄　208, 211
石田憲次　134
泉谷　治　193
イソクラテス（Isocrates）129
井出弘之　212, 386
伊藤欽二　212
ヴァージル（Vi (e) rgil）155
ヴァンブラー卿、ジョン（Sir John Vanbrugh）178
ウィクリフ、ジョン（John Wycliffe〔Wyclif〕）
　49, 56, 59, 65, 110, 132, 133, 136
ヴィッカーズ、ブライアン（Brian Vickers）363-4
ウィッチャレー、ウィリアム（William Wycherley）154
ウィットギフト、ジョン（John Whitgift）60
ウィリアム（ショーラムのウィリアム）（William of Shoreham）48
ウィルキンソン、サーラ（Sarah Wilkinson）378
　『背教の尼』（Apostate Nun）378
ウェイス（Wace）49, 51
ウェズレイ、ジョン（John Wesley）173, 370
ウェブスター、ジョン（John Webster）86
ウェルステッド、レオナード（Leonard Welsted）183
上野精一　134
ウォーカー、ジョージ（Geroge Walker）381
ウォーレン、ジョージ（Geroge Warren）166
　『公正なスリナム解説書』（Impartial Descriptions of Surinam）166
ヴォルテール（Voltaire）337, 411
　『カンディード』（Candide）337
ウォルトン、アイザック（Izaak Walton）121-123
　『釣魚大全』（The Complete Angler, or the Contemplative Man's Recreation）121-

ウォルポール、ホレス (Horace Walpole) 38, 39, 365, 367, 369, 370, 373, 374, 383-395
『イギリス絵画逸話集』(Anecdotes of Painting in England) 384, 387
『オトラント城』(The Castle of Otranto) 38, 39, 102, 367, 369, 370, 373, 374, 383-395
『回想録』(Memoirs of the Reign of George II and George III) 384
『書簡集』(Selected Letters) 395
『不可思議なる母親』(The Mysterious Mother) 384
『リチャード3世弁護』(Historic Doubts on the Life and Reign of King Richard the Third) 384-5
ウルストンクラフト、メアリー (Mary Wollstonecraft)→ゴッドウィン、メアリー
ウルフ、ヴァージニア (Virginia Woolf) 35, 54, 55, 203, 213, 249, 315, 414
エーヌ、モーリス (Maurice Heine) 377
エッジワース、マライア (Maria Edgeworth) 363
海老池俊治 238
エマソン、ラルフ・ウォルドー (Ralph Waldo Emerson) 29, 41
エラスムス (Desiderius Erasumus) 57, 58, 63, 67, 95
エリオット、ジョージ (George Eliot) 114, 308, 363, 414
エリオット、トマス (Sir Thomas Elyot) 58
『君主の教理』(The Doctrinal of Princes) 58
エリオット、トマス・スターンズ (Thomas Stearns Eliot) 22, 58
オーウェル、ジョージ (George Orwell) 217
『動物農場』(Animal Farm) 217
オースティン、ジェイン (Jane Austen) 40, 242, 249, 308, 313, 320, 359, 362, 363, 366, 372, 374
『ノーサンガー寺院』(Northanger Abbey) 372, 374
オーノア夫人 (Countess D'Aulnoy) 370
オーム (Orm) 48
オウピー、アミーリア (Amelia Opie, née Alderson) 381
太安万侶 44
岡照雄 273, 299
御輿員三 135
織田稔 205

小津次郎 156
オットウェー、トマス (Thomas Otway) 154
カーティーズ、T. J. ホースリー (T. J. Horsley Curties) 378
『ユードルフォの血の修道士』(The Bloody Monk of Udolpho) 378
カートライト、トマス (Thomas Cartwright) 59
カーライル、トマス (Thomas Carlyle) 29
カヴァデイル、マイルズ (Miles Coverdale) 110
カウリー、エイブラハム (Abraham Cowley) 127
『エッセイ』(Essays in Verse and Prose) 127
カウリー、ジェイムズ (James Cowley) 127
ガリック (David Garrick)→ギャリック
ガリレイ、ガリレオ (Galileo Galilei) 118
カルヴィン、ジョン (John[Jean] Calvin) 59, 133, 137
『キリスト教原論』(Institutio Christianae Reli-gionis) 59
ガワー、ジョン (Sir John Gower) 48
『恋人の告白』(Confessio Amantis) 48
『叫ぶ者の声』(Vox Clamantis) 48
神吉三郎 324, 330, 342
キーツ、ジョン (John Keats) 22
北川悌二 79, 81, 86, 94
ギフォード、ジョン (John Gifford) 143
ギボン、エドワード (Edward Gibbon) 29, 38, 304, 327
『ローマ帝国衰亡史』(The Decline and Fall of the Roman Empire) 29, 327
キャクストン、ウィリアム (William Caxton) 51, 52
ギャスケル夫人、エリザベス・クレッグホーン (Mrs. Elizabeth Cleghorn Gaskell) 335, 363
『クランフォード』(Cranford) 335
キャムデン、ウィリアム (William Camden) 108
『イギリス誌』(Britannia) 108
ギャリック、デイヴィッド (David Garrick) (俳優) 173, 290, 318, 323, 327
キャルヴィン→カルヴィン、ジョン
キャロル、ルイス (Lewis Carroll [Charles Lutwidge Dodgson]) 40
『不思議な国のアリス』(Alice's Adventures in Wonderland) 40
ギュレット (Gueulette) 411
『蒙古物語』(Mongul Tales) 411

キンキード=ウィークス（M. Kinkead-Weekes）246, 247, 263
キング、エドワード（Edward King）118
クーパー、アンソニー・アシュレー（シャフツベリー伯）（Anthony Ashley Cooper, 1st Baron Ashley and 1st Earl of Shaftesbury）153, 165
クーパー、ウィリアム（William Cowper）368
クィンターナ、リカルド（Ricardo Quintana）343, 344, 345, 355, 357
クラッブ、ジョージ（George Crabbe）386
クラレンドン伯（Earl of Clarendon）164
『イギリス叛乱内乱史』（The True Historical Narrative of the Rebellion and Civil Wars in England）164
クランマー、トマス（Thomas Cranmer）110
『イギリス国教会祈祷書』（The Book of Common Prayer）110
グリーン、ピーター（Peter Green）120
グリーン、ロバート（Robert Greene）33, 34, 70, 74, 75, 76, 77, 86, 87, 89
『アルフォンサス』（Alphonsus）75
『兎取り読本』シリーズ（Cony-Catching）75, 86
『スコットランド王ジェイムズ4世』（James IV, 1590年頃）75
『多大な後悔で購われたわずかな知恵』（A Groatsworth of Wit with a Million of Repentance）34, 76
『パンドスト王』（Pandosto, or Dorastus and Fawnia）33-34, 75, 76, 78, 87
『マミーリア』（Mamelia）74, 75
『メナフォン』（Menaphon）87, 88
グレイ、トマス（Thomas Gray）368, 370, 383, 384
グレイヴス、リチャード（Richard Graves）367
『宗教的ドン・キホーテ、またはジェフリー・ワイルドグース氏の夏の逍遥』（The Spiritual Quixote, or the Summer's Ramble of Mr.Geoffry Wildgoose）367
グローシン、ウィリアム（William Grocyn）58
ゲイ、ジョン（John Gay）183
『乞食オペラ』（The Beggar's Opera）183
ゲイマー、ジェフリー（Geoffrey Gaimar）49, 51
ゲーテ（Johann Wolfgang Geothe）31, 36, 356, 376, 382, 400
『ファウスト』（Faust）376, 377
『若きヴェルテルの悩み』（Die Leiden des jungen Werthers）36
ケトル、アーノルド（Arnold Kettle）142, 212, 230, 250, 261, 272, 313
『イギリス小説序説』（『イギリス小説への手引き』）（An Introduction to the English Novel）142, 212, 313
ゴールドスミス、オリヴァー（Oliver Goldsmith）23, 38, 318, 321, 327, 328, 339-357, 363, 397
『ウェイクフィールドの牧師』（The Vicar of Wakefield）38, 321, 339-357, 363, 365, 366
『お人好し』（The Good-Natur'd Man）23, 341
『世界市民』（The Citizen of the World）341, 347, 397
『旅人』（The Traveller）341, 344
『中国人の手紙』（Chinese Letters）341, 344
『廃村行』（The Deserted Village）341
『負けるが勝ち』（She Stoops to Conquer）341
コールリッジ（S. T. Coleridge）22, 371
小池滋 212
ゴッソン、スティーヴン（Stephen Gosson）77, 106
『悪弊の学校』（The School of Abuse）77, 106
ゴッドウィン、ウィリアム（William Godwin）39, 359, 365, 367, 379, 380, 381
『ケイレブ・ウィリアムズ（の冒険）』（Things as They Are, or the Adventures of Caleb Williams）39, 379, 380, 381
『政治的正義の考察』（The Principles of Political Justice）39, 379
『聖レオン』（St. Leon）381
『フリートウッド』（Fleetwood）381
ゴッドウィン、メアリー（=メアリー・ウルストンクラフト）（Mary Godwin〔Mary Wollstonecraft〕）39, 359
コリアー、ジェレミー（Jeremy Collier）173, 183
コリンズ、ウィリアム（William Collins）368, 370
コレット、ジョン（John Colet）57, 58
コングリーヴ、ウィリアム（William Congreve）154, 162, 178, 182
『世間道』（The Way of the World）154
『匿名の婦人』（Incognita; or Love and Duty Reconcil'd）162
サヴェジ、リチャード（Richard Savage）323, 328

サザランド、ジェイムズ（James Sutherland）190, 192, 204, 205
『デフォー』（*Defoe*）190, 205
サッカレー、ウィリアム・メイクピース（William Makepeace Thackeray）22, 230, 294, 298, 304, 382, 414
サド侯爵（Marquis de Sade）371, 377
　『ジュスティーヌ』（*Justine*）377
　『ロマンス論』（*Idée sur les romans*）377
サフォーク（J, C. Suffolk）130, 135, 136, 138, 140
サマーズ、モンタギュー（Montague Summers）386
澤田照夫　65
ジイド、アンドレ（André Gide）204
J. J.　378
　『マンフローニ、片腕の修道士』（*Manfroni, the One-handed Monk*）378
シェイクスピア、ウィリアム（William Shakespeare）18, 19, 22, 33, 34, 51, 55, 59, 61, 62, 65, 69, 75, 76, 77, 78, 79, 84, 91, 101, 103-115, 155, 157, 158, 183, 236, 298, 311, 312, 368, 370, 384, 386, 387, 388, 390, 394
　『アントニーとクレオパトラ』（*Antony and Cleopatra*）155
　『ヴェローナの二人の紳士』（*The Two Gentlemen of Verona*）76
　『お気に召すまま』（*As You Like It*）78
　『オセロ』（*Othello*）62
　『ハムレット』（*Hamlet*）62, 310
　『冬の夜話』（*Winter's Tale*）75
　『マクベス』（*Macbeth*）38, 62, 84, 108
　『リア王』（*King Lear*）55, 62, 229
　『ロメオとジュリエット』（*Romeo and Juliet*）55
ジェイムズ、ヘンリー（Henry James）303-4, 371, 382
　『カザマシマ公爵夫人』（*The Princess Casamassima*）304
ジェファソン、D. W.（D. W. Jefferson）315
　『スターン』（*Sterne*）315
ジェファソン、トマス（Thomas Jefferson）113
ジェフリー（モンマスのジェフリー）（Geoffrey of Monmouth）49, 51
　『ブリテン列王史』（*Historia Regum Britanniae*）49, 51
シェリー、パーシー・ビッシー（Percy Bysshe Shelley）22, 371, 372, 379, 381
シェリー、メアリー（Mary Shelley）39, 366, 381
　『フランケンシュタイン』（*Frankenstein*）39, 381
シェリダン、リチャード（Richard Sheridan）23, 38, 275, 300, 328, 341
　『恋敵』（*The Rivals*）275, 328
　『悪口学校』（*The School for Scandal*）23, 300, 328
シドニー卿、フィリップ（Sir Philip Sidney）74, 75, 77, 78, 82, 87, 106, 107
　『アーケイディア』（*Arcadia*）74, 78, 87
シバー、コリー（Colley Cibber）184, 256, 264, 265
　『コリー・シバーの生涯の弁明』（*An Apology for the Life of Mr. Colley Cibber*）264
シャーロック、ロジャー（Roger Sharrock）151
　『イギリス小説』（*The English Novel*）151
シャストネイ（Chastenay）374
　『ユードルフォの神秘』（*The Mysteries of Udolpho* の仏訳）
シャフツベリー伯（Anthony Ashley Cooper, 3rd Earl of Shaftesbury）187
　『書簡集』（*Letters*）187
　『道徳に関する探究』（*An Inquiry concerning Virtue*）187
ジューヴナル（ユウェナリス）（Juvenal〔Juvenalis〕）155, 323
朱牟田夏雄　265, 267, 279, 284, 311, 331
ショー、ジョージ・バーナード（George Bernard Shaw）23
ジョージ、ダニエル（Daniel George）313, 314
ジョイス、ジェイムズ（James Joyce）69, 249, 414
ジョンソン、サミュエル（Dr. Samuel Johnson）（ジョンソン博士）22, 29, 38, 154, 155, 173, 174, 249, 301, 313, 318, 339, 340, 341, 342, 343, 344, 356, 368, 370, 397
　『アイリーニ』（*Irene*）323
　『アビシニアの王子ラセラスの物語』（*The History of Rasselas, Prince of Abyssinia*）→ 『ラセラス』
　『英国詩人伝』（*The Lives of the English Poets*）323
　『シェイクスピア全集』325
　『ジョンソン辞典』（『英語辞典』）（*Johnson's Dictionary*〔*A Dictionary of the English Language*〕）38, 322, 324
　『人間の欲望の空しさ』（*The Vanity of Human Wishes*）323, 328

索引

『ラセラス』(*Rasselas*) 38, 320, 322, 323, 328-338, 355, 365, 366
『ランブラー』(*The Rambler*) 325, 326
『リチャード・サヴェジ伝』(*The Life of Richard Savage*) 323
『ロンドン』(*London*) 323
ジョンソン、ベン (Ben Jonson) 61, 86, 101, 268, 370
スウィフト、ジョナサン (Jonathan Swift) 25, 27, 33, 35, 40, 63, 138, 161, 175, 176, 182, 183, 184, 188, 205, 215-230, 234, 235, 310, 329
『アイザック・ビッカースタッフ殿による1708年のための予言』(*Predictions for the Year 1708, by Isaac Bickerstaff, Esq.*) 218
『英語是正改良策』(*A Proposal for Correcting, Improving and Ascertaining the English Tongue*) 218
『桶物語』(*A Tale of a Tub*) 25, 216, 218, 230
『ガリヴァー旅行記』(*Gulliver's Travels* [*Travels into Several Remote Nations of the World by Captain Lemuel Gulliver*]) 35, 40, 63, 151, 183, 184, 205, 215-230, 235
『書物戦争』(*The Battle of the Books*) 216
『ステラへの書簡』(*The Journal to Stella*) 217
『ドレイピア書簡』(*Drapier's Letters*) 217
『奴婢訓』(*Directions to Servants in General*) 35, 217, 218
『パリ新紀行』(*A New Journey to Paris*) 218
スキンナー、シリアック (Cyriack Skinner) 139
スケルトン、ジョン (John Skelton) 56
スコット、ウィリアム (William Scott) 167
スコット卿、ウォルター (Sir Walter Scott) 40, 114, 304, 320, 356, 357, 363, 373, 378, 414
スターン、ローレンス (Laurence Sterne) 27, 37, 236, 262, 280, 309-318, 320, 367
『(紳士)トリストラム・シャンディの生涯と意見』(*The Life and Opinions of Tristram Shandy, a Gentleman*) 27, 37, 280, 309, 310, 311, 313, 314, 315, 320
『フランスとイタリアの感傷旅行』(*A Sentimental Journey through France and Italy*) 37, 313
スティール卿、リチャード (Sir Richard Steele) 34, 175, 176, 17, 178, 181, 183, 184, 189, 306
『ガーディアン』(*The Guardian*) 178
『スペクテイター』(*The Spectator*) 34, 176, 177, 182
『タトラー』(*The Tatler*) 34, 176, 177, 182
ストーカー、ブラム (Bram Abraham Stoker) 381
スペンサー、エドマンド (Edmund Spenser) 148, 370
『仙界女王』(*The Faerie Queene*) 148
スペンサー、ジェイン (Jane Spencer) 167
スミス、アダム (Adam Smith) 29, 38, 173, 175, 185, 328, 363
『国富論』(*An Inquiry into the Nature and Causes of the Wealth of Nations*) 29, 38, 175, 328
スミス、シャーロット (Charlotte Smith) 367
『古い荘園領主邸』(*The Old Manor House*) 367
スミス、ジョン (John Smith) 158
スモーレット、トビアス (Tobias George Smollett) 37, 236, 262, 315-318, 320, 322, 370
『ハンフリー・クリンカーの探検旅行』(*The Expedition of Humphrey Clinker*) 37, 316, 318, 321
『ファゾム伯フェルディナンドの冒険』(*The Adventures of Ferdinand, Count Fathom*) 316, 370
『ペリグリン・ピックルの冒険』(*The Adventures of Peregrine Pickle*) 37, 316
『ロデリック・ランダムの冒険』(*The Adventures of Roderick Random*) 37, 316, 317
セインツベリー、ジョージ (George Saintsbury) 101, 102, 312, 357
セルヴァンテス (Miguel de Cervantes) 37, 89, 268, 316, 317, 382
『ドン・キホーテ』(*Don Quixote*) 268, 316
セルカーク、アレクサンダー (Alexander Selkirk) 194
ソフォクレス (Sophocles) 19
ソロー、ヘンリー・デイヴィッド (Henry David Thoreau) 29
『森の生活』(*Walden, or Life in the Woods*) 29
タイラー、ワット (Wat (Walter) Tyler) 49
竹友藻風 146
田村秀夫 65
ダン、ジョン (John Donne) 119
ダンテ (Dante Alighieri) 53

ダンバー、ウィリアム（William Dunbar） 56
チーク、ジョン（Sir John Cheke） 58
チェインバーズ（R. W. Chambers） 65
チェスタフィールド卿（Lord Chesterfield） 324
ヂェローム（Jerome） 137
チャップマン（Guy Chapman） 401
　『ベックフォード』（Beckford） 401
チョーサー、ジェフリー（Geoffrey Chaucer） 18, 21, 22, 25, 27, 48, 49, 52, 53, 54, 55, 62, 158, 283, 320
　『カンタベリー物語』（The Canterbury Tales） 18, 25, 52, 54, 55, 155, 283
　「総序の歌」（Prologue） 52, 54
　「騎士の物語」（"The Knight's Tale"） 25
　「粉屋の物語」（"The Miller's Tale"） 25
　「バースの女房の物語」（"The Wife of Bath's Tale"） 25, 52
　「法律家の物語」（"The Man of Law's Tale"） 25
　「料理人の物語」（"The Cook's Tale"） 25
　『公爵夫人の書』（The Boke of the Duchesse） 53
　『貞女伝説』（The Legend of Good Women） 27, 54
　『トロイラスとクリセイド』（Troilus and Criseyde） 52, 53
　『薔薇物語』（『ロウモント・オヴ・ザ・ローズ』〔The Romaunt of the Rose〕） 52, 53
　『誉の宮』（The House of Fame） 54
　『百鳥の集い』（The Parlement of Foulles） 53
デイシャス、デイヴィッド（David Daiches） 242, 243, 249, 255, 259, 262
テイラー、ジェレミー（Jeremy Taylor） 123, 124
　『聖なる死』（Holy Dying） 123
　『聖なる生』（Holy Living） 123
ディケンズ、チャールズ（Charles Dickens） 22, 25, 41, 151, 304, 315, 317, 335, 336, 371, 414
　『二都物語』（A Tale of Two Cities） 25
　『ピックウィック・ペイパーズ』（The Pickwick Papers） 335
ディズレリー、ベンジャミン（Benjamin Disraeli） 187
ティリヤード、E. M. W.（E. M. W. Tillyard） 118, 134, 135, 138, 139
ティロットソン、ジェフリー（Geoffrey Tillotson） 334, 338

ティンダル、ウィリアム（William Tyndale） 110
デカルト、ルネ（René Descartes） 125
デッカー、トマス（Thomas Dekker） 83, 85, 86, 87, 191
　『驚異の年』（The Wonderfull Year） 86
　『靴屋の休日』（The Shoemaker's Holiday） 86
　『詐欺師の入門書』（The Guls Horne-booke） 86
　『正直な娼婦』（The Honest Whore） 86
　『ロンドンの七大罪』（The Seven Deadly Sinnes of London） 86
　『ロンドンの夜回り』（The Belman of London） 86
デニス、ジョン（John Dennis） 183
テニソン、アルフレッド（Alfred Tennyson） 22
デフォー、ダニエル（Daniel Defoe） 24, 27, 29, 33, 34, 35, 41, 69, 86, 138, 164, 166, 175, 182, 184, 188, 189-214, 215, 220, 230, 234, 235, 243, 251, 370
　『疫病流行年の日記』（『疫病流行記』）（The Journal of the Plague Year） 191, 192, 193, 230
　『完全なイギリス商人』（The Complete English Tradesman） 191
　『完全なイギリス紳士』（The Complete English Gentleman） 191
　『生っ粋のイギリス人』（The True-Born Englishman） 190
　『ジャック大佐の物語』（The History of Colonel Jacque） 24, 191
　『シングルトン船長の生涯』（The Life of Captain Singleton） 191
　『大ブリテン全島の旅行記』（A Tour thro' the Whole Island of Great Britain） 191
　『大ブリテン連合王国史』（The History of the Union of Great Britain） 191
　『非国教徒に対する最良の処置法』（The Shortest Way with the Dissenters） 190, 192
　『モル・フランダーズ（の幸・不幸の物語）』（The Fortunes and Misfortunes of the Famous Moll Flanders） 35, 184, 190, 191, 192, 205, 206, 208, 211, 212, 213, 235
　「序」（The Preface） 210
　『幽霊の歴史と実在に関する試論』（History and Reality of Apparitions） 370
　『レヴュー』（The Review） 34, 182, 190
　『ロクサーナ夫人の物語』（The Fortunate

索引 | 429

Mistress: or a History of the Lady Roxana) 191
『ロビンソン・クルーソーの生涯と冒険』(『ロビンソン漂流記』)(The Life and Strange Surprising Adventures of Robinson Crusoe) 27, 35, 151, 184, 189-214, 215, 220, 235
デローネイ、トマス (Thomas Deloney) 83, 85, 86, 87
『ニューベリーのジャック』(Jacke of Newberie) 83
『立派な職業』(The Gentle Craft) 83
『レディングのトマス』(Thomas of Reading) 83, 84, 85
テンプル卿、ウィリアム (Sir William Temple) 161, 162
『随筆集』(Essays)(テンプル) 162
トーランド、ジョン (John Toland) 187
『神秘ならざるキリスト教』(Christianity not Mysterious) 187
『ミルトン伝』(The Life of Milton) 188
ドゥ・クィンシー、トマス (Thomas De Quincey) 182
トウェイン、マーク (Mark Twain) 97, 282, 356, 382
『王子と乞食』(The Prince and the Pauper) 97
『ハックルベリー・フィンの冒険』(The Adventures of Huckleberry Finn) 282
富山太佳夫 370
トムソン、ジェイムズ (James Thomson) 183, 368
『四季』(The Seasons) 183, 368
『怠惰の城』(The Castle of Indolence) 183
ドライデン、ジョン (John Dryden) 22, 33, 34, 107, 127, 136, 138, 153, 154, 155-158, 165, 174, 182, 183
『アブサロムとアキトフェル』(Absalom and Achitophel) 153, 155
『グラナダの征服』(The Conquest of Granada by the Spaniards) 155
『劇詩論』(Of Dramatic Poesie; an Essay) 107, 155, 156, 157, 158
『古今物語集』(Fables Ancient and Modern) 155, 158
『すべて恋ゆえに』(All for Love, or the World Well Lost) 155
『当世風結婚』(Marriage-à-la-Mode) 155
中上健次 41
長澤英一郎 356
中野好夫 218, 219, 221, 223, 226, 230, 233, 234

『スウィフト考』219
『文学の常識』234
ナッシュ、トマス (Thomas Nashe) 34, 37, 69, 74, 75, 82-3, 86, 87, 88-102, 317
『悲運の旅人、またはジャック・ウィルトンの生涯』(The Unfortunate Traveller, or the Life of Jacke Wilton) 34, 75, 83, 87, 88-102, 316
『無一文ピアスの悪魔への嘆願』(Pierce Pennilesse, his Supplication to the Divell) 89
夏目漱石 40
ニーチェ、フリードリッヒ (Friedrich W. Nietzsche) 185
ニューキャッスル公夫人 (Margaret Cavendish, Duchess of Newcastle) 164
ニュートン、アイザック (Izaac Newton) 164-165
『自然科学数学原理』(Philosophia Naturalis Principia Mathematica) 165
ネヴィル、ヘンリー (Henry Neville) 162, 163, 164
『パイン島』(The Isle of Pines) 163
ネンニウス (Nennius) 51
ノース、トマス (Sir Thomas North) 72, 107, 108
『プルターク英雄伝』(Lives of the Noble Grecians and Romans)(ノース訳) 107, 108
ノックス、ジョン (John Knox) 59, 60
ハーヴェイ兄弟 (Gabriel and Richard Harvey) 88, 89
バーク、エドモンド (Edmund Burke) 29, 38, 173, 187, 327, 328, 370, 371
『アメリカ課税論』(On American Taxation) 327
『崇高と優美に関する我々の概念の起源に対する哲学的探求』(A Philosophical Enquiry into the Origin of our Ideas of the Sublime and Beautiful) 327, 370
『フランス革命の省察』(Reflections of the Revolution in France) 29, 327
バークヘッド、エディス (Edith Birkhead) 369, 370, 376, 377, 378, 381, 393, 394, 397, 411
『恐怖小説史』(The Tale of Terror: A Study of the Gothic Romance) 369, 370, 376, 378, 394, 411
バークレー、ジョージ (George Burkley) 187
『人知原理論』(A Treatise concerning the Principles of Human Knowledge) 187

ハーディ、トマス（Thomas Hardy） 114, 414
バートン、ロバート（Robert Burton） 108, 109, 310, 370
　『憂鬱の解剖』（The Anatomy of Melancholy） 108, 109
バーニー、ファニー（Frances [Fanny] Burney [Madame d'Arblay]） 38, 249, 313, 358-363, 365, 366
　『エヴェリーナ、或いはある若い婦人の社交界への参入の物語』（Evelina, or, the History of a Young Lady's Entrance into the World） 38, 359, 361, 362
　『カミラ、或いは青春の肖像』（Camila, or, A Picture of Youth） 360
　『セシーリア、或いはある女相続人の回想録』（Cecilia, or, Memoirs of an Heiress） 38, 359
　『ダーブレイ夫人の日記と書簡』（The Early Diary of Frances Burney） 360
　『バーニー博士の回想録』（The Memoirs of Dr. Burney） 360
　『放浪者、或いは女性の艱難』（The Wanderer, or, Female Difficulties） 360
バーネット、ギルバート（Gilbert Burnet） 63
パーネル、トマス（Thomas Parnell） 183
バーンズ、ロバート（Robert Burns） 363, 368, 370
バイロン、ジョージ・ゴードン（George Gordon Byron） 22, 357, 371, 372, 376, 377, 397, 412
ハズリット、ウィリアム（William Hazlitt） 182
ハッチンソン夫人（Lucy Hutchinson） 164
　『ハッチンソン大佐の生涯の回想録』（Memoirs of the Life of Colonel Hutchinson） 164
バット、ジョン（John Butt） 264, 268, 273, 299, 300
　『フィールディング』（Fielding） 264, 299, 301
バトラー、サミュエル（Samuel Butler） 40, 63
　『エレフォン』（Erewhon） 40, 63
バトラー、サミュエル（Samuel Butler） 154
　『ヒューディブラス』（Hudibras） 154
バニヤン、ジョン（John Bunyan） 28, 33, 34, 52, 69, 113, 114, 120, 128, 142-151, 155, 157, 189, 239, 370
　『悪太郎の一生』（『悪玉氏の一生』）（The Life and Death of Mr. Badman）→『バッドマン氏の生涯』
　『あふるる恩寵』（Grace Abounding to the Chief of Sinners） 144
　『聖戦』（The Holy War） 144
　『天路歴程』（The Pilgrim's Progress） 28, 34, 120, 128, 142-151, 189, 310, 370
　『バッドマン氏の生涯』（The Life and Death of Mr. Badman） 114, 142, 144, 151
ハリソン、G. B.（G. B. Harrison） 150
ハリントン、ジェイムズ（James Harrington） 127
バルザック（Honoré de Balzac） 382
バレット、イートン・S.（Eaton Stannard Barrett） 372
ビアス、アンブローズ（Ambrose Bierce） 40
　「月に照らされた道」（"The Moonlit Road"） 40
ビアズリー、オーブリー（Aubrey Beardsley） 412
ビード（Bede） 45, 47
　『イギリス国民教会史』（Historia Ecclesiastica Gentis Anglorum） 45
ピープス、サミュエル（Samuel Pepys） 158, 159
　『日記』（Diary） 158, 159
ピコック、レジナルド（Reginald Pecock） 56
ヒューム、デイヴィッド（David Hume） 29, 125, 172, 173, 185, 186, 187
　『イギリス史』（The History of Great Britain） 185, 186
　『人性論』（A Treatise of Human Nature） 29, 185
　『道徳、政治論集』（Essays, Moral and Political） 185
平井呈一 391
平井正穂 119
　『ミルトン』 119
ヒルトン、ウォルター（Walter Hylton） 56
ファーカー、ジョージ（George Farquhar） 183
ファーバンク、ロナルド（Ronald Firbank） 412
フィールディング、サーラ（Sarah Fielding） 239, 262
フィールディング、ヘンリー（Henry Fielding） 24, 27, 30, 36, 37, 114, 151, 166, 173, 184, 214, 230, 233, 235, 236, 239, 240, 246, 247, 250, 254, 255, 256, 262, 264-277, 278-308, 313, 320, 338, 355, 361, 382
　『アミーリア』（Amelia） 285, 302, 305, 306
　『シャミラ・アンドルーズ』（An Apology for the Life of Mrs. Shamela Andrews） 36, 250, 265

『ジョウゼフ・アンドルーズの冒険』(The Adventures of Joseph Andrews) 36, 264-277, 278, 279, 280, 282, 283, 289, 290, 291, 292, 294, 295, 303
『捨子、トム・ジョーンズの物語』(The History of Tom Jones, a Foundling)→『トム・ジョーンズ』
『手紙の書き手』(The Letter Writer) 300
『トム・ジョーンズ』(Tom Jones) 24, 36, 240, 268, 269, 270, 271, 273, 274, 276, 277, 278-308, 321
「序の章、別名料理献立表」(The Introduction to the Work, or Bill of Fare to the Feast) 280
『法学院のしゃれ男』(The Temple Beau) 300
フィッツジェラルド、スコット (Francis Scott Fitzgerald) 41
フォークナー、ウィリアム (William Faulkner) 41, 371, 382
フォークナー、ジョージ (George Faulkner) 219
フォーテスキュー (Sir John Fortescue) 56
フォード、エマヌエル (Emanuel Ford) 87, 162
『オルナトスとアルテジア』(The Most Pleasant History of Ornatus and Artesia) 87, 162
『パリスムス』(Parismus, the Renouned Prince of Bohemia) 162
『パリスメノス』(Parismenos) 162
フォード、チャールズ (Charles Ford) 218
フォスター、エドワード (Edward Morgan Forster) 213
フォックス、チャールズ (Charles Fox) 38, 328
藤原博 65
フス、ジョン (John Huss) 59, 132, 133, 136
フッカー、リチャード (Richard Hooker) 110
『教会政治の法則について』(Of the Laws of Ecclesiasticall Politie) 110
フラー、トマス (Thomas Fuller) 127
『海洋国家』(The Commonwealth of Oceana) 127
プライアー、マシュー (Matthew Prior) 183, 341
ブラウニング、ロバート (Robert Browning) 22, 40, 386
『指輪と本』(The Ring and the Book) 40
ブラウン、チャールズ・ブロックデン (Charles Brockden Brown) 40, 368, 379
『ウィーランド』(Wieland) 40

ブラウン、トマス (Sir Thomas Brown) 120, 121, 310, 370
『医師の宗教』(Religio Medici) 120, 121
『壺葬論』(Hydriotaphia; Urne-buriall) 120
ブラック、ウィリアム (William Black) 355
プラッツ、マリオ (Mario Praz) 369, 371, 377, 387, 400, 412
『三つのゴシック小説』(Three Gothic Novels) 387, 400
プラトン (Plato) 19, 63, 103, 134, 156
『共和国』(Republic) 63
フランクリン、ベンジャミン (Benjamin Franklin) 174, 185
フランシス、ソフィア (Sophia Francis) 378
『ミゼリコーディアの尼僧』(Nun of Misericordia) 378
ブリッセンデン、R. F. (R. F. Brissenden) 240-1, 241, 242, 244, 245, 246, 258, 263
ブルック卿 135
ブルック、ヘンリー (Henry Brooke) 363, 367
『高級な愚者』(The Fool of Quality) 363, 367
ブレイク、ウィリアム (William Blake) 368
フロリオ、ジョン (John Florio) 108
『随筆集』(Essays)(モンテーニュ[M. de Montaigne]のLes Essaisの訳) 104, 108, 310
ブロンテ、シャーロット (Charlotte Brontë) 26-7, 38, 336, 337
『ジェイン・エア』(Jane Eyre) 27, 38, 336
ブロンテ姉妹 (The Brontë Sisters) 363, 366, 371, 382, 414
ベーコン、フランシス (Sir Francis Bacon) 28, 103, 104, 105, 175
『学問の進歩』(The Proficience and Advancement of Learning) 103
『新アトランティス』(New Atlantis) 108
『新機関』(Novum Organum) 103
『随筆集』(Essays or Counsels, Civill and Morall) 103, 104, 105
「三十二 談話について」(XXXII Of Discourse) 104
『ヘンリー7世治世史』(Historie of the Reigne of Henry VII) 103
ベーン、アフラ (Aphra[or Afra, Aphara, Ayfara]Behn) 162, 164, 166-169, 171, 359, 361
『オルーノーコ、或いは奴隷の王子』(Oroonoko:or the History of the Royal Slave) 166, 167
『幸運な機会』(The Lucky Chance) 167

『強いられた結婚』(The Forc'd Marriage) 167
『月の皇帝』(The Emperor of the Moon) 167
『「放浪者」他』序文 (Introduction in The Rover and Other Plays) 167
ベイジ、ロバート (Robert Bage) 365
ベイリー、ナサニエル (Nathaniel Bailey) 324
『ユニヴァーサル語源辞典』(An Universal Etymological English Dictionary) 324
ペイン、トマス (Thomas Paine) 113
『常識』(Common Sense) 113
ベックフォード、ウィリアム (William Beckford of Fonthill) 39, 329, 374, 387, 396-412
『ヴァセック』(『ヴァテック』)(Vathek) 39, 329, 365, 374, 396-412
ベックフォード、ルイザ (Louisa Beckford) 401
ペトラルカ (Petrarch) 53
ヘミングウェイ、アーネスト (Ernest Hemingway) 41
ペロー (Perrault, Charles) 370
ヘンリー、サミュエル (the Revd. Samuel Henley) 402
ヘンリーソン、ロバート (Robert Henryson) 52
『クリセイドの遺言』(Testament of Cresseid) 52
ポー、エドガー・アラン (Edgar Allan Poe) 18, 22, 26, 40, 368, 371, 382
ホーソン、ナサニエル (Nathaniel Hawthorne) 25, 41, 118, 368, 371, 382
『伝記物語』(Biographical Stories) 118
『トワイストールド・テールズ』(Twice-Told Tales) 25
ポーター、ロイ (Roy Porter) 309, 359
『イングランド18世紀の社会』(English Society in the Eighteenth Century) 309, 358, 359
ボードレール (Charles Baudelaire) 382
ポープ、アレクサンダー (Alexander Pope) 22, 154, 174, 178, 182, 183, 218, 323, 329
『髪の毛盗人』(The Rape of The Lock) 182
『愚人列伝』(The Dunciad) 182
『人間論』(An Essay on Man) 182, 183
『批評論』(An Essay on Criticism) 182, 183
ホーマー (Homer) 19, 21, 155, 182, 287
『イリアッド』(Iliad) 19
『オデッセイ』(Odyssey) 19
ホガース、ウィリアム (William Hogarth) 277
ボズウェル、ジェイムズ (James Boswell) 38, 322, 325, 326, 327, 330, 337, 340, 341, 342, 343, 357
『サミュエル・ジョンソン伝』(『サミュエル・ジョンスン傳』)(The Life of Samuel Johnson) 38, 324, 326, 330, 342, 343
ボッカチオ (Giovanni Boccaccio) 53, 54, 155
『デカメロン』(Decameron) 54, 155
ホッブズ、トマス (Thomas Hobbes) 125, 126, 127, 165, 185
『リヴァイアサン』(Leviathan) 125, 126
ホラティウス (Quintus Horatius Flaccus) 311
ホランド、フィルモン (Philemon Holland) 108
『博物誌』(Natural History)(プリニィ[pliny]の訳) 108
『ローマ史』(The Annals of the Roman History)(リヴィ[Livy]の訳) 108
掘豊彦 172
ボリングブローク卿 (Henry St. John, 1st Viscount Bolingbroke) 187
『愛国主義の精神』(The Spirit of Patriotism) 187
ホリンシェッド、ラファエル (Raphael Holinshed) 84, 108
『イングランド、スコットランド及びアイルランドの年代記』(Chronicles of England, Scotland and Ireland〔Holinshed's Chronicles〕) 84, 108
『年代記』(Holinshed's Chronicles) →『イングランド、スコットランド及びアイルランドの年代記』
ホレス (Horace) 338
ホワイトフィールド、ジョージ (George Whitefield) 367
ボワロー (Nicolas Boileau-Despréaux) 154
『詩法』(L'Art Poetique) 154
マーヴェル、アンドルー (Andrew Marvell) 119
マールバラ公 (John Churchill, 1st Duke of Marlborough) 178
マーロー、クリストファー (Christopher Marlowe) 61, 370
マキアヴェリ (Niccolo di Bernardo Machiavelli) 163
マコーレー卿、トマス (Lord Macaulay, Thomas B. Macaulay) 29, 339, 341, 342, 345, 354, 357
桝井迪夫 55
『チョーサーの世界』 55
マチューリン、チャールズ・ロバート (Charles Robert Maturin) 381, 382

『放浪者メロモス』(Melomoth the Wanderer) 382
マッカッチョン、R. P.（Roger P. McCutcheon）242, 249, 301, 338, 345, 369
『十八世紀イギリス文学』(Eighteenth-Century English Literature) 301
マッケンジー、ヘンリー（Henry Mackenzie）313, 363-364, 367
『幸福の追求』(The Pursuits of Happiness) 364
『世間師』(The Man of the World) 364
『多感の人』(The Man of Feeling) 363, 364, 367
『テュニスの王子』(The Prince of Tunis) 364
マティルダ、ローザ（Rosa Matilda） 378
『聖オマールの尼僧』(Nun of St. Omer's) 378
マラルメ、ステファン（Stéphan Mallarmé）400, 401, 402
マリー、J. M.（J. M. Murry） 218, 220, 230
『スウィフト』(Swift) 218, 230
マリヴォー、ピエール（Pierre Carlet de Chamblain de Marivaux） 32, 233
『ファルサモン』(Pharsamon ou les Nouvelles Folies romanesques) 233
『マリヤンヌの生涯』(La Vie de Marianne) 233
マロリー、トマス（Thomas Malory） 18, 24, 25, 33, 49, 51, 56, 370
マンデヴィル、バーナード（Bernard Mandeville）184
『蜜蜂の寓話』(The Fable of the Bees; or, Private Vices, Public Benefits) 184
三島由紀夫 41
水田洋 126
ミッチェル、ブルース（Bruce Mitchell） 45
ミドルトン、トマス（Thomas Middleton） 86
ミル、ジョン・スチュアート（John Stuart Mill） 29
『自由論』(On Liberty) 29
ミルトン、ジョン（John Milton） 22, 28, 32, 55, 118, 119, 120, 128, 129-140, 155, 202, 236, 368
『アルカディア』(Arcades) 118
『アレオパジティカ』(Areopagitica) 119, 128, 129-140
『快活な人』(L'Allegro) 118
『教育論』(Of Education) 119
『キリスト教議論』(De Doctrina Christiana) 119
『言論の自由』→『アレオパジティカ』
『コーマス』(Comus) 118
『失楽園』(Paradise Lost) 119, 135, 138
『第二弁護』(The Second Defence) 139
『沈思の人』(Il Penseroso) 118
『闘士サムソン』(Samson Agonistes) 119
『復楽園』(Paradise Regained) 119
『離婚論』(The Doctrine and Discipline of Divorce) 119, 131
『リシダス』(Lycidas) 118, 139
ミルワード、ピーター（Peter Milward） 65
ムーア、ジョージ（George Moore） 378
『マドリッドの修道士』(The Monk of Madrid) 378
村上春樹 41
目羅公和 309
メルヴィル、セオドア（Theodore Melville） 378
『情の修道士』(The Benevolent Monk) 378
メルヴィル、ハーマン（Herman Melville）41, 371
メレディス、ジョージ（George Meredith） 114, 308, 414
モア、トマス（Sir Thomas More） 28, 32, 57, 58, 63, 64, 65, 67, 95, 103, 217, 230
『異端と宗教問題についての対話』(A Dialogue concerning Heresies and Matters of Religion) 64
『キリスト受難論』(Treatise upon the Passion of Christ〔De Tristitia Christie〕) 64
『苦難に対する慰めの第三の書』(The Third Book of Comfort against Tribulation) →『苦難に対する慰めの対話』
『苦難に対する慰めの対話』(A Dialog of Comfort against Tribulation) 64, 65, 66
『ユートピア』(Utopia) 63, 64, 67, 217, 230
『リチャード3世史』(History of King Richard III) 64, 65
『霊魂たちの嘆願』(The Supplication of Souls) 64
モーム、ウィリアム・サマセット（William Somerset Maugham） 36, 304
『世界の十大小説』（上） 304
森鴎外 40
モリス、ウィリアム（William Morris） 40, 63
『ユートピア通信』(News from Nowhere) 40, 63
モンタギュー夫人（Lady Mary Wortley Montagu） 185
『トルコ書簡』(Turkish Letters) 185

モンテーニュ（Michel de Montaigne） 104, 108, 310
『随筆集』（Les Essais） 104, 108, 310
モンテスキュー（Charles de Secondat, Baron de Montesquiou） 173
矢野目源一 400
山本利治 315
山本和平 212
ヤング、エドワード（Edward Young） 368
吉田健一 194
吉田新吾 134
ラスキ（H. J. Laski） 172
『イギリス政治思想 II』（Political Thought in England） 172, 173
ラッドクリフ、アン（Ann Radcliffe） 39, 366, 372, 374, 375, 376, 377, 378, 382, 389
『イタリア人』（The Italian, or the Confessional of the Black Penitents, A Romance） 39, 374, 376, 379, 389
『ユードルフォの神秘』（The Mysteries of Udolpho） 39, 372, 374, 376, 379
ラブレー（François Rabelais） 108, 311
ラム、チャールズ（Charles Lamb） 182
ラムゼイ、アラン（Allan Ramsay） 183
ラヤモン（Layamon） 48, 49, 51
『ブルート』（Brut） 48, 51
ラルー、ルネ（René Lalou） 83, 104, 108, 119, 230, 327, 329
ラングランド、ウィリアム（William Langland） 48
『農夫ピアズの夢』（The Vision of Piers the Plowman） 48
リーヴ、クララ（Clara Reeve） 366, 373
『老英国男爵』（The Old English Baron） 373-374
リーヴィス、Q. D.（Mrs. Q. D. Leavis） 212
リヴィ（Livy） 108
リチャードソン、サミュエル（Samuel Richardson） 21, 24, 27, 30, 31, 32, 35, 36, 37, 41, 114, 166, 173, 181, 188, 214, 232, 233, 234, 235, 236, 237-263, 264, 266, 278, 282, 284, 305, 308, 313
『下院議事録』 241
『クラリッサ・ハーロウ、或いはある若い夫人の物語』（Clarissa Harlowe, or, The History of a Young Lady） 24, 36, 240, 243, 245, 250, 254, 255, 262, 263, 278, 321
『サー・チャールズ・グランディソン』（The History of Sir Charles Grandison） 36, 240, 246, 250, 262
『書簡文範』（Letters Written to and for Particular Friends, on the Most Important Occasions, 通常 Familiar Letters） 36, 241
『パミラ、或いは美徳の酬い』（Pamela, or Virtue Rewarded） 21, 32, 35, 36, 114, 188, 232, 233, 235, 237-263, 264, 265, 266, 270, 272, 282, 305
リドゲイト、ジョン（John Lydgate） 55-6
リドレー、M. R.（M. R. Ridley） 120
リナカー、トマス（Thomas Linacre） 58
『文法初歩』（Rudimento Grammatices） 58
リリー、ジョン（John Lyly） 33, 70, 71, 72, 73, 74, 75, 77, 82, 87, 89, 90, 130
『マイダス』（Midas） 74
『ユーフューズ、知の分析』（Euphues, the Anatomy of Wit） 70, 71, 72, 74, 75, 78, 130
『ユーフューズと彼のイギリス』（Euphues and his England） 72, 73
リンカーン、エイブラハム（Abraham Lincoln） 29
「ゲティスバーグの演説」（Gettysburg Address） 29
リンゼー、デイヴィッド（David Ly[i]ndsay） 56
ル・サージ（Le Sage） 316
『ジル・ブラス』（Gil Blas） 316
ルイス、W. S.（W. S. Lewis） 373, 383, 385, 386
ルイス、マシュー・グレゴリー（Matthew Gregory Lewis） 39, 376, 377, 378, 379
『アンブロージオ、または僧侶』（Ambrosio, or, the Monk）→『僧侶』（『マンク』）
『僧侶』（『マンク』）（The Monk） 39, 376, 377, 379, 382, 412
ルーサー→ルター、マルティン
ルソー、ジャン＝ジャック（Jean-Jacques Rousseau） 31, 36, 167, 173, 185, 367, 369
『新エロイーズ』（La Nouvelle Héloïse） 36
ルター、マルティン（Martin Luther） 59, 95, 97, 133, 137
レイノルズ（E. E. Reynolds） 65
レイノルズ卿、ジョシュア（Sir Joshua Reynolds） 322, 327, 328, 330
ロー（John Row） 173
ローソン、クロード（Claude Rawson） 303, 305, 306, 307
『ヘンリー・フィールディング』（Henry Fielding）（ローソン編） 303, 305, 306, 307

ローボー（神父）（Father Jerome〔Jeronimo〕Lobo）323, 329
『アビシニア紀行』（A Voyage to Abyssinia）323, 329,
ローリー卿、ウォルター（Sir Walter Raleigh）61, 108
『世界史』（The History of the World）108
ロウ、ニコラス（Nicholas Rowe）183
ロック、ジョン（John Locke）28, 33, 34, 125, 165, 175, 185, 187, 310-1, 314, 315
『聖パウロの書簡』（St. Paul's Epistles）165
『統治論二篇』（Two Treatises on Government）165
『人間悟性論』（An Essay concerning Human Understanding）28, 34, 165, 314
ロッジ、トマス（Thomas Lodge）33, 74, 76, 77, 78, 79, 81, 87
『アメリカの真珠』（A Margarite of America）78
『疫病論』（Treatise of the Plague）78
『詩、音楽、並びに演劇の弁護』（A Defence of Poetry, Music, and Stage Plays）77
『セネカ作品集』（The Works both Morall and Natural of Lucius Annaeus Seneca）78
『フィリス』（Phillis, Honoured with Pastorall Sonnets, Elegies, and Amorous Delights）78
『ロザリンド、ユーフューズの黄金の遺産』（Rosalynde, Euphues' Golden Legacie）33, 74, 76, 78, 79, 81, 82, 87
「モンタナスの恋歌」（"Montanus's Sonnet"）79
ロッバン、J. H.（J. H. Lobban）179, 181
『アディソン：スペクテイター』（Addison: Selections from The Spectator）179, 181
ロバーツ、シドニー（Sydney C. Roberts）322, 329, 339
ロバート（Robert of Gloucester）49, 51
ロビンソン、フレッド C.（Fred C. Robinson）45
『ベイオウルフ―新版』（Beowulf An Edition）45
ロビンソン、ラルフ（Ralph Robinson）63
ロンスデイル、ロジャー（Roger Lonsdale）397
ワーズワース、ウィリアム（William Wordsworth）22, 379
ワイルド、オスカー（Oscar Wilde）18, 412
和知誠之助 53, 114
ワット、イアン（Ian Watt）206, 213, 24, 251, 261, 262, 302

2. 作品

『アーケイディア』（Arcadia）74, 78, 87
『アーサー王の死』（Le Morte d'Arthur）18, 24, 33, 49, 51, 56
『愛弓論』（Toxophilus）58
『愛国主義の精神』（The Spirit of Patriotism）187
『アイザック・ビッカースタッフ殿による1708 年のための予言』（Predictions for the Year 1708, by Isaac Bickerstaff, Esq.）218
『アイドラー』（The Idler）325
『アイリーニ』（Irene）323
『悪太郎の一生』（『悪玉氏の一生』）（The Life and Death of Mr. Badman）→『バッドマン氏の生涯』
『悪弊の学校』（The School of Abuse）77, 106
『アディソン：スペクテイター』（Addison: Selections from The Spectator）179, 181
『アビシニア紀行』（A Voyage to Abyssinia）323, 329
『アビシニアの王子ラセラスの物語』（The History of Rasselas, Prince of Abyssinia）→『ラセラス』
『アブサロムとアキトフェル』（Absalom and Achitophel）153, 155
『あふるる恩寵』（Grace Abounding to the Chief of Sinners）144
『アミーリア』（Amelia）285, 302, 305, 306
『アメリカ課税論』（On American Taxation）327
『アメリカ独立宣言』（the Declaration of Independence）29, 113, 185
『アメリカの真珠』（A Margarite of America）78
『アルカディア』（Arcades）118
『あるがままの事態、ケイレブ・ウィリアムズの冒険』（Things as They Are, or the Adventures of Caleb Williams）→『ケイレブ・ウィリアムズの冒険』
『アルフォンサス』（Alphonsus）75
『アレオパジティカ』（Areopagitica）119, 128, 129-140
『アングロ・サクソン年代記』（The Anglo-Saxon Chronicle）45
『アントニーとクレオパトラ』（Antony and Cleopatra）155
『アンブロージオ、または僧侶』（Ambrosio, or, the Monk）→『僧侶』

『イギリス絵画逸話集』(Anecdotes of Painting in England) 384, 387
『イギリス国民教会史』(Historia Ecclesiastica Gentis Anglorum) 45
『イギリス国教会祈祷書』(The Book of Common Prayer) 110
『イギリス誌』(Britannia) 108
『イギリス史』(The History of Great Britain) 185, 186
『イギリス小説』(The English Novel) 151
『イギリス小説序説』(An Introduction to the English Novel) 142, 212, 313
『イギリス小説への手引き』(An Introduction to the English Novel) →『イギリス小説序説』
『イギリス政治思想 II』(Political Thought in England) 172, 173
『イギリスの小説――批評と展望』(The English Novel, a short critical history) 114, 148, 166, 168, 180, 192, 202, 233, 236, 246, 276, 299, 329, 346, 362, 379, 380, 394
『イギリス叛乱内乱史』(The True Historical Narrative of the Rebellion and Civil Wars in England) 164
『医師の宗教』(Religio Medici) 120, 121
『イタリア人』(The Italian, or the Confessional of the Black Penitents, A Romance) 39, 374, 376, 379, 389
『異端と宗教問題についての対話』(A Dialogue concerning Heresies and Matters of Religion) 64
『イリアッド』(Iliad) 19
『イングランド、スコットランド及びアイルランドの年代記』(Chronicles of England, Scotland and Ireland) 84, 108
『イングランド18世紀の社会』(English Society in the Eighteenth Century) 309, 359
『ヴァセック』(『ヴァテック』)(Vathek) 39, 329, 365, 374, 396-412
『ウィーランド』(Wieland) 40
『ウィドシス』(Widsith) 44
『ウェイクフィールドの牧師』(The Vicar of Wakefield) 38, 321, 339-357, 363, 365, 366
『ヴェローナの二人の紳士』(The Two Gentlemen of Verona) 76
『兎取り読本』シリーズ(Cony-Catching) 75, 86
『英国詩人伝』(The Lives of the English Poets) 323, 325
『英語辞典』(A Dictionary of the English Language) →『ジョンソン辞典』
『英語是正改良策』(A Proposal for Correcting, Improving and Ascertaining the English Tongue) 218
『エヴェリーナ、或いはある若い婦人の社交界への参入の物語』(Evelina, or, the History of a Young Lady's Entrance into the World) 38, 359, 361, 362
『疫病流行年の日記』(『疫病流行記』)(The Journal of the Plague Year) 191, 192, 193, 230
『疫病論』(Treatise of the Plague) 78
『エッセイ』(Essays in Verse and Prose) 127
『エレフォン』(Erewhon) 40, 63
『王子と乞食』(The Prince and the Pauper) 97
A.V. →『欽定英訳聖書』
『お気に召すまま』(As You Like It) 78
『桶物語』(A Tale of a Tub) 25, 216, 218, 230
『オセロ』(Othello) 62
『オデッセイ』(Odyssey) 19
『オトラント城』(The Castle of Otranto) 38, 39, 102, 367, 369, 370, 373, 374, 383-395
『お人好し』(The Good-Natur'd Man) 23, 341
『オリヴァー・ゴールドスミス』(Oliver Goldsmith, A Georgian Study) 344, 354
『オルーノーコー、或いは奴隷の王子』(Oroonoko:or the History of the Royal Slave) 166, 167
『オルナトスとアルテジア』(The Most Pleasant History of Ornatus and Artesia) 87, 162
『快活な人』(L'Allegro) 118
『回想録』(Memoir of the Reign of George II and George III) 384
『海洋国家』(The Commonwealth of Oceana) 127
『下院議事録』 241
『ガウェイン卿と緑の騎士』(Sir Gawain and the Green Knight) 50, 51
『ガウェインとアーサー王伝説』 51
『学問の進歩』(The Proficience and Advancement of Learning) 103
『カザマシマ公爵夫人』(The Princess Casamassima) 304

『郭公の歌』（*Cuckoo-Song*） 48
「河童」 40, 230
『髪の毛盗人』（*The Rape of the Lock*） 182
『カミラ、或いは青春の肖像』（*Camila, or, A Picture of Youth*） 360
『ガメリン物語』（*The Tale of Gamelyn*） 78
『ガリヴァー旅行記』（*Gulliver's Travels*〔*Travels into Several Remote Nations of the World by Captain Lemuel Gulliver*〕） 35, 40, 63, 151, 183, 184, 205, 215-230, 235
『完全なイギリス商人』（*The Complete English Tradesman*） 191
『完全なイギリス紳士』（*The Complete English Gentleman*） 191
『完全の尺度』（*The Scale of Perfection*） 56
『カンタベリー物語』（*The Canterbury Tales*） 18, 25, 52, 54, 55, 155, 283
『カンディード』（*Candide*） 337
「騎士の物語」（"The Knight's Tale"） 25
『生っ粋のイギリス人』（*The True-Born Englishman*） 190
『狐ルナール物語』（*Le Roman de Renart*〔*The History of Reynart the Fox*〕） 25, 52
『教育論』（*Of Education*） 119
『驚異の年』（*The Wonderfull Year*） 86
『教会政治の法則について』（*Of the Laws of Ecclesiasticall Politie*） 110
『教師』（*Scholemaster*） 58
『恐怖小説史』（*The Tale of Terror : A Study of the Gothic Romance*） 369, 370, 376, 378, 394, 411
『共和国』（*Republic*） 63
『キリスト教義論』（*De Doctrina Christiana*） 119
『キリスト教原論』（*Institutio Christianae Religionis*） 59
『キリスト受難論』（*Treatise upon the Passion of Christ*〔*De Tristitia Christie*〕） 64
『欽定英訳聖書』（*the Authorized Version of the Bible*） 28, 33, 62, 65, 103-115, 142, 145
『愚人列伝』（*The Dunciad*） 182
『靴屋の休日』（*The Shoemaker's Holiday*） 86
『苦難に対する慰めの第三の書』（*The Third Book of Comfort against Tribulation*） → 『苦難に対する慰めの対話』
『苦難に対する慰めの対話』（*A Dialogue of Comfort against Tribulation*） 64, 65, 66
『グラナダの征服』（*The Conquest of Granada by the Spaniards*） 155
『クラリッサ・ハーロウ、或いはある若い夫人の物語』（*Clarissa Harlowe, or, The History of a Young Lady*） 24, 36, 240, 243, 245, 250, 254, 255, 262, 263, 278, 321
『クランフォード』（*Cranford*） 335
『クリセイドの遺言』（*Testament of Cresseid*） 52
『君主の教理』（*The Doctrinal of Princes*） 58
『ケイトウ』（*Cato*） 178
『ケイレブ・ウィリアムズ（の冒険）』（*Things as They Are, or the Adventures of Caleb Williams*） 39, 379, 380, 381
『劇詩論』（*Of Dramatic Poesie; an Essay*） 107, 155, 156, 157, 158
「ゲティスバーグの演説」（*Gettysburg Address*） 29
『源氏物語』 17, 18
『言論の自由』→ 『アレオパジティカ』
『恋敵』（*The Rivals*） 275, 328
『恋人の告白』（*Confessio Amantis*） 48
『幸運な機会』（*The Lucky Chance*） 167
『高級な愚者』（*The Fool of Quality*） 363, 367
『公爵夫人の書』（*The Boke of the Duchesse*） 53
『公正なスリナム解説書』（*Impartial Descriptions of Surinam*） 166
『幸福の追求』（*The Pursuits of Happiness*） 364
『コーマス』（*Comus*） 118
『国富論』（*An Inquiry into the Nature and Causes of the Wealth of Nations*） 29, 38, 175, 328
『古今物語集』（*Fables Ancient and Modern*） 155, 158
『古事記』 17, 44
『乞食オペラ』（*The Beggar's Opera*） 183
『壺葬論』（*Hydriotaphia; Urne-buriall*） 120
「粉屋の物語」（"The Miller's Tale"） 25
『コリー・シバーの生涯の弁明』（*An Apology for the Life of Mr. Colley Cibber*） 264
『サー・チャールズ・グランディソン』（*The History of Sir Charles Grandison*） 36, 240, 246, 250, 262
『詐欺師の入門書』（*The Guls Horne-booke*）

86
『叫ぶ者の声』(Vox Clamantis) 48
『サミュエル・ジョンソン伝』(『サミュエル・ジョンスン傳』)(The Life of Samuel Johnson) 38, 324, 326, 330, 342, 343
「三十二 談話について」(XXXII Of Discourse) 104
『詩、音楽、並びに演劇の弁護』(A Defence of Poetry, Music, and Stage Plays) 77
『強いられた結婚』(The Forc'd Marriage) 167
『シェイクスピア全集』325
『ジェイン・エア』(Jane Eyre) 27, 38, 336
『四季』(The Seasons) 183, 368
『自然科学数学原理』(Philosophia Naturalis Principia Mathematica) 165
『失楽園』(Paradise Lost) 119, 135, 138
『詩の弁護』(An Apologie for Poetrie) 77, 106, 107
『詩法』(L'Art Poetique) 154
『ジャック大佐の物語』(The History of Colonel Jacque) 24, 191
『シャミラ・アンドルーズ』(An Apology for the Life of Mrs. Shamela Andrews) 36, 250, 265
『宗教的ドン・キホーテ、またはジェフリー・ワイルドグース氏の夏の逍遥』(The Spiritual Quixote, or the Summer's Ramble of Mr. Geoffry Wildgoose) 367
『十八世紀イギリス文学』(Eighteenth-Century English Literature) 301
『自由論』(On Liberty) 29
「ジュスティーヌ」(Justine) 377
「序」(The Preface) 210
「序の章、別名料理献立表」(The Introduction to the Work, or Bill of Fare to the Feast) 280
『常識』(Common Sense) 113
『正直な娼婦』(The Honest Whore) 86
『ジョウゼフ・アンドルーズの冒険』(The Adventures of Joseph Andrews) 36, 264-277, 278, 279, 280, 282, 283, 289, 290, 291, 292, 294, 295, 303
『情の修道士』(The Benevolent Monk) 378
『書簡集』(Letters)(シャフツベリー伯〔A. A. Cooper〕) 187
『書簡集』(Selected Letters)(ウォルポール) 395
『書簡文範』(Letters Written to and for Particular Friends, on the Most Important Occasions, 通常 Familiar Letters) 36,

241
『書物戦争』(The Tale of the Books) 216
『ジョン・ミルトン』(ティリヤード) 138
『ジョンスン』(ロバーツ) 322, 329
『ジョンスン辞典』(Johnson's Dictionary〔A Dictionary of the English Language〕) 38, 322, 324
『ジョンソン伝』(『ジョンスン伝』)(The Life of Samuel Johnson)→『サミュエル・ジョンソン伝』(『サミュエル・ジョンスン傳』)
『ジョン・ブルの歴史』(The History of John Bull) 184
『ジル・ブラス』(Gil Blas) 316
『新アトランティス』(New Atlantis) 108
『新エロイーズ』(La Nouvelle Héloïse) 36
『新機関』(Novum Organum) 103
『シングルトン船長の生涯』(The Life of Captain Singleton) 191
『(紳士)トリストラム・シャンディの生涯と意見』(The Life and Opinions of Tristram Shandy, a Gentleman) 27, 37, 280, 309, 310, 311, 313, 314, 315, 320
『真珠』(Pearl) 48, 50
『人性論』(A Treatise of Human Nature) 29, 185
『人知原理論』(A Treatise concerning the Principles of Human Knowledge) 187
『新破戒僧』(The New Monk) 378
『神秘ならざるキリスト教』(Christianity not Mysterious) 187
『随筆集』(Essays)(テンプル) 162
『随筆集』(Les Essais)(モンテーニュ) 104, 108, 310
『随筆集』(Essays or Counsels, Civill and Morall)(ベイコン) 103, 104, 105
『スウィフト』(Swift) 218, 230
『スウィフト考』(中野好夫) 219
『崇高と優美に関する我々の概念の起源に対する哲学的探求』(A Philosophical Enquiry into the Origin of our Ideas of the Sublime and Beautiful) 327, 370
『スコットランド王ジェイムズ4世』(James IV, 1590年頃) 75
『スターン』(Sterne) 315
『捨子、トム・ジョーンズの物語』(The History of Tom Jones, a Foundling)→『トム・ジョーンズ』
『ステラへの書簡』(The Journal to Stella) 217
『スペクテイター』(The Spectator) 34,

176, 177, 178, 180, 182, 180, 370
『すべて恋ゆえに』(*All for Love, or the World Well Lost*) 155
「スリーピー・ホローの伝説」("The Legend of Sleepy Hollow", *The Sketch Book*) 27
『聖オマールの尼僧』(*Nun of St. Omer's*) 378
『政治的正義の考察』(*The Principles of Political Justice*) 39, 379
『聖戦』(*The Holy War*) 144
『聖なる死』(*Holy Dying*) 123, 124
『聖なる生』(*Holy Living*) 123
『聖パウロの書簡』(*St. Paul's Epistles*) 165
『聖レオン』(*St. Leon*) 381
『世界史』(*The History of the World*) 108
『世界市民』(*The Citizen of the World*) 341, 347, 397
『世界の十大小説』(上) 304
『世間師』(*The Man of the World*) 364
『世間道』(*The Way of the World*) 154
『セシーリア、或いはある女相続人の回想録』(*Cecilia, or, Memoirs of an Heiress*) 38, 359
『セネカ作品集』(*The Works both Morall and Natural of Lucius Annaeus Seneca*) 78
『仙界女王』(The Faerie Queene) 148
『千夜一夜物語』(*The Thousand and One Nights*) 39, 370, 396, 397, 398, 411
「総序の歌」(Prologue) 52, 54
『僧侶』(*The Monk*) 39, 376, 377, 379, 382, 412
『ダーブレイ夫人の日記と書簡』(*The Early Diary of Frances Burney*) 360
『怠惰の城』(*The Castle of Indolence*) 183
『第二弁護』(*The Second Defence*) 139
『大ブリテン全島の旅行記』(*A Tour thro' the Whole Island of Great Britain*) 191
『大ブリテン連合王国史』(*The History of the Union of Great Britain*) 191
『多感の人』(*The Man of Feeling*) 363, 364, 367
『多大な後悔で購われたわずかな知恵』(*A Groatsworth of Wit Bought with a Million of Repentance*) 34, 76
『タトラー』(*The Tatler*) 34, 176, 177, 178, 182
『旅人』(*The Traveller*) 341, 344
『中国人の手紙』(*Chinese Letters*) 341, 344
『チョーサーの世界』 55
『釣魚大全』(*The Complete Angler, or the Contemplative Man's Recreation*) 121, 122, 123
『沈思の人』(*Il Penseroso*) 118
「月に照らされた道」("The Moonlit Road") 40
『月の皇帝』(*The Emperor of the Moon*) 167
『貞女伝説』(*The Legend of Good Women*) 27, 54
『手紙の書き手』(*The Letter Writer*) 300
『デカメロン』(*Decameron*) 54, 155
『デフォー』(*Defoe*) 190, 205
『テュニスの王子』(*The Prince of Tunis*) 364
『伝記物語』(*Biographical Stories*) 118
『天路歴程』(*The Pilgrim's Progress*) 28, 34, 120, 128, 142-151, 189, 310, 370
『闘士サムソン』(*Samson Agonistes*) 119
『当世風結婚』(*Marriage-à-la-Mode*) 155
『統治論二篇』(*Two Treatises on Government*) 165
『道徳、政治論集』(*Essays, Moral and Political*) 185
『道徳に関する探究』(*An Inquiry concerning Virtue*) 187
『動物農場』(*Animal Farm*) 217
『匿名の婦人』(*Incognita; or Love and Duty Reconcil'd*) 162
『トマス・モアとその時代』(*Thomas More*) 65
『トム・ジョーンズ』(*Tom Jones*) 24, 36, 240, 268, 269, 270, 271, 273, 274, 276, 277, 278-308, 321
『トリストラム・シャンディ(の生涯と意見)』→『(紳士)トリストラム・シャンディの生涯と意見』
『トルコ書簡』(*Turkish Letters*) 185
『トルコ物語』(*The Turkish Tales*) 397
『ドレイピア書簡』(*Drapier's Letters*) 217
『トロイラスとクリセイド』(*Troilus and Criseyde*) 52, 53
『トワイストールド・テールズ』(*Twice-Told Tales*) 25
『ドン・キホーテ』(*Don Quixote*) 268, 316
『尼僧の戒律』(*Ancren Riwle*) 49
『日記』(*Diary*) 158, 159
『日記』(*Memoirs*〔*Diary*〕) 160, 161
『日本書紀』 17, 44
『二都物語』(*A Tale of Two Cities*) 25
『ニューベリーのジャック』(*Jacke of Newberie*) 83

『人間悟性論』(An Essay concerning Human Understanding)　28, 34, 165, 314
『人間の欲望の空しさ』(The Vanity of Human Wishes)　323, 328
『人間論』(An Essay on Man)　182, 183
『奴婢訓』(Directions to Servants in General)　35, 217, 218
『年代記』(Holinshed's Chronicles) → 『イングランド、スコットランド及びアイルランドの年代記』
『ノーサンガー寺院』(Northanger Abbey)　372, 374
『農夫ピアズの夢』(The Vision of Piers the Plowman)　48
「バースの女房の物語」("The Wife of Bath's Tale")　25, 52
『バーニー博士の回想録』(The Memoirs of Dr. Burney)　360
『背教の尼』(Apostate Nun)　378
『廃村行』(The Deserted Village)　341
『パイン島』(The Isle of Pines)　163
『博物誌』(Natural History)　108
『パストン家書簡集』(The Paston Letters)　54, 55, 56
『ハックルベリー・フィンの冒険』(The Adventures of Huckleberry Finn)　282
『ハッチンソン大佐の生涯の回想録』(Memoirs of the Life of Colonel Hutchinson)　164
『バッドマン氏の生涯』(The Life and Death of Mr. Badman)　114, 142, 144, 151
『パブリック・レジャー』(Public Ledger)　341
『パミラ、或いは美徳の酬い』(Pamela, or Virtue Rewarded)　21, 32, 35, 36, 114, 188, 232, 233, 235, 237-263, 264, 265, 266, 270, 272, 282, 305
『ハムレット』(Hamlet)　62, 310
『薔薇物語』(Le Roman de la Rose)　25, 52, 53
『パリ新紀行』(A New Journey to Paris)　218
『パリスムス』(Parismus, the Renouned Prince of Bohemia)　162
『パリスメノス』(Parismenos)　162
『パンドスト王』(Pandosto, or Dorastus and Fawnia)　33-34, 75, 76, 78, 87
『ハンフリー・クリンカーの探検旅行』(The Expedition of Humphrey Clinker)　37, 316, 318, 321
『悲運の旅人、またはジャック・ウィルトンの生涯』(The Unfortunate Traveller, or the Life of Jacke Wilton)　34, 75, 83, 87, 88-102, 316
『非国教徒に対する最良の処置法』(The Shortest Way with the Dissenters)　190, 192
『ピックウィック・ペイパーズ』(The Pickwick Papers)　335
『批評集』(Essays in Criticism)　175
『批評論』(An Essay on Criticism)　182, 183
『ヒューディブラス』(Hudibras)　154
『ファウスト』(Faust)　376, 377
『ファゾム伯フェルディナンドの冒険』(The Adventures of Ferdinand, Count Fathom)　316, 370
『ファルサモン』(Pharsamon ou les Nouvelles Folies romanesques)　233
『フィールディング』(Fielding)　264, 299, 301
『フィリス』(Phillis, Honoured with Pastorall Sonnets, Elegies, and Amorous Delights)　78
『不可思議なる母親』(The Mysterious Mother)　384
『復楽園』(Paradise Regained)　119
『梟とナイティンゲール』(The Owl and the Nightingale)　48
『不思議な国のアリス』(Alice's Adventures in Wonderland)　40
『冬の夜話』(Winter's Tale)　75
『フランケンシュタイン』(Frankenstein)　39, 381
『フランス革命の省察』(Reflections of the Revolution in France)　29, 327
『フランスとイタリアの感傷旅行』(A Sentimental Journey through France and Italy)　37, 313
『フリートウッド』(Fleetwood)　381
『ブリテン列王史』(Historia Regum Britanniae)　49, 51
『ブリトン史』(Historia Brittonum)　51
『古い荘園領主邸』(The Old Manor House)　367
『ブルート』(Brut)　48, 51
『プルターク英雄伝』(Lives of the Noble Grecians and Romans)　107, 108
『文学の常識』　234
『文法初歩』(Rudimento Grammatices)　58
『ベイオウルフ』(Beowulf)　44, 45
『ベイオウルフ─新版』(Beowulf An Edition)　45

索引　441

『ベックフォード』（Beckford）　401
『ペリグリン・ピックルの冒険』（The Adventures of Peregrine Pickle）　37, 316
『ペルシャ物語』（The Persian Tales）　397
『ヘンリー・フィールディング』（Henry Fielding）　303, 305, 306, 307
『ヘンリー 7 世治世史』（Historie of the Reigne of Henry VII）　103
『法学院のしゃれ男』（The Temple Beau）　300
「法律家の物語」（"The Man of Law's Tale"）　25
『「放浪者」他」序文（Introduction in The Rover and Other Plays）　167
『放浪者、或いは女性の艱難』（The Wanderer, or, Female Difficulties）　360
『放浪者メロモス』（Melmoth the Wanderer）　382
『誉の宮』（The House of Fame）　54
『マイダス』（Midas）　74
『マクベス』（Macbeth）　38, 62, 84, 108
『負けるが勝ち』（She Stoops to Conquer）　341
『マザーグースの童話』（Mother Goose）　370
『マドリッドの修道士』（The Monk of Madrid）　378
『マミーリア』（Mamelia）　74, 75
『マリヤンヌの生涯』（La Vie de Marianne）　233
『マルティヌス・スクリブレラス回想録』（Memoirs of Martinus Scriblerus）　184, 219
『マンク』→『僧侶』
『マンスリー・レヴュー』（The Monthly Review）　341, 402
『マンフローニ、片腕の修道士』（Manfroni, the One-handed Monk）　378
『万葉集』　17
『ミゼリコーディアの尼僧』（Nun of Misericordia）　378
『三つのゴシック小説』（Three Gothic Novels）　387, 400
『蜜蜂の寓話』（The Fable of the Bees; or, Private Vices, Public Benefits）　184
「ミルザの幻」（"The Vision of Mirzah"）　397
『ミルトン』　119
『ミルトン伝』（The Life of Milton）　188
『無一文ピアスの悪魔への嘆願』（Pierce Pennilesse, his Supplication to the Divell）　89

『メナフォン』（Menaphon）　75, 87, 88
『蒙古物語』（Mongul Tales）　411
『百鳥の集い』（The Parlement of Foulles）　53
『森の生活』（Walden, or Life in the Woods）　29
『モル・フランダーズ（の幸・不幸の物語）』（The Fortunes and Misfortunes of Moll Flanders）　35, 184, 190, 191, 192, 205, 206, 208, 211, 212, 213, 235
「モンタナスの恋歌」（"Montanus's Sonnet"）　79
「藪の中」　40
『ユートピア』（Utopia）　63, 64, 67, 217, 230
『ユートピア通信』（News from Nowhere）　40, 63
『ユードルフォの神秘』（The Mysteries of Udolpho）　39, 372, 374, 376, 379
『ユードルフォの血の修道士』（The Bloody Monk of Udolpho）　378
『ユーフューズ、知の分析』（Euphues, the Anatomy of Wit）　70, 71, 72, 74, 75, 78, 130
『ユーフューズと彼のイギリス』（Euphues and his England）　72, 73
『憂鬱の解剖』（The Anatomy of Melancholy）　108, 109
『有名なモル・フランダーズの幸、不幸の物語』（The Fortunes and Misfortunes of the Famous Moll Flanders）→『モル・フランダーズ（の幸、不幸の物語）』
『幽霊の歴史と実在に関する試論』（History and Reality of Apparitions）　370
『ユニヴァーサル・クロニクル』（The Universal Chronicle, or Weekly Gazette）　325
『ユニヴァーサル語源辞典』（An Universal Etymological English Dictionary）　324
『指輪と本』（The Ring and the Book）　40
『ヨハネ伝福音書』　45
『ヨブ記』　355
『ラサリーリョ・デ・トルメス』（Lazarillo de Tormes）　89
『ラセラス』（Rasselas）　38, 320-338, 355, 365, 366
『ランブラー』（The Rambler）　325, 326
『リア王』（King Lear）　55, 62, 229
『リヴァイアサン』（Leviathan）　125, 126
『離婚論』（The Doctrine and Discipline of Divorce）　119, 131

『リシダス』（*Lycidas*）118, 139
『リチャード・サヴェジ伝』（*The Life of Richard Savage*）323
『リチャード3世王史』（*History of King Richard III*）64, 65
『リチャード3世弁護』（*Historic Doubts on the Life and Reign of King Richard the Third*）384-5
『立派な職業』（*The Gentle Craft*）83
「料理人の物語」（"The Cook's Tale"）25
『霊魂たちの嘆願』（*The Supplication of Souls*）64
『レヴュー』（*The Review*〔*A Weekly Review of the Affairs of France, and of All Europe*〕）34, 182, 190
『レディングのトマス』（*Thomas of Reading*）83, 84, 85
『ローマ史』（*The Annals of the Roman History*）108
『ローマ人の行状記』（*Gesta Romanorum*）56
『ローマ帝国衰亡史』（*The Decline and Fall of the Roman Empire*）29, 327
『ローランの歌』（*Chanson de Roland*）24-5, 52
『老英国男爵』（*The Old English Baron*）373-4
『ロウモント・オヴ・ザ・ローズ』（*The Romaunt of the Rose*）→『薔薇物語』
『ロクサーナ夫人の物語』（*The Fortunate Mistress: or a History of the Lady Roxana*）191
『ロザリンド、ユーフューズの黄金の遺産』（*Rosalynde, Euphues' Golden Legacie*）33, 74, 76, 78, 79, 81, 82, 87
『ロデリック・ランダムの冒険』（*The Adventures of Roderick Random*）37, 316, 317
『ロビンソン・クルーソーの生涯と冒険』（『ロビンソン漂流記』）（*The Life and Strange Surprising Adventures of Robinson Crusoe*）27, 35, 151, 184, 189-214, 215, 220, 235
『ロビンソン漂流記』→『ロビンソン・クルーソーの生涯と冒険』
『ロマンス論』（*Idée sur les romans*）377
『ロミオとジュリエット』（*Romeo and Juliet*）55
『ロンドン』（*London*）323
『ロンドンの七大罪』（*The Seven Deadly Sinnes of London*）86
『ロンドンの夜回り』（*The Belman of London*）86
『若きヴェルテルの悩み』（*Die Leiden des jungen Werthers*）36
『悪口学校』（*The School for Scandal*）23, 300, 328

3．作品中の登場人物

アーサー王　18, 24, 25, 48, 49, 50, 51
アーノルド夫妻（Mr.& Mrs. Arnold）347, 348
アダムズ牧師、エイブラハム（Parson Abraham Adams）266, 268, 269, 270, 272, 274, 275, 276, 290
アブサロム（Absalom）153
アミーリア（Amelia）304
アリ・ハッサン（Ali Hassan）406
アリスティッパス　71
アルフォンソ（Alfonso）389, 390, 391, 392
アレティーノ、ペトロ　98
アンジェリナ（Angelina）355
アンダスン　292
アントニア（Antonia）377
アンドルーズ、ジョウゼフ（Joseph Andrews）→ジョウゼフ
アンドルーズ、ジョン（John Andrews）（パミラの父）252
アンドルーズ、パミラ（Pamela Andrews）→パミラ
アンドルーズ夫人　270, 271
アンブロージオ（Ambrosio）376, 377
イグノランス（Ignorance）〔無智氏〕151
イザベラ（Isabella）385, 389, 390, 391, 392, 393
イゾルデ（Iseult〔Isolde〕）51
イムラック（Imlac）332-335, 397
イモインダ（Imoinda）167, 170, 171
ウーランバッド〔怪獣〕409
ヴァセック（Vathek）403, 405, 407, 409, 410
ヴァンダフルク（Vanderhulke）95
ヴィーナス　71
ヴィクトリア（Victoria）392
ウイグラーフ　45
ウィズダム夫人（Mrs. Wisdom）300
ヴィツェンツァ侯フレデリック（Frederic, Marquis of Vicenza）389, 390, 391
ウィリアムズ（農夫）347
ウィリアムズ、ケイレブ（Caleb Williams）

380
ウィリアムズ牧師（Mr. Williams） 251, 252, 258
ウィルキンズ、デボラ（Mrs. Deborah Wilkins） 292
ウィルソン（Wilson） 270, 271, 272, 273
ウィルトン、ジャック（Jacke〔Jack〕Wilton） 90-102, 317
ウィルモット氏（Mr. Wilmot） 346
ウィルモット嬢（Miss Arabella Wilmot） 348, 354
ウィンブル、ウィル（Will Wimble） 179
ウェイクフィールド 346
ウェスタン（ソフィアの父、地主） 288, 290, 292, 300
ウェスタン、ソフィア（Sophia Western）→ ソフィア〔ソフィア・ウェスタン〕
ウォーターズ夫人（Mrs. Waters） 283, 292, 297
ウォドマン未亡人（Widow Wadman） 312
エヴェリーナ（Evelina） 359
エスドラス（Esdras） 98, 99, 100
エドウィン（Edwin） 355
エブリス（Eblis） 408, 409, 410
エミリー（Emily） 374
エルヴィラ（Elvira） 377
オールワージー氏（Squire Allworthy） 269, 280, 284, 285, 286, 287, 288, 290, 291, 292, 295, 296, 346
オーレリアン（Aurelian） 162
オデッセイ（Odyssey） 369
オナー（Mrs. Honour Blackmore）→ブラックモア女史、オナー
オリヴィア（Olivia Primrose） 345, 346, 348, 349, 353
オルーノーコー（Oroonoko） 167, 168, 169, 170-171
カイン（Cain） 44
ガウェイン卿（Sir Gawain） 50, 51
カスタルドー（Castaldo） 98
カットウルフ（Cutwolfe） 99, 100
ガメリン（Gamelyn） 78
カラティス（Carathis） 404, 405, 407, 410
ガラハッド卿（Sir Galahad） 51
ガリヴァー、レミュエル（Lemuel Gulliver） 218, 222, 223, 224, 225, 226, 227, 228, 229, 235
カリフ（caliph） 403, 404, 405, 406, 407, 409
カロリーナ・ウィルヘルミナ・アミーリア・スケッグズ嬢（Carolina Wilhelmina Amelia Skeggs） 347

ギネヴィア（Guinevere） 51
クライティーズ（Crites） 156
クラリッサ（Clarissa） 255
グランディソン、サー・チャールズ（Sir Charles Grandison） 254, 346
クリスチャン（Christian） 145, 148, 149, 150
クリスプ氏（Mr. Crispe） 348
クルーソー、ロビンソン（Robinson Crusoe） 194, 195, 197, 199, 200, 201, 202, 204, 248
グルチェンルッツ（Gulchenrouz） 406, 407
グレンデル（Grendel） 44
ゲリスモンド（Gerismond） 80, 81
コーデリア（Cordelia） 229
コール、トマス（Thomas Cole） 84, 85
ゴッドフリー、サリー（Miss. Godfrey） 258
コニー・キバー（Conny Keyber） 256, 265
コンラッド（Conrad） 389, 390
サー・ウィリアム（・ソーンヒル）（Sir William Thornhill）→ソーンヒル、サー・ウィリアム
サー・チャールズ（・グランディソン）（Sir Charles〔Grandison〕）→グランディソン、サー・チャールズ
サー・トマス（Sir Thomas） 271
サー・ロジャー（Sir Roger）→ドゥ・カヴァリー
サイモン卿 252
ザカリア 99
ザドク（Zadoch） 99
サプル師（Parson Supple） 292
サマー（Summer） 295
サンチョ・パンザ（Sancho Panza） 95, 268
シーグリム、モリー（Molly Seagrim） 286, 287, 290, 295, 297, 300
ジェローム神父（Father Jerome） 389, 390, 391, 392, 393
ジェンキンズ（Miss Jenkins） 335, 336
ジェンキンソン、エフライム（Ephraim Jenkinson） 347, 348, 349, 354
ジャーヴィス夫人（Mrs. Jervis） 251, 152, 257, 258
ジャッキー（Jackey） 252
ジャック（Jack）→ウィルトン、ジャック
シャミラ（Shamela） 256
シャンディ（Shandy）（トリストラムの父） 312
シャンディ、トリストラム（Tristram Shandy） 310
ジュークス夫人（Mrs. Jewkes） 251, 258
ジュリアーナ（Juliana） 162

ジョウゼフ（Joseph Andrews）　265, 266, 268, 269, 270, 271, 274, 276, 283, 284
ジョージ，ブラック（Black George〔George Seagrim〕）　287
ジョージ（・プリムローズ）（George Primrose）　340, 341, 345, 346, 348, 349, 353, 354
ジョーンズ，ジェニー（Jenny Jones）　292, 296
ジョーンズ，トム（Tom Jones）→トム〔トム・ジョーンズ〕
ジョナサン（Jonathan）　252
シルサス　73
シンプソン，リチャード（Richard Sympson）　218
スクウェア，トマス（Thomas Square）　286, 287, 295, 300
スケドーニ（Schedoni）　374, 389
ストラップ（Strap）　316
スペンサー，アダム（Adam Spencer）　81
スリップスロップ女史（Mrs. Slipslop）　274, 275, 289
スワッカム牧師，ロジャー（Roger Thwackum）　269, 285, 286, 287, 291, 295
セオドア（Theodore）　389, 390, 391, 393
ソーンヒル，サー・ウィリアム（Sir William Thornhill）　346, 349, 353, 354
ソーンヒル，ネッド（Squire Thornhill, Ned）　344, 346, 348, 353
ソフィア（Sophia Primrose）　345, 346, 348, 349, 353, 355
ソフィア（Sophia）〔ソフィア・ウェスタン〕　269, 274, 286, 287, 288, 289, 290, 291, 292, 295, 297, 300, 304
ソフトリー夫人（Mrs. Softly）　300
ソリマンシュレイマン・ベン・ダーウド　409
ダイダッパー（Didapper）　276, 291
ダウリング（Mr. Dowling）（弁護士）　279, 292
タウワウズ夫人（Mrs. Tow-wouse）　276
タビサ　98
ダンカン（Duncan）　84
ヂェローム　137
ディアマンテ（Diamante）　98, 99, 100, 101
デイヴァーズ夫人（Lady Davers）　251, 252, 254, 258, 259, 260
ディック（Dick Primrose）　345
ディララ（Dilara）　407
ティルニー（Tilney）　372
デボラ（Debora Primrose）　345, 346
デマス　148, 149

デュ・ボードリエ（Du Baudrier）　218
ドゥ・カヴァリー，サー・ロジャー（Sir Roger de Coverley）　178, 179, 180
トーカティヴ（Talkative）（饒舌氏）　150-1
トービーおじ（Uncle Toby）　312
トム（Tom）（トム・ジョーンズ）　268, 269, 283, 284, 285, 286, 287, 288, 289, 290, 291, 292, 293, 294, 297, 300, 304
ドラスタス（Drastus）　76
トラリバー副牧師（Parson Trulliber）　274, 275, 276
トリスタン（Sir Tristan）　51
トリム伍長（Corporal Trim）　312
ドレイピア（Drapier）　218
トレフリー（Trefry）　170
ドン・キホーテ（Don Quixote）　95, 268, 352
ドン・ファン　399
ドン・ペドロ船長（Captain Don Pedro）　229
ナーシッサ（Narcissa）　316
ナイティンゲール，ジャック（Jack Nightingale）　291, 292
ヌロニハル（Nouronihar）　406, 407, 408, 409, 410
ネアンダー（Neander）　155
ネカヤア（Nekayah）　332, 333, 334
ノーザトン少尉（Ensign Northerton）　292
バーチェル（Mr. Burchell）　346, 347, 348, 349, 353, 355
パーディタ（Perdita）→ペルディタ
パートリッジ（Partridge）　268, 289, 290, 293
ハーレー（Harley）（『多感の人』の主人公）　363
ハーロウ，クラリッサ（Clarissa Harlowe）　261
バイエンズ　142
バババルク（Bababalouk）　405, 406
パミラ（Pamela）　242-263, 265, 266, 269, 272
ハリエット（Harriet）　270
パリス　71
バルトル　98, 99
パンドスト王（Pandosto）　76
ビアンカ（Bianca）　393
ビー（B）氏（Mr. B）　242-263, 265
ヒスロディ，ラファエル（Raphael Hythloday）　63, 64
ビッカースタッフ，アイザック（Isaac Bickerstaff）　176, 178, 218
ヒッポリタ（Hipporita）　389, 390, 392, 393
ヒューゲラーク（Hygelac）王　44
ビル（Bill Primrose）　345
ファイダス　72
ファウスト（Faust）　382, 396, 411

ファクレディン（Fakreddin）406
ファニー（フランセス・グッドウィル）（Fanny〔Frances Goodwill〕）269, 270, 271, 275, 283
フィッツパトリック氏（Mr. Fitzpatrick）292
フィッツパトリック夫人（Mrs. Harriet Fitzpatrick）292
ブース大尉（Captain Booth）304, 305, 306
ブービー氏（Mr. Booby）265, 270, 271
ブービー夫人（Lady Booby）265, 269, 270, 271, 274
フェイスフル（Faithful）145, 146
フェラマー卿（Lord Fellamar）276, 290, 291, 300
フォークランド（Falkland）380
フォーニア（Fawnia）76
ブラーニー夫人（Lady Blarney）347
ブライフィル（Blifil）284, 285, 286, 287, 291, 295
ブラウン（Captain Brown）335
ブラック（・ジョージ）（Black George〔George Seagrim〕）→ジョージ、ブラック
ブラックモア女史、オナー（Mrs. Honour Blackmore）274, 289
フランダーズ、モル（Moll Flanders）→モル
フランバラ（農夫）350
フリーポート卿、アンドルー（Sir Andrew Freeport）179
ブリジェット嬢（Miss Bridget）292, 295
プリムロウズ、ジョージ（George Primrose）→ジョージ（・プリムロウズ）
プリムロウズ博士（Dr. Charles Primrose）（牧師〔vicar〕）340, 341, 345, 346, 347, 348, 349, 355
ブルート（Brut）48
フレゴ、ペトロ・デ・カンポ 98
フレデリック（Frederic）389, 390, 391, 392
フロスガール王（Hrothgar）44
フロリゼル（Florizel）76
ベイオウルフ（Beowulf）44, 45, 369
ペクアー（Pekuah）332, 333
ペダント、ルーシー（Lucy Pedant）300
ベティ（Betty）276
ベドラマイト（Bedlamite）218
ヘラクリデ 98
ベラストン夫人（(Lady Bellaston）289, 290, 291, 300
ペルディタ（パーディタ）（Perdita）76
ヘレン（Helen of Troy）71
ヘレン（Helen）(*Jane Eyre*) 38, 336
ホウプフル 148, 149

マクベス 387, 388, 392
マクベス夫妻 84
マクラクラン（Maclachlan）292
マティルダ（Matilda）(*The Monk*) 376, 377
マティルダ（Matilda）(*Otranto*) 385, 389, 390, 391, 393
マラプロップ夫人 275
マンフレッド（Manfred）386, 388, 389, 390, 391, 392
ミラー夫人（Mrs. Miller）290, 291, 292
ムラルト、オヌフリオ 386
メロモス（Melmoth）382
モーランド、キャサリン（Catherine Morland）372
モタッセム 403
モラカナバッド（Morakanabad）405
モル（Moll）205, 206, 207, 209, 210, 213
モントーニ（Montoni）374
「山の男」270, 271, 291, 302
ユージニアス（Eugenius）156
ユーフューズ（Euphues）71, 72
ユリアナ（マンチュア公爵夫人）(Julianaes the Marques of Mantuaes) 99
ヨリック（『トリストラム・シャンディ』の登場人物）312
ヨリック（『ハムレット』の墓掘人）290
ライカーガス 71
ラヴレイス（Lovelace）254, 255, 354
ラグネル（Ragnell）51
ラセラス（Rasselas）331-335
ランスロット卿（Sir Launcelot）51
ランダム、ロデリック（Roderick Random）316
リア王（King Lear）48, 50, 51
リカルド（Ricardo）392
リジディーアス（Lisideius）156
レイケル（Rakel）300
レオノーラ（Leonora）271, 272
レオンティーズ（Leontes）76
老ナイティンゲール（Old Nightingale）（ジャック・ナイティンゲールの父）292
ロセイダー（Rosader）80, 81
ロデリック 316, 317
ロビン 251, 252
ロビン・フッド（Robin Hood）78
ロビンソン（Robinson）→クルーソー
ロングマン（Longman）252
ワールドリー・ワイズマン（Mr. Worldly Wiseman）（世智聡明氏）150
ワイルディング（Wilding）300

4. その他の歴史上の人物

アグリコラ、ヂューリアス（Gnaeus Julius Agricola）136
アボイヌ伯爵（the Earl of Aboyne）398
アルフレッド大王（Alfred the Great）45, 46, 65
アレクサンダー大王（Alexander the Great〔Alexandros〕）24, 50, 71
アン王女（後のアン女王）→アン女王
アン女王（Queen Anne）175, 190, 217, 322, 397
アンドルーズ、ランスロット（Lancelot Andrewes）110
ウィリアム1世（William I, William the Conqueror）（＝ノルマンディ公ウィリアム）47, 48
ウィリアム3世（William III）（＝オレンジ公ウィリアム）34, 153, 175, 190
ウォルポール卿、ロバート（Sir Robert Walpole）（ホレス・ウォルポールの父、政治家）39, 173, 183, 384
ウルジー枢機卿、トマス（Cardinal Thomas Wolsey）58, 64, 95
エドワード3世（Edward III）53, 179
エドワード6世（Edward VI）58, 60
エリザベス1世（エリザベス女王）22, 58, 59, 60, 61, 163
オーガスタス（アウグスティヌス）帝 175
オレンジ公ウィリアム（Prince of Orange）（＝ウィリアム3世）→ウィリアム3世
コートネイ、ウィリアム（William Courtnay）398
ゴードン、レディ・マーガレット（Lady Margaret Gordon）398
コール師、ウィリアム（Rev. William Cole）385
ゴールドスミス、チャールズ（オリヴァー・ゴールドスミスの父）340
コリンズ、ベンジャミン（Benjamin Collins）（ソールズベリーの印刷屋）344
コンウェイ将軍 185
コンラッド2世 386
サー・ウィリアム 399
サクソニー公（the Duke of Saxonie〔Saxony〕）92, 95
サックヴィル、チャールズ（バックハースト卿）（Charles Sackville, Lord Buckhurst）156
サリー伯ヘンリー・ハワード公（Lord Henrie〔Henry〕Howard, Earle〔Earl〕of Surrey）91, 95, 97, 98, 99, 100, 101
懺悔王エドワード 179
シーザー、ジュリアス（Julius Caesar）46
ジェイムズ1世（イギリス国王）33, 103, 108, 110
ジェイムズ2世（James II）（＝ヨーク公ジェイムズ）153
シセロ、（キケロ）（Cicero）156
シャフツベリー伯（Anthony Ashley Cooper, 1st Baron Ashley and 1st Earl of Shaftesbury）153, 165
シャフツベリー伯（Anthony Ashley Cooper, 3st Earl of Shaftesbury）187
ジョージ1世（George I）（ハノーヴァー公）175
ジョージ2世（George II）347
ジョージ3世 324
ジョンストン（Mr. Johnston）330
ジョンソン、エスター（Esther Johnson）→ステラ
ジョンソン、マイケル（Michael Johnson）（Samuel Johnsonの父）322
スコットランド王ジェイムズ1世 56
スターン、リチャード（Richard Sterne）（ローレンス・スターンの曽祖父）309
ステラ（Stella）216, 217
ストレイハン、ウィリアム（William Strayhan）（印刷屋）330, 344
聖オーガスタン（Saint Augustine）47
聖ジェイムズ（Saint James）66
聖ジェローム（Saint Jerome）132
聖ピーター（Saint Peter）66
セッドレー卿、チャールズ（Sir Charles Sedley）156
ソロモン 71
ダ・ヴィンチ、レオナルド（Leonardo da Vinci）28
ダーブレイ、アレクサンドル（Alexandre d'Arblay）360
ダイオナイシアス 132
ダビデ（King David）71, 153, 369
タリー 71
チャールズ1世（Charles I）116, 117, 118, 125, 130, 139, 185
チャールズ2世（Charles II）125, 143, 152, 153, 154, 167
チャールズ5世（Charles the fift〔fifth〕）97-8
チャールズ大帝（シャルマーニュ大帝）（Charles the Great〔Charlemagne〕）24
チョーサー、ジョン（John Chaucer）（ジェフリー・チョーサーの父）53

デイヴィス、トマス（Thomas Davis）（俳優、書店主）　326
ディングリー、レベッカ（Rebecca Dingley）　217
テューダー、メアリ（Mary Tudor）→メアリー（Mary Tudor, Mary Ⅰ）
ドッズリー（Mr. Dodsley）　330
ドネラン、アン（Anne Donnellan）　305
トムリンソン大佐　185
トランシルヴェーニア大公　136
ドレーク卿、フランシス（Sir Francis Drake）　61
ニューベリー（Newbery）　344
ネルソン、ロード・ホレーショ（Lord Horatio Nelson）　399
ノルマンディ公ウィリアム（＝ウィリアム征服王〔William the Conqueror〕）→ウィリアム１世
ハーレー、ロバート（Robert Harley）（トーリー党の政治家）　190, 191
バックハースト卿→サックヴィル、チャールズ
ハルン・アル・ラシッド（Haroun al Raschid）　403
ハロルド２世（Harold II）　47
ハワード卿、ロバート（Sir Robert Howard）　156
ピーター（Peter Beckford）（ウィリアム・ベックフォードの従兄弟）　398
ビュート伯爵夫人　306
ピラネージ（Piranesi）　387
ファーカー、ジョン（John Farquhar）　399
フィッシャー僧正（Bishop John Fisher）　58
フィリップ２世　74
フィールディング、シャーロット（Charlotte Fielding）　288
フォード、サーラ（Sarah Ford）　322
フス　137
ブラッドシェイ夫人　305
フランソワ１世（François I）　100
フリードリッヒ２世　386
ベックフォード、ウィリアム（父）　397
ヘンデル　288
ヘンリー４世（Henry IV）　179
ヘンリー８世（Henry VIII）　28, 57, 58, 59, 60, 91, 92, 98, 100, 116
ホール、エリザベス（Elizabeth Hall）　239
ボレーン、アン（Ann Boleyn）　59
マダン、マーティン　309
マホメット（Mahomet）　403, 405, 407, 409
マライア、ヘンリエッタ（Henrietta Maria）　117
ミケランジェロ（Michelangelo）　387
メアリー（Mary Tudor, Mary I）　58, 60
メアリー（Mary II）　153
メアリー女王（Mary Stuart, Queen of Scots）　60
モーツァルト（Wolfgang Amadeus Mozart）　398
モット、ベンジャミン（Benjamin Mott）　218
モハメッド（Mohammed）→マホメット
モンマス公ジェイムズ（James Scott, Duke of Monmouth）　153, 187
ヨーク公ジェイムズ→ジェイムズ２世
ライデン、ジョン（John Leiden）　92, 95
リチャードソン、サミュエル（Samuel Richardson）（サミュエル・リチャードソンの父）　239
ルイ13世（Louis XIII）　117
ルイ14世（Louis XIV）　175
ルイザ（Louisa Beckford）　398
ルヴァド、ジャン・ダヴィド（Jean David Levade）　402
ルーベンス　387
レティス、ジョン（John Lettice）　398
ローザ、サルヴァトール　387
ロード、ウィリアム（William Laud）　117, 130
ワイアット、ジェイムズ（Sir James Wyatt）　399
ワット、ジェイムズ（James Watt）（蒸気機関）　174

5．事項

アーサー王伝説　24, 25, 49, 50, 51, 52
アーサー王物語　51
アイヌ　18
アイルランド（Ireland）　47, 161, 178, 216, 217, 327, 328, 340, 382
アイルランド人　367
「購いの作品」（Work of Redemption）　313
芥川賞　26
「悪魔船」　370
亜小説　230
アッバシード朝　403
「アディソン通り」（Addison Walk）　178
アテネ　70, 72, 129
アナーキズム　39
アビシニア（エチオピア）（Abyssinia〔Ethiopia〕）　331, 334

アプトン　292
アミアン　313
アムステルダム（Amsterdam）　373
アメリカ　119, 340, 356
アメリカ・インディアン　369
アメリカ合衆国　368
アメリカ小説　41
アメリカ小説史　368
「アメリカ小説の父」　368
アメリカ独立戦争　113, 174
アラビア語　398, 402
アラビア物　411
アラビア物語　402
"アラビアンナイト"　411
アルコレミの宮殿（The Palace of Alkoremi）　403
アルファベット（alphabet）　17
「アレオパガス」（Areopagus）　129
"アレオパジティカ"　129
アレクサンドリア（Alexandria）　132
アングロ・サクソン語　44
アングロ・サクソン人（Anglo-Saxons）　46
アングロ・ノルマン語　49
イートン　384, 385
イギリス　28, 61, 99, 117, 133, 136, 138, 163, 172, 173, 176, 399
イギリス・ルネッサンス　53
イギリス海峡　61
イギリス議会政治　395
イギリス経験哲学　103
イギリス国教会（Church of England, Anglican Church）　59, 60, 88, 110, 119, 123, 173, 190, 309
イギリス散文物語　87
「イギリス小説の原型」　192
イギリス人　136, 199
イギリス的古典経験論　187
「イギリス批評の父」（Father of English Critic）　155
イギリス黙劇（the English Pantomime）　281
異国趣味（exoticism）　171, 329, 361, 366, 369
「意識の流れ」　37, 165, 247, 314, 414
イスタカール（Istakhar）　406, 407
イスパニア王位継承戦争　173
「イソクラテス的」　138
イタリア　28, 53, 54, 60, 75, 88, 91, 95, 98, 99, 118, 155, 188, 313, 373, 384, 386, 387, 398
イタリア・ルネッサンス　18, 28, 53, 55
イタリア語　398
異端審問　377

異端審問所　376
「一種の実現されなかった大憲章」　140
田舎　295, 339, 354, 368
「田舎」　291
「田舎」対「都市（都会）」　290
田舎地主像　289
イングランド　178, 239, 318
インド（India）　20
インド人　405
ヴァージニア（Virginia）　210, 402
ヴァージニア植民地　61
ヴィクトリア朝期（the Victorian Age）　22, 23, 26, 29, 38, 40, 261, 313, 321, 335
ヴィクトリア朝小説　414
ウィッテンベルク（Wittenberg）　59, 95
ウィリアム・アンド・メアリー大学　402
ウィルズ・コーヒー店（Will's Coffee House）　182
「ウィルソン氏の物語」　273
ウィルトシャー　178, 399
ウィンチェスター（Winchester）　45, 46, 110
ウェールズ（Wales）　49
ウェストミンスター・スクール（Westminster School）　154
ウェストミンスター寺院（Westminster Abbey）　179, 325, 340
ウェセックス（Wessex）　45
ヴェニス（Venice）　95, 98
ウォリックシャー（Warwickshire）　61, 322
「馬の国」（馬の国）　219, 220, 225, 228
「浮気女の不幸」　273
英語散文の確立　155, 165
英語散文の完成、定着　158
英語散文の大成者　230
「英語散文の父」（Father of English Prose）　65
英語散文の標準的スタイル　188
「英詩の父」　49, 53, 158
英米小説　414
英雄劇（Heroic plays）　155, 168
英雄対韻句（heroic couplet）　54, 183
英蘭戦争　153
エキゾティシズム→異国趣味
エジプト（Egypt）　17, 20, 329, 332, 333
エジンバラ　185, 340
エジンバラ大学　185, 364
SF小説　39
「エッセイ形式」（essay form）　338
エリザベス朝　28, 87, 100, 127, 129, 191, 370, 394
エリザベス朝演劇　53, 114, 369
エリザベス朝期（the Elizabethan Age）　22,

索引　449

23, 33, 54, 68, 101, 155, 317
エリザベス朝散文界　61
「エリザベス朝小説」（the Elizabethan novels）
　　68, 69, 82, 88, 89, 100, 101, 102, 148
エリザベス朝文学　56, 236
厭世主義（pessimism）　217, 220, 225, 229
「円卓の騎士」（the Knights of the Round Table）
　　51
「燕麦」（oats）　324
「オーガスタスの時代」（the Augustan Age）
　　182
オーストリア王位継承戦争　174
オーフォード伯（Earl of Orford）　284
オールドウィンクル　154
押韻詩（rhymed verse）　155
「黄金時代」（the Golden Age）　175
「王様の病気」（kings's evil）　322
王室資料編纂所所員（Historiographer Royal）
　　155
王政復古（the Restoration）　22, 23, 32, 34, 119,
　　138, 143, 152, 153, 154, 155, 158, 163,
　　164, 165, 216
王政復古期→王政復古
王党　161
王党派（Tory）　155
王党派詩人（Cavalier Poets）　119
王立学会（Royal Society）　152-3
王立学会員　158, 161
王立美術院（Royal Academy）　327
「大熊」（The Great Bear）　321
「お上品な伝統」（genteel tradition）　335
オックスフォード　57, 58
オックスフォード大学（Oxford University）
　　58, 69, 75, 77, 83, 106, 108, 120, 163,
　　165, 178, 324, 327, 367
オトラント（Otranto）　386
「お屋敷物語」　243
オランダ　67, 95, 99, 165, 173, 340, 348, 398
オランダ海軍　156
オランダ軍艦　153, 167
オランダ人　57, 340
オリエンタル・ロマンス（東洋物）　365, 396
『ガーディアン』紙（The Guardian）　178
怪奇趣味　366, 369
「懐疑的実証主義」　185
怪奇物　381
階級間の闘争　259
階級対立　36
階級問題　243
海軍長官　158
蓋然性　250

海洋小説家　315
カイロ（Cairo）　332, 333
カイン（Cain）　44
「カヴァリー物」（Coverley Papers）　178
科学小説　381
「書きまぜもの（farrago）」　182
革新主義　379
カスチヨンの戦い　55
「雅俗混交体」　182
家庭小説（domestic novel）　320, 339, 354, 361,
　　365, 366
家庭生活（family life）　345, 354
カトール平原（the plain of Catoul）　405
カトリック　61
カトリック教　155
カナリア群島　78
「神の王国」　116
仮面劇（Mask）　118
カルヴィン主義（Calvinism）　116, 382
カルヴィン主義者　60
カレー　313
漢字　17
感受性（センシビリティ）　365, 366
感傷主義（センティメンタリズム）
　　（Sentimentalism）　37, 368
感傷小説（Sentimental novel, Novels of sentiment
　　〔sensibility〕）　38, 39, 263, 365, 366, 367
感傷性（センティメンタリティ）（sentimentality）
　　312, 355
感傷派　367
勧善懲悪主義　345, 374, 388
カンタベリー（Canterbury）　46, 47, 54
カンタベリー大司教（Archbishop of Canterbury）
　　47, 60, 130
監督制度（prelacy）　131, 133
観念連合　55
「官能的な祭り」（voluptuous festival）　401
「慣例」（convention）　250
ギエンヌ　315
喜劇　155
「喜劇的散文叙事詩」　268
喜劇的叙事詩　246
喜劇部（the comic）　281
擬古典主義（Pseudo-Classicism）　174
騎士道精神　48
騎士道ロマンス　370
奇蹟劇（Miracles）　49, 50
偽善（hypocrisy）　267
貴族階級　259, 261
キット・キャット・クラブ（Kit-Cat Club）　178
「旗亭文学」　292

気取り　267, 268
喜望峰（the Cape of Good Hope）　163
脚韻（rhyme）　50
キャタコウム（catacombs）　334
キャンベル氏の学校（Mr. Campbell's school）　340
宮廷恋愛（courtly love）　24, 52
旧約聖書（the Old Testament）　110, 125, 153, 355
教訓小説　365, 397
共産主義社会　64
恐怖小説（Novel of Terror）　365, 376
恐怖派（School of Terror）　38, 367, 372, 381
恐怖物語　369
教養小説　321
共和国　163
共和制　127
共和政治（Commonwealth）　118
共和政府　118
共和派　162
虚栄（vanity）　267
「巨人国」　219
ギリシャ　138
ギリシャ語　398
ギリシャ風ロマンス（Hellenistic romance）　369
キリスト教　47
キルケニー・ウェスト　340
キングズ・カレッジ　384
キングズ・リン（Kings Lynn）　359
近親相姦　283
近代英語　62
近代小説（Novel）　35, 54, 87, 113, 128, 142, 143, 151, 166, 176, 181, 182, 184, 188, 191, 192, 205, 213, 215, 230, 232, 233, 239, 330, 366, 374
近代小説史　371
近代的君主制　187
吟遊詩人（scop）　44
クィーンズ・カレッジ　178
寓意詩　48
寓意物語（アレゴリー）　143, 145, 148, 151, 216
楔形文字　17
熊野　41
グラスゴー大学　315
グラブ・ストリート（Grub Street）　339, 348
グラナダ（Granada）　98
グラブダブドリップ（Glubbdubdrib）　217
グラマー・スクール（文法学校）　143, 315
クランフォード（Cranford）　335
グリフィン氏の学校（Mr. Griffin's College）　450

クロイン　187
クロンメル（Clonmel）　309
ゲアタース　44, 45
軽演劇　183
桂冠詩人（Poet Laureate）　155
経験論（empiricism）　125, 175
経済学　200
「形而上詩人」（Metaphysical Poets）　119
刑罰論　348, 352, 354
啓蒙主義　331
劇（Drama）　19
「劇中劇」　353
「劇的小説」　246
ケルト（Celt）　18, 24
ケルト人　46, 51
検閲　133
検閲令（licensing of books）　130, 131, 132, 133
衒学趣味　130
原始主義（primitivism）　368, 369
遣隋（唐）使　18
ケンブリッジ　383
ケンブリッジ大学（Cambridge University）　58, 59. 70, 75, 83, 88, 103, 118, 154, 158, 309, 384
言論の抑圧　131
コーヒー店（coffee house）　174, 178, 182
コーンウォール　384
コヴェント・ガーデン（Covent Garden）　326
高貴な野蛮人（the Noble Savage）　167, 170
口承伝説　370
工場労働者　358
合同法令（Act of Union）　173
合理思想　174
合理主義　32, 174, 335, 365
古字体（ブラック・レター）　386
「ゴシック」（Gothic）　369, 382
ゴシック・ブーム　368
ゴシック・ロマンス（Gothic Romance〔Novel〕）　38, 329, 365-382, 374, 382, 383
ゴシック建築　369
ゴシック作家　372, 382
ゴシック趣味　399
ゴシック小説（Gothic Romance〔Novel〕）　102, 320, 365, 366, 369, 370, 371, 372, 373, 374, 376, 379, 382, 383, 387, 388, 396, 397
ゴシック風　369, 387
ゴシック文学　367, 387
ゴシック物語　370
ゴシック様式　399
古代英語（Old English）　44, 45, 47, 48

古代英語期　45, 47
古代英語詩　44
古代ギリシャ　17, 19, 21, 57, 129, 132, 155, 0156
古代文学　56
古代ローマ　17, 19, 21, 132, 155, 327
古代ローマ文学　175
国教　172
国教会→イギリス国教会
コックスウォルド（Coxwold）　309
「滑稽なるもの」　267
古典主義（Classicism）　30, 154, 155, 174, 175, 184, 335, 354
古典主義者　368
古典主義文学　174, 230, 321, 368
古典風のスタイル（Attic style）　129, 135, 138
古典文学　365
護民官（護国卿）(Lord Protector)　118
コロニアリズム（colonialism）　171
コンウェイ将軍（General Henry Seymour Conway）　385
コンスタンツの宗教会議　59
「最高の題材」(the highest subject)　293
「最初の祈り」　200
サスペンス　372
サディズム　376
サフォーク（州）　88
サマセットシャー（Somersetshire）　270, 278, 280, 285, 293, 294, 295, 298
「サマセットシャーの天使」　288
「さまよえるユダヤ人」　370, 382
サマラア（Samarah）　403, 404, 405, 409
産業革命　173, 354
産褥熱　398
散文（Prose）　19, 21, 32
散文「小説」　113
「散文と理性の時代」(age of prose and reason)　175
「散文による喜劇的叙事詩」(a comic epic poem in prose)　266, 282
「散文の英雄詩物語詩」(heroic, historical prosaic poem)　282
散文ロマンス　54, 74, 87, 113
散文ロマンス作家　87
残余議会（Rump Parliament）　118
詩歌（Poetry）　19
シェイクスピア＝ベーコン説（Baconian theory）　62, 105
シェイクスピア＝マーロー説　62
シェイクスピア俳優　328
ジェイムズ1世朝（Jacobean Era）　28

「ジェイムズ1世朝小説」(the Jacobean novels)　68
ジェイムズ朝　127
ジェイムズ党の反乱　174
シオン山　136
詩劇（Poetic drama）　19
自己確認（identification）　40
シシリー　386
自然（nature）　291, 295, 329, 354, 368
自然科学（natural science）　165, 173
自然権（Jus Naturale）　126
自然主義（naturalism）　345
自然描写　39, 374
自然法　126
シチリア　392
視点（point of view）　252
児童文学（juvenile literature）　194, 218
児童読物　205
地主　349
地主階級　258
ジプシー　270, 271
ジプシー女　270, 271
ジブラルタル（Gibraltar）　173
資本主義（capitalism）　207
資本主義精神　199
市民階級（the bourgeoisie）　233, 234
市民社会　295, 329, 354, 368
ジャーナリスト　191, 192, 299, 300
ジャーナリズム　30, 32, 33, 38, 86, 172-188, 307, 235
シャーパム・パーク（Sharpham Park）　294
社会改良主義者　244
社会契約（Social contract）　125
「社会主義」　365
社交界　362
ジャマイカ（Jamaica）　397
週刊誌　190
宗教改革（Reformation）　57, 59, 60, 110, 132, 133
宗教裁判　377
宗教裁判所（the Inquisition）　132, 372, 377
宗教詩　48
十字軍　48
自由主義　328
修道院（abbey）　392
修道士（monk）　46, 372, 374, 389
「18世紀生活の広大な絵図」(the wide picture of eighteenth-century life)　301
主観的観念論　187
「首長令」　60
ジュネーヴ（Geneva）　59, 60, 381, 398, 401

「殉教者」 144
「瞬時に即して」(to the moment) 245
準小説 230
ジョージ王戦争 174
蒸気機関 174
象形文字 17
「小人国」 219, 220, 224, 235
「小人族の国」 219
小説(ノヴェル〔novel〕) 21, 24, 30, 40, 68, 103, 151, 162, 171, 172-188, 232, 338, 365
「小説家の原型」 191
「小説作法」 213
上層中流階級 361
「冗談詩」 64
上流階級 203, 242, 255, 291
上流社会 261
「小話」(tale) 54
書簡(体)形式(書簡方式) 245, 256, 318
書簡体(epistolary form) 249, 256, 307
書簡体小説 35, 39, 239, 244, 321, 359
初期キリスト教会議 132
初期資本主義 35
職業選択 358
植民地戦争(英仏) 174
女権運動家 359
女性読者層 239, 366
「女中文学」 258
ジョンソン・グループ 327
「ジョン・ブル」 184
「新学問」(New Learning) 57
新教 155
信教自由令 144
新教徒 153
信仰復興運動 173
「紳士ウィリアム・マーシャル」 386
「紳士性」(ジェンティリティ) 249
「真実らしさ」 213
信心書(devotional literature) 244
神聖ローマ帝国皇帝 386
新大陸(アメリカ) 40, 61, 117, 206, 210, 368, 414
「シンデレラ物語」 243
神秘劇(Mysteries) 50
新聞 32, 182, 190
「人文主義」(Humanism) 57, 58
人文主義者(Humanists) 57
「新聞随筆」 176, 189
新約聖書(the New Testament) 45, 110
心理主義 366
「心理的な深みや鋭敏さ」("psychological depth and subtlety") 242

心理描写(psychological description) 36, 235, 243, 244, 247, 249, 254, 307
心理分析 381
神話時代 369
スイス 59, 381
「随筆」(エッセイ) 181
「随筆的短篇小説」 181
「スクリブレラス・クラブ」 182, 184, 219
スコットランド 59, 60, 84, 173, 194, 316, 318
スコットランド人 315, 325, 367
スコットランド地方(Scotland) 47
ストーリー(Story) 25
ストラットフォード・オン・エイヴォン(Stratford-upon〔on〕-Avon) 61
ストローベリー・ヒル(Strawberry Hill) 39, 369, 384, 386, 394
スペイン(Spain) 61, 89, 91, 99, 125, 132, 316
スペイン人 72
「スペクテイター・クラブ」(Spectator Club) 178, 179
スリナム(Surinam〔e〕) 166, 167, 168, 170
清教主義(Puritanism) 116, 119, 127, 262
清教徒(ピューリタン) 59
清教徒革命(the Puritan Revolution) 22, 23, 28, 34, 116, 143
清教徒時代 129
聖クララ 377
正劇部(the serious) 281
星(室)庁(Star Chamber) 130
聖ニコラス寺院(the Church of St. Nicholas) 386, 389
聖杯探求(the Quest for the Holy Grail) 51
聖パトリック大聖堂(St. Patrick's) 216
「世界標準」 413
責任内閣制度 174
「世俗的バイブル」 151
「説教壇のシェイクスピア」 124
センシビリティ 329
センティメンタリズム(sentimentalism) 236, 363, 365
センティメンタリティ 320
センティメンタル(sentimental) 239, 262, 263
セント・ジョン・カレッジ 88
セント・ポール寺院(St. Paul's Cathedral) 120
ソールズベリー 63
「荘重体」(The Sublime〔sublime style〕) 287, 296, 297, 298
「即座の」 246
ソシヌス教 188
ソネット 78, 139

索引　453

ダービシャー（Derbyshire）239, 322
第一期ロマン主義文学　61
大英帝国（the British Empire）173
大英博物館（British Museum）174
大学才人（University Wits）33, 69, 70, 74, 83, 88
第三風刺詩（ジューヴナル〔ユウェナリス〕）323
「大人国」220, 224, 235
対仏大同盟　174
大ブリテン王国　173
大法官（Lord Chancellor）58, 103, 165
大宝律令　44
『タイムズ』紙（The Times）182
大陸旅行（Grand Tour）88, 91, 118, 163, 340, 384, 398
ダブリン（Dublin）178, 216, 219, 340, 373, 382
玉の輿　239, 243, 244, 258
短期議会（Short Parliament）117
短篇小説　26
治安判事　285, 304, 305
チープサイド　120
「地球座」（Globe Theatre）61
チグリス・ユーフラテス（Tigris-Euphrates）17
地中海　374
中国（China）17, 20
中国文化　18
中産階級　34, 35, 116, 165, 172, 173, 174, 181, 189, 194, 199, 200, 203, 204, 232, 239, 243, 244, 258, 261
中世（Middle Age）19, 27, 31
中世英語（Middle English）47, 48
中世社会　48
中世趣味　385, 392
中世的ロマンス　89, 100
中世伝説　370
中世の歴史　368
中世文学　24, 49, 50, 53, 56
中世ロマンス　18, 51, 52, 68, 89, 148
中篇小説　26
長期議会（Long Parliament）117, 130, 131
「超自然」293
超自然現象　38, 374, 385, 386, 393
朝鮮半島　17
長篇小説　26
長老派教会　60, 131
ツルネー（ベルギー西部）92
定期刊行物（periodicals）176, 325
「抵抗権」165
『デイリー・ユニヴァーサル・レジスター』紙（The Daily Universal Register）（The Times の前身）182
ディレッタント　394, 395, 399
テームズ川　153, 155, 167
テール、テイル（Tale）25, 26
デーン人（Dane）45, 46
手紙形式　249
「哲学者の国」219
鉄騎兵（Ironsides）118
デネ（デンマーク）44
田園　345, 354
田園詩　339, 345, 354
田園生活　344
田園ロマンス　345
伝記　164
伝記文学　326
「天の都」（the Celestial City）145
デンマーク　44, 99
ドイツ　31, 59, 91, 92, 194, 356, 398
ドイツ文学　376
トウィッケンハム（Twickenham）384
頭韻（alliteration）44, 50, 70
「統計記録」192
道化味　267
同性愛　398, 399
道中記　273, 278, 282
道中物　271
東洋（オリエント）329, 338
東洋趣味　39, 374, 397
東洋ブーム　397
東洋物語　397, 411
ドーヴァー海峡（Straits of Dover）47
トーリー（党）（Tory）152, 153, 190, 216, 217
都会趣味　321, 368
都会文学　174
都会文明　290, 291
「徳」（ヴァーチュー）249
読者層　189, 244
「独白」（monologue）247
飛ぶ島（浮島）（「ラピュータ」）224
ドラキュラ（Dracula）物　381
トリニティ・カレッジ（ケンブリッジ）154, 386
トリニティ・カレッジ（ダブリン）216, 340, 382
ドルアリー・レイン（Drury Lane）323
奴隷制（slavery）395
奴隷売買　316, 397
トロイ戦争　24, 50
ナイル（the Nile）331, 332, 334
ナポリ　386
「成り上がりのカラス」（an upstart crow）77

南部文学　371
西イングランド　280, 308
西インド諸島　316, 387
尼僧院　387
日刊紙　177
日本　217, 414
ニューイングランド　59, 117
ニューゲート（Newgate）　190, 206
ニューホランド　229
ニューヨーク（New York）　153
「人間山」（The Great Man-Mountain）　222
ヌビア（Nubia）　333
ネイズビー（Naseby）の戦い　117
ネーデルランド（the Netherlands）　161, 167
年季奉公　358
ノーウィッチ（Norwich）　75, 83
ノーサンプトンシャー（Northumptonshire）　154
ノーサンブリア（Northumbria）　45
ノース・エンド（North End）　240
ノーフォーク（州）（Norfolk）　54, 74
ノヴェル（Novel）（近代写実小説）　26-27, 30, 32, 33, 54, 234, 413
ノルマン征服（the Norman Conquest）　47
バークシャー　163
ハーシニア　136
バース（Bath）　292, 399, 400
ハーレム　403
破戒僧　376
博愛主義　187
「迫害される処女」　255
迫真性　212
「白鳥座」（Swan Theatre）　61
馬上試合　48, 374
発汗病（the sweating sicknes〔sickness〕）　92
ハドソン湾　173
パトリック・ヒュー氏の学校（Mr. Patrick Hugh's school）　340
パトロン　324
ハノーヴァー王朝　173
パブリック・スクール　154
バミューダ（Bermuda）　187
「ハムレット観劇の場」　290
パラス（Pallas）村　340
薔薇戦争（the Wars of the Roses）　55
バラッド（Ballad）　49, 355, 370
パリ（Paris）　317, 348, 373, 399, 401, 402
パリ条約　174
バルニバービ（Balnibarbi）　217, 224
バルバドス諸島　225
パルマ（Parma）　373

パレルモ　400
パロディ　256, 264, 265, 266, 307, 372
「犯罪小説」　381
パンフレット　33, 35, 75, 77, 78, 83, 86, 87, 88, 90, 113, 128, 129, 131, 167, 184, 190, 192, 385
パンフレット作家　86, 87, 100, 213
万有引力（universal gravitation）　165
ヒエラルキー（Hierarchie）　60
ピカレスク　101, 206, 271, 272, 282
ピカレスク系小説　320, 382
ピカレスク小説（Picaresque novel）　34, 37, 38, 69, 83, 89, 90, 100, 206, 266, 278, 295, 315, 316, 371
ピカレスク物　367
「ピカロ」（picaro）　90, 100
非国教徒　143, 173, 189, 190
「美徳の酬い」　256
「ひまな女たち」　244
百年戦争（the Hundred Years' War）　48, 55
ヒューマニズム（Humanism）　57, 213, 261, 262
ピューリタン（清教徒）（Puritan）　33, 34, 88, 116, 117, 118, 127, 139, 144, 165, 212
ピューリタン革命（the Puritan Revolution）　131, 172
ピューリタン詩人　118
ピューリタン派　119
ピューリタン文学　128
標準的英語散文　65, 105, 120, 166
ピラミッド（Pyramid）　337
「ブービー・ホール」（Booby Hall）　270
ファン・フェルナンデス島　194
「フウイヌム」（Houyhnhnm）　225, 226
フウイヌム国（馬の国）（Houyhnhnms Land）　217, 227, 228
風刺（satire）　190, 215, 217, 218, 219, 224, 229, 307, 347, 356, 367, 397
風刺作家　367
風刺文学　63, 215
風習喜劇（Comedy of Manners）　23, 152, 154, 162, 183
風習小説（Novel of Manners）　339, 365
フォントヒル（Fonthill）屋敷（フォントヒル・アベイ〔Fonthill Abbey〕）　39, 374, 397, 399, 400, 401
伏線　271
父権制社会　261
「ブラックフライアーズ座」（Blackfriars Theatre）　61
フランス　31, 53, 55, 59, 76, 78, 88, 91, 92, 99,

索引 455

100, 117, 125, 173, 174, 313, 316, 359, 371, 384, 398
フランス革命（French Revolution）　174, 327, 327, 371, 395, 399
フランス語　47, 48, 398, 400, 402
フランス語版　402
フランス人　136, 359
フランス文化　47
ブリテン島（Britain）　18, 45, 46, 47, 48
ブリトン人　51
プリマス（Plymouth）　225
ブルジョワジー（ブルジョア）（Bourgeois）　32
「ブルナンバーの戦い」（Battle of Brunanburh）　46
ブレーメン　194
フローレンス（Florence）　98, 162
フローレンス公　98
プロシャ　173
プロット（plot）　251, 279
プロテスタント　35, 58, 59
ブロブディングナグ（大人国）（Brobdingnag）　217
「文学クラブ」　38, 321, 322, 327, 328, 341
「文壇の大御所」（The Cham of Literature）　318, 322
文法学校（grammar school）　239
文明社会　369
「分裂せる心」（a divided heart）　244
ヘイスティングズ（Hastings）の戦い　47
ヘオロット（Heorot）　44
ベッドフォード　143
ベッドフォードシャー（Bedfordshire）　251, 252, 257, 262
ベネディクト（Benedict）派　47
ヘブライ思想　57
ベルギー　78, 348
ベルリン（Berlin）　373
「変身」（transformation）　40
ペンブルック・カレッジ　323
ヘンリー8世朝　91
ホートン（Horton）　118
ホイッグ党（Whig）　153, 177, 178, 179, 187, 216, 327, 397
法皇　19
法王庁　132
亡霊　391
牧歌（的）ロマンス　74, 87
「炎の心臓」　411
ボヘミア（Bohemia）　59
ポルトガル　173, 229, 307
ポルトガル人　322

ボローニャ（Bologna）　99, 100
ホワイトホール（Whitehall）　118, 185
マーストン・ムーア（Marston Moor）の戦い　117
「マーティン・マープリレイト」（Martin Mar-Prelate）　88
マーティン・マープリレイト論争（the Martin Mar-Prelate controversy）　88
マグダレン・カレッジ　178
幕間狂言　272
魔神　396, 397, 411
「股旅もの」　282
マドリッド（Madrid）　377
「マラプロピズム」（malapropism）　275
マルキシズム（Marxism）　379
ミステリー小説　379
みせかけ（誇示、ostentation）　267
「見せかけの演技」（"make-believe"）　192
ミュンスター（Münster）　92
ミルストン　178
民間説話　370
民主主義　173
「民謡屋」（バラッド・モンガー）　83
無韻詩（blank verse）　62, 65, 155
無人島　194, 199, 204, 205, 235
無政府主義　379, 381
無敵艦隊「アルマダ」　61, 125
メイフラワー号（the Mayflower）　117
名誉革命（Glorious Revolution）　28, 34, 144, 155, 165, 172, 204, 216, 239
「召使い文学」　258
メソディズム（Methodism）　367
メソポタミア（Mesopotamia）　20
モードリン学寮　158
『モーニング・ポスト』紙（The Morning Post）　182
「物語」　24, 27, 28, 30, 52
模範書簡集　241
モラル小説　283, 320
モントルー　313
「宿屋文学」　292
ヤフー（Yahoo）　220, 225, 226, 227, 228, 229
「ユートピア」　63, 64
「ユーフューズ的たわごと」　74
ユーフュイズム（euphuism）　33, 70, 89
幽霊物語　370
ユトレヒト条約　173
ユニオン・ジャック旗　173
「揺り籠の中に居」　412
ヨーク　194
「ヨークシャーの蜂起」　163

ヨーク大主教　309
ヨーク大聖堂　309
ヨーロッパ人　171
「陽気な君主」（Merry Monarch）　152
ヨクナパトーファ・サーガ（Yoknapatawpha Saga）　41
予定説（predestination）　116
ヨブ記　125
「四車輪」（Four Wheels）　37, 236, 309, 315, 320, 364
四大悲劇　62
ライデン（Lei〔y〕den）　120, 340
ラグナグ（Luggnag）　217
ラテン語（Latin）　28, 45, 47, 49, 64, 65, 108, 118, 119, 139, 290, 296
ラテン語系　25
ラテン文明　46, 47
ラピュータ（Laputa）　217
ランカスター　49
リアリズム（realism）　33, 41, 54, 101, 142, 213, 344, 413
リーワッド諸島　225
「リヴァイアサン」　125
理神論（Deism）　174, 187
リスボン（Lisbon）　229
リソイ（Lissoy）　340
理想国　217, 220
理想国物語　63
理想主義社会　64
理想的平等社会　379
理知主義　365
立憲思想　173
リッチフィールド（Lichfield）　322
「料理人」　283, 298
リリパット（小人国）（Lilliput）　217, 221, 223
理論小説　365
リンカンシャー邸（Lincolnshire）　247, 251, 252, 253, 258
リンカンズ・イン（Lincoln's Inn）　77
ルーヴァン（Louvain）　63, 348
ルネッサンス（Renaissance）　28, 30, 51, 54, 57, 68, 84, 103, 107, 113, 118, 119
歴史作家　373
レディ・マーガレット神学教授　59
「連想」（association）　314
ローザンヌ版　402
ローズトフト　88
ローマ（Rome）　98, 99, 138
ローマ・カトリック教会（体制）（the Roman Catholic Church）　19, 59, 60, 132
ローマ文化　46
ローマ法王　60
ロクナバッド（Rocnabad）　407
ロッテルダム　63, 95
ロマン主義（Romanticism）　22, 30, 183, 320, 365, 368, 371, 379, 381, 395, 414
ロマン主義復興（the Romantic Revival）　22, 366, 368, 369, 382, 383
ロマン主義文学　59, 371
ロマンス（Romance）　24, 27, 30, 33, 49, 52, 54, 77, 78, 128, 234, 271, 272, 283, 353, 355, 393
ロマンス語　24
ロマンス作家　113
ロンドン　61, 75, 77, 78, 83, 103, 117, 118, 120, 154, 158, 163, 189, 239, 240, 239, 240, 269, 270, 278, 288, 289, 290, 291, 292, 322, 330, 346, 361, 384, 397, 401
ロンドン市長　77, 397
ロンドン大火　159, 160
ロンドン塔（the Tower of London）　65, 159, 160
ワイン・オフィス・コート（Wine Office Court）　344

著者について

依藤道夫（よりふじ・みちお）

1941年鳥取市に生まれる。1966年東京教育大学文学部大学院修士課程修了。英米文学専攻。都留文科大学名誉教授。日本ペンクラブ会員。1984〜5年ハーヴァード大学客員研究員。2001〜2年イェール大学客員研究員。著書：『フォークナーの世界—そのルーツ』(成美堂、1996年)、『フォークナーの文学—その成り立ち』(成美堂、1997年)、Studies in Henry David Thoreau 共著（六甲出版、1999年)、『アメリカ合衆国とは何か—その歴史と現在』共著（雄山閣出版、1999年)、『黄金の遺産—アメリカ1920年代の「失われた世代」の文学』(成美堂、2001年)、『新たな夜明け—「ウォールデン」出版150年記念論集』共著（金星堂、2004年)、『アメリカ文学と「アメリカ」』編著（鼎書房、2007年)。

イギリス小説の誕生　　　　　　　　　　　　　　　　　　［1B-304］

2007年11月29日　第1刷発行　　定価4,725円（本体4,500円）

著　者　依藤道夫
発行者　南雲一範
装幀者　岡　孝治
発行所　株式会社　南雲堂
　　　　〒162-0801　東京都新宿区山吹町361
　　　　振替口座　00160-0-46863

　　　　［書店関係・営業部］☎ 03-3268-2384　FAX 03-3260-5425
　　　　［一般書・編集部］☎ 03-3268-2387　FAX 03-3268-2650

製版所　株式会社ディグ
製本所　長山製本所
コード　ISBN978-4-523-29304-0 C3098

Printed in Japan

南雲堂／好評の研究書

ディケンズ鑑賞大事典
西條隆雄　植木研介　原英一　佐々木徹　松岡光治編著
A5判　函入上製838ページ　CD-ROM付　定価21,000円
ディケンズの全貌を浮き彫りにする本邦初の画期的な事典！

小説の勃興
イアン・ワット　藤田永祐訳　46判上製　458ページ　定価4,725円
イギリス近代の文学・文化を鋭く論究した古典的名著の全訳版。

シェイクスピアと夢
武井ナヲエ著　A5判上製　278ページ　定価3,675円
シェイクスピアは伝統の殻を突きぬけ、いかに革新的な夢の世界を創造したか。

中世の心象　それぞれの「受難」
二村宏江著　A5判上製函入　736ページ　定価15,750円
宗教劇や神秘主義文学の中で、「受難」がどのように描かれ理解されてきたか。

孤独の遠近法　シェイクスピア・ロマン派・女
野島秀勝著　46判　上製　640ページ　定価9,175円
多様なテクストを精緻に読み解きながら近代の本質を深々と探求する。